Das Kabinett
des Magiers

CHRISTOPHER PRIEST

Das Kabinett des Magiers

ROMAN

Aus dem Englischen
von
Michael Morgental

Weitbrecht

Für Elizabeth und Simon

Teil I
Andrew Westley

1

Alles fing im Abteil eines Zuges an, der von London aus Richtung Norden fuhr. Bald aber sollte ich herausfinden, dass die Geschichte in Wirklichkeit bereits mehr als hundert Jahre früher begonnen hatte.

Damals ahnte ich von alldem noch nichts. Ich war beruflich unterwegs und ging einem Bericht über einen Vorfall bei einer religiösen Sekte nach. Der dicke Umschlag, den ich an jenem Morgen per Post von meinem Vater bekommen hatte, lag auf meinem Schoß, noch ungeöffnet. Denn als Dad mich vorher einmal angerufen hatte, um mir davon zu erzählen, waren meine Gedanken ganz woanders gewesen. Eben hatte jemand die Schlafzimmertür zugeknallt – meine Freundin, sie war dabei, mich zu verlassen. »Ja, Dad«, hatte ich geantwortet, als Zelda mit meinen CDs an mir vorüberstürmte, »schick's mit der Post, ich werd's mir anschaun.«

Nachdem ich die Morgenausgabe des *Chronicle* gelesen und mir am Imbisswagen des Zuges ein Sandwich und eine Tasse Kaffee gekauft hatte, öffnete ich den Umschlag. Ein großformatiges Paperback glitt heraus. Zwischen den Seiten steckten ein Zettel und ein gebrauchter, zusammengefalteter Versandumschlag.

Auf dem Zettel stand:

Lieber Andy, hier ist das Buch, von dem ich dir erzählt habe. Ich glaube, dieselbe Frau hat es geschickt, die mich auch angerufen hat. Sie fragte mich, ob ich wüsste, wo du seist. Ich lege den Umschlag bei, in dem das Buch ankam. Der Poststempel ist ein bisschen verwischt, aber vielleicht kannst du ihn entziffern. Deine Mutter möchte gerne wissen, wann du uns wieder einmal besuchen kommst. Wie wär's mit nächstem Wochenende?
Alles Liebe, Dad.

Endlich fiel mir wieder einiges von dem Telefongespräch mit meinem Vater ein. Er hatte mir gesagt, ein Buch sei für mich gekommen und die Frau, die es gesandt habe, sei anscheinend so etwas wie eine entfernte Verwandte, denn sie habe über meine Familie gesprochen. Ich hätte ihm damals besser zuhören sollen.

Hier jedoch war nun das Buch. Es trug den Titel *Geheime Methoden der Magie* und der Autor war ein gewisser Alfred Borden. Allem Anschein nach handelte es sich um eines dieser Lehrbücher für Kartentricks, Taschenspielereien und Illusionen, etwas mit Seidentüchern und so. Auf den ersten Blick schien mir daran nur eines interessant: Obwohl das Paperback erst kürzlich erschienen war, musste der Text das Faksimile einer viel älteren Ausgabe sein. Darauf ließen die Typographie, die Illustrationen, die Kapitelüberschriften und der schwerfällige Stil schließen.

Ich verstand nicht, warum ich meine Aufmerksamkeit gerade einem solchen Buch schenken sollte. Nur der Nachname des Autors war mir vertraut: Borden, so lautete nämlich mein eigentlicher Familienname. Doch bei der Adoption, ich war noch ein kleines Kind, bekam ich natürlich den Namen meiner neuen Eltern. Nun heiße ich, vollständig und vor dem Gesetz, Andrew Westley. Und obwohl ich immer gewusst habe, dass ich adoptiert worden bin, waren Duncan und Jillian Westley ganz natürlich Dad und Ma für mich, eben meine Eltern. Ich liebte sie und war ihr Sohn. All das ist auch heute noch so. Für meine leiblichen Eltern empfinde ich nichts. Ich will nichts über sie oder über die Gründe wissen, weshalb sie mich zur Adoption freigaben. Und jetzt, wo ich erwachsen bin, will ich sie auch nicht mehr ausfindig machen. Sie gehören zu meiner fernen Vergangenheit und sind mir immer gleichgültig gewesen.

Ein Punkt allerdings, der mit meiner Herkunft zusammenhängt, ist für mich fast schon zu einer fixen Idee geworden.

Ich bin mir sicher oder, um genau zu sein, ziemlich sicher, dass ich einen eineiigen Zwillingsbruder besitze und dass wir zum Zeitpunkt meiner Adoption getrennt wurden. Ich habe keine Ahnung, warum das geschah oder wo mein Bruder sich jetzt befindet, aber ich vermute, dass er zugleich mit mir zur Adoption freigegeben wurde. An seine Existenz zu glauben begann ich allerdings erst im Alter von zehn Jahren. In einem Buch, einer Abenteuergeschichte, stieß ich auf eine interessante Textpassage. Viele Zwillingspaare, wurde darin behauptet, seien auf eine unerklärliche, anscheinend übersinnliche Weise miteinander verbunden. Selbst wenn sie Hunderte von Meilen voneinander getrennt seien oder in verschiedenen Ländern lebten, teilten Zwillinge Gefühle des Schmerzes, der Überraschung, des Glücks oder der Niedergeschlagenheit miteinander. Anscheinend sendet ein Zwilling sie dem anderen. Als ich das las, wurde mir plötzlich vieles klar.

Soweit ich zurückdenken kann, hatte ich immer das Gefühl, *jemand anderer* habe teil an meinem Leben. Als Kind, da ich mich damals nur an die tatsächliche Erfahrung halten konnte, machte ich mir nicht viele Gedanken darüber und nahm an, alle anderen Menschen besäßen die gleichen Empfindungen. Als ich älter wurde und erkannte, dass keiner meiner Freunde vergleichbare Erfahrungen hatte, stand ich vor einem Rätsel. Deshalb war ich sehr erleichtert, als dieses Buch alles zu erklären schien. Irgendwo auf der Welt hatte ich einen Zwillingsbruder.

Die Erfahrung des psychischen Kontakts ist in mancher Hinsicht vage, nicht viel mehr als die Empfindung, dass jemand sich um einen kümmert, sogar über einen wacht. Sie kann aber auch konkreter sein. Im Allgemeinen dominiert ein bestimmtes Gefühl, eine Grundstimmung, wie eine ständige musikalische Begleitung oder Untermalung. Direktere »Botschaften« dagegen kommen nur gelegentlich durch, haben drängenden, präzisen Charakter, wenn auch die eigentliche Kommunikation immer ohne Worte abläuft.

Bei der einen oder anderen Gelegenheit, als ich betrunken war, spürte ich zum Beispiel die Bestürzung meines Bruders in mir anwachsen, die Angst, dass ich irgendwie zu Schaden kommen könnte. Einmal verließ ich spätnachts eine Party und wollte gerade mit dem Auto nach Hause fahren, da wurde die Empfindung der Besorgnis plötzlich so stark, dass ich spürte, wie ich nüchtern wurde! Ich versuchte dies damals meinen Freunden zu erklären, aber sie witzelten nur darüber. Immerhin fuhr ich in jener Nacht auf unerklärliche Weise ernüchtert nach Hause.

Dann wieder spürte ich manchmal, dass mein Bruder Schmerzen litt, Angst hatte oder irgendwie bedroht wurde, und ich konnte ihm Gefühle der Ruhe, des Mitempfindens oder der Ermutigung »senden«. Das Ganze ist ein psychischer Mechanismus, den ich benutzen kann, ohne ihn aber zu verstehen. Meines Wissens hat ihn noch niemand auf zufrieden stellende Weise erklärt, obwohl er allgemein bekannt und gut dokumentiert ist.

In meinem Fall aber gibt es noch ein weiteres Rätsel. Abgesehen davon, dass es mir nie gelungen ist meinen Bruder zu finden, hatte ich auch laut den amtlichen Unterlagen niemals einen, geschweige denn einen Zwillingsbruder. Ich besitze bruchstückhafte Erinnerungen an die Zeit, bevor ich – mit drei Jahren – adoptiert wurde. Doch an einen Bruder kann ich mich nicht erinnern. Dad und Ma wussten auch nichts; sie erzählten mir, bei meiner Adoption sei keine Rede von einem Zwillingsbruder gewesen.

Als Adoptivkind ist man in einiger Hinsicht rechtlich abgesichert. Die größte Bedeutung kommt dabei dem Schutz vor den leiblichen Eltern zu: Sie können auf keine legale Weise mit einem Kontakt aufnehmen. Außerdem steht es jedem frei, sich bei Volljährigkeit nach Einzelheiten des eigenen Adoptionsverfahrens zu erkundigen. Man kann zum Beispiel den Namen seiner leiblichen Eltern erfahren und die Adresse des Gerichts, an dem die Verhandlung stattfand und wo die betreffenden Akten einzusehen sind.

Von diesen Rechten habe ich bald nach meinem achtzehnten Geburtstag Gebrauch gemacht, denn ich wollte möglichst viel über meinen Bruder herausfinden. Die Adoptionsbehörde verwies mich an das Grafschaftsgericht von Ealing, wo sich die entsprechenden Dokumente befanden. Dort entdeckte ich, dass ich von meinem leiblichen Vater zur Adoption freigegeben worden war. Er hieß Clive Alexander Borden, meine Mutter Diana Ruth Borden, geborene Ellington. Sie war schon kurz nach meiner Geburt gestorben. Zunächst nahm ich an, dass dies der Grund gewesen war, weshalb ich weggegeben wurde. Aber tatsächlich kam ich erst ganze zwei Jahre nach ihrem Tod zu meinen neuen

Eltern. Bis dahin hatte mich mein Vater allein aufgezogen. Ursprünglich hieß ich Nicholas Julius Borden. In den Akten gab es keinen Hinweis auf ein weiteres Kind, ob zur Adoption freigegeben oder nicht.

Später sah ich das Geburtsregister von St. Catherine's House in London ein, doch es bestätigte mir nur, was ich bereits wusste: Ich war das einzige Kind der Bordens.

Trotzdem blieb während all dieser Nachforschungen der psychische Kontakt zu meinem »Zwillingsbruder« bestehen und ist bis heute nicht abgerissen.

Das Buch, das ich jetzt in Händen hielt, war eine schöne Paperbackausgabe, erschienen bei Dover Publications in den USA. Auf der Vorderseite des Umschlags war ein Zauberkünstler im Smoking abgebildet, der mit den Händen eindrucksvoll auf ein hölzernes Kabinett wies, aus dem gerade eine junge Dame auftauchte. Sie zeigte ein strahlendes Lächeln und trug ein Kostüm, das seinerzeit wahrscheinlich als schick gegolten hatte.

Nach dem Namen des Autors stand zu lesen: »Herausgegeben und mit Anmerkungen versehen von Lord Colderdale«. Außerdem verkündeten fette weiße Buchstaben am unteren Rand: »Das berühmte, durch Eide geschützte Buch der Geheimnisse«.

Ausführlichere Informationen bot ein längerer Text auf der Rückseite des Umschlags:

»Das vorliegende Buch wurde erstmals 1905 in streng limitierter Auflage in London herausgebracht und nur an professionelle Bühnenmagier abgegeben, die sich mit einem Eid zur Geheimhaltung des Inhalts verpflichteten. Exemplare der Erstausgabe sind heute außerordentlich selten und für den normalen Leser praktisch nicht erhältlich.

Die Neuauflage macht das Werk zum ersten Mal einer breiteren Öffentlichkeit zugänglich. Die ungekürzte und mit den Originalillustrationen versehene Fassung wird durch die Anmerkungen des britischen Earls of Colderdale ergänzt, eines bekannten Amateurmagiers der Jahrhundertwende.

Der Autor, Alfred Borden, erfand die legendäre Illusion *Der Neue Transmittierte Mensch*. Borden, der sich mit seinem Künstlernamen *Le Professeur de la Magie* nannte, galt im ersten Jahrzehnt dieses Jahrhunderts als der führende Bühnenillusionist. In jungen Jahren von John Henry Anderson ermutigt und von Nevil Maskelyne gefördert, war Borden ein Zeitgenosse von Houdini, David Devant, Chung Ling Soo und Buatier de Kolta. Er wohnte in London, unternahm jedoch häufig Tourneen durch die Vereinigten Staaten und Europa.

Obwohl dieses Buch genau genommen kein Lehrbuch sein will, wird es doch mit seiner klaren, ausführlichen Darstellung des magischen Handwerks sowohl Laien als auch Fachleuten überraschende Einsichten in das Denken eines der größten Magier aller Zeiten geben.«

Es amüsierte mich, dass einer meiner Vorfahren ein Bühnenmagier gewesen sein sollte. Trotzdem war ich an dem ganzen Thema nicht sonderlich interessiert. Manche Spielarten der Zauberei finde ich langweilig, besonders die Kartentricks. Die Illusionsnummern, die manchmal im Fernsehen gezeigt werden, sind eindrucksvoll, aber ich wollte eigentlich nie wissen, wie sie nun zustande kommen. Irgendjemand hat einmal über das Dilemma der Magie gesagt: Je mehr ein Magier seine Geheimnisse hütet, umso banaler sind sie in Wirklichkeit.

In Alfred Bordens Buch gab es einen langen Abschnitt über Kartentricks, ein anderer behandelte Tricks mit Zigaretten und Münzen. Zeichnungen mit Erläuterungen begleiteten den Text. Weiter hinten fand sich ein Kapitel über Bühnenillusionen mit vielen Illustrationen von Kabinetten mit verborgenen Fächern, Kisten mit falschen Böden, Tischen mit Hebevorrichtungen, die hinter Vorhängen versteckt waren, und anderen Apparaturen. Ich überflog einige dieser Seiten.

Die Zeichnungen fehlten in der ersten Hälfte des Buches, hier breitete sich ein langer Bericht über das Leben des Autors und seine Auffassung von Magie aus. Er begann mit folgenden Worten:

»Ich schreibe dies im Jahr 1901.

Mein Name, mein wirklicher Name, lautet Alfred Borden. Die Geschichte meines Lebens ist die Geschichte der Geheimnisse, mit denen ich gelebt habe. Sie werden in diesem Bericht zum ersten und letzten Mal dargelegt; dies ist das einzige existierende Exemplar.

Ich wurde 1856 am achten Tag des Monats Mai in der Küstenstadt Hastings geboren. Ich war ein gesundes, lebhaftes Kind. Mein Vater war ein Handwerker jener Stadtgemeinde, ein Stellmacher- und Fassbindermeister. Unser Haus ...«

Ich stellte mir den Verfasser vor, wie er so dasaß, um seine Lebenserinnerungen niederzuschreiben. Ein großer dunkelhaariger Mann mit Bart und strengem Gesicht kam mir in den Sinn, der leicht gebeugt, mit einer schmalen Lesebrille auf der Nase, im Lichtkegel einer einsamen Lampe arbeitete, die neben seinem Ellbogen stand. Ich stellte mir vor, wie die ganze Familie in rücksichtsvollem Schweigen verharrte und den Hausherrn in Ruhe ließ, während er schrieb. Die Wirklichkeit war zweifellos anders gewesen, aber es ist schwer, sich den Klischeevorstellungen, die über unsere Vorfahren im Umlauf sind, zu entziehen.

Ich fragte mich, welches verwandtschaftliche Verhältnis zwischen Alfred Borden und mir wohl bestehen mochte. Wenn ich direkt von ihm abstammte, mit anderen Worten, wenn er kein Cousin oder Onkel aus der Familie war, musste er mein Ur- oder Ururgroßvater sein. Mit dem Geburtsjahr 1856 dürfte er Mitte vierzig gewesen sein, als er das Buch schrieb. Wahrscheinlich war er nicht der Vater meines Vaters gewesen, sondern hatte einer früheren Generation angehört.

Das Vorwort war fast im gleichen Stil abgefasst wie der eigentliche Text und enthielt einige lange Erklärungen über die Entstehungsgeschichte des Werkes. Das Buch schien auf Bordens persönlichen Notizen zu beruhen, die nicht zur Veröffentlichung gedacht gewesen waren. Colderdale hatte den Bericht beträchtlich erweitert, kommentiert und die Beschreibungen der meisten Tricks hinzugefügt. Es gab keine zusätzlichen biographischen Informationen über Borden, doch vermutlich würde ich auf einige stoßen, wenn ich das ganze Buch las.

Dass dieses Buch mir irgendetwas über meinen Bruder mitteilen konnte, bezweifelte ich allerdings. Er war aber der Einzige aus meiner leiblichen Familie, für den ich mich noch interessierte.

Als ich an diesem Punkt meiner Überlegungen angelangt war, piepste mein Mobiltelefon. Ich meldete mich sofort, da ich wusste, wie gereizt Mitreisende im Zug auf eine solche Störung reagieren konnten. Am anderen Ende war Sonja, die Sekretärin meines Redakteurs Len Wickham. Ich hatte sofort den Verdacht, dass Len eigentlich hinter diesem Anruf steckte. Er wollte wohl sichergehen, dass ich schon im Zug saß.

»Andy, das mit dem Auto hat sich geändert«, sagte sie. »Eric Lambert musste es wegen der Bremsen zur Reparatur bringen. Es steht jetzt in einer Werkstatt.«

Sie gab mir die Adresse. Die Tatsache, dass dieses Auto, ein für seine häufigen Pannen berüchtigter Ford mit hohem Meilenstand, in Sheffield verfügbar war, hatte mich davon abgehalten, mit eigenem Wagen in den Norden zu fahren. Len würde Spesen nicht akzeptieren, solange ein Firmenwagen benutzt werden konnte.

»Hat Onkel Len sonst noch was gesagt?«, fragte ich.

»Was meinst du?«

»Diese Geschichte – ist sie noch aktuell?«

»Ja.«

»Ist sonst noch etwas von den Agenturen gekommen?«

»Wir haben ein Fax vom Staatsgefängnis in Kalifornien erhalten mit der Bestätigung, dass Franklin noch einsitzt.«

»Danke.«

Ich unterbrach die Verbindung. Dann wählte ich die Nummer meiner Eltern und sprach mit meinem Vater. Ich erzählte ihm, dass ich nach Sheffield unterwegs sei und von dort in den Peak District fahren würde. Falls es ihnen passen würde (natürlich passte es), könnte ich vorbeikommen und bei ihnen übernachten. Er und Jillian wohnten immer noch in Wilmslow in Cheshire und jetzt, wo ich in London arbeitete, kam ich nur noch selten bei ihnen vorbei.

Ich erwähnte, dass ich das Buch bekommen hatte.

»Hast du eine Ahnung, warum man es dir geschickt hat?«, fragte er.

»Nicht im Geringsten.«

»Wirst du es lesen?«

»Das ist nicht die Art von Lektüre, die ich mag. Aber irgendwann werde ich sicher einmal reinschauen.«

»Mir ist aufgefallen, dass es von jemandem namens Borden geschrieben wurde.«

»Stimmt. Hat die Frau irgendetwas dazu gesagt?«

»Nein, ich glaube nicht.«

Wir beendeten das Gespräch. Ich packte das Buch in meinen Koffer und blickte durch das Zugfenster auf die vorbeiziehende Landschaft. Der Himmel war grau, der Regen hinterließ Streifen an der Scheibe. Ich musste mich auf den Vorfall konzentrieren, den ich recherchieren sollte. Ich arbeitete für den *Chronicle*, und zwar als Autor für das Feuilleton. Das hörte sich großartiger an, als es in Wirklichkeit war. Tatsächlich war Dad selbst einmal ein Zeitungsmann gewesen und hatte für die *Manchester Evening Post*, ein Schwesterblatt des *Chronicle*, gearbeitet. Er war stolz darauf, dass ich die Stelle bekommen hatte. Aber ich werde den Verdacht nicht los, dass er sich damals zu meinen Gunsten eingesetzt hat. Ich bin kein gewandter Journalist und habe während des Volontariats nicht sonderlich gut abgeschnitten. Eine meiner ständigen Sorgen ist, dass ich eines Tages meinem Vater werde erklären müssen, warum ich einen seiner Ansicht nach renommierten Job bei einer der größten britischen Zeitungen aufgegeben habe.

In der Zwischenzeit mache ich mit der Plackerei widerwillig weiter. Meinen jetzigen Auftrag hatte ich zum Teil einer anderen Geschichte zu verdanken, die ich ein paar Monate vorher eingereicht hatte. Sie beschäftigte sich mit einer Gruppe von UFO-Gläubigen. Seitdem hat mich Len Wickham, mein verantwortlicher Redakteur, auf jede Story angesetzt, bei der es sich irgendwie um Hexentreffen, Levitation, spontane Verbrennung, Kornkreise und andere abseitige Themen dreht. Wenn man diesen Phänomenen dann auf den Grund geht, bleibt in den meisten Fällen nicht mehr viel zu berichten, und von den Artikeln, die ich einreichte, wurden auffällig wenige überhaupt gedruckt. Trotzdem schickte mich Wickham immer wieder los.

Diesmal war ein besonderer Knalleffekt dabei. Mit einem gewissen Vergnügen hatte mich Wickham informiert, dass jemand von der Sekte nachgefragt habe, ob der *Chronicle* über den Vorfall berichten würde, und – wenn ja – ausdrücklich um mich als Reporter gebeten habe. Man hatte einige meiner früheren Arbeiten gelesen, war der Meinung, ich zeige das richtige Maß an ehrlicher Skepsis und könne sich deshalb darauf verlassen, dass ich einen ausgewogenen Artikel schreiben würde. Trotzdem – oder vielleicht gerade deshalb – würde sich das Ganze wahrscheinlich wieder als Flop herausstellen.

Eine kalifornische Sekte, die sich die »Verzückte Kirche von Jesus Christus« nannte, hatte in einem großen Landhaus eines Dorfes in Derbyshire eine religiöse Gemeinschaft gegründet. Eine Sektenangehörige war vor ein paar Tagen – in Anwesenheit der Hausärztin und der eigenen Tochter – eines natürlichen Todes gestorben. Als sie gelähmt im Sterben lag, hatte ein Mann das Zimmer betreten. Er hatte sich neben das Bett gestellt und beruhigende Gesten mit den Händen gemacht. Bald darauf starb die Frau und der Mann verließ auf der Stelle das Zimmer, ohne mit den beiden anderen gesprochen zu haben. Danach hatte ihn niemand mehr gesehen. Die Tochter der Sterbenden und zwei Mitglieder der Sekte, die während des Vorfalls ins Zimmer gekommen waren, hatten ihn als den Mann identifiziert, der die Gemeinschaft gegründet hatte: Pater Patrick Franklin. Um ihn herum hatte sich wegen dessen angeblicher Fähigkeit, an zwei Stellen gleichzeitig aufzutauchen (Bilokation), die Sekte gebildet.

Der Vorfall war aus zwei Gründen bemerkenswert. Zum einen handelte es sich um die erste von Franklins Bilokationen, die von Nichtmitgliedern der Sekte beobachtet worden war. Die eine Zeugin war zudem eine Akademikerin, die vor Ort einen guten Ruf genoss. Und der andere Grund bestand darin, dass Franklins tatsächlicher Aufenthaltsort an dem fraglichen Tag zweifelsfrei ermittelt werden konnte: Er saß im Staatsgefängnis von Kalifornien und, wie Sonja mir gerade telefonisch bestätigt hatte, er befand sich immer noch dort.

2

Der Sitz der religiösen Gemeinschaft lag am Ortsrand von Caldlow, einem Dorf im Peak District, das einst ein Zentrum des Schieferbergbaus gewesen, jetzt aber sehr auf den Tagestourismus angewiesen war. In der Mitte des Dorfes gab es einen Laden des National Trust, einen Ponyreitklub, einige Läden mit Geschenkartikeln und ein Hotel. Als ich durch das Tal fuhr, fiel kalter Nieselregen und entzog die felsigen Höhen auf beiden Seiten meinem Blick.

Ich hielt im Dorf an, um eine Tasse Tee zu trinken. Ich dachte, ich könnte mit ein paar Einheimischen über die »Verzückte Kirche« reden, aber außer mir war niemand im Café. Nur die Frau hinter dem Tresen erzählte, dass sie jeden Tag als Pendler von Chesterfield herüberkäme.

Während ich noch dort saß und überlegte, ob ich einen Lunch einnehmen sollte, bevor ich weiterfuhr, nahm mein Bruder unerwartet Kontakt mit mir auf. Die Empfindung war so deutlich, so eindringlich, dass ich überrascht den Kopf umwandte, weil ich einen Augenblick lang meinte, jemand sei hereingekommem und habe mich angesprochen. Ich schloss die Augen, senkte den Kopf und lauschte auf mehr.

Keine Worte. Nichts wirklich Bestimmbares. Nichts, das ich hätte beantworten, niederschreiben oder für mich selbst in Worte kleiden können. Aber irgendwie waren da Erwartung, Glück, Erregung, Freude, Ermutigung.

Ich versuchte Fragen zu senden: Weshalb das alles? Warum wurde ich willkommen geheißen? Wozu ermutigst du mich? Hat es etwas mit dieser Sekte zu tun?

Ich wartete, doch wusste ich, dass diese Experimente niemals in einen Dialog mündeten. Auf Fragen gab es nie irgendeine Antwort, dennoch hoffte ich auf ein anderes Signal von meinem Bruder. Ich versuchte ihn mental zu erreichen; vielleicht war ja seine Kontaktaufnahme der Versuch eines Gedankenaustauschs. Aber von seiner Seite kam keine Bestätigung.

Mein Gesichtsausdruck muss etwas von meinen aufgewühlten Gefühlen verraten haben, denn die Frau hinter dem Tresen schaute mich neugierig an. Ich trank den Tee aus, brachte Tasse und Untertasse zurück, lächelte höflich und ging schnell hinaus zum Auto. Als ich mich hineinsetzte und die Tür zuschlug, erreichte mich eine zweite Botschaft meines Bruders. Es war die gleiche wie zuvor, ein direktes Drängen, ich solle kommen und mit ihm zusammen sein. Immer noch war es unmöglich, die Empfindung in Worte zu fassen.

Zum Haus der »Verzückten Kirche« gelangte man über eine steile Auffahrt, die von der Hauptstraße schräg abzweigte. Ein schmiedeeisernes Tor und ein Pförtnerhaus versperrten allerdings den Weg. An einer Seite gab es ein zweites Tor, das ebenfalls geschlossen und als »Privat« gekennzeichnet war. Vor den beiden Zugängen erstreckte sich ein kleiner Platz. Dort parkte ich mein Auto und ging zum Pförtnerhaus hinüber. Im Inneren des Holzbaus hatte man an der Wand eine elektrische Klingel angebracht, darunter hing ein Computerausdruck mit einem kurzen Text.

DIE VERZÜCKTE KIRCHE VON JESUS CHRISTUS
HEISST SIE WILLKOMMEN
KEINE BESUCHE OHNE VORANMELDUNG
ANMELDUNG TELEFONISCH ÜBER CALDLOW 393960
LIEFERANTEN U.A. BITTE ZWEIMAL LÄUTEN
JESUS LIEBT SIE

Ich drückte den Klingelknopf zweimal, ohne dabei irgendeinen Laut zu vernehmen.

In einem Gestell steckten einige Prospekte, darunter befand sich, fest an die Wand geschraubt und mit einem Vorhängeschloss gesichert, ein Metallkästchen mit einem Einwurfschlitz für Münzen. Ich nahm einen der Prospekte und warf ein Fünfzig-Pence-Stück in das Kästchen, dann ging ich zurück zum Auto, lehnte mich an den Kotflügel und begann zu lesen. Auf der ersten Seite war ein Abriss der Sektengeschichte abgedruckt, illustriert mit einem Foto von Pater Franklin. Die restlichen drei Seiten boten eine Auswahl von Bibelzitaten.

Als ich das nächste Mal auf das Tor blickte, öffneten sich gerade die Torflügel ferngesteuert und lautlos. Ich setzte mich also wieder hinter das Steuer und fuhr die mit Kies bestreute Auffahrt hinauf. Am Hang beschrieb sie eine Kurve. Auf der einen Seite stieg der mit Rasen bewachsene Boden leicht an. Zierbäume und -sträucher waren in Abständen gepflanzt und beugten sich unter dem nebligen Schleier des Regens. Im tiefer gelegenen Abschnitt drängten sich dunkelblättrige Rhododendronbüsche dicht an dicht. Im Rückspiegel konnte ich während der Fahrt beobachten, wie das Tor sich hinter mir wieder schloss. Bald kam das Haupthaus in Sicht: Es war ein riesiges, nicht sonderlich schönes Gebäude mit vier oder fünf Stockwerken, schwarzen Schieferdächern und massiv wirkenden Mauern aus düsteren, dunkelbraunen Ziegeln und Steinen. Die Fenster waren hoch und schmal. In ihnen spiegelte sich der regenschwere Himmel. Der ganze Ort strahlte eine gewisse Kälte aus. Doch noch während ich zum Parkplatz am Ende der Auffahrt steuerte, spürte ich die Gegenwart meines Bruders wieder in mir. Sie drängte mich voran.

Ich sah einen Richtungspfeil für Besucher und folgte ihm über einen Kiespfad zur Vorderseite des Gebäudes. Dabei musste ich dem Getröpfel ausweichen, das von dem wuchernden Efeu herunterfiel. Ich stieß eine Tür auf und betrat eine schmale Eingangshalle, die nach altem Holz und Staub roch und mich an den unteren Korridor meiner alten Schule erinnerte. Dieses Gebäude besaß die Atmosphäre einer Lehranstalt, doch im Gegensatz zu meiner Schule herrschte hier Schweigen.

An einer Tür mit der Aufschrift »Empfang« klopfte ich. Als keine Antwort kam, warf ich einen Blick in den Raum, doch niemand befand sich darin. Es standen nur zwei Metallschreibtische da. Sie sahen beide alt aus. Auf dem einen thronte ein Computer.

Sobald ich draußen Schritte hörte, wandte ich mich wieder der Eingangshalle zu. Einige Augenblicke später erschien auf dem Treppenabsatz eine dünne Frau mittleren Alters. Sie trug einige Aktenordner. Unter ihren Schritten hatten die hölzernen Stufen vernehmlich geknarrt. Als sie mich sah, blickte sie mich fragend an.

»Ich würde gerne Mrs. Holloway sprechen«, sagte ich. »Sind Sie das vielleicht?«

»So ist es. Kann ich Ihnen irgendwie behilflich sein?«

Von einem amerikanischen Akzent, den ich halb erwartet hatte, war nichts zu bemerken.

»Mein Name ist Andrew Westley und ich komme vom *Chronicle.*« Ich zeigte ihr meinen Presseausweis, aber sie warf nur einen flüchtigen Blick darauf. »Dürfte ich Ihnen vielleicht ein paar Fragen über Pater Franklin stellen?«

»Pater Franklin hält sich zurzeit in Kalifornien auf.«

»Ich weiß, aber da gab es doch diesen Vorfall letzte Woche …«

»Wie meinen Sie das bitte?«, entgegnete Mrs. Holloway.

»Ich habe gehört, Pater Franklin sei hier gesehen worden.«

Langsam schüttelte sie den Kopf. Sie stand mit dem Rücken zur Tür, die in ihr Büro führte. »Ich glaube, Sie täuschen sich, Mr. Westley.«

»Haben Sie Pater Franklin gesehen, als er hier war?«, fragte ich weiter.

»Ich habe ihn nicht gesehen. Und er war auch nicht hier.«

Sie blockte offensichtlich ab und das hatte ich am allerwenigsten erwartet.

»Haben Sie sich mit unserem Pressebüro in Verbindung gesetzt?«

»Befindet es sich hier?«

»Wir haben ein Büro in London. Alle Pressetermine werden von dort aus vereinbart.«

»Mir wurde mitgeteilt, ich solle hierher kommen.«

»Ist dies durch unseren Pressereferenten geschehen?«

»Nein … Soweit ich weiß, hat man den *Chronicle* um Berichterstattung gebeten, nachdem Pater Franklin hier erschienen war. Bestreiten Sie das?«

»Wenn es um den Bericht geht … Niemand von hier hat mit Ihrer Zeitung Kontakt aufgenommen. Haben Sie mich jedoch fragen wollen, ob ich das Erscheinen von Pater Franklin bestreite, so lautet die Antwort: Ja.«

Wir blickten einander an. Ich war hin und her gerissen, einerseits verärgert darüber, wie sie mich behandelte, andrerseits frustriert über mein eigenes Verhalten. Jedes Mal wenn Begegnungen wie diese nicht glatt liefen, gab ich meinem Mangel an Erfahrung und meiner Motivation die Schuld. Die anderen Reporter bei der Zeitung schienen immer genau zu wissen, wie man Leute wie Mrs. Holloway zu behandeln hatte.

»Darf ich mit dem Verantwortlichen für dieses Haus hier sprechen?«

»Ich bin die Leiterin der Verwaltung. Alle anderen sind jetzt beim Unterricht.«

Ich war nahe daran, aufzugeben, doch schließlich fragte ich noch: »Sagt Ihnen mein Name überhaupt nichts?«

»Sollte er denn?«

»Irgendjemand hat mich persönlich angefordert.«

»Das müsste dann vom Pressebüro ausgegangen sein, nicht von hier.«

»Warten Sie bitte einen Augenblick«, warf ich ein.

Ich ging zurück zum Auto und holte die Unterlagen, die mir Wickham tags zuvor gegeben hatte. Mrs. Holloway stand immer noch am Fuß der Treppe, als ich zurückkehrte, die Aktenordner aber hatte sie irgendwo abgelegt.

Ich trat neben sie und suchte nach dem Blatt, das Wickham zugeschickt worden war. Die Faxmitteilung hatte folgenden Wortlaut:

»An Mr. L. Wickham, Feuilleton-Redaktion des *Chronicle*.

Die schriftlichen Details, die Sie erbeten hatten, sind: Verzückte Kirche von Jesus Christus, Caldlow, Derbyshire. Eine halbe Meile außerhalb des Dorfes Caldlow auf der A623 nach Norden. Parkplätze am Haupttor und auf dem Anwesen. Mrs. Holloway, die Verwalterin, wird Ihrem Reporter Mr. Andrew Westley die Informationen geben. K. Angier.«

»Das hat nichts mit uns zu tun«, meinte Mrs. Holloway. »Es tut mir Leid.«

»Wer ist ›K. Angier‹?«, fragte ich. »Mr. oder Mrs ....?«

»*Mrs.* Angier bewohnt den Privatflügel auf der Ostseite des Gebäudes und hat mit der Kirche nichts zu tun. Bitte sehr!«

Sie hatte eine Hand auf meinen Arm gelegt, schob mich höflich zur Tür und zeigte den Kiesweg weiter hinauf zum Eingang des Privatflügels.

»Es tut mir Leid, wenn es da ein Missverständnis gegeben hat«, sagte ich. »Ich weiß gar nicht, wie so etwas passieren konnte.«

»Falls Sie irgendwelche Informationen über die Kirche haben möchten, wäre ich Ihnen dankbar, wenn Sie sich an das Pressebüro wendeten. Dazu ist es nämlich da.«

»Ja ... danke schön.«

Es regnete jetzt stärker und ich hatte keinen Mantel mit. »Darf ich Ihnen noch eine Frage stellen? Das Haus ist momentan nicht belegt?«

»Doch, wir sind voll besetzt. Diese Woche nehmen mehr als zweihundert Leute am Unterricht teil.«

»Man hat das Gefühl, das ganze Haus stünde leer.«

»Wir sind eine Gruppe, deren Verzückung in Schweigen stattfindet. Ich bin die Einzige, der es erlaubt ist, während der Stunden des Tageslichts zu sprechen. Ich wünsche Ihnen noch einen schönen Tag.«

Sie zog sich in das Gebäude zurück und schloss die Tür.

Ich beschloss in meinem Büro anzurufen, da ja offensichtlich die Story, über die ich berichten sollte, gestorben war. Während ich unter dem tropfenden Efeu stand und beobachtete, wie ein heftiger Sprühregen über das Tal hinwegzog, gab ich mit bösen Vorahnungen Len Wickhams Durchwahl ein. Es dauerte ein paar Augenblicke, bis er sich meldete. Dann erzählte ich ihm, was geschehen war.

»Haben Sie schon mit dem Informanten gesprochen?«, fragte er. »Jemand namens Angier.«

»Ich stehe jetzt direkt vor ihrem Haus.« Ich berichtete ihm von meinen Überlegungen. »Ich glaube nicht, dass hier eine Story drinsteckt. Es handelt sich vielleicht nur um eine Auseinandersetzung zwischen Nachbarn. Sie wissen schon, ein Streit über irgendwas.« Aber bestimmt nicht wegen des Lärms, kam es mir, als ich den letzten Satz ausgesprochen hatte.

Ein langes Schweigen folgte, dann sagte Len Wickham: »Reden Sie mit dem Nachbarn, und wenn dabei etwas herauskommt, rufen Sie mich zurück. Falls nicht, dann fahren Sie heute Abend noch nach London.«

»Heute ist Freitag«, wandte ich ein. »Ich dachte, ich könnte abends meine Eltern besuchen.«

Wickham antwortete, indem er auflegte.

3

Am Haupteingang des Privatflügels öffnete mir eine Frau reiferen Alters. Ich sprach sie mit »Mrs. Angier« an, doch sie nahm einfach nur meinen Namen zur Kenntnis und studierte den Presseausweis. Schließlich führte sie mich in einen Nebenraum und bat mich dort zu warten. Gegenüber dem vornehmen Stil des Zimmers, das mit indischen Teppichen, antiken Sesseln und einem polierten Tisch einfach, aber reizvoll ausgestattet war, kam ich mir ziemlich schmuddelig vor – in meinem von der Reise zerknitterten und vom Regen durchnässten Anzug. Nach etwa fünf Minuten kam dieselbe Frau zurück und sagte etwas, das meine Stimmung noch mehr dämpfte: »Lady Katherine wird Sie jetzt empfangen.«

Sie führte mich eine Treppe hoch in ein großes, freundliches Wohnzimmer, von dem aus der Blick über den Talgrund bis zu einem hohen, felsigen Steilhang ging, der im Augenblick nur undeutlich zu sehen war.

Eine junge Frau stand neben einem offenen Kamin, in dem Holzscheite brannten. Als ich auf sie zuging, streckte sie mir die Hand zur Begrüßung entgegen. Die Mitteilung, dass ich einem Mitglied des Adels gegenübertreten sollte, hatte mich völlig unvorbereitet getroffen. Doch Lady Katherine gab sich freundlich. Einiges an ihrem Aussehen überraschte mich angenehm. Sie war groß, dunkelhaarig und hatte ein breites Gesicht mit einer starken Kinnpartie. Ihr Haar war so frisiert, dass es die schärferen Konturen ihres Gesichts sanft erscheinen ließ. Sie besaß große Augen und ihr Gesicht wirkte angespannt, als mache sie sich Sorgen darüber, was ich wohl sagen oder denken könnte.

Sie begrüßte mich etwas förmlich, aber sobald die andere Frau den Raum verlassen hatte, änderte sich ihr Verhalten. Sie stellte sich als Kate – nicht als Katherine – Angier vor und meinte, ich solle den Titel weglassen, da sie ihn selbst nur selten benutze. Sie fragte mich, ob ich wirklich Andrew Westley sei, und ich bestätigte dies.

»Ich nehme an, Sie waren gerade im Hauptteil des Hauses?«

»Bei der Verzückten Kirche? Ich bin kaum durch die Tür gekommen.«

»Ich glaube, das war mein Fehler. Ich hatte die drüben wissen lassen, dass Sie vielleicht kämen, aber Mrs. Holloway war nicht sehr erfreut darüber.«

»Dann haben wohl Sie die Nachricht an meine Zeitung geschickt?«

»Ich wollte mich mit Ihnen treffen.«

»Das habe ich mir schon zusammengereimt. Woher in aller Welt kennen Sie mich?«

»Das werden Sie noch erfahren. Ich habe heute nicht zu Mittag gegessen. Wie steht es mit Ihnen? Darf ich Ihnen auch etwas anbieten?«

Ich sagte ihr, dass ich vorhin im Dorf kurz angehalten, aber eigentlich seit dem Frühstück nichts mehr gegessen hätte. Wir gingen ins Erdgeschoss. Die Frau, die mir die Tür geöffnet hatte – von Lady Katherine mit »Mrs. Makin« angesprochen –, richtete ein einfaches Essen an: kalter Braten, Käse und Salat. Als wir uns zu Tisch setzten, fragte ich Kate Angier, warum sie mich die ganze Strecke von London, nun umsonst, hatte heraufkommen lassen.

»Ich glaube nicht, dass Ihre Reise vergeblich war.«

»Ich muss heute Abend eine Story abliefern.«

»Nun, das wird vielleicht etwas schwierig werden. Nehmen Sie Fleisch, Mr. Westley?«

Sie reichte mir die Platte mit dem kalten Braten. Während wir aßen, machten wir höflich Konversation. Sie stellte mir Fragen über die Zeitung, zu meiner Karriere, meinem Wohnort und so weiter. Ich war mir immer noch ihres Titels bewusst und fühlte mich deshalb gehemmt, doch je länger wir sprachen, desto leichter wurde es für mich. Sie war vorsichtig, fast nervös, und während ich redete, schaute sie oft weg, um sich mir dann wieder zuzuwenden. Ich nahm an, dass nicht Desinteresse an dem, was ich erzählte, dahinter steckte, sondern es schien einfach ihre Art zu sein. Zum Beispiel zitterten ihre Hände jedes Mal, wenn sie nach etwas auf dem Tisch griff. Als ich schließlich der Meinung war, es sei nun an der Zeit, ihr Fragen zur eigenen Person zu stellen, erzählte sie mir, das Haus befände sich seit mehr als dreihundert Jahren im Besitz der Familie. Der größte Teil des Landes im Tal gehöre zum Gut, und eine Reihe von Bauernhöfen sei verpachtet. Ihr Vater war ein Earl, aber er lebte im Ausland. Die Mutter war gestorben und ihre einzige nahe Verwandte, die ältere Schwester, hatte geheiratet und wohnte mit Mann und Kindern in Bristol.

Das Haus war bis zum Ausbruch des Zweiten Weltkriegs der Wohnsitz der Familie (und einiger Diener) gewesen. Dann hatte das Verteidigungsministerium den größten Teil des Gebäudes beschlagnahmt und es als regionales Hauptquartier für das Transportkommando der Royal Air Force genutzt. Zu diesem Zeitpunkt war die Familie in den Ostflügel umgezogen, der immer schon der bevorzugte Teil des Hauses gewesen war. Als die RAF nach dem Krieg abzog, richtete der Grafschaftsrat von Derbyshire im Gebäude

Büroräume ein und die gegenwärtigen Mieter – so drückte sie sich aus – waren 1980 gekommen.

Sie erzählte, ihre Eltern habe zuerst die Vorstellung beunruhigt, dass da eine amerikanische Sekte einziehen werde, denn über einige von denen höre man ja so allerhand, aber damals brauchte die Familie das Geld und es hatte sich gut angelassen. Der Unterricht der Kirche verlief ruhig, die Mitglieder waren höflich und nett und derzeit machten weder sie, Kate, noch die Dorfbewohner sich Gedanken darüber, was die Leute von der Kirche vorhatten oder nicht.

Da an diesem Punkt des Gesprächs unsere Mahlzeit beendet war und uns Mrs. Makin Kaffee gebracht hatte, fragte ich: »Demnach ist also die Geschichte über einen bilozierenden Priester, die mich hierher gebracht hat, falsch?«

»Ja und nein. Die Sekte macht kein Geheimnis aus der Tatsache, dass ihre Lehre auf den Worten ihres Führers beruht. Pater Franklin ist stigmatisiert und soll der Bilokation fähig sein, aber er wurde dabei nie von unabhängigen Zeugen beobachtet, zumindest nicht unter kontrollierten Bedingungen.«

»Aber ist die Geschichte wahr?«

»Ich bin mir da wirklich nicht sicher. Diesmal hatte eine Ärztin aus dem Ort etwas damit zu tun und aus irgendeinem Grund hat sie einer Boulevardzeitung davon erzählt und die haben eine gekürzte Version der Geschichte gebracht. Ich habe erst davon erfahren, als ich kürzlich im Dorf war. Ob es nun wahr ist, weiß ich nicht: Ihr Anführer ist doch in Amerika im Gefängnis, oder?«

»Aber wenn das Ganze wirklich geschehen wäre, dann würde es dadurch nur noch interessanter.«

»Die Wahrscheinlichkeit erhöht sich eher, dass es sich um einen Schwindel handelt. Wie weiß Dr. Ellis zum Beispiel, wie dieser Mann aussieht? Da gibt es nur das Wort eines der Sektenangehörigen.«

»Aber Sie haben es so hingestellt, als sei die Geschichte zutreffend.«

»Ich habe Ihnen doch schon gesagt, dass ich mich mit Ihnen treffen wollte. Und die Tatsache, dass der Mann sich mit Bilokation befasst, war zu gut, um wahr zu sein.«

Sie lachte wie jemand, der eine Bemerkung macht und erwartet, dass andere sie amüsant finden. Ich hatte nicht die leiseste Ahnung, wovon sie redete.

»Hätten Sie nicht einfach mit der Zeitung telefonieren oder mir einen Brief schreiben können?«, fragte ich.

»Ja, das hätte ich ... Aber ich war mir nicht sicher, ob Sie der waren, für den ich Sie hielt. Ich wollte mich erst einmal mit Ihnen treffen.«

»Ich begreife nicht, warum Sie meinen, ein bilozierender religiöser Fanatiker habe etwas mit mir zu tun?«

»Es gab da zufällige Berührungspunkte. Die Kontroverse über die Illusion und all das.« Wieder schaute sie mich erwartungsvoll an.

»Für wen haben Sie mich gehalten?«

»Für den Sohn von Clive Borden. Stimmt das etwa nicht?«

Sie versuchte meinem Blick standzuhalten, aber ihre Augen wandten sich wieder unwillkürlich ab. Ihre nervöse, ausweichende Art ließ eine Art von Spannung zwischen uns entstehen, obwohl ansonsten kein Grund dafür vorhanden war. Auf dem Tisch standen noch die Reste des Mittagessens.

»Mein leiblicher Vater hieß Clive Borden«, erwiderte ich. »Aber ich wurde mit drei Jahren zur Adoption freigegeben.«

»Nun, dann habe ich mich in Ihrer Person nicht getäuscht. Wir sind uns schon einmal begegnet. Wir waren beide noch Kinder. Damals wurden Sie Nicky gerufen.«

»Daran erinnere ich mich nicht. Ich muss ja noch ein Kleinkind gewesen sein. Wo hat denn diese Begegnung stattgefunden?«

»Hier, in diesem Haus. Sie entsinnen sich wirklich nicht mehr?«

»Überhaupt nicht.«

»Haben Sie irgendwelche anderen Erinnerungen aus diesem Alter?«, setzte sie nach.

»Nur Bruchstücke. Aber nichts, was dieses Haus betrifft. Ein solches Gebäude würde doch bei jedem Kind einen Eindruck hinterlassen, oder?«

»Ganz recht, Sie sind nicht der Erste, der das sagt. Meine Schwester ... sie hasst dieses Haus und konnte gar nicht schnell genug wegkommen.« Sie griff hinter sich, wo auf einer Ablage eine kleine Glocke stand, und klingelte zweimal. »Gewöhnlich nehme ich nach dem Lunch einen Drink. Darf ich Sie zu einem Glas einladen?«

»Danke, gerne.«

Mrs. Makin erschien und Lady Katherine stand auf.

»Mr. Westley und ich werden uns am Nachmittag im Salon aufhalten, Mrs. Makin.«

Als wir die breite Treppe hinaufgingen, spürte ich den plötzlichen Drang vor ihr und diesem Haus davonzulaufen. Sie wusste mehr über mich als ich selbst, doch es war Wissen über einen Teil meines Lebens, der mich nicht interessierte. Heute war anscheinend der Tag, an dem ich wieder ein Borden werden sollte, ob ich es wollte oder nicht. Zuerst das Buch von Alfred Borden und jetzt das. Es hatte alles irgendwie miteinander zu tun, aber ich teilte ihre Begeisterung nicht. Warum sollte ich mich für den Mann und die Familie interessieren, die sich von mir abgewandt hatten?

Sie führte mich in das Zimmer, in dem ich ihr zuerst begegnet war, und schloss mit Nachdruck die Tür hinter uns. Es war fast, als hätte sie meine Fluchtgedanken erahnt und als wollte sie mich so lange wie möglich aufhalten. Auf einem niedrigen Tisch zwischen einigen bequemen Sesseln und einer langen Couch stand ein silbernes Tablett mit Flaschen, Gläsern und einem Eiskübel. Eines der Gläser war bereits mit einem großen Drink angefüllt, wahrscheinlich von Mrs. Makin gemixt. Kate forderte mich mit einer Handbewegung auf es mir bequem zu machen, dann fragte sie: »Was hätten Sie gern?«

Tatsächlich wäre mir ein Glas Bier am liebsten gewesen, aber auf dem Tablett gab es nur stärkere Sachen. »Ich nehme, was Sie trinken«, meinte ich.

»Das ist ein amerikanischer Rye mit Soda. Wollen Sie auch einen?«

Ich bejahte und beobachtete, wie sie ihn mixte. Schließlich setzte sie sich auf die Couch, schlug die Beine unter und trank das Glas in einem Zug halbleer.

»Wie lange können Sie bleiben?«, fragte sie.

»Vielleicht bloß für diesen Drink.«

»Es gibt eine Menge, worüber ich mit Ihnen sprechen möchte, und eine Menge, was ich Sie gern fragen würde.«

»Warum?«

»Weil ich wissen will, was damals, als wir Kinder waren, wirklich geschehen ist.«

»Ich glaube, da kann ich Ihnen keine große Hilfe sein«, erwiderte ich.

Sie zuckte nun nicht mehr so viel herum, war relativ ruhig und ich konnte sie besser abschätzen: Vor mir saß eine nicht unattraktive Frau ungefähr in meinem Alter. Offensichtlich trank sie gern und wusste mit der Wirkung von Alkohol umzugehen. Das allein schon gab mir das Gefühl mich auf vertrautem Terrain zu befinden, trank ich doch selbst gern an Wochenenden mit Freunden. Ihre Augen brachten mich jedoch auch weiterhin aus der Fassung: Ständig blickte sie mich kurz an, schaute dann weg, um mich schließlich wieder anzusehen. Ich bekam das Gefühl, als wäre jemand hinter mir und bewegte sich immer dort im Zimmer umher, wo ich ihn nicht sehen konnte.

»Schon eine Antwort, die nur aus einem Wort besteht, könnte eine Menge Zeit sparen«, sagte sie.

»Na gut.«

»Haben Sie einen eineiigen Zwillingsbruder? Oder hatten Sie einen, der gestorben ist, als Sie noch sehr klein waren?«

Ich konnte meine Überraschung nicht verhehlen, setzte mein Glas ab, bevor ich noch mehr verschüttete, und wischte die Tropfen weg, die auf meine Hosenbeine gespritzt waren.

»Warum wollen Sie das wissen?«, entgegnete ich.

»Beantworten Sie bitte meine Frage.«

»Ich weiß es nicht. Ich glaube, ich hatte einen, aber ich habe ihn nie finden können. Ich meine … ich bin mir nicht sicher.«

»Sie haben mir die Antwort gegeben, die ich erwartet hatte«, sagte sie. »Aber nicht die, die ich erhofft hatte.«

»Wenn das etwas mit der Familie Borden zu tun hat«, betonte ich, »dann kann ich Ihnen gleich sagen, dass ich nichts über sie weiß. Verstehen Sie mich?«

»Ja, aber Sie *sind* trotzdem ein Borden.«

»Ich war ein Borden, aber das sagt mir nichts.« Plötzlich bekam ich eine Ahnung davon, was es bedeuten musste, aus einer Familie wie der dieser jungen Frau zu stammen. Eine ununterbrochene Folge von Generationen reicht dreihundert Jahre zurück: gleicher Name, gleiches Haus – alles gleich. Meine Familie begann mit mir, im Alter von drei Jahren. »Ich glaube, Sie können sich gar nicht vorstellen, was es heißt adoptiert zu sein. Ich war ein kleiner Junge und mein Vater warf mich aus seinem Leben. Wenn ich mich darüber auch noch gebührend aufregen sollte, bliebe mir keine Zeit mehr für irgendetwas anderes. Vor langer Zeit habe ich unter all das einen Schlussstrich gezogen, weil ich es musste. Jetzt habe ich eine neue Familie.«

»Ihr Bruder ist aber immer noch ein Borden.«

Immer wenn sie meinen Bruder erwähnte, empfand ich Schuld, Sorge und zugleich Neugier. Es war, als benutze sie ihn, um meine Verteidigung zu unterlaufen. Mein Leben lang war die Existenz meines Bruders meine geheime Gewissheit gewesen, der Teil meines Selbst, den ich vollständig für mich behielt. Doch hier nun saß diese fremde Frau und sprach von ihm, als würde sie ihn kennen.

»Was für ein Interesse haben Sie eigentlich an der ganzen Angelegenheit?«, fragte ich.

»Als Sie das erste Mal von mir hörten, hat Ihnen mein Name da etwas gesagt?«

»Nein.«

»Haben Sie je von Rupert Angier gehört?«

»Nein.«

»Oder vom Großen Danton, dem Illusionisten?«

»Auch nicht. Wenn meine frühere Familie für mich interessant ist, dann nur in dem Punkt, dass ich durch sie vielleicht eines Tages meinen Zwillingsbruder aufspüren kann.«

Während wir sprachen, hatte sie immer wieder an ihrem Glas genippt. Jetzt war es leer. Sie beugte sie vor, um sich einen weiteren Drink zu machen und mir nachzugießen. Da ich später noch fahren musste, zog ich mein Glas zurück, bevor sie es ganz füllen konnte.

»Ich glaube, das Schicksal Ihres Bruders ist mit etwas verknüpft, das vor ungefähr hundert Jahren geschehen ist«, meinte sie. »Einer meiner Vorfahren war Rupert Angier. Sie sagen, Sie hätten nie von ihm gehört, und es gibt auch keinen Grund, warum das nicht so sein sollte. Ende des letzten Jahrhunderts trat er als Bühnenzauberer auf, als der ›Große Danton‹, denn in jenen Tagen gaben sich alle Magier großartige Künstlernamen. Er wurde das Ziel einer Reihe heimtückischer Intrigen seitens eines Mannes mit dem Namen Alfred Borden, Ihres Urgroßvaters, selbst ein Illusionist. Sie sagen, Sie wissen nichts darüber?«

»Ich kenne nur das Buch, das wahrscheinlich Sie mir geschickt haben.«

Sie nickte. »Die beiden führten eine erbitterte Fehde, über viele Jahre. Sie haben sich ständig gegenseitig geschadet, gewöhnlich dadurch, dass sie sich in die Auftritte des jeweils anderen einmischten. Die Geschichte dieser Fehde ist in Bordens Buch niedergeschrieben, allerdings aus seiner Sicht. Haben Sie es schon gelesen?«

»Es ist erst heute früh mit der Post gekommen. Ich hatte noch kaum die Gelegenheit …«

»Ich dachte, es müsste Sie interessieren zu erfahren, was geschehen ist.«

Wieder überlegte ich: Warum sich noch weiter mit den Bordens befassen? Sie sind zu weit weg für mich, ich weiß zu wenig über sie. Lady Katherine redete über etwas, das für sie von Belang war, nicht für mich. Ich dachte mir aber, vielleicht sollte ich ihr gegenüber höflich sein und mich auf das konzentrieren, was sie erzählte. Schließlich konnte sie ja nichts von dem Widerstand wissen, der sich tief in mir regte, von dem unbewussten Verteidigungsmechanismus, den ein Kind in sich aufbaut, wenn es abgewiesen wurde. Um mich an meine neue Familie anzupassen, hatte ich alles abwerfen müssen, was ich von der alten wusste. Wie oft würde ich ihr das sagen müssen, um sie davon zu überzeugen?

Sie meinte nun, sie wolle mir etwas zeigen, stellte ihr Glas ab und ging durch das Zimmer zu einem Schreibtisch, der direkt hinter mir an der Wand stand. Als sie sich bückte, um in eine untere Schublade zu greifen, verrutschte ihr Kleid am Hals und ich erhaschte einen Blick auf einen dünnen weißen Träger, ein spitzenbesetztes BH-Körbchen und auf die darin eingeschmiegte Rundung ihrer Brust. Sie musste in die Schublade greifen und ich sah die schlanken Konturen ihres Rückens. Die Träger waren durch den dünnen Stoff ihres Kleides zu erkennen, das Haar fiel ihr nach vorn ums Gesicht. Sie versuchte mich in etwas zu verwickeln, wovon ich nichts wusste, und ich taxierte sie kalt und stellte mir beiläufig vor mit ihr Sex zu haben. Sex mit einer ehrenwerten Lady – darüber würden die Journalisten in meinem Büro schnoddrige Witze reißen. Wohl oder übel war die Zeitung mein Leben und sie war für mich auch momentan interessanter und beschäftigte mich mehr als all das Gerede über alte Zauberkünstler. Sie hatte mich gefragt, wo ich in London lebte, aber nicht, mit wem, und so hatte ich ihr nichts von Zelda erzählt. Von der köstlichen und aufreizenden Zelda mit ihrem kurz geschnittenen Haar, den mit Nieten verzierten Stiefeln und dem Traumkörper, die mir drei Abende zuvor erklärt hatte, sie wolle eine offene Beziehung, und mich dann um halb zwölf in der Nacht verlassen hatte, wobei sie eine Menge meiner Bücher und die meisten meiner Schallplatten und CDs mitnahm. Seitdem hatte ich sie nicht mehr gesehen und ich begann mir Sorgen zu machen, obwohl sie sich schon früher einmal ähnlich verhalten hatte. Ich wollte diese ehrenwerte Lady über Zelda befragen – nicht, weil ich an dem interessiert war, was sie über Zelda sagen würde, sondern weil Zelda für mich wirklich war. Was meinen Sie, wie ich Zelda zurückgewinnen kann? Oder: Wie manövriere ich mich aus dem Job bei der Zeitung heraus, ohne dass es wie ein Affront gegen meinen Vater aussieht? Oder: Wo werde ich leben, wenn Zelda mich verlässt, wo doch die Wohnung ihren Eltern gehört? Wie kann ich mein Überleben sichern, wenn ich keinen Job mehr habe? Und wenn mein Bruder wirklich existiert, wo ist er dann und wie finde ich ihn?

Jede dieser Fragen beschäftigte mich mehr als die Geschichte einer Fehde zwischen Urgroßvätern, von denen ich nie gehört hatte. Allerdings hatte einer von ihnen ein Buch geschrieben. Vielleicht war das ein interessantes Gesprächsthema.

»Ich habe das schon seit einer Ewigkeit nicht mehr herausgeholt«, bemerkte Kate. Anstrengung schwang in ihrer Stimme mit; sie hatte einige Fotoalben hervorgekramt und auf dem Boden gestapelt, jetzt langte sie in den hinteren Teil der tiefen Schublade. »Hier haben wir's schon.«

Sie hielt einen unordentlichen Stapel von Papieren in der Hand, alle alt, vergilbt und von verschiedenem Format. Sie breitete sie neben sich auf der Couch aus und griff vor dem Durchblättern nach ihrem Glas.

»Mein Urgroßvater gehörte zu den Männern, die zwanghaft ordentlich sind«, sagte sie. »Er hat nicht nur alles aufgehoben, sondern auch alles mit Etiketten versehen, Listen zusammengestellt und er besaß spezielle Schränke, um bestimmte Dinge zu verwahren. Meine Eltern hatten eine Bezeichnung dafür: Sie nannten es ›Großvaters Zeug‹. Wir haben nie etwas davon angefasst und durften es nicht einmal anschauen. Aber Rosalie und ich konnten der Versuchung nicht widerstehen einen Blick darauf zu werfen. Als sie das Haus verließ und heiratete und ich hier allein war, ging ich endlich alles vollständig durch. Ich habe einige der Apparate und Kostüme verkauft, durchaus mit gutem Gewinn. Diese Theaterplakate fand ich in seinem früheren Studierzimmer.«

Während sie sprach, ging sie die Plakate durch und reichte mir ein Blatt aus altem gelbem Papier. Es war oft auseinander und wieder zusammengefaltet worden, entlang der Falze klafften lange Risse. Das Plakat warb für das Empress Theatre in der Evering Road, Stoke Newington. Für den Zeitraum vom 14. bis zum 21. April waren einige Nachmittags- und Abendvorstellungen angekündigt (»Achten Sie wegen weiterer Veranstaltungen auf die Annoncen in den Zeitungen!«), darunter befand sich eine Liste von Künstlernamen. Star des Programms, rot gedruckt, war ein irischer Tenor namens Dennis O'Canaghan (»Füllen Sie Ihr Herz mit der Freude und dem Stolz Irlands!«). Weitere Nummern boten die Schwestern McKee (»Ein Trio bezaubernder Sängerinnen«), Sammy Renaldo (»Was 'ne Wonne, Euer Hoheit?«) und Robert und Roberta Franks (»Ein ganz und gar exzellenter Vortrag«). Kate beugte sich etwas zu mir herüber und zeigte auf eine Stelle ungefähr in der Mitte des Plakats, an welcher der Große Danton genannt wurde (»Der größte Illusionist der Welt«).

»Damals war er es noch nicht«, sagte sie. »Den größten Teil seines Lebens hatte er finanzielle Probleme und er wurde erst einige Jahre vor seinem Tod wirklich berühmt. Dieses Plakat stammt aus dem Jahr 1881, als sich seine Situation zu bessern begann.«

»Was bedeutet das alles hier?«, fragte ich und zeigte auf eine Kolonne von Zahlen, die ordentlich mit Tinte auf den Rand des Plakats geschrieben waren.

»Das ist das ›Zwanghafte Archivsystem des Großen Danton‹«, antwortete sie. Sie verließ die Couch, kniete sich neben meinem Sessel auf den Boden und wandte sich mir so weit zu, dass sie auf das Plakat in meiner Hand schauen konnte. »Ich habe noch nicht alles enträtselt, aber die erste Nummer bezieht sich auf das Engagement. Irgendwo gibt es eine Art Hauptbuch mit einer kompletten Liste aller Auftritte, die er absolvierte. Darunter hält er fest, wie viele Vorstellungen er tatsächlich gegeben hat und wie viele davon am Nachmittag und am Abend stattfanden. Die nächsten Zahlen stehen für die Tricks, die er vorführte; er hatte in seinem Studierzimmer etwa ein Dutzend Notizbücher mit den Beschreibungen aller Tricks, die er beherrschte. Ich habe noch ein paar dieser Notizbücher hier und man könnte wahrscheinlich einige der Tricks nachschauen, die er in Stoke Newington zeigte. Aber die Sache ist noch komplizierter, denn die meisten Tricks haben kleine Variationen und die hat er auch alle gekennzeichnet. Sehen Sie, hier, diese Zahl mit dem Kürzel: ›10 G.‹. Ich glaube, das bezeichnet den Betrag, den er erhielt: Zehn Guineen.«

»War das viel damals?«

»Auf einen Abend bezogen, ein großartiges Salär. Aber wahrscheinlich handelt es sich um das Honorar für die ganze Woche und dann ist es bestenfalls durchschnittlich.

Dieses Theater scheint mir nicht sehr bedeutend gewesen zu sein.«

Ich nahm den Stapel mit den ganzen anderen Theaterplakaten. Wie sie gesagt hatte, war jedes mit Notizen in Codenummern versehen.

»Seine Gerätschaften waren ebenfalls gekennzeichnet«, erklärte sie. »Manchmal frage ich mich, wie er bei alldem nur die Zeit gefunden hat, um in die Welt hinauszugehen und Geld zu verdienen! Aber als ich den Keller ausräumte, hatte jeder einzelne Ausrüstungsgegenstand, der mir in die Hände fiel, eine Identifizierungsnummer und seinen Platz in einem riesigen Index, der komplett mit Querverweisen auf die anderen Bücher versehen war.«

»Vielleicht gab es jemanden, der das für ihn machte.«

»Nein, alles ist in derselben Handschrift geschrieben.«

»Wann ist er gestorben?«, wollte ich wissen.

»Darüber gibt es, seltsam genug, einige Zweifel. Die Zeitungen melden, er sei 1903 gestorben, es erschien sogar ein Nachruf in der *Times;* aber es gibt Leute im Dorf, die erzählen, er habe noch im folgenden Jahr hier gelebt. Seltsamerweise fand ich in dem Album mit den Zeitungsausschnitten, die er sammelte, seinen Nachruf, eingeklebt und auf die gleiche Weise ausgezeichnet wie das andere Zeug.«

»Können Sie sich das erklären?«

»Nein ... Alfred Borden schreibt darüber in seinem Buch. Da habe ich zum ersten Mal davon erfahren. Danach versuchte ich herauszufinden, was zwischen den beiden passiert war.«

»Haben Sie noch mehr von den Sachen?«

Während sie nach anderen Alben griff, goss ich mir ein weiteres Gläschen von dem mir bisher unbekannten amerikanischen Whiskey ein, der mir durchaus zusagte. Es gefiel mir auch, wie Kate dort auf dem Boden saß, wie sie den Kopf hob, um mich anzublicken, während sie sprach, und wie sie sich herüberbeugte und mir erneut Einblick in ihr Kleid gewährte. Wahrscheinlich war sie sich dessen sogar bewusst. Es verwirrte mich etwas hier zu sein und nicht richtig zu begreifen, was vor sich ging: das ganze Gerede von Bühnenmagiern, von Begegnungen in der Kindheit. Eigentlich hätte ich jetzt doch arbeiten sollen … ganz abgesehen vom Besuch bei meinen Eltern.

In dem Teil meines Bewusstseins, der von meinem Bruder besetzt war, spürte ich ein Gefühl der Zufriedenheit, anders als alles, was ich bisher empfunden hatte. Er drängte mich zu bleiben.

Draußen verschlang die Dunkelheit den kalten Nachmittagshimmel, der Regen fiel beständig weiter. Von den Fenstern zog es eisig. Kate warf ein weiteres Scheit ins Feuer.

Teil II
Alfred Borden

1

Ich schreibe dies im Jahr 1901.

Mein Name, mein wirklicher Name lautet Alfred Borden. Die Geschichte meines Lebens ist die Geschichte der Geheimnisse, mit denen ich gelebt habe. Sie werden in diesem Bericht zum ersten und letzten Mal dargelegt; dies ist das einzige existierende Exemplar.

Ich wurde 1856 am achten Tag des Monats Mai in der Küstenstadt Hastings geboren. Ich war ein gesundes, lebhaftes Kind. Mein Vater war ein Handwerker jener Stadtgemeinde, ein Stellmacher- und Fassbindermeister. Unser Haus in der Manor Road 105 stand mit anderen in einer langen, geschwungenen Reihe, am Hang eines jener Hügel, aus denen Hastings besteht. Hinter dem Haus befand sich ein abgeschiedenes Tal, in dem während der Sommermonate Schafe und Rinder weideten. An der Vorderseite des Gebäudes jedoch erhob sich, von vielen weiteren Häusern gesäumt, der Hügel zwischen uns und dem Meer. Aus diesen Häusern und von den Bauernhöfen und Betrieben der Umgebung kam die Kundschaft meines Vaters.

Unser Haus war größer und höher als die anderen in der Straße, denn es war über die Einfahrt gebaut, die zum dahinter liegenden Hof und zu den Schuppen führte. Mein Zimmer lag zur Straßenseite des Hauses hin, direkt über der Einfahrt. Und da nur die Bodendielen und ein dünner Verputz zwischen mir und dem Freien lagen, war der Raum während des ganzen Jahres laut und während der Wintermonate tückisch kalt. In diesem Zimmer wuchs ich langsam heran und wurde zum Mann, der ich bin.

Ich bin *Le Professeur de la Magie* und ein Meister der Zauberkunst.

Bereits jetzt ist es an der Zeit innezuhalten, denn dieser Bericht soll nicht nach der üblichen Art der Autobiografien von meinem Leben handeln, sondern er soll sich, wie ich schon dargelegt habe, mit den Geheimnissen meines Lebens befassen. Geheimhaltung ist wesentlich für meine Arbeit.

Lassen Sie mich zunächst meine Vorgehensweise bei der Niederlegung dieses Berichts verdeutlichen (mir selbst und Ihnen gegenüber). Schon der Akt der Beschreibung meiner Geheimnisse könnte in der Tat als Verrat an mir selbst ausgelegt werden – natürlich kann ich als Illusionist allemal sicherstellen, dass Sie nur das sehen, was ich Sie sehen lassen will. Ein Rätsel ist dabei stillschweigend mit eingeschlossen.

Es erscheint mir deshalb nur fair bereits am Anfang den Versuch zu unternehmen, diese beiden eng miteinander verknüpften Themen zu erläutern – die Geheimhaltung und die richtige Einschätzung der Geheimhaltung.

Hierzu ein Beispiel.

Während ausnahmslos jedes Auftrittes kommt der Augenblick, da der Taschenspieler anscheinend eine Pause einlegt. Er tritt vor ans Rampenlicht und blickt, gänzlich beleuchtet, mitten ins Publikum. Er sagt – oder scheint zu sagen, wenn seine Vorführung stumm abläuft –: »Blicken Sie auf meine Hände. Sie sind leer.« Er hält sie dann hoch, damit das Publikum sie sehen kann, zeigt die Handflächen, spreizt die Finger – auch hier ist nichts. Dann dreht er die hoch gehaltenen Hände um, damit die Zuschauer auch die Handrücken sehen können. Damit ist bewiesen, dass seine Hände tatsächlich völlig leer sind. Um schließlich jeden etwaigen Verdacht auszuräumen, zupft der Magier vielleicht noch an den Ärmelaufschlägen seiner Jacke, zieht sie einen oder zwei Zoll zurück, um seine Handgelenke zu zeigen und zu demonstrieren, dass auch dort nichts versteckt sein kann. Nun führt er seinen Trick vor und holt dabei, nur wenige Augenblicke nach diesen unwiderlegbaren Beweisen, etwas aus seinen Händen hervor: einen Fächer, eine lebendige Taube oder ein Kaninchen, einen Strauß Papierblumen, manchmal sogar einen brennenden Docht. Es ist paradox, unmöglich! Die Zuschauer staunen angesichts des Rätsels. Beifall brandet auf.

Wie kann das sein?

Der Zauberkünstler und das Publikum haben den »Pakt der stillschweigend geduldeten Zauberei« geschlossen, wie ich es nenne. Sie titulieren ihn allerdings nicht so und tatsächlich sind sich die Zuschauer kaum bewusst, dass es einen solchen Pakt gibt. Dennoch besteht er.

Der Künstler ist natürlich überhaupt kein Zauberer, kein Hexenmeister, sondern ein Schauspieler, der die Rolle eines Zauberers spielt und wünscht, das Publikum glaube – wenn auch nur zeitweilig – daran, dass er mit dunklen Mächten in Verbindung stehe. Die Zuschauer unterdessen wissen, dass das, was sie sehen, keine wahre Zauberei ist, doch sie unterdrücken diese Kenntnis und willigen in eben denselben Wunsch ein wie der Künstler. Je größer das Geschick des Künstlers bei der Aufrechterhaltung der Illusion ist, für desto besser hält man ihn bei dieser täuschenden Zauberei.

Die Geste, durch die man die Hände leer zeigt, bevor man offenbart, dass sie trotz allen Anscheins nicht leer gewesen sein können, ist selbst ein wesentlicher Bestandteil des Paktes. Der Pakt meint, dass besondere Bedingungen herrschen. Wie oft kommt es denn im normalen gesellschaftlichen Leben zum Beispiel vor, dass jemand beweisen muss, dass seine Hände leer sind? Und bedenken Sie Folgendes: Sollte der Magier plötzlich eine Vase mit Blumen hervorholen, ohne zuerst den Zuschauern zu suggerieren, dass dies unmöglich sei, würde man es überhaupt nicht als Trick empfinden. Niemand würde applaudieren.

Dies illustriert also meine Methode.

Lassen Sie mich den »Pakt des stillschweigenden Einverständnisses« darlegen, unter dem ich diese Worte schreibe, damit diejenigen, die sie lesen, erkennen, dass das, was folgt, keine Zauberei ist, sondern nur so aussieht.

Lassen Sie mich sozusagen Ihnen zuerst meine Hände zeigen, mit den Handflächen nach außen, die Finger gespreizt, und ich sage Ihnen (und merken Sie sich das gut): »Jedes Wort in diesem Notizbuch, das mein Leben und meine Arbeit behandelt, ist wahr, ehrlich gemeint und zutreffend.«

Jetzt drehe ich meine Hände um, sodass Sie die Handrücken sehen können, und ich sage Ihnen: »Vieles von dem, was hier aufgeschrieben steht, kann objektiv überprüft werden. Meine Karriere ist in den Archiven der Zeitungen festgehalten, mein Name erscheint in biografischen Nachschlagewerken.«

Schließlich zupfe ich an den Ärmelaufschlägen meiner Jacke, um meine Handgelenke zu zeigen, und sage Ihnen: »Was würde ich alles in allem damit gewinnen, wenn ich einen falschen Bericht niederschriebe, wo er doch für keinen anderen bestimmt ist als für mich selbst, vielleicht für meine nächsten Anverwandten und die Angehörigen einer Nachwelt, der ich nie begegnen werde?«

Was würde ich in der Tat gewinnen?

Aber weil ich gezeigt habe, dass meine Hände leer sind, müssen Sie jetzt nicht nur eine Illusion erwarten, sondern auch in sie einwilligen!

Ohne auch nur einmal etwas Unwahres geschrieben zu haben, habe ich schon die Täuschung begonnen, die mein Leben ausmacht. Die Lüge ist in diesen Worten enthalten, schon in den allerersten. Sie ist der Stoff für alles, was folgt, doch nirgendwo wird sie offenkundig werden.

Ich habe Sie mit dem Gerede von Wahrheit, objektiven Aufzeichnungen und Motiven irregeleitet. Genau wie bei der Geste, mit der ich meine Hände leer zeige, habe ich die entscheidende Information weggelassen und jetzt blicken Sie auf die falsche Stelle.

Jeder Bühnenmagier weiß: Einige Menschen sind darob verblüfft, andere bekunden ihre Abneigung getäuscht zu werden, manche behaupten das Geheimnis zu kennen, doch die meisten Zuschauer, die zufriedene Mehrheit, nehmen einfach die Illusion als selbstverständlich hin und genießen die Magie zur Unterhaltung.

Aber es gibt immer den einen oder anderen, der das Geheimnis mit sich nimmt und sich darüber den Kopf zerbricht, ohne je einer Lösung nahe zu kommen.

Bevor ich die Geschichte meines Lebens wieder aufnehme, eine weitere Anekdote, die meine Methode illustriert.

Als ich noch jünger war, gab es in den Varietés eine modisch bedingte Vorliebe für die orientalische Magie. Das meiste davon wurde von europäischen oder amerikanischen

Illusionisten dargeboten, die als Chinesen gekleidet und geschminkt waren. Aber es gab auch ein oder zwei echte chinesische Magier, die nach Europa kamen, um hier aufzutreten. Einer von ihnen, vielleicht der Größte von allen, war ein Mann aus Shanghai namens Chi Linqua, der unter dem Künstlernamen Ching Ling Foo auftrat.

Ich habe Ching nur einmal während einer Vorstellung gesehen, und zwar vor einigen Jahren im Adelphi Theatre am Leicester Square. Am Ende der Nummer ging ich zum Bühneneingang und ließ ihm meine Karte überstellen und er lud mich freundlicherweise unverzüglich in seine Garderobe ein. Von seiner Magie wollte er nicht reden, aber mein Blick wurde von seinem berühmtesten Requisit gefesselt, das neben ihm auf einem Dreifuß ruhte: dem großen Goldfischglas, dem fantastischen Höhepunkt seiner Vorstellung, das er jedes Mal anscheinend aus dem Nichts hervorzauberte. Er forderte mich auf das Gefäß zu untersuchen: Es erwies sich in jeder Hinsicht als normal. Wenigstens ein Dutzend lebendige Zierfische schwammen darin, und es war gut mit Wasser angefüllt. Ich versuchte das Glas hochzuheben, da ich das Geheimnis seiner Materialisation kannte, und ich staunte über das Gewicht.

Ching sah, wie ich mich abmühte, sagte aber nichts. Er war sich offenbar nicht sicher, ob ich sein Geheimnis kannte oder nicht, und er wollte keinen Hinweis geben – selbst nicht einem Berufskollegen –, der zu dessen Aufdeckung führen konnte. Ich wusste nicht, wie ich ihm mitteilen sollte, dass ich das Geheimnis bereits kannte, und so wahrte auch ich mein Schweigen. Ich blieb fünfzehn Minuten lang bei ihm. Während dieser Zeit blieb er sitzen und nickte höflich zu den Komplimenten, die ich ihm machte. Bei meiner Ankunft hatte er schon seine Bühnenbekleidung abgelegt, er trug eine schwarze Hose und ein gestreiftes blaues Hemd, allerdings war er immer noch geschminkt. Als ich aufstand und mich zum Gehen anschickte, erhob auch er sich von seinem Stuhl neben dem Spiegel und geleitete mich zur Tür. Er ging mit gebeugtem Kopf, die Arme hingen schlaff herab und er schlurfte, als hätte er große Schmerzen in den Beinen.

Jetzt, da Jahre vergangen sind und er inzwischen tot ist, kann ich sein strengstens gehütetes Geheimnis enthüllen, ein Geheimnis, dessen zwanghafte Implikationen zu sehen ich in jener Nacht das Privileg hatte.

Sein berühmtes Goldfischglas befand sich während des gesamten Auftritts bei ihm auf der Bühne, bereit für das plötzliche und mysteriöse Erscheinen, und zwar geschickt vor dem Publikum verborgen. *Er trug das Glas unter seinem wallenden Mandaringewand* und hielt es eingeklemmt zwischen den Knien, bevor er es am Ende auf sensationelle und anscheinend wunderbare Weise hervorholte. Niemand unter den Zuschauern kam je darauf, wie der Trick durchgeführt wurde, obwohl mit nur wenig folgerichtigem Denken sich das Rätsel hätte lösen lassen.

Aber hier befand sich die Logik auf magische Weise in Konflikt mit sich selbst! Der einzig mögliche Ort, wo das schwere Glas versteckt werden konnte, war unter seinem Gewand. Doch das schien in logischer Hinsicht unmöglich zu sein. Die körperliche Schwäche Ching Ling Foos konnte jedermann sofort erkennen. Schlurfte er nicht voller Schmerzen durch seinen Auftritt? Wenn er sich am Schluss verneigte, musste er sich auf seinen Assistenten stützen und wurde humpelnd von der Bühne geführt.

Die Wirklichkeit stellte sich völlig anders dar. Ching war ein gesunder Mann von großer körperlicher Stärke, und es stand durchaus in seinen Kräften das Goldfischglas auf diese Weise zu tragen. Trotz allem, die Größe und Form des Goldfischglases ließen ihn schlurfen wie einen Mandarin, sobald er ging. Das gefährdete sein Geheimnis, denn es lenkte die Aufmerksamkeit auf die Art, wie er sich bewegte. Deshalb schleppte er sich durch sein ganzes Leben, um das Geheimnis zu wahren. Niemals, zu keiner Zeit, ob zu Hause oder auf der Straße, ging er auf normale Weise, weil sonst sein Geheimnis enthüllt worden wäre. Solcherart ist die Natur eines Mannes, der die Rolle eines Zauberers spielt.

Die Zuschauer wissen sehr wohl, dass ein Zauberer seine Illusionen jahrelang übt und dass er jede Vorstellung sorgfältig probt, aber nur wenige Menschen erkennen das *Ausmaß* seiner Besessenheit, die Art und Weise, wie die offensichtliche Außerkraftsetzung der normalen Gesetzmäßigkeiten zu einer fixen Idee wird, die jeden Augenblick seines Lebens beherrscht.

Ching Ling Foo hatte seine zwanghafte Täuschung, und nun, da Sie meine Anekdote über ihn gelesen haben, dürfen Sie ganz richtig annehmen, dass ich die meine habe. Meine Täuschung beherrscht mein Leben, prägt jede Entscheidung, die ich fälle, regelt jeden Augenblick. Selbst jetzt, wo ich beginne diese Erinnerungen niederzulegen, kontrolliert sie, was ich schreiben kann und was nicht. Ich habe meine Methode mit dem Herzeigen anscheinend leerer Hände umschrieben, aber in Wirklichkeit gleicht alles in diesem Bericht dem schlurfenden Gang eines doch gesunden Menschen.

2

Weil die Werkstatt gut ging, konnten meine Eltern es sich leisten, mich auf die Pelham Scholastic Academy zu schicken, eine private Elementarschule, die von den beiden Fräulein Pelham in der East Bourne Street unterhalten wurde, nahe bei den Überresten der alten Stadtmauer und beim Hafen. Dort, inmitten des hartnäckigen Gestanks faulender Fische, die am Strand und in der ganzen Umgebung des Hafens lagen, und vor dem ständigen, doch ausdrucksvollen Gekreisch der Silbermöwen, lernte ich Lesen, Schreiben und Rechnen, dazu ein bisschen Geschichte, Erdkunde und Französisch, diese fürchterliche Sprache. All das kam mir im späteren Leben gut zustatten. Meine Bemühungen, das Französische zu erlernen, waren zwar fruchtlos, aber die Ironie des Schicksals wollte es, dass die Bühnenpersönlichkeit, die ich als Erwachsener annehmen sollte, die eines französischen Professors war.

Auf meinem Schulweg querte ich den Hügelrücken des West Hill, der sich in der unmittelbaren Nachbarschaft unseres Hauses erhob. Der größte Teil des Weges folgte steilen, engen Pfaden durch duftende Tamariskenbüsche, die so viele der offenen Plätze von Hastings in Besitz genommen hatten. Hastings erlebte zu jener Zeit eine Periode des Aufschwungs, zahlreiche neue Häuser und Hotels wurden zur Unterbringung der Sommergäste gebaut. Davon sah ich wenig, denn die Schule befand sich in der Altstadt, während das Erholungsgebiet jenseits des White Rock errichtet wurde. Dieser Felssporn wurde dann auch während meiner Kindheit eines Tages auf eindrucksvolle Weise mit Dynamit in die Luft gesprengt, um für eine ausgedehnte Seepromenade Platz zu schaffen. Trotz alldem ging das Leben in der alten Stadtmitte von Hastings im Großen und Ganzen so weiter wie schon seit Jahrhunderten.

Über meinen Vater könnte ich viel erzählen, Gutes und Schlechtes, aber um der eigenen Geschichte willen werde ich mich auf das Beste beschränken. Ich liebte ihn und lernte viel von ihm über das Möbeltischlerhandwerk, gewann Kenntnisse, die – ohne dass er es beabsichtigt hätte – meinen Namen und mein Vermögen begründet haben. Ich kann bestätigen, dass mein Vater hart arbeitete und ehrlich, nüchtern, intelligent und auf seine Art großzügig war. Gegenüber seinen Angestellten verhielt er sich fair. Kein gottesfürchtiger Mann und kein Kirchgänger, verpflichtete er seine Familie zu einer wohlwollenden säkularen Haltung: weder aktiv noch passiv anderen Schaden zuzufügen. Er war ein hervorragender Möbeltischler und ein guter Stellmacher. Ich erkannte schließlich, dass seine Wutausbrüche, die unsere Familie zu ertragen hatte (denn da gab es einige), von heimlichen Enttäuschungen verursacht worden sein mussten; allerdings verstand ich nie so recht, worin deren Ursachen lagen. Obwohl ich niemals selbst Zielscheibe seiner schlimmsten Ausfälle war, wuchs ich mit etwas Furcht vor meinem Vater auf, aber ich liebte ihn zutiefst.

Der Name meiner Mutter lautete Betsy May Borden (geborene Robertson), der Name meines Vaters Joseph Andrew Borden. Ich hatte insgesamt sieben Brüder und Schwestern, allerdings starben zwei schon sehr früh. Ich war weder der

Älteste noch der Jüngste und wurde von keinem Elternteil besonders bevorzugt. Ich wuchs in annehmbarer Harmonie mit den meisten, wenn nicht allen, meiner Geschwister auf.

Als ich zwölf war, wurde ich aus der Schule genommen und kam als Stellmacherlehrling in die Werkstatt meines Vaters. Hier begann mein Leben als Erwachsener, und zwar in dem doppelten Sinn, dass ich von da an mehr Zeit mit Erwachsenen verbrachte als mit Kindern und dass meine eigene, wirkliche Zukunft mir klar zu werden anfing. Zwei Einflüsse wurden für mein Leben bestimmend.

Der erste bezog sich, einfach genug, auf den Umgang mit Holz. Ich war zwar seit meiner Geburt mit dem Geruch und dem Anblick von Holz vertraut, doch bisher hatte ich wenig Ahnung gehabt, wie es sich *anfühlte*, wenn man es hochnahm, spaltete oder sägte. Vom ersten Augenblick an, da ich das Holz in bestimmter Absicht berührte, begann ich es zu achten und zu erkennen, was mit ihm gemacht werden konnte. Wenn Holz richtig abgelagert und unter Berücksichtigung der natürlichen Maserung zugehauen wurde, dann ist es schön, stark, leicht und biegsam. Es kann in fast jede Form geschnitten und mit fast jedem anderen Material verarbeitet oder verbunden werden. Es ist gleichzeitig außerordentlich und alltäglich, etwas aus Holz Gefertigtes vermittelt eine Erfahrung solider Normalität und fällt kaum je auf.

Kurz gesagt, es ist das ideale Hilfsmittel für den Illusionisten.

In der Werkstatt wurde mir als Sohn des Inhabers keine Vorzugsbehandlung zuteil. Am ersten Tag der Lehre bekam ich die gröbste und härteste Arbeit in der Werkstatt zugewiesen – mit einem anderen Lehrling zusammen wurde ich in die Grube zur Schrotsäge gestellt. Die Zwölfstundentage bei dieser Arbeit (wir begannen täglich um sechs Uhr morgens und arbeiteten mit nur drei kurzen Essenspausen bis abends um acht) machten meinen Körper zäh wie keine andere Tätigkeit, die ich mir vorstellen kann, und sie lehrten mich die schweren Klafter Holz zu fürchten wie zu achten. Nach dieser Einführung, die einige Monate dauerte, wurde ich zu einer körperlich weniger anstrengenden, aber anspruchsvolleren Arbeit abgestellt. Ich durfte Holz für die Speichen und Felgen der Räder schneiden, drechseln und glätten. Hier kam ich in regelmäßigen Kontakt mit den Stellmachern und anderen Männern, die für meinen Vater arbeiteten, und sah meine Mitlehrlinge seltener.

Eines Morgens, etwa ein Jahr, nachdem ich die Schule verlassen hatte, kam ein Kontraktarbeiter namens Robert Noonan in die Werkstatt, um an der rückwärtigen Mauer des Hofes, die bei einem Sturm einige Jahre zuvor beschädigt worden war, dringende Reparatur- und Malerarbeiten auszuführen. Noonan aber machte mich mit der anderen großen Leidenschaft bekannt, die für mein späteres Leben wichtig werden sollte.

Da ich mit meinen Arbeiten beschäftigt war, bemerkte ich ihn kaum. Aber um ein Uhr am Mittag, als wir die Essenspause einlegten, trat Noonan zu uns und setzte sich mit mir und den anderen Männern an den auf Zimmermannsböcken ruhenden Tisch, an dem wir unsere Mahlzeit einnahmen. Er holte Spielkarten hervor und fragte uns, ob einer von uns Lust hätte »die Dame zu suchen«. Einige der älteren Männern machten sich darauf über ihn lustig und versuchten die anderen vom Spiel abzuhalten. Ein paar jedoch von uns blieben, um zuzuschauen. Kleine Geldbeträge wechselten den Besitzer; ich hatte nichts übrig, aber der ein oder andere Arbeiter war bereit, um ein paar Pence zu spielen.

Was mich faszinierte, war die geschmeidige, natürliche Art, in der Noonan mit den Karten umging. Er war so schnell! So gewandt! Er sprach leise, überzeugend und zeigte uns die Bildseiten von drei Spielkarten, legte sie dann nebeneinander – die Rücken nach oben – mit einer schnellen, fließenden Bewegung auf den kleinen Kasten, der vor ihm stand. Daraufhin bewegte er sie mit seinen langen Fingern umher und hielt schließlich inne, um uns zu fragen, welche der Karten nun die Dame sei. Die Arbeiter hatten langsamere Augen als ich und entdeckten die entsprechende Karte seltener (allerdings irrte ich mich öfter, als dass ich Recht behielt).

Endlich fragte ich Noonan: »Wie machen Sie das? Zeigen Sie es mir?«

Zuerst versuchte er mich mit Gerede von müßigen Händen abzuwimmeln, aber ich blieb beharrlich.

»Ich möchte wissen, wie Sie das anstellen!«, rief ich. »Die Dame liegt in der Mitte, aber Sie bewegen die Karten nur zweimal und dann befindet sich die Dame nicht dort, wo sie nach meiner Meinung sein müsste! Worin besteht das Geheimnis?«

Also nahm er mich eines Mittags, anstatt die anderen zu schröpfen, in eine ruhige Ecke des Schuppens mit und zeigte mir, wie man die drei Karten manipulieren musste, damit die Hand das Auge täuschte. Die Dame und eine weitere Karte nahm er, eine über der anderen, leicht zwischen Daumen und Mittelfinger der linken Hand; die dritte Karte hielt er in der rechten. Als er die Karten hinlegte, bewegte er seine Hände über Kreuz, fuhr mit den Fingerspitzen über die Oberfläche und hielt kurz an, um anzudeuten, die Dame sei als Erste hingelegt worden. Tatsächlich war es fast immer eine der anderen Karten, die heimlich vor ihr herunterglitt. Das war der klassische Trick, dessen korrekter Name »Dreikartentrick« oder »Kümmelblättchen« lautet.

Als ich ihn begriffen hatte, zeigte mir Noonan einige weitere Techniken. Er lehrte mich, wie man eine Karte palmiert, das heißt in der Hand verschwinden lässt, wie man beim Mischen mogelt, sodass die Reihenfolge der Karten nicht durcheinander kommt, wie man den Pack abhebt und dabei eine bestimmte Karte nach oben oder unten im Spiel bringt, schließlich wie man jemandem einen Fächer Karten hinhält und ihn forciert, das heißt zwingt, eine bestimmte Karte zu wählen. Er behandelte das Ganze ziemlich beiläufig und gab eher damit an, als dass er es mir wirklich gezeigt hätte. Wahrscheinlich bemerkte er die gespannte Aufmerksamkeit gar nicht, mit der ich alles aufnahm.

Als er seine Vorführung beendet hatte, probierte ich den Trick mit der Dame, aber die Karten flatterten überall umher. Ich versuchte es erneut. Und wieder. Und immer wieder, noch lange, nachdem Noonan selbst das Interesse verloren hatte und davonspaziert war. Am Abend des ersten Tages hatte ich, allein in meinem Schlafzimmer, den Dreikartentrick gemeistert und machte mich an die anderen Techniken, die ich gesehen hatte.

Eines Tages, als die Malerarbeiten beendet waren, verließ Noonan die Werkstatt und verschwand aus meinem Leben. Ich habe ihn nie wieder gesehen. Er ließ einen aufgeschlossenen Jungen zurück, der einen unwiderstehlichen Drang verspürte jene Kunst zu beherrschen, die, wie ich später aus einem entliehenen Buch erfuhr, Taschenspielerei genannt wurde.

Die Taschenspielerei, Fingerfertigkeit, Zauberkunst bestimmten mein weiteres Leben.

3

Während der nächsten drei Jahre entwickelte sich mein Leben in mancher Hinsicht. Zum einen wuchs ich schnell zum Mann heran. Zum anderen erkannte mein Vater bald mein Geschick für die Tischlerei und sah ein, dass meine Fähigkeiten die vergleichsweise groben Anforderungen des Stellmacherhandwerks überstiegen. Und schließlich lernte ich mit meinen Händen zu zaubern.

Diese drei Bereiche meines Lebens waren ineinander verflochten wie die Stränge eines Seils. Sowohl Vater wie auch ich mussten unseren Lebensunterhalt verdienen und deshalb galt ein großer Teil meiner Arbeit in der Werkstatt den Fässern, Achsen und Rädern, die unsere Haupteinnahmequelle darstellten. Wenn er es aber einrichten konnte, dann unterrichtete er oder einer seiner Vorarbeiter mich im feineren Handwerk der Möbeltischlerei. Mein Vater sah für mich eine Zukunft in diesem Gewerbe. Wenn ich mich als so geschickt erweisen sollte, wie er dachte, wollte er mir am Ende meiner Lehre eine eigene Möbelwerkstatt einrichten und mir gestatten, sie ganz nach meinen Vorstellungen auszubauen. Er wollte sich dann am Ende mir anschließen, wenn er sich von seiner Werkstatt zurückziehen würde. So wurden mir denn einige der Enttäuschungen seines Lebens offenkundig. Mein Geschick in der Tischlerei weckte in ihm Erinnerungen an die Wünsche seiner eigenen Jugend.

Inzwischen entwickelte sich schnell meine andere Fertigkeit, die ich als meine wirkliche Kunst betrachtete. Alle freie Zeit, die mir blieb, war der Einübung der Zauberkunst gewidmet. Insbesondere lernte ich alle bekannten Kartentricks und versuchte sie zu beherrschen. Die Fingerfertigkeit sah ich als die Grundlage aller Magie, so wie die Tonleitern der komplexesten Symphonie zugrunde liegen. Es war schwer Nachschlagewerke zu diesem Thema zu bekommen. Aber es gibt Bücher über Magie, und wenn man eifrig danach sucht, kann man sie finden. Nacht für Nacht stand ich in meinem kalten Zimmer über dem Torbogen vor einem großflächigen Spiegel und übte das Palmieren und das Forcieren, das Mischen und Auslegen, das Weitergeben und Fächern der Karten. Ich entdeckte verschiedene Arten des Abhebens und der Ablenkung. Ich lernte die Kunst der Irreführung, bei der der Magier die alltäglichen Erfahrungen der Zuschauer ausnutzt, um deren Sinne zu verwirren. Etwa mit dem metallenen Vogelkäfig, der zu stabil aussieht, als dass er einstürzen könnte, mit dem Ball, der zu groß wirkt, um ihn in einem Ärmel zu verstecken, das Schwert, dessen gehärtete Stahlklinge völlig unbiegsam erscheint. Schnell eignete ich mir ein Repertoire solcher Taschenspielertricks an. Jeder dieser Fertigkeiten widmete ich mich so lange, bis ich sie richtig konnte, dann wandte ich mich ihr erneut zu, bis ich sie beherrschte, und schließlich noch einmal, bis ich in ihr perfekt war. Ich hörte nie auf zu üben.

Die Stärke und die Gewandtheit meiner Hände waren der Schlüssel dazu.

Ich unterbreche den Bericht meines Lebens, um meine Hände zu betrachten. Die Feder lege ich nieder und halte die Hände vor mich hin, drehe sie im Licht des Glühstrumpfs und versuche sie nicht auf die vertraute Art zu sehen, wie ich sie jeden Tag wahrnehme, sondern wie sie meiner Vorstellung nach ein Fremder sehen könnte. Acht lange und schlanke Finger, zwei kräftige Daumen, die Nägel akkurat gestutzt. Nicht die Hände eines Künstlers, nicht die eines Arbeiters oder eines Chirurgen, sondern die Hände eines Tischlers, der Zauberkünstler geworden ist. Wenn ich sie mit den Handflächen nach oben drehe, sehe ich eine blasse, fast durchscheinende Haut mit stärker geröteten Flecken zwischen den Fingergelenken. Die Daumenballen sind gerundet. Aber wenn ich die Muskeln anspanne, bilden sich auf den Handflächen harte Wülste. Jetzt wende ich sie wieder und erblicke die feine Haut, überstäubt von blonden Haaren. Frauen sind von meinen Händen fasziniert und einige behaupten, sie liebten sie.

Jeden Tag übe ich meine Hände, selbst jetzt in reifem Alter. Sie sind stark genug, um einen Tennisball aus Gummi aufzubrechen. Ich kann mit den Fingern Stahlnägel biegen, und wenn ich mit dem Handballen auf Hartholz schlage, splittert es. Doch die gleiche Hand kann zwischen Ringfinger und kleinem Finger leicht eine Viertelpenny-Münze versteckt halten, während sie im Übrigen Apparate bedient, auf eine Tafel schreibt oder den Arm eines Freiwilligen aus dem Publikum fasst. Und sie kann den Viertelpenny die ganze Zeit hindurch halten, bevor sie ihn geschickt dorthin gleiten lässt, wo er auf magische Weise zu erscheinen hat.

Auf meiner linken Hand befindet sich eine kleine Narbe, eine Erinnerung an jene Zeit meiner Jugend, als ich den wahren Wert meiner Hände kennen lernte. Durch jede Übung mit einem Kartenspiel, einer Münze, einem hübschen Seidentuch oder irgendeinem der Zauberrequisiten, die ich nach und nach zusammentrug, erfuhr ich erneut, dass die menschliche Hand ein zartes Instrument ist, fein, stark und empfindlich. Doch die Tischlerei war eine Gefahr für meine Hände – eine unerfreuliche Tatsache, wie ich eines Morgens in der Werkstatt entdecken musste. Ein Augenblick der Unaufmerksamkeit beim Formen einer Felge, ein achtloses Umgehen mit dem Stemmeisen und schon schnitt ich mich tief in die linke Hand. Ich erinnere mich noch, wie ich ungläubig dastand, die Finger gekrümmt wie die Krallen einer Klaue, und dunkelrotes Blut quoll aus der klaffenden Wunde, rann an Handgelenk und Arm herab. Die Männer, mit denen ich an jenem Tag zusammenarbeitete, waren daran gewöhnt, mit solchen Verletzungen umzugehen, und wussten, was zu tun war. Man legte mir eine Aderpresse an und holte einen Wagen, um mich ins Krankenhaus zu bringen. Zwei Wochen lang blieb meine Hand bandagiert. Nicht Blut, Schmerz noch Unbequemlichkeit beunruhigten mich, ich hatte Angst, meine Hand würde sich, sobald die Wunde selbst geheilt war, als *durchstochen* erweisen, auf eine endgültige, verheerende Weise für immer unbeweglich. Wie sich herausstellte, blieb kein dauernder Schaden zurück. Nach einer entmutigenden Zeitspanne, während der die Hand steif und ungeschickt war, entspannten sich die Sehnen und Muskeln allmählich, die Wunde verheilte gänzlich und binnen zweier Monate war alles wieder gut.

Ich betrachtete den Vorfall jedoch als Warnung. Damals stellte meine Taschenspielerei nur eine Liebhaberei dar. Ich war noch nie vor jemandem aufgetreten, nicht einmal – wie Richard Noonan – zur Unterhaltung der Männer der Werkstatt. All meine Magie erschöpfte sich im bloßen Üben vor dem großen Spiegel. Aber sie war zugleich eine zeitaufwändige Liebhaberei, eine Passion, ja, sie artete fast schon zur Besessenheit aus. Deshalb konnte ich nicht zulassen, dass eine Verletzung sie in Frage stellte.

Jene Verletzung an der Hand stellte daher einen entscheidenden Wendepunkt meines Lebens dar. Bevor ich sie mir zugezogen hatte, war ich ein Stellmacherlehrling mit einem fesselnden Zeitvertreib gewesen, danach jedoch wurde ich zum jungen Magier, der nicht mehr zuließ, dass sich ihm etwas in den Weg stellte. Es wurde wichtiger für mich, eine versteckte Karte zu palmieren, in einem mit Filz gefütterten Beutel nach einer verborgenen Billardkugel zu greifen oder insgeheim eine geborgte Fünfpfundnote in eine präparierte Orange zu schieben, als das Risiko einzugehen, mich eines Tages erneut an der Hand zu verletzen, vielleicht gerade bei der Arbeit am Karrenrad eines Gastwirts.

Ich habe mir nichts davon gesagt! Was soll das? Wie weit soll das noch gehen? Ich darf nichts mehr schreiben, bis ich es weiß!

Also, wo wir uns jetzt ausgesprochen haben, darf ich weiterschreiben, einverstanden? Hier mache ich weiter, gemäß der Vereinbarung. Ich darf schreiben, was ich für passend halte, während ich dazu Anmerkungen machen darf, wie es mir für richtig erscheint. Ich habe nichts geplant, dem ich nicht zustimmen könnte, nur habe ich vor, beträchtlich mehr davon zu schreiben, bevor ich es zu lesen bekommen werde. Ich bitte um Verzeihung, wenn ich denke, ich würde mich täuschen. Ich habe es nicht böse gemeint.

Ich habe es einige Male durchgelesen & ich glaube, ich verstehe, worauf ich hinauswill. Es war nur die Überraschung, die mich so reagieren ließ. Jetzt, wo ich ruhiger bin, finde ich es ganz annehmbar.

Aber vieles fehlt! Ich glaube, ich muss als Nächstes über die Begegnung mit John Henry Anderson schreiben, denn durch ihn wurde ich mit den Maskelynes bekannt gemacht.

Vermutlich gibt es keinen besonderen Grund, warum ich nicht direkt dazu übergehen sollte?

Entweder muss ich das jetzt tun oder ich muss eine Notiz hinterlassen, damit ich sie finde. Tausch sie häufiger mit mir aus!

Ich darf auf keinen Fall auslassen:

1. Auf welche Weise ich entdeckte, was Angier tat & was ich mit ihm machte.

2. Olive Wenscombe (nicht meine Schuld, wohlgemerkt).

3. Was ist mit Sarah, den Kindern?

Der Pakt erstreckt sich sogar darauf, oder? Dementsprechend interpretiere ich ihn. Wenn es sich so verhält, muss ich entweder eine Menge auslassen oder viel mehr einschieben.

Überrascht stelle ich fest, wie viel ich schon geschrieben habe.

4

Im Jahre 1872, ich war sechzehn Jahre alt, kam John Henry Anderson mit seiner Touring Magical Show nach Hastings und gastierte eine Woche am Gaiety Theatre in der Queens Road. Ich besuchte seine Vorstellung jeden Abend und wählte meinen Platz so weit vorn, wie ich es mir nur leisten konnte. Es wäre für mich unvorstellbar gewesen auch nur einen einzigen seiner Auftritte zu verpassen. Zu jener Zeit war er nicht nur der führende Bühnenillusionist mit einem Tourneeprogramm und ihm wurden nicht nur die Erfindung vieler verblüffender neuer Effekte zugeschrieben, sondern er stand auch in dem Ruf, jungen Zauberern Hilfe zu gewähren und sie zu ermutigen.

Jeden Abend führte Mr. Anderson einen besonderen Trick vor, der in der Welt der Magie als »Die Illusion des modernen Kabinetts« geläufig ist. Dazu lud er eine Gruppe von Freiwilligen aus dem Publikum auf die Bühne. Diese Männer (es waren immer Männer) mussten einen großen Kabinettschrank aus Holz auf die Bühne ziehen. Er war auf Räder gesetzt und damit ein gutes Stück über den Boden erhoben. Niemand konnte daher durch eine Klappe an der Unterseite heimlich hineingelangen. Die Gruppe wurde dann eingeladen das Kabinett von innen und außen zu inspizieren, sich zu überzeugen, dass es leer sei, es herumzudrehen, damit die Zuschauer das Requisit von allen Seiten sehen konnten. Schließlich wurde noch einer aus der Schar ausgewählt, der einen Augenblick in den Schrank trat – keine andere Person konnte also darin versteckt sein. Daraufhin schlossen die Männer in einer gemeinsamen Aktion die Tür und sicherten sie mit schweren Vorhängeschlössern. Während die Freiwilligen noch auf der Bühne standen, drehte Mr. Anderson das Kabinett wieder herum, damit sich die Zuschauer überzeugen konnten, dass es sicher verschlossen war. Schließlich schlug der Zauberer mit schnellen Bewegungen die Schlösser fort, warf die Tür auf … und eine schöne junge Frau, seine Assistentin, trat heraus in einem bauschigen Kleid und mit einem großen Hut.

Jeden Abend, wenn Mr. Anderson nach Freiwilligen fragte, meldete ich mich eifrig, und jeden Abend überging er mich. Dabei wollte ich unbedingt genommen werden! Ich wollte herausfinden, wie es war, im Rampenlicht auf der Bühne zu stehen, vor einem Publikum. Ich wollte in Mr. Andersons Nähe sein, wenn er den Trick vollführte. Und ich wollte unbedingt aus der Nähe sehen, wie der Schrank gebaut war. Natürlich kannte ich das Geheimnis des »Modernen Kabinetts«, denn inzwischen hatte ich den Mechanismus jeder Illusion, die es damals gab, gelernt oder selbst entdeckt. Aber das Kabinett eines erstklassigen Magiers aus der Nähe zu sehen, hätte mir die Gelegenheit gegeben es auch zu untersuchen. Denn das Geheimnis dieses besonderen Tricks liegt ganz in der Herstellung des Schranks. Schade, die Chance dazu sollte sich nicht ergeben.

Nach der letzten Vorstellung seines kurzen Gastspiels nahm ich all meinen Mut zusammen und ging zum Bühneneingang. Ich wollte Mr. Anderson abpassen, wenn er das Theater verließ. Kaum jedoch hatte ich eine Minute draußen gestanden, da kam der Pförtner aus seinem Kabuff und sprach mich an. Er hielt dabei den Kopf leicht zur Seite geneigt und musterte mich neugierig.

»Verzeihen Sie, Sir«, sagte er. »Aber Mr. Anderson hat mich angewiesen Sie einzuladen, ihn in seiner Garderobe zu besuchen, sollten Sie hier erscheinen.«

Unnötig zu erwähnen, dass ich äußerst überrascht war!

»Sind Sie sicher, dass er wirklich mich gemeint hat?«, fragte ich.

»Ja, Sir, absolut sicher.«

Immer noch verblüfft, aber außerordentlich erfreut und aufgeregt, lief ich, den Anweisungen des Pförtners folgend, durch schmale Gänge und über Treppen und fand bald die Garderobe des Stars. Dann …

Dann folgte ein kurzes, aufregendes Gespräch mit Mr. Anderson. Ich möchte es hier nicht in allen Einzelheiten wiedergeben, teils, weil es weit zurückliegt und ich deshalb manches Detail vergessen habe, teils aber auch, weil ich erst vor nicht allzu langer Zeit aufgehört habe mich meines damaligen jugendlichen Überschwanges zu schämen. Seine Auftritte, die ich während einer Woche von den vorderen Reihen aus verfolgte, hatten mich überzeugt, dass er ein brillanter Künstler war, geschickt im Bühnengeplauder und in der Darbietung, ohne Fehl in der Ausführung seiner Illusionen. Die Begegnung mit ihm hatte mir fast die Sprache verschlagen, aber als ich den Mund endlich aufbrachte, sprudelte ein Sturzbach an Lob und Begeisterung hervor.

Trotz alledem kamen jedoch zwei Themen in der Garderobe zur Sprache, die von gewissem Interesse sind.

Zunächst war da seine Erklärung, warum er mich nie ausgewählt hatte. Er sagte, er hätte mich beinahe am ersten Abend genommen, weil ich als Erster aufgesprungen war. Doch aus irgendeinem Grund hatte er sich dann anders besonnen. Als er mich bei den folgenden Vorstellungen wieder entdeckte, schloss er, dass er einen Zauberkollegen vor sich haben müsse. – Wie mein Herz vor Freude höher sprang, als ich solche Anerkennung fand! – Deshalb scheute er sich auch mich auszuwählen. Er wusste nicht und konnte auch nicht in Erfahrung bringen, ob ich vielleicht irgendwelche Hintergedanken hegte. Viele Magier, vor allem aufstrebende junge am Beginn ihrer Karriere, sind sich nicht zu schade Ideen ihrer schon etablierten Kollegen zu stehlen. Deshalb hatte ich für Mr. Andersons Vorsicht Verständnis.

Daraus nun ergab sich das zweite Thema unseres Gesprächs: Er hatte erkannt, dass ich am Anfang meiner Karriere stand. Sogleich verfasste er mir ein kurzes Einführungsschreiben, das ich in der St. George's Hall in London vorweisen sollte. Dort könne ich Mr. Nevil Maskelyne höchstpersönlich treffen.

Etwa zu diesem Zeitpunkt übermannte mich meine Erregung, die Erinnerung an meine jugendliche Überschwänglichkeit wird nun zu schmerzlich.

Etwa sechs Monate nach der aufregenden Begegnung mit Mr. Anderson wandte ich mich tatsächlich in London an Mr. Maskelyne und daraufhin setzte meine eigentliche Karriere als Magier ein. Das ist, knapp geschildert, die Geschichte, wie ich Mr. Anderson und – durch ihn – Mr. Maskelyne kennen lernte. Ich will jetzt allerdings nicht auf die verschiedenen Schritte eingehen, die der Vervollkommnung meiner Kunst bis hin zur Bühnenreife dienten, es sei denn, sie wären von Belang für den Hauptpunkt dieses Berichts. Während einer langen Zeitspanne erlernte ich meine Kunst, indem ich sie vorführte. Aber leider fielen die Vorstellungen bei weitem nicht so gut aus, wie ich es eigentlich beabsichtigt hatte. Diese Episode in meinem Lebens interessiert mich heute nicht mehr sonderlich.

Etwas jedoch ist noch von Bedeutung, was meine Begegnung mit Mr. Anderson und die folgenden Ereignisse betrifft. Er und Mr. Maskelyne waren die einzigen beiden wichtigen Magier, auf die ich traf, bevor mein Pakt seine heutige Form annahm. Deshalb sind die beiden auch die einzigen Kollegen unter den Illusionisten, die das Geheimnis meiner Täuschung kennen. Mr. Anderson ist leider schon tot, aber die Familie Maskelyne, Mr. Nevil Maskelyne eingeschlossen, widmet sich noch der Welt der Magie. Ich weiß, dass ich auf ihr Schweigen vertrauen kann; tatsächlich *muss* ich ihnen vertrauen. Dafür, dass meine Geheimnisse manchmal gefährdet waren, gebe ich keineswegs Mr. Maskelyne die Schuld. Nein, wirklich nicht, denn der wahre Schuldige ist mir gut bekannt.

Ich will mich jetzt wieder dem Hauptstrom des Berichts zuwenden, an der Stelle fortfahren, an der ich unterbrach.

5

Vor einigen Jahren soll ein Zauberer (ich glaube, es war Mr. David Devant) gesagt haben: »Magier schützen ihre Geheimnisse nicht deshalb, weil diese Geheimnisse groß und wichtig, sondern weil sie klein und trivial sind. Die wunderbaren Effekte, die auf der Bühne erzielt werden, sind oft das Ergebnis eines so absurden Geheimnisses, dass der Magier gänzlich in Verlegenheit geriete, wenn er zugeben müsste, wie alles funktioniert.«

Das stellt, in Kürze, das Paradoxe an der Bühnenzauberei dar.

Dass ein Trick bei Enthüllung des Geheimnisses »kaputt« ist, wird allgemein als gegeben angenommen, nicht nur von den Magiern, sondern auch von den Zuschauern. Die meisten Menschen genießen das Gefühl des Rätselhaften, das während einer Vorstellung entsteht, und wollen nicht, dass es zerstört wird, ganz gleich, wie neugierig sie auch scheinbar auf das Geheimnis sind.

Der Magier möchte natürlich seine Tricks vor Entdeckung schützen, damit er mit ihnen weiterhin seinen Lebensunterhalt verdienen kann, und das ist allgemein anerkannt. Er wird allerdings ein Opfer seiner eigenen Geheimhaltung. Je länger ein Trick Bestandteil seines Repertoires ist, je öfter er erfolgreich vorgeführt und je größer somit die Zahl der Leute wird, die der Zauberer mit diesem Trick täuscht, desto wichtiger erscheint es ihm sein Geheimnis zu wahren.

Der Effekt nimmt zu. Viele Zuschauer sehen den Trick, andere Magier kopieren oder adaptieren ihn, der Zauberer selbst entwickelt ihn weiter, sodass sich seine Darbietung im Laufe der Jahre verändert und der Trick noch kunstvoller wirkt oder noch unmöglicher zu erklären scheint. Das Geheimnis bleibt währenddessen bestehen. Es bleibt klein und trivial und im selben Maß, wie der Effekt anwächst, wächst sich die Trivialität zur immer größeren Bedrohung für den Ruf des Magiers aus. Die Geheimhaltung wird zwanghaft.

Nun aber zum eigentlichen Thema:

Ich habe mein ganzes Leben damit zugebracht, mein Geheimnis zu bewahren, indem ich hinkte (ich spiele auf Ching Ling Foo an und meine das natürlich nicht wörtlich). Ich bin jetzt in einem solchen Alter und habe mir, offen gesagt, einen solchen Wohlstand erworben, dass Bühnenauftritte ihre goldene Verlockung verloren haben. Soll ich deshalb, bildlich gesprochen, für den Rest meines physischen Daseins hinken, um ein Geheimnis zu bewahren, von dem nur wenige wissen, dass es existiert, und über das sich noch weniger Gedanken machen? Ich glaube nicht und deshalb werde ich schließlich mit einer lebenslangen Gewohnheit brechen und über den »Neuen Transmittierten Menschen« schreiben. Das ist der Name der Illusion, die mich berühmt gemacht hat und von der viele sagen, sie sei das größte Kunststück der Magie, das je auf einer internationalen Bühne gezeigt wurde.

Ich beabsichtige zuerst eine kurze Beschreibung dessen zu geben, was die Zuschauer dabei sehen.

Und dann, an zweiter Stelle: eine Enthüllung des Geheimnisses, das dahinter steckt!

Das ist der Zweck dieses Berichts. Und jetzt lege ich, wie vereinbart, meine Feder beiseite.

Drei Wochen lang habe ich nichts in dieses Buch geschrieben. Ich brauche nicht zu erklären, warum; mir braucht nicht erklärt zu werden, warum. Das Geheimnis des »Neuen Transmittierten Menschen« gehört nicht mir allein, wenn es darum geht, es zu enthüllen, & damit Schluss! Welche Verrücktheit hat mich denn gepackt?

Das Geheimnis hat mir viele Jahre gut gedient & zahlreiche Versuche, es auszuforschen, sind fehlgeschlagen. Ich habe den größten Teil meines Lebens damit zugebracht, es zu schützen. Ist das nicht Grund genug für den Pakt?

Und doch schreibe ich jetzt, dass alle derartigen Geheimnisse trivial sind. Trivial! Habe ich denn mein Leben einem *trivialen* Geheimnis geweiht?

Die ersten beiden meiner drei Wochen des Schweigens habe ich über diesen ärgerlichen Einblick in mein Lebenswerk nachgedacht.

Dieses Buch, dieses Journal, dieser Bericht – wie soll ich es nennen? – ist selbst ein Produkt des Pakts, wie ich schon festgestellt habe. Habe ich wirklich alle Implikationen bedacht?

Wenn ich einmal eine Aussage mache, selbst wenn sie unüberlegt ist oder in einem unpassenden Augenblick geäußert wird, übernehme ich unter dem Pakt doch immer die Verantwortung dafür, genau so, als hätte ich selbst die Worte gesprochen. Wie ich es auch tue, wenn die Rollen vertauscht sind – oder zumindest habe ich das immer angenommen.

Diese Einheit der Absicht, der Handlungen, der Worte ist wesentlich für den Pakt.

Aus diesem Grund will ich nicht zurückblättern & die obigen Zeilen ausstreichen, in denen ich eine Enthüllung meines Geheimnisses verspreche. (Genauso kann ich später nicht gerade die Zeilen streichen, die ich jetzt im Augenblick schreibe.)

Jedoch darf es keine Enthüllung meines Geheimnisses geben & sie darf nicht noch einmal in Betracht gezogen werden. Ich muss noch eine Weile länger hinken.

Ich ignoriere die Tatsache, dass Rupert Angier noch lebt! Ich verdränge ihn tatsächlich manchmal aus meinen Gedanken, indem ich absichtlich Schleier des Vergessens um ihn & seine Taten lege. Aber der Schuft ist immer noch am Leben. Solange er auf Erden weilt, ist mein Geheimnis in Gefahr.

Wie ich höre, führt er immer noch seine Version des »Neuen Transmittierten Menschen« auf. Während der Nummer macht er weiterhin diese beleidigende Bemerkung über das Rampenlicht hinweg: Was das Publikum nun gleich sehen werde, sei »oft kopiert, doch nie verbessert«. Es nagt an mir, wenn ich diese Berichte höre, & noch mehr, wenn ich andere von Eingeweihten erhalte. Angier ist auf eine neue Methode der Übertragung verfallen & man sagt, sie sei gelungen. Sein fataler Fehler ist es jedoch, dass der Effekt langsam ist. Was immer er behaupten mag, er kann immer noch nicht den Trick so schnell vollführen wie ich! Wie er danach brennen muss, meine Wahrheit zu erfahren!

Der Pakt muss wirksam bleiben. Keine Enthüllungen!

Da Angier in die Geschichte eingeführt wurde, werde ich beschreiben, welches Problem er anfangs für mich darstellte, und ausführlich über den Ursprung unseres Streits berichten. Es wird bald offenbar werden, dass ich die Fehde angefangen habe und ich mache keinen Hehl aus meiner Verantwortung hierfür.

Jedoch wurde ich durch das irregeführt, was ich als höchste Prinzipien betrachtete, und als ich erkannte, was ich getan hatte, versuchte ich es wieder gutzumachen. Im Folgenden werde ich schildern, wie alles begann.

Am Rande der professionellen Magie gibt es ein paar Individuen, welche die Zauberkunst als eine leichte Methode zur Übertölpelung der Leichtgläubigen und der Reichen ansehen. Sie benutzen die dieselben magischen Geräte und Apparate wie die legitimen Magier, aber sie geben vor, ihre Effekte seien »echt«.

Von dem künstlerischen Selbstverständnis des Bühnenmagiers, der die Rolle des Hexenmeisters spielt, weicht diese Haltung nur um eine Nuance ab, jedoch um eine entscheidende Nuance.

Zum Beispiel eröffne ich meine Vorführung manchmal mit einer Illusion, die sich »Die Chinesischen Ringe« nennt. Ich beginne damit, dass ich mich in der Mitte der erleuchteten Bühne platziere und die Ringe beiläufig hochhalte. Ich gebe keinen Hinweis, was ich mit ihnen vorhabe. Die Zuschauer sehen (oder glauben beziehungsweise haben den Eindruck, sie sehen) zehn große, einzelne Ringe aus einem glänzenden Metall. Die Utensilien werden einigen Leuten aus dem Publikum gezeigt, die sie anfassen und prüfen dürfen und stellvertretend für alle Anwesenden feststellen, dass die Ringe fest sind, ohne Fugen, ohne Öffnungen. Dann nehme ich die Ringe wieder an mich, füge sie zur allgemeinen Überraschung zu einer Kette aneinander und halte diese für jeden gut sichtbar in die Höhe. Ich verbinde und trenne die Ringe, nachdem die Hand eines Zuschauers sie genau an der Stelle berührt hat, wo sie ineinander gleiten. Ich füge einige der Ringe zu Figuren und Formen zusammen, trenne sie dann genau so schnell wieder und schiebe sie beiläufig über einen meiner Arme oder hänge sie um meinen Hals. Am Ende der Nummer sieht man mich (oder glaubt es) wieder zehn einzelne vollkommene Ringe halten.

Wie funktioniert das? Als Antwort möchte ich geben, dass ein solcher Trick nur nach Jahren der Übung vorgeführt werden kann. Es gibt da natürlich ein Geheimnis, und weil die »Chinesischen Ringe« immer noch ein populärer Trick sind, kann ich nicht leichthin enthüllen, worauf er beruht. Es handelt sich um eine Illusion, die nicht so sehr wegen des anscheinend wunderbaren Geheimnisses geschätzt wird, sondern wegen des Geschicks, der Eleganz, der effektvollen Darbietung, mit der sie vorgeführt wird.

Nehmen Sie jetzt einmal einen anderen Magier. Er zeigt dieselbe Illusion, verwendet dasselbe Geheimnis, aber er behauptet laut, er verbinde und trenne die Ringe mit zauberischen Mitteln. Würde man seine Vorstellung nicht anders einschätzen? Er erschiene nicht geschickt, sondern mystisch und mächtig. Er wäre nicht ein bloßer Unterhalter, sondern ein Wundertäter, der den Naturgesetzen trotzt.

Falls ich zugegen wäre, dann müsste ich dem Publikum sagen: »Das ist nur ein Trick! Die Ringe sind nicht, was sie zu sein scheinen. Und Sie haben nicht gesehen, was Sie gesehen zu haben glauben.«

Darauf würde der Wundertäter (irreführend) antworten: »Was ich gerade dem Publikum vorgeführt habe, ist ein Ergebnis des Übernatürlichen. Wenn Sie behaupten, dass es sich nur um einen Zaubertrick handelt, dann erklären Sie bitte allen, wie er funktioniert.«

Und dann wüsste ich keine Antwort. Ich könnte das Funktionieren eines Tricks nicht enthüllen, weil ich durch meine Berufsehre gebunden bin.

Also bliebe das Wunder anscheinend ein Wunder.

Zu Beginn meiner Karriere waren Geistereffekte beziehungsweise der »Spiritismus« in Mode. Einige dieser Erscheinungen wurden offen auf der Theaterbühne präsentiert, andere mehr im Verborgenen in Studios oder Privatwohnungen inszeniert. Allen waren bestimmte Eigentümlichkeiten gemeinsam. Es wurde vorgegeben Trauernden oder älteren Menschen damit Hoffnung zu vermitteln. Erweckte man doch den Anschein, es gebe ein Leben nach dem Tod. Auf der Jagd nach dieser Vergewisserung wechselte viel Geld den Besitzer.

Für den professionellen Magier wies der Spiritismus zwei Hauptmerkmale auf. Erstens wurden immer magische Standardtechniken verwendet. Zweitens postulierten die verantwortlichen »Spiritisten» stets, die Effekte würden auf übernatürliche Weise hervorgerufen. Mit anderen Worten, es wurden falsche Behauptungen über wunderbare »Kräfte« aufgestellt.

Das ärgerte mich. Da die verwendeten Tricks von jedem Bühnenillusionisten, der diesen Namen verdient, leicht zu reproduzieren sind, war es gelinde gesagt irritierend zu hören, dass sie als paranormale Phänomene ausgegeben wurden. Zudem sollte deren Manifestation »beweisen«, dass es ein Leben nach dem Tod gebe, dass Geister umgingen, die Toten sprächen und so fort. Es handelte sich um eine Lüge, doch diese Tatsache war schwer zu beweisen.

1874 kam ich nach London. Unter der Anleitung von John Henry Anderson und mit der Förderung durch Nevil Maskelyne suchte ich mir Arbeit in den Theatern und Varietés, die überall in der Hauptstadt angesiedelt waren. In jenen Tagen gab es zwar einigen Bedarf an Bühnenmagie, aber London war voll von fähigen Magiern, und es war deshalb nicht leicht Zugang zum Theater zu finden. Mir gelang es, einen bescheidenen Platz in dieser Welt einzunehmen, indem ich jede Arbeit annahm, die ich dort auftreiben konnte. Und obwohl meine Magie immer gut aufgenommen wurde, zog sich mein Aufstieg zur Berühmtheit hin. »Der Neue Transmittierte Mensch« war damals weit von der Verwirklichung entfernt, obwohl ich, ganz offen gesagt, bereits die Planung dieser großen Illusion aufgenommen hatte, als ich noch in der Werkstatt meines Vaters in Hastings hämmerte und polierte.

Zu jener Zeit fand man in Zeitungen und Zeitschriften oft Anzeigen, in denen spiritistische Magier ihre Dienste anboten, und einige ihrer Umtriebe wurden viel diskutiert. Der Spiritismus wurde dem Volk als eine Art von Magie präsentiert, die aufregender, mächtiger und *wirksamer* war als das, was man auf der Bühne sah. Wenn man sich nur geschickt genug anstellte, um eine junge Frau in Trance zu versetzen und sie in der Luft schweben zu lassen – darauf mochte der Gedankengang abzielen –, warum sollte man dann diese Fähigkeit nicht nützlicher einsetzen und mit den vor kurzem Verstorbenen kommunizieren? Ja, warum denn nicht?

6

Rupert Angiers Name war mir bereits damals geläufig. Von einer Adresse in Nordlondon aus schrieb er eigenwillige und weitschweifige Briefe für die Leserbriefspalten von zwei oder drei der nur im Abonnement erhältlichen Journale für Magie. Er goss darin Hohn und Spott über gewisse Leute aus, die er als die »etablierten älteren Herren« der Magie bezeichnete und die er mit ihrer heimlichtuerischen Art und ihren respektablen Traditionen als die langweiligen Überbleibsel einer vergangenen Epoche darstellte. Obwohl ich durch meine Arbeit dieser Richtung verbunden war, ließ ich mich nicht in Angiers Auseinandersetzungen hineinziehen. Einige der Magier jedoch, die ich kannte, fühlten sich durch ihn sehr provoziert.

Eine seiner Theorien, um ein typisches Beispiel zu nehmen, besagte: Wenn Magier so geschickt wären, wie sie behaupteten, dann sollten sie bereit sein Magie »in der Arena« vorzuführen. Den Magier sollten auf allen Seiten die Zuschauer umgeben, während er seine Illusionen zeigte, die dann nicht mehr von der einrahmenden, das Publikum ausschließenden Wirkung des Proszeniums abhingen. Einer meiner berühmten Kollegen wies in seiner Antwort auf die selbstverständliche Tatsache hin, dass immer – ganz gleich, wie gut auch der Magier seine Nummer vorbereitet hätte – ein Teil des Publikums würde sehen können, worauf der Trick beruhte. Angiers Reaktion bestand darin, den Schreiber zu verspotten. Erstens, behauptete er, würde der magische Effekt verstärkt, wenn die Illusion von allen Seiten aus gesehen zufriedenstellend funktionierte. Zweitens, falls das nicht möglich sei und ein kleiner Teil des Publikums flüchtig das Geheimnis zu sehen bekäme, *dann spiele das keine Rolle*! Sobald fünfhundert Leute verblüfft würden, meinte er, sei es bedeutungslos, ob fünf weitere das Geheimnis erkannten.

Solche Theorien waren für die Mehrzahl der professionellen Zauberer fast ketzerisch, nicht weil sie die Geheimnisse für unverletzbar hielten (was Angier anzudeuten schien), sondern weil Angiers Einstellung zur Magie radikal war und er sich nicht um die Traditionen kümmerte, die so lange gültig gewesen waren.

Rupert Angier machte sich so einen Namen, aber vielleicht nicht den, den er erlangen wollte. Oft hörte ich andere in gespieltem Erstaunen fragen, warum Angier nur selten, wenn überhaupt, auf der Bühne öffentlich auftrete. Seine Kollegen seien deshalb nicht in der Lage seine ohne Zweifel brillante und neuartige Magie zu bewundern.

Wie ich schon erwähnt habe, ließ ich mich nicht in diese Kontroverse verwickeln, zudem interessierte ich mich auch nicht sonderlich für Angiers Person. Doch bald sollte das Schicksal eingreifen.

Es ergab sich, dass eine der Schwestern meines Vaters, die in London lebte, ihren Ehemann verlor und in ihrer Trauer beabsichtigte einen Spiritisten zu konsultieren. Dazu sollte eine Séance in ihrem Haus abgehalten werden. Ich erfuhr davon durch einen der regelmäßigen Briefe meiner Mutter, die mir die Nachricht als Familienklatsch weitergab. Sofort war meine berufliche Neugier geweckt. Ich nahm auf der Stelle mit meiner Tante Kontakt auf, drückte ihr verspätet mein Beileid zum Verlust ihres Gatten aus und bot mich freiwillig an ihr in ihrer Suche nach Trost zur Seite zu stehen.

Als der Tag der spiritistischen Sitzung gekommen war, konnte ich von Glück sprechen, dass meine Tante mich vorher bereits zum Mittagessen eingeladen hatte, denn der Spiritist traf gut eine Stunde früher ein als erwartet. Das sorgte im Haushalt für einige Verwirrung. Ich nehme an, dass dies zu seinem Plan gehörte und es ihm ermöglichte, in dem Raum, in dem die Séance stattfinden sollte, gewisse Vorkehrungen zu treffen. Er und sein junges Assistentenpaar verdunkelten den Raum mit schwarzen Rouleaus, schoben unerwünschte Möbel zur Seite und trugen stattdessen etliche eigene herein, die sie mitgebracht hatten. Sie rollten den Teppich zurück, um den Parkettboden freizulegen, und stellten ein hölzernes Kabinett auf, dessen Größe und Form mir die Gewissheit gab, dass konventionelle Bühnenmagie zur Ausführung kommen würde. Während dieser Vorbereitungen hielt ich mich diskret im Hintergrund. Ich wollte das

Interesse des Spiritisten nicht im Geringsten auf mich lenken. Denn wäre seine Aufmerksamkeit geweckt worden, hätte er mich erkennen können. In der vorhergehenden Woche hatte mein Bühnenauftritt nämlich ein oder zwei wohlwollende Berichte in der Presse geerntet.

Der Spiritist selbst war ein junger Mann etwa in meinem Alter, von schlanker Gestalt, mit dunklem Haar und schmaler Stirn. Er besaß einen wachsamen Blick, fast wie ein wildes Tier auf Beutegang. Mit den Händen vollführte er schnelle, präzise Bewegungen – ein sicheres Zeichen dafür, dass er ein Taschenspieler mit einiger Praxis war. Die junge Frau, die mit ihm zusammenarbeitete, hatte einen schlanken, beweglichen Körper (aufgrund ihrer Statur nahm ich an – irrtümlich, wie sich herausstellte –, dass sie bei seinen Illusionen eingesetzt würde) und ein energisches, attraktives Gesicht. Sie trug dunkle, unauffällige Kleider und sprach selten. Der andere Assistent, ein stämmiger junger Mann, wohl erst kürzlich volljährig geworden, besaß einen breiten Schopf blonden Haares und ein grobes Gesicht. Er erging sich in spöttischen Bemerkungen, während er die schweren Möbelstücke heranbrachte.

Als die anderen Gäste meiner Tante eintrafen (sie hatte etwa acht oder neun ihrer Bekannten eingeladen, vielleicht, damit sie einen Teil der Kosten übernahmen), waren die Vorbereitungen des Spiritisten abgeschlossen und er und seine Assistenten saßen geduldig im präparierten Zimmer und warteten auf den vereinbarten Zeitpunkt. Daher war es mir unmöglich ihre Apparate zu untersuchen.

Die Vorstellung, die mit dem ganzen Vorspiel und allen atmosphärischen Pausen gut über eine Stunde dauerte, bestand aus drei Illusionen, die sorgsam arrangiert waren, um Besorgnis, Erregung zu wecken und die Empfänglichkeit für das Wunderbare zu erhöhen.

Zuerst führte der Spiritist mit einer dramatischen physischen Manifestation eine Illusion des Tischrückens vor: Der Tisch wirbelte aus eigenem Antrieb herum, dann stieg er in die Luft, was den meisten der Anwesenden solchen Schrecken einjagte, dass sie sich auf den nackten Boden warfen.

Danach zitterten sie vor Erregung und Erschütterung und waren für alles bereit, was folgen mochte. Nun schien der Spiritist mit Hilfe seiner weiblichen Komplizin in eine hypnotische Trance zu fallen. Ihm wurden dann von seinen Assistenten die Augen verbunden, er wurde geknebelt, an Händen und Füßen gefesselt und hilflos in sein Kabinett verfrachtet, aus dem bald zahlreiche lärmende und unerklärliche, quasi übersinnliche Effekte drangen: Seltsame Lichter blitzten auf, Trompeten, Becken und Kastagnetten erklangen und unheimliche »ektoplasmatische Materie« stieg aus der Mitte des Kabinetts auf und schwebte, von einem geheimnisvollen Licht erleuchtet, in den Raum.

Als das Kabinett geöffnet wurde, war der Spiritist genauso gründlich gefesselt wie zu jenem Zeitpunkt, als er hineinbefördert worden war. Von seinen Fesseln befreit und auf wunderbare Weise aus seinem hypnotischen Zustand erweckt, widmete er sich dann seiner Hauptaufgabe. Nach einer kurzen, aber lebhaften Warnung vor den Gefahren des »Übergangs« in die Geisterwelt und dem Hinweis, dass die Ergebnisse das Risiko rechtfertigen würden, fiel der Spiritist in eine weitere Trance und nahm bald Kontakt auf mit der anderen Seite. Nach kurzer Zeit konnte er die geistige Anwesenheit gewisser verstorbener Verwandter und enger Freunde der im Raum Versammelten ausmachen und es wurden tröstliche Botschaften von einer Gruppe zur anderen übermittelt.

Wie brachte der junge Spiritist all das zustande?

Wie ich schon sagte, ich bin durch meine Berufsethik gebunden. Ich kann heute wie damals nur die bloßen Umrisse dieser Effekte darlegen, die fraglos zur Bühnenmagie zu rechnen waren.

Das Tischerücken stellt in Wirklichkeit überhaupt keinen Trick dar (obwohl es, wie bei dieser Gelegenheit, durchaus entsprechend eingesetzt werden kann). Es ist ein wenig bekanntes physikalisches Phänomen: Denn sobald sich nun zehn oder zwölf Leute um einen runden Holztisch versammelt haben, ihre Handflächen auf dessen Platte pressen und gesagt bekommen, dass der Tisch bald zu rotieren beginnen werde, ist es nur eine Sache von ein oder zwei Minuten, bis das Vorhergesagte tatsächlich geschieht! Wird die Bewegung einmal wahrgenommen, beginnt der Tisch fast immer in die eine oder andere Richtung zu rücken. Ein geschickt platzierter Fuß, der plötzlich ein Tischbein hochhebt, bringt den Tisch dramatisch aus dem Gleichgewicht, lässt ihn ansteigen und überraschend auf den Boden knallen. Mit etwas Glück werden viele der Anwesenden durch die heftige Bewegung mitgerissen, was Erregung und Erschrecken hervorruft, doch keine körperlichen Schäden nach sich zieht.

Ich muss nicht betonen, dass der Tisch, der im Haus meiner Tante benutzt wurde, zu den Requisiten des Spiritisten gehörte. Er verfügte über eine besondere Konstruktion. Die vier hölzernen Tischbeine waren mit der mittleren Säule verbunden. Es blieb also Platz für einen Fuß zum Darunterschieben.

Die Erscheinungen aus dem Kabinett können hier nur skizziert werden; ein geschickter Magier kann sich leicht aus unlösbar wirkenden Fesseln winden, besonders, wenn die Seile und Stricke von zwei Assistenten verknotet wurden. Sobald er sich im Schrank befindet, kostet es ihn nur ein paar Sekunden, um sich so weit loszubinden, dass er die ungewöhnlichen Effekte einer nach außen hin verwirrenden Darbietung auslösen kann.

Was die »übersinnlichen« Kontakte angeht, die der Hauptzweck des Treffens waren, so gibt es hier ebenfalls Standardtechniken der Einflussnahme und der Unterschiebung, die jeder gute Magier ohne weiteres ausführen kann.

Ich war zu meiner Tante gekommen, um meine berufliche Neugier zu stillen, doch ich ging, zu meinem Bedauern, mit rechtschaffener Empörung davon. Standardillusionen waren eingesetzt worden, um eine Gruppe leicht beeinflussbarer und verletzbarer Leute zu täuschen. Meine Tante, die glaubte, sie habe Worte des Trostes von ihrem geliebten Gatten gehört, wurde so sehr vom Kummer überwältigt, dass sie sich sofort in ihre Kammer zurückzog. Einige der anderen schienen fast ebenso tief getroffen von den Botschaften, die sie gehört hatten. Doch ich allein wusste, dass alles Schwindel war.

Ich hatte das erhebende Gefühl, den Spiritisten als Scharlatan bloßstellen zu können. Zudem gelangte ich zu der Überzeugung, ich sollte dies auch tun, bevor er noch mehr Schaden anrichtete. Ich war versucht ihn an Ort und Stelle zur Rede zu stellen, doch die sichere Art, mit der er seine Illusionen vorgeführt hatte, schüchterte mich ein wenig ein. Während er und seine Assistentin ihre Apparate wegschafften, sprach ich kurz mit dem blondschöpfigen jungen Mann und erhielt die Visitenkarte des Spiritisten.

So kam es, dass ich den Namen und die Berufsbezeichnung des Mannes erfuhr, der meine berufliche Karriere verfolgen sollte:

Rupert Angier
Hellseher, Geistermedium, Séancen
Strengste Diskretion Ehrensache!
45 Idmiston Villas, London N

Ich war jung, unerfahren und berauscht von Gedanken, die ich für edle Prinzipien hielt und die mich, zu meinem späteren Verdruss, blind für die Scheinheiligkeit meines eigenen Standpunkts machten. In der Absicht, seine Schwindeleien zu entlarven, nahm ich mir vor Mr. Angier nachzugehen. Mit Methoden, die ich hier nicht darzustellen brauche, fand ich bald genug heraus, wo und wann seine nächste Séance stattfinden sollte.

Wieder handelte es sich um eine Zusammenkunft in einem Privathaus einer Londoner Vorstadt. Diesmal allerdings hatte ich keine Verbindung zur Familie (die sich seit dem plötzlichen Tod der Mutter in Trauer befand). Ich konnte nur deshalb teilnehmen, weil ich mich am Tag zuvor als Mitarbeiter Angiers vorgestellt und behauptet hatte, meine Anwesenheit sei vom »Medium« selbst gewünscht worden. Wegen der all zu großen Trauer innerhalb der Familie erregte mein Vorgehen keine besondere Aufmerksamkeit.

Am nächsten Tag sorgte ich dafür, dass ich mich schon geraume Zeit vor dem festgesetzten Beginn der Séance auf der Straße vor jenem Haus einfand. So konnte ich feststellen, dass Angiers damalige frühe Ankunft im Hause meiner Tante kein Zufall gewesen war, sondern tatsächlich einen notwendigen Teil seiner Vorbereitungen darstellte. Aus einem Versteck beobachtete ich, wie er und seine Assistenten ihre Utensilien von einem Karren abluden und ins Haus trugen. Als ich schließlich eine Stunde später, kurz vor der vereinbarten Zeit, im Haus eintraf, war das Zimmer hergerichtet und halb verdunkelt.

Die Séance begann, wie schon einmal, mit dem Tischrücken und der Zufall wollte es, dass ich neben Angier zu stehen kam, als er sich bereitmachte.

»Kenne ich Sie nicht, Sir?«, fragte er leise und vorwurfsvoll.

»Ich glaube nicht«, versuchte ich abzulenken.

»Sie machen es sich zur Gewohnheit an solchen Veranstaltungen teilzunehmen, nicht wahr?«

»Nicht mehr als Sie, Sir«, erwiderte ich so schneidend wie möglich.

Darauf warf er mir einen beunruhigenden Blick zu, doch da alle auf ihn warteten, musste er anfangen. Ich glaube, er wusste bereits von diesem Augenblick an, dass ich gekommen war, um ihn bloßzustellen. Aber es gereichte ihm zur Ehre, dass er seine Vorstellung mit der gleichen Haltung wie früher schon absolvierte.

Ich wartete den rechten Augenblick ab. Es hätte nichts gefruchtet das Geheimnis des Tisches zu enthüllen. Als jedoch das Kabinett mit den verschiedenen Effekten an der Reihe war, wollte ich fast schon hinlaufen, die Tür aufreißen und zeigen, was er dort drinnen tat. Ohne Zweifel hätten wir dann gesehen, dass seine Hände von den Seilen, die ihn binden sollten, befreit waren und dass er die Trompete an die Lippen hielt oder die Kastagnetten in seinen Händen klappern ließ. Aber ich beherrschte mich. Ich hielt es für das Beste abzuwarten, bis die emotionale Spannung am Höhepunkt angelangt war, dann nämlich, wenn die angeblichen Geisterbotschaften hin und her geschickt wurden. Angier verwendete hierfür kleine Papierfetzen, die zu Kügelchen zusammengerollt waren. Die Familienangehörigen hatten zuvor Namen, Gegenstände, Geheimnisse und dergleichen auf diese Fetzen geschrieben und Angier gab vor, ihre »Geist«-Botschaften zu lesen, indem er die winzigen Kugeln an seine Stirn drückte.

Er hatte kaum begonnen, da ergriff ich meine Chance. Ich trat vom Tisch zurück, unterbrach die Kette der Hände, die ein parapsychisches Feld aufbauen sollten, und ließ das Rouleau am nächsten Fenster hochschnellen. Tageslicht flutete herein.

»Was zum Teufel ...?«, fuhr Angier hoch.

»Meine Damen und Herren!«, schrie ich. »Dieser Mann ist ein Betrüger!«

»Setzen Sie sich, Sir!« Der männliche Assistent stürzte auf mich zu.

»Er täuscht Sie mit Taschenspielertricks!«, rief ich emphatisch. »Schauen Sie in die Hand, die er unter der Tischfläche verbirgt! Dort befindet sich das Geheimnis der von ihm verkündeten Botschaften!«

Als der junge Mann seine Arme um meine Schultern warf, sah ich, wie Angier mit einer schnellen und schuldbewussten Bewegung den Zettel versteckte, mit dem der Trick bewirkt wurde. Der Vater der Familie erhob sich von seinem Stuhl und begann mir lauthals Vorwürfe zu machen. Sein Gesicht war von Wut und Kummer verzerrt. Eines der Kinder begann jämmerlich zu weinen, dann fielen die anderen ein.

Während ich mit dem Assistenten rang, rief der älteste Junge wehmütig: »Wo ist Mama? Sie war hier! Sie war hier!«

»Dieser Mann ist ein Scharlatan, ein Lügner und ein Betrüger!«, schrie ich.

Da war ich schon fast an der Tür, rückwärts aus dem Zimmer gedrängt. Ich sah die junge Assistentin zum Fenster eilen, um das Rouleau wieder herunterzuziehen. Mit gewaltigen Ellbogenstößen gelang es mir mich vorübergehend von meinem Angreifer zu lösen. Ich stürzte durch den Raum auf die junge Frau zu, packte sie an den Schultern und stieß sie grob weg. Sie fiel der Länge nach auf den Fußboden.

»Er kann nicht mit den Toten reden!«, schrie ich. »Eure Mutter ist überhaupt nicht hier!«

Im Zimmer herrschte Tumult.

»Halt ihn doch fest!«, ertönte Angiers Stimme über den Krach hinweg. Der Assistent packte mich ein zweites Mal und drehte mich herum, vom Fenster weg. Ich blickte nun wieder auf die Szene. Die junge Frau lag noch auf dem Boden und starrte mich an. Ihr Gesicht war von Zorn verzerrt. Angier stand aufrecht neben dem Tisch, anscheinend ruhig. Er sah mich direkt an.

»Ich kenne Sie, Sir«, sagte er. »Ich weiß sogar Ihren verdammten Namen. Von nun an werde ich Ihren weiteren Lebensweg mit der größten Aufmerksamkeit verfolgen.« Dann wandte er sich an den Assistenten: »Schaff ihn fort von hier!«

Einen Augenblick später lag ich auf der Straße. Unter Aufbietung aller Würde, die mir geblieben war, ignorierte ich die gaffenden Passanten, zog meine Kleidung zurecht und ging schnell die Straße hinab.

Danach fühlte ich mich einige Tage lang in der Rechtschaffenheit meines Anliegens bestärkt. Wusste ich doch, dass die Familie um ihr Geld gebracht worden war und Angier die Fertigkeiten eines Bühnenmagiers auf verwerfliche Art eingesetzt hatte. Bald aber schon wurde ich von Zweifeln heimgesucht.

Der Trost, den Angiers Klienten aus den Séancen zogen, schien hinreichend echt zu sein. Vielleicht kam es nicht darauf an, wer oder was ihn spendete. Ich erinnerte mich an die Gesichter der Kinder, die für einige Minuten geglaubt hatten, ihre verstorbene Mutter sende tröstliche Botschaften aus dem Jenseits. Ich hatte ihre unschuldigen Mienen gesehen, ihr Lächeln, die glücklichen Blicke, die sie sich gegenseitig zugeworfen hatten.

War das so verschieden von der vergnüglichen Mystifikation, die ein Magier seinen Zuschauern in einem Varieté bereitet? War es in Wirklichkeit nicht eher noch mehr? War es tadelnswerter, dafür Geld zu nehmen, als für eine Vorstellung in einem Theater?

Voller Reue brütete ich fast einen Monat über diesen Fragen, bis ich mich vor solchen Abgründen von Schuldgefühlen fand, dass ich handeln musste. Ich schrieb einen zerknirschten Brief an Angier, in dem ich ihn um Verzeihung bat und mich vorbehaltlos entschuldigte.

Seine Antwort kam postwendend. Meine Entschuldigung schickte er mir in Fetzen gerissen zurück und forderte mich in einem Begleitbrief sarkastisch auf, das Papier doch mit meiner eigenen, überlegenen Form von Magie wieder zusammenzufügen.

Zwei Nächte später, als ich im Lewisham Empire auftrat, stand er während der Vorstellung in der ersten Reihe des Ranges auf und rief so laut, dass alle es hören konnten: »Seine Assistentin ist hinter dem Vorhang auf der linken Seite des Kabinetts versteckt!«

Das stimmte natürlich. Wenn ich nicht den Vorhang fallen lassen und meine Vorführung abbrechen wollte, blieb mir nichts übrig, als weiterzumachen, meine Assistentin mit so viel theatralischem Schwung wie möglich hervorzuholen und mich dann unter dem Rinnsal verlegenen Beifalls zu ducken. In der Mitte der ersten Reihe des Ranges klaffte ein leerer Sitz wie ein ausgebrochener Zahn.

So begann die Fehde, welche die Jahre überdauern sollte.

Ich kann nur Jugend und Unerfahrenheit als Gründe anführen, dass ich diese Fehde begonnen habe, dazu einen irregeleiteten beruflichen Eifer, eine mangelnde Vertrautheit mit dem Lauf der Welt. Doch Angier sollte auch einen Teil der Schuld auf sich nehmen; obwohl meine Entschuldigung nicht schnell genug erfolgte, war sie doch ehrlich gemeint und ihre Zurückweisung zeugte von einer niedrigen Gesinnung. Aber Angier war schließlich ebenfalls noch jung. Es fällt mir schwer an jene Zeit zurückzudenken, denn der Streit zwischen uns währt jetzt schon so lange.

Wenn ich auch am Anfang sowohl Falsches wie Richtiges getan habe, muss Angier doch die Schuld dafür übernehmen, dass er die Fehde am Leben erhielt. Oft habe ich, der ganzen Sache überdrüssig, versucht etwas aus meinem Leben und meiner Karriere zu machen, um dann festzustellen, dass wieder eine neue Attacke gegen mich initiiert wurde. Oftmals manipulierte Angier auf subtile Weise meine magische Ausrüstung. Eine Nummer nach der anderen misslang auf der Bühne. An einem Abend blieb das Wasser, das ich in Rotwein verwandeln wollte, einfach Wasser; ein andermal, als ich eine mit Fahnen geschmückte Schnur als Farbwunder aus einem Zylinder ziehen wollte, kam nur die nackte Schnur hervor. Bei einem anderen Auftritt blieb die Assistentin, die in die Luft emporschweben sollte, zu meinem Verdruss unbeweglich auf dem Bett liegen.

Bei einer weiteren Gelegenheit waren die Plakate, die vor dem Theater meinen Auftritt ankündigten, überschmiert mit Sätzen wie: »Er benutzt ein präpariertes Schwert«, »Die Karte, die Sie auswählen werden, ist die Pik-Dame«, »Schauen Sie beim Spiegeltrick auf seine linke Hand« und so fort. All diese Schmierereien konnten die Zuschauer beim Betreten des Theaters ausführlich studieren.

Man könnte nun diese Angriffe als bloße Streiche abtun, doch sie waren geeignet meinem Ruf als Magier zu schaden, wie Angier sehr wohl wusste.

Wie kam ich nun darauf, dass er hinter allem steckte? Nun, in einigen Fällen erklärte er offen, dass er damit zu tun hatte. Wenn an meiner Ausrüstung herummanipuliert worden war, befand er sich im Publikum, um mir zuzusetzen. Er sprang dann genau in dem Augenblick auf, wenn mein Trick nicht funktionierte. Aber bedeutsamer war, dass der Urheber dieser Attacken eine Auffassung von Magie an den Tag legte, die, wie ich erfahren hatte, für Angier bezeichnend war. Es ging ihm fast ausschließlich um das magische Geheimnis, das die Magier den *Dreh* nennen. Wenn ein Trick auf einem Regalbrett beruhte, das hinter dem Tisch des Zauberers verborgen war, dann konzentrierte sich Angiers Interesse allein auf dieses Brett, nicht auf den phantasievollen Gebrauch, den man davon machen konnte. Ganz gleich, was sonst zwischen uns Streit auslösen mochte, im Brennpunkt unserer Kontroverse stand Angiers fehlerhaftes und beschränktes

Verständnis der magischen Techniken. Das Wunder der Magie liegt nicht im technischen Geheimnis, sondern in dem Geschick, mit dem der Trick ausgeführt wird.

Und aus diesem Grund war »Der Neue Transmittierte Mensch« die einzige meiner Illusionen, die er nie öffentlich sabotierte. Sie überstieg sein Verständnis. Er konnte einfach nicht herausfinden, wie sie funktionierte, teils weil ich das Geheimnis sicher gehütet habe, aber vor allem wegen der Art und Weise, wie ich die Illusion zur Aufführung bringe.

7

Eine Illusion umfasst drei Phasen.

Zuerst gibt es da die Szenerie auf der Bühne, mit der das Wesen der Nummer angedeutet, suggeriert oder dargelegt wird. Die Requisiten sind zu sehen. Manchmal nehmen Freiwillige aus dem Publikum an den Vorbereitungen teil. Während der einleitenden Phase macht der Magier von jeder nur möglichen Irreführung Gebrauch.

Bei der Ausführung des Tricks gehen die lebenslange Übung des Magiers und die angeborene Geschicklichkeit des Schauspielers eine Verbindung ein und bringen die magische Darbietung hervor.

Die dritte Phase wird manchmal als der *Effekt* oder (mit einem Wort aus dem Italienischen, das auch »Blendwerk« bedeutet) als der *Prestigio* bezeichnet und stellt das Produkt der Magie dar. Wenn ein Kaninchen aus dem Hut gezogen wird, kann man das Tier, das anscheinend vorher nicht existiert hatte, den Prestigio dieses Tricks nennen.

»Der Neue Transmittierte Mensch« ist eine ziemlich ungewöhnliche Illusion, da Szenerie und Ausführung die Zuschauer, Kritiker und meine Mitmagier am meisten faszinieren, während mich, den Künstler, der Prestigio am stärksten beschäftigt.

Man kann Illusionen in etwa sechs unterschiedliche Kategorien oder Typen einteilen (wenn wir das Spezialgebiet der telepathischen Illusion beiseite lassen). Jeder Trick, der je vorgeführt wurde, fällt unter eine oder mehrere der folgenden Kategorien.

1. *Produktion*: die magische Hervorbringung eines Lebewesens oder eines Gegenstandes aus dem Nichts.

2. *Verschwinden*: das magische Verschwindenlassen eines Lebewesens oder Gegenstandes ins Nichts.

3. *Transformation*: die scheinbare Verwandlung eines Objektes in ein anderes.

4. *Transposition*: der vermeintliche Ortswechsel von zwei oder mehr Objekten.

5. *Außerkraftsetzung der Naturgesetze*: zum Beispiel der vorgetäuschte Sieg über die Schwerkraft; das scheinbare Hindurchgehen eines festen Objekts durch ein anderes; das Hervorholen einer großen Zahl an Objekten oder Menschen von einem bestimmten Ort, dessen Dimensionen zu knapp bemessen sind, als dass die ganze zu Tage geförderte Menge darin Platz gefunden hätte.

6. *Geheime Antriebskraft*: die vermeintliche Bewegung von Objekten aus eigenem Antrieb. Eine vorher ausgewählte Spielkarte kommt zum Beispiel geheimnisvoll aus dem Kartenpack hervor.

Wieder ist der »Neue Transmittierte Mensch« etwas untypisch, denn diese Illusion fällt unter mindestens vier der oben aufgeführten Kategorien. Die meisten Bühnenillusionen bauen nur auf einer oder zweien auf. Auf dem Kontinent habe ich einmal einen sorgfältig ausgearbeiteten Effekt gesehen, der fünf dieser Kategorien abdeckte.

Schließlich sind da noch die *Techniken* der Magie.

Die Kunstgriffe und Hilfsmittel, die Magiern zur Verfügung stehen, können nicht so fein säuberlich in Kategorien eingeteilt werden wie die anderen Elemente. Denn wenn es um die Technik geht, wird ein guter Magier nichts für unter seiner Würde halten. Eine magische Technik kann sich so einfach darstellen wie das Platzieren eines Objektes hinter einem anderen, sodass es von den Zuschauern nicht mehr gesehen werden kann, oder so komplex, dass längere vorausgehende Umbauten im Theater und die Mitarbeit von Assistenten und Handlangern nötig werden.

Dem Magier steht eine Fülle traditioneller Hilfsmittel zur Verfügung, aus denen er auswählen kann: manipulierte Spielkarten, von denen eine oder mehrere forciert werden können; der augenverwirrende Hintergrund der Bühne, der von vielen notwendigen magischen Verrichtungen ablenkt; der schwarze Tisch oder die schwarzen Requisiten, die das Publikum nicht richtig sehen kann; Attrappen und Duplikate; als Zuschauer getarnte Handlanger, Ersatzleute und Strohmänner.

Und ein erfinderischer Magier wird sich bereitwillig Neuerungen zu Eigen machen. Jedes neue Gerät oder Spielzeug, jede Erfindung, die in die Welt kommt, sollte bei ihm den Gedanken auslösen: »Wie könnte mir das zu einem neuen Trick verhelfen?« So haben wir in der jüngsten Vergangenheit neue Tricks gesehen, welche die Kolbenmaschine, das Telefon und die Elektrizität einsetzen, sowie einen bemerkenswerten Effekt, der auf eindrucksvolle Weise mit Dr. Warbles Rauchbombenspielzeug erzeugt wurde.

Die Magie birgt für die Magier keine Geheimnisse. Wir erarbeiten Varianten von Standardtechniken. Was Zuschauern neu oder verblüffend erscheinen mag, ist für professionelle Magier lediglich eine weitere Herausforderung. Wenn ein Magier schöpferisch eine neue Illusion entwickelt hat, ist es nur eine Frage der Zeit, dass andere den Effekt reproduzieren.

Jede Illusion kann erklärt werden, sei es durch die Verwendung eines verborgenen Faches, durch einen geschickt platzierten Spiegel, durch einen Assistenten, der unter die Zuschauer geschmuggelt wurde, um als »Freiwilliger« aufzutreten, oder durch die einfache Irreführung des Publikums.

Jetzt halte ich Ihnen meine Hände hin, die Finger gespreizt, sodass Sie sehen können, dass nichts verborgen ist, und sage: »Der Neue Transmittierte Mensch« ist eine Illusion wie alle anderen auch und sie kann erklärt werden. Aber durch die Kombination von einem einfachen, gut gehüteten Geheimnis, mit vielen Jahren der Übung, einem gewissen Maß von Irreführung des Publikums und dem Gebrauch konventioneller magischer Techniken ist sie zum Grundpfeiler meines Auftritts und meiner Karriere geworden. Sie hat auch, wie ich bald aufzeigen werde, allen Bemühungen Angiers, das Geheimnis aufzudecken, widerstanden.

Sarah und ich haben mit den Kindern einen kurzen Urlaub an der Südküste gemacht & ich habe mein Notizbuch mitgenommen.

Wir fuhren zuerst nach Hastings, denn es ist Jahre her, seit ich zum letzten Mal dort gewesen bin. Aber wir blieben nicht lange. Die Stadt ist im Niedergang begriffen und ich fürchte, dagegen wird sich nichts unternehmen lassen. Vaters Werkstatt, die nach seinem Tod verkauft worden war, hat erneut den Besitzer gewechselt. Jetzt befindet sich darin eine Bäckerei. In dem Tal hinter dem Haus sind eine Menge neuer Häuser gebaut worden & bald wird hier ein Eisenbahngleis nach Ashford entlanglaufen.

Von Hastings fuhren wir nach Bexhill, dann nach Eastbourne. Es folgten Brighton und Bognor.

Meine erste Anmerkung zu dem Notizbuch ist, dass ich es war, der versuchte Angier zu demütigen, & ich von ihm gedemütigt wurde. Abgesehen von diesem Detail, das schließlich nicht zu wichtig ist, halte ich meinen Bericht über das Geschehene für zutreffend, sogar bei den anderen Einzelheiten.

Ich füge eine Menge Bemerkungen über das Geheimnis ein und mache viel Wesens darum. Darin liegt für mich eine gewisse Ironie. Habe ich mir doch viel Mühe gemacht zu betonen, wie trivial die meisten magischen Geheimnisse sind.

Ich glaube nicht, dass mein Geheimnis trivial ist. Es ist leicht zu erraten, wie es Angier anscheinend getan hat, trotz allem, was ich geschrieben habe. Andere haben es wahrscheinlich auch herausgefunden.

Jeder, der diesen Bericht* liest, wird es wahrscheinlich selbst aufdecken.

Was man nicht erraten kann, ist die *Wirkung*, die das Geheimnis auf mein Leben gehabt hat. Dies ist der wahre Grund, warum Angier niemals das ganze Rätsel wird lösen können, es sei denn, ich selbst gebe ihm die Antwort. Er würde nie glauben, in welchem Ausmaß mein Leben gestaltet werden musste, damit das Geheimnis gewahrt blieb. Das ist es, was zählt.

Solange ich weiterhin das Niederschreiben des Berichts überwachen kann, mag ich ruhig fortfahren mit der Schilderung, wie sich diese Illusion für das Publikum darstellt.

»Der Neue Transmittierte Mensch« ist eine Illusion, deren äußeres Erscheinungsbild sich über die Jahre hin geändert hat, deren zugrunde liegende Technik jedoch immer gleich geblieben ist.

Es wurden dafür im Laufe der Zeit zwei Kabinette, zwei Kisten, zwei Tische oder zwei Bänke verwendet. Jeweils eines der beiden Hilfsmittel befindet sich im Vordergrund der Bühne, das andere im Hintergrund. Die genaue Positionierung ist nicht von Bedeutung und variiert von einem Theater zum anderen, je nach Größe und Zuschnitt des Bühnenbereichs. Bei der Aufstellung sollte dagegen das ganz besondere Augenmerk darauf gerichtet werden, dass beide Requisiten deutlich und weit voneinander entfernt sind. Sie werden hell beleuchtet und sind von Anfang bis Ende der Nummer für die Zuschauer vollkommen einsehbar.

* Mir ist immer noch unklar, für wen dieser Bericht gedacht ist. Für welche »Nachwelt« schreibe ich so klug? Ist der Bericht zur Veröffentlichung & Verbreitung innerhalb der magischen Bruderschaft bestimmt? Falls ja, dann muss ich viele der persönlichen Details entfernen. Wenige meiner Kollegen (natürlich David Devant und Nevil Maskelyne eingeschlossen) haben technische Erklärungen ihrer Illusionen veröffentlicht & mein großer Mentor Anderson zahlte seine Rechnungen, indem er regelmäßig kleine Berufsgeheimnisse verkaufte. Es gibt einen Präzedenzfall. Eine Verbreitung dieser Art wäre annehmbar, obwohl ich glaube, dass der Bericht erst nach Angiers Ableben (d.h., wenn sein Ableben sicher feststeht) herausgebracht werden sollte. Ich nehme an, der Bericht ist nicht für eine generelle Veröffentlichung bestimmt.

Ich werde die älteste und deshalb einfachste Version des Tricks beschreiben, aus der Zeit, als ich noch geschlossene Kabinette benutzte. Damals nannte ich die Illusion nur »Der Transmittierte Mensch«.

Damals wie heute erreichte mein Auftritt mit dieser Illusion seinen Höhepunkt und seither haben sich lediglich Details verändert. Deshalb werde ich diese frühe Version beschreiben, als sei sie noch Teil meines derzeitigen Programms.

Beide Kabinette werden entweder von Bühnenarbeitern, Assistenten oder von Freiwilligen aus dem Publikum auf die Bühne gerollt. Es wird gezeigt, dass beide leer sind. Freiwillige werden angehalten, die Kabinette zu betreten und dabei nicht nur die Türen zu öffnen, sondern auch die aufklappbaren Rückwände. Sogar der Raum unter den auf Rollen gesetzten Kästen wird überprüft. Dann werden die Kabinette auf ihre vorgesehenen Positionen geschoben und verschlossen.

Es folgt eine kurze humorvolle (mit französischem Akzent vorgetragene) Einleitung darüber, wie wünschenswert es doch wäre an zwei Orten gleichzeitig auftreten zu können. Danach gehe ich zu dem nächststehenden der beiden Kabinette und öffne die Tür.

Es ist natürlich noch leer. Ich nehme einen großen grellbunten, mit Luft gefüllten Ball von meinem Requisitentisch und lasse ihn einige Male auf dem Boden aufspringen, um seine Festigkeit zu demonstrieren. Dann trete ich in das erste Kabinett. Die Tür bleibt einstweilen offen.

Ich lasse nun den Ball in Richtung auf das zweite Kabinett hüpfen.

Von innen *werfe* ich die Tür des ersten Kabinetts *zu*.

Von innen *stoße* ich die Tür des zweiten Kabinetts *auf* und trete heraus. Ich fange den Ball auf, der auf mich zugesprungen kommt.

Während der Ball in meine Hände hüpft, stürzt das erste Kabinett ein, die Tür und die drei Wände klappen dramatisch auseinander: Es ist also völlig leer.

Den Ball in den Händen trete ich ins Rampenlicht und nehme dankbar den Applaus entgegen

8

Lassen Sie mich nun kurz mein Leben und meine Karriere bis zu den letzten Jahren des Jahrhunderts erzählen.

Mit achtzehn hatte ich mein Elternhaus verlassen und arbeitete in den Varietés ganztägig als professioneller Magier. Doch auch mit Hilfe von Mr. Maskelyne waren Engagements nur schwer zu finden. Ich wurde weder berühmt noch reich und auch einige Jahre lang auf den Theaterplakaten nicht gebührend genannt. Meine Tätigkeit auf der Bühne lief meist darauf hinaus, anderen Magiern bei ihren Nummern zu assistieren. Lange Zeit konnte ich mir das Geld für die Miete nur durch den Entwurf und Bau von Kabinetten und anderen magischen Gerätschaften verdienen. Die Tischlerausbildung durch meinen Vater kam mir dabei gut zustatten. Ich erwarb mir einen Ruf als zuverlässiger Erfinder und *ingénieur* von Bühnenillusionen.

1879 starb meine Mutter, gefolgt nach einem Jahr von meinem Vater.

Gegen Ende der achtziger Jahre, als ich Anfang dreißig war, hatte ich mein eigenes Soloprogramm entwickelt und nahm den Künstlernamen *Le Professeur de la Magie* an. Ich führte den »Transmittierten Menschen« in seinen verschiedenen frühen Fassungen vor.

Obwohl der Auftritt mit der Illusion nie ein Problem darstellte, war ich lange Zeit mit den Bühneneffekten unzufrieden. Mir waren geschlossene Kabinette immer nicht mysteriös genug, um den Erwartungen des Publikums bezüglich Gefährlichkeit und augenscheinlicher Unmöglichkeit der Darbietung zu entsprechen. In der Bühnenmagie sind solche Kabinette gang und gäbe. Allmählich fand ich Kunstgriffe, um die Illusion zu verfeinern. Zuerst verwendete ich Kisten, die kaum groß genug für mich zu sein schienen, später Tische mit verhüllenden Klappen. Schließlich benutzte ich, in einem bravourösen Schritt hin zur »offenen« Magie, die zu jener Zeit in magischen Zirkeln viel Beifall fand, flache Bänke, auf denen mein Körper von allen Zuschauern bis zum Augenblick der Transportation eingesehen werden konnte.

Im Jahr 1892 kam mir jedoch die Idee, auf die ich so lange hingearbeitet hatte. Die Anregung erhielt ich von anderer Seite und die Saat, die ausgestreut wurde, brauchte lange Zeit, um zu keimen.

Im Februar jenes Jahres traf ein Erfinder namens Nikola Tesla in London ein. Er wollte für gewisse neue Effekte werben, für die er auf dem Gebiet der Elektrizität Pionierarbeit leistete. Tesla, ein Kroate serbischer Abstammung mit einem angeblich unergründlichen Akzent, sollte vor der wissenschaftlichen Riege einige Vorträge über sein Spezialgebiet halten. Solche Ereignisse finden in London ziemlich oft statt und normalerweise nehme ich wenig Notiz davon. In diesem Fall jedoch stellte sich heraus, dass Mr. Tesla in den USA eine umstrittene Persönlichkeit war. Verwickelt in wissenschaftliche Dispute über Natur und Anwendung der Elektrizität, ließen ihm die Zeitungen eine umfangreiche Berichterstattung zuteil werden. Beim Lesen dieser Artikel kam mir meine Idee.

Was ich immer schon gebraucht hatte, war ein spektakulärer Bühneneffekt, teils, um den eigentlichen Effekt des »Transmittierten Menschen« hervorzuheben, teils, um seine Funktionsweise zu verschleiern. Aus den Zeitungsberichten erfuhr ich, dass Mr. Tesla über die technischen Möglichkeiten verfügte, um hohe Voltspannungen zu erzeugen, mit denen er Blitze ausschicken und Funken versprühen konnte. Und dabei ging alles ganz harmlos zu und ohne irgendwelche Verbrennungen ab.

Nachdem Mr. Tesla in die Vereinigten Staaten zurückgekehrt war, blieb sein Einfluss weiter wirksam. Es dauerte nicht lange, bis London und andere Städte denen, die es sich leisten konnten, kleine Mengen Elektrizität lieferten. Wegen ihrer revolutionären Natur wurde häufig über die Elektrizität berichtet: Sie sei bei dieser Aufgabe eingesetzt worden oder habe jenes Problem gelöst et cetera. Als ich einige Zeit später hörte, dass Angier eine Imitation des »Transmittierten Menschen« inszenierte, kam mir der Gedanke, die Illusion müsse wieder einmal weiterentwickelt werden. Ich erkannte, dass ich vielleicht ohne große Schwierigkeiten die Elektrizität für meine Erfordernisse einsetzen konnte. Und so begann ich in den obskuren Warenbeständen Londoner Händler geeignete Vorrichtungen zu suchen. Mit der Unterstützung von Tommy Elbourne, meinem *ingénieur*, gelang es mir schließlich die Bühnenausrüstung für den »Neuen Transmittierten Menschen« zu bauen. Ich sollte noch lange Jahre diese Illusion erweitern und verbessern, aber 1896 war der neue Effekt zu einem ständigen Bestandteil meiner Bühnenvorführung geworden. Er löste stürmischen Beifall aus, die Kasse klingelte und es gab fruchtlose Spekulationen über mein Geheimnis. Meine Illusion arbeitete nämlich mit einem blendenden Blitz elektrischen Lichts.

Ich möchte noch einmal ein wenig in die Vergangenheit zurückgehen. Im Oktober 1891 heiratete ich Sarah Henderson. Ich war ihr begegnet, als ich an einer Wohltätigkeitsveranstaltung der Heilsarmee in Aldgate teilnahm. Sie war eine der freiwilligen Helferinnen und hatte in der Pause neben mir gesessen, während wir beide Tee tranken. Meine Kartentricks hatten sie amüsiert und sie hatte mich im Spaß aufgefordert ihr noch mehr zu zeigen, aber allein, damit sie sehen könne, wie ich es machte. Da sie jung und hübsch war, tat ich ihr den Gefallen. Ich genoss die Verblüffung, die ich aus ihren Augen las.

Jedoch war dies nicht nur das erste Mal, dass ich ihr Zauberkunststücke vorführte, sondern zugleich auch das letzte. Meine Fähigkeiten als Taschenspieler wurden einfach bedeutungslos angesichts der Gefühle, die wir füreinander empfanden. Bald nach unserer ersten Begegnung begannen wir miteinander zu gehen. Und es dauerte nicht lange, bis wir einander gestanden, dass wir uns liebten. Sarah hatte nichts mit dem Theater oder dem Varieté zu tun und war tatsächlich eine junge Frau von gutem Stand. Ein Zeugnis ihrer Liebe für mich ist, dass sie zu mir hielt, als ihr Vater sie zu enterben drohte, ja selbst dann noch, als er es am Ende auch wirklich tat.

Nach unserer Heirat bezogen wir eine Mietwohnung in der Gegend von Bayswater in London. Aber wir mussten nicht lange warten und der Erfolg war mir hold. 1893 kauften wir das große Haus in St. Johns Wood, wo wir seitdem wohnen. Im gleichen Jahr wurden unsere Zwillinge Graham und Helena geboren.

Ich habe immer meine berufliche Sphäre von meinem Privatleben getrennt. Während der Zeit, die hier ich schildere, praktizierte ich meinen Beruf von meinem Büro und meiner Werkstatt in der Elgin Avenue aus. Wenn Tourneen mich ins Ausland oder in entlegenere Teile von Großbritannien führten, blieb Sarah zu Hause. Wenn ich in London auftrat oder freie Zeit zwischen den Aufführungen hatte, lebte ich ruhig und zufrieden mit ihr in unserem Heim.

Ich betone mein zufriedenes häusliches Leben wegen der Dinge, die bald geschehen sollten.

Soll ich fortfahren?

Ich glaube, ich muss, ja. Ich hege den Verdacht, dass ich weiß, worauf ich hier anspiele.

In Theaterzeitschriften hatte ich eine Anzeige wegen einer neuen Assistentin aufgegeben, denn meine bisherige, Georgina Harris, wollte heiraten. Ich habe immer die Umwälzungen gefürchtet, die der Eintritt eines neuen Mitglieds in das Personal mit sich bringt, besonders wenn es um einen so wichtigen Posten wie den der Bühnenassistentin geht. Als Olive Wenscombe mir schrieb und um ein Vorstellungsgespräch bat, erschien sie mir nicht sofort geeignet und ihr Brief blieb deshalb einige Zeit unbeantwortet.

Als Alter gab sie in ihrer Bewerbung sechsundzwanzig Jahre an. Das war ein wenig älter als mir eigentlich angenehm. Zudem bezeichnete sie sich im Weiteren als eine ausgebildete *danseuse*, die auf die Stelle einer Magier-Assistentin gewechselt hatte. Viele Illusionisten beschäftigen Tanzkünstlerinnen, denn sie besitzen einen trainierten und geschmeidigen Körper. Aber ich habe es immer vorgezogen junge Frauen mit spezifischer magischer Erfahrung zu engagieren als solche, die den Beruf einfach nur deshalb ergriffen haben, weil ihnen irgendwann in der Vergangenheit ein derartiger Job angeboten worden war. Doch Olive Wenscombes Brief kam zu einer Zeit, als gute Assistentinnen schwer zu finden waren. Deshalb vereinbarte ich schließlich einen Termin mit ihr.

Nur wenige Frauen eignen sich für die Arbeit als Assistentin eines Magiers. Die Bewerberin muss bestimmte physische Eigenschaften aufweisen. Zuallererst muss sie jung sein. Und wenn sie nicht von Natur aus hübsch ist, sollte sie angenehme Gesichtszüge besitzen, die man ohne großen Aufwand zurechtschminken kann. Dazu muss sie über einen schlanken, geschmeidigen und starken Körper verfügen. Sie hat bereit zu sein in beengten Verhältnissen zu stehen, zu kauern, zu knien oder zu liegen, oft mehrere Minuten lang. Wenn sie wieder freikommt, muss sie vollkommen entspannt aussehen und die Zeitspanne ihrer Einschließung darf keine Spuren hinterlassen haben. Vor allem muss sie bereit sein, die ungewöhnlichen Ansprüche und seltsamen Wünsche hinzunehmen, die ihr Arbeitgeber während der Beschäftigung mit seinen Illusionen äußert.

Das Gespräch mit Olive Wenscombe fand, wie alle diese Gespräche, in meiner Werkstatt in der Elgin Avenue statt. Hier, in den geöffneten Kabinetten, verspiegelten Würfeln und mit Vorhängen versehenen Alkoven lagen viele der zu meinem Beruf gehörenden Geheimnisse offen. Obwohl ich nie Wert darauf legte, meinen Mitarbeitern genau zu zeigen, wie ein Trick funktioniert – es sei denn natürlich, dass dieses Wissen wesentlich für deren Tätigkeit war –, wollte ich ihnen doch vermitteln, dass es hinter jedem Trick eine rationale Erklärung gab und dass ich wusste, was ich tat. Bei einigen Bühnenillusionen – auch bei manchen, die ich vorführte –, wurden Messer, Schwerter oder sogar Feuerwaffen verwendet. Was, vom Zuschauerraum aus gesehen, gefährlich wirkte. Besonders »Der Neue Transmittierte Mensch« mit seinen explosiven elektrischen Entladungen und Kohlenstoffwolken erschreckte bei jeder Vorstellung die Menschen in den ersten sechs Reihen zu Tode! Doch ich wollte nicht, dass jemand, der für mich arbeitete, sich als gefährdet empfand. Die einzige Illusion, deren Geheimnis ich eifersüchtig hütete, war »Der Neue Transmittierte Mensch« selbst. Ihre Funktionsweise blieb sogar der jungen Frau verborgen, die mit mir bis zum letzten Augenblick vor dem Beginn der Nummer auf der Bühne stand.

Daraus sollte nun deutlich werden, dass ich nicht völlig allein arbeite, was auch kein anderer moderner Illusionist tut. Zusätzlich zu den Bühnenassistenten waren bei mir Thomas Elbourne, mein unersetzlicher *ingénieur*, und zwei seiner jungen Handwerker angestellt, die ihm halfen die Geräte zu bauen und instand zu halten. Thomas befand sich fast von Anfang an in meinen Diensten. Bevor er für mich tätig wurde, arbeitete er für Maskelyne in der Egyptian Hall.

(Thomas Elbourne kannte mein am meisten gehütetes Geheimnis. Er musste es kennen. Aber ich vertraute ihm. Ich musste ihm vertrauen. Ich formuliere das so einfach wie möglich, um damit die Einfachheit meines Glaubens an ihn auszudrücken. Thomas hatte sein Leben lang mit Magiern zusammengearbeitet. Ihn überraschte nichts mehr. Nur weniges von dem, was ich heute über die Magie weiß, habe nicht auf die eine oder andere Weise von ihm gelernt. Doch in all den Jahren, die ich mit ihm zusammen war – er ist vor einigen Jahren in den Ruhestand gegangen –, hat er niemals mir oder jemand anderem gegenüber das Geheimnis eines fremden Magiers ausdrücklich enthüllt. Seine Vertrauenswürdigkeit in Frage zu stellen hieße meine geistige Gesundheit in Frage zu stellen. Thomas stammte aus Tottenham, ein verheirateter Mann ohne Kinder. Er war viele Jahre älter als ich, doch ich habe nie herausbekommen, wie viele nun wirklich. Zu der Zeit, als Olive Wenscombe für mich zu arbeiten begann, muss er Mitte oder Ende sechzig gewesen sein.)

Als ich Olive Wenscombe sah, entschied ich mich fast auf der Stelle dafür, sie zu engagieren. Sie war weder groß noch breit, sondern verfügte über einen attraktiven und schlanken Körper. Wenn sie ging oder stand, hielt sie den Kopf gerade und ihr Gesicht bestach durch klar ausgeprägte Züge. Sie stammte aus Amerika und sprach einen Akzent, den sie der Ostküste zuschrieb, doch lebte und arbeitete sie bereits seit einigen Jahren in London. Ich stellte sie so beiläufig wie möglich Thomas Elbourne und Georgina Harris vor, dann bat ich sie, mir ihre Referenzen zu zeigen. Bei der Beurteilung eines Bewerbers legte ich im Allgemeinen großes Gewicht auf Referenzschreiben. Durch die Empfehlung eines Zauberkünstlers, dessen Arbeit ich kannte, war dem Bewerber die Stelle so gut wie sicher. Olive hatte zwei solcher Schreiben mitgebracht. Eines stammte von einem Magier, der in den Urlaubsorten von Sussex und Hampshire auftrat und dessen Namen ich nicht kannte, das andere jedoch von Joseph Buatier de Kolta, einem der größten lebenden Zauberkünstler. Ich war, ich gebe es zu, beeindruckt. De Koltas Brief reichte ich schweigend an Thomas Elbourne weiter und beobachtete seine Miene.

»Wie lange waren Sie für Monsieur de Kolta tätig?«, fragte ich sie.

»Nur fünf Monate«, antwortete sie. »Er hatte mich für eine Europa-Tournee engagiert, und als sie zu Ende war, ließ er mich gehen.«

»Aha, verstehe.«

Danach war alles andere nur noch eine Formalität. Trotzdem meinte ich, sie den üblichen Tests unterziehen zu müssen. Aus diesem Grund hatte ich auch Georgina hinzugenommen. Es wäre nicht schicklich gewesen, eine Bewerberin, nicht einmal eine so erfahrene wie Olive Wenscombe, ohne Beisein einer Anstandsdame zu prüfen.

»Haben Sie ein Probekostüm dabei?«, fragte ich.

»Ja, Sir.«

»Wenn Sie dann so nett wären …«

Einige Minuten später wurde Olive Wenscombe, bekleidet mit einem eng geschnittenen Kostüm, von Thomas zu einigen unserer Kabinette geführt und gebeten sich hineinzubegeben. Aus einem scheinbar leeren Kabinett eine lebendige, gesunde junge Frau hervorzuzaubern ist einer der bewährten Tricks der Magie. Dafür muss sich die Assistentin vorher in ein verborgenes Fach zwängen. Und je kleiner dieses Fach ist, desto überraschender fällt der Effekt der Illusion aus. Ein sorgfältig ausgewähltes bauschiges Kostüm in hellen Farben mit aufgenähten glitzernden Bändern, die das Rampenlicht reflektieren, steigert die Wirkung des Auftritts nicht unerheblich. Es wurde uns dann allen schnell klar, dass Olive im Umgang mit Geheimfächern und -türen sehr erfahren war. Thomas führte sie zuerst zu unserem Palankin (den wir selbst damals nur noch selten bei Auftritten verwendeten, da der Trick bereits bekannt geworden war) und sie wusste genau, wo sich das verborgene Fach befand und kletterte prompt hinein.

Thomas und ich baten sie als Nächstes es mit der Illusion »Jahrmarkt der Eitelkeiten« zu versuchen, bei der eine junge Frau scheinbar durch einen festen Spiegel hindurchgeht. Diese Illusion ist nicht schwer auszuführen, verlangt aber von dem Mädchen Behändigkeit und Schnelligkeit. Obwohl Olive meinte, sie habe den Trick noch niemals ausgeführt, bewies sie doch, nachdem wir ihr den Mechanismus gezeigt hatten, eine lobenswerte Geschicklichkeit beim Hindurchzwängen.

Letztlich blieb nur noch übrig ihre Körpergröße zu messen, obwohl Thomas und ich inzwischen wohl bereit gewesen wären, einige der Apparate umzubauen, wenn sie sich als zu groß erwiesen hätte. Aber unsere Besorgnis war unbegründet. Thomas platzierte sie in dem Kabinett, das zur Illusion »Die Enthauptete Prinzessin« gehört (für die meisten Assistentinnen ist es sehr unbequem aufgrund der äußerst beengten Verhältnisse und der für einige Minuten erforderlichen Bewegungslosigkeit). Sie jedoch stieg geschmeidig hinein und dann wieder heraus und meinte, sie würde es nicht als quälend empfinden, müsste sie sich so lange wie nötig darin aufhalten.

Es dürfte sich erübrigen zu erwähnen, dass Olive Wenscombe sich bei allen weiteren Tests als äußerst geeignet erwies. Und nachdem diese Präliminarien erledigt waren, stellte ich sie zum üblichen Gehalt ein. Binnen einer Woche hatte ich sie so weit ausgebildet, dass sie neben und mit mir auftreten konnte. Zu gegebener Zeit verließ Georgina uns, um ihren Verehrer zu heiraten, und Olive übernahm ihre Stelle als meine Vollzeitassistentin.

Wie hübsch das alles geschrieben aussieht, wie geradlinig & professionell! Jetzt, wo die »offizielle« Version von Olive niedergelegt ist, lass mich gemäß unseres Pakts die reine Wahrheit darlegen, die Wahrheit, die ich bis jetzt vor all denen verborgen habe, auf die es am meisten ankommt. Olive hat fast einen Narren aus mir gemacht & der wahre Bericht muss noch angefügt werden.

Georgina war bei dem Vorstellungsgespräch natürlich nicht anwesend. Und auch ich nicht. Tommy Elbourne war da, aber wie immer hielt er sich abseits. Sie & ich waren praktisch in meiner Werkstatt allein.

Ich fragte Olive nach einem Kostüm & sie erwiderte, sie habe keines mitgebracht. Sie schaute mir geradewegs in die Augen, als sie dies sagte, & es gab ein langes Schweigen, als ich darüber nachdachte, was dies wohl bedeuteten mochte & was *sie* denken musste, dass es bedeutete. Keine junge Frau, die sich für die Stelle bewarb, konnte erwarten engagiert zu werden, ohne dass sie zuvor in irgendeiner Weise geprüft wurde. Bewerberinnen brachten immer ein Probekostüm mit.

Nun, Olive hatte offensichtlich keines dabei.

Schließlich meinte sie: »Ich brauche kein Kostüm, Schatz.«

»Es ist aber sonst niemand da, meine Liebe«, wandte ich der Konvention wegen ein.

»Ich glaube, damit werden Sie umgehen können!«, versetzte sie.

Auf der Stelle legte sie ihre Oberbekleidung ab, & was sie darunter trug, stammte aus dem Boudoir, unschickliche Kleidungsstücke, die locker saßen. Ich nahm sie mit zum Palankin, & obwohl sie offensichtlich wusste, um was es sich handelte & wo sie sich verstecken musste, bat sie mich, ihr beim Hineinsteigen zu helfen. Das brachte einiges an intimen Berührungen mit sich, sie war schließlich nur halb bekleidet! Das Gleiche wiederholte sich, als ich ihr den Mechanismus von »Jahrmarkt der Eitelkeiten« zeigte. Hier gab sie vor zu stolpern, als sie durch die Klapptür kam, & sie fiel mir in die Arme. Der Rest des Vorstellungsgesprächs wurde auf dem Sofa im hinteren Teil der Werkstatt geführt. Tommy Elbourne war leise weggegangen, ohne dass es einer von uns bemerkt hatte.

Der Rest ist im Wesentlichen korrekt. Ich stellte sie ein & sie lernte, bei all den Illusionen mir zur Seite zu stehen, bei denen ich sie benötigte.

9

Mein Auftritt beginnt immer mit den »Chinesischen Ringen«, einer Nummer, die angenehm vorzuführen ist. Die Zuschauer sehen sie gerne, ganz gleich, ob sie sie bereits kennen oder nicht. Die Ringe schimmern hell im Rampenlicht, klimpern metallisch, wenn sie aneinander stoßen. Die rhythmischen Bewegungen der Hände des Zauberkünstlers scheinen das Publikum zu hypnotisieren. Es handelt sich dabei um einen Trick, der unmöglich zu durchschauen ist. Es sei denn, man steht nur wenige Zoll vom Künstler entfernt und kann ihm die Ringe wegschnappen. Diese Nummer entzückt immer wieder und ruft diese elektrisierende Erfahrung von Geheimnis und Wunder hervor.

Danach rolle ich das »Moderne Kabinett« aus dem Hintergrund der Bühne nach vorn. Etwa ein Yard von den Rampenlichtern entfernt drehe ich es, um die Seitenteile und die Rückseite zu zeigen. Ich gehe um das Kabinett herum. Die Zuschauer können durch den freien Raum zwischen Bühne und Kastenboden hindurch meine Füße sehen. Sie haben bereits festgestellt, dass niemand sich an die Rückseite des Kabinetts klammert, und können sich nun versichern, dass auch niemand darunter verborgen ist. Wenn ich die Tür aufmache, hineinsteige, den Haken löse, der die Tafel der Rückseite hält, eröffnet sich dem Publikum ein unbehinderter Durchblick. Sie sehen, wie ich von vorn nach hinten hindurchgehe und die rückwärtige Wand wieder schließe. Die Tür bleibt offen. Und während ich anscheinend hinter dem Kabinett mit etwas beschäftigt bin, haben die Zuschauer noch einmal die Gelegenheit, aufmerksam das Innere zu studieren. Da gibt es jedoch nichts für sie zu sehen: Das Kabinett ist vollkommen leer, muss vollkommen leer sein.

Dann schlage ich schnell die Vordertür zu, drehe das Kabinett auf seinen Rollen einmal herum und reiße die Tür auf. Drinnen steht nun eine junge Frau, groß, schön und in ein bauschiges Kleid gehüllt. Sie lächelt und winkt und füllt dabei den engen Innenraum des Kabinetts völlig aus. Schließlich tritt sie heraus, verbeugt sich unter donnerndem Applaus und verlässt die Bühne.

Ich rolle das Kabinett zur Seite, es wird von Thomas Elbourne übernommen und weggebracht.

Dann zur nächsten Nummer. Sie ist weniger spektakulär, benötigt jedoch die Mithilfe von zwei oder drei Leuten aus dem Publikum. Jedes magische Programm enthält auch immer ein paar Nummern mit Kartentricks. Der Magier muss sein Geschick in der Taschenspielerei zeigen, sonst läuft er Gefahr, dass seine Berufskollegen ihn nur für den Handlanger einer automatischen Maschinerie halten. Ich trete also ganz ans Rampenlicht heran und der Vorhang schließt sich hinter mir. Das hat den Vorteil, dass ich nun in einer eher intim zu nennenden Atmosphäre die Kartentricks vorführen kann, andererseits bietet es aber auch Thomas die Gelegenheit hinter dem Vorhang in Ruhe alles für den »Neuen Transmittierten Menschen« herzurichten.

Sind die Kartenspielereien beendet, muss ich das Gefühl ruhiger Konzentration durchbrechen, das sich im Publikum eingestellt hat. Deshalb gehe ich schnell zu einer Folge bunter Nummern über. Fahnen, Papierschlangen, Fächer, Ballons und Seidentücher strömen unaufhaltsam aus meinen Händen, Ärmeln und Taschen und schaffen um mich herum eine fröhliche und chaotische Szenerie. Meine Assistentin kommt hinter mir auf die Bühne, anscheinend, um einige der Papierschlangen wegzuräumen, doch in Wirklichkeit, um mir mehr von den zusammengepressten Materialien zuzustecken. Schließlich stehe ich knöcheltief in leuchtend buntem Papier- und Seidenzeug und nehme dankbar den Beifall entgegen.

Während das Publikum noch klatscht, öffnet sich der Vorhang hinter mir und im Halbdunkel kann man die Apparatur für den »Neuen Transmittierten Menschen« sehen. Meine Assistenten kommen schnell auf die Bühne und räumen geschwind die Papierschlangen weg.

Ich kehre ans Rampenlicht zurück, blicke ins Publikum und spreche es in meinem französisch akzentuierten Englisch an. Ich erkläre, dass das, was ich nun vorführen werde, erst seit der Entdeckung der Elektrizität möglich geworden sei. Diese magische Inszenierung ziehe aus dem Inneren der Erde Energie ab. Unvorstellbare Kräfte, die nicht einmal ich voll begreife, seien am Werk. Ich erkläre, dass die Zuschauer gleich Zeugen eines wahrhaftigen Wunders würden, eines Wunders, bei dem es um Leben und Tod gehe – wie in dem Würfelspiel, das meine Vorfahren spielten, um dem Henkerskarren zu entgehen.

Während ich noch spreche, wird die Bühnenbeleuchtung heller und heller und erfasst die polierten Metallstützen, die golden schimmernden Drahtspulen und die glitzernden Glaskugeln. Die Apparatur ist schön, aber es handelt sich um eine bedrohliche Schönheit, denn inzwischen hat wohl jeder etwas von der tödlichen Macht des elektrischen Stroms erfahren. Die Zeitungen haben Berichte herausgebracht über schreckliche Verbrennungen und Todesfälle durch die neue Energie, die jetzt schon in vielen Städten verfügbar ist.

Das ganze Arrangement des »Neuen Transmittierten Menschen« soll den Zuschauern jene erschreckenden Artikel ins Gedächtnis rufen. Der geheimnisvolle Apparat ist bestückt mit zahlreichen elektrischen Glühlampen, von denen einige beständig aufleuchten. Auf einer Seite befindet sich eine große Glaskugel, in der ein strahlender elektrischer Lichtbogen aufregend zischt und knistert. Für das Publikum scheint der Zentralteil des Gerätes aus so etwas wie einer langen Holzbank zu bestehen, drei Fuß über dem Bühnenboden. Die Zuschauer können daran vorbei-, darum herum- und darunter hindurchschauen. An deren einem Ende, neben einer vom elektrischen Licht durchfluteten Glaskammer, befindet sich eine kleine, etwas angehobene Plattform, übersät mit herabhängenden Drähten, deren bloße Enden gefährlich glänzen. Über der Plattform erstreckt sich eine Vorrichtung, an der viele Glühlampen angebracht sind. Auf der anderen Seite des Apparates ist ein Metallkegel installiert, dekoriert mit einer Spirale aus kleineren Lampen. Er ruht auf Kardanringen und kann deshalb in verschiedene Richtungen gedreht werden. Überall um den Zentralteil sind kleine Halterungen und Nischen angebracht, in denen blanke Anschlussklemmen bereitliegen. Die ganze Maschinerie gibt ein lautes, summendes Geräusch von sich, als wären immense Energien in ihr verborgen.

Nun wende ich mich an das Publikum: Nur zu gerne würde ich einige Freiwillige auf die Bühne einladen, um sie das Gerät untersuchen zu lassen. Aber es bestünde große Gefahr für sie, es habe schon Unfälle gegeben. Stattdessen, fahre ich fort, hätte ich ein paar einfache Demonstrationen vorbereitet, um anschaulich darzustellen, welche Kräfte in der Maschine schlummerten. Ich bestäube zwei blanke Kontakte mit etwas Magnesiumpulver ... und ein strahlender weißer Blitz blendet vorübergehend die Zuschauer, welche der Bühne am nächsten sitzen! Während noch der damit verbundene Qualm aufsteigt, nehme ich ein Blatt Papier und lasse es auf einen anderen, halb verdeckten Teil der Apparatur fallen: Sofort geht es in Flammen auf und Rauch wallt entsprechend dramatisch zum Schnürboden empor. Das Summen wird stärker. Die Apparatur scheint zu leben und kann offenbar nur mit Mühe die fürchterlichen Energien zurückhalten, die in ihr stecken.

Von der linken Bühnenseite schiebt meine Assistentin jetzt ein auf Rollen gesetztes Kabinett herbei. Es ist aus starkem Holz gefertigt und sie dreht es einmal im Kreis, damit man es rundherum betrachten kann. Dann klappt sie die Seitenteile auseinander: Das Kabinett ist leer.

Ich werfe dem Publikum einen traurigen Blick zu, seufze verhalten und gebe dem Mädchen ein Zeichen. Daraufhin bringt sie mir zwei riesige dunkelbraune Handschuhe, offenbar aus Leder verfertigt. Sobald ich sie übergezogen habe, führt mich meine Assistentin hinter den Apparat. Das Publikum kann noch den größten Teil meines Körpers sehen und stellt befriedigt fest, dass es keine verborgenen Spiegel oder Abschirmungen gibt. Ich lasse langsam die behandschuhten Hände auf die Oberfläche der Plattform herabsinken, das Geräusch der elektrischen Spannung wächst an und plötzlich entlädt sich die Energie in einem grellen Leuchten. Ich taumle zurück, als hätte ich einen Schock erlitten.

Das Mädchen tritt erschrocken etwas von der Apparatur weg. Ich unterbreche kurz den Versuch, wende mich ihr zu und fordere sie dringend auf, um ihrer eigenen Sicherheit willen die Bühne zu verlassen. Zuerst weigert sie sich noch, doch dann eilt sie erleichtert in die Kulisse.

Danach ergreife ich behutsam mit meinen gut geschützten Händen den Richtkegel und drehe ihn sehr vorsichtig, bis dessen Spitze direkt auf das Kabinett zeigt.

Die Illusion nähert sich ihrem Höhepunkt. Aus dem Orchestergraben ertönt ein Trommelwirbel. Erneut lege ich beide Hände auf die Plattform, und auf magische Weise leuchten jetzt alle übrigen Lampen auf. Das unheilvolle Summen wird intensiver. Zuerst setze ich mich nun auf die Bank und drehe mich langsam, bis ich meine Beine hochnehmen kann, dann lasse ich meinen Oberkörper nach hinten sinken. Lang ausgestreckt liege ich da, umgeben von den offenkundigen Zeichen schrecklicher elektrischer Kräfte.

Ich hebe meine Arme empor und ziehe zuerst den einen, dann den anderen Handschuh aus. Danach nehme ich die Arme wieder herunter und lasse die Hände etwas über die Holzbank herabhängen. Die dem Publikum sichtbare sinkt dabei zufällig auf die Vorrichtung, an der sich vor ein paar Sekunden noch ein Stück Papier entzündet hatte.

Ein strahlender, blendender Blitz zuckt hervor und alle Lichter am Apparat brennen durch und erlöschen.

Im selben Augenblick … verschwinde ich.

Das Kabinett springt auf und man sieht mich darin zusammengekauert sitzen.

Langsam, ganz langsam rolle ich mich heraus und sinke auf dem Boden zusammen. Das Rampenlicht überflutet mich. Allmählich komme ich wieder zu mir. Ich stehe auf, blinzle ins helle Licht, schaue ins Publikum. Schließlich wende ich mich der Apparatur zu, weise auf den Platz, wo ich gelegen hatte, drehe mich zu dem Kabinett direkt hinter mir um und zeige, wo ich angekommen bin.

Ich mache meine Verbeugung.

Das Publikum hat gesehen, wie ich transmittiert wurde. Vor ihren Augen bin ich durch die Macht der Elektrizität von einem Teil der Bühne zu einem anderen katapultiert worden. Durch zehn Fuß leeren Raums. Zwanzig Fuß, dreißig Fuß, je nach der Größe der Bühne.

Ein menschlicher Körper wurde in einem Moment von einem Ort an einen anderen übertragen. Ein Wunder, eine Unmöglichkeit, eine Illusion.

Meine Assistentin kehrt auf die Bühne zurück. Ich nehme ihre Hand, lächle und verbeuge mich erneut, während der Beifall aufbrandet und der Vorhang fällt.

Wenn ich nicht mehr darüber erzähle, ist es annehmbar. Ich werde nicht wieder intervenieren. Ich kann bis zum Schluss weitermachen.

10

Das Leben in meiner Wohnung in Hornsey, einer Gegend im Norden Londons, einige Meilen von meinem Haus in St. Johns Wood entfernt, ließ viel zu wünschen übrig. Ich hatte die Wohnung, eine von zehn eines Mietshauses an einer ruhigen Seitenstraße, einfach deshalb gewählt, weil ihre Anonymität meinen Bedürfnissen Rechnung zu tragen schien. Sie lag im ersten Stock, grenzte mit einer Wand an ein bescheidenes Gebäude aus der Mitte des Jahrhunderts, besaß aber dennoch genügend Fenster, die auf einen kleinen Garten hinausgingen. Vom Treppenhaus aus konnte sie durch eine einfache Tür betreten werden.

Nicht lange nach meinem Einzug begann ich die Wahl zu bereuen. Die meisten Familien, die hier zur Miete wohnten, gehörten der unteren Mittelklasse an und führten bescheidene Haushalte. In allen übrigen Wohnungen zum Beispiel auf meiner Etage gab es Kinder und ein ständiges Kommen und Gehen von Dienstpersonal der einen oder anderen Art. Mein Status als Alleinlebender, besonders in einer Wohnung dieser Größe, weckte offensichtlich die Neugier meiner Nachbarn. Obwohl ich auf jede Weise zu verstehen gab, dass ich nicht in Gespräche verwickelt werden wollte, konnte ich mich doch nicht allen entziehen. Bald befanden sich Spekulationen über meine Person im Umlauf. Eigentlich hätte ich ausziehen sollen. Aber als ich damals die Wohnung gemietet hatte, wollte ich endlich einen Platz mein Eigen nennen, an dem ich mich zwischen den Vorstellungen aufhalten konnte. Später ging mir auf: Selbst wenn ich umziehen würde, gäbe es doch keine Garantie dafür, anderswo keine Neugier auf sich zu lenken. Ich entschied mich dafür, höfliche Neutralität zu heucheln, und kam und ging diskret, ohne mich zu sehr mit meinen Nachbarn abzugeben oder durch übertriebene Heimlichtuerei aufzufallen. Wahrscheinlich wurde ich letztlich einfach langweilig für sie. Engländer bringen Exzentrikern traditionell einige Toleranz entgegen. Dass ich regelmäßig spät in der Nacht heimkehrte, ohne Bedienstete lebte und mein Einkommen aus unbekannter Quelle bezog, fiel ihnen schließlich nicht mehr auf. Sie hatten sich an meine Gegenwart und Lebensumstände gewöhnt.

Doch selbst einmal von dem allen abgesehen, noch lange Zeit nach meinem Einzug empfand ich das Leben in dieser Wohnung als unangenehm. Ich hatte sie unmöbliert gemietet, und da ich notwendigerweise den größten Teil meiner Ersparnisse in das Haus in St. Johns Wood steckte, konnte ich mir zuerst nur billige Möbel leisten. Die einzige richtige Heizmöglichkeit bestand aus einem Ofen, für den die Holzscheite erst vom Hof heraufgeholt werden mussten. Er strahlte zwar in seiner unmittelbaren Nähe eine mächtige Hitze ab, aber in den anderen Teilen der Wohnung war davon nichts mehr zu spüren. Es gab keine Teppiche, die der Rede wert gewesen wären. Kurzum, es fehlte jeglicher Komfort.

Da diese Wohnung für mich ein Refugium darstellte, musste ich sie mir so einrichten, dass ich bequem und ruhig –

und zwar auch über einen längeren Zeitraum hinweg – in ihr leben konnte.

Neben diesen Unbequemlichkeiten, die natürlich nach und nach geringer wurden, als ich mir verschiedene praktische Sachen kaufen konnte, bedrückten mich am meisten die Einsamkeit und das Gefühl, von meiner Familie abgeschnitten zu sein. Dagegen ließ sich niemals ein Heilmittel finden, weder damals noch heute. Anfangs, einfach nur von Sarah getrennt, war es schon unerträglich genug, aber während ihrer schwierigen Entbindung von den Zwillingen stand ich aus Sorge um sie oft Höllenqualen aus. Es wurde sogar noch schwieriger, nachdem Graham und Helena geboren waren, besonders dann, wenn eines der Kinder erkrankte. Ich war mir gewiss, dass meine Familie liebevoll umsorgt und betreut wurde, dass unsere Diener vertrauenswürdig und engagiert waren und dass wir – sollten sich wirklich schlimme Krankheiten einstellen – genügend Geld besaßen, um uns die beste Behandlung leisten zu können. Doch obwohl dieses Wissen mir viel Trost und Beruhigung schenkte, reichte es nicht aus, um alle Sorge von mir zu nehmen.

In all den Jahren, als ich die Illusion des »Transmittierten Menschen«, deren modernisierte Fassung und eigentlich meine gesamte magische Laufbahn plante, war mir nie der Gedanke gekommen, dass meine Karriere eines Tages durch die Existenz einer Familie bedroht sein könnte.

Oft wollte ich schon die Bühne verlassen, besagte Illusion niemals mehr aufführen, praktisch die Zauberkunst überhaupt aufgeben – und das immer nur, weil ich mich der Zuneigung zu meiner schönen Frau und der innigen Liebe zu meinen Kindern zutiefst verpflichtet fühlte.

An jenen langen Tagen in Hornsey und manchmal in den Wochen ohne Theaterengagement hatte ich mehr als genug Zeit, um nachzudenken.

Bedeutsam ist natürlich, dass ich nicht aufgab.

Ich hielt in den schwierigen frühen Jahren durch. Ich hielt durch, als mein Ruf und mein Einkommen zunahmen. Und ich halte jetzt durch, wo im Grunde von meiner berühmten Illusion nur das Rätsel übrig bleibt, das sie umgibt.

Jedoch sind die ganzen Umstände seit einiger Zeit viel einfacher geworden. Während der ersten beiden Wochen, die Olive Wenscombe für mich arbeitete, entdeckte ich zufällig, dass sie in einem Hotel für Handlungsreisende in der Nähe von Euston Station wohnte, eine recht fragwürdige Adresse. Als Erklärung gab sie an, der Magier aus Hampshire habe ihr während ihrer Anstellung auch Logis gewährt. Doch sei sie natürlich, als sie seine Dienste verließ, ausgezogen. Damals machten Olive und ich schon regelmäßig Gebrauch von dem Sofa im hinteren Teil meiner Werkstatt. Und es dauerte nicht lange, bis ich darauf kam, dass ich ihr ebenfalls Wohnrecht gewähren könnte.

Der Pakt regelte alle Entscheidungen solcher Art, aber in diesem Fall handelte es sich nur um eine Formalität. Ein paar Tage später zog Olive in meine Wohnung in Hornsey. Und dort wohnte sie seither.

Ihre Enthüllung, die alles verändern sollte, kam ein paar Wochen später.

Gegen Ende des Jahres 1898 ergab es sich durch die Absage eines Engagements, dass ich, bis zum nächsten Termin, eine Woche ohne Verpflichtung war. Ich verbrachte die meiste Zeit in der Wohnung in Hornsey. Und obwohl ich einmal die Werkstatt aufsuchte, machte ich es mir doch den größten Teil der Woche in einem häuslich glücklichen und körperlich stimulierenden Alltag mit Olive bequem. Wir dekorierten die Wohnung um. Mit einem Teil der Einnahmen aus einem erfolgreichen Auftritt im Illyria Theatre im West End kauften wir einige schöne Möbelstücke.

An dem Abend, bevor die Idylle enden sollte – schon am nächsten Tag gastierte ich im Brightoner Hippodrome –, platzte sie heraus mit ihrer überraschenden Mitteilung. Es war spät in der Nacht und wir lagen vor dem Einschlafen einträchtig beisammen.

»Hör mal, Schatz«, sagte sie. »Ich habe nachgedacht, es wäre vielleicht besser, wenn du dich nach einer neuen Assistentin umschautest.«

Ich war wie vom Donner gerührt, sodass ich zuerst nicht

wusste, was ich antworten sollte. Bis zu diesem Augenblick hatte ich geglaubt, ich hätte die Art von stabiler Existenz erreicht, die ich mein ganzes Arbeitsleben hindurch gesucht hatte. Ich hatte eine Familie und eine Geliebte. Ich lebte in meinem Haus mit meiner Frau und ich wohnte in meiner Wohnung mit meiner Geliebten. Mein Leben bestand aus zwei voneinander sorgsam getrennten Hälften, es gab nichts, was dieses doppelte Dasein verdächtig hätte erscheinen lassen. Zudem arbeitete meine Geliebte als meine schöne und bezaubernde Bühnenassistentin. Nicht nur war sie brillant in allem, was sie tat, sondern ich war mir auch sicher, dass Olives Äußeres zweifellos einiges zu den steigenden Zuschauerzahlen beigetragen hatte. Mit ihren Worten schien Olive jetzt alles aus dem Gleichgewicht zu bringen. Ich war bestürzt.

Als Olive meine Reaktion sah, meinte sie: »Es gibt eine Menge, was ich mir von der Seele reden möchte. Es ist nicht so schlimm, wie du vielleicht denkst.«

»Ich kann mir nicht vorstellen, was da noch kommen könnte.«

»Nun, wenn du nur die Hälfte dessen hörst, was ich zu sagen habe, dann wird es deine schlimmsten Befürchtungen übertreffen. Aber wenn du alles vernommen hast, wird es dir am Ende besser gehen.«

Ich schaute sie an. Ich hätte schon viel früher bemerken sollen, wie gespannt und nervös sie war. Offensichtlich gab es da etwas, das sie belastete.

In einer wahren Wortflut kam nun die ganze Geschichte heraus. Was sie erzählte, erfüllte mich mit Schrecken.

Sie begann mit der Erklärung, dass sie aus zwei Gründen aufhören wolle für mich zu arbeiten. Sie sei, erstens, jetzt schon einige Jahre auf der Bühne aufgetreten und sehne sich nach einer Abwechslung. Sie sagte, sie wolle zu Hause leben, meine Geliebte sein und meine Karriere aus dieser Perspektive verfolgen, würde jedoch auch weiterhin als Assistentin arbeiten, wenn ich sie darum bäte oder bis ich Ersatz fände. So weit, so gut. Aber ich müsse nun auch den zweiten Grund noch hören. Nicht aus eigenem Antrieb sei sie zu mir gekommen, jemand habe sie geschickt, und zwar eine Person, die meine beruflichen Geheimnisse erfahren wollte. Dieser Mann …

»Es ist Angier!«, rief ich aus. »Rupert Angier hat dich geschickt, um zu spionieren!«

Darauf legte sie bereitwillig ein Geständnis ab. Als sie meinen Zorn spürte, zog sie sich von mir zurück und begann zu weinen. In meinem Kopf überschlugen sich die Gedanken, ich versuchte mich zu erinnern, was ich ihr in den vergangenen Wochen alles erzählt und welche Techniken sie gesehen oder sich angeeignet hatte, welche Geheimnisse sie erfahren oder selbst entdeckt haben mochte und was sie wohl meinem Feind verraten haben könnte.

Eine gewisse Zeit lang konnte ich dann nichts mehr aufnehmen, war nicht mehr in der Lage, ruhig oder logisch zu denken. Sie weinte und flehte mich an, ich solle ihr doch weiter zuhören.

Zwei oder drei Stunden vergingen auf diese bedrückende und unerfreuliche Weise, schließlich fühlten wir uns beide wie seelisch betäubt. Unser Disput, der sich ständig im Kreis bewegte, hatte sich bis in die frühen Morgenstunden hingezogen und wir waren mittlerweile erschöpft und todmüde. Wir schalteten das Licht aus, um zu schlafen. Die schreckliche Enthüllung hatte unsere Gewohnheiten noch nicht durchbrochen.

In der Dunkelheit lag ich noch wach und versuchte über alles nachzudenken, aber meine Gedanken waren zu verwirrt.

Plötzlich hörte ich sie neben mir ruhig und eindringlich sagen: »Begreifst du denn nicht, dass ich dir nichts verraten hätte, wenn ich noch Rupert Angiers Spionin wäre? Ja, ich bin bei ihm gewesen, aber ich habe mich bei ihm *gelangweilt*. Außerdem hat er etwas mit einer anderen Frau angefangen und das hat mich geärgert. Er war schlichtweg besessen davon, gegen dich zu intrigieren. Nach einiger Zeit brauchte ich eine Veränderung, deshalb bin ich auf diese Idee gekommen. Aber als ich dir dann begegnet bin … nun, da haben sich meine Gefühle gewandelt. Du bist in jeder Hinsicht so ganz anders als Rupert. Du weißt, was geschehen ist, und all das zwischen uns war echt. Es ist doch so? Rupert geht immer noch davon aus, dass ich für ihn spioniere. Aber mittlerweile dürfte er erkannt haben, dass ich ihm nichts mehr verraten werde. Deshalb möchte ich auch nicht weiterhin als deine Assistentin arbeiten. Denn solange ich auf der Bühne mit dir auftrete, wird Rupert Informationen von mir erwarten. Ich möchte einfach aussteigen und hier in dieser Wohnung leben, mit dir zusammen, Alfred. Ich glaube … ich liebe dich …«

Und so ging es weiter, die ganze Nacht hindurch.

Am Morgen, im ersten grauen und entmutigenden Licht eines regnerischen Tages, erklärte ich ihr: »Ich weiß nun, was wir tun werden. Warum bringst du Angier nicht eine Botschaft? Ich werde dir eine Geschichte erzählen und du wirst ihn davon überzeugen, dass gerade dies das Geheimnis sei, nach dem er sucht. Du kannst ihm zudem sagen, was immer du willst, nur damit er glaubt, dass du wirklich das Geheimnis von mir gestohlen hast, hinter dem er immer schon her war. Wenn du dann zu mir zurückkommst und schwörst, dass du nie wieder etwas mit Angier zu tun haben willst, und wenn, *und nur wenn* du mich dazu bringen kannst dir zu glauben, dann werden wir wieder zusammen sein. Einverstanden?«

»Ich will es noch heute tun«, beteuerte sie. »Ich möchte Angier für immer aus meinem Leben streichen!«

»Zuerst muss ich in die Werkstatt. Ich muss mir überlegen, was ich Angier gefahrlos wissen lassen kann.«

Ohne weitere Erklärungen ging ich und nahm den Omnibus in die Elgin Avenue. Ich setzte mich auf das Oberdeck, rauchte ruhig meine Pfeife und fragte mich während der ganzen Zeit der Fahrt, ob es richtig war, was ich tat, oder ob ich mich einfach nur wie ein verliebter Narr verhielt, der im Begriffe war, alles in diesem Spiel zu verlieren.

Als ich in der Werkstatt ankam, hatte ich schon alle Aspekte des Plans durchdacht. Obwohl die Gefahren nicht unterschätzt werden durften, handelte es sich doch nur um eine weitere der Krisen, denen der Pakt im Laufe der Jahre ausgesetzt gewesen war. Ich hatte nicht das Gefühl, als stellte sich hier nun ein bedeutendes oder neuartiges Problem. Es war nicht leicht, aber am Ende erwies sich der Pakt als so stark wie immer. In der Tat, als Zeugnis für mein fortgesetztes Vertrauen in die Vereinbarung kann festgehalten werden, dass ich es war, der in der Werkstatt blieb, während ich in die Wohnung zurückkehrte. Hier diktierte ich Olive eine Mitteilung an Angier, die sie handschriftlich auf ein Blatt Papier niederlegte. Sie schien nervös, aber entschlossen zu tun, was sie als notwendig erachtete. Wir wollten Angiers Nachforschungen in eine falsche Richtung lenken, deshalb musste das Schreiben nicht nur plausibel klingen, sondern auch etwas bieten, auf das er selbst nicht gekommen wäre.

Mit der Mitteilung in den Händen verließ sie Hornsey nachmittags gegen halb drei Uhr, kehrte aber erst um elf wieder in die Wohnung zurück.

»Es ist geschafft!«, rief sie. »Er hat die Information. Wahrscheinlich werde ich ihn nie wiedersehen. Und solange ich lebe, werde ich gewiss nie mehr ein freundliches Wort über ihn oder zu ihm sagen.«

Ich habe nie wirklich nachgeprüft, was in diesen achteinhalb Stunden ihrer Abwesenheit geschehen ist und warum es so lange dauerte, einen Brief abzugeben. Denn ihre Erklärung hierfür dürfte der Wahrheit entsprechen, schon allein deshalb, weil sie so simpel war. Sie sagte, die Fahrt in öffentlichen Verkehrsmitteln durch London habe viel Zeit in Anspruch genommen, da sie Angier zuerst nicht angetroffen und erst später herausgefunden hätte, dass er in einem anderen Teil der Stadt auftrat. An diesem langen Abend überfielen mich manche grimmigen Phantasiegespenster: Ich fürchtete, die Doppelagentin, die ich gegen ihren ersten Herrn und Meister umgedreht hatte, könne vielleicht erneut die Seiten gewechselt haben, würde entweder nie wieder auftauchen oder mit einem neuen Maulwurfsauftrag von Seiten Angiers zurückkehren.

Dies alles, worüber ich in den vorausgehenden Zeilen berichtet habe, hat sich am Ausklang des Jahres 1898 zugetragen. Doch nun geht der bedeutsame Monat Januar des Jahres 1901 zu Ende. (Die Ereignisse der Außenwelt hallen in mir nach. Am Tag, bevor ich diese Worte niederschrieb, wurde Ihre Majestät die Königin zur letzten Ruhe gebettet, und das Land beginnt sich von der Lähmung der Trauer zu befreien.) Vor mehr als zwei Jahren ist Olive, ihrem Wort getreu, zu mir zurückgekehrt und bleibt, meinen Wünschen gemäß, bei mir. Meine Karriere entwickelt sich prächtig, meine Stellung in der Welt der Zauberkunst ist unangreifbar, meine Familie wächst heran, mein Wohlstand ist gesichert. Wieder unterhalte ich zwei friedliche Haushalte. Rupert Angier hat nichts mehr gegen mich unternommen, seit Olive ihm die falsche Information übergeben hat. Die Wogen um mich herum haben sich geglättet. Nach turbulenten Jahren bin ich endlich zur Ruhe gekommen.

11

Wir schreiben das Jahr 1903. Eigentlich wollte ich mein Notizbuch seit den letzten Eintragungen für immer geschlossen halten, aber die Ereignisse haben sich gegen mich verschworen.

Rupert Angier ist plötzlich verstorben. Er war erst sechsundvierzig, also sogar ein Jahr jünger als ich. Nach einem Bericht der *Times* war sein Tod eine Spätfolge von Verletzungen, die er sich während eines Auftritts an einem Theater in Suffolk zugezogen hatte.

Ich ging diesen Bericht und einen kürzeren, der in der *Morning Post* erschienen war, gründlich durch, um etwas mehr zu erfahren, aber es gab wenig Neues für mich.

Schon früher hatte ich den Verdacht gehabt, er müsse an einer Krankheit laborieren. Denn als ich ihn das letzte Mal gesehen hatte, war er mir sehr gebrechlich erschienen, offenbar das Opfer eines chronischen Leidens.

Im Folgenden fasse ich die in der Presse erschienenen Nachrufe zusammen. Rupert Angier kam 1857 in Derbyshire zur Welt. Bereits in jungen Jahren zog er nach London, wo er lange Zeit erfolgreich als Illusionist und Zauberkünstler arbeitete. Er trat überall auf den Britischen Inseln und dem Kontinent auf und unternahm drei Tourneen durch die Neue Welt, die letzte in diesem Jahr. Ihm wird die Erfindung einiger bemerkenswerter Bühnenillusionen zugeschrieben, darunter eine namens »Klarer Morgen«, die viel Beachtung und Nachahmer fand (auf geheimnisvolle Weise verschwindet vor den Augen des Publikums die Assistentin des Magiers aus einem versiegelten Glasbehältnis). In neuerer Zeit entwickelte er erfolgreich eine Illusion, die »Schnell wie der Blitz« hieß und die er zum Zeitpunkt des verhängnisvollen Unfalls gerade zeigte. Auch mit Veranstaltungen im kleineren oder privaten Rahmen hatte Angier als Meister der Taschenspielerkunst reüssiert. Er war verheiratet, Vater eines Sohns und zweier Töchter, und bis zum Ende lebte er mit seiner Familie in der Gegend von Highgate in London. Bis zu dem Unfall, der zu seinem Tod führte, war er regelmäßig aufgetreten.

12

Es bereitet mir kein Vergnügen über Angiers Tod zu schreiben. Er stellte den tragischen Höhepunkt einer Folge von Ereignissen dar, die vor mehr als zwei Jahren eingesetzt hatten. Damals hatte ich es für unter meiner Würde gehalten etwas davon aufzuzeichnen, weil ich nicht wollte, dass unser Verhältnis erneut irgendeiner Belastung ausgesetzt würde.

Wie ich schon im früheren Teil dieser Aufzeichnungen vermerkte, hatten mein Leben und meine Karriere einen angenehmen Zustand von Ausgeglichenheit und Stabilität erreicht und ich war mit dem zufrieden, was ich zu jener Zeit besaß. Ich glaubte wirklich, ich könne mit einem bloßen Schulterzucken über einen Angriff oder eine Vergeltungsmaßnahme Angiers hinweggehen – sollte es überhaupt noch einmal so weit kommen. Denn es bestand aller Grund zu der Annahme, dass Olives Brief mit dem Köder der falschen

Fährte den Schlusspunkt unserer Fehde markierte. Die Absicht war ja gewesen ihn vom Kurs abzubringen und auf die Suche nach einem Geheimnis zu schicken, das es gar nicht gab. Die Tatsache, dass ich für mehr als zwei Jahre nicht mit ihm unmittelbar konfrontiert war, legte nahe, dass meine List funktioniert hatte.

Doch bald nachdem ich den ersten Teil dieses Berichts abgeschlossen hatte, fiel mir zufällig in einem Magazin die Besprechung eines Varieté-Programms auf, das im Finsbury Park Empire zur Aufführung kam. Rupert Angier war einer der Künstler, die dort auftraten, und nach allem, was man hörte, keine besondere Attraktion. Der Artikel erwähnte ihn nur beiläufig mit der Bemerkung: »Es ist gut festzustellen, dass sein Talent ungetrübt bleibt.« Diese Formulierung deutete darauf hin, dass es in seiner Karriere eine Unterbrechung gegeben haben musste.

Zwei oder drei Monate später hatte sich alles verändert. Eines der Magie-Fachblätter veröffentlichte ein Interview mit Angier und druckte dazu noch eine Fotografie von ihm ab. Eine der Tageszeitungen verwies in einem Leitartikel auf die »Erneuerung der Zauberkunst« und führte aus, dass wieder zahlreiche Magier zu den Stars unserer Varietés gehörten. Rupert Angier wurde namentlich erwähnt, allerdings neben einigen anderen.

Etwas später brachte eine der Abonnementszeitschriften für Magie einen detaillierten Artikel über Angier. Darin wurde sein aktuelles Programm als triumphaler Aufbruch zur Kunst der offenen Magie gewürdigt. Seine neue Illusion »Schnell wie der Blitz« fand besondere Erwähnung und Lob von fachkundiger Seite. Es hieß, sie setze neue Maßstäbe an technischer Brillanz; wenn sich nicht Mr. Angier selbst dazu entschließen sollte die Geheimnisse ihrer Funktionsweise zu enthüllen, sei es unwahrscheinlich, dass ein anderer Illusionist diesen Effekt reproduzieren könne, zumindest in absehbarer Zukunft. Der gleiche Artikel bezeichnete »Schnell wie der Blitz« als eine bedeutsame Weiterentwicklung »früherer Bemühungen« auf dem Gebiet der Übertragungsillusionen. Dann folgte ein abschätziger Hinweis nicht nur auf den »Neuen Transmittierten Menschen«, sondern auch auf mich.

Ich versuchte, ja, ich versuchte ernsthaft diese Kränkung zu ignorieren, aber die genannten Pressemitteilungen waren nur der Anfang, viele sollten noch folgen. Ohne Frage stand Rupert Angier auf dem Gipfel des Erfolgs.

Natürlich hatte ich das Gefühl, ich müsse etwas unternehmen. Ein großer Teil meiner Zeit in den letzten Monaten war der Planung und Durchführung von Tourneen gewidmet gewesen, wobei ich mich auf kleinere Klubs und Theater in der Provinz konzentriert hatte. Ich kam zu dem Schluss, ein Gastspiel an einem bedeutenden Londoner Theater sei notwendig, um mir und meiner Kunst wieder Geltung zu verschaffen. Das Interesse an Bühnenillusionen war zu dieser Zeit so groß, dass mein Agent ohne große Schwierigkeiten einen größeren Auftritt im Lyric Theatre arrangieren konnte. Ich war der Star eines Varieté-Programms, das im September 1902 eine Woche lang laufen sollte.

Bei der Premiere hatten wir nur ein halbvolles Haus und am nächsten Tag fielen die Presseberichte dünn aus. Nur drei Zeitungen erwähnten mich überhaupt mit Namen. Der unfreundlichste Rezensent bezeichnete mich als »Vertreter einer Richtung der Magie, die mehr wegen ihres nostalgischen Wertes bemerkenswert ist, als wegen ihres modernen Flairs«. An den folgenden beiden Abenden war das Haus fast leer und das Programm wurde schon Mitte der Woche abgesetzt.

Ich beschloss, mich von Angiers neuer Nummer mit eigenen Augen zu überzeugen. Als ich Ende Oktober hörte, dass er zwei Wochen lang im Hackney Empire auftreten würde, kaufte ich mir eine Karte für den Sperrsitz. Das Empire ist ein schmales Theater mit langen, engen Gängen und einem Zuschauerraum, der während der ganzen Vorstellung völlig abgedunkelt bleibt, ideal in meinem Fall.

Gegen den Hauptteil seines Programms war nichts einzuwenden, die Illusionen aus dem Standardrepertoire eines Magiers beherrschte er souverän. Sein Stil war gut, seine

Bühnenplauderei amüsant, seine Assistentin schön und sein Können überdurchschnittlich. Er trug einen gut geschnittenen Frack, sein Haar war elegant pomadisiert und glänzte. Während dieses Teils seiner Vorstellung sah ich jedoch zum ersten Mal die Auszehrung in seinem Gesicht und bemerkte Anzeichen, die auf einen schlechten Gesundheitszustand schließen ließen. Er bewegte sich steif und schien seinen linken Arm zu schonen, als wäre dieser schwächer als der andere.

Nach einer zugegebenermaßen amüsanten Nummer – eine Nachricht, die ein Zuschauer geschrieben hatte, tauchte in einem verschlossenen Umschlag auf – kam Angier zu der Schlussillusion. Er begann mit einer ernsten Ansprache, die ich mir schnell mitnotierte. Er sagte Folgendes:

»Meine Damen und Herren! Während das neue Jahrhundert voranschreitet, sehen wir um uns herum fast täglich neue Wunder der Wissenschaft entstehen. Welche Wunder werden am Ende des neuen Jahrhunderts allgemein verbreitet sein? Nur wenige von uns, die wir heute Abend hier versammelt sind, werden es erfahren. Vielleicht werden die Menschen fliegen, vielleicht über die Kontinente hinweg miteinander sprechen, vielleicht am Firmament dahineilen. Doch kein Wunder, das die Wissenschaft hervorbringen kann, ist vergleichbar mit dem allergrößten Wunder … dem menschlichen Geist und dem menschlichen Leib.

Heute Abend, meine Damen und Herren, werde ich ein magisches Meisterstück vollbringen, das die Wunder der Wissenschaft und die Wunder des menschlichen Geistes zusammenführt. Kein anderer Bühnenkünstler auf der Welt kann wiederholen, was Sie jetzt gleich mit eigenen Augen sehen werden!«

Damit hob er theatralisch seinen gesunden Arm und der Vorhang öffnete sich. Im Rampenlicht wartete die Apparatur, die zu sehen ich gekommen war.

Sie war wesentlich größer, als ich erwartet hatte. Magier ziehen es normalerweise vor, mit kompakt gebauten Gerätschaften zu arbeiten, um so das Rätsel ihrer Funktion zu vergrößern. Angiers Apparatur füllte praktisch die gesamte Bühne aus.

In der Mitte der Szene war ein Dreifuß aufgestellt, drei lange Metallbeine, die zu einer Spitze zusammenliefen. Eine glänzende Metallkugel von etwa anderthalb Fuß Durchmesser war darüber angebracht. Unter dem Dreifuß gab es gerade genug Platz, dass ein Mensch dort stehen konnte. Zwischen Kugel und Spitze befand sich ein Objekt in Zylinderform, das fest mit dem Gelenk des Dreifußes verbunden war. Diesem Zylinder wiederum verliehen Holzleisten seine Rundung. Sie waren aber nicht direkt aneinander, sondern in Abständen gesetzt, um Zwischenräume frei zu lassen. Dünne Drahtfäden wanden sich wohl einige hundert Mal um die Trommel. Von meinem Platz aus schätzte ich die Höhe des Zylinders auf mindestens vier Fuß und seinen Durchmesser auf vielleicht ebenso viel. Er drehte sich langsam und reflektierte die Bühnenbeleuchtung. Lichtfetzen huschten über die Wände des Zuschauerraums.

Die geschilderte Vorrichtung umgab in einem Radius von etwa zehn Fuß ein Kreis von acht Metall-Leisten, die ebenfalls mit vielen Drähten umwickelt waren. Zwischen den Leisten waren breite, gleichmäßige Aussparungen. Die Zuschauer konnten also den Dreifuß mit Zylinder und Kugel, den Hauptteil der Apparatur, gut sehen.

Mich überraschte die Maschinerie vollkommen, da ich ein richtiges magisches Kabinett erwartet hatte, etwa von der gleichen Größe, wie ich es benutzte. Angiers Apparatur aber war so riesig, dass nirgendwo auf der Bühne Platz für ein zweites Kabinett blieb.

Mein Magiergehirn begann rasend schnell zu arbeiten und versuchte vorherzusehen, was für eine Illusion das werden sollte, in was sie sich von meiner eigenen unterscheiden mochte und worin wohl ihr Geheimnis lag. Zuerst war ich nur beeindruckt von der schieren Größe der Apparatur, dann erstaunte mich die bestechende Normalität ihrer Beschaffenheit. Abgesehen von dem rotierenden Zylinder über der Spitze des Dreifußes wurden zur Ablenkung keinerlei helle Farben, strahlende Lichter oder aus gutem Grund geschwärzte Flächen eingesetzt. Der größte Teil der Apparatur schien aus unlackiertem Holz oder unpoliertem Metall zu bestehen. Es gab Schnüre und Drähte, die in verschiedene Richtungen liefen. Schließlich: Ich hatte keine Ahnung, was passieren würde und was die Gerätschaft vorstellen sollte. Magische Apparaturen sind von ihrer Form her oft Gegenständen aus dem Alltagsleben nachempfunden, um die Zuschauer irrezuleiten. Sie sehen zum Beispiel wie ein gewöhnlicher Tisch aus, wie eine Treppe oder ein Schrankkoffer, aber Angiers Apparat erinnerte an nichts Vertrautes.

Angier begann die Vorführung seines Tricks.

Es waren offenbar keine Spiegel auf der Bühne. Man konnte jeden Teil der Apparatur einsehen. Als Angier seine Vorbereitungen absolvierte, wanderte er auf der Bühne umher, trat durch jede Aussparung, dann für einen Augenblick hinter die Leisten, immer sichtbar, immer in Bewegung. Ich beobachtete seine Beine. Gerade auf sie sollte man bei einem Illusionisten achten, besonders wenn er sich hinter seine Apparatur begibt (eine unerklärliche Bewegung kann auf das Vorhandensein eines Spiegels oder einer anderen Vorrichtung hindeuten). Aber Angiers Gang war entspannt und normal. Es schienen auch keine Falltüren vorhanden zu sein, denn die Bühne war mit einer einzigen großen Gummimatte bedeckt.

Am seltsamsten war jedoch, dass es keine offenkundige, vernunftmäßige Erklärung für die Illusion gab. Eine magische Apparatur dient normalerweise dazu, die Erwartungen der Zuschauer zu wecken oder irrezuleiten. Sie besteht aus der Kiste, die offensichtlich zu klein ist, um einen Menschen aufzunehmen (jedoch dazu in der Lage ist, wie sich später herausstellen wird), oder der Platte aus Stahlblech, die scheinbar nicht durchdrungen werden kann, oder dem verschlossenen Koffer, aus dem zu entfliehen unmöglich scheint. In jedem dieser Fälle widerlegt der Illusionist genau die Annahmen, zu denen die Zuschauer aufgrund des eigenen Augenscheins gelangt sind. Angiers Gerätschaft war einmalig und man konnte durch bloße Betrachtung einfach nicht herausfinden, wozu sie gut sein sollte.

Inzwischen ging Angier um seinen Bühnenaufbau herum und beschwor immer noch die Geheimnisse der Wissenschaft und des Lebens.

Dann kam er wieder in die Mitte der Bühne zurück und wandte sich dem Publikum zu:

»Verehrte Damen und Herren, ich erbitte einen Freiwilligen aus Ihrer Mitte. Sie brauchen keine Angst zu haben. Es geht lediglich darum, etwas zu überprüfen.«

Er stand im Schein des Rampenlichts und beugte sich einladend zu den Zuschauern in den ersten Reihen vor. Ich unterdrückte den plötzlichen verrückten Impuls, nach vorne zu eilen und mich selbst zu melden; ich wusste, dass Angier mich auf der Stelle erkennen und wahrscheinlich seine Vorstellung vorzeitig abbrechen würde.

Nach dem üblichen Zögern trat ein Herr vor und ging über die Seitentreppe auf die Bühne. Währenddessen kam eine von Angiers Assistentinnen hinzu. Sie trug ein Tablett mit einigen Gegenständen, deren Zweck bald offenkundig wurde: Ein jeder eignete sich als Instrument zum Markieren oder Kenntlichmachen. Da gab es zwei oder drei Tintenfässer mit verschiedenfarbigen Tinten, eine Schüssel mit Mehl, einige Kreidestücke und Stäbchen aus Holzkohle. Angier forderte den Freiwilligen auf, einen Gegenstand auszuwählen. Jener nahm die Schüssel mit Mehl. Darauf wandte Angier sich um und ließ sich deren Inhalt über das Jackett kippen. Eine weiße Wolke stäubte auf und schwebte eindrucksvoll im Rampenlicht.

Angier drehte sich wieder zum Publikum und bat den Freiwilligen, eine der Tinten auszuwählen. Der Mann nahm die rote. Angier hielt ihm die mehlweißen Hände hin und der Freiwillige goss nach Aufforderung die Tinte darüber.

Angier, jetzt unverwechselbar gekennzeichnet, bedankte sich und verabschiedete den Freiwilligen. Die Bühnenbeleuchtung wurde gedämpft, nur aus einem Scheinwerfer drang ein heller Lichtstrahl.

Plötzlich war da ein unheimliches Knistern, als würde die

Luft selbst zerspalten, und zu meiner Überraschung schoss aus der glänzenden Kugel der Blitz einer blauweißen elektrischen Entladung hervor. Der Lichtbogen bewegte sich mit einer schrecklichen Willkürlichkeit und zischte innerhalb der von dem äußeren Leistenring gebildeten Arena umher, in die Angier jetzt hineintrat. Fast schon wie ein bösartiges Tier verhielt sich der Blitzstrahl.

Die elektrischen Entladungen nahmen nun abrupt zu, verdoppelten, verdreifachten sich, weitere Blitze schlängelten umher, als suchten sie den umschlossenen Raum zu füllen. Einer fand Angier, wickelte sich auf der Stelle um ihn und erleuchtete ihn mit einem gleißend blauen Licht, das nicht nur außen um seinen Körper, sondern auch aus ihm selbst heraus zu glühen schien. Angier hieß den elektrischen Stoß willkommen, indem er seinen gesunden Arm hob. Das schlängelnde, zischende Feuer durfte ihn einhüllen und einschnüren.

Noch mehr elektrische Blitze erschienen und umfauchten ihn unheilvoll. Er beachtete sie nicht, so wie er den anderen keine Beachtung geschenkt hatte. Es sah aus, als wollten sie ihn angreifen; einer der Blitze schnellte sogar von ihm zurück und gestattete es einem oder zwei anderen, über Angier hinwegzulodern und seinen Körper mit ständig zuckendem Feuer zu peitschen.

Der Geruch dieser Entladungen zog bald über die Zuschauer hin. Ich atmete ihn mit den anderen zusammen ein und mir wurde schwindlig, wenn ich daran dachte, was in ihm enthalten sein mochte. Er hatte eine unheimliche atomische Qualität, als repräsentiere er die Befreiung einer Kraft, die bisher den Menschen verboten gewesen war und jetzt, freigesetzt, den Gestank einer nackten, zügellosen Energie verströmte.

Als noch mehr dahinschießende Lichtbögen Angier umzuckten, begab er sich zu dem Dreifuß im Mittelpunkt des Infernos, direkt unter die Energiequelle. Dort angekommen schien er in Sicherheit zu sein. Offenbar unfähig oder nicht willens, auf sich selbst zurückzuschlagen, schnellten die strahlenden Lichtblitze von ihm fort und schlugen mit gewaltigem Krachen in die äußeren Leisten ein. Im Nu spannte sich zu jeder von ihnen ein Bogen, der ruhelos zischte und spie, jedoch die Verbindung hielt.

Diese acht blendenden Lichtbögen bildeten also nun eine Art Baldachin über der Arena, in der Angier allein stand. Plötzlich erloschen der Scheinwerfer und die gesamte übrige Bühnenbeleuchtung. Angier wurde nur noch von dem Licht beschienen, das die glühenden Entladungen auf ihn warfen. Er stand regungslos da, hielt den gesunden Arm hoch und sein Kopf befand sich kaum einen Zoll unter dem Zylinder, von dem alle Elektrizität ausging. Angier sagte etwas, eine Erklärung an das Publikum, doch für mich ging sie in dem lauten Knattern unter, in dem über ihm die Luft verbrannte.

Er senkte die Arme und stand zwei oder drei Sekunden regungslos da, dem schrecklichen Schauspiel ausgesetzt, das er selbst heraufbeschworen hatte.

Dann verschwand er.

In einem Augenblick war Angier noch da, im nächsten nicht mehr. Seine Apparatur gab einen kreischenden Ton von sich und schien zu erzittern. Mit Angiers Verschwinden erstarben auf der Stelle die hellen Energieemanationen. Die Tentakel zischten und knallten noch kurz wie kleine Feuerwerke, dann waren auch sie verschwunden. Die Bühne war dunkel.

Mich hatte es schon seit einiger Zeit nicht mehr auf meinem Platz gehalten. Wie die übrigen Zuschauer stand ich verblüfft in der Reihe. Der Mann war vor unseren Augen verschwunden, ohne eine Spur zu hinterlassen.

Ich hörte Unruhe im Gang hinter mir und wie alle anderen wandte ich mich um. Es waren zu viele Köpfe und Körper im Weg, ich konnte nichts Genaues erkennen. Irgendeine Art von Bewegung im verdunkelten Zuschauerraum!

Glücklicherweise wurde nun die Beleuchtung wieder eingeschaltet und einer der Scheinwerfer drehte sich an seiner Position hoch über den Logen und ließ einen Lichtstrahl auf das Geschehen fallen.

Dort im Gang war Angier!

Leute vom Theaterpersonal eilten auf ihn zu und einige Zuschauer versuchten ihn zu fassen. Doch er war schon auf den Beinen und schob sie von sich fort.

Er taumelte den Gang hinab, auf die Bühne zu.

Ich versuchte mich von meiner Überraschung zu erholen und stellte schnell einige Berechnungen an. Nicht mehr als ein oder zwei Sekunden konnten zwischen seinem Verschwinden von der Bühne und seinem Wiederauftauchen verstrichen sein. Ich blickte hin und her, von der Bühne zum Gang, und versuchte die Entfernung abzuschätzen. Mein Sitzplatz befand sich mindestens sechzig Fuß von der Bühne entfernt und Angier war ziemlich weit hinten aufgetaucht, nahe bei einem der Ausgänge. Dieser Punkt lag ein gutes Stück hinter mir, wenigstens weitere vierzig Fuß.

Konnte es sein, dass er in einer einzigen Sekunde hundert Fuß zurückgelegt hatte, während die Dunkelheit ihm Schutz gewährte?

Das stellte damals schon eine rhetorische Frage dar und ist es heute noch. Offensichtlich war er dazu nicht in der Lage, zumindest nicht ohne den Einsatz magischer Techniken.

Aber um welche handelte es sich?

Als er den Gang entlang auf die Bühne zuschritt, befand er sich für kurze Zeit auf gleicher Höhe mit mir und strauchelte. Er fing sich aber schnell wieder und ging weiter. Ich bin mir sicher, dass er mich nicht gesehen hat, denn ganz offensichtlich hatte er keinen Blick für das, was um ihn herum vorging. Er verhielt sich wie jemand, der vollständig von seiner eigenen Qual in Anspruch genommen ist; sein Gesicht schien verzerrt, er bewegte sich, als würde er von Schmerzen gequält. Wie ein Betrunkener oder ein Invalide torkelte er dahin oder wie ein Mann, der endgültig seine Lebensenergien aufgebraucht hat. Ich sah, wie sein linker Arm schlaff an der Seite herabhing; die Hand war grau vom Mehl und zusätzlich mit roter Tinte verschmiert. Hinten auf seinem Jackett befand sich immer noch die zufällig – vor kurzer Zeit, hundert Fuß entfernt – entstandene Mehlzeichnung.

Wir klatschten alle, viele Leute riefen Beifall und pfiffen anerkennend. Als er sich der Bühne näherte, fing ihn ein zweiter Scheinwerfer ein und folgte ihm die Treppe zur Bühne hinauf. Angier begab sich erschöpft in die Mitte der Szene, wo er sich endlich zu erholen schien. Erneut im vollen Glanz der Bühnenbeleuchtung nahm er die Ovationen entgegen, verbeugte sich vor dem Publikum, warf den Zuschauern Kusshände zu und lächelte dabei triumphierend. Ich stand wie die anderen da und staunte über das, was ich gesehen hatte.

Hinter Angier fiel unauffällig der Vorhang und verhüllte seine Apparatur.

Ich wusste nicht, wie der Trick funktionierte! Ich hatte ihn mit eigenen Augen gesehen und ich hatte Angier beobachtet, wobei ich wusste, wie man einen Magier bei seiner Arbeit beobachten muss, und ich hatte auf alles geachtet, mit dem ein Magier üblicherweise sein Publikum täuscht.

Ich verließ das Hackney Empire kochend vor Wut, wütend darüber, dass er meine beste Illusion kopiert hatte, und noch zorniger darüber, dass sie verbessert worden war. Am schlimmsten war jedoch etwas anderes: Ich konnte nicht herausfinden, wie der Trick funktionierte.

Er war ein Mensch. Er stand an einem Platz und erschien an einem anderen. Er konnte keinen Doppelgänger oder Komplizen haben und nicht so schnell von einer Stelle zur anderen gelangt sein.

Eifersucht machte meine Wut noch schlimmer.

»Schnell wie der Blitz«, so lautete Angiers reißerischer Name für seine verdammte *Verbesserung* des »Neuen Transmittierten Menschen«, war unverkennbar eine bedeutende Illusion, die einen neuen Maßstab in unsere so oft verspottete und für gewöhnlich missverstandene Kunst einführte. Dafür musste ich ihn bewundern, ganz gleich, wie meine sonstigen Gefühle für ihn sein mochten. Mit den meisten anderen Zuschauern teilte ich wohl die Empfindung, dass es ein Privileg gewesen war, die Illusion mit eigenen Augen zu sehen. Nachdem ich das Theater verlassen hatte, kam ich an der engen Gasse vorbei, die zum Bühneneingang führte, und ich wünschte mir einen Moment sogar, Angier in seiner Garderobe besuchen zu können und ihm höchstpersönlich zu gratulieren.

Ich unterdrückte diesen Impuls. Nach so vielen Jahren erbitterter Rivalität konnte ich nicht zulassen, dass eine elegante Präsentation einer Bühnenillusion mich zur Demütigung vor ihm verführte.

Ich kehrte in meine Wohnung in Hornsey zurück, wo ich mich zu jener Zeit gerade aufhielt, und hatte eine schlaflose Nacht. Unruhig warf ich mich neben Olive hin und her.

Am nächsten Tag war ich so weit zur Ruhe gekommen, dass ich konkret und praktisch über seine neue Version meines Tricks nachdenken und mir mein nächstes Vorgehen überlegen konnte.

Ich bekenne es erneut: Ich weiß nicht, wie er es gemacht hat. Das Geheimnis konnte ich nicht herausfinden, als ich die Vorführung sah, und auch später kam ich nicht auf die Lösung, ganz gleich, welche Prinzipien der Magie ich anwendete.

Im Mittelpunkt des Rätsels standen drei, möglicherweise sogar vier der sechs grundlegenden Kategorien der Illusion: Er war zuerst *verschwunden* und dann an einem anderen Ort wieder *aufgetaucht*. Es schien ein Element einer *Transposition* dabei zu sein und alles befand sich im offensichtlichen *Widerspruch zu den Naturgesetzen*.

Auf der Bühne lässt sich das Verschwinden relativ leicht einrichten: durch Aufstellen von Spiegeln oder Halbspiegeln, durch Blitze, den Gebrauch der »schwarzen Kunst« der Magier (d.h. von Sichtblenden), durch den Einsatz von Ablenkungen, von Klapptüren auf der Bühne und so fort. Etwas an anderer Stelle hervorzubringen bedeutet für gewöhnlich, das Objekt oder eine genaue Kopie davon vorher am Zielort unterzubringen … oder, wenn es sich um eine Person handelt, einen überzeugenden Doppelgänger dort zu platzieren. Das Zusammenwirken dieser beiden Effekte bringt dann einen dritten hervor: Verblüfft glauben die Zuschauer, sie hätten etwas gesehen, das den Naturgesetzen widerspricht.

Auch ich hatte die Empfindung, ich hätte an jenem Abend

erlebt, wie Angier diese Naturgesetze außer Kraft setzte. Alle meine Versuche, das Rätsel mit den konventionellen magischen Prinzipien zu lösen, waren erfolglos, und obwohl ich wie besessen nachdachte und arbeitete, kam ich einer für mich befriedigenden Lösung nicht einmal nahe.

Mich quälte ständig der Gedanke, dass im Zentrum dieser großartigen Illusion ein Geheimnis von aufreizender Einfachheit stehen musste. Immer gilt die Hauptregel der Magie: Was man *sieht*, ist nicht das, was *wirklich* geschieht.

Dieses Geheimnis entzog sich mir vollkommen. Nur zwei Feststellungen entschädigten mich etwas.

Ganz gleich wie brillant Angiers Effekt auch ausfallen mochte, mein eigenes Geheimnis blieb ihm gegenüber gewahrt. Er führte die Illusion nicht auf meine Art durch, was er in der Tat nie hätte tun können.

Dann gab es da noch das Problem der Geschwindigkeit. Worauf nun auch immer sein Geheimnis beruhte, Angiers Transportation war nicht so schnell wie meine. Mein Körper wird in einem Augenblick von einem Kabinett zum anderen geschickt. Also, um es hervorzuheben, das Ganze geht nicht schnell vor sich, die Illusion benötigt wirklich nur einen einzigen Augenblick. Es gibt keinerlei nennenswerte Verzögerung. Angiers Effekt war messbar langsamer. An jenem Abend schätzte ich, dass eine oder zwei Sekunden zwischen Verschwinden und Auftauchen vergangen waren, was für mich bedeutete, dass er ein oder zwei Sekunden langsamer war als ich.

Um doch noch einer Lösung näher zu kommen, versuchte ich die Zeiten und Entfernungen zu überprüfen, die bei dem Effekt eine Rolle spielten. An jenem Abend waren alle meine Berechnungen Schätzungen gewesen, weil ich keine Ahnung gehabt hatte, was geschehen würde. Zudem hatten mir wissenschaftliche Messinstrumente gefehlt.

Dies gehört aber zur Strategie des Illusionisten: Indem er sein Publikum nicht vorbereitet, kann der Künstler die Überraschung nutzen, um seine Spuren zu verwischen. Die meisten Menschen, welche die Vorführung eines Tricks gesehen haben und gefragt werden, wie schnell er ausgeführt wurde, sind unfähig, eine genaue Schätzung abzugeben. Viele Tricks beruhen auf dem Prinzip, dass der Illusionist etwas so schnell tut, dass unvorbereitete Zuschauer danach schwören würden, es könne gar nicht geschehen sein, *weil nicht genug Zeit dafür war*.

Da ich dies wusste, zwang ich mich, alles sorgfältig zu überdenken, was ich gesehen hatte. Ich wiederholte im Geiste die Nummer und versuchte zu berechnen, wie viel Zeit tatsächlich zwischen Angiers Verschwinden und seiner Materialisation an anderer Stelle verstrichen war. Am Ende kam ich zu dem Ergebnis, dass bestimmt nicht weniger als eine oder zwei Sekunden vergangen waren und maximal fünf. In den fünf Sekunden überraschend einsetzender Dunkelheit kann ein geschickter Magier eine Menge unsichtbarer Trickserejen ausführen!

Diese kurze Zeitspanne war der offensichtliche Schlüssel zu dem Rätsel. Aber ich konnte mir nicht vorstellen, wie es Angier während dieser Sekunden bis ans Ende des Zuschauerraums geschafft haben sollte.

Zwei Wochen nach diesem Vorfall ging ich zum Hackney Empire, wo ich unter dem Vorwand, ich müsse im Voraus Messungen für einen meiner eigenen Auftritte vornehmen, einen Termin mit dem Theaterverwalter vereinbart hatte. Das ist vor vielen magischen Vorstellungen üblich, muss doch der Illusionist sein Programm oft den räumlichen Beschränkungen des Theaters anpassen. Jedenfalls wurde mein Wunsch nicht als ungewöhnlich beanstandet und der Assistent des Verwalters begrüßte mich höflich und half mir bei meinen Untersuchungen.

Ich fand den Platz, auf dem ich gesessen hatte, und stellte fest, dass er etwas mehr als fünfzig Fuß von der Bühne entfernt war. Schwieriger ließ es sich schon an, den genauen Punkt im Gang zu entdecken, an dem Angier sich rematerialisiert hatte. Das Einzige, worauf ich mich hierbei verlassen konnte, war die eigene Erinnerung. Ich stand neben meinem damaligen Sitzplatz und versuchte Angiers Position möglichst genau festzulegen. Schließlich gelang es mir, einen bestimmten Bereich auf dem langen, mit Stufen versehenen

Gang einzugrenzen; hier irgendwo musste er erschienen sein. Die größte Nähe zur Bühne betrug mehr als fünfundsiebzig Fuß, der weiteste Abstand überstieg hundert Fuß um ein Beträchtliches.

Ich stand eine Weile in der Mitte der Bühne, ungefähr dort, wo sich der Dreifuß befunden hatte, schaute den Mittelgang entlang und fragte mich, wie ich selbst es anstellen würde, um von der einen Stelle zur anderen zu gelangen, und das in einem vollen Haus, bei Dunkelheit, in weniger als fünf Sekunden.

Danach fuhr ich nach Woking, wo Tommy Elbourne zu jener Zeit im Ruhestand lebte, um mit ihm das Problem zu erörtern. Nachdem ich ihm die Illusion beschrieben und seine ausführlichen Rückfragen beantwortet hatte, wollte ich von ihm wissen, wie der Effekt nun seiner Meinung nach erklärt werden könne.

»Ich hätte selbst dabei sein sollen, Sir«, meinte er nur.

Deshalb versuchte ich es auf eine andere Weise. Ich stellte ihm alles so dar, als ob es sich um eine Illusion handelte, die ich für mich selbst zu entwerfen gedachte. Er und ich waren in der Vergangenheit oft ähnlich vorgegangen; ich hatte ihm zum Beispiel einen Effekt beschrieben, den ich erzielen wollte, und wir überlegten uns dann den dazugehörigen Trick. Wir hatten gewissermaßen das Pferd von hinten aufgezäumt.

»Aber das wäre doch kein Problem für Sie, Mr. Borden, oder?«

»Ja, aber um mich geht es gar nicht! Wie würden wir diese Nummer denn für einen anderen Illusionisten konstruieren?«

»Ich weiß es nicht«, antwortete er. »Die beste Methode wäre wohl, ein Double zu benutzen, jemanden, den man schon im Publikum platziert hat, aber Sie sagen ja …«

»So hat Angier es nicht gemacht. Er war allein.«

»Dann fällt mir nichts dazu ein, Sir.«

Ich schmiedete neue Pläne. Ich würde bei Angiers Auftritten in der nächsten Saison zugegen sein und – wenn nötig – seine Vorstellung jeden Abend besuchen, bis ich das Rätsel gelöst hätte. Tommy Elbourne sollte mich begleiten. Solange ich dazu imstande war, würde ich mich an meinen Stolz klammern, und sollte ich ihm sein Geheimnis entreißen können, ohne seinen Argwohn zu wecken, dann wäre dies das ideale Ergebnis. Aber wenn wir am Ende der Saison zu keiner praktikablen Lösung kämen, wollte ich all die Rivalitäten und Eifersüchteleien der Vergangenheit übergehen, ihn direkt ansprechen und, wenn nötig, um Erklärung bitten. So verrückt machte mich das Ganze. Ich schreibe es ohne Scham. Geheimnisse gehören nun einmal zur Bühnenmagie und ich sah es als meine berufliche Pflicht an herauszufinden, wie der Trick funktionierte. Sollte dies aber bedeuten, dass ich mich erniedrigen und Angier als den überlegenen Zauberer anerkennen musste, dann sollte es eben so sein.

Nichts davon geschah jedoch. Nach einer ausgedehnten Weihnachtspause brach Angier Ende Januar zu einer Tournee durch die Vereinigten Staaten auf und ließ mich zähneknirschend vor Enttäuschung zurück.

Eine Woche nach seiner Rückkehr im April (die in der *Times* gemeldet worden war) ging ich – entschlossen, mit ihm Frieden zu schließen – zu seinem Haus, aber ich traf niemanden an. Das Haus, ein großes, doch bescheidenes Gebäude, nicht weit entfernt von Highgate Fields gelegen, war verschlossen, die Jalousien waren heruntergelassen. Ich sprach mit den Nachbarn, doch bekam ich nur immer wieder zu hören, man wisse nichts über die Leute, die dort wohnten. Angier hielt sein Leben offensichtlich genauso von der Außenwelt abgeschirmt wie ich das meine.

Schließlich nahm ich Kontakt mit Hesketh Unwin auf, Angiers Agenten, aber ich wurde abgewiesen. Ich ließ bei Unwin eine Nachricht zurück, in der ich Angier dringend bat mit mir in Verbindung zu treten. Obwohl der Agent versprochen hatte, meine Nachricht Angier persönlich zu übergeben, erhielt ich nie eine Antwort.

Ich schrieb Angier direkt, persönlich, schlug ein Ende aller

Rivalität, aller Bitterkeit vor und bot jede Entschuldigung oder Wiedergutmachung an, die er zum Zwecke der Versöhnung benennen mochte.

Er antwortete nicht und schließlich kam es mir vor, als hätte ich einen Punkt jenseits aller Vernunft erreicht.

Ich fürchte, meine Reaktion auf sein Schweigen war sehr unvernünftig.

13

In der dritten Maiwoche nahm ich einen Zug von London nach Lowestoft, einem Küstenort und Fischereihafen in Suffolk. Hier war Angier für eine Woche engagiert. Ich fuhr mit nur einer einzigen Absicht: mich hinter die Bühne zu schmuggeln und das Geheimnis aufzudecken.

Normalerweise wird der Zugang zum Bühnenbereich eines Theaters von speziellen Mitarbeitern streng kontrolliert, aber wenn man entweder mit dem Theaterleben oder mit einem bestimmten Gebäude vertraut ist, gibt es im Allgemeinen immer einen oder mehrere Wege, um hineinzukommen. Angier trat im Pavillon auf, einem großen und gut ausgebauten Varieté-Theater. Auch ich hatte früher dort schon gastiert und sah daher keine Schwierigkeiten für mein Vorhaben.

Doch ich blitzte ab. Es am Bühneneingang zu versuchen schien hoffnungslos, denn eine außen angebrachte, auffällige Bekanntmachung wies darauf hin, dass alle Besucher eine Erlaubnis einzuholen hätten, bevor sie überhaupt bis zur Tür der Pförtnerloge vorgelassen würden. Da ich keine Aufmerksamkeit auf mich ziehen wollte, versuchte ich stattdessen in den Kulissenraum zu gelangen.

Aber dieses Vorhaben stieß ebenfalls auf unerwartete Schwierigkeiten. Auch hier gibt es normalerweise Mittel und Wege, um hineinzukommen, wenn man weiß, wie man es anstellen muss, doch Angier hatte einige Vorkehrungen getroffen, wie ich bald feststellen sollte.

Im rückwärtigen Teil des Kulissenraums traf ich auf einen jungen Zimmermann, der an einer Kulisse werkelte. Ich zeigte ihm meine Visitenkarte und konnte seine Aufmerksamkeit gewinnen. Nach einem kurzen, allgemein gehaltenen Gespräch sagte ich: »Ich würde gern einmal die Vorstellung von den Kulissen aus verfolgen.«

»Das möchten wir alle gern!«

»Glauben Sie, Sie könnten mich an einem Abend mal reinlassen?«

»Hoffnungslos, Sir, es hätte auch keinen Sinn. Der Star dieser Woche hat eine Trennwand errichten lassen. Da kann man gar nichts sehen!«

»Und was halten Sie davon?«

»Mir macht es nicht viel aus, denn er hat mir ein paar Scheinchen zugesteckt ...«

Wieder zog ich mich zurück. Vorder- und Hintergrund der Bühne durch eine Querwand abzutrennen stellt eine extreme Maßnahme dar, die nur von den wenigen Magiern angewandt wird, die Angst haben, ihre Geheimnisse könnten von Kulissenschiebern und anderen Bühnenarbeitern gelüftet werden. Solche Beschränkungen sind nicht gern gesehen und verringern – wenn nicht beträchtliche Trinkgelder gezahlt werden – die Kooperationsbereitschaft derjenigen Leute, mit denen der Künstler während seines Engagements zusammenarbeiten muss. Die bloße Tatsache, dass Angier sich solche Umstände gemacht hatte, war ein weiterer Beweis dafür, dass sein Geheimnis wohl überlegter Schutzvorkehrungen bedurfte.

Es blieben mir nur drei Möglichkeiten, um mich ins Theater zu schmuggeln, und alle drei waren nicht unproblematisch.

Zuerst einmal konnte ich den Versuch unternehmen, über den Zuschauerraum an eine der Personaltüren zu gelangen und von da in den rückwärtigen Teil des Theaters. (Die Türen, die vom Wandelgang in den Zuschauerraum des Pavillon Theatre führten, waren verschlossen und das Theaterpersonal beobachtete aufmerksam alle Besucher.)

Die zweite Möglichkeit bestand darin, kurzfristig einen Job

als Bühnenarbeiter anzunehmen. (Doch in dieser Woche wurde niemand eingestellt.)

Als Letztes blieb mir schließlich nur noch übrig, eine reguläre Vorstellung zu besuchen und dann vom Zuschauerraum aus auf die Bühne zu kommen. Ich ging also zur Theaterkasse und erstand für jede noch nicht ausverkaufte Vorstellung von Angiers Gastspiel eine Karte für das Parkett. (Es erbitterte mich zusätzlich, dass Angiers Auftritt so begeistert aufgenommen wurde, dass die meisten Vorstellungen bereits ausverkauft und für die übrigen nur noch die teuersten Plätze zu bekommen waren.)

Während einer der nächsten Vorstellungen nun saß ich auf einem Platz in der ersten Reihe des Parketts. Bald nachdem Angier auf die Bühne gekommen war, blickte er mich zwar kurz an, aber ich hatte mich geschickt verkleidet und war sicher, dass er mich zwar gesehen, aber nicht erkannt hatte. Ich wusste aus eigener Erfahrung, dass man es manchmal schon im Voraus spüren kann, welche Zuschauer sich freiwillig melden werden. Deshalb haben die meisten Magier die Angewohnheit, beim Betreten der Bühne den Leuten in den vorderen zwei oder drei Reihen einen unauffälligen Blick zuzuwerfen.

Als Angier mit seinen Kartentricks begann und um Freiwillige bat, stand ich mit gespieltem Zögern auf und wurde tatsächlich auf die Bühne eingeladen. Erst in der unmittelbaren Nähe von Angier erkannte ich, wie nervös er war. Er schaute mich kaum an, während wir das amüsante Spiel des Auswählens und Versteckens von Karten absolvierten. Ich machte bei allem ordentlich mit, denn es war ja nicht mein Wunsch, Angier den Auftritt zu verderben.

Als die Nummer zu Ende war, trat seine Assistentin hinter mich, nahm mit einem höflichen, aber festen Griff meinen Arm und führte mich zur Seitenkulisse. Bei der früheren Vorstellung war der Freiwillige dann selbst die Bühnentreppe hinuntergestiegen, während die Assistentin sich schnell wieder in die Bühnenmitte zurückgezogen hatte, wo sie für die nächste Illusion gebraucht wurde.

Da ich dies wusste, packte ich die Gelegenheit beim Schopf. Während die Zuschauer applaudierten, sagte ich zu ihr in dem etwas groben Dialekt, den ich mir als Teil meiner Verkleidung zugelegt hatte: »Is' schon in Ordnung, junge Frau! Ich find' schon mein' Platz.«

Sie lächelte dankbar, gab mir einen Klaps auf den Arm und wandte sich Angier zu. Während der Beifall verebbte, zog er seinen Requisitentisch nach vorne. Keiner von beiden schaute mich an und die meisten Zuschauer wiederum starrten gebannt auf Angier.

Ich trat zurück und schlüpfte in die Seitenkulisse. Dann schob ich mich durch eine enge Klapptür in der schweren Segeltuchwand der Abschirmung.

Sofort vertrat mir ein Bühnenarbeiter den Weg.

»Tut mir Leid, Sir«, verkündete er laut. »Sie dürfen nicht hinter die Bühne.«

In unmittelbarer Nähe von uns, auf der anderen Seite der Abgrenzung, begann Angier gerade seine nächste Nummer. Wenn ich mich mit dem Mann gestritten hätte, hätte Angier uns zweifellos gehört und erkannt, dass etwas nicht stimmte. In einer plötzlichen Eingebung griff ich nach Hut und Perücke, die zu meiner Verkleidung gehörten, und nahm beide ab.

»Das ist ein Teil der Nummer, Schwachkopf!«, sagte ich eindringlich, aber ruhig in meiner normalen Sprache. »Aus dem Weg!«

Der Bühnenarbeiter blickte zwar verwirrt drein, murmelte aber eine Entschuldigung und trat zurück. Ich schob mich an ihm vorbei. Vorher hatte ich mir bereits genau überlegt, wo ich mit der Suche nach Hinweisen anfangen wollte. Da die Bühne abgeschirmt war, bestand eine größere Wahrscheinlichkeit, dass ich das, was ich suchte, in der Unterbühne finden würde. Ich ging einen kurzen Korridor entlang, bis ich zu der Treppe kam, die unter die Bühne führte.

Zusammen mit dem Schnürboden und den Soffitten, der Deckendekoration, gehört die Unterbühne zu den wichtigsten technischen Einrichtungen eines Theaters. Im Pavillon Theatre befanden sich hier verschiedene Hebevorrichtungen sowie die Winden, die zum Antrieb der Kulissengleiter dienten. Einige große Kulissen waren ebenfalls hier abgestellt, vermutlich für eine bevorstehende Inszenierung. Ich trat rasch zwischen die verschiedenen Gerätschaften. Hätte es an diesem Abend eine größere Theateraufführung gegeben, wären im Unterbühnenraum einige Techniker gewesen, die für die Maschinerie zuständig sind. Aber da eine Zaubervorstellung zum großen Teil auf den Requisiten beruht, die der Illusionist selbst mitbringt, beschränken sich die technischen Anforderungen hauptsächlich auf das Heben der Vorhänge und den Betrieb der Beleuchtung. Ich war deshalb erleichtert, doch nicht überrascht, als ich niemanden hier antraf.

Im hinteren Teil der Unterbühne fand ich, was ich suchte, ohne gleich zu erkennen, was es wirklich war. Ich stieß auf zwei große und fest gezimmerte Kisten mit der Aufschrift: »Privat – Der Große Danton«. Daneben stand ein massiver Spannungsumformer von einer Art, die mir unbekannt war. In meiner Nummer benutzte ich ein ähnliches Gerät, um die elektrischen Vorrichtungen mit Strom zu versorgen, aber dabei handelte es sich um eine kleine, einfache Maschine. Angiers Apparat jedoch vermittelte den Eindruck roher Kraft. Als ich mich ihm näherte, spürte ich die Hitze, die davon ausstrahlte. Und von irgendwo tief drinnen kam ein leises, kraftvolles Summen hervor.

Ich beugte mich über den Umformer und versuchte mir über seine Funktionsweise klar zu werden. Von oben herab, von der Bühne, drangen das Geräusch von Angiers Schritten und der Klang seiner Stimme, die jetzt anschwoll, um im ganzen Zuschauerraum verstanden zu werden. Ich konnte ihn mir gut vorstellen, wie er hin und her stolzierte und seinen Vortrag über die Wunder der Wissenschaft hielt.

Plötzlich gab der Umformer ein lautes Pochen von sich und zu meinem Erschrecken stieg ein dünner, giftig anmutender blauer Rauch aus einem Gitter in seiner Deckplatte auf. Das Summen wurde stärker. Zunächst wich ich zurück, doch die zunehmende Besorgnis ließ mich wieder nach vorn treten.

Nur wenige Fuß über mir wandelte Angier weiterhin

gemessenen Schrittes durch seine Vorstellung. Offensichtlich wusste er nicht, was hier unten geschah.

Wieder ertönte das Pochen aus dem Gerät, diesmal von einem höchst unheilvoll wirkenden Kreischen begleitet, als würde dünnes Metall zersägt. Der Rauch quoll stärker hervor, und als ich mich auf die andere Seite des Apparats begab, entdeckte ich, dass einige dicke Metallspulen rot glühten.

Um mich herum herrschte das Durcheinander der Unterbühne. Hier gab es Tonnen von trockenem Holz, Winden, die mit Gleitmitteln eingeschmiert waren, jede Menge Seile, Haufen von Altpapier, große Kulissen, die mit Öl bemalt waren. Der ganze Raum stellte eine einzige Zunderbüchse dar und mittendrin befand sich etwas, das demnächst in Flammen auszubrechen drohte. Ich stand entsetzlich unentschlossen da. Wussten Angier und seine Assistenten wirklich, was hier unten vor sich ging?

Der Umformer machte noch mehr Lärm und spie stickende Wolken durch das Gitter. Der Rauch geriet mir in die Lunge und ich begann zu würgen. In meiner Verzweiflung schaute ich mich nach einem Feuerlöscher um.

Dann bemerkte ich, dass der Umformer seinen Strom durch ein dickes isoliertes Kabel bezog, das aus einem großen elektrischen Anschlusskasten an der rückwärtigen Wand kam. Ich stürzte auf den Kasten zu. Es gab einen Sicherungshebel – und ohne mir noch weitere Gedanken zu machen, packte und drückte ich ihn nach unten.

Die infernalische Aktivität des Umformers erstarb auf der Stelle. Nur der beißende blaue Rauch quoll weiterhin durch das Gitter, wurde jedoch von Sekunde zu Sekunde dünner.

Über mir gab es einen schweren Schlag. Schweigen folgte.

Eine oder zwei Sekunden vergingen, während ich besorgt zum Bühnenboden über mir emporschaute.

Schließlich hörte ich eilige Schritte und Angiers zornige Stimme. Nun vernahm ich auch die Zuschauer, ein undeutlicheres Geräusch, weder Beifallsrufe noch Applaus. Dann nahm oben das Spektakel aus Herumrennerei und lautem

Geschrei zu. Was immer ich getan hatte, hatte sich auf Angiers Illusion verheerend ausgewirkt.

Ich war in dieses Theater gekommen, um ein Rätsel zu lösen, nicht, um die Vorstellung zu sabotieren. In Ersterem hatte ich versagt und in Letzterem unabsichtlich Erfolg gehabt. Und was hatte ich letztlich erfahren? Dass er einen stärkeren Spannungsumformer benutzte als ich und dass sein Gerät gefährlich war …

Ich erkannte, dass ich in Gefahr war entdeckt zu werden. Deshalb trat ich von dem schnell abkühlenden Umformer und ging den Weg zurück, den ich gekommen war. Von dem Rauch schmerzte meine Lunge und in meinem Kopf drehte sich alles. Über mir auf der Bühne und im Bereich hinter den Kulissen liefen jetzt viele Leute hektisch und geräuschvoll umher. Das konnte für mein Verschwinden nur von Vorteil sein. Irgendwo im Gebäude, nicht allzu weit weg, kreischte jemand. In dem Wirrwarr würde ich mich aus dem Staub machen können.

Als ich die Treppe hinaufrannte, wobei ich zwei Stufen auf einmal nahm, bot sich mir plötzlich ein erstaunlicher Anblick!

Von dem Rauch, der Aufregung wegen meiner Tat oder von der Angst, geschnappt zu werden, ging es in meinem Kopf ganz durcheinander. Ich konnte bestimmt nicht klar denken. Am oberen Ende der Treppe stand Angier und wartete mit zornig erhobenen Armen! Doch er wirkte auf mich wie eine Geistererscheinung! Ich sah Lichter hinter ihm und durch irgendeinen Trick schienen sie auch durch ihn selbst hindurchzuschimmern. Sofort durchzuckten mich Gedanken wie: Das muss eine besondere Art Kleidung für diesen Trick sein! Ein besonders behandelter Stoff! Etwas, das durchsichtig wird, ihn unsichtbar macht! Ist *das* sein Geheimnis?

Doch im gleichen Augenblick prallte ich auch schon gegen ihn und wir fielen beide der Länge nach zu Boden. Er versuchte mich zu packen, doch womit auch immer er sich eingeschmiert hatte, es verhinderte, dass er mich zu fassen bekam. Ich konnte mich befreien und von ihm wegrutschen.

»Borden!« Seine Stimme war zwar heiser vor Zorn, aber nur ein schreckliches Flüstern. »Halt!«

»Es war ein Unfall!«, rief ich. »Bleiben Sie mir vom Leib!«

Wieder auf den Beinen, lief ich weg und ließ ihn auf dem harten Boden zurück. Ich rannte einen kurzen Korridor hinab – das Geräusch meiner Schritte hallte von den blanken nackten Ziegelwänden wider –, umrundete eine Ecke, stürzte beinahe eine kurze Treppe hinunter, lief einen weiteren nackten Korridor entlang und stieß dann auf das Kabuff des Pförtners. Er blickte überrascht auf, als ich an ihm vorbeistürmte, aber er hatte keine Chance, mich aufzuhalten und zur Rede zu stellen.

Wenig später war ich draußen vor dem Bühneneingang und eilte durch die trüb beleuchtete Gasse auf die Seeseite zu. Hier hielt ich einen Moment inne, blickte aufs Meer hinaus, beugte mich vor und stützte meine Hände auf die Knie. Ich hustete ein paarmal schmerzhaft und versuchte den letzten Rauch aus meinen Lungen zu bekommen.

Es war ein schöner warmer Abend im Frühsommer. Die Sonne war gerade untergegangen, entlang der Promenade erstrahlten bunte Lichter. Die Flut kam vom Meer herein und die Wellen schlugen sanft an die Kaimauer.

Die Zuschauer strömten aus dem Pavillon Theatre und zerstreuten sich in die Stadt. Viele der Leute hatten einen verwunderten Gesichtsausdruck, vermutlich wegen des unerwartet plötzlichen Endes der Vorstellung. Ich ging mit der Menge die Promenade entlang. Als ich dann die Hauptgeschäftsstraße erreichte, wandte ich mich landeinwärts und machte mich auf den Weg zum Bahnhof.

Viel später, lange nach Mitternacht, befand ich mich wieder in meinem Londoner Haus. Die Kinder schliefen in ihren Zimmern. Ich spürte Sarahs Wärme neben mir und lag nun in der Dunkelheit da und überlegte, was ich an diesem Abend erreicht hatte.

Sieben Wochen später starb Rupert Angier.

Dass rasende Schuldgefühle mich peinigten, brauche ich nicht zu erwähnen. Zumal die beiden Zeitungen, die von seinem Hinscheiden berichteten, deutlich auf »Verletzungen« Bezug nahmen, die er sich während eines seiner Auftritte zugezogen hätte. Sie erwähnten nicht den Tag des Unfalls. Aber ich wusste, dass es geschehen sein musste, als ich in Lowestoft gewesen war.

Schnell hatte ich herausbekommen, dass Angier den Rest seines Gastspiels im Pavillon Theatre abgebrochen hatte, und soweit ich wusste, war er danach nirgendwo mehr öffentlich aufgetreten. Ich hatte keine Ahnung gehabt, warum.

Nun stellte sich heraus, dass Angier in jener Nacht lebensgefährlich verletzt worden war. Unerklärlich blieb für mich die Tatsache, dass ich weniger als eine Minute nach meinem unglücklichen Eingreifen bereits auf ihn gestoßen war. Damals war er mir nicht lebensgefährlich verletzt vorgekommen, ja, nicht einmal geringfügig verwundet. Im Gegenteil, bei bester Gesundheit, schien er entschlossen gewesen zu sein mich zur Rede zu stellen. Wir hatten kurz auf dem Boden miteinander gerungen, bevor ich hatte entkommen können. Ungewöhnlich an ihm war nur die fettige Masse gewesen, mit der er sich oder sein Kostüm eingeschmiert hatte, vermutlich ein wichtiger Bestandteil seines Tricks.

Dies alles stellte für mich ein echtes Rätsel dar, denn nachdem ich mich von den Auswirkungen des eingeatmeten Rauchs erholt hatte, waren meine Erinnerungen an diese paar Sekunden vollkommen klar. Ganz sicher hatte ich für den Bruchteil einer Sekunde »durch ihn hindurchgeschaut«.

Ein anderer, aber weniger wichtiger Aspekt des Rätsels bestand darin, dass während unseres Kampfes nichts von dieser Masse an mir hängen geblieben war. Seine Hände hatten meine Handgelenke gepackt gehalten und ich hatte deutlich die Empfindung von etwas Schleimigem gehabt, aber davon war keine Spur zurückgeblieben. Ich erinnere mich sogar daran, wie ich im Zug zurück nach London saß und meinen Arm ins Licht hielt, um festzustellen, ob ich »durch mich hindurchsehen« könne.

Es gab jedoch genügend Zweifel, sodass Gefühle der Schuld und der Zerknirschung meine Reaktion auf die Nachricht dominierten. Mit der Schrecklichkeit des Ereignisses konfrontiert, war ich tatsächlich der Meinung, ich dürfe nicht eher ruhen, bis ich nicht irgendeine Wiedergutmachung geleistet hätte.

Leider waren die Nachrufe in den Zeitungen erst einige Tage nach Angiers Tod erschienen, als seine Bestattung bereits stattgefunden hatte. Dieses Ereignis wäre eine ideale Gelegenheit für mich gewesen, den ersten Schritt zu einer verspäteten Versöhnung mit seiner Familie und seinen Partnern zu tun. Ein Kranz, ein einfaches Kondolenzschreiben hätten mir den Weg geebnet, aber es hatte nicht sollen sein.

Nach langem Nachdenken beschloss ich mich direkt an die Witwe zu wenden, und schrieb ihr einen aufrichtigen und mitfühlenden Brief.

Darin erklärte ich, wer ich war und wie ich mich – im Jugendalter – zu meinem ewigen Bedauern mit ihrem Gatten zerstritten hatte. Ich schrieb, die Nachricht von seinem vorzeitigen Tod habe mich schockiert und betrübt und die gesamte Gemeinschaft der Magier bedauere diesen Verlust. Ich zollte seinen Fähigkeiten als Künstler und als *ingénieur* wunderbarer Illusionen ausgiebig Tribut.

Dann kam ich zu dem Punkt, der für mich das Hauptanliegen des Briefes darstellte, von dem ich jedoch hoffte, dass er der Witwe als nachträglicher Einfall erscheinen würde. Wenn ein Magier sterbe, so führte ich aus, dann sei es in der Welt der Magie üblich, dass seine Kollegen der Familie Kaufangebote für alle Gerätschaften machten, für welche die Hinterbliebenen keine Verwendung mehr hätten. Ich fügte hinzu, angesichts meiner langen und schwierigen Beziehung zu Rupert während seines Lebens erachtete ich es als Pflicht und als Vergnügen, nun, wo er gestorben sei, ein solches Angebot zu unterbreiten, und mir stünden dazu beträchtliche Mittel zur Verfügung.

Als ich den Brief abgeschickt hatte, stellte ich mit Hilfe meiner Verbindungen in der magischen Zunft Erkundigungen an, da ich vermutete, dass ich vielleicht nicht unbedingt auf eine Kooperation der Witwe rechnen durfte. Dabei musste ich sehr einfühlsam vorgehen, hatte ich doch keine Ahnung, wie viele meiner Kollegen, genauso wie ich, an Angiers Gerätschaften interessiert sein würden. Es mussten viele sein; schließlich konnte ich nicht der einzige professionelle Magier gewesen sein, der die erstaunliche Vorführung gesehen hatte. Deshalb ließ ich in der Gemeinde verbreiten, falls irgendetwas von Angiers Requisiten auf den Markt käme, wäre ich nicht uninteressiert daran.

Zwei Wochen, nachdem ich an Angiers Witwe geschrieben hatte, erhielt ich eine Antwort in Form eines Briefes einer Anwaltskanzlei in der Chancery Lane. Seinen Inhalt möchte ich hier vollständig wiedergeben:

Betreff: Nachlass des verstorbenen Herrn Rupert David Angier

Sehr geehrter Herr,
Bezug nehmend auf Ihre kürzlich erfolgte Anfrage an unsere Mandantin bin ich gehalten, Sie darüber zu unterrichten, dass alle notwendigen Vorkehrungen für die Übertragung der wichtigsten Apparaturen des verstorbenen Rupert Angier bereits getroffen wurden und dass Sie keine weiteren Erkundigungen über deren Bestimmung mehr anzustellen brauchen.

Hinsichtlich der Veräußerung verschiedener kleinerer Vermögensgegenstände erwarten wir Anweisungen von den Erben unseres früheren Mandanten; sie werden in einer öffentlichen Auktion angeboten werden. Datum und Ort dieser Veranstaltung entnehmen Sie bitten den üblichen Zeitungen.

Damit verbleiben wir hochachtungsvoll,
Kendal, Kendal & Owen
(Anwälte und Notare)

14

Ich trete ans Rampenlicht und schaue Sie in seinem vollen Schein an.

Ich sage: »Blicken Sie auf meine Hände. Sie sind leer.«

Ich halte sie hoch, zeige Ihnen die Handflächen, spreize die Finger, um zu beweisen, dass ich nichts dazwischen halte. Ich führe jetzt meinen letzten Trick vor und hole einen Strauß verblasster Papierblumen aus den leeren Händen hervor.

15

Heute ist der 1. September 1903.

Eigentlich ging meine eigene Karriere mit Angiers Tod zu Ende. Obwohl verhältnismäßig wohlhabend, war ich ein verheirateter Mann mit Kindern und hatte einen aufwändigen Lebensstil zu finanzieren. Ich konnte nicht vor meinen Verbindlichkeiten davonlaufen und war deshalb verpflichtet Engagements zu akzeptieren, solange sie mir angeboten wurden. Auf diese Weise trat ich nicht völlig in Ruhestand, aber der Ehrgeiz, der mich in meinen frühen Jahren angetrieben hatte, der Wunsch, zu verwundern oder zu verblüffen, das schiere Vergnügen daran, das Unmögliche zu erträumen – all dies hatte mich verlassen. Ich besaß immer noch die technische Fähigkeit Magie vorzuführen, meine Hände blieben geschickt, und nun, da Angier nicht mehr war, war ich wieder der einzige Bühnenmagier, der den »Neuen Transmittierten Menschen« vorführte, aber nichts davon genügte mir.

Eine große Einsamkeit überkam mich, eine Einsamkeit, die vollständig zu schildern mich der Pakt hindert. Nur so viel sei gesagt, ich war der einzige Freund, nach dem ich mich sehnte. Doch ich war natürlich der einzige Freund, den ich nicht treffen konnte.

Ich berühre dieses Thema so behutsam, wie ich kann.

Mein Leben ist voller Geheimnisse und Widersprüche.

Wen hat Sarah geheiratet? War es ich oder ich? Ich habe zwei Kinder, die ich anbete. Aber sind sie wirklich meine, wirklich allein meine … oder sind sie tatsächlich meine? Wie werde ich das je herausfinden? Vielleicht durch die Hilfe des Instinkts? Um auch darauf zu sprechen zu kommen, in wen von mir hat sich Olive verliebt und zu wem ist sie in diese Wohnung in Hornsey gezogen? Es war nicht ich, der als Erster mit ihr schlief, und es war nicht ich, der sie in die Wohnung einlud. Doch nutzte ich ihre Anwesenheit aus, da ich wusste, dass ich auch das Gleiche tat.

Wer von mir war es, der Angier zu entlarven suchte? Wer von mir hat als Erster den »Neuen Transmittierten Menschen« ersonnen und wer von mir wurde als Erster transmittiert?

Selbst mir kommt es vor, als würde ich abirren, aber jedes Wort hier ist treffend und hat seine Bedeutung. Es geht um das Dilemma meiner Existenz.

Gestern bin ich in einem Theater in Balham aufgetreten, im Südwesten von London. Ich absolvierte die Nachmittagsvorstellung, dann hatte ich zwei Stunden Pause bis zum Auftritt am Abend. Wie ich es schon oft bei solchen Gelegenheiten getan hatte, ging ich in die Garderobe, zog die Vorhänge zu, dämpfte das Licht, sperrte die Tür ab und legte mich auf das Sofa, um etwas zu schlafen.

Ich erwachte –

Wachte ich wirklich auf? War es eine Vision? Ein Traum?

Ich erwachte und sah die gespenstische Gestalt von Rupert Angier in meiner Garderobe stehen. In beiden Händen hielt er ein Messer mit langer Klinge. Bevor ich mich bewegen oder etwas rufen konnte, sprang er los, landete auf dem Sofa und kroch schnell auf mich hinauf, bis er rittlings auf mir saß. Er hob das Messer und hielt es so, dass die Spitze der Klinge auf mein Herz wies.

»Mach dich bereit zu sterben, Borden!«, flüsterte er rau.

In dieser höllischen Vision kam es mir vor, als wöge er kaum etwas. Ich hätte ihn also leicht von mir stoßen können. Doch die Angst schwächte mich. Ich hob meine Hände, packte seine Unterarme und versuchte ihn davon abzuhalten, mir das Messer in die Brust zu rammen, aber zu meinem Erstaunen bemerkte ich, dass er immer noch mit dieser fettigen Masse eingeschmiert war. Ich konnte ihn nicht richtig fassen. Je mehr ich ihn zu packen versuchte, desto eher glitten meine Finger von seinem ekelhaften Fleisch ab. Ich atmete seinen fauligen Gestank ein, den widerlichen Geruch des Grabes, des Friedhofs.

Ich keuchte vor Schrecken: Die spitze Klinge wurde schmerzhaft gegen meine Brust gedrückt.

»Jetzt! Sag mir, Borden! Welcher bist du? Welcher?«

Ich konnte kaum atmen, solche Angst hatte ich, dass im nächsten Moment die Klinge meine Brust durchdringen und mein Herz durchbohren würde.

»Sag es mir und ich verschone dich!« Der Druck des Messers nahm zu.

»Ich weiß es nicht, Angier! Ich weiß es selbst nicht mehr!«

Und dann war es mit einem Mal fast genauso schnell vorbei, wie es begonnen hatte. Sein Gesicht war nur wenige Zoll von dem meinen entfernt. Ich sah, wie er vor Wut die Zähne fletschte. Sein stinkender Atem wehte über mich. Das Messer begann meine Haut zu durchbohren! Die Angst machte mich plötzlich tapfer. Ich schlug auf ihn ein, einmal, zweimal, mit den Fäusten ins Gesicht, und stieß ihn von mir weg. Der tödliche Druck auf meinem Herzen ließ nach. Ich nutzte den Vorteil und schwang beide Arme gegen seinen Leib, die Fäuste fest geballt. Er schrie auf und taumelte zurück. Das Messer wurde hochgehoben. Er war immer noch auf mir, also schlug ich erneut nach ihm. Dann stemmte ich mich an einer Seite hoch, um ihn abzuwerfen. Zu meiner ungeheuren Erleichterung kippte er weg und ließ das Messer fallen, als er auf den Boden stürzte. Die tödliche Klinge schlug gegen die Wand, während die gespenstische Gestalt über die Diele rollte.

Er war schnell wieder auf den Beinen und beobachtete mich aufmerksam, für den Fall, dass ich ihn wieder angreifen sollte. Ich setzte mich auf dem Sofa auf und machte mich auf eine neue Attacke gefasst. Er war das Phantom des äußersten Schreckens, das Todesgespenst des schlimmsten Feindes in meinem Leben.

Die Lampe schimmerte durch seinen halb durchsichtigen Körper.

»Lass mich in Ruhe«, krächzte ich. »Du bist tot! Du hast nichts mit mir zu schaffen!«

»Und ich nicht mit dir, Borden. Dich umzubringen ist keine Rache. Es hätte nie so weit kommen dürfen. Niemals!«

Rupert Angiers Gespenst wandte sich ab, schritt zu der versperrten Tür und ging dann mit seinem Körper durch sie hindurch. Nichts blieb von ihm zurück, nur ein hartnäckiger Rest des fürchterlichen Aasgestankes.

Vor Angst wie gelähmt saß ich immer noch regungslos auf dem Sofa, als zum Beginn der Vorstellung geläutet wurde. Einige Minuten später kam mein Garderobier an die Tür und versuchte hereinzukommen. Sein hartnäckiges Klopfen ließ mich schließlich vom Sofa aufstehen.

Ich fand Angiers Messer auf dem Boden und ich habe es jetzt bei mir. Es ist wirklich. Und ein Gespenst hat es getragen. Nichts macht einen Sinn. Es schmerzt, wenn ich atme oder mich bewege. Ich spüre noch genau, wo die Spitze des Messers gegen mein Herz gedrückt wurde. Ich bin in der Wohnung in Hornsey und weiß nicht, was ich tun soll oder wer ich wirklich bin.

Jedes Wort in diesem Bericht ist wahr, mein Leben liegt offen. Meine Hände sind leer und ich hefte meinen ehrlichen Blick auf Sie. So habe ich gelebt und doch wird nichts enthüllt.

Ich werde allein bis zum Ende gehen.

Teil III
Kate Angier

1

Damals war ich erst fünf, aber für mich gibt es keinen Zweifel, dass alles wirklich geschehen ist. Ich weiß, dass das Gedächtnis einem erschütterten und entsetzten Kind Streiche spielen kann, besonders bei Nacht, und ich weiß, dass Menschen sich Erinnerungen aus Ereignissen zusammenflicken, von denen sie glauben oder wünschen, sie wären geschehen, oder von denen andere Leute ihnen berichten, sie hätten sich zugetragen. So ähnlich war es auch bei mir. Ich habe viele Jahre gebraucht, um die Wahrheit Stück für Stück zu rekonstruieren.

Das, was damals passierte, war grausam, brutal, unerklärlich und so gut wie sicher illegal. Es ruinierte das Leben fast aller Menschen, die damit zu tun hatten, und hat mir mein eigenes vergällt.

Jetzt kann ich die Geschichte erzählen, wie ich sie erlebt habe, aber ich erzähle sie aus der Perspektive einer Erwachsenen.

Mein Vater ist Lord Colderdale, der sechzehnte Träger dieses Titels. Unser Familienname lautet Angier, die Vornamen meines Vaters waren Victor und Edmund. Mein Vater ist der Sohn von Rupert Angiers einzigem Sohn Edward. Rupert Angier, »Der Große Danton«, war folglich mein Urgroßvater und der vierzehnte Earl of Colderdale.

Meine Mutter hieß Jennifer, allerdings rief sie mein Vater zu Hause immer Jenny. Sie hatten sich kennen gelernt, als mein Vater für das Außenministerium arbeitete, in dessen Diensten er während des gesamten Zweiten Weltkriegs stand. Er war alles andere als ein Karrierediplomat. Aus gesundheitlichen Gründen war er nicht zum Militär gegangen, sondern hatte sich stattdessen für den Staatsdienst entschieden. Weil er an der Universität deutsche Literatur studiert und in den Dreißigerjahren einige Zeit in Leipzig verbracht hatte, hielt man ihn für qualifiziert genug, um der britischen Regierung im Krieg von Nutzen zu sein. Zu seinem Aufgabengebiet gehörte denn auch die Übersetzung von abgefangenen Nachrichten des deutschen Oberkommandos. Meine Mutter und er begegneten sich 1946 auf einer Zugreise von Berlin nach London. Sie war Krankenschwester, hatte in der deutschen Hauptstadt für die Besatzungsmächte gearbeitet und kehrte nach Abschluss ihrer Dienstzeit in die Heimat zurück.

Sie heirateten 1947 und etwa zur gleichen Zeit wurde mein Vater von seinem Posten im Außenministerium entbunden. Beide zogen nun nach Caldlow, wo schließlich meine Schwester und ich zur Welt kamen. Ich weiß nicht viel über die Jahre vor unserer Geburt. Auch kann ich nicht sagen, warum sich meine Eltern so viel Zeit mit dem Nachwuchs ließen. Sie reisten viel, aber ich glaube, der eigentliche Anlass hierfür war eher die Langeweile als das Bedürfnis andere Gegenden zu sehen. Die Ehe der beiden war nicht ganz unproblematisch. Ich weiß, dass meine Mutter in den späten Fünfzigerjahren für kurze Zeit meinen Vater verlassen hat. Viele Jahre später konnte ich ein Gespräch zu diesem Thema zwischen ihr und ihrer Schwester, Tante Caroline, belauschen. Meine Schwester Rosalie wurde 1962 geboren, ich folgte 1965. Mein Vater war damals fast fünfzig, meine Mutter Ende dreißig.

Wie die meisten Menschen kann ich mich kaum an meine ersten Lebensjahre erinnern. Nur eines blieb haften: Das Haus kam mir immer kalt vor. Ganz gleich, wie viele Decken meine Mutter auf mein Bett legte oder wie heiß meine Wärmflasche war, ich fror immer bis auf die Knochen. Wahrscheinlich ist mir nur ein bestimmter Winter, ein Monat oder eine Woche in diesem Winter im Gedächtnis, aber selbst heute noch habe ich den Eindruck, als wäre es immer kalt gewesen. Es ist unmöglich, das Haus im Winter richtig zu heizen; von Oktober bis Mitte April fegt der Wind durch das Tal und etwa drei Monate im Jahr liegt Schnee. Wir haben immer viel Holz von den Bäumen des Guts verfeuert und tun das auch jetzt noch. Aber eine Heizung mit Holz zu betreiben ist unpraktischer als mit Kohle oder Strom. Wir lebten im kleinsten Flügel des Hauses und da ich dort aufwuchs, hatte ich kaum eine Vorstellung von der Ausdehnung der gesamten Anlage.

Mit acht Jahren wurde ich auf ein Mädcheninternat in der Nähe von Congleton geschickt. Vorher hatte ich die meiste Zeit zu Hause bei meiner Mutter verbracht. Mit vier war ich in einen Kindergarten von Caldlow gekommen, später in die Grundschule von Baldon, dem nächsten Dorf an der Straße nach Chapel. Zur Schule gebracht und wieder abgeholt wurde ich im schwarzen Standard meines Vaters, vorsichtig gefahren von Mr. Stimpson. Unser Personal beschränkte sich auf ihn und seine Frau. Vor dem Zweiten Weltkrieg war das Haus voller Diener gewesen, aber das hatte sich bereits während des Krieges geändert. Von 1939 bis 1940 diente das Haus teils zur Unterbringung von Evakuierten aus Manchester, Sheffield und Leeds, teils als Schule. 1941 hatte es die RAF übernommen und seitdem wohnte die Familie nicht mehr im Hauptteil des Gebäudes. Ich lebe in jenem Gebäudeflügel, in dem ich auch aufgewachsen bin.

Falls es irgendwelche Vorbereitungen für den Besuch gegeben hatte, waren jedenfalls Rosalie und ich nicht davon in Kenntnis gesetzt worden. Dass Gäste erwartet wurden, erkannten wir eigentlich erst in dem Moment, als am Haupttor ein Wagen vorfuhr und Stimpson hinabging, um ihn hereinzulassen. Das war in jenen Tagen, als der Grafschaftsrat von Derby einen Teil des Gebäudes nutzte und darauf bestand, dass am Wochenende die Tore geschlossen gehalten wurden.

Bei dem Auto, das sich nun näherte, handelte es sich um einen Mini. Der Lack war stumpf, die vordere Stoßstange verbogen und rings um die Windschutzscheibe saß der Rost. Es stellte ganz und gar nicht die Art von Fahrzeug dar, die wir von anderen Besuchern her kannten. Die meisten Freunde meiner Eltern schienen wohlhabend oder bedeutend zu sein, selbst während der Zeit, als es unserer Familie relativ schlecht ging.

Ein Mann stieg aus und hob einen schläfrigen kleinen Jungen vom Rücksitz des Mini. Er bettete das Kind an seine Schulter. Stimpson führte den Fremden höflich zum Haus. Danach beobachteten Rosalie und ich, wie Stimpson zu dem

Mini zurückkehrte und das Gepäck auslud. Schließlich wurde uns befohlen, vom Kinderzimmer in den Hauptwohnraum herunterzukommen und die Besucher zu begrüßen. Meine Eltern waren beide wie für einen wichtigen Anlass angezogen, die Kleidung der Besucher dagegen wirkte salopper.

Wir wurden förmlich vorgestellt, wie wir es gewohnt waren; meine Familie nahm gesellschaftliche Umgangsformen ernst und wir Mädchen waren mit ihnen gut vertraut. Der Name des Mannes lautete Mr. Clive Borden und der Junge, sein Sohn, hieß Nicholas oder Nicky. Nicky war etwa zwei und damit drei Jahre jünger als ich und fünf Jahre jünger als meine Schwester. Es schien keine Mrs. Borden zu geben.

Durch meine eigenen Nachforschungen habe ich später ein bisschen mehr über diese Familie herausfinden können. Ich weiß zum Beispiel, dass Clive Bordens Frau kurz nach der Geburt ihres einzigen Kindes, ihres Sohns Nicholas, gestorben ist. Ihr Mädchenname lautete Diana Ruth Ellington und sie kam aus Hatfield in Hertfordshire. Clive Borden selbst war der Sohn von Graham Borden und Enkel von Alfred Borden, dem Magier. Clive Borden war folglich der Enkel von Rupert Angiers größtem Feind und Nicky dessen Urenkel. Rosalie und ich wussten zu jener Zeit nichts davon.

Nach ein paar Minuten schlug Mama vor, wir sollten doch Nicky in unser Kinderzimmer mitnehmen und ihm einige unserer Spielzeuge zeigen. Wir gehorchten brav, wir waren ja so erzogen. Und über uns alle wachte die vertraute Gestalt von Mrs. Stimpson.

Ich kann nur raten, was dann zwischen den Erwachsenen vorging, doch es zog sich den ganzen Nachmittag hin. Clive Borden und sein Sohn waren bald nach der Mittagszeit eingetroffen und wir drei Kinder spielten ungestört den ganzen Nachmittag miteinander, bis es fast dunkel war. Mrs. Stimpson hatte uns gut im Griff. Wenn wir uns selbst beschäftigen konnten, ließ sie uns gewähren, aber sobald es uns langweilig wurde, las sie uns etwas vor oder wusste uns neue Spiele. Sie passte auf, dass wir auf die Toilette gingen, und brachte uns einen Imbiss und Getränke. Rosalie und ich waren von teurem Spielzeug umgeben aufgewachsen und fanden – trotz unseres kindlichen Alters – schnell heraus, dass Nicky nicht an solchen Luxus gewöhnt war. Wenn ich so zurückblicke … das Spielzeug zweier Mädchen war wohl für einen zweijährigen Jungen nicht sonderlich interessant. Wir brachten jedoch den ganzen langen Nachmittag hinter uns und ich erinnere mich nicht, dass wir uns gestritten hätten.

Worüber redeten die Erwachsenen eigentlich im Erdgeschoss?

Jetzt ist mir klar, dass dieses Treffen einer der seltenen Versuche gewesen sein muss, die alte Fehde zwischen unseren beiden Familien beizulegen. Warum sie/wir keinen Schlussstrich unter die Vergangenheit ziehen konnten, weiß ich nicht, aber in den jeweiligen Charakteren scheint das Bedürfnis tief verwurzelt gewesen zu sein, sich an diesem Thema zu reiben. Warum sollte die Tatsache, dass zwei Bühnenmagier sich gegenseitig an die Kehle gegangen waren, noch Generationen später von irgendeinem Belang sein? Welche Verbohrtheit, welcher Neid oder Hass auch immer jene beiden alten Männer zu Feinden gemacht hatte, das konnte doch gewiss nicht mehr deren entfernte Nachkommen betreffen, die ihr eigenes Leben lebten und ihre eigenen Probleme hatten. Nun, mit dem gesunden Menschenverstand ist dies alles wohl nicht zu fassen, die Leidenschaften des Blutes widersprechen der Vernunft.

Auf jeden Fall scheint irrationales Handeln ein Wesenszug von Clive Borden gewesen zu sein, ohne dass das Schicksal seines Vorfahren irgendetwas damit zu tun gehabt hätte. Es war schwer etwas über ihn herauszufinden. Ich weiß, dass er in West-London geboren wurde, eine durchschnittliche Kindheit erlebte und ein guter Sportler war. Nach dem Schulabschluss besuchte er das Loughborough College, brach aber nach dem ersten Jahr das Studium ab. In den darauf folgenden zehn Jahren war er oft ohne eigene Wohnung und scheint bei einer Anzahl von Freunden und Verwandten gelebt zu haben. Er wurde einige Male wegen Trunkenheit und ungebührlichem Benehmen verhaftet, aber irgendwie gelang es ihm immer ohne Strafe davonzukommen. Er bezeichnete sich als Schauspieler und fristete ein karges Leben beim Film als Statist und Double, sofern er Engagements finden konnte. Zwischendurch lebte er von der Arbeitslosenunterstützung. Nur während einer kurzen Phase seines Lebens erfuhr er so etwas wie emotionale und materielle Stabilität, das war, nachdem er Diana Ellington getroffen und sie geheiratet hatte. Sie ließen sich in Twickenham in Middlesex nieder, aber die Ehe sollte leider nur kurz währen. Nach Dianas Tod blieb Clive Borden in der noch gemeinsam angemieteten Wohnung. Er konnte eine verheiratete Schwester, die in der gleichen Gegend lebte, überreden, ihm bei der Betreuung des Babys zu helfen. Er arbeitete weiter beim Film, und obwohl er sich in sozialer Hinsicht erneut treiben ließ, scheint er in der Lage gewesen zu sein für das Kind zu sorgen. So stellte sich im Großen und Ganzen seine Geschichte dar, als er zu uns kam.

(Nach diesem Besuch gab er die Wohnung in Twickenham auf, zog anscheinend wieder ins Zentrum von London um und ging im Winter 1971 ins Ausland. Er begab sich zuerst in die USA, danach reiste er entweder nach Kanada oder Australien weiter. Nach Auskunft seiner Schwester änderte er seinen Namen und brach bewusst alle Brücken hinter sich ab. Ich habe alle Erkundigungen angestellt, die mir möglich waren, aber ich konnte nicht herausbekommen, ob er noch am Leben ist oder nicht.)

Doch jetzt kehre ich zu jenem Nachmittag und Abend während Clive Bordens Besuch in Caldlow House zurück und versuche zu rekonstruieren, was geschah, als wir Kinder im Obergeschoss spielten.

Mein Vater dürfte den Anlass genutzt haben, um eine auserlesene Gastlichkeit zu zeigen, Drinks anzubieten und eine Flasche guten Weins aufzumachen. Das Abendessen fiel dann dementsprechend wohl ziemlich üppig aus. Mein Vater erkundigte sich gewiss freundlich nach Mr. Bordens Autofahrt, seinen Ansichten über irgendein aktuelles Thema oder vielleicht sogar nach dessen Wohlbefinden. Immer wenn mein Vater, gesellschaftlich gesprochen, auf fremdes, unüberschaubares Terrain stieß, bediente er sich dieses Verhaltensmusters. Er versteckte sich hinter der achtbaren Fassade eines liebenswürdigen englischen Gentleman – frei von negativen Absichten, aber für den Anlass völlig unangemessen. Dies dürfte den Versuch einer Versöhnung noch zusätzlich erschwert haben.

Meine Mutter musste inzwischen wohl die schwierigere Rolle spielen. Sensibler für die Spannungen, die zwischen beiden Männern herrschten, dürfte sie dadurch gehemmt gewesen sein, dass sie diese Angelegenheit nicht direkt betraf. Ich glaube, sie hat wohl nicht viel geredet, zumindest nicht während der ersten Stunde. Sie wird sich jedoch der Notwendigkeit bewusst gewesen sein, sich auf das eine Thema zu konzentrieren, das uns alle anging. Geschickt und unaufdringlich dürfte sie versucht haben das Gespräch in diese Richtung zu lenken.

Ich finde es schwerer, über Clive Borden zu sprechen, denn ich weiß wenig von ihm, aber vermutlich hatte er das Treffen angeregt. Ich bin mir sicher, dass meine Eltern sich dazu nicht hätten durchringen können. Der Einladung muss auch ein Briefwechsel vorausgegangen sein. Jetzt kenne ich seine damalige finanzielle Situation; vielleicht erhoffte er sich einen Gewinn aus der Versöhnung. Oder er war vielleicht auf ein Erinnerungsstück der Familie gestoßen, das Alfred Bordens Benehmen erklären oder entschuldigen konnte. (Bordens Buch existierte damals natürlich schon, aber nur wenige Leute außerhalb der magischen Zirkel wussten davon.) Andrerseits hatte er vielleicht etwas über Rupert Angiers persönliches Tagebuch herausgefunden. Es dürfte fast sicher sein, dass »Der Große Danton« eines geführt hatte, denn er war von Daten und Details besessen gewesen. Aber er hatte es vor seinem Tode entweder versteckt oder vernichtet.

Ich bin mir sicher, dass dem Treffen die Absicht zugrunde lag die Fehde zu begraben, ganz gleich, wer es nun initiiert hatte. Zumindest anfangs schien alles in einem freundlichen Rahmen abzulaufen, so weit ich es damals mitbekam und mich heute noch daran erinnern kann. Es handelte sich schließlich um eine Begegnung von Angesicht zu Angesicht und das war schon mehr, als die Generation vorher fertig gebracht hatte.

Die alte Fehde stand hinter dem Treffen, was auch immer ansonsten besprochen wurde. Kein anderes Thema knüpfte unsere Familien so fest aneinander und trennte sie zugleich so strikt. Die Höflichkeiten meines Vaters und Bordens nervöse Zurückhaltung dürften sich schließlich verloren haben. Einer von ihnen hat dann wohl gesagt: Na, können Sie uns etwas Neues über das erzählen, was geschehen ist?

Allein die Erinnerung an die idiotische Sackgasse, in die sie geraten waren, schmerzt mich. Jeder Rest von professioneller Geheimhaltung, die einst unsere Urgroßväter gefesselt hatte, dürfte mit deren Tod verschwunden sein. Keiner ihrer Nachkommen war Magier oder zeigte irgendein Interesse für die Magie – mit mir als einziger Ausnahme, und das auch nur, weil ich etwas über die Vergangenheit herauszufinden versuche. Ich habe einige Bücher über Bühnenmagie und einige Biographien großer Magier gelesen, meist Werke aus der heutigen Zeit; Alfred Bordens Buch war das älteste. Ich weiß, dass die Kunst der Magie seit dem Ende des letzten Jahrhunderts Fortschritte gemacht hat und dass die Tricks, die damals populär waren, seit langem aus der Mode sind und von moderneren Illusionen ersetzt wurden. Zur Zeit unserer Urgroßväter kannte zum Beispiel niemand die Nummer mit der »zersägten Jungfrau«. Diese populäre Illusion wurde erst in den Zwanzigerjahren dieses Jahrhunderts kreiert, lange nachdem Danton und der *Professeur* gestorben waren. Es liegt in der Natur der Magie, dass Illusionisten sich ständig verblüffendere Techniken und Tricks ausdenken müssen. Die Magie von *Le Professeur* würde jetzt seltsam, angestrengt, langsam und vor allem unmysteriös anmuten. Der Trick, der ihn berühmt und reich gemacht hat, weckte heute bestenfalls nostalgische Erinnerungen. Jeder Bühnenmagier mit etwas Selbstachtung könnte die Illusion ohne Schwierigkeiten reproduzieren, dazu noch verblüffender und geheimnisvoller.

Trotzdem hat die Fehde fast ein Jahrhundert angedauert.

Am Tag von Clive Bordens Besuch wurden wir Kinder schließlich aus dem Kinderzimmer heruntergeholt und ins Speisezimmer gebracht, um mit den Erwachsenen dort zu essen. Wir mochten Nicky und es gefiel uns dreien, dass wir zusammen an eine Seite des Tisches gesetzt wurden. Ich erinnere mich deutlich an das Essen, aber nur, weil Nicky bei uns war. Meine Schwester und ich dachten, dass er Theater veranstaltete, um uns zu unterhalten. Aber heute ist mir klar, dass er nie zuvor an einem festlich gedeckten Tisch gesessen hatte oder von anderen Leuten bedient worden war. Er wusste einfach nicht, wie man sich benahm. Sein Vater ermahnte ihn streng das eine und andere Mal oder versuchte ihn ruhig zu stellen, doch Rosalie und ich stachelten den kleinen Jungen immer wieder auf. Unsere Eltern sagten nichts zu uns, weil sie fast nie etwas zu uns sagten. Meine Mutter und mein Vater hielten nicht viel von dem elterlichen Recht auf Züchtigung und es wäre ihnen nicht im Traum eingefallen, uns vor fremden Leuten zurechtzuweisen.

Ohne dass wir es wussten, erhöhte unser rüpelhaftes Benehmen noch die Spannung zwischen den Erwachsenen. Clive Bordens laute Stimme nahm einen unangenehmen Kommandoton an, der mir sofort missfiel. Meine Eltern reagierten beide ungeschickt und bald wurde jeder Anschein von Höflichkeit fallen gelassen. Sie fingen an zu streiten. Mein Vater redete Borden in einem Ton an, den er gewöhnlich in Restaurants mit schlechtem Service verwandte. Am Ende der Mahlzeit war mein Vater halb betrunken, halb zornig, meine Mutter schwieg und Clive Borden (vermutlich auch mehr als nur ein wenig berauscht) sprach endlos über seine Missgeschicke. Mrs. Stimpson geleitete uns drei schließlich in den benachbarten Raum, unser Wohnzimmer.

Aus irgendeinem Grund begann Nicky zu weinen. Er sagte, er wolle heim. Als Rosalie und ich ihn zu beruhigen versuchten, schlug er auf uns ein, trat und boxte um sich.

Auch unseren Vater hatten wir schon in ähnlicher Verfassung erlebt.

»Ich habe Angst«, sagte ich zu Rosalie.

»Ich auch!«

Wir lauschten an der Doppeltür, welche die beiden Zimmer verband. Zuerst hörten wir noch laute Stimmen, dann herrschte lange Schweigen. Mein Vater ging hin und her. Der Parkettboden knarrte unter seinen Schritten.

2

In unserem Haus gab es einen bestimmten Bereich, den wir Kinder nie betreten durften. Er begann bei einer wenig einladenden, braun gestrichenen Tür, die unter der Hintertreppe eingelassen war. Diese Tür war immer abgesperrt. Und bis zum Tag von Clive Bordens Besuch hatte ich nie jemanden, weder Eltern noch Diener, sie öffnen sehen.

Rosalie hatte mir erzählt, hinter dieser Tür spuke es. Sie malte sich wahre Horrorszenen aus, von denen sie einige detailliert beschrieb und andere diffus ließ, damit ich sie mit meiner eigenen Phantasie füllte. Sie erzählte mir von verstümmelten Opfern, die dort unten im Kerker lägen, von verlorenen Seelen, die ihren Frieden suchten, von gierig greifenden Händen und Klauen, die dort in der Dunkelheit nur wenige Zoll hinter der Tür auf unsere Arme und Fußknöchel lauerten; sie erzählte von Rasseln und Rütteln und Kratzen: den Versuchen der Gespenster zu fliehen, und wie sie murmelnd schreckliche Rachepläne gegen uns schmiedeten, die wir über ihnen im Tageslicht lebten. Rosalie war mir drei Jahre voraus und sie wusste, was mir Angst einjagte.

Als Kind hatte ich ständig Angst. Unser Haus ist nicht gerade der ideale Platz für nervöse Menschen. In einsamen Winternächten umschließt eine Mauer des Schweigens das ganze abgelegene Gebäude. Man hört leise, unerklärliche Geräusche; man vernimmt Tiere oder Vögel, die in ihren Verstecken frieren und plötzlich aufhuschen oder aufflattern, um sich etwas zu erwärmen; Bäume und blattlose Sträucher, deren Zweige und Äste im Wind aneinander streifen; Geräusche auf der anderen Seite des Tales, die verstärkt und verzerrt herüberschallen; Leute aus dem Dorf, die auf der Straße laufen, die sich am Rand unseres Grundstücks entlangzieht. Zu anderen Zeiten kommt der Wind aus dem Norden ins Tal und braust dahin, er hat die Moore überquert, heult nun über Felsen und zerklüftete Viehweiden, die das ganze Tal überziehen, und pfeift durch das reich verzierte Balkenwerk an den Traufen und Giebeln des Hauses. Und das ganze Bauwerk ist alt, angefüllt mit den Erinnerungen an das Leben anderer Menschen und vernarbt von den Überbleibseln ihres Todes. Dieses Haus ist kein geeigneter Ort für ein Kind mit lebhafter Phantasie.

Im seinem Inneren vermittelten die düsteren Korridore und Treppenhäuser, die verborgenen Alkoven und Nischen, die dunklen Wandbehänge und die schwermütigen alten Ahnenporträts ein Gefühl von Bedrückung und Bedrohung. Die Räume, in denen wir wohnten, waren hell erleuchtet und voll von modernen Möbeln, aber unser häusliches »Hinterland« kennzeichnete die düstere Erinnerung an tote Vorfahren, alte Tragödien, Abende des Schweigens. Ich lernte durch einige Teile des Gebäudes zu eilen und dabei meinen Blick starr geradeaus zu halten, damit er nicht an irgendetwas aus dieser makabren Vergangenheit hängen blieb, das mir Schaden zufügen konnte. Der Erdgeschosskorridor neben der Hintertreppe, unter der sich die braun gestrichene Tür befand, war ein solcher Bereich des Hauses. Manchmal, aus den Augenwinkeln, sah ich, wie sich die verschlossene Tür leicht in ihrem Rahmen bewegte, vor und zurück, als würde jemand oder etwas von innen dagegen drücken. Die Ursache dafür dürfte die Zugluft gewesen sein. Doch jedes Mal, wenn die Tür sich rührte, stellte ich mir ein großes, stummes Wesen auf der anderen Seite vor, das ruhig und unablässig versuchte sie endlich aufzubekommen.

Meine ganze Kindheit hindurch – sowohl vor wie nach dem Besuch Clive Bordens – blickte ich im Vorübergehen diese Tür am anderen Ende des Korridors nicht an, es sei denn unabsichtlich. Nie blieb ich stehen, um auf das Schwingen der Tür zu achten. Ich hastete immer an ihr vorbei und versuchte sie zu ignorieren und aus meinem Leben zu verbannen.

Wir drei, Rosalie, ich und der kleine Nicky Borden, hatten im Wohnraum warten müssen, neben dem Speisezimmer, in dem die Erwachsenen immer noch ihren unverständlichen Konflikt austrugen. Beide Räume lagen an dem Korridor mit der braunen Tür.

Die Stimmen wurden wieder laut. Jemand kam an der Verbindungstür vorbei. Ich hörte meine Mutter, sie klang erregt.

Dann ging Stimpson energischen Schrittes durch den Wohnraum und schlüpfte schnell durch die Verbindungstür in das Speisezimmer. Wir konnten einen kurzen Blick auf die drei Erwachsenen nebenan erhaschen; sie waren immer noch am Tisch, doch jetzt hatten sie sich erhoben. Ich konnte kurz das Gesicht meiner Mutter sehen: verzerrt vor Kummer und Zorn. Die Tür wurde schnell vor uns geschlossen und Stimpson muss dann wohl auf der anderen Seite Stellung bezogen haben, um uns am Hereinkommen zu hindern.

Wir hörten meinen Vater: Er befahl etwas. Der Ton seiner Stimme verhieß nichts Gutes. Wir wussten, es würde Ärger geben. Clive Borden sagte etwas und mein Vater antwortete zornig, laut genug, dass wir jedes Wort verstehen konnten.

»Sie werden, Mr. Borden!«, sagte er und in seiner Erregung überschlug sich seine Stimme kurz: »Verdammt noch mal, Sie werden es tun!«

Wir hörten, wie die Tür vom Speisezimmer zum Korridor geöffnet wurde. Borden sagte wieder etwas, das für uns immer noch nicht zu verstehen war.

Dann flüsterte Rosalie mir ins Ohr: »Ich glaube, Daddy will *die braune Tür aufmachen*!«

Wir hielten beide den Atem an und ich klammerte mich verschreckt an meine Schwester. Von unserer Angst angesteckt, fing Nicky laut an zu heulen. Auch ich weinte nun und bekam nicht mehr mit, was die Erwachsenen taten.

»Pst!«, zischte Rosalie mir zu.

»Ich möchte nicht, dass er die Tür aufmacht!«, schrie ich.

Dann stürzte plötzlich Clive Borden vom Korridor in das Wohnzimmer und fand uns drei am Boden kauern. Welchen

Eindruck diese Szene auf ihn gemacht haben muss, weiß ich nicht, aber irgendwie hatte auch ihn der Schrecken erfasst, den diese Tür symbolisierte. Er trat vor, bückte sich und schloss Nicky in seine Arme.

Ich hörte, wie er dem Jungen etwas zuflüsterte, aber es klang nicht beruhigend. Ich war zu sehr mit meiner eigenen Angst beschäftigt, um darauf Acht zu geben. Es hätte alles Mögliche sein können. Hinter ihm, auf der anderen Seite des Korridors, unter der Treppe, war das erleuchtete Rechteck der geöffneten Tür. Ich konnte zwei Stufen sehen, den Winkel eines Treppenabsatzes und weitere Stufen darunter.

Nicky wurde aus dem Zimmer getragen. Borden hielt ihn hoch, der Kleine schlang die Arme um den Hals seines Vaters und schaute über dessen Rücken zu uns. Eine Hand legte Borden schützend auf den Kopf des Jungen, als er sich unter der Tür durchduckte und die Stufen hinabstieg.

Rosalie und ich waren allein und hatten die Wahl zwischen zwei Schrecken. Entweder konnten wir in der vertrauten Umgebung unseres Wohnzimmers bleiben oder die Stufen hinab zu den Erwachsenen gehen. Ich klammerte mich mit beiden Armen an ein Bein meiner älteren Schwester. Von Mrs. Stimpson war nichts zu sehen.

»Gehst du hinunter?«, fragte Rosalie.

»Nein! Du gehst! Du schaust nach und sagst mir dann, was sie machen!«

»Ich geh' nach oben ins Kinderzimmer.«

»Lass mich nicht allein!«, schrie ich. »Ich will nicht allein hier bleiben. Geh nicht!«

»Du kannst ja mitkommen.«

»Nein … Was machen die bloß mit Nicky?«

Aber Rosalie befreite sich aus meiner Umklammerung, schlug mir grob mit der Hand auf die Schulter und schob mich weg. Ihr Gesicht war ganz blass geworden. Sie hielt die Augen halb geschlossen und zitterte.

»Du kannst machen, was du willst!«, sagte sie, und obwohl ich versuchte sie festzuhalten, entzog sie sich mir aufs Neue und lief aus dem Zimmer. Sie ging den gefürchteten Korridor hinab, an der offenen Tür vorbei, machte dann auf den Steinfliesen am Fuß der Treppe kehrt und rannte nach oben. Damals dachte ich, sie verachte mich wegen meiner Angst, aber jetzt, wo ich alles aus dem Blickwinkel einer Erwachsenen betrachte, vermute ich, dass sie noch mehr Angst hatte als ich.

Was immer der Grund gewesen sein mochte, jedenfalls fand ich mich wirklich allein. Da aber Rosalie mir meine jetzige Lage aufgezwungen hatte, fiel die nächste Entscheidung leichter. Ein Gefühl der Ruhe überkam mich und lähmte meine Vorstellungskraft. Es war nur eine andere Art von Angst, aber sie befähigte mich etwas zu unternehmen. Ich wusste, ich konnte nicht allein da bleiben, wo ich war, und ich wusste auch, dass ich nicht die Kraft hatte, Rosalie über die ferne Treppe nach oben zu folgen. Es gab nur einen Ort, an den ich gehen konnte. Ich legte den kurzen Weg zu der offenen braunen Tür zurück und blickte die Stufen hinab.

Zwei Glühbirnen an der Decke beleuchteten den Weg nach unten. Am Fuß der Treppe, wo sich an der Wand eine weitere Tür befand, fiel helles Licht auf die Stufen. Die Treppe selbst wirkte kahl und einfach, war aber überraschend sauber. Es gab kein Zeichen irgendeiner Gefahr, übernatürlicher oder sonstiger Art. Von unten drangen Stimmen herauf.

Leise stieg ich die Stufen hinab. Ich wollte nicht entdeckt werden. Als ich jedoch unten im Hauptraum des Kellers angekommen war, erkannte ich, dass ich mich nicht verstecken musste. Die Erwachsenen waren viel zu sehr mit ihren eigenen Angelegenheiten beschäftigt.

Alt genug, um viel von dem zu verstehen, was vor sich ging, kann ich mich doch heute nicht mehr daran erinnern, was die Erwachsenen damals sagten. Mein Vater und Clive Borden stritten sich wieder. Diesmal führte Borden das Wort. Meine Mutter stand an der Seite, ebenso Stimpson, der Diener. Borden hatte Nicky immer noch auf den Armen.

Es überraschte mich, wie groß, ausgedehnt und sauber der Keller war. Ich hatte keine Ahnung gehabt, dass es unter unserem Teil des Hauses so viel Raum gab. Für mich als Kind lag die Kellerdecke hoch, hoch oben und erst ganz an der

Grenze meines Sichtfeldes traf sie auf weiß getünchte Wände. (Obwohl die meisten Erwachsenen sich im Keller bewegen können, ohne den Kopf einziehen zu müssen, entspricht die Raumhöhe nicht annähernd der im Obergeschoss; auch die Fläche übertrifft natürlich nicht den Grundriss des Hauses selbst.)

Ein großer Teil des Kellers war mit Sachen angefüllt, die aus dem Haupthaus hier eingelagert worden waren. Es standen zum Beispiel viele Möbel herum, alle mit weißen Tüchern abgedeckt. Während des Krieges hatte man sie aus den Wohnräumen hierher geschafft. An einer Wand lehnten auf Rahmen gezogene Leinwände, die Bildseiten weggedreht. Ein Bereich in der Nähe der Treppe war durch eine Steinmauer als Weinkeller abgetrennt. Auf der anderen Seite des Hauptkellers – von der Stelle aus, an der ich stand, schwer einzusehen – befand sich ein großer Stapel von Kisten und Kästen, die ordentlich aufgestellt waren.

Insgesamt machte der Keller einen geräumigen, kühlen und sauberen Eindruck: ein Raum, der benutzt, aber auch in Ordnung gehalten wurde. Allerdings bemerkte ich damals in Wirklichkeit nichts von alldem. Alles, was ich bis jetzt geschildert habe, sind relativierte Erinnerungen. Sie beruhen auf dem, was ich heute weiß.

Von dem Augenblick an, als ich den Fuß der Treppe erreicht hatte, war meine Aufmerksamkeit von dem Apparat gefesselt, der in der Mitte des Kellers stand.

Zuerst dachte ich, es handle sich um eine Art niedrigen Käfig, denn acht stabile Leisten bildeten einen Kreis. Dann erkannte ich, dass die ganze Anlage in den Boden eingelassen war. Um hineinzukommen, musste man in eine Vertiefung hinuntersteigen. Der Apparat war tatsächlich größer, als es den Anschein gehabt hatte. Mein Vater stand in der Mitte des Kreises, aber ich konnte ihn nur von der Taille ab aufwärts sehen. Über die Maschinerie spannten sich Drähte und etwas, dessen Form ich nicht ganz erkennen konnte, rotierte auf einer zentralen Achse und glitzerte und funkelte im Licht der Glühbirnen. Mein Vater war sehr beschäftigt: Offensichtlich befand sich unten, dort, wo ich nicht mehr hinsehen konnte, eine Art Bedienungseinrichtung; er war darüber gebeugt und vollführte Pumpbewegungen mit einem Arm.

Meine Mutter trat zurück und schaute, mit Stimpson an ihrer Seite, aufmerksam zu. Beide schwiegen.

Clive Borden stand nahe an einer der hölzernen Leisten und beobachtete meinen Vater bei seiner Arbeit. Er hielt seinen Sohn Nicky noch in den Armen; der Junge hatte sich umgedreht und schaute ebenfalls hinunter. Borden sagte etwas und mein Vater antwortete laut, während er weiter mit einem Arm die monotone Bewegung ausführte und mit dem anderen gestikulierte. Mein Vater befand sich in jener gefährlichen Stimmung, die Rosalie und ich nur zu gut kannten. Hatten wir ihn einmal richtig provoziert, kam immer der Moment, wo er meinte, er müsse uns etwas beweisen, egal wie lächerlich der Beweis dann auch ausfiel.

Borden hatte ihn offenbar so weit gebracht – vielleicht sogar mit voller Absicht. Ich ging los, nicht auf einen der Erwachsenen zu, sondern auf Nicky. Dieser kleine Junge war in etwas verwickelt, das er wohl kaum verstehen konnte. Instinktiv wollte ich zu ihm laufen, ihn bei der Hand nehmen und, wenn möglich, von diesem gefährlichen Spiel der Erwachsenen wegbringen.

Ich hatte – von allen völlig unbemerkt – etwa die Hälfte der Strecke hinter mich gebracht, als mein Vater rief: »Alle zurücktreten!«

Meine Mutter und Stimpson, die vermutlich wussten, was folgen würde, wichen sofort einige Schritte zurück. Meine Mutter sagte etwas, und zwar für ihre Verhältnisse ziemlich laut, doch ihre Worte gingen in dem zunehmenden Getöse der Anlage unter. Der Apparat summte und zischte gefährlich. Clive Borden war stehen geblieben, nur ein bis zwei Fuß vom Rand der Vertiefung entfernt. Immer noch blickte niemand zu mir her.

Plötzlich gab es eine Serie dröhnender Schläge, und bei jedem Krachen schoss aus dem oberen Teil der Maschinerie ein langer, sich schlängelnder Tentakel einer elektrischen Entladung hervor und tastete umher wie der Fangarm einer schrecklichen Tiefseekreatur. Der Lärm war fürchterlich; jeder Blitz, jeder zitternde Fühler nackter Energie wurde von einem kreischenden, zischenden Geräusch begleitet. Von dem Lärm schmerzten mir die Ohren. Mein Vater blickte zu Borden empor und ich sah auf seinem Gesicht den vertrauten Ausdruck des Triumphs.

»Jetzt wissen Sie's!«, schrie er ihn an.

»Schalt aus, Victor!«, rief meine Mutter.

»Aber Mr. Borden hat darauf bestanden! Nun, hier ist der Apparat! Sind Sie jetzt zufrieden?«

Borden stand immer noch wie versteinert, nicht weit von den schlangenartigen elektrischen Entladungen. Er hielt seinen Sohn in den Armen. Ich sah den Ausdruck auf Nickys Gesicht und wusste, dass er so erschrocken war wie ich.

»Das beweist gar nichts!«, rief Borden.

Mein Vater reagierte, indem er einen großen metallischen Griff herunterdrückte, der an einer der Säulen innerhalb der Vorrichtung angebracht war. Die im Zickzack dahinschießenden Energieblitze wuchsen mit einem Schlag auf die doppelte Größe an und schlängelten sich noch behänder als zuvor um die hölzernen Leisten des Käfigs. Der Lärm war ohrenbetäubend.

»Steigen Sie hinein, Borden«, rief mein Vater. »Steigen Sie nur hinein und sehen Sie selbst!«

Zu meiner Verwunderung verließ Vater dann die Ausschachtung und stieg zwischen zwei Holzstangen zum eigentlichen Kellerboden empor. Sofort bogen sich einige der elektrischen Tentakel in seine Richtung und umzischten ihn fürchterlich. Einen Augenblick lang war er von ihnen umgeben und wie von Feuer umschlungen. Er schien mit der Elektrizität zu verschmelzen und wirkte von innen her erleuchtet – ein schreckliches Bild. Dann machte er einen weiteren Schritt und befand sich außerhalb des Blitzgezüngels.

»Sie haben doch keine *Angst*, Borden, oder?«, meinte er grob.

Ich war nahe genug an der Szene, um zu sehen, dass meinem Vater buchstäblich sämtliche Haare zu Berge standen.

Seine Kleider schienen sich von seinem Körper wegzublähen und für meine verstörten Augen glühte seine Haut blau, eine Folge der wenigen Sekunden, die er in der Elektrizität gebadet hatte.

»Der Teufel soll Sie holen!«, schrie Borden.

Er wandte sich zu meinem Vater und hob ihm das erschrockene Kind hin. Nicky wollte nicht loslassen, doch Borden kümmerte sich nicht darum. Mein Vater nahm den Jungen widerwillig entgegen und hielt ihn unbeholfen. Nicky schrie vor Schreck und zappelte, um freizukommen.

»Springen Sie jetzt hinein!«, rief mein Vater Borden zu. »In den nächsten paar Sekunden geht's los!«

Borden tat einen Schritt nach vorn, bis an den Rand der Zone der Elektrizität. Mein Vater trat neben ihn, während Nicky die Arme nach seinem Vater ausstreckte und schrie und schrie. Kaum einen Zoll vor Borden wogten die blauen Schlangen elektrischer Entladungen. Ihm stellten sich die Haare auf und ich sah, wie er seine Fäuste ballte und wieder öffnete. Er hielt kurz den Kopf nach vorn und sofort fand ihn einer der Tentakel, schlängelte sich um seine Schultern, den Rücken hinab und klatschte zwischen den Schuhen laut auf den Boden.

Erschrocken sprang Borden zurück. Er tat mir Leid.

»Ich kann es nicht!«, keuchte er. »Stellen Sie das verdammte Ding ab!«

»Aber genau das wollten Sie doch!«

Meinen Vater hatte der Wahnsinn gepackt. Er trat nach vorn, weg von Clive Borden, hinein in das tödliche Sperrfeuer. Sofort wanden sich ein halbes Dutzend Tentakel um ihn und den Jungen und tauchten beide in ein gespenstisches blaues Glühen. Alle Haare auf seinem Kopf strebten empor und ließen ihn schrecklicher aussehen, als er mir je erschienen war.

Er warf Nicky in die Grube.

Dann trat er zurück, heraus aus dem Zischen der Entladungen.

Wie Nicky fiel, mit Armen und Beinen wild in der Luft rudernd, stieß er einen einzigen, verzweifelten Schrei aus. Es war ein lang gezogener Ausdruck des nackten Entsetzens, ein Schrei der Verlassenheit und der Angst.

Bevor er auf dem Boden aufschlug, explodierte der Apparat fast in einer Lichteruption. Aus den oberen Drähten sprangen Flammen hervor und es gab einen heftigen Knall. Die hölzernen Streben schienen sich unter einem überstarken inneren Druck nach außen zu biegen. Und als die Lichttentakel sich wieder zurückzogen, gab es einen schrillen Laut, als würde eine Metallplatte mit einer scharfen Stahlspitze traktiert.

Ein schreckliches Ende. Dichter blauer Rauch hing schwer in der Luft und zog träge an der Decke des Kellers dahin. Der Apparat war endlich still. Nicky lag reglos auf dem harten Boden der Vertiefung.

Es schien mir, als hörte ich irgendwo in der Ferne noch das Echo seines wilden Schreis.

3

Meine Augen waren halb blind vom blendenden Licht der elektrischen Entladungen und meine Ohren hallten von der Attacke des Lärms wider. Und in meinem Kopf drehte sich alles wie rasend nach der schrecklichen Szene, die ich gerade gesehen hatte.

Angezogen von dem Anblick der rauchenden Grube ging ich nach vorn. Obwohl es jetzt still war, hing doch über allem eine unsagbare Drohung. Magisch fühlte ich mich davon angezogen. Bald stand ich am Rand, neben meiner Mutter. Wie so oft zuvor wanderte meine Hand in die ihre. Auch sie starrte ungläubig hinab.

Nicky war tot – sein Gesicht in dem Moment erstarrt, als er geschrien hatte, seine Arme und Beine genauso verdreht, wie sie es gewesen waren, als mein Vater ihn in die Vertiefung warf. Er lag auf dem Rücken. Seine Haare hatten sich aufgerichtet, als er in das elektrische Feld geraten war, und umrahmten jetzt sein versteinertes Gesicht.

Clive Borden stieß einen fürchterlichen Schrei des Schmerzes, der Wut und der Verzweiflung aus und sprang in die Grube hinab. Er warf sich auf den Boden, schlang die Arme um den Körper seines Sohns und versuchte zärtlich dessen Gliedmaße in ihre normale Stellung zurückzubiegen; er wiegte den Kopf des Jungen, drückte das eigene Gesicht gegen die Wange des Kleinen und die ganze Zeit schüttelte ihn ein schreckliches Schluchzen, das tief aus seinem Inneren kam.

Und plötzlich schlang meine Mutter ihre Arme um mich, als würde ihr erst jetzt bewusst, dass ich neben ihr stand. Sie drückte mein Gesicht gegen ihren Rock, dann hob sie mich hoch. Sie durchquerte schnell den Keller und brachte mich weg vom Schauplatz des Unglücks.

Ich blickte über ihre Schulter zurück. Während sie schnell zur Treppe ging, sah ich als Letztes meinen Vater. Er starrte in die Vertiefung hinab. Auf seinem Gesicht zeichnete sich eine solch grimmige Befriedigung ab, dass ich mehr als zwanzig Jahre später noch Abscheu empfinde, wenn ich mich daran erinnere.

Mein Vater hatte gewusst, was passieren würde. Er hatte es geschehen lassen. Er hatte bewirkt, dass es geschah. Alles an seiner Haltung und seinem Gesichtsausdruck sagte: *Ich habe bewiesen, dass ich Recht hatte.*

Stimpson, der Diener, kauerte am Boden, die Hände aufgestützt. Sein Kopf war gesenkt.

Alle Erinnerungen an das, was sich unmittelbar danach ereignete, habe ich verloren oder verdrängt. Ich weiß noch, dass ich im folgenden Jahr in die Schule kam, später an eine andere Schule wechselte. Ich gewann neue Freunde und das Leben ging weiter. Mich umgab die Betriebsamkeit der Normalität, fast als handle es sich um eine verlegene Wiedergutmachung für die schreckliche Szene, die ich erlebt hatte.

Ich kann mich auch nicht mehr entsinnen, wann unser Vater uns verließ. Den Zeitpunkt kenne ich. In einem Tagebuch, das meine Mutter in den letzten Jahren ihres Lebens führte, fand ich einen entsprechenden Eintrag. Aber meine eigenen Erinnerungen an jene Zeit sind verloren. Durch das

Tagebuch weiß ich auch von den meisten ihrer Gefühle und von einigen Umständen bei dieser Trennung. Als kleines Kind war ich mir seiner Anwesenheit immer unterschwellig bewusst, er stellte irgendwie eine beunruhigende und unberechenbare Gestalt dar. Ich war daher froh, als er aus der Lebenswelt von Rosalie und mir verschwand. Ich erinnere mich auch an das Leben danach, ohne ihn: Es gab da diese starke Empfindung seiner Abwesenheit, ein Friede stellte sich ein, aus dem Rosalie und ich das Beste herausholten und der seitdem angedauert hat.

Zuerst war ich froh darüber, dass er weggegangen war. Erst als ich älter wurde, begann er mir zu fehlen. Ich glaube, er lebt noch, denn sonst hätten wir es erfahren. Die Verwaltung unserer Besitzungen ist kompliziert und mein Vater zeichnet dafür verantwortlich. Es gibt eine Familienstiftung, die von Anwälten in Derby verwaltet wird. Offensichtlich halten sie den Kontakt zu ihm. Das Haus, der Grund und der Titel lauten immer noch auf seinen Namen. Die meisten direkten Belastungen – wie etwa die Steuern – werden von der Stiftung bezahlt und Rosalie und mir wird immer noch Geld überwiesen.

Die letzte direkte Nachricht von ihm erhielten wir vor etwa fünf Jahren. In einem Brief aus Südafrika teilte er uns mit, er sei auf Reisen, doch schrieb er nicht, von woher oder wohin. Er ist jetzt in den Siebzigern und treibt sich wahrscheinlich irgendwo mit anderen Auslandsbriten herum, denen er nichts über seine Herkunft verrät. Harmlos, ein wenig verrückt, ausweichend, was nähere Informationen angeht, ein alter Hase aus dem Außenministerium. Ich kann ihn nicht vergessen. Ganz gleich, wie viel Zeit vergeht, ich werde ihn immer als den Mann mit dem grausamen Gesicht in Erinnerung haben, der einen kleinen Jungen in eine Maschine geworfen hat und doch wissen musste, dass sie den Kleinen umbringen würde.

Clive Borden verließ das Haus noch in derselben Nacht. Ich habe keine Ahnung, was mit Nickys Leiche geschehen ist. Ich nehme aber an, Borden hat sie mitgenommen.

Weil ich jung war, akzeptierte ich die Autorität meiner Eltern vorbehaltlos. Und als sie mir sagten, die Polizei hätte kein Interesse am Tod des Jungen, glaubte ich ihnen. Schließlich schienen sie Recht zu haben.

Jahre später, als ich alt genug war, um zu erkennen, wie Unrecht sie gehabt hatten, versuchte ich aus meiner Mutter etwas über die damaligen Ereignisse herauszubekommen. Zu diesem Zeitpunkt hatte mein Vater das Haus bereits verlassen; es war ungefähr zwei Jahre vor ihrem Tod.

Ich meinte, die Zeit sei gekommen die Rätsel der Vergangenheit aufzuklären und etwas von der Dunkelheit hinter uns zu lassen. Ich sah es auch als ein Zeichen meines eigenen Erwachsenwerdens. Sie sollte offen zu mir sein und mich wie eine Erwachsene behandeln. Ich wusste, dass sie in jener Woche einen Brief von meinem Vater erhalten hatte. Das gab mir den Vorwand, um das Thema zur Sprache zu bringen.

»Warum ist eigentlich nie die Polizei gekommen, um Fragen zu stellen?«, begann ich, nachdem ich ihr deutlich gemacht hatte, dass ich über jene Nacht reden wollte.

»Darüber sprechen wir nie, Katherine«, antwortete sie.

»Du meinst, du sprichst nie darüber ... Aber warum ist Daddy von zu Hause weggegangen?«

»Das müsstest du schon ihn fragen.«

»Du weißt, dass ich das nicht kann«, wandte ich ein. »Du bist die Einzige, die es weiß. Er hat in jener Nacht etwas Schlimmes getan. Aber ich bin mir nicht sicher, warum. Und ich bin mir nicht einmal sicher, wie. Sucht ihn die Polizei?«

»Wir haben nichts mit der Polizei zu schaffen.«

»Warum nicht?«, fragte ich. »Hat denn nicht Daddy diesen Jungen getötet? War das etwa kein Mord?«

»Das ist alles damals geregelt worden. Es gibt nichts zu verbergen, nichts, wofür man sich schuldig fühlen müsste. Wir haben den Preis für das gezahlt, was in jener Nacht geschehen ist. Mr. Borden hat natürlich am meisten gelitten. Aber sieh nur einmal, was aus unserem Leben geworden ist. Ich kann dir nichts weiter erzählen. Du hast es ja selbst gesehen.«

»Ich kann nicht glauben, dass damit alles erledigt sein soll«, meinte ich.

»Katherine, du solltest dich davor hüten, solche Fragen zu stellen. Du bist auch dort gewesen. Du bist genauso schuldig wie wir alle.«

»Ich war erst fünf Jahre alt!«, erwiderte ich. »Wie könnte ich da an irgendetwas Schuld haben?«

»Wenn du Zweifel hast, kannst du ja selbst zur Polizei gehen.«

Angesichts ihres kalten und unnachgiebigen Verhaltens verließ mich der Mut. Mr. und Mrs. Stimpson arbeiteten damals noch für uns und ich stellte Stimpson später ähnliche Fragen. Höflich, steif und kurz angebunden, wie er war, leugnete er, irgendetwas von damals zu wissen.

4

Meine Mutter starb, als ich achtzehn war. Rosalie und ich erwarteten fast, dass die Nachricht von Mutters Tod unseren Vater veranlassen könnte, endlich aus dem selbst gewählten Exil zurückkehren. Aber er kam nicht. Wir blieben weiter in unserem Haus, und allmählich wurde uns klar, dass das Gebäude jetzt uns gehörte. Wir beide zogen daraus unterschiedliche Konsequenzen. Rosalie konnte sich allmählich vom Haus lösen und ging schließlich fort. Mich hat es mehr und mehr eingeschlossen. Ich bin immer noch hier. Was mich hielt, war zu einem großen Teil das Schuldgefühl, das ich nicht ablegen konnte, die Schuld an dem, was dort unten im Keller geschehen war. Alles drehte sich um jene Ereignisse. Schließlich erkannte ich, dass ich etwas tun musste, um mich davon zu befreien.

Ich nahm all meinen Mut zusammen und ging in den Keller hinunter, um herauszufinden, ob irgendetwas von dem, was ich gesehen hatte, noch dort war.

Ich wählte dafür einen Sommertag, als Freunde aus Sheffield zu Besuch kamen und bald das Haus von Rockmusik und dem Geplauder und Gelächter junger Leute erfüllt war. Ich verriet niemandem, was ich vorhatte, und stahl mich einfach von einem Gespräch im Garten davon und ging ins Haus. Mit drei Gläsern Wein trank ich mir Mut an.

Das Schloss an der Tür war bald schon nach dem Besuch von Borden ausgetauscht worden und nach dem Tod meiner Mutter hatte ich es erneut auswechseln lassen. Aber nie hatte ich mich nach unten getraut. Mr. Stimpson und seine Frau waren schon lange fort. Sowohl sie beide als auch die Haushälterinnen, die nach ihnen kamen, hatten den Keller zu Lagerzwecken genutzt. Ich war immer zu ängstlich gewesen, um überhaupt nur an die oberste Stufe zu treten.

An jenem Tag jedoch wollte ich mich von nichts aufhalten lassen. Ich hatte mich schon einige Zeit seelisch darauf vorbereitet. Nachdem ich durch die Tür getreten war, schloss ich sie von innen ab (eine der Veränderungen, die ich hatte vornehmen lassen), schaltete das elektrische Licht ein und stieg in den Keller hinab.

Sofort sah ich mich nach der Apparatur um, die Nicky Borden getötet hatte. Es überraschte mich nicht, dass sie nicht mehr da war. Die kreisförmige Vertiefung aber gab es immer noch in der Mitte des Kellerbodens. Ich trat an sie heran und untersuchte sie. Sie schien jüngeren Datums zu sein als der übrige Zementboden und war offensichtlich nach einem bestimmten Plan angelegt worden, denn in regelmäßigen Abständen waren einige Stahlstäbe in die Seitenwände aus Beton getrieben, vermutlich als Verankerung für die hölzernen Leisten der Apparatur. An der Decke direkt über der Mitte der Grube befand sich ein großer elektrischer Anschlusskasten. Ein dickes Kabel führte zu einem Spannungsumformer an der Kellerwand. Der Kasten selbst war verschmutzt und verrostet. Ich bemerkte an der Decke viele Brandspuren, die alle von dem Kasten ausgingen, und obwohl jemand sie mit weißer Farbe überstrichen haben musste, waren sie noch deutlich zu erkennen.

Weitere Anzeichen, dass sich hier jemals der Apparat befunden hatte, gab es nicht.

Ich fand das Ding dann erst einige Augenblicke später, als

ich Kisten, Kästen und große rätselhafte Objekte untersuchte, die entlang einer Wand ordentlich aufeinander gestapelt waren. Hier mussten – vermutlich bereits früh nach seinem Tod – die magischen Gerätschaften meines Urgroßvaters abgelagert worden sein. Ganz vorne befanden sich, ansonsten unauffällig, zwei stabile Holzkisten, eine jede so schwer, dass ich sie nicht verschieben, geschweige denn allein aus dem Keller schaffen konnte. Mit einer Schablone hatte man auf eine der Kisten in schwarzer Farbe Städtenamen aufgemalt, die zum großen Teil schon verblasst waren: *Denver, Chicago, Boston, Liverpool (England)*. An der Seite war noch eine alte Zolldeklaration angeheftet. Sie fiel ab, als ich sie berührte. Unter die nächste Lampe gehalten, sah ich, dass jemand mit gestochener Handschrift darauf geschrieben hatte: »Inhalt – wissenschaftliche Instrumente«. An den Seiten der Kisten waren Metallbügel für das Verladen angebracht und ringsherum gab es auffällige Haltegriffe.

Ich fummelte gerade am Deckelrand der vorderen Kiste herum, um sie aufzubekommen, da schwang der Deckel zu meiner Überraschung nach oben und verharrte, durch eine Mechanik im Inneren gehalten, in geöffneter Position. Ich war mir sofort im Klaren, dass es sich bei dem Inhalt der Kiste nur um den zerlegten elektrischen Apparat handeln konnte, den ich damals in Betrieb gesehen hatte. Aber in diesem Zustand ging nichts Bedrohliches mehr von ihm aus.

An der Innenseite des Deckels waren einige große Bögen Kartonpapier angebracht, trotz ihres hohen Alters noch glatt und nicht vergilbt. Mit einer klaren, aber winzigen und eigenwilligen Handschrift standen Instruktionen darauf. Ich warf einen Blick auf die ersten Absätze:

»1. Den lokalen Erdanschluss ausfindig machen, überprüfen und testen. Falls nicht ausreichend, nicht fortfahren. Für Details hinsichtlich Installation, Überprüfung und Test eines Erdanschlusses siehe Punkt 27 unten. Immer die Farben der Kabel überprüfen; siehe beigefügten Schaltplan.
2. (Gilt nur für außerhalb der Vereinigten Staaten und Großbritanniens.) Die örtliche Stromversorgung ausfindig

machen und testen. Dazu das in Werkzeugtasche 4.5.1 befindliche Instrument verwenden, um die Art, die Spannung und die Schwingungsperiode des Stroms festzustellen. Siehe Punkt 15 für die Einstellung der Haupttransformatoreinheit.

3. Während des Zusammenbaus der Apparatur die Zuverlässigkeit der örtlichen Stromversorgung prüfen. Falls es eine Abweichung von ± 25 Volt gibt, die Apparatur nicht in Gang setzen.
4. Beim Umgang mit den Einzelteilen immer die Schutzhandschuhe tragen, die sich in Werkzeugtasche 3.19.1 befinden (Ersatzhandschuhe in 3.19.2).«

Und so ging es weiter, eine erschöpfende Prüfliste mit Montageanweisungen, in denen viele technische oder wissenschaftliche Ausdrücke auftauchten. (Inzwischen habe ich eine Abschrift anfertigen lassen.) Die Liste war mit den Initialen »F.K.A.« signiert.

Auf der Innenseite des Deckels der zweiten Kiste fand sich eine ähnliche Liste mit Instruktionen: Sie befassten sich mit dem Abklemmen des Apparats von der Stromversorgung, mit seiner Demontage und mit dem Verstauen der Einzelteile in den dafür vorgesehenen Kisten.

Damals begann mir zu dämmern, wer mein Urgroßvater wirklich gewesen war. Das heißt, ich bekam eine Vorstellung davon, was er getan hatte, wozu er fähig gewesen war und was er in seinem Leben erreicht hatte. Bis zu jenem Zeitpunkt war er nur ein ferner Vorfahr gewesen, dessen Zeug im ganzen Haus herumstand. Jetzt erhaschte ich einen ersten Blick auf seine Person, seinen Charakter. Diese Kisten mit ihren akribischen Anweisungen hatten ihm gehört, und die Instruktionen waren von ihm oder noch wahrscheinlicher für ihn geschrieben worden. Ich stand lange Zeit nur da und stellte mir vor, wie er mit seinen Assistenten den Apparat auspackte, immer im Wettlauf mit der Zeit, um das Gerät rechtzeitig für die erste Vorstellung herzurichten. Ich wusste immer noch kaum etwas über ihn, aber endlich hatte ich einen Einblick in das gewonnen, was er getan hatte, und ein bisschen auch in die Art und Weise, wie er es getan hatte.

(Später im selben Jahr noch durchforstete ich den Rest seiner Sachen und auch das zeigte mir etwas von ihm. Der Raum, der als sein Studierzimmer gedient hatte, war voll mit ordentlich verwahrten Papieren: Briefwechsel, Rechnungen, Zeitschriften, Buchungsformulare, Reisedokumente, Theaterplakate und Programmzettel. Ein Großteil seines Lebens war hier archiviert. Im Keller gab es sogar noch mehr: Kostüme und Utensilien für seine Vorführungen. Die meisten der Kostüme zerfielen schon fast vor Altersschwäche, deshalb warf ich sie auch weg, doch die verschiedenen Kabinette waren voll funktionsfähig oder konnten repariert werden. Und weil ich das Geld brauchte, verkaufte ich die besten Stücke an Liebhaber. Ich trennte mich auch von Rupert Angiers Sammlung magischer Bücher. Von den Kaufinteressenten erfuhr ich, dass viele seiner Requisiten von Wert waren, allerdings nur in finanzieller Hinsicht. Für moderne Magier stellten die meisten Sachen nur Kuriositäten dar. Viele der Illusionen des »Großen Danton« waren alltäglich, für den Experten oder Sammler also nur bedingt interessant. Den Apparat habe ich nicht verkauft. Er befindet sich noch immer unten im Keller, in den Kisten.)

Ohne dass ich es beabsichtigt hatte, befreite mich die ganze Aktion von den Ängsten meiner Kindheit. Vielleicht lag es auch einfach nur an der Tatsache, dass ich erwachsen oder durch die Abwesenheit der restlichen Familie zum tatsächlichen Haushaltsvorstand geworden war. Wie auch immer – als ich durch die alte braune Tür zurückkam und sie hinter mir abschloss, war mir, als hätte ich etwas Unangenehmes abgestreift, das mich bis dahin verfolgt hatte.

Dies genügte mir allerdings noch nicht. Nichts konnte die Tatsache entschuldigen, dass ich in jener Nacht hatte miterleben müssen, wie ein kleiner Junge grausam ermordet worden war, und das auch noch durch meinen eigenen Vater.

Dieses Geheimnis hat sich meines Lebens bemächtigt und beeinflusst indirekt alles, was ich tue. Es hemmt mich emotional und lähmt mich gesellschaftlich. Ich bin isoliert, schließe nur selten Freundschaften, will keine Beziehung, eine Karriere interessiert mich nicht. Seit Rosalie ausgezogen ist, um zu heiraten, lebe ich hier allein, ebenso ein Opfer wie meine Eltern.

Ich möchte mich von dem Wahnsinn befreien, den die Fehde der Vergangenheit über meine Familie gebracht hat. Aber mit zunehmendem Alter gelangte ich immer mehr zu der Überzeugung, dass ich mich ihm ernsthaft stellen muss, will ihn wirklich überwinden. Ich kann einfach nicht mehr so weiterleben, ohne zu wissen, wie und warum Nicky Borden gestorben ist.

Sein Tod setzt mir zu. Meine Obsession würde aufhören, wenn ich mehr über den Jungen wüsste – und darüber, was ihm in jener Nacht wirklich zugestoßen ist. Als ich etwas über die Vergangenheit meiner Familie herausfand, habe ich auch zugleich etwas über die Bordens herausgefunden. Ich habe Sie, Andrew, aufgespürt, weil ich glaube, dass wir, Sie und ich, den Schlüssel zu der ganzen Geschichte in der Hand halten. Sie, weil Sie der einzig überlebende Borden sind, während ich praktisch die letzte lebende Angier bin.

Gegen alle Logik weiß ich, dass *Sie*, Andrew, Nicky Borden sind und dass Sie irgendwie diese Tortur überlebt haben.

5

Im Laufe des Abends war der Regen in Schnee übergegangen und es schneite immer noch. Andrew Westley und Kate Angier blieben auch nach dem Abendessen noch am nicht abgeräumten Tisch sitzen. Ihre Geschichte schien bei ihm zuerst keine Reaktion hervorzurufen, denn er schaute nur still auf seine leere Kaffeetasse und fingerte an dem Löffel herum. Dann meinte er, er müsse sich jetzt einmal ausgiebig dehnen und strecken. Er durchquerte das Zimmer, schaute durch das Fenster auf den Garten, verschränkte die Hände im Nacken und wiegte den Oberkörper mehrmals von links nach rechts. Draußen war es stockdunkel und nichts zu erkennen, wie sie wusste. Die Hauptstraße verlief hinter dem Haus, auf dieser Seite gab es nur den Rasen, den Wald, den Hügel und dahinter die Felsenspitze des Curbar Edge. Er verharrte einige Zeit in seiner Haltung. Ohne dass sie sein Gesicht sehen konnte, spürte Kate, dass er entweder seine Augen geschlossen hatte oder blicklos in die Dunkelheit starrte.

Schließlich sagte er: »Ich werde Ihnen alles erzählen, was ich weiß. Ich habe den Kontakt zu meinem Zwillingsbruder zu etwa der Zeit verloren, als ihre Geschichte spielt. Vielleicht kann das, was Sie mir da mitgeteilt haben, alles erklären. Doch es gibt keine standesamtlichen Dokumente über meinen Bruder. Ich kann also nicht beweisen, dass es ihn gibt. Aber ich *weiß*, dass er existiert. Vielleicht haben Sie ja schon einmal davon gehört, dass zwischen Zwillingen eine Art von psychischer Verbindung besteht. Deshalb bin ich mir so sicher. Ansonsten kann ich nur sagen, dass er in irgendeiner Weise mit diesem Haus zu tun hat. Seit meiner Ankunft heute spüre ich ihn hier. Ich kann es Ihnen nicht erklären.«

»Beim Standesamt bin ich ebenfalls gewesen«, sagte sie. »Sie haben keinen Zwillingsbruder.«

»Könnte jemand an den offiziellen Eintragungen etwas manipuliert haben? Ist das möglich?«

»Das frage ich mich auch. Wenn der Junge getötet wurde, hätte das dann nicht jemandem ein ausreichendes Motiv gegeben die Eintragungen zu fälschen?«

»Vielleicht. Aber sicher kann ich nur sagen, dass ich mich an nichts erinnere, alles ist weg, nicht einmal mehr an meinen Vater, Clive Borden. Dieses Kind von damals kann ich nicht gewesen sein. Und es ist absurd, dies auch nur anzunehmen.«

»Aber es handelte sich doch um Ihren Vater … und Nicky war sein einziges Kind.«

Er wandte sich vom Fenster ab und ging zu seinem Stuhl zurück, der ihr gegenüber an dem breiten Tisch stand.

»Sehen Sie, es gibt nur zwei oder drei Möglichkeiten«, meinte er. »Der Junge bin ich gewesen, ich bin getötet worden und jetzt wieder lebendig. Das ergibt keinen Sinn, wie auch immer Sie es nehmen. Oder der Junge, der gestorben ist, war mein Zwillingsbruder und die Person, die ihn umbrachte, vermutlich Ihr Vater, hat es später geschafft behördliche Unterlagen ändern zu lassen. Offen gesagt, glaube ich auch das nicht. Oder Sie irren sich und das Kind, vielleicht ich oder auch nicht, hat überlebt. Oder ... vielleicht haben Sie sich auch die ganze Sache bloß eingebildet.«

»Nein, ganz bestimmt nicht. Ich weiß, was ich gesehen habe. Außerdem hat meine Mutter es so gut wie zugegeben.« Sie nahm ihr Exemplar des Borden-Buchs in die Hand und öffnete es an einer Stelle, an der sie zuvor einen Zettel eingelegt hatte. »Es gibt eine weitere Erklärung, doch sie ist so unlogisch wie all die anderen. Wenn Sie in jener Nacht nicht wirklich getötet wurden, dann kann es eine Art von Trick gewesen sein. Das Ding, das ich in jener Nacht in Aktion sah, war ein Requisit, das für eine Bühnenillusion konstruiert worden war.«

Sie hielt ihm das Buch hin, doch er winkte ab.

»Das Ganze ist zu lächerlich«, sagte er.

»Ich habe damals alles miterlebt.«

»Entweder haben Sie sich in dem, was Sie gesehen haben, schlichtweg getäuscht oder es ist jemand anderem zugestoßen.« Er schaute wieder zu den Fenstern, dann warf er beiläufig einen Blick auf die Uhr. »Macht es Ihnen etwas aus, wenn ich mein Mobiltelefon benutze? Ich muss meinen Eltern sagen, dass ich mich verspäte. Und ich würde gerne in meiner Wohnung in London anrufen.«

»Ich denke, Sie sollten heute Nacht hier bleiben.«

Er lächelte kurz und Kate wusste, dass sie es falsch ausgedrückt hatte. Sie fand ihn leidlich attraktiv, auf eine harmlos ungehobelte Art, und anscheinend gehörte er zu der Sorte Mann, die in Sachen Sex nie aufgibt. »Ich wollte sagen, Mrs. Makin wird das Gästezimmer für Sie herrichten.«

»Ach ja?«

Da war dieser Augenblick gewesen, bevor sie zum Abendessen hier hereinkamen. Sie hatte ihm wohl zu viel vom Whiskey gegeben oder zu oft gesagt, dass unversöhnliche

Differenzen zwischen ihr und seiner Familie bestünden. Oder es war eine Verbindung aus beidem. Bis dahin hatte ihr die offene und unbefangene Art ziemlich gefallen, mit der er sie den ganzen Nachmittag hindurch immer wieder interessiert angeblickt hatte. Doch vor anderthalb Stunden, gerade bevor sie dieses Zimmer betraten, hatte er verkündet, er würde gern eine Versöhnung zwischen den Familien herbeiführen. Einfach zwischen ihnen beiden, der letzten Generation. Das hatte ihr teilweise geschmeichelt, aber er dachte dabei an etwas anderes als sie. Sie hatte ihm so freundlich, wie sie nur konnte, einen Korb gegeben.

»Können Sie bei dem Schnee noch fahren, nach allem, was Sie getrunken haben?«, fragte sie jetzt.

»Ja.«

Aber er stand nicht von seinem Stuhl auf. Sie legte das Borden-Buch, die aufgeschlagenen Seiten nach unten, mitten auf den Tisch.

»Was wollen Sie von mir, Kate?«, fragte er.

»Ich weiß es nicht mehr. Vielleicht habe ich es nie gewusst. Ich glaube, als Clive Borden kam, um meinen Vater zu besuchen, ist ungefähr Folgendes geschehen: Beide hatten das Gefühl, sie müssten einiges klären. Und sie versuchten es auch, aber die alten Differenzen machten ihnen einen Strich durch die Rechnung.«

»Mich interessiert nur eins. Irgendwo hier befindet sich mein Zwillingsbruder. In diesem Haus. Seit heute Nachmittag bin ich mir dessen bewusst. Er gibt mir zu verstehen, ich solle nicht weggehen, sondern ihn suchen. Ich habe seine Gegenwart nie so stark empfunden wie jetzt. Was immer Sie sagen, was immer im Geburtsregister steht, ich glaube, mein Bruder war es, der 1970 in dieses Haus kam, und er ist noch hier.«

»Trotz der Tatsache, dass er nicht existiert?«

»Ja, trotzdem. Gleichzeitig wissen wir beide, dass an den Ereignissen jener Nacht etwas seltsam war. Oder zumindest wissen Sie es.«

Darauf fand sie keine Antwort, sie fühlte sich in einer Sackgasse. Es war immer das Gleiche: zuerst der sichere Tod des kleinen Jungen, später die Entdeckung, dass er irgendwie überlebt hatte. Dass sie den Mann nun kannte, der früher dieser Junge gewesen war, hatte nichts geändert. Er war es. Er war es nicht.

Sie goss sich noch einen Schluck Brandy ein und Andrew fragte: »Kann ich irgendwo meine Anrufe erledigen?«

»Bleiben Sie ruhig hier. Im Winter ist dies der wärmste Ort im Haus. Ich muss sowieso gehen und etwas nachschauen.«

Als sie das Zimmer verließ, hörte sie, wie er die Tasten seines Mobiltelefons bediente. Sie ging den Hauptflur hinab und schaute vor die Vordertür. Eine feste Schneedecke hatte sich gebildet, zwei oder drei Zoll dick. Hier auf dem Pfad blieb der Schnee liegen, aber weiter talabwärts, an der Hauptstraße, an den Hecken und Straßenböschungen, gab es immer wieder Verwehungen. Es war kein Verkehr zu hören wie sonst. Sie ging um die Rückseite des Hauses herum, am Holzschuppen türmte sich eine Schneewehe auf. Mrs. Makin war in der Küche. Kate bat sie das Gästezimmer herzurichten.

Nachdem Mrs. Makin abgeräumt hatte, blieben Kate und Andrew im Speisezimmer sitzen, einander gegenüber am offenen Kaminfeuer, und sprachen über verschiedene Dinge: über seine Schwierigkeiten mit der Freundin, über ihre Probleme mit der Gemeinde, die Baugrund von ihr haben wollte. Aber sie war müde und hatte keine rechte Lust für solche Gespräche. Um elf Uhr schlug sie vor, sie sollten am nächsten Morgen weiterreden.

Sie zeigte ihm, wo das Gästezimmer war und welches Bad er benutzen konnte. Zu ihrer Überraschung machte er ihr keine Avancen mehr. Er dankte ihr höflich für ihre Gastfreundschaft, sagte Gute Nacht, und das war's dann schon.

Kate kehrte in das Speisezimmer zurück, wo sie einige der Papiere ihres Urgroßvaters zurückgelassen hatte. Sie waren schon ordentlich aufgestapelt. Vielleicht handelte es sich ja um einen vererbten Charakterzug, der verhinderte, dass sie überall Papier herumliegen ließ. Ein Teil von ihr hatte immer unordentlich, lässig und frei sein wollen, aber das entsprach nicht ihrer wahren Natur.

Sie setzte sich in den Sessel, der dem Feuer am nächsten stand, und spürte die Wärme an ihren Beinen. Sie warf noch ein Scheit hinein. Jetzt, wo Andrew zu Bett gegangen war, fühlte sie sich auf einmal weniger schläfrig. Nicht er hatte sie ermüdet, sondern das Gespräch mit ihm, das all diese Erinnerungen aus ihrer Kindheit aufgewühlt hatte. Sie auszusprechen war eine Art von Reinigung gewesen, ein Freisetzen aufgestauter Gifte. Sie fühlte sich jetzt besser.

Am Feuer sitzend dachte sie an diesen alten Vorfall und versuchte, wie sie es schon ein Vierteljahrhundert lang getan hatte, herauszufinden, was dahinter steckte. Immer noch beunruhigte er sie tief. Und der Junge, den Andrew seinen Bruder genannt hatte, stand im Mittelpunkt des Ganzen, eine Geisel der Vergangenheit.

In diesem Augenblick kam Mrs. Makin herein und Kate bat sie ihr noch einen koffeinfreien Kaffee zu bringen, bevor sie schlafen gehe. Während sie dann an dem Kaffee nippte, hörte sie die Mitternachtsnachrichten auf Radio 4 und später kam der BBC World Service an die Reihe. Sie war hellwach. Das Gästezimmer, in dem Andrew übernachtete, befand sich direkt über ihr und sie hörte, wie er sich oft in dem alten Bett umdrehte. Sie wusste, wie kalt dieses Zimmer sein konnte. Es war ihr Schlafzimmer gewesen, damals in der Kindheit.

Teil IV
Rupert Angier

21. September 1866

Die Geschichte meines Lebens

1. Meine Geschichte, mein Name ist ROBBIE (Rupert) DAVID ANGIER und ich bin heute 9 Jahre alt. Ich werde jeden Tag in dieses Buch schreiben, bis ich alt bin.

2. Meine Vorfahren, ich habe viele, aber Papa und Mama sind die ersten. Ich habe einen Bruder: HENRY RICHARD ANGUS ST. JOHN ANGIER. Er ist 15, er geht zur Schule und ist ein Internatsschüler.

3. Ich lebe in Caldlow House, Caldlow, Derbyshire. Mit meinem Halls war diese Woche etwas nicht in Ordnung.

4. Die Dienstboten, ich habe eine Nanny und da ist Grierson und ein Mädchen, das sich mit dem anderen Mädchen am Nachmittag abwechselt, aber ich weiß seinen Namen nicht.

5. Ich muss das Papa zeigen, wenn ich es geschrieben habe. Ende.

Gezeichnet
Rupert David Angier

22. September 1866

Die Geschichte meines Lebens

Heute kam der Doktor, um wieder nach mir zu schauen. Jetzt bin ich gesund. Habe einen Brief von meinem Bruder Henry bekommen. Er schreibt, ich muss ihn von jetzt mit Sir anreden, weil er ein Präfekt ist.

2. Papa ist nach London gegangen, um an einer Sitzung des Oberhauses teilzunehmen. Er hat gesagt, dass ich der Haushaltungsvorstand bin, bis er zurückkommt. Das bedeutet, dass Henry mich mit Sir anreden muss, aber er ist nicht hier.

3. Habe das Henry mitgeteilt, als ich ihm schrieb.

4. Bin spazieren gegangen, habe mit Nanny gesprochen und dann hat mir Grierson vorgelesen, bis er wie immer eingeschlafen ist. Ich muss das Papa nicht mehr zeigen, vorausgesetzt dass ich weiter schreibe.

23. September 1866

Hals viel besser. Bin heute mit Grierson ausgefahren. Er hat nicht viel geredet, aber er hat mir erzählt, dass Henry sagt, dass er gehen wird, wenn er das Haus übernimmt. Ich meine, Grierson wird gehen, wenn Henry das Haus übernimmt. Grierson sagte, er dachte, dass schon alles entschieden ist, aber es wird noch lange nicht geschehen, wenn Gott will.

Ich warte darauf, dass Mama kommt und nach mir schaut. Sie ist heute spät dran.

22. Dezember 1867

Gestern Abend gab es eine Party für mich und einige Jungen und Mädchen aus dem Dorf. Weil Weihnachten ist, durften sie hier sein. Henry war auch hier, aber er wollte nicht zur Party kommen, wegen den anderen. Er hat aber etwas ganz Besonderes versäumt, denn wir hatten einen Zauberer bei der Party!

Dieser Mann, er hieß Mr. A. Presto, führte die wundervollsten Tricks vor, die ich je gesehen habe. Zuerst ließ er alle Arten von Fahnen und Wimpeln und Schirmen aus dem Nichts erscheinen, dazu noch eine Menge Luftballons und Bänder. Dann zeigte er einige Tricks mit Spielkarten. Er ließ uns Karten auswählen, die er dann erraten konnte. Er war sehr schlau. Er ließ aus der Nase eines Knaben Billardkugeln herauskommen, und als er einem kleinen Mädchen ans Ohr fasste, fielen eine Menge Münzen heraus. Er nahm ein Stück Schnur, schnitt es entzwei und machte es dann wieder ganz. Am Ende von allem holte er einen weißen Vogel aus einer kleinen Glasbox, die vorher leer gewesen war. Wir hatten es ganz genau *gesehen*!

Ich bat und bettelte Mr. Presto mir zu sagen, wie diese Tricks funktionierten, aber er wollte es mir nicht verraten. Auch nachher, als die anderen gegangen waren, konnte ich ihn nicht dazu bringen.

Heute Morgen hatte ich eine Idee und ließ Grierson für mich nach Sheffield fahren und alle Zauberkunststücke kaufen, die er finden konnte. Er sollte auch nachschauen, ob es Bücher gibt mit der Erklärung für die Tricks. Grierson war fast den ganzen Tag fort, aber am Ende kam er mit den meisten Sachen wieder, die ich gewollt hatte. Dazu gehört eine besondere Glasbox, um einen Vogel zu verstecken, sodass ich ihn mit Magie hervorzaubern kann. (Die Box hat einen besonderen Boden – an so etwas hatte ich nicht gedacht.) Die anderen Tricks sind ein bisschen schwerer, die muss ich noch üben. Aber ich habe schon einen gelernt, bei dem ich erraten kann, welche Karte jemand anderer ausgewählt hat. Ich habe ihn einige Male bei Grierson ausprobiert.

17. Februar 1871

Heute Nachmittag ist es mir zum ersten Mal seit vielen Monaten gelungen, mit Papa allein zu sprechen. Ich habe herausgefunden, dass sich die Situation wirklich etwa so darstellt, wie Henry sie schon beschrieben hat. Man kann anscheinend gar nichts tun, als gute Miene zum bösen Spiel zu machen.

Am liebsten würde ich Henry umbringen.

31. März 1873

Heute habe ich alle Einträge der letzten zwei Jahre entfernt und vernichtet. Das war das Erste, was ich tat, als ich von der Schule zurückkam.

1. April 1873

Von der Schule nach Hause. Ich habe jetzt genügend Ruhe, um dieses Buch schreiben zu können.

Mein Vater, der zwölfte Earl of Colderdale, ist vor drei Tagen, am 29. März 1873, gestorben. Mein Bruder Henry übernimmt seinen Titel, die Ländereien und den Besitz. Meine Zukunft und die meiner Mutter und eines jeden anderen Mitglieds des Haushalts, egal ob hoch oder niedrig gestellt, ist jetzt unsicher. Sogar die Zukunft des Hauses selbst ist ungewiss, da Henry in der Vergangenheit offen davon gesprochen hat, drastische Veränderungen vorzunehmen. Wir können nur abwarten, aber einstweilen ist das Haus mit den Vorbereitungen für die Bestattung beschäftigt.

Papa wird morgen in der Gruft beigesetzt.

Heute Morgen fühle ich mich zuversichtlicher im Hinblick darauf, wie es weitergehen soll. Ich bin heute Morgen auf meinem Zimmer geblieben und habe meine Magie geübt. Den Fortschritten auf diesem Gebiet fielen die Seiten des Tagebuchs zum Opfer, die kürzlich getilgt wurden. Denn von Anfang an habe ich detailliert geschildert, was vonnöten war, um in der Taschenspielerei voranzukommen ... Aber dies alles musste verschwinden, als ich mich entschloss den Rest zu entfernen. Es soll damit sein Bewenden haben zu sagen, dass ich glaube nun zu Auftritten befähigt zu sein, und obwohl ich mich noch nicht ernsthaft auf die Probe gestellt habe, so habe ich doch oft neue Tricks an den Burschen in der Schule ausprobiert. Sie tun so, als interessierten sie sich nicht für Magie, und tatsächlich erklären einige von ihnen, dass sie meine Geheimnisse kennen würden. Aber es gab da ein oder zwei Momente, während denen ich – erfreulicherweise – auf ihren Gesichtern echte Verblüffung erkannte.

Es ist keine Eile vonnöten. Alle Bücher über Magie, die ich gelesen habe, raten dem Neuling, nichts zu überstürzen, sondern sich stattdessen gründlich vorzubereiten. Denn eine Vorstellung sollte sowohl von überraschenden Effekten wie auch von Geschick geprägt sein. Wenn die Leute nicht wissen, wer man ist, erhöht das noch das Geheimnis dessen, was man ist und was man sich zu tun anschickt.

So heißt es.

Ich wünschte, und das ist mein einziger Gedanke in dieser traurigsten aller Wochen, ich könnte meine Magie einsetzen, um Papa wieder ins Leben zurückzubringen. Ein selbstsüchtiger Wunsch, denn es würde ohne Zweifel bedeuten, dass mein eigenes Leben wieder so würde wie noch vor drei Tagen, aber auch ein Wunsch glühender Liebe, denn ich habe meinen Papa geliebt ... und er fehlt mir schon und ich bedauere, dass er von uns gegangen ist. Er war neunundvierzig Jahre alt. Ich glaube, das ist viel zu jung, um das Opfer eines Herzversagens zu werden.

2. April 1873

Die Beisetzung hat stattgefunden und mein Vater wurde zur letzten Ruhe gebettet. Nach der Zeremonie in der Kapelle wurde sein Leichnam in die Familiengruft gebracht, die unter dem Osthang liegt. Die Trauergäste gingen alle in einer Reihe zum Eingang der Gruft, dann trugen Henry und ich zusammen mit dem Bestatter und seinen Leuten den Sarg nach unten.

Auf das, was folgte, war ich in keiner Weise vorbereitet. Die Gruft ist offenbar eine riesige natürliche Höhle, die sich in den Hügel hinein erstreckt. Irgendwann einmal ist sie für die Nutzung als Familiengrabstätte erweitert und vergrößert worden. Es herrscht völlige Dunkelheit dort, der Boden ist uneben und felsig, die Luft stinkt. Wir haben sogar einige Ratten gesehen. Durch die zahlreichen zerklüfteten Simse, die in den Durchgang hineinragen, gab es im Dunkeln immer wieder schmerzhafte Stöße. Wir trugen jeder eine Laterne, aber sobald wir am Fuß der Treppe angekommen waren und das Tageslicht sich verloren hatte, stellte sich heraus, dass unsere Lampen von geringem Nutzen waren. Die Bestatter nahmen all dies stoisch hin, obwohl es unter diesen Umständen extrem schwierig gewesen sein muss den Sarg zu tragen. Für meinen Bruder und mich war es eine Tortur. Als wir einen geeigneten Felssims gefunden und den Sarg abgestellt hatten, sagte der Chefbestatter ein paar Worte aus der Heiligen Schrift auf, dann kehrten wir ohne Zögern an die Erdoberfläche zurück. Wir traten in den hellen Frühlingsmorgen, den wir vor einigen Minuten verlassen hatten. Der Ostrasen war mit Osterglocken übersät und an den Bäumen um uns herum gingen die Knospen auf. Zumindest für mich aber warf der Aufenthalt in dem dunklen Tunnel einen Schatten über den Rest des Tages. Ich schauderte, als sich die kräftige Holztür schloss, und ich konnte die Erinnerung an diese alten, brüchigen Särge, an den Staub, den Geruch und die Leblosigkeit dieses verfluchten Ortes nicht abschütteln.

Am Abend

Vor etwa einer Stunde fand die Zeremonie statt. Ich verwende das Wort mit Bedacht, denn eine *Zeremonie* ist es, um die sich alles an diesem Tag dreht: nämlich die Verlesung des Testaments meines Vaters. Die Beerdigung stellte nur das Vorspiel dazu dar.

Wir waren alle anwesend, versammelt in der Halle unter der Haupttreppe. Sir Geoffrey Fusel-Hunt, der Anwalt meines Vaters, bat zunächst um Ruhe. Ruhig und bedächtig öffnete er den kräftigen braunen Umschlag, der das gefürchtete Dokument enthielt, und nahm die gefalteten Blätter aus Velinpapier heraus. Ich schaute mich nach den anderen um. Da waren die Brüder und Schwestern meines Vaters, zusammen mit ihren Gattinnen oder Gatten und – in einigen Fällen – ihren Kindern. Die Männer, die das Gut bewirtschafteten, das Wild hüteten, das Moor abgingen, über Farmen und Fischgründe wachten, standen in einer kleinen Gruppe auf der einen Seite. Nahe bei ihnen, ebenfalls zusammen, reihten sich die Pächter, die Augen erwartungsvoll aufgerissen. In der Mitte des Halbkreises ich und Mama, direkt gegenüber von Sir Geoffrey an seinem Tisch, hinter uns die Diener. Vor uns allen stand, die Arme über der Brust verschränkt, Henry als Mittelpunkt des Ereignisses.

Es gab keine Überraschungen. Henrys Haupterbe unterliegt natürlich nicht dem Willen meines Vaters, ebenso wenig wie es die erblichen Eigentumsrechte tun. Aber es gibt Grundbesitzrechte, die vermacht werden müssen, Portefeuilles mit Aktien, Geldbeträge, Wertgegenstände, und, am wichtigsten von allem, Besitz- und Nutzungsrechte für bestimmte Baulichkeiten.

Mama hat die Wahl, ob sie für den Rest ihres Lebens einen der Flügel des Hauptgebäudes beziehen oder das Wittumshaus am Tor komplett für sich haben will. Ich darf in den Räumen, die ich momentan bewohne, bleiben, bis ich meine Ausbildung beendet oder die Volljährigkeit erreicht habe. Danach wird Henry über mich entschieden. Das Schicksal unserer persönlichen Diener ist an unser eigenes gebunden, der Rest des Haushalts soll bleiben oder entlassen werden, wie es Henry beliebt.

Unser Leben fällt in Stücke.

Ein paar Geldlegate gingen an bevorzugte Dienstleute, aber die Hauptmasse des Vermögens gehört jetzt Henry. Er machte keine Bewegung, zeigte keine Regung, als dies verkündet wurde. Ich küsste Mama, dann schüttelte ich einigen der Gutsverwalter und Pächter die Hand.

Morgen werde ich versuchen zu beschließen, wie mein Leben weitergehen soll. Ich will diese Entscheidung treffen, bevor Henry sie für mich treffen kann.

3. April 1873

Was soll ich tun? Es ist noch mehr als eine Woche bis zum Schulbeginn, bis zu meinem voraussichtlich letzten Semester.

3. April 1874

Es erscheint mir angemessen, dieses Tagebuch nach einer Pause von einem Jahr wieder aufzunehmen. Ich bleibe in Caldlow House, teils weil bis zu meinem einundzwanzigsten Geburtstag Henry als meinem gesetzlichen Vormund die Verantwortung für mich übertragen ist, hauptsächlich aber, weil Mama es möchte.

Grierson kümmert sich um mich. Henry hat sich in London niedergelassen. Man hört, er ginge täglich ins Oberhaus. Mama ist bei guter Gesundheit und ich gehe jeden Morgen ins Wittumshaus. Der Morgen ist ihre beste Zeit. Wir beide spekulieren – ohne konkretes Ergebnis allerdings – darüber, was wohl wird, wenn ich volljährig bin.

Nach Papas Tod habe ich zwar die magischen Künste vernachlässigt, aber sie vor etwa neun Monaten wieder aufgenommen. Seitdem übe ich eifrig und ergreife jede Gelegenheit, um Zaubervorführungen zu besuchen. Zu diesem Zweck fahre ich zu den Varietés von Sheffield oder Manchester, wo ich trotz unterschiedlicher Qualität eine ausreichende Vielfalt von Nummern verfolgen kann, die mein Interesse wecken. Viele der Illusionen kenne ich bereits, aber mindestens einmal in jeder Vorstellung sehe ich etwas, das mich fasziniert oder verblüfft. Dann geht die Jagd nach dem Geheimnis los. Grierson und ich haben bereits unsere festen Routen zu den verschiedenen Händlern und Herstellern magischer Gerätschaften, wo wir mit etwas Hartnäckigkeit schließlich Zugang zu den Dingen bekommen, die ich brauche.

In unserem verkleinerten Haushalt weiß Grierson als Einziger von meinem Interesse für Magie und meinem diesbezüglichen Ehrgeiz. Wenn Mama pessimistisch davon redet, was aus mir nur werden soll, dann wage ich nicht ihr von meinen Plänen zu erzählen. Aber tief in meinem Inneren fühle ich die Gewissheit, dass ich eine Karriere vor mir habe, wenn ich mich nur von diesem Halbleben in Derbyshire lösen kann. Die Zeitschriften über Magie, die ich abonniert habe, berichten von riesigen Honoraren, die jetzt ein Spitzenillusionist schon für eine einzige Vorstellung verlangen kann, ganz zu schweigen von dem gesellschaftlichen Ansehen, das mit einer brillanten Karriere auf der Bühne verbunden ist.

Ich spiele schon eine Rolle. Ich bin der enterbte jüngere Bruder eines Angehörigen des Hochadels, vom Pech verfolgt, von den Almosen seines Vormunds abhängig. Ich trotte in den regnerischen Hügeln von Derbyshire durch mein deprimierendes Leben.

Jedoch warte ich nur in der Seitenkulisse, denn sobald ich volljährig bin, beginnt mein wahres Leben!

Idmiston Villas, London N, 31. Dezember 1876

Endlich konnte ich meine Kästen und Kisten aus dem Lagerhaus holen. Ich verbrachte ein trübseliges Weihnachten mit der Durchsicht meiner alten Habseligkeiten und sortierte aus, was ich nicht länger aufheben wollte, fand aber auch manchen Schatz. Dieses Tagebuch gehört dazu. Während der letzten paar Minuten habe ich es durchgeblättert.

Ich erinnere mich an meinen früheren Entschluss sämtliche Einzelheiten meiner Karriere als Magier festzuhalten. Während ich dies noch schreibe, kommt mir der Gedanke jene Gewohnheit einfach wieder aufzunehmen. Es gibt jedoch schon zu viele Lücken. Ich habe alle Seiten herausgerissen, auf denen ich meine Streitigkeiten mit Henry geschildert hatte, damit sind auch die Aufzeichnungen über meine Fortschritte in der magischen Kunst verloren. Und nun wäre es zu quälend für mich mein Gedächtnis nach all den verschiedenen Tricks und Kunstgriffen zu durchforschen, die ich in jenen Tagen gelernt und eingeübt habe.

Auch ersehe ich aus meinem letzten Eintrag vor mehr als zweieinhalb Jahren, dass ich damals niedergeschlagen und wie betäubt darauf wartete, einundzwanzig zu werden, damit Henry mich aus dem Haus werfen konnte. In Wirklichkeit habe ich nicht so lange gewartet und mein Schicksal lieber in die eigene Hand genommen.

Hier bin ich also, neunzehn Jahre alt, und lebe in einer Mietwohnung in einer respektablen Straße einer Londoner Vorstadt. Ein Mann, frei von seiner Vergangenheit und von finanziellen Sorgen (denn ungeachtet dessen, wo ich lebe, muss Henry meinen Unterhalt bestreiten). Ich habe meine Kunst schon einmal öffentlich vorgeführt, wurde dafür jedoch nicht bezahlt. (Je weniger Worte ich über diese demütigende Affäre verliere, desto besser.)

Ich bin schlicht und einfach zu Mister Rupert Angier geworden, und der werde ich auch bleiben. Ich habe meiner Vergangenheit den Rücken zugekehrt. Niemand in diesem meinen neuen Leben wird je die Wahrheit über meine Herkunft herausfinden.

Da nun morgen der erste Tag des neuen Jahres beginnt, werde ich meine magischen Ambitionen zusammenfassen und vielleicht meine Pläne niederschreiben.

1. Januar 1877

Mit der Morgenpost ist ein kleines Paket mit Büchern aus New York gekommen, auf die ich schon viele Wochen gewartet hatte. Ich habe sie natürlich sofort nach neuen Ideen durchgesehen.

Ich trete gerne auf, versuche hinter die Feinheiten zu kommen, wie man eine Bühne wirklich ausnützt, eine Nummer effektvoll darbietet, mit einer Folge witziger oder komischer Bemerkungen ein Publikum unterhält ... Und ich träume von Gelächter, Ausrufen der Überraschung und dröhnendem Applaus. Ich weiß, dass ich allein schon durch die ausgezeichnete Präsentation eines Programms an die Spitze meines Berufes gelangen kann.

Meine große Schwäche besteht allerdings darin, dass ich die Funktionsweise einer Illusion erst dann verstehe, wenn sie mir erklärt wird. Sehe ich einen Trick zum ersten Mal, bin ich so verblüfft darüber wie jeder andere Zuschauer auch. Ich besitze nur eine schwache magische Phantasie und es fällt mir schwer, allgemein bekannte Prinzipien anzuwenden, um einen erwünschten Effekt hervorzubringen. Wenn ich eine brillante Vorstellung miterlebe, bin ich geblendet von dem, was gezeigt wurde, und verwirrt von dem, was nicht zu sehen war.

Im Manchester Hippodrome präsentierte ein Magier einmal eine Glaskaraffe. Er hielt sie sich vors Gesicht: Wir konnten seine Gesichtszüge durch das Glas hindurchsehen. Er schlug sie mit einem metallenen Stab leicht an: Der schwingende, melodische Klang verriet uns, dass die Karaffe ohne Fehl und perfekt geformt war. Schließlich hielt er sie einen Moment umgedreht: Wir konnten sehen, dass sie leer war. Danach kehrte er zu seinem Requisitentisch zurück, auf dem ein Krug aus Metall stand. Daraus goss er etwa ein halbes Pint klares Wasser in die Karaffe. Dann ging er zu einem Tablett mit Weingläsern, das auf einer Seite der Bühne stand, und goss in jedes davon ein Quantum Rotwein!

Worauf ich nun hinauswill: Ich kannte bereits den Kunstgriff, mit dem man scheinbar Wasser in eine gefaltete Zeitung gießt, um dann ein Glas Milch *zurückzuerhalten* (das Blatt Papier bleibt dabei unerklärlicherweise immer trocken).

Das Prinzip war in etwa das Gleiche, die Art der Darbietung eine andere. Indem ich die Letztere bewunderte, verlor ich das Erstere völlig aus dem Blick.

Ich habe einen großen Teil meiner monatlichen Unterhaltsgelder in Geschäften für Zauberartikel ausgegeben, um meinem ständig wachsenden Repertoire den einen oder anderen Trick hinzufügen zu können. Es ist teuflisch schwer Geheimnisse herauszufinden, wenn sie nicht gegen Geld gekauft werden können! Und selbst wenn ich es kann, so ist das nicht immer die Lösung des Problems. Denn mit der Zunahme der Konkurrenz sind die Illusionisten gezwungen, ihre eigenen Tricks zu erfinden. Für mich bedeutet es dann gleichzeitig eine Qual und eine Herausforderung, solche Illusionen auf der Bühne zu sehen.

Hier schließt die Zunft der Magier die Reihen vor dem Anfänger. Eines Tages, das wage ich zu behaupten, werde ich dazugehören und selbst Neulinge ausschließen, aber einstweilen noch finde ich es ärgerlich, dass die älteren Magier ihre Geheimnisse so eifersüchtig hüten. Heute Nachmittag habe ich einen Brief an *Prestidigitators' Panel* geschrieben, eine Monatszeitschrift, die nur im Abonnement vertrieben wird, und habe meine Gedanken über die weit verbreitete und auf absurde Weise zwanghafte Heimlichtuerei in der Magie dargelegt.

3. Februar 1877

Jeden Werktagmorgen, von neun Uhr bis Mittag, klappere ich die Büros der vier wichtigsten Theateragenturen ab, die sich auf magische oder ungewöhnliche Auftritte spezialisiert haben. Vor jeder Tür wappne ich mich erneut gegen die unvermeidliche Ablehnung, setze eine möglichst tapfere Miene auf und trete ein. Am Empfang melde ich mich an und frage höflich, ob es für mich vielleicht irgendeine Arbeitsmöglichkeit gebe.

Bis jetzt ist die Antwort immer negativ ausgefallen. Die Stimmung der Auskunftgebenden scheint zu variieren, aber meistens bleibt man höflich, während man kurz angebunden Nein sagt.

Ich weiß, dass jene Angestellten unaufhörlich von Leuten wie mir belästigt werden, denn eine wahre Prozession von Künstlern ohne Engagement trottet täglich auf denselben Pfaden wie ich. Natürlich begegne ich diesen anderen immer wieder und natürlich habe ich mich auch mit einigen angefreundet. Anders als die meisten verfüge ich immer über ein oder zwei Shilling (zumindest so lange, wie ich meinen Unterhalt noch bekomme). Und wenn wir dann zur Mittagszeit in der einen oder anderen Schänke in Holborn oder Soho sitzen, kann ich ihnen ein paar Getränke spendieren. Deshalb bin ich natürlich beliebt, aber nicht so töricht einen anderen Grund für deren Freundlichkeit anzunehmen. Ich freue mich über die Gesellschaft und hoffe irgendwie, dass sich durch einen dieser Kumpane eines Tages ein Kontakt herstellen lässt, über den ich Arbeit finde oder angeboten bekomme.

Dieses Leben ist ziemlich angenehm, nachmittags und abends habe ich ausreichend Zeit für mich und kann weiterüben.

Und ich habe Zeit genug, um Briefe zu schreiben. Ich bin ein hartnäckiger und, wie ich annehme, kritischer Leserbriefschreiber zum Thema Magie geworden. Ich habe es mir zum Prinzip gemacht für jede einzelne Ausgabe der magischen Zeitschriften, die ich beziehe, einen Brief zu verfassen, und versuche immer scharfsinnig, provozierend und streitsüchtig zu sein. Dazu treibt mich teilweise meine ehrliche Überzeugung, dass vieles in der flitterhaften Welt der Magie in Ordnung gebracht werden muss, aber auch das Gefühl, dass mein Name so lange nicht bekannt werden wird, wie ich ihn nicht auf eine einprägsame Weise publik mache.

Einige Briefe unterzeichne ich mit meinem eigenen Namen; andere mit jenem, den ich für meine berufliche Karriere gewählt habe: Danton. Der Gebrauch zweier Namen erlaubt mir ein wenig Flexibilität in meinen Aussagen.

Ich stehe erst am Anfang und bis jetzt sind nur wenige meiner Briefe veröffentlicht worden. Vielleicht wird mein Name auf vieler Leute Lippen sein, wenn nur mehr von meinen Briefen erscheinen.

16. April 1877

Mein finanzielles Todesurteil ist gesprochen, ist amtlich! Henry hat mir durch seine Anwälte mitteilen lassen, dass die Zahlung des Unterhalts wie erwartet an meinem einundzwanzigsten Geburtstag eingestellt wird. Ich habe weiterhin das Recht in Caldlow zu wohnen, doch nur in den Räumen, die mir bisher schon zugewiesen waren.

Irgendwie bin ich froh, dass es endlich heraus ist. Die Unsicherheit quält mich nicht länger. Ich habe Zeit bis September nächsten Jahres. Siebzehn Monate, in denen ich diesen Teufelskreis der Erfolglosigkeit und des Versagens durchbrechen muss: Ich verstehe es nicht Arbeit zu finden, kann deshalb nicht bekannt werden, im Weiteren kein Publikum durch mein Können begeistern und dadurch letztlich wiederum keine Arbeit finden.

Ich klappere ständig die Theateragenturen ab, aber von morgen an muss ich es mit neuer Entschlossenheit tun.

13. Juni 1877

Die Sommersonne scheint, doch für mich ist verspätet der Frühling ausgebrochen! Endlich wurde mir Arbeit angeboten! Nichts Großartiges, ein paar Kartentricks, die ich bei einer Konferenz von Geschäftsleuten aus Birmingham in einem Londoner Hotel vorführen soll, und das Honorar beträgt nur eine halbe Guinee, trotzdem ist heute ein Freudentag!

Zehn Shilling und sechs Pence! Mehr als die Wochenmiete für die Wohnung! Wirklich ein Vermögen!

19. Juni 1877

Eines der Bücher, die ich studiert habe, ist von einem Hindu-Magier namens Gupta Hilel verfasst. Darin gibt er dem Illusionisten, dessen Tricks fehlgehen, Ratschläge. Hilel bietet verschiedene Auswege an und konzentriert sich dabei auf die Ablenkung des Publikums. Aber er rät auch zum Fatalismus. Die Karriere eines Magiers sei voller Enttäuschungen und Misserfolge, die absehbar seien und denen man stoisch begegnen solle.

Also schreibe ich stoisch über den Start von Dantons Karriere als professioneller Magier. Ich will aber nur erwähnen, dass der allererste Trick, den ich versuchte (ein einfacher Kartentrick), danebenging, was mich vor Schreck erstarren ließ und den Rest meines Auftritts ruinierte.

Ich wurde mit dem halben Honorar abgefunden, fünf Shilling und drei Pence. Der Veranstalter riet mir dann noch, ich solle mehr üben, bevor ich es erneut versuchte. Auch Mr. Hilel erteilt diesen Rat.

20. Juni 1877

Voller Verzweiflung habe ich mich entschlossen meine Laufbahn als Magier aufzugeben.

14. Juli 1877

Ich bin wieder in Derbyshire gewesen, um Mama zu besuchen, und in einer Stimmung zurückgekehrt, die düsterer war als vor meinem Aufbruch. Zudem habe ich die Mitteilung bekommen, dass meine Miete vom nächsten Monat an auf zehn Shilling pro Woche steigen wird.

Es bleibt mir noch etwas mehr als ein Jahr, bis ich imstande sein muss mich selbst zu ernähren.

10. Oktober 1877

Ich bin verliebt! Sie heißt Drusilla MacAvoy.

15. Oktober 1877

Viel zu voreilig! Diese MacAvoy ist nichts für mich. Ich will mich umbringen. Und wenn die restlichen Seiten leer bleiben, dann wird jeder, dem dieses Tagebuch in die Hände fällt, wissen, dass ich Erfolg damit hatte.

22. Dezember 1877

Jetzt habe ich endlich die Frau meines Lebens gefunden! Noch nie war ich so glücklich. Sie heißt Julia Fensell und ist nur zwei Monate jünger als ich. Ihr Haar ist rotbraun und fällt in Kaskaden um ihr Gesicht. Sie besitzt blaue Augen, eine lange, gerade Nase, ein Kinn mit einem winzigen Grübchen, einen Mund, der immer zu lächeln scheint, und Fesseln, deren Schlankheit mich vor Liebe und Leidenschaft schier zur Raserei bringt! Sie ist ohne Zweifel die schönste junge Frau, die ich je gesehen habe, und sie sagt, sie liebt mich so sehr, wie ich sie liebe. Ich kann einfach noch nicht an mein Glück glauben. Sie vertreibt alle Sorgen, alle Ängste, allen Ärger, alle Verzweiflung, allen Ehrgeiz aus meinen Gedanken. Sie füllt mein Leben ganz aus. Ich kann es fast nicht ertragen, von ihr zu schreiben – ich möchte mich nie wieder ob meines Unglücks verfluchen müssen!

31. Dezember 1877

Immer noch kann ich nicht über Julia oder mein Leben im Allgemeinen schreiben, ohne zu zittern. Das Jahr geht zu Ende und heute Abend um elf Uhr werde ich mich mit Julia treffen, damit wir zusammen sind, wenn das neue Jahr beginnt. Gesamteinkommen 1877: fünf Shilling, drei Pence.

3. Januar 1878

Seit Mitte letzten Monats habe ich Julia jeden Tag getroffen. Sie ist meine liebste, engste Freundin geworden. Ich muss so objektiv wie möglich über sie schreiben, denn seit ich sie kenne, beginnt mein Schicksal sich zu ändern.

Zuerst möchte ich festhalten, dass ich seit meiner gescheiterten Vorstellung vor einigen Monaten im Langham Street Hotel keine weiteren Engagements erhalten habe. Mein Selbstvertrauen war geschwunden, einen oder zwei Tage lang konnte ich noch nicht einmal einen falschen Optimismus bei meiner Runde durch die Agenturbüros an den Tag legen. Während einer dieser Gänge begegnete ich Julia zum ersten Mal. Ich hatte sie schon früher gesehen, aber ihre Schönheit allein bereits hatte sie für mich unerreichbar erscheinen lassen. Doch schließlich kamen wir miteinander ins Gespräch, als wir beide im Vorraum einer Agentur in der Great Portland Street warten mussten. Der Raum war ungeheizt, es gab keine Teppiche auf dem Fußboden, alles wirkte düster und harte Holzstühle standen herum. Da ich mit ihr allein war, konnte ich nicht so tun, als sähe ich sie nicht. Deshalb nahm ich all meinen Mut zusammen und sprach sie an. Sie sagte, sie sei Schauspielerin; ich sagte, ich sei Illusionist. Bald hatte ich herausbekommen, dass sie in letzter Zeit nur wenige Engagements erhalten hatte und somit ihre Berufsbezeichnung ebenso theoretisch war wie die meine. Darüber amüsiert, in ähnlicher Situation zu sein, wurden wir Freunde.

Julia ist die erste Person, außer Grierson, der ich meine Tricks privat vorgeführt habe. Anders als Grierson, der immer alles beklatschte, was ich tat, ganz gleich, wie unbeholfen oder schlecht es auch ausgeführt war, ließ Julia in mehr oder weniger gleichem Umfang Kritik und Bestätigung hören. Sie ermunterte mich, aber sie kannte auch kein Pardon, wenn sie meine Darbietung misslungen fand. Jedem anderen Menschen hätte ich ein solches Verhalten übel genommen. Doch immer wenn ihre Kritik besonders gnadenlos ausfiel, folgten bald darauf Worte der Liebe, der Unterstützung oder der schöpferischen Anregung.

Zuerst zeigte ich ihr einfache Taschenspielereien mit Münzen, davon einige der ersten Tricks, die ich gelernt hatte. Kartentricks folgten, dann solche mit Taschentüchern, Hüten und Billardkugeln. Ihr Interesse spornte mich an. Ich arbeitete mich allmählich durch den größten Teil meines Repertoires, selbst durch die Illusionen, die ich noch nicht voll beherrschte.

Manchmal gab Julia ihrerseits etwas für mich zum Besten: Sie rezitierte Zeilen der großen Dichter, der großen Dramatiker, aus Werken, die niemals ihren Reiz auf mich verloren. Es erstaunte mich, dass sie so viel auswendig wusste, doch sie erklärte, es gebe hierzu Techniken, die man leicht erlernen könne. Das war Julia – halb Künstlerin, halb Handwerkerin. Kunst und Technik.

Bald fing Julia an über den Stil der Darbietung zu sprechen – ein Thema, das mir am Herzen lag. Unsere Beziehung begann tiefer zu werden.

Über die Weihnachtstage, als das übrige London feierte, waren Julia und ich in meiner Wohnung allein, ganz sittsam, und wir lehrten einander die Künste, denen wir uns verschrieben hatten. Sie kam immer am Morgen zu mir und blieb bei mir während der kurzen Stunden des Tageslichts. Bald nach Einbruch der Dunkelheit begleitete ich sie dann zurück zu ihrer eigenen Wohnung in Kilburn. Die Abende und Nächte verbrachte ich allein, dachte dabei an sie, an die Erregung, die sie in mir wachrief, an all das, was sie mir im Zusammenhang mit der Bühne näher brachte.

Julia holt allmählich und unwiderruflich das wahre Talent aus mir hervor, das schon immer in mir schlummerte.

12. Januar 1878

»Warum sollten wir eigentlich nicht zusammen eine magische Nummer erfinden, wie sie vor uns noch niemand aufgeführt hat?« Das waren Julias Worte einen Tag nach dem obigen Eintrag. Welch einfache Worte! Welche Umwälzung meines Lebens, das in einem Teufelskreis von Verzweiflung und Niedergeschlagenheit festgefahren schien! Denn jetzt bauen wir eine Nummer auf, bei der es um das Gedankenlesen geht. Julia lehrt mich ihre Gedächtnistechniken. Ich lerne die Wissenschaft der Mnemonik, den Gebrauch von Gedächtnisstützen.

Julias Gedächtnis ist mir immer außerordentlich vorgekommen. Kurz nachdem ich sie kennen gelernt hatte, zeigte ich ihr einmal einige meiner schwer erkämpften Kartentricks. Plötzlich forderte sie mich auf, ihr irgendwelche zweistelligen Zahlen zu nennen, in beliebiger Reihenfolge, ganz wie sie mir einfielen. Diese sollte ich zugleich, vor ihr verborgen, niederschreiben. Als ich eine ganze Seite meines Notizbuchs damit gefüllt hatte, wiederholte sie in aller Ruhe die Zahlen, ohne Zögern, ohne Fehler … Und während ich noch staunte, sagte Julia sie erneut auf, diesmal in umgekehrter Reihenfolge!

Ich hielt das für reine Magie: Vielleicht hatte sie mir auf eine unbegreifliche Weise Zahlen eingegeben, die sie sich zuvor zurechtgelegt hatte; oder sie hatte irgendwie Einblick auf meine scheinbar so gut geschützten Notizen genommen. Sie versicherte mir jedoch, dass keines von beiden der Fall gewesen sei. Es steckte kein Trick, keine List dahinter. In direkter Umkehrung der Technik eines Magiers war das Geheimnis ihrer Darbietung genau das, was es zu sein schien – sie hatte die Zahlen sich gemerkt!

Nun hat sie mich in die Mnemonik eingeführt. Ich bin in dieser Technik zwar noch nicht so geübt wie sie, aber trotzdem schon zu Gedächtnisleistungen imstande, die ich früher für unmöglich gehalten hätte.

26. Januar 1878

Wir sind bereit! Man stelle sich folgende Szene vor: Ich befinde mich auf der Bühne, meine Augen sind verbunden. Freiwillige aus dem Publikum haben bereits das Umlegen der Binde überwacht und sich davon überzeugt, dass ich nichts sehen kann. Julia geht inmitten der Zuschauer umher, nimmt persönliche Gegenstände entgegen und hält sie hoch, damit jeder – außer mir – sie erkennen kann.

»Was halte ich in der Hand?«, ruft sie.

»Die Brieftasche eines Herrn«, antworte ich.

Erste verwunderte Ausrufe werden laut.

»Was habe ich jetzt genommen?«, fragt Julia.

»Einen goldenen Ehering.«

»Und er gehört …?«

»Einer Dame«, erkläre ich.

(Würde sie fragen: »Und *der* gehört …?«, müsste ich mit gleicher Überzeugung antworten: »Einem Herrn.«)

»Was halte ich hier?«

»Eine Herrenuhr.«

Und so fort. Eine Litanei vorher abgesprochener Fragen und Antworten. Doch wenn sie mit ausreichendem Selbstbewusstsein einem unvorbereiteten Publikum vorgetragen werden, drängt sich ihm der glaubhafte Eindruck auf, der Magier und seine Assistentin stünden in telepathischem Kontakt.

Das Prinzip ist einfach, doch das Erlernen schwer. Ich bin immer noch ein Anfänger in dieser Technik und wie bei aller Magie macht nur Übung den Meister.

Während ich mich zu vervollkommnen trachte, müssen wir uns vorerst nicht mehr mit dem größten Problem, einem neuen Engagement, auseinander setzen.

1. Februar 1878

Morgen Abend fangen wir an! Wir haben zwei Wochen vergeblich versucht an einem Theater oder Varieté ein festes Engagement zu bekommen, aber heute Nachmittag, als wir verzweifelt bei Hampstead Heath spazieren gingen, schlug Julia vor, wir sollten die Sache in die eigene Hand nehmen.

Nun ist Mitternacht und ich bin soeben von einem abendlichen Erkundungsgang zurückgekehrt. Julia und ich haben insgesamt sechs Schänken aufgesucht, die halbwegs zu Fuß erreichbar sind, und die eine ausgewählt, die uns am geeignetsten schien. Es handelt sich um das *Lamb and Child* in der Kilburn High Road, an der Ecke zur Mill Lane. Das Gastzimmer ist ein großer, gut beleuchteter Raum, an einem Ende mit einer kleinen Plattform (auf der sich ein ungenutztes Klavier befindet). Die Tische stehen genügend weit auseinander. Julia kann also zwischen ihnen hindurchgehen, während sie einzelne Zuschauer anspricht. Dem Wirt und seinem Personal haben wir nichts von unserem Vorhaben erzählt.

Julia ist in ihre Wohnung zurückgekehrt und ich werde bald zu Bett gehen. Wir werden morgen den ganzen Tag üben. Am Abend dann das große Wagnis!

3. Februar 1878

Julia und ich haben zusammen zwei Pfund, vier Shilling und neun Pence gezählt, die uns als Anerkennung aus der Menge im *Lamb and Child* zugeworfen wurden. Es war eigentlich noch mehr, doch ich fürchte, einiges davon wurde gestohlen und einiges dürfte verloren gegangen sein, als der Wirt keine Geduld mehr mit uns hatte und uns auf die Straße warf.

Aber wir haben nicht versagt! Und wir haben ein Dutzend Lektionen darüber gelernt, wie man sich vorbereitet, wie man sich ankündigt, wie man die Aufmerksamkeit auf sich lenkt. Außerdem glauben wir jetzt zu wissen, wie man sich beim Wirt lieb Kind macht.

Heute Abend haben wir vor dem *Mariner's Arms* in Islington einen Besuch abzustatten. Es liegt ein gutes Stück vom *Lamb* entfernt, bei dem wir es noch einmal versuchen werden. Aufgrund der Erfahrungen von Samstag Nacht haben wir an unserem Auftritt schon Veränderungen vorgenommen.

4. Februar 1878

Wir bekamen zusammen nur fünfzehn Shilling und neun Pence, doch was uns an finanzieller Entlohnung fehlt, haben wir wiederum an Erfahrung gewonnen.

28. Februar 1878

Am Monatsende kann ich festhalten, dass Julia und ich mit unserer Telepathie-Nummer bis jetzt insgesamt elf Pfund, achtzehn Shilling und drei Pence eingenommen haben, wir sind erschöpft, und der Erfolg hat uns in Hochstimmung versetzt. Zudem haben wir genügend Fehler gemacht, um zu wissen, wie wir in Zukunft vorgehen müssen, und es gibt schon (ein sicheres Zeichen des Erfolgs!) ein rivalisierendes Paar, das in den Wirtshäusern im Süden Londons auftritt.

Überdies werde ich am Dritten des kommenden Monats einen regulären magischen Auftritt in Hasker's Music Hall in Ponders End bestreiten; Danton erscheint nach einem Gesangstrio an siebter Stelle auf dem Plakat. Julia und ich haben einstweilen unsere Nummer mit dem Gedankenlesen zurückgestellt, damit ich mich für dieses große Ereignis vorbereiten kann. Für uns stellt das schon einen ziemlich seriösen Auftritt dar – nach der Unsicherheit und den Aufregungen der letzten Zeit, als wir mit unserer Nummer durch die Ginpaläste Londons tingelten. Eine echte Vorstellung, in einem echten Theater … Auf dies habe ich schließlich all die Jahre hingearbeitet.

4. März 1878

Eingenommen: drei Pfund und drei Shilling von Mr. Hasker, der meinte, er wolle mich wieder im April engagieren. Mein Trick mit den bunten Wimpeln kam besonders gut an.

12. Juli 1878

Ein Neubeginn. Meine Frau (ich habe einige Zeit nichts in dieses Tagebuch geschrieben, aber Julia und ich haben am 11. Mai geheiratet und leben glücklich zusammen in meiner Wohnung in Idmiston Villas) meint, wir sollten erneut unser Programm ausbauen. Ich stimme ihr zu. Unsere telepathische Nummer ist zwar für diejenigen eindrucksvoll, die sie noch nie gesehen haben, aber eigentlich monoton und ermüdend. Außerdem ist das Verhalten der Zuschauer unvorhersehbar. Mir sind ja während des größten Teils der Nummer die Augen verbunden. Julia befindet sich also ziemlich lange

»allein« in einer Menge von Angetrunkenen und Flegeln. Einmal wurden mir sogar, während ich noch mit verbundenen Augen auf meinem Stuhl saß, die Taschen ausgeräumt.

Wir sind beide zu der Ansicht gelangt, dass die Zeit reif ist für eine Veränderung, selbst im Hinblick auf die regelmäßigen Einkünfte, die wir bisher erzielen konnten. Von den Bühnenhonoraren kann ich noch nicht leben und in etwas mehr als zwei Monaten werde ich die letzte meiner monatlichen Unterhaltszahlungen bekommen.

Bei den Vormerkungen für die Theater hat sich tatsächlich in letzter Zeit eine Verbesserung eingestellt: Vom heutigen Tag ab gerechnet bis Weihnachten wurden sechs Auftritte gebucht. Prompt habe ich, solange ich noch relativ flüssig bin, in einige Großillusionen investiert. Meine Werkstatt (die ich seit letztem Monat gemietet habe) ist voll gepfropft mit magischen Gerätschaften, aus denen ich ziemlich schnell ein neues, aufregendes Programm zusammenstellen kann.

Das eigentliche Problem bleibt jedoch: Die einzelnen Auftritte werden zwar ziemlich gut bezahlt, münden aber nicht in ein festes Engagement. Jede Vorstellung stellt also eine Sackgasse dar. Ich absolviere meinen Auftritt, nehme meinen Applaus entgegen und kassiere mein Honorar, aber damit ist es dann zu Ende. Sogar die Kritiken in der Presse sind zurückhaltend und missgünstig. Zum Beispiel bemerkte der *Evening Star* nach einer Vorstellung im Clapham Empire, die bis jetzt meine beste war: »… und auf die *soubrette* folgte ein Zauberer namens Dartford.« Mit solchen Kieselsteinchen formeller Ermutigung soll ich den Weg meiner Karriere pflastern!

Die Idee zu einem Neubeginn kam mir (oder Julia, genau genommen) beim Überfliegen einer Tageszeitung. Ich stieß auf einen Bericht, in dem es hieß, in letzter Zeit würden mehr und mehr Beweise dafür gefunden, dass das Leben in irgendeiner Weise nach dem Tod weitergehe. Bestimmte Experten des Übersinnlichen seien in der Lage Kontakt mit jüngst Verstorbenen aufzunehmen und Mitteilungen aus dem Jenseits für die trauernden Angehörigen zu empfangen. Ich las Julia einen Teil des Artikels vor. Sie starrte mich einen Augenblick an, ich konnte sehen, wie ihr Geist arbeitete.

»Das *glaubst* du doch etwa nicht, oder?«, fragte sie schließlich.

»Ich nehme es ernst«, erwiderte ich. »Schließlich gibt es eine wachsende Anzahl von Menschen, die eine solche Verbindung wirklich hergestellt haben. Ich akzeptiere die vorgelegten Beweise. Du kannst dich schließlich nicht über die Erfahrungen der Leute hinwegsetzen.«

»Rupert, das kann doch nicht dein Ernst sein!«, rief sie.

»Aber diese Séancen sind von höchst renommierten Wissenschaftlern untersucht worden«, fuhr ich einfältig fort.

»Ich höre wohl nicht richtig! Du, dessen Beruf die Täuschung ist!«

Jetzt begann ich zu begreifen, worauf sie hinauswollte. Aber mir stand immer noch das Zeugnis (beispielsweise) von Sir Angus John im Gedächtnis, der in jenem Artikel ausdrücklich die Existenz der Geisterwelt bejaht hatte.

»Du sagst doch immer«, fuhr meine geliebte Julia fort, »dass die gebildetsten Leute am leichtesten zu täuschen seien. Ihre Intelligenz mache sie blind für die einfache Konstruktion magischer Geheimnisse!«

Endlich verstand ich.

»Du meinst also, diese Séancen sind … gewöhnliche Illusionen?«

»Was sollten sie denn sonst sein?«, antwortete sie triumphierend. »Das ist ein neuer Geschäftszweig, mein Lieber. Wir sollten davon profitieren.«

Und so glaube ich, wird uns der Neuanfang in die Welt des Spiritismus führen. Jetzt, wo ich diesen Wortwechsel mit Julia aufzeichne, fällt mir auf, dass ich wohl ziemlich töricht gewirkt haben muss, habe ich doch nur mit Verzögerung begriffen, was sie mir sagen wollte. Aber das zeigt meine eigentliche Schwäche: Ich habe immer schon Schwierigkeiten gehabt hinter das Geheimnis der Magie zu blicken, wenn es mir nicht offenbart wird.

15. Juli 1878

Zwei der Briefe, die ich Ende letzten Jahres an Zeitschriften für Magie geschickt habe, sind in dieser Woche erschienen. Ich bin ein wenig beunruhigt, wenn ich sie jetzt lese! Seit damals hat sich in meinem Leben viel verändert. Ich entsinne mich, dass ich zum Beispiel einen der Briefe am Tag nach meiner Entdeckung der Wahrheit über Drusilla MacAvoy entwarf; wenn ich meine Worte von damals jetzt vor mir sehe, erinnere ich mich wieder an jenen trüben Dezembertag in meiner schlecht geheizten Wohnung. Ich saß am Tisch und ließ meinen Gefühlen über einen glücklosen Magier freien Lauf. Eine schrullige Idee von ihm war in einer früheren Ausgabe der Zeitschrift vorgestellt worden: Er hatte die Einrichtung einer Art Bank vorgeschlagen, in der magische Geheimnisse gespeichert und gehütet werden sollten. Jetzt erst erkenne ich, dass es sich bei dem Ganzen nur um eine jener halb im Scherz geäußerten Bemerkungen handelte, aber mein Leserbrief triefte von öder Ernsthaftigkeit und kritisierte den armen Kerl scharf für diesen Einfall.

Der andere Brief ist mir nun genauso peinlich und bei ihm kann ich keine mildernden Umstände anführen, die sich auf meine damalige Seelenverfassung zurückführen ließen.

Was war das nur für eine Bitterkeit, in der ich gelebt hatte, bevor ich meiner lieben Julia begegnete!

31. August 1878

Wir haben an insgesamt vier Séancen teilgenommen und wissen jetzt, was vor sich geht. Die Tricks sind von allgemein niedrigem Standard. Vielleicht befinden sich die Klienten in einem so verzweifelten Zustand, dass sie so gut wie alles akzeptieren würden. In der Tat waren bei einer dieser unglücklichen Veranstaltungen die Effekte so wenig überzeugend, dass der letztliche Erfolg der Veranstaltung nur mit der ungewöhnlichen Leichtgläubigkeit der Klienten erklärt werden kann.

Julia und ich verbrachten viel Zeit mit dem Nachdenken darüber, wie wir an die ganze Angelegenheit herangehen sollten. Wir haben uns entschieden: Der einzig richtige Weg scheint uns zu sein, unsere Bemühungen als professionelle Magie zu betrachten, nach den höchsten Maßstäben durchgeführt. Im Spiritismus treiben sich schon zu viele Scharlatane herum und ich hege nicht den Wunsch ihre Zahl um einen weiteren zu vermehren.

Dieses Vorhaben ist mir nur Mittel zum Zweck, eine Methode, ein wenig Geld zu verdienen und vielleicht etwas zu sparen, bis ich mir mit einer Karriere in der Theaterwelt meinen Lebensunterhalt sichern kann.

Die Illusionen, die zu einer Séance gehören, sind von Natur aus einfach, aber wir wissen, wie man sie verbessern kann, damit sie übernatürlicher wirken. Wie bereits bei unserer telepathischen Nummer geschehen, werden wir aus der Erfahrung lernen. Die erste Anzeige für eine der Londoner Zeitungen ist verfasst und aufgegeben. Wir werden am Anfang bescheidene Honorare fordern, teils, weil uns das während der Lernphase als angemessen erscheint, und teils, um so viele Aufträge wie möglich zu bekommen.

Ich habe meine letzte monatliche Unterhaltszahlung erhalten und gebe das Geld schon aus. In drei Wochen werde ich völlig auf mich gestellt sein, ob es mir gefällt oder nicht.

9. September 1878

Auf unsere Anzeige kamen vierzehn Anfragen! Da wir unsere Dienste für zwei Guineen pro Sitzung angeboten haben und das Inserat mich drei Shilling und sechs Pence gekostet hat, machen wir schon Profit!

Während ich dies schreibe, entwirft Julia die Antwortbriefe, wobei sie versucht einen regelrechten Zeitplan aufzustellen.

Den ganzen Morgen habe ich eine Technik geübt, die als »Jacoby-Seiltrick« bekannt ist. Dabei wird ein Magier mit einem gewöhnlichen Seil an einen einfachen Holzstuhl gebunden, und zwar so, dass es ihm noch möglich ist sich zu befreien. Mit einem Minimum von Überwachung durch die Assistentin des Illusionisten (in meinem Fall natürlich Julia) kann eine beliebige Anzahl von Freiwilligen sich am Binden, Verknoten und sogar Versiegeln des Seils versuchen. Trotzdem wird der Magier entkommen. In einem Kabinett untergebracht ist der Künstler in der Lage, sich so weit zu »entfesseln«, dass er wahre Wunder vollbringen kann. Doch nicht nur das: Darauf wird er die Fesseln wieder anlegen, um von denselben Freiwilligen, die ihn gebunden haben, wieder aufgefunden, überprüft und befreit zu werden.

An diesem Vormittag war ich zweimal nicht imstande, einen meiner Arme freizubekommen. Da ich nichts dem Zufall überlassen darf, werde ich den Rest dieses Nachmittags und den Abend weiterer Übung widmen.

20. September 1878

Wir haben die zwei Guineen! Unsere Klientin schluchzte buchstäblich vor Dankbarkeit und – das schreibe ich in aller Bescheidenheit – für kurze Zeit war ein Kontakt mit den Toten hergestellt.

Doch schon morgen, an meinem Geburtstag, an dem in jeder Hinsicht mein Erwachsenenleben beginnt, müssen wir in Deptford eine Séance abhalten. Es gibt viel vorzubereiten!

Unser erster Fehler gestern bestand darin, dass wir pünktlich waren. Unsere Klientin und ihre Freundinnen *warteten* schon auf uns, und als wir das Haus betraten und versuchten unsere Gerätschaften aufzubauen, *beobachteten* sie uns dabei. Das darf nie wieder geschehen!

Wir brauchen jemanden, der uns mit seiner Muskelkraft zur Seite steht. Gestern hatten wir einen Wagen gemietet, der uns an die entsprechende Adresse bringen sollte, doch der Kutscher wollte uns in keiner Weise helfen die Apparaturen ins Haus zu tragen (was bedeutete, dass Julia und ich es allein machen mussten; manche der Sachen sind schwer, die meisten sperrig). Als wir das Haus der Klientin verließen, hatte der verdammte Kutscher nicht wie angewiesen auf uns gewartet. Ich war gezwungen, mit all unseren magischen Gerätschaften auf der Straße vor dem Haus zu bleiben, während Julia ging, um einen anderen Kutscher zu finden.

Ebenfalls dürfen wir nie wieder davon abhängig sein, ob wir an Ort und Stelle die Möbel vorfinden, die wir für einige unserer Effekte brauchen. Heute hatten wir Glück; es gab einen Tisch, den wir verwenden konnten, aber wir können das nächste Mal nicht davon ausgehen!

Zu vielen dieser notwendigen Änderungen ist bereits das Erste veranlasst. Ich habe heute ein Pferd und einen Wagen gekauft! (Wir müssen das Pferd vorübergehend in dem kleinen Hof hinter meiner Werkstatt unterbringen.) Und ich habe einen Mann engagiert, der den Wagen fahren und uns beim Hinein- und Heraustragen unserer Requisiten helfen soll. Mr. Appleby mag vielleicht langfristig nicht geeignet sein (ich hoffte einen Mann bei guten Kräften, etwa in meinem Alter, zu finden), aber einstweilen stellt er einen großen Fortschritt gegenüber dem käsig bleichen Flegel von einem Kutscher dar, der uns gestern im Stich ließ.

Unsere Ausgaben nehmen zu. Für eine telepathische Nummer benötigten wir nur uns selbst, ein gutes Gedächtnis und eine Binde für die Augen. Der Einstieg in den Spiritismus verlangt von uns Vorinvestitionen, die unsere potentiellen Einnahmen zu übersteigen drohen. Letzte Nacht lag ich lange wach, dachte darüber nach und fragte mich, wie viele Ausgaben noch folgen werden.

Jetzt müssen wir nach Deptford, zu unserer nächsten Vorstellung! Deptford ist von unserer Wohnung aus schwieriger zu erreichen als andere Teile Londons und liegt nicht nur jenseits vom East End, sondern auch noch auf der anderen Seite des Flusses. Um dort rechtzeitig anzukommen, müssen wir bereits bei Tagesanbruch losfahren. Julia und ich sind übereingekommen, dass wir in Zukunft nur Aufträge von Klienten annehmen werden, die in zumutbarer Entfernung von uns wohnen. Die Arbeit ist ansonsten, insgesamt gesehen, zu schwer, der Tag zu lang und das finanzielle Entgelt für das, was wir leisten, zu gering.

2. November 1878

Julia ist schwanger! Das Baby wird nächsten Juni zur Welt kommen. Wegen all der diesbezüglichen Aufregung haben wir einige unserer Termine abgesagt. Morgen werden wir nach Southampton fahren, um Julias Mutter die frohe Nachricht zu überbringen.

15. November 1878

Gestern und vorgestern wieder Séancen. Bei den Sitzungen gab es keine Probleme, die Klienten waren zufrieden. Ich mache mir jedoch zunehmend Sorgen wegen der möglichen Auswirkungen der anstrengenden Arbeit auf Julia. Ich glaube, ich sollte umgehend eine weibliche Assistentin suchen und engagieren.

Wie ich schon vermutet hatte, reichte Mr. Appleby nach einigen Tagen seine Kündigung ein. Ich habe ihn durch einen gewissen Ernest Nugent ersetzt, einen kräftig gebauten Mann Ende zwanzig, der bis letztes Jahr in der Armee Ihrer Majestät freiwillig als Korporal gedient hat. Er besitzt vielleicht eine etwas raue Schale, ist aber nicht dumm. Er arbeitet ohne Klagen den ganzen Tag und hat sich bereits als loyal erwiesen. Bei der Séance vor zwei Tagen (der ersten seit unserer Rückkehr aus Southampton) entdeckte ich leider zu spät, dass einer der Anwesenden, den ich für einen Verwandten des Verstorbenen gehalten hatte, tatsächlich der Berichterstatter einer Zeitung war. Jener hatte es sich offenbar zur Aufgabe gemacht, mich als Scharlatan zu entlarven. Doch als wir seine Absichten erkannt hatten, entfernten Nugent und ich ihn schnell (aber höflich) aus dem Haus.

Bei dieser Arbeit muss also eine weitere Vorkehrung getroffen werden – ich muss auf der Hut sein vor Skeptikern.

Denn ich *bin* in der Tat ein Scharlatan nach ihrer Diktion, jemand, den sie bloßzustellen suchen. Ich bin wirklich nicht, was ich zu sein behaupte, aber meine Täuschungen sind harmlos und – wie ich glaube – in Zeiten der Trauer hilfreich. Was das Geld anbelangt, welches dabei den Besitzer wechselt: Die Beträge sind bescheiden und bis jetzt hat sich kein einziger Klient beschwert, die Séance habe seinen Vorstellungen nicht entsprochen.

Der Rest des Monats ist angefüllt mit Terminen, aber vor Weihnachten gibt es eine ruhige Zeit. Wir haben festgestellt, dass diese Buchungen oft auf Augenblicksentscheidungen der Klienten zurückgehen und nicht auf reiflicher Überlegung beruhen. Also geben wir Anzeigen auf und werden das auch weiterhin tun müssen.

20. November 1878

Heute haben Julia und ich Vorstellungsgespräche mit fünf jungen Frauen geführt, die alle Julia als meine Assistentin ersetzen wollten.

Keine von ihnen schien geeignet.

Julia war es zwei Wochen lang ständig übel. Aber sie meint, jetzt ginge es besser. Der Gedanke an ein Baby, an einen Sohn oder eine Tochter als Bereicherung unseres Lebens, erhellt uns die Tage.

23. November 1878

Es hat einen absonderlichen, unangenehmen Zwischenfall gegeben. Ich bin so wütend, dass ich bis jetzt (elf Uhr fünfundzwanzig abends) warten musste, bevor ich nur halbwegs ruhig genug war, um das Vorgefallene aufzuzeichnen.

Wir waren zu einer Adresse in der Nähe des *Angel* nach Islington gefahren. Der Klient war ein junger Mann, der kürzlich seine Frau verloren hatte und jetzt für seine drei kleinen Kinder sorgen muss, eines noch fast im Babyalter. Dieser Gentleman, dessen Namen ich hier mit Mr. L. wiedergeben möchte, war der erste unserer spiritistischen Klienten, der sich auf die Empfehlung eines anderen hin an uns gewandt hatte. Aus diesem Grund hatten wir uns mit besonderer Sorgfalt auf diesen Termin vorbereitet. Denn inzwischen wissen wir: Wenn wir als Spiritisten reüssieren wollen, muss dies durch die Zunahme der Engagements und durch allmählich ansteigende Honorare geschehen, all dies gegründet auf die Empfehlungen zufriedener Klienten.

Wir wollten gerade anfangen, als noch jemand verspätet eintraf. Ich war jener Person gegenüber sofort misstrauisch und dies schreibe ich nicht nur wegen meiner späteren Erfahrungen. Niemand aus der Familie schien ihn zu kennen, sein Eintreffen versetzte die Anwesenden in eine nervöse Stimmung. Für entsprechende Gefühlsregungen beim Beginn dieser Art von Veranstaltungen bin ich nun schon sensibilisiert. Ich ließ Julia in unserem geheimen wortlosen Kode eine Warnung zukommen: Ich hätte den Verdacht, es sei ein Zeitungsreporter zugegen. Aus ihrem Gesichtsausdruck wiederum konnte ich ablesen, dass sie bereits zu einem ähnlichen Schluss gekommen war. Nugent stand vor einem der abgeschirmten Fenster. In die stumme Sprache, die Julia und ich miteinander benutzen, war er nicht eingeweiht. Ich musste mein weiteres Vorgehen schnell entscheiden. Bestand ich nun darauf, dass der Mann entfernt wurde, bevor die Séance begann, könnte sich ein unangenehmer Zwischenfall ergeben. Etwas Ähnliches war mir bereits widerfahren. Wenn ich aber andrerseits nichts unternahm, dann würde ich zweifellos am Ende der Vorführung als Scharlatan entlarvt werden. Dabei würde ich wahrscheinlich mein Honorar verlieren und mein Klient den Trost, den er suchte.

Ich überlegte immer noch, als mir bewusst wurde, dass ich den Mann schon einmal gesehen hatte. Er war bei einer früheren Séance zugegen gewesen und hatte mich während meiner ganzen Arbeit in beunruhigender Weise angestarrt. Handelte es sich um einen Zufall? Wenn ja, dann musste jener Mann in recht kurzer Zeit schon den zweiten Trauerfall in der Familie erlebt haben und dann ausgerechnet wieder auf mich bei der zweiten spiritistischen Sitzung getroffen sein. Zusammen genommen nicht eben sehr wahrscheinlich.

Aber wenn es kein Zufall war, was hatte er vor? Vielleicht wollte er ja etwas gegen mich unternehmen. Aber dazu hatte er ja schon beim ersten Mal die Chance gehabt und sie nicht genutzt. Warum nicht?

Das waren meine Überlegungen in dieser verzweifelten Situation. Ich durfte mich nicht zu sehr davon ablenken lassen, musste ich doch den Anschein wahren mich ruhig auf die Kontaktaufnahme mit den Toten vorzubereiten. Aber schnell entschloss ich mich, nach Abwägung aller Möglichkeiten, mit der Séance zu beginnen. Das tat ich dann auch. Während ich dies niederschreibe, muss ich eingestehen, dass ich damit die falsche Entscheidung getroffen hatte.

Erstens ruinierte er, ohne auch nur eine Hand gegen mich zu erheben, fast meine Vorführung. Ich wurde so nervös, dass ich mich kaum auf meine Arbeit konzentrieren konnte. Das ging so weit, dass ich, als Julia und einer der anwesenden Männer mich für den Jacoby-Trick fesselten, zuließ, dass eine meiner Hände fester gebunden wurde, als ich eigentlich wollte. Im Kabinett, wo ich glücklicherweise dem unheilvollen Blick meines stummen Gegners entzogen war, musste ich mich deshalb länger abmühen, bis ich meine Hände befreien konnte.

Sobald die Kabinett-Illusion beendet war, ließ mein Feind seine Falle zuschnappen. Er entfernte sich vom Tisch, schob den armen Nugent beiseite und riss eines der Fensterrouleaus auf. Dann folgte viel Geschrei, das meinem Klienten und seinen Kindern einigen Kummer bereitete. Nugent rang mit dem Mann und Julia versuchte Mr. L.s Kinder zu trösten, als das Unglück geschah.

Der Mann packte in seinem Wahn Julia an der Schulter, schleifte sie zurück, drehte sie herum und stieß sie auf den Boden! Sie fiel schwer auf das blanke Parkett, während ich in größter Verzweiflung vom Séance-Tisch aufsprang, und die Arme nach ihr ausstreckte. Doch der Angreifer befand sich zwischen uns.

Erneut packte Nugent ihn, hielt ihn diesmal von hinten fest und drehte ihm die Arme auf den Rücken.

»Was soll ich mit ihm machen, Sir?«, rief der tapfere Nugent.

»Auf die Straße mit ihm!«, schrie ich. »Nein, warten Sie!«

Das Licht vom Fenster fiel direkt auf sein Gesicht. Ich sah, wie sich hinter ihm meine liebste Julia wieder erhob – in jenem Augenblick war mir dies das Wichtigste. Sie gab mir ein kurzes Zeichen, dass sie unverletzt sei, und ich wandte meine Aufmerksamkeit dem Feind zu.

»Wer sind Sie, Sir?«, fragte ich ihn. »Welches Interesse haben Sie an meinen Angelegenheiten?«

»Sagen Sie Ihrem Grobian, er soll mich sofort loslassen!«, keuchte er. »Dann werde ich gehen.«

»Sie werden gehen, sobald ich es Ihnen erlaube!«, gab ich scharf zurück und trat näher an ihn heran, denn jetzt erkannte ich ihn. »Sie sind Borden, nicht wahr? Borden!«

»Das ist nicht wahr!«

»Alfred Borden, in der Tat! Ich habe Ihre Arbeit gesehen! Was tun Sie hier?«

»Lassen Sie mich gehen!«

»Was haben Sie mit mir zu schaffen, Borden?«

Er gab keine Antwort, sondern zappelte nur heftig in Nugents Griff.

»Bringen Sie ihn weg!«, befahl ich. »Werfen Sie ihn dorthin, wo er hingehört: in die Gosse!«

Das geschah dann auch. Erfreulich schnell schleifte Nugent den Elenden aus dem Zimmer und kam einige Augenblicke später allein zurück.

Inzwischen hatte ich Julia in die Arme geschlossen und hielt sie eng an mich gedrückt. Ich suchte mich zu vergewissern, ob sie wirklich unverletzt sei, wo er sie doch so grob auf den Boden gestoßen hatte.

»Wenn er dir oder dem Baby etwas angetan hat …«

»Ich bin nicht verletzt«, erwiderte Julia. »Wer war das?«

»Später, meine Liebe«, sagte ich leise. Ich war mir nur allzu sehr bewusst, dass wir uns noch am Ort der verunglückten Séance befanden, bei einem zornigen oder gedemütigten Klienten, seinen bedauernswerten Kindern und seinen vier Verwandten und Freunden, die jetzt alle sichtlich schockiert waren.

Mit allem Ernst und aller Würde, die ich aufbieten konnte, sagte ich: »Sie verstehen doch, dass ich nach diesem Vorfall mit der Séance nicht fortfahren kann?«

Alle Anwesenden bekundeten mir ihr Verständnis.

Die Kinder wurden weggebracht. Mr. L. und ich berat-schlagten unter vier Augen. Er war wirklich ein sympathischer, intelligenter Mann und schlug sofort vor, wir sollten die Angelegenheit beim augenblicklichen Stand der Dinge bewenden lassen und uns in ein oder zwei Tagen erneut treffen, um über den nächsten Schritt zu entscheiden. Ich stimmte dankbar zu. Nachdem Nugent und ich unsere Requisiten wieder in den Wagen geladen hatten, machten wir uns auf die Heimfahrt. Während Nugent lenkte, saßen Julia und ich zusammengekuschelt hinter ihm, nachdenklich und voller Sorge.

Als wir so in der zunehmenden Dämmerung dahinrollten, sprach ich meinen Verdacht aus.

»Das war Alfred Borden«, erklärte ich, »aber außer dass er Magier ist und sich in unserer Profession noch kaum hervorgetan hat, weiß ich wenig über ihn. Seit er die Séance unterbrochen hat, versuche ich mich zu erinnern, woher ich ihn kenne. Wahrscheinlich habe ich ihn auf der Bühne gesehen. Doch er ist keine bedeutende Figur in unserem Fach. Vielleicht war er damals für jemand anderen eingesprungen.«

Ich sprach mehr zu mir selbst als zu Julia und versuchte dabei mir den Angriff in irgendeiner Weise verständlich zu machen. Ich konnte mir Bordens Attacke nur mit beruflichem Neid erklären. Welches andere Motiv hätte er haben sollen? Wir waren praktisch Fremde füreinander, und wenn mich mein Gedächtnis nicht trog, dann hatten sich unsere Pfade noch nie zuvor gekreuzt. Jedoch sein ganzes Benehmen war das eines Mannes, der sich auf einem Rachefeldzug befand.

Julia saß zusammengesunken neben mir in der nebligen Abendluft. Ich fragte sie oftmals nach ihrem Befinden, aber sie meinte nur, sie wolle unbedingt und umgehend nach Hause.

Bald kamen wir hier in Idmiston Villas an und ich ließ sie schnurstracks zu Bett gehen. Sie sah erschöpft und mitgenommen aus, beteuerte jedoch weiterhin, dass sie lediglich etwas Ruhe bräuchte. Ich saß neben ihr, bis sie einschlief. Nach einem hastig zubereiteten Teller Suppe und einem schnellen, energischen Rundgang durch die Seitenstraßen unseres Viertels, um einen klaren Kopf zu bekommen, kehrte ich zurück und begab mich daran, den Bericht über den heutigen Tag zu verfassen.

Zweimal habe ich die Arbeit kurz unterbrochen: Julia schläft friedlich.

24. November 1878

Der schlimmste Tag meines Lebens.

27. November 1878

Julia ist aus dem Krankenhaus heimgekehrt. Sie schläft wieder und ich hole erneut dieses Tagebuch hervor, auch wenn es nur eine unvollkommene Quelle zeitweiliger Ablenkung und Trostes darstellen kann.

Ein kurzer Rückblick: Julia erwachte in den frühen Morgenstunden des 24. November, heftig blutend und schmerzgequält. Der Schmerz schien wie Wellen durch ihren Körper zu branden, ließ sie aufschreien und sich qualvoll winden, bevor er zeitweilig verebbte, um erneut aufzuwallen.

Ich kleidete mich sofort an, weckte meine Nachbarn und bat Mrs. Janson bei Julia zu bleiben, während ich Hilfe holte. Sie war sofort dazu bereit und ich konnte in die Nacht hinausstürzen. Das Glück – wenn dies das richtige Wort ist – war mit mir. Ich begegnete einem Droschkenkutscher, der sich, offenbar am Ende seines nächtlichen Dienstes, auf dem Heimweg befand. Ich bat ihn mir zu helfen. Binnen einer Stunde war Julia im St. Mary's Hospital in Paddington und die Ärzte taten ihre Arbeit.

Unser Baby ist verloren und fast hätte auch Julia ihr Leben gelassen.

Sie blieb für den Rest des Tages im Krankenhaus und dann noch die beiden folgenden Tage bis heute, als ich sie endlich abholen durfte.

Es gibt nun einen Namen, den ich nie vergessen werde, den Namen eines Mannes, der in mein Leben eingebrochen ist: Alfred Borden.

3. Dezember 1878

Julia ist noch schwach, aber sie sagt, sie hoffe, mir von nächster Woche an bei meinen Séancen helfen zu können. Ich habe ihr es noch nicht gesagt, doch ich werde sie nie wieder irgendeiner Gefahr aussetzen. Ein weiteres Inserat wegen einer Assistentin habe ich bereits aufgegeben. Einstweilen ist da noch die Bühnenvorstellung heute Abend, ich musste mein Repertoire durchsehen, um ein Programm zusammenzustellen, bei dem keine Assistentin nötig ist.

11. Dezember 1878

Heute bin ich auf Bordens Namen gestoßen. Er ist bei einer Varieté-Show in Brentford als Gastmagier angekündigt. Ich habe mich bei Hesketh Unwin erkundigt – ich habe ihn kürzlich zu meinem Agenten gemacht – und erfuhr zu meiner Befriedigung, dass Borden als Ersatz für einen anderen, plötzlich erkrankten Illusionisten einspringt. Deshalb wurde der Auftritt des Magiers vom zweiten Platz im Programm auf den Friedhof aller Magier verschoben: auf den ersten Auftritt nach der Pause! Ich zeigte es Julia.

31. Dezember 1878

Gesamteinkommen aus Magie im Jahr 1878: dreihundertsechsundzwanzig Pfund, neunzehn Shilling und drei Pence. Davon müssen die Ausgaben abgezogen werden, einschließlich des Lohns für Appleby und Nugent, der Kauf und die Unterbringung des Pferdes, der Erwerb von Kostümen und vielen Gerätschaften.

12. Januar 1879

Meine erste Séance im neuen Jahr, und die erste, bei der mir Letitia Swinton assistierte. Letitia war zuvor als Chorus-Girl am Alexandria gewesen und muss noch viel über den Beruf des Magiers lernen, doch ich hoffe, dass sie gewandter wird. Am Ende der Séance bat ich Nugent, mich schnell nach Idmiston Villas zurückzubringen, wo ich mit Julia zusammen war und ihr von meinem Tag erzählte.

Ein Brief wartete dort auf mich. Mr. L. hat sich schließlich gegen eine Fortführung der Séance in seinem Haus entschieden. Doch nach sorgsamer Abwägung der ganzen Angelegenheit sei er zu dem Schluss gekommen, mir das volle Honorar, wie vereinbart, auszuzahlen. Das Geld lag dem Brief bei.

13. Januar 1879

Heute hat sich Julia in ihr Schlafzimmer eingeschlossen, all mein Klopfen und Bitten ignoriert und nur das Mädchen mit Tee und etwas Brot hereingelassen. Ich habe heute nicht gearbeitet, wollte eigentlich in die Werkstatt, aber angesichts von Julias seltsamer Stimmung bin ich zu Hause geblieben. Sie kam am Abend nach acht aus dem Zimmer und verlor kein Wort darüber, was sie die ganze Zeit getan hatte und warum. Mich hat das alles sehr verwirrt. Julia sagt, sie habe keine Schmerzen mehr, aber ansonsten weigert sie sich über das zu sprechen, was geschehen ist.

15. Januar 1879

Nugent, Letitia Swinton und ich hielten heute Nachmittag eine Séance ab. Für mich ist das nun schon alles Routine; die einzigen Variablen (oder soll ich sagen: Abwechslungen) liegen erstens in der unvermeidlichen Notwendigkeit mit einer noch eher unerfahrenen Assistentin zusammenzuarbeiten, zweitens in den besonderen Umständen des jeweiligen Trauerfalls, zu dem ich gerufen werde, und drittens in der Anlage des Raums für die Séance. Diese letzten beiden Punkte stellen im Allgemeinen für mich kein Problem dar und Letitia erweist sich als gelehrige Schülerin.

Als wir danach zurückfuhren, bat ich Nugent, mich im West End aussteigen zu lassen. Ich ging zum Empress Theatre in Holborn, kaufte eine Karte und setzte mich in die hinterste Reihe des Parketts.

Bordens Auftritt war in der ersten Hälfte des Programms und ich beobachtete aufmerksam, was er tat. Er führte sieben Tricks verschiedenster Art vor, darunter drei, deren Geheimnis ich nicht kenne. (Morgen Abend werde ich es wissen!) Er ist ein ziemlich überzeugender Bühnenmagier und vollführte seine Tricks geschmeidig, aber aus irgendeinem Grund spricht er das Publikum mit einem unbeholfen wirkenden französischen Akzent an. Das rief in mir den Wunsch wach, ihn nun meinerseits einen Betrüger zu schimpfen!

Doch ich muss warten, bis meine Zeit gekommen ist. Ich möchte, dass mir die Rache süß wird.

Bei meiner Rückkehr schien Julia nicht gesprächig, und selbst nachdem ich ihr erzählt hatte, wo ich gewesen war, blieb sie mir gegenüber reserviert.

O Julia! Vor jenem unheilvollen Tag warst du ganz anders!

19. Januar 1879

Wir beide trauern um den Verlust unseres Kindes. Julias Kummer sitzt so tief, dass sie es manchmal gar nicht zu bemerken scheint, wenn ich mich im selben Zimmer aufhalte wie sie. Ich fühle mich genauso elend, aber ich habe meine Arbeit, um mich abzulenken. Das ist der einzige Unterschied zwischen uns.

In der letzten Woche habe ich mich der Aufgabe gewidmet, meine Magie zu vervollkommnen. Ich versuche durch Fleiß und Hingabe in meinem Beruf noch einmal neu anzufangen.

Zu diesem Zweck:

– habe ich meine Werkstatt aufgeräumt, eine Menge Plunder weggeworfen, einige der Requisiten repariert und neu gestrichen und allgemein die Werkstatt zu einem Arbeitsplatz gemacht, an dem ich üben und mich richtig vorbereiten kann;

– habe ich durch Hesketh Unwins Büro und über andere Kontakte in Magierkreisen diskret Erkundigungen nach einem *ingénieur* eingeholt; ich brauche Unterstützung durch einen Experten, das steht außer Frage;

– wurde von mir ein Übungsplan aufgestellt, an den ich mich strikt halte: zwei Stunden morgens, zwei Stunden nachmittags, eine Stunde am Abend (falls die Zeit mit Julia es gestattet); Abweichungen davon erlaube ich mir nur dann, wenn ich tatsächlich auf der Bühne zu tun habe;

– sind für mich und Letitia neue Kostüme bestellt, um dem Auftritt einen professionellen Schliff zu geben;

– habe ich mir zuletzt geschworen, mit den Séancen Schluss zu machen, sobald ich es mir leisten kann.

Inzwischen nehme ich so viele Buchungen an, wie der Zeitplan es zulässt, denn sie versprechen mir die Sicherung des Lebensunterhalts. Meine finanziellen Verpflichtungen sind immens. Ich muss für die Wohnung aufkommen, muss die Miete für die Werkstatt und den Stall entrichten, die Löhne für Nugent und Letitia zahlen – bald auch für meinen neuen *ingénieur* – und ebenso den Haushalt finanzieren und Julia und mich ernähren.

Für all das müssen die leichtgläubigen Trauernden zahlen!

(Heute Abend findet allerdings ein weiterer Auftritt in einem Theater statt.)

31. Dezember 1879

Gesamteinkommen aus Magie für 1879: sechshundertdreiundsiebzig Pfund, zwölf Shilling und sechs Pence.

Vor Unkosten.

31. Dezember 1880

Gesamteinkommen aus Magie für 1880: eintausendeinhundertzweiundvierzig Pfund, sieben Shilling, neun Pence.

Vor Unkosten.

31. Dezember 1881

Gesamteinkommen aus Magie für 1881: viertausendsiebenhundertsiebenundsiebzig Pfund, zehn Shilling, null Pence.

Vor Unkosten.

1881 ist das letzte Jahr, für das ich hier meine Einnahmen verzeichnen werde. Die letzten zwölf Monate waren für mich erfolgreich genug, um das Haus kaufen zu können, in dem wir bisher nur zur Miete wohnten. Jetzt besitzen wir das ganze Gebäude und haben drei Dienstboten. Die Ruhelosigkeit, die mich plagte, als ich jünger war, wird jetzt fruchtbar in Energie für den Auftritt umgewandelt. Ich darf festhalten, dass ich wahrscheinlich der gefragteste Bühnenillusionist in Großbritannien bin. Mein Buchungskalender für das kommende Jahr ist bereits voll.

2. Februar 1891

Vor zehn Jahren habe ich mein Tagebuch in der Absicht beiseite gelegt, es nie wieder zu öffnen. Doch die demütigenden Ereignisse heute Abend im Sefton Theatre of Varieties in Liverpool (ich fahre gerade *en train* nach London zurück, während ich dies schreibe) müssen festgehalten werden. Da es schon so lange her ist, seit ich in mein Tagebuch geschrieben habe, und ich kein Notizbuch bei mir habe, müssen diese losen Blätter ausreichen.

Es war während des zweiten Teils meines Auftritts, kurz

vor dem derzeitigen Höhepunkt des Programms, der »Flucht unter Wasser«. Ein Trick, der körperliche Kraft, ein gewisses Maß an kontrolliertem Risiko mit einem bisschen Magie kombiniert.

Die Illusion beginnt damit, dass ich – offenbar ohne irgendeine Chance mich befreien zu können – an einen Metallstuhl gefesselt werde. Dazu bitte ich sechs Freiwillige auf die Bühne, alles echte Zuschauer, keine im Publikum versteckten Helfer. Aber Ernest Nugent und mein *ingénieur* Harry Cutter haben ein wachsames Auge bei der ganzen Nummer.

Wenn die Freiwilligen auf der Bühne sind, verwickle ich sie in ein humorvolles Gespräch, teils um sie zu entspannen, teils um das Publikum abzulenken, während Ellen Tremayne (meine derzeitige Assistentin; es ist schon so lange her, dass ich Tagebuch geschrieben habe!) mit dem Jacoby-Seiltrick beginnt.

Heute Abend hatte ich mich gerade auf dem Stuhl niedergelassen, als ich erkannte, dass Alfred Borden einer der Freiwilligen war! Er war der sechste Mann! (Harry Cutter und ich benutzen Kodes, um die Freiwilligen auf der Bühne zu platzieren. Der *sechste* Mann ist in diesem Vorbereitungsstadium am weitesten von mir weg positioniert und hat die Aufgabe ein Ende des Seils zu halten.) Heute Abend war Borden der sechste Mann, nur wenige Fuß von mir entfernt! Die Zuschauer beobachteten uns! Die Nummer war im vollen Gange!

Borden spielte seine Rolle gut, bewegte sich etwas linkisch und mit gut geheuchelter Verlegenheit in seinem Bereich der Bühne. Niemand im Publikum hätte erraten, dass er ein fast so erfahrener Illusionist wie ich ist. Cutter, der anscheinend nicht erkannt hatte, um wen es sich da handelte, schob Borden auf seinen Platz. Inzwischen band Ellen Tremayne meine Hände zusammen und fesselte meine Handgelenke an die Armlehnen des Stuhls. Ab diesem Zeitpunkt lief es aus dem Ruder, weil meine Aufmerksamkeit ganz auf Borden gerichtet war. Als zwei weitere Freiwillige die Enden des Seils bekommen hatten und angewiesen worden waren, mich so fest wie möglich an den Stuhl zu binden, war es bereits zu spät. Im vollen Schein der Bühnenbeleuchtung saß ich hilflos gefesselt da.

Unter einem Trommelwirbel wurde ich über den Glastank gehievt und hing baumelnd am Ende der Kette wie ein hilfloses Folteropfer. Und das war ich in Wahrheit heute auch. Während einer normalen Vorstellung hätte ich in diesem Stadium bereits die Fessel so weit gelöst gehabt, dass ich meine Hände sofort hätte befreien können. (Das Rotieren an der Kette stellt eine wirksame Tarnung für die notwendigen schnellen Armbewegungen bei dieser Aktion dar.) Heute Abend konnte ich, die Arme fest an den Stuhl gebunden, nur voller Schrecken auf das kalte Wasser hinabstarren, das da auf mich wartete.

Einen Moment später wurde ich, dem Plan gemäß, unter Spritzen und Überschwappen des Wassers in den Tank hinabgelassen. Als das Nass sich über meinem Kopf schloss, versuchte ich durch Grimassen Cutter meine prekäre Lage zu signalisieren, aber er war schon damit beschäftigt, den verhüllenden Vorhang um den Tank zu senken.

Im Halbdunkel, an Händen und Beinen auf den Stuhl gefesselt und völlig untergetaucht in kaltem Wasser, begann ich zu ertrinken …

Meine einzige Hoffnung war, dass das Wasser das Seil ein wenig lockern würde. Doch selbst ein gewisser Spielraum für meine Hände würde mir jetzt kaum mehr helfen.

Ich zog wild an den Seilen und fühlte schon, wie die in die Lunge gepresste Luft zu entweichen drohte, um vom todbringenden Wasser ersetzt zu werden …

Aber hier sitze ich und schreibe diese Zeilen. Offensichtlich bin ich noch einmal davongekommen.

Ich wäre nicht am Leben geblieben, wenn nicht, ironischerweise, Borden selbst eingegriffen hätte. Er pokerte zu hoch und konnte es nicht lassen mich schadenfroh anzugrinsen.

Hier nun folgt eine Rekonstruktion der Geschehnisse auf der restlichen Bühne – mir natürlich durch den Vorhang verborgen:

Bei einer normalen Vorführung befinden sich auf der

Bühne nur die sechs Freiwilligen, die verlegen um den Vorhang herumstehen, der den Tank umschließt. Sie können von dem, was ich tue, auch nicht mehr sehen als das übrige Publikum. Das Orchester spielt lebhafte Melodien, teils um die Zeit auszufüllen, teils um die unvermeidlichen Geräusche zu überdecken, die beim Entfesseln entstehen. Aber die Zeit vergeht und bald beginnen die Freiwilligen und die Zuschauer unruhig zu werden.

Auch das Orchester gerät nun aus dem Takt und die Musik verstummt allmählich. Ein beklommenes Schweigen legt sich über das Publikum. Harry Cutter und Ellen Tremayne laufen ängstlich auf der Szene herum, als handle es sich um einen Notfall, und im Publikum kommt besorgtes Gemurmel auf. Mit der Hilfe der Freiwilligen ziehen Cutter und Ellen den verhüllenden Vorhang zur Seite und …

Der Stuhl ist noch im Wasser! Die Seile sind immer noch daran festgebunden! Doch ich bin nicht mehr da!

Während aus dem Publikum verwunderte Rufe ertönen, erscheine ich auf dramatische Weise. Gewöhnlich aus der Seitenkulisse, doch wenn ich die Zeit habe, dann ziehe ich es vor, mich mitten im Zuschauerraum zurückzumelden. Ich eile auf die Bühne, verbeuge mich und zeige deutlich für jedermann, dass meine Kleider und Haare vollkommen trocken sind.

Heute Abend war Borden da, um alles zu ruinieren und – vielleicht unabsichtlich – mich vor dem Tod im Wasser zu bewahren. Lange bevor die Illusion zu ihrem Ende kommen sollte, glücklicherweise lange vorher, und während das Orchester noch spielte, verließ er seine Position, trat auf den Vorhang zu und schob ihn zur Seite!

Ich bemerkte dies zuerst an einem hellen Lichtstrahl in meinem nassen Gefängnis. Von plötzlicher Hoffnung erfüllt blickte ich auf, gerade als vor meinen Augen die letzte Luft in Blasen nach oben stieg! Es kam mir vor, als seien meine Gebete erhört worden und als hätte Cutter die Vorführung unterbrochen, um mir das Leben zu retten. Nichts sonst war wichtig in dieser Sekunde, da die Hoffnung aufkeimte. Was ich jedoch durch die fürchterlichen Verzerrungen des wirbelnden Wassers und des dicken Glases sah, war das spöttische Gesicht meines tödlichsten Feindes! Er beugte sich vor und presste triumphierend sein Gesicht gegen den Tank.

Ich spürte, wie ich ohnmächtig wurde und glaubte schon, an der Schwelle des Todes zu stehen.

Danach weist meine Erinnerung eine Lücke auf. Als Nächstes wieder nahm ich wahr, dass ich auf einem harten Holzboden lag, im Halbdunkel und in eisiger Kälte, und dass Gesichter auf mich herabstarrten. In der Nähe spielte Musik, während das Wasser aus meinen Gehörgängen lief. Ich spürte, wie sich der Boden rhythmisch auf und ab bewegte. Ich befand mich in der Seitenkulisse, auf dem Boden einer der Seilnischen neben der Bühne. Als ich den Kopf hob, sah ich verschwommen die hell erleuchtete Bühne, nur wenige Fuß von mir entfernt. Dort hüpften die Chorus-Girls über die Bretter, während die Vortänzerin zu der schlüpfrigen Melodie aus dem Orchestergraben herumschaukelte. Ich stöhnte erleichtert, schloss die Augen und ließ den Kopf wieder auf den Boden sinken. Cutter hatte mich in Sicherheit gebracht, irgendwie meine Atmung wieder in Gang gesetzt und das demütigende Schauspiel beendet.

Nicht lange danach wurde ich in die Garderobe getragen. Eine halbe Stunde lang fühlte ich mich so elend wie noch nie in meinem Leben. Doch eigentlich bin ich stark, und sobald ich wieder atmen konnte, ohne an dem Wasser in meinen Lungen fast zu ersticken, begann ich mich schnell zu erholen. Es war noch ziemlich früh am Abend und ich glaubte genügend Zeit zu haben (es wäre auch durchaus möglich gewesen), um auf die Bühne zurückzukehren und mein Programm wieder aufzunehmen. Doch man gestattete es mir nicht.

Stattdessen traf ich mich mit Ellen, Cutter und Nugent in meiner Garderobe zu einer traurigen Nachbesprechung des verunglückten Auftritts. Wir vereinbarten in zwei Tagen in meiner Londoner Werkstatt zusammenzukommen. Der Kniff mit der Entfesselung muss verbessert werden, ich will nie wieder mein Leben einer solchen Gefahr aussetzen. Schließlich brachten mich meine drei Getreuen zum Bahnhof, überzeugten sich von meinem geistigen und leiblichen Wohlbefinden und kehrten dann ins Hotel zurück, in dem wir alle hatten übernachten wollen.

Ich wünsche mir nur noch, schnell nach London zurückzukommen, um Julia und die Kinder zu sehen. Denn der Zwischenfall, der mein sicherer Tod hätte sein können, hat in mir das Verlangen geweckt bei ihnen zu sein. Dieser Zug kommt erst kurz vor Tagesanbruch in Euston Station an, aber dafür werde ich eher bei meinen Lieben sein, als es sonst möglich wäre.

Ironischerweise hatte ich mit meinen Tagebucheinträgen durch die Erfahrung eines häuslichen Friedens aufgehört, zu dem ich jetzt eilends zurückkehre und über den ich hätte Bände oder (wie geschehen) nichts schreiben können. Für den größten Teil des vergangenen Jahrzehnts war ich nicht nur erfolgreich in meiner Karriere, sondern auch beispiellos glücklich zu Hause.

Anfang 1884 stellte Julia fest, dass sie endlich wieder schwanger war, und brachte schließlich unseren Sohn Edward gesund zur Welt. Zwei Jahre später kam die erste meiner Töchter und letztes Jahr wurde – als Nachzügler, aber zur großen Freude von allen – unser Baby Florence geboren.

Vor diesem Hintergrund war die Rivalität mit Borden trivial geworden. Es stimmt, wir haben im Laufe der Jahre einander manchen Streich gespielt. Es stimmt, hinter diesen Bubenstücken hat oft eine boshafte Absicht gesteckt. Es ist kein Zufall, dass keine dieser Taten es wert schien in das Tagebuch aufgenommen zu werden.

Bis heute Abend hatten Borden und ich allerdings nicht das Leben des jeweils anderen unmittelbar gefährdet.

Einmal, vor Jahren, war Borden für die Fehlgeburt meines ersten Kindes direkt verantwortlich gewesen. Auch wenn damals alles in mir nach Rache geschrien hatte, so war im Laufe der Monate mein Zorn langsam erloschen. Ich hatte mich stattdessen mit einer Anzahl von Vergeltungsmaßnahmen begnügt, die ihn nur in Verlegenheit bringen oder seine Zaubervorführungen just in dem Moment durcheinander wirbeln sollten, wenn es ihm am wenigsten gefiel.

Seinerseits hatte er einige Intrigen gegen mich in Szene gesetzt, doch keine davon war so schlau ausgedacht gewesen wie meine eigenen Racheakte.

Was heute Abend geschehen ist, hat nun unserer Fehde einen ganz anderen Charakter verliehen. Er hat versucht mich zu töten. Das war vollkommen offensichtlich. Er ist ein Magier. Er weiß, wie Seile gebunden werden müssen, um eine schnelle und sichere Entfesselung zu ermöglichen.

Nun empfinde ich wieder dieses starke Verlangen nach Rache. Ich hoffe und bete, dass die Zeit schnell vergeht, meine Gefühle besänftigt und mir Vernunft, Geistesklarheit und Ruhe bringt, damit ich nicht danach handle, wie mir jetzt zumute ist!

4. Februar 1892

Gestern Abend habe ich etwas Außerordentliches erlebt. Zurzeit weilt ein Wissenschaftler namens Nikola Tesla in London und die ungewöhnlichen Behauptungen, die er aufstellt, waren letzte Woche Stadtgespräch. Man erzählte sich von wahren Wundern und einige gut informierte Zeitungen berichteten, die Zukunft der Welt liege in Teslas Hand. Den Interviews und den Artikeln über seine Arbeit war nicht zu entnehmen, warum dies so sein sollte. Es hieß nur recht allgemein, man müsse zuerst eine Demonstration seiner Arbeit sehen, bevor man überhaupt ihre Bedeutung erfassen könne.

Von Neugier getrieben verlangten also gestern vor den Toren des Instituts der Elektroingenieure einige hundert Leute, darunter auch ich, lautstark den großen Mann in Aktion zu sehen.

Ich wurde Zeuge einer erregenden, beunruhigenden und zum größten Teil unverständlichen Vorführung der Kräfte der Elektrizität. Mr. Tesla (der ein ausgezeichnetes amerikanisches Englisch sprach, fast ohne Akzent) ist ein Kollege des Erfinders Thomas Edison. Für modern gesinnte Londoner wird der Gebrauch der Elektrizität zur Beleuchtung allmählich alltäglich, doch Tesla konnte demonstrieren, dass sie noch viele andere Anwendungsmöglichkeiten bietet.

Ich beobachtete seine sensationellen Experimente unkritisch, verblüfft und beeindruckt. Viele der Effekte sind erstaunlich, viele andere für einen Laien wie mich rätselhaft. Tesla sprach im Tonfall eines Predigers. Mehr als seine Funken sprühenden, zischenden Blitze erregten mich seine visionären Worte – mehr als alles, was ich bisher gekannt hatte. Er ist wirklich ein Prophet, der verkündet, was das nächste Jahrhundert uns bringen wird: ein weltweites Netz von Stationen zur Erzeugung von Elektrizität, eine Kraft, die den Geringen ebenso zur Verfügung stehen wird wie den Mächtigen, die unmittelbare Übertragung von Energie und Materie von einem Teil der Welt in einen anderen. Und die Luft selbst wird von der Essenz des Lichtäthers vibrieren!

Mr. Teslas Vorführung habe ich eine wichtige Wahrheit entnommen. Sein Auftritt (denn um nichts Geringeres handelte es sich) zeigte eine seltsame Ähnlichkeit zu dem eines guten Illusionisten: Das Publikum musste nicht die Mittel verstehen, um die Effekte genießen zu können. Kurz gesagt, Mr. Tesla beschrieb viele wissenschaftliche Theorien. Während nur wenige im Publikum mehr als die grundsätzlichen Ideen verstanden, wurde jedem von uns ein beeindruckender Blick in die Zukunft gewährt.

Ich habe an ihn geschrieben und um einige Exemplare seiner Schriften zur Erläuterung gebeten.

14. April 1892

Die Vorbereitung meiner Europa-Tournee, die in der zweiten Hälfte dieses Sommers beginnt, hat mich bis jetzt in Atem gehalten, ich hatte wenig Zeit für etwas anderes. Um die obige Eintragung vom Februar zu ergänzen, ich habe endlich Mr. Teslas Unterlagen erhalten, bin jedoch nicht recht schlau daraus geworden.

Paris, 15. September 1892

Man hat mir in Wien, Rom, Paris, Istanbul, Marseille, Madrid und Monte Carlo zugejubelt ... Doch nun, da all dies hinter mir liegt, verlangt es mich nur danach, meine geliebte Julia wieder zu sehen und Edward und Lydia und natürlich meine kleine Florence. Seit wir vor zwei Monaten hier in

Paris ein gemeinsames Wochenende verbrachten, habe ich nur zwei Briefe bekommen, die mich mit Neuigkeiten über meine teure Familie versorgten. Wenn das Schiff pünktlich und die Eisenbahn zuverlässig ist, werde ich in zwei Tagen zu Hause sein und mich endlich ausruhen können.

Wir sind alle erschöpft, allerdings mehr durch das ständige Reisen und die Hotelaufenthalte als durch die Anforderungen des Lebens auf der europäischen Bühne. Aber insgesamt war es ein großartiger Erfolg. Wir hatten geplant, schon Mitte Juli zu Hause zu sein, doch wir fanden beim Publikum einen solchen Anklang, dass ein Dutzend Theater uns bestürmten, wir sollten noch einmal auftreten und ihnen mit unserer Magie Erfolg bescheren. Wir taten dies nur allzu gern, als wir das Ausmaß des Interesses erkannten – und uns der Honorare bewusst wurden, die wir für Extravorstellungen einfordern konnten.

Es wäre unklug die Höhe meiner Einkünfte aufzuzeichnen, solange noch nicht alle Ausgaben und die meinen Assistenten zugesagten Boni berechnet sind, aber ich darf mit Befriedigung feststellen, dass ich mich zum ersten Mal in meinem Leben als wohlhabender Mann fühle.

London, 21. September 1892

Ich hatte erwartet, mich im Nachglanz der Tournee sonnen zu können, doch stattdessen musste ich erfahren, dass Borden während meiner Abwesenheit ungewöhnliche Aufmerksamkeit auf sich gezogen hat. Es scheint, als habe eine der Illusionen, die er seit Jahren im Programm führt, endlich das Interesse des Publikums geweckt. Er ist jetzt ein gefragter Mann.

Sooft ich mir seine Auftritte schon angesehen habe, nie hat er etwas Ungewöhnliches unternommen. Das könnte natürlich daran liegen, dass ich aus verschiedenen Gründen selten bis zum Ende der Vorstellung geblieben bin!

Cutter weiß über diesen mit viel Beifall bedachten Trick so wenig wie ich, einfach deshalb, weil er mit mir auf dem Kontinent gewesen ist. Ich war nahe daran, das Ganze als unwichtig abzutun, bis ich dann einen der für mich zurückgelegten Briefe las. Dominic Brawton, einer meiner Kundschafter im Reich der Magie, hatte eine knappe Notiz geschickt.

»*Künstler*: Alfred Borden (*Le Professeur de la Magie*). *Illusion*: Der Neue Transmittierte Mensch. *Effekt*: brillant, muss man gesehen haben. *Verwendbarkeit*: schwierig, doch da Borden es irgendwie zu Wege bringt, meine ich, Sie könnten es auch.«

Ich zeigte Julia das kurze Schreiben.

Später auch einen weiteren Brief. Ich bin mit meiner magischen Show in die Neue Welt eingeladen worden! Wenn ich zusage, werden wir die Tournee im Februar mit einem einwöchigen Gastspiel in Chicago beginnen! Und dann eine Tournee durch die zwölf, dreizehn größten Städte Amerikas!

Der Gedanke daran erregt mich und bereitet mir zugleich Sorgen.

Julia sagte zu mir: »Vergiss Borden. Du musst mit deinem Programm in die USA gehen.«

Und auch ich bin dieser Meinung …

14. Oktober 1892

Ich habe Bordens neue Illusion gesehen. Sie ist gut. Sie ist sogar teuflisch gut. Und das umso mehr, weil sie einfach ist. Es fällt mir schwer das zuzugeben, aber ich muss fair sein.

Zunächst rollt er ein hölzernes Kabinett auf die Bühne, wie es jeder Magier kennt. Es ist groß genug, um einen Mann oder eine Frau aufzunehmen, hat drei feste Wände (hinten und an beiden Seiten) und vorn eine Tür, die weit genug aufgeht, um das gesamte Innere zu zeigen. Das Kabinett ist auf Rollen gesetzt, die das ganze Ding ein gutes Stück vom Boden abheben. Niemand kann deshalb, vom Publikum unbemerkt, von der Unterseite her hinein- oder hinausschlüpfen.

Wenn die üblichen Demonstrationen, dass das Kabinett leer ist, erledigt sind, schließt Borden die Tür und schiebt den Kasten auf die linke Seite der Bühne.

Im Rampenlicht stehend hält er dann mit seinem wundervoll unglaubwürdigen französischen Akzent eine kurze Ansprache über die großen Gefahren, denen er sich jetzt gleich auszusetzen gedenkt.

Hinter ihm rollt eine bemerkenswert hübsche junge Dame ein zweites Kabinett auf die Bühne, das genauso aussieht wie das erste. Sie öffnet die Tür und die Zuschauer können sehen, dass jenes ebenfalls leer ist. Borden dreht sich schließlich um, sein schwarzes Cape wirbelt, und steigt flott in dieses Kabinett.

Ein Trommelwirbel setzt ein.

Dann geht alles sehr schnell, eigentlich in einem einzigen Moment. Tatsächlich nimmt das Niederschreiben mehr Zeit in Anspruch als das Miterleben.

Während der Trommelwirbel lauter wird, nimmt Borden seinen Zylinder ab, tritt in das Innere des Kabinetts zurück und wirft seinen Hut hoch in die Luft. Seine Assistentin schlägt die Tür zu. *Im selben Augenblick* springt die Tür des ersten Kabinetts, das auf die Bühne gebracht wurde, auf … Borden befindet sich jetzt darin – unglaublich! Das Kabinett, das er wenige Augenblicke zuvor betreten hatte, stürzt in sich zusammen und klappt auf dem Bühnenboden auseinander. Borden schaut zum Schnürboden hinauf, sieht seinen Zylinder auf sich zufliegen, fängt ihn, setzt ihn auf, schiebt ihn zurecht … und tritt mit einem strahlenden Lächeln nach vorn ins Rampenlicht und verbeugt sich!

Der Beifall war stürmisch und ich muss zugeben, dass ich mitgeklatscht habe.

Verdammt! Ich möchte wissen, wie er das gemacht hat!

16. Oktober 1892

Gestern Abend nahm ich Cutter ins Watford Regal mit, wo Borden auftrat. Die Illusion mit den beiden Kabinetten war in seinem Programm nicht enthalten.

Während der langen Fahrt zurück nach London beschrieb ich Cutter erneut, was ich gesehen hatte. Sein Urteil fiel genauso aus wie beim ersten Mal, als ich ihm vor zwei Tagen davon erzählt hatte. Borden, sagte Cutter, benutze einen Doppelgänger. Er berichtete mir über eine ähnliche Num mer, die er vor zwanzig Jahren erlebt hatte und bei der eine junge Frau eingesetzt worden war.

Ich weiß nicht recht. Für mich sah er nicht wie ein Doppelgänger aus. Der Mann, der in das eine Kabinett stieg, und der Mann, der aus dem anderen herauskam, waren ein und dieselbe Person. Ich war dort und habe es schließlich mit meinen eigenen Augen gesehen.

25. Oktober 1892

Wegen meiner eigenen Verpflichtungen war es mir unmöglich jeden Abend Bordens Auftritt zu verfolgen. Doch Cutter und ich waren zweimal in dieser Woche in seiner Vorstellung Er hat die Illusion mit den beiden Kabinetten noch nicht wiederholt. Cutter lehnt es ab Spekulationen anzustellen, solange er den Trick nicht selbst gesehen hat, aber er erklärt, ich vergeude seine und meine Zeit. Die Sache wird zu einer Quelle der Spannung zwischen uns.

13. November 1892

Endlich habe ich wieder Bordens Illusion mit den zwei Kabinetten verfolgen können und diesmal war Cutter dabei. Der Auftritt fand im Lewisham World Theatre statt, während eines ansonsten normalen Varieté-Programms.

Als Borden das erste seiner beiden Kabinette herbeiholte und routinemäßig die einleitenden Demonstrationen vollführte, ergriff mich eine erwartungsvolle Spannung. Cutter neben mir hob fachmännisch sein Opernglas. (Ich stellte interessiert fest, dass er überhaupt nicht auf den Magier blickte. Er schien den restlichen Bühnenbereich zu inspizieren: die Seitenkulisse, die Soffitten, den Prospekt. Ich verwünschte mich, weil ich nicht selbst daran gedacht hatte, und ließ ihn weitermachen.)

Ich beobachtete weiterhin Borden. Soweit ich es beurteilen konnte, wurde der Trick in derselben Weise vorgeführt wie schon einmal, und zwar mit einer fast wortwörtlichen Wiederholung der französisch angehauchten Ansprache. Als er jedoch in das zweite Kabinett stieg, bemerkte ich ein paar winzige Abweichungen gegenüber seinem früheren Auftritt.

Weniger wichtig war, dass er das erste Kabinett näher am rückwärtigen Teil der Bühne ließ. Es schien deshalb nicht ganz so gut ausgeleuchtet. (Wieder blickte ich schnell zu Cutter und bemerkte, dass er dem Magier keine Aufmerksamkeit schenkte, sondern sein Opernglas unverwandt auf das Kabinett im Bühnenhintergrund gerichtet hielt.)

Die andere Abweichung dagegen erschien schon interessanter, genau genommen amüsierte sie mich sogar ziemlich. Als Borden seinen Zylinder abnahm und in die Luft warf, beugte ich mich vor, bereit, die nächste und höchst erstaunliche Phase der Nummer zu sehen. Der Hut aber flog hoch in den Schnürboden und erschien nicht wieder! (Offensichtlich befand sich dort oben ein Bühnenarbeiter, der eine Zehnshillingnote zugesteckt bekommen hatte, damit er ihn auffing.) Borden wandte sich mit einem schiefen Lächeln dem Publikum zu und erntete Gelächter. Während das Lachen noch ausklang, streckte er ruhig seine linke Hand aus ... und der Zylinder segelte herunter. Er fing ihn mit einer natürlichen und ungezwungenen Bewegung auf. Das war ein ausgezeichneter Einfall, den einsetzenden Applaus hatte er verdient.

Noch war das Klatschen nicht verklungen, da flog mit rasender Geschwindigkeit der Zylinder wieder hoch! Die Tür des zweiten Kabinetts wurde zugeschlagen! Die Tür des ersten sprang auf! Borden trat ohne Hut heraus! Das zweite Kabinett fiel auseinander! Borden hüpfte flink über die Bühne, fing den Zylinder auf und drückte ihn sich auf den Kopf!

Er strahlte, verbeugte sich, winkte und nahm den wohlverdienten Applaus entgegen. Cutter und ich schlossen uns dem Beifall an.

In der Droschke, mit der wir zurück nach Nord-London ratterten, fragte ich Cutter: »Nun, was halten Sie davon?«

»Brillant, Mr. Angier!«, stellte er fest. »Ganz brillant! Es ist selten, dass man die Chance hat, eine völlig neue Illusion zu sehen.«

Ich muss gestehen, dass mir dieses Lob nicht sonderlich behagte.

»Wissen Sie, wie er es gemacht hat?«, setzte ich nach.

»Ja, Sir, ich weiß es. Und ich meine, Sie wissen es auch.«

»Ich bin so verblüfft wie nie zuvor. Wie zum Teufel konnte er an zwei Orten gleichzeitig sein? Ich begreife nicht, wie so etwas möglich ist.«

»Manchmal überraschen Sie mich, Mr. Angier«, sagte Cutter mit einer gewissen Schärfe in der Stimme. »Es ist ein Rätsel, das nur durch die Anwendung der Logik gelöst werden kann. Was haben wir nun mit eigenen Augen gesehen?«

»Einen Menschen, der sich in einem Augenblick von einem Teil der Bühne zum anderen transmittierte.«

»Das ist, was wir zu sehen meinten, was wir sehen sollten. Wie aber verhält es sich in Wirklichkeit?«

»Sie bestehen immer noch darauf, dass er einen Doppelgänger einsetzt?«, fragte ich.

»Wie sonst könnte er es bewerkstelligt haben?«

»Aber Sie haben doch dasselbe miterlebt wie ich. Da gab es keinen Doppelgänger! Wir haben ihn vorher und nachher deutlich gesehen. Das war derselbe Mann! Genau derselbe!«

Cutter zwinkerte mir zu, dann wandte er sich ab und blickte auf die trüb beleuchteten Häuser von Waterloo hinaus, das wir eben durchquerten.

»Nun?«, bestürmte ich ihn. »Was sagen Sie?«

»Dasselbe wie vorher schon, Mr. Angier.«

»Ich bezahle Sie, damit Sie das Unerklärliche erklären, Cutter. Machen Sie keine Scherze mit mir! Das ist eine Sache von hoher Bedeutung!«

Nun erkannte er, wie ernst es mir war, und nicht einen Augenblick zu früh, denn die gereizte Bewunderung, die Bordens Vorführung in mir geweckt hatte, schlug schon in Enttäuschung und Ärger um.

»Sir«, sagte er ruhig. »Sie müssen doch wissen, dass es eineiige Zwillinge gibt. Da haben Sie Ihre Antwort!«

»Nein!«, rief ich aus.

»Wie sonst könnte es funktionieren?«

»Aber das erste Kabinett war leer …«

»So hat es ausgesehen«, meinte Cutter.

»Und das zweite Kabinett fiel in dem Augenblick auseinander, als er es verließ …«

»Das kam mir auch sehr effektvoll vor.«

Ich wusste, was er damit ausdrücken wollte. Er spielte auf einen Standardeffekt an: Requisiten erscheinen leer, verbergen aber trotzdem etwas. Einige meiner eigenen Illusionen sind Variationen dieses Grundmusters. Hier wiederum zeigte sich deutlich mein Problem: Wenn ich die Illusion eines anderen Zauberers vom Zuschauerraum aus verfolge, werde ich genauso leicht abgelenkt wie alle anderen auch. Aber eineiige Zwillinge! Der Gedanke war mir nicht gekommen!

Cutter hatte mir viel Stoff zum Nachdenken gegeben. Nachdem ich ihn an seiner Wohnung abgesetzt hatte und hierher zurückgekehrt war, habe ich einige Zeit nachgedacht. Jetzt, da dieser Bericht über den heutigen Abend abgeschlossen ist, glaube ich Cutter zustimmen zu müssen. Das Rätsel ist gelöst.

Zum Teufel mit Borden! Nicht ein Mann, sondern zwei! Zum Teufel mit beiden!

14. November 1892

Ich erzählte Julia, was Cutter gestern Abend angedeutet hatte, und zu meiner Überraschung lachte sie vergnügt auf.

»Brillant!«, rief sie. »Daran hatten wir nicht gedacht, nicht wahr?«

»Dann meinst du, dass es möglich ist?«

»Es ist nicht bloß möglich, mein Lieber … es ist die *einzige* Methode, wie das, was du gesehen hast, auf offener Bühne vollbracht werden kann.«

»Vermutlich hast du recht.«

Jetzt ärgere ich mich unvernünftigerweise über meine Julia. Sie hat die Illusion doch gar nicht mitverfolgt, und trotzdem …

30. November 1892

Gestern wurde ich mit einer äußerst interessanten Stellungnahme zu Borden konfrontiert und habe gleichzeitig einige bemerkenswerte Tatsachen über seine Person erfahren.

Vorher sollte ich noch erwähnen, dass ich die ganze Woche nichts mehr in das Tagebuch schreiben konnte, weil ich als

Star des Programms im London Hippodrome aufgetreten bin. Eine ungeheure Ehre. Dazu noch war bei jeder Vorstellung (eine am Nachmittag ausgenommen) das Haus voll und die Reaktionen der Zuschauer fielen sehr gut aus. Als direkte Folge kann gelten, dass die Herren von der Presse mir nun einige Aufmerksamkeit widmen. Gestern ist ein junger Reporter vom *Evening Star* vorbeigekommen, um mich zu interviewen. Sein Name ist Mr. Arthur Koenig. Er erwies sich nicht nur als geschickter Vertreter seiner Zunft, sondern auch als wertvoller Informant!

Im Verlauf des Interviews fragte er mich, ob ich etwas über meine Magier-Kollegen zu Protokoll geben möchte. Daraufhin begann ich mit einer zusammenfassenden Würdigung der Besten meiner Zunft.

»Sie haben nicht *Le Professeur* erwähnt«, sagte mein Gesprächspartner, als ich geendet hatte. »Haben Sie keine Meinung zu seiner Arbeit?«

»Ich bedauere, dass ich bisher bei keiner seiner Vorstellungen zugegen war«, antwortete ich.

»Dann müssen Sie sich aber seinen Auftritt ansehen!«, rief Mr. Koenig aus. »Sein Darbietung ist die beste in ganz London!«

»Wirklich?«

»Ich habe ihn einige Male gesehen«, fuhr der Reporter fort. »Da gibt es allerdings einen Trick, den er nicht jeden Abend zeigt, denn es erschöpft ihn zu sehr, wie er sagt. Aber dieser Trick ...«

»Ich habe davon gehört«, unterbrach ich ihn und fuhr abwiegelnd fort: »Etwas mit zwei Kabinetten.«

»Genau das ist der Trick, Mr. Danton! Er verschwindet und erscheint wieder im Handumdrehen! Niemand weiß, wie er es anstellt.«

»Das heißt, niemand außer seinen Magier-Kollegen«, korrigierte ich ihn. »Er verwendet magische Standardtechniken.«

»Dann wissen Sie, wie es funktioniert?«

»Natürlich weiß ich das«, behauptete ich. »Aber Sie werden doch sicherlich nicht von mir erwarten, dass ich Ihnen das Geheimnis verrate ...«

Ich bekenne, dass ich an diesem Punkt unseres Gesprächs hin und her gerissen war. Die letzten zwei Wochen hatte ich angestrengt über Cutters Theorie von den Zwillingen nachgedacht und war zu der Überzeugung gelangt, dass er Recht hatte. Hier ergab sich nun die Gelegenheit das Geheimnis zu enthüllen. Ich hatte einen begierigen Zuhörer vor mir, einen Journalisten einer der großen Zeitungen unserer Stadt, einen Mann, dessen Neugier schon vom Rätsel magischer Vorführungen geweckt war. Das Verlangen nach Rache machte sich wieder deutlich bemerkbar. Normalerweise unterdrückte ich es und hatte mir schon zigmal gesagt, es sei eine Schwäche, der ich nie wieder nachgeben dürfte. Natürlich wusste Koenig nichts von der erbitterten Rivalität zwischen Borden und mir.

Doch erneut trug die Vernunft den Sieg davon. Kein Magier verrät das Geheimnis eines anderen.

Schließlich sagte ich: »Es gibt Mittel und Wege. Eine Illusion ist nicht das, was sie zu sein scheint. Eine große Portion Übung und Probieren …«

Darauf sprang der jugendliche Reporter von seinem Stuhl hoch.

»Sir, Sie glauben sicherlich, dass er einen Zwilling als Doppelgänger benutzt! Jeder Magier in London glaubt das! Ich zunächst auch, als ich den Trick zum ersten Mal sah.«

»Ja, so geht er vor.« Seine Direktheit machte es mir leichter.

»Dann, Sir«, rief der junge Mann. »Sie irren sich wie die anderen! Es gibt keinen Doppelgänger. Das ist ja gerade das Erstaunliche!«

»Er besitzt einen Zwillingsbruder«, insistierte ich. »Es gibt keine andere Möglichkeit.«

»Das stimmt nicht. Alfred Borden hat weder einen Zwillingsbruder noch einen Doppelgänger, der ihm ähnelt. Ich selbst habe mich eingehend mit seinem Leben beschäftigt und kenne die Wahrheit. Er arbeitet allein, abgesehen von einer Assistentin auf der Bühne und einem Techniker, der mit ihm zusammen die Apparate baut. Darin unterscheidet er sich nicht von anderen Ihrer Profession. Selbst Sie …«

»Ich habe einen *ingénieur*«, bestätigte ich bereitwillig.

»Aber erzählen Sie mir mehr. Was Sie sagen, interessiert mich sehr. Sind Sie sich Ihrer Behauptung ganz sicher?«

»Allerdings.«

»Können Sie sie beweisen?«

»Wie Sie wissen, Sir«, erwiderte Mr. Koenig, »ist es unmöglich etwas Nichtexistentes zu beweisen. Ich kann nur sagen, dass ich die letzten paar Wochen gründlich recherchiert und keinerlei Beleg für Ihre Annahme gefunden habe.«

Er holte ein dünnes Bündel Papiere hervor und zeigte sie mir. Sie enthielten gewisse Informationen über Mr. Borden, die mich auf der Stelle in Bann schlugen, und ich bat den Reporter, sie mir zu überlassen.

Es folgte so etwas wie eine Auseinandersetzung zwischen uns, begründet in unseren unterschiedlichen beruflichen Interessen. Koenig beharrte darauf, er als Journalist könne nicht die Früchte seiner Recherchen an eine dritte Partei weitergeben. Ich konterte mit dem Argument, selbst wenn er die endgültige, absolute Wahrheit über Borden herausfände, könnte er sie nie veröffentlichen, solange die betreffende Person noch am Leben sei.

Andrerseits, meinte ich, sollte *ich* eigene Recherchen anstellen, wäre ich in nicht allzu ferner Zukunft vielleicht in der Lage, ihn mit einer wirklich ungewöhnlichen Geschichte zu überraschen.

Am Ende erlaubte mir Koenig Abschriften von einigen seiner Notizen anzufertigen. Er diktierte mir die Passagen und ich hielt sie sofort fest. Seine Schlussfolgerungen teilte er mir allerdings nicht mit und ehrlich gesagt war ich an ihnen nicht sonderlich interessiert. Zuletzt überreichte ich ihm fünf Sovereigns.

»Darf ich fragen, inwiefern Ihnen diese Auszüge weiterhelfen können, Sir?«

»Ich trachte nur danach, meine eigene magische Kunst zu verbessern«, antwortete ich.

»Ich verstehe.« Er stand auf, nahm Hut und Stock. »Und wenn Sie Ihre Magie *verbessert* haben, glauben Sie dann *Le Professeurs* Illusion wiederholen zu können?«

»Das versichere ich Ihnen, Mr. Koenig«, sagte ich kühl und

kühn, als ich ihn zur Tür begleitete. »Wenn es wirklich darauf ankäme, könnte ich seine Marotte von einem Trick nehmen und ihn schon heute Abend zu dem meinen machen!«

Danach ging er.

Heute habe ich nicht gearbeitet und konnte deshalb den Bericht über diese Begegnung niederlegen. Die ganze Zeit haben mich Koenigs letzte spöttische Worte beschäftigt. Ich muss unter allen Umständen das Geheimnis von Bordens Illusion erfahren. Keine süßere Rache kann ich mir vorstellen, als ihn mit seinem eigenen Trick in den Schatten zu stellen, ihn auf der Bühne zu übertreffen, ihn in jeder Hinsicht zu deklassieren.

Und die Fakten über Mr. Borden, die ich nun dank Mr. Koenig besitze, werden sich als von immensem Wert erweisen. Zuerst jedoch muss ich sie überprüfen.

9. Dezember 1892

Tatsächlich habe ich bis jetzt noch nichts bezüglich Borden unternommen. Die Tournee durch Amerika wurde endgültig bestätigt. Cutter und ich stecken mitten in den Vorbereitungen. Ich werde mehr als zwei volle Monate auf Reisen sein und es erscheint mir fast unvorstellbar, so lange Zeit von Julia und den Kindern getrennt zu sein.

Dennoch kann ich auf diese Tournee nicht verzichten. Ganz abgesehen von den großzügigen Honoraren bin ich vermutlich der jüngste Magier aus Großbritannien oder ganz Europa, der je eingeladen wurde, um in die Fußstapfen einiger der größten Zauberkünstler überhaupt zu treten. Die Neue Welt ist Heimat einiger der besten Magier, die es derzeit gibt, und es stellt ein großartiges Kompliment dar, zu einer solchen Tournee eingeladen zu werden.

Borden hat den Vereinigten Staaten noch kein einziges Mal die Ehre gegeben!

10. Dezember 1892

Eigentlich hatte ich mich auf ein ruhiges Weihnachtsfest zu Hause gefreut. Keine Magie, keine Proben, keine Reisen. Ich wollte mich ganz meiner Familie widmen und alles andere zur Seite schieben. Aber kurzfristig wurde mir ein lukratives Zweiwochen-Gastspiel in Eastbourne angeboten, zu dem ich nicht Nein sagen konnte. Außerdem kann ich meine Familie mitnehmen. Wir werden Weihnachten im Grand Hotel verbringen, mit Blick aufs Meer!

11. Dezember 1892

Eine vorteilhafte Entdeckung. Als ich heute Nachmittag in einen Atlas blickte, ist mir aufgefallen, dass Eastbourne nur wenige Meilen von Hastings entfernt liegt und dass beide Städte durch eine Eisenbahnlinie verbunden sind. Ich denke, ich werde ein oder zwei Tage in Hastings verbringen. Es soll eine hübsche kleine Stadt sein.

17. Januar 1893

Ganz plötzlich ist mein Leben überschattet von der großen Reise, die mir bevorsteht. In zwei Tagen werde ich nach Southampton fahren und das Schiff nach New York City besteigen. Von dort geht es dann nach Boston und weiter ins Herzland von Amerika. Die letzte Woche war ein Alptraum an Packen und Vorbereitungen. Ich musste dafür sorgen, dass die Gerätschaften, die ich mitnehmen muss, zerlegt, in Kisten untergebracht und vorausgeschickt wurden. Nichts darf dem Zufall überlassen bleiben, denn ohne meine Ausrüstung stehe ich auf der Bühne buchstäblich mit leeren Händen da. Von diesem transatlantischen Abenteuer hängt eine Menge ab!

Doch jetzt habe ich ein, zwei Tage Ruhe, ich kann mich seelisch vorbereiten und eine Weile zu Hause entspannen. Heute habe ich mit Julia und den Kindern den Londoner Zoo besucht und ich spüre schon jetzt ein Gefühl des Verlustes, weil ich weiß, dass ich lange von meiner Familie weg sein werde. Die Kinder schlafen, Julia liest in ihrem Wohnzimmer. An diesem ruhigen dunklen Januarabend im Studierzimmer habe ich endlich die Möglichkeit die Ergebnisse meiner Erkundigungen – ich verdanke Mr. Koenigs Eifer einiges – über Alfred Borden aufzuzeichnen.

Die folgenden Fakten habe ich persönlich verifiziert.

Alfred Borden wurde am 8. Mai 1856 geboren, und zwar im Königlichen Krankenhaus von Sussex in der Bohemia Road, Hastings. Drei Tage nach seiner Geburt kehrten er und seine Mutter, Betsy Mary Borden, in ihr Haus in der Manor Road Nr. 105 zurück. Der Vater hatte dort auch seine Zimmermannswerkstätte. Der vollständige Name des Kindes lautete Frederick Andrew Borden und nach den Aufzeichnungen der Sozialabteilung im Krankenhaus kam auch nur ein einziges zur Welt. Frederick Andrew Borden hatte bei seiner Geburt keinen eineiigen Zwillingsbruder, folglich kann er auch heute keinen haben.

Als Nächstes untersuchte ich die Möglichkeit, dass Frederick Borden vielleicht noch Brüder hat, die ihm vom Alter her nahe kommen und sehr ähnlich sehen. Frederick war das sechste Kind von sieben. Er besaß drei ältere Schwestern und zwei ältere Brüder. Ein Bruder jedoch übertraf ihn im Alter um acht Jahre und der andere war bereits mit zwei Wochen gestorben.

Ich zog das Archiv des *Hastings & Bexhill Announcer* zu Rate und erhielt eine Beschreibung von Fredericks älterem Bruder Julius (der den Unterlagen zufolge in der Schule einen Preis gewonnen hatte). Es heißt, Julius habe im Alter von fünfzehn Jahren über glattes blondes Haar verfügt. Frederick Borden ist dunkelhaarig. Aber es konnte ja immer noch sein, dass Julius als Doppelgänger sein Haar gefärbt hatte. Eine falsche Fährte, wie ich später entdeckte. Julius erlag 1870 der Schwindsucht, Frederick war gerade vierzehn.

Aber es gab da auch einen jüngeren Bruder, Albert Joseph Borden, siebtes Kind der Familie, geboren am 18. Mai 1858. (*Al*bert + *Fred*erick = Alfred? Hat Frederick so seinen ersten *nom de théâtre* gebildet?)

Wieder legte die Existenz eines Bruders, dessen Alter nicht allzu weit von dem Fredericks entfernt schien, die Annahme eines Doppelgängers nahe. Ich grub im Krankenhaus Alberts Geburtseintrag aus, doch es war schwierig mehr über ihn in Erfahrung zu bringen. Der umtriebige Mr. Koenig hatte jedoch einen Besuch bei einem fotografischen Porträtkünstler namens Charles Simpkins angeregt, dessen Studio an der High Street von Hastings liegt.

Mr. Simpkins begrüßte mich freundlich und freute sich, mir eine Auswahl seiner Daguerreotypien zeigen zu können. Darunter befand sich, wie Mr. Koenig mir gegenüber bereits angedeutet hatte, ein Studioporträt Frederick Bordens und seines jüngeren Bruders. Aufgenommen 1874 zeigte es Frederick im Alter von achtzehn und Albert von sechzehn Jahren.

Die beiden unterscheiden sich im Aussehen beträchtlich voneinander. Frederick ist groß, seine Züge sind das, was man oft als »edel« bezeichnet, die Haltung arrogant (all dies habe ich selbst schon an ihm beobachtet), während Albert viel weniger einnehmend erscheint. Er wirkt etwas weichlich, sein Gesicht ist aufgedunsen und die Backen sind rund; das Haar welliger als bei seinem Bruder und anscheinend von fahlerer Farbe; und nach dem Foto würde ich ihn mindestens vier oder fünf Zoll kleiner schätzen als Frederick.

Dieses Porträt überzeugte mich, dass Koenig Recht hatte: Frederick Borden besitzt keinen nahen Verwandten, den er als Doppelgänger benützen könnte.

Es besteht immer noch die Möglichkeit, dass er vielleicht die Straßen von London nach einem Mann abgesucht hat, der ihm hinreichend ähnlich sieht, um als Doppelgänger durchzugehen. Er könnte sich ja eines guten Maskenbildners bedienen. Aber egal, was Cutter sagt, ich habe selbst Bordens Vorstellung *gesehen*. Die meisten Doppelgänger von Illusionisten sind nur kurz auf der Bühne oder täuschen das Publikum, indem sie die gleiche Kleidung tragen. Das Double erscheint also in den wenigen Sekunden seines Auftritts als das Original.

Doch Borden ist nach der Transportation deutlich zu sehen. Er tritt ins Rampenlicht vor, er verbeugt sich, er lächelt, er nimmt seine Assistentin bei der Hand, verbeugt sich erneut, geht hin und her. Keine Frage, der Mann, der aus dem zweiten Kabinett herauskommt, ist derselbe, der in das erste stieg.

Etwas enttäuscht über das Ergebnis der Nachforschungen

kann ich mich nun ruhig auf meine lange Reise in die Neue Welt vorbereiten.

Ich weiß immer noch nicht, wie Borden diese verdammte Illusion zustande bringt, aber ich weiß wenigstens, dass er allein dahinter steckt.

Ich reise nun bald in das Land, das sich anschickt, Mittelpunkt der Welt der Magie zu werden. Zwei Monate lang werde ich einigen der besten Illusionisten der Vereinigten Staaten begegnen und vielleicht mit ihnen zusammenarbeiten. Dort wird es viele geben, die herausfinden können, wie dieser Trick funktioniert. Ich gehe nach Amerika, um meine Reputation zu erhöhen und ein kleines Vermögen an Honoraren zu sammeln, doch jetzt habe ich noch einen zusätzlichen Grund.

Ich schwöre: Wenn ich in zwei Monaten zurückkehre, werde ich Bordens Geheimnis entdeckt haben. Ich schwöre ebenfalls, dass ich binnen eines Monats nach meiner Heimkehr auf den Bühnen Londons eine überlegene Version des gleichen Tricks vorführen werde.

An Bord des Dampfers *Saturnia*, 21. Januar 1893

Einen Tag auf See seit Southampton. Hinter uns ein übler Tag im Kanal und ein kurzer Aufenthalt in Cherbourg. Jetzt durchpflügen wir stetig den Großen Teich in Richtung Amerika. Der Dampfer ist ein großartiges Schiff, die Kessel werden mit Kohle geheizt. Es verfügt über drei Decks und kann von der Ausstattung her den Ansprüchen der vornehmsten Passagiere aus Amerika und Europa genügen. Meine Kabine befindet sich auf dem zweiten Deck, ich teile sie mit einem Architekten aus Chichester. Ich habe ihm nichts über meinen Beruf erzählt, trotz seiner höflichen Nachfragen. Schon spüre ich einen Schmerz – den Schmerz, von meiner Familie getrennt zu sein.

Ich sehe sie noch vor mir stehen, auf dem vom Regen gepeitschten Kai: Sie winkten und winkten. Bei solchen Anlässen sehne ich mich nach der Wirkung der echten Magie: Ach, könnte ich doch meinen Stab schwenken, Abrakadabra sagen und sie hierher zu mir holen!

An Bord des Dampfers *Saturnia*, 24. Januar 1893

Ich habe am *mal de mer* gelitten, doch nicht annähernd so schlimm wie mein Freund aus Chichester, der sich letzte Nacht abscheulich auf den Kabinenboden erbrochen hat. Der arme Kerl war ganz zerknirscht und von Reue gepeinigt, aber geschehen ist geschehen. Als Folge dieser unangenehmen Erfahrung habe ich zwei Tage lang nichts gegessen.

27. Januar 1893

Während ich dies nun schreibe, taucht vor uns am Horizont New York auf. Ich will mich mit Cutter in einer halben Stunde treffen, um zu überprüfen, ob er für die Ausschiffung alle notwendigen Vorkehrungen getroffen hat.

Jetzt beginnt das Abenteuer!

13. September 1893

Es überrascht mich eigentlich nicht, dass seit meinem letzten Tagebucheintrag fast acht Monate vergangen sind. Wenn ich jetzt mit den Notizen über mein Leben fortfahre, bin ich versucht, wie bereits einige Male in der Vergangenheit, das Tagebuch einfach komplett zu vernichten.

Eine solche Tat könnte gut als Summe unter meinen bisherigen Handlungen stehen: Denn seit ich zum letzten Mal zur Feder griff, habe ich nahezu jede Gewissheit, die mein früheres Leben bestimmte, vernichtet, hinter mir gelassen oder preisgegeben.

Ein winziger Fetzen bleibt jedoch noch. Als ich dieses Tagebuch zu schreiben anfing, tat ich es mit der kindlichen Ernsthaftigkeit von meinem gesamten Leben zu berichten, ganz gleich, wie es ausgehen würde. Ob ich damals schon eine Vorstellung davon hatte, was wohl aus mir mit sechsunddreißig werden würde, daran kann ich mich nicht mehr erinnern. Aber sicher hatte ich es mir so nicht ausgemalt.

Julia und die Kinder sind fort. Cutter ist weg. Viel von meinem Wohlstand hat sich verloren. Die Karriere ist infolge meiner Apathie eingeschlafen und vorbei.

Ich habe alles verloren.

Doch ich habe Olivia Svenson gewonnen.

Ich werde hier wenig über Olivia schreiben. Denn wenn ich die Seiten zurückblättere, fällt mir immer wieder die Begeisterung auf, mit der ich meine Liebe zu Julia geschildert habe. Jetzt kann ich vor Scham nur noch zurückzucken. Ich bin alt genug und in Herzenssachen genügend erfahren, um nicht länger meinen Gefühlen in diesen Dingen zu trauen.

Es mag ausreichen zu erwähnen, dass ich Julia verlassen habe, damit ich mit Olivia zusammen sein kann. Ich bin Olivia während meiner Tournee durch Amerika in der ersten Hälfte dieses Jahres begegnet und habe mich in sie verliebt. Ich traf sie bei einem Empfang, der mir zu Ehren in der schönen Stadt Boston in Massachusetts gegeben wurde. Sie sprach mich an und offenbarte mir ihre Bewunderung, wie schon viele Frauen in der Vergangenheit es getan hatten. (Dies verzeichne ich ohne jede Eitelkeit.) Vielleicht lag es daran, dass ich so weit weg von zu Hause war und ironischerweise so einsam ohne meine Familie, dieses eine Mal konnte ich der Versuchung nicht widerstehen. Olivia, die damals als *danseuse* arbeitete, schloss sich meiner Gruppe an. Als ich Boston verließ, blieb sie bei uns und danach reisten wir zusammen. Mehr noch, binnen einer oder zwei Wochen stand sie als meine Assistentin auf der Bühne und ging schließlich auch mit mir nach London.

Cutter gefiel das nicht, und obwohl er die Tournee bis zum Ende mitmachte, trennten wir uns unmittelbar nach der Heimkehr.

Wie es auch Julia und ich taten. Manchmal liege ich sogar jetzt noch nachts wach und staune über den Wahnsinn meines Verzichts auf Julia. Einmal hat sie mir die Welt bedeutet und sie hat wirklich geholfen, die Welt zu bauen, in der ich heute lebe. Auch meine Kinder, meine drei hilflosen und unschuldigen Kinder, sind Opfer desselben Verzichts. Alles, was ich sagen kann, ist, mein Wahnsinn ist der Wahnsinn der Liebe. Durch die Leidenschaft zu Olivia bin ich für jedes andere Gefühl unempfindlich geworden.

Ich bringe es – selbst im vertraulichen Rahmen des Tagebuchs – nicht fertig aufzuschreiben, was zu jener Zeit gesagt, getan und gelitten wurde. Sagen und Tun war meistens mein Teil, das Leiden hingegen ganz auf Seiten Julias.

Ich finanziere jetzt Julia ihren eigenen Haushalt. Sie führt – um den Schein zu wahren – das Leben einer Witwe. Sie hat die Kinder bei sich, ihren materiellen Bedürfnissen wird Rechnung getragen und sie muss mir nie mehr begegnen, falls sie es nicht wünscht. Sollte man mich in ihrem Haus sehen, würde ja der Schein zerstört und deshalb bin ich gezwungenermaßen zu einem Toten geworden. Ich kann meine Kinder niemals mehr in ihrem Haus besuchen und muss mich mit den gelegentlichen Ausflügen, die ich mit ihnen unternehme, zufrieden geben. Natürlich habe ich das allein mir zuzuschreiben.

Julia und ich treffen uns bei verschiedenen Anlässen kurz und ihr freundliches Wesen zu erleben tut meinem Herzen weh. Aber es gibt keinen Weg zurück. Ich habe meine Schiffe hinter mir verbrannt. Wenn es mir gelingt die Erinnerung an die Familie zu verdrängen, die ich verloren habe, bin ich es zufrieden. Ich erwarte kein mildes Urteil. Dass ich meiner Frau ein Unrecht angetan habe, dessen bin ich mir gewiss.

Immer habe ich versucht die Menschen, die mich umgeben, nicht zu verletzen. Selbst bei meinen Auseinandersetzungen mit Borden bin ich davor zurückgeschreckt, ihm Schmerzen oder Gefahren zuzufügen. Ich habe es vorgezogen Rache zu nehmen, indem ich ihn irritiert oder in Verlegenheit gebracht habe. Aber jetzt erkenne ich, dass ich den vier Menschen, die mir am meisten bedeuteten, den größtmöglichen Schmerz bereitet habe. Auch auf die Gefahr hin, mich als Schwindler zu erweisen, möchte ich doch behaupten, dass ich niemals mehr so etwas tun werde.

14. September 1893

Meine Karriere scheint wieder in Bewegung zu kommen. Wegen der Aufregungen der Wochen, die auf meine Rückkehr aus den Vereinigten Staaten folgten, ließ ich die meisten Buchungen sausen, die Unwin für mich angenommen hatte. Ich war schließlich von der Tournee mit einer hübschen

Summe Geldes heimgekommen. Deshalb meinte ich einige Zeit überleben zu können, ohne arbeiten zu müssen.

Dieser Tagebucheintrag soll jedoch festhalten, dass ich glaube, endlich aus dem Loch des Elends und der Lethargie, in das ich abgerutscht bin, herauszukommen. Ich bin bereit die Bühne wieder zu betreten. Ich habe Unwin instruiert, Engagements für mich entgegenzunehmen. Meine Karriere kann von neuem beginnen.

Um den Entschluss zu feiern, gingen Olivia und ich heute Nachmittag in das Geschäftslokal eines Theaterschneiders. Man nahm ihre Maße und sie wählte sich ihre Bühnenausstattung.

1. Dezember 1893

In meinem Terminkalender ist eine dreißigminütige Weihnachtsvorstellung für eine Waisenschule vermerkt, ansonsten gibt es keine weiteren Eintragungen. Das Jahr 1894 steht bevor, der Arbeit beraubt. Seit Ende September habe ich nur achtzehn Pfund und achtzehn Shilling verdient.

Hesketh Unwin spricht von einer Flüsterkampagne gegen mich. Er warnt mich sie zu ignorieren, denn der Erfolg meiner Amerika-Tournee ist wohl bekannt und Neid schnell geweckt.

Diese Nachricht beunruhigt mich. Steckt Borden dahinter?

Olivia und ich haben eine Wiederaufnahme der Séancen diskutiert, um das Nötigste für den Lebensunterhalt verdienen zu können, aber einstweilen betrachte ich dies nur als letzte verzweifelte Maßnahme.

Inzwischen verbringe ich meine Tage mit Üben und Proben. Ein Magier kann nie genug üben, denn seine Darbietung profitiert immer davon. So placke ich mich in meiner Werkstatt ab, für gewöhnlich allein, manchmal mit Olivia, und probe, bis ich alles überhabe. Obwohl meine Fertigkeit in der Zauberkunst zunimmt, überlege ich manchmal, in den dunkleren Momenten, warum ich überhaupt weitermache.

Wenigstens werden die Waisenkinder eine wunderbare Unterhaltung haben!

14. Dezember 1893

Für Januar und Februar einige Buchungen. Keine größeren Auftritte, aber unsere Stimmung hat sich trotzdem verbessert.

20. Dezember 1893

Mehr Buchungen für Januar! Eine davon – man staune! –, weil ein gewisser *Professeur de la Magie* abgesagt hat! Ich freue mich darauf, seine Guineen einstreichen zu dürfen.

23. Dezember 1893

Fröhliche Weihnachten! Mir ist eine amüsante Idee gekommen und die muss ich schnell aufschreiben, bevor ich meine Meinung ändere. (Sobald Papier und Feder anvertraut, sind meine Taten unwiderruflich festgehalten!) Unwin hat mir den Vertrag für den Auftritt am 19. Januar im Princess Royal Theatre in Streatham geschickt. Dies ist zufällig genau das Engagement, das Borden abgesagt hat. Ich sah gerade den Vertrag durch (in letzter Zeit waren Verpflichtungen so spärlich, dass ich wahrscheinlich alles unterschrieben hätte!), als mein Blick auf eine der Klauseln am Ende fiel. Eine ziemlich allgemeine Bestimmung, für den Fall, dass ein Künstler für einen anderen einspringt: Die Vorführung solle den gleichen allgemeinen Leistungsstandard aufweisen wie der Auftritt, der durch sie ersetzt werde.

Meine erste Reaktion war ein sarkastisches Schnauben. Allein die Vorstellung, ich solle mich auf Bordens Niveau begeben … Das war wirklich reinste Ironie. Dann dachte ich noch einmal darüber nach. Wenn ich schon Borden ersetzen soll, warum bringe ich dann nicht eine Kopie der Nummer, die man sonst nicht mehr zu sehen bekam? Kurz gesagt, warum führe ich nicht endlich Bordens Illusion für ihn vor?

Diese Idee hat mich so gepackt, dass ich den ganzen Tag in London herumgerannt bin und versucht habe jemanden zu finden, der als mein Double auftreten kann. Für ein solches Vorhaben ist nun allerdings die falsche Jahreszeit: All die arbeitslosen Schauspieler, die man im Allgemeinen in jeder Bar im West End finden kann, treten in den zahlreichen Pantomimen und Weihnachtsvorstellungen überall in der Stadt auf.

Ich habe etwas mehr als drei Wochen für meine Vorbereitungen. Morgen werde ich anfangen die Kabinette zu bauen!

4. Januar 1894

Noch zwei Wochen bis zum Auftritt und ich habe endlich meinen Mann! Er heißt Gerald William Root, ist Schauspieler, Rezitator bombastischer Versdichtungen, Monologsprecher … und – nach allem, was man hört – ein notorischer Säufer und Raufbold. Mr. Root braucht jedoch dringend Geld und ich habe ihm das Versprechen abgerungen, dass er, solange er für mich arbeitet, Alkohol erst nach der Vorstellung anrührt. Er möchte mich unbedingt gewogen stimmen. Und da das Geld, das ich ihm anbieten kann, nach seinen Maßstäben reichlich bemessen ist, glaube ich, seine Zuverlässigkeit kaufen zu können.

Er ist genauso groß wie ich und gleicht mir mehr oder weniger, was Haltung und Figur angeht. Er fällt ein wenig kräftiger aus, aber entweder wird er diese Extrapfunde abspecken oder ich werde meine Kleidung auspolstern. Das ist somit ohne Belang. Seine Gesichtsfarbe erscheint etwas heller als meine, doch auch dies ist eine Nebensächlichkeit, der mit Schminke abgeholfen werden kann. Obwohl seine Augen von einem unreinen Blau sind und meine die Farbe besitzen, die allgemein als Nussbraun bezeichnet wird, ist der Unterschied kaum, wenn überhaupt zu bemerken. Auch hier kann Theaterschminke helfen, die Aufmerksamkeit des Publikums abzulenken.

Keines dieser Details wirft größere Schwierigkeiten auf. Ernster zu nehmen dagegen ist das Problem seiner Gangart, die merklich lockerer ausfällt als meine. Er macht längere Schritte und dreht die Füße leicht nach außen, wenn er geht. Olivia hat sich der Sache angenommen und glaubt, sie könne ihn rechtzeitig genug einweisen. Wie jeder Schauspieler weiß, kann man eine Figur durch Gang und Haltung besser charakterisieren als durch die Nachstellung beliebiger Gesichtsmerkmale durch einen Akzent oder Gesten. Wenn mein Double auf der Bühne anders geht als ich, dann wird man es nicht für mich halten. So einfach ist das.

Root – nun über jeden Aspekt der Täuschung aufgeklärt – meint, er verstehe das Problem. Er versucht meine Sorgen zu diesem Punkt zu zerstreuen, indem er mir von seinem Ruf als professioneller Schauspieler erzählt. Doch das kümmert mich nicht. Wenn man ihn an jenem Abend für mich hält, dann hat er sein Geld verdient.

Es bleiben noch zwei Wochen zum Proben.

6. Januar 1894

Root führt zwar die Bewegungen aus, die ich ihm beibringe, aber ich habe irgendwie das Gefühl, dass die *Illusion* nicht nach seinem Geschmack ist. Schauspieler spielen eine Rolle, doch die Zuschauer eines Theaterstücks sind in die Täuschung eingeweiht, sie wissen, dass der Prinz Hamlet von der Bühne eigentlich nur ein Mann ist, der dessen Text spricht. Meine Zuschauer müssen jedoch, wenn sie das Theater verlassen, verblüfft sein von dem, was sie gesehen haben! Sie müssen ihren Augen gleichzeitig trauen und misstrauen!

10. Januar 1894

Ich habe Mr. Root morgen einen Tag freigegeben, damit ich noch einmal nachdenken kann. Er passt nicht, er passt überhaupt nicht! Olivia glaubt auch, dass alles ein Fehler sei, und drängt mich, die Borden-Illusion aus meinem Auftritt zu streichen.

Root ist eine Katastrophe.

12. Januar 1894

Dieser Mann ist ein Phänomen! Wir haben beide Zeit gebraucht, um alles durchzudenken. Er erzählt mir, er habe den gestrigen Tag mit Freunden verbracht. Aber nach seiner Fahne zu schließen hat er die Zeit mit einer Flasche an den Lippen totgeschlagen.

Das spielt keine Rolle! Seine Bewegungen sind richtig, sein Einsatz kommt präzise. Wenn wir beide in unseren identischen Kostümen stecken, wird die Täuschung funktionieren.

Morgen gehe ich mit Root und Olivia nach Streatham, wo wir die Bühne inspizieren und letzte Vorbereitungen treffen werden.

18. Januar 1894

Ich bin ziemlich nervös wegen der morgigen Vorstellung, obwohl Root und ich geprobt haben, bis uns jedes Detail der Nummer zuwider war. In der Perfektion liegt eine Gefahr: Sollte ich morgen Bordens Illusion vorführen und sie verbessern (das werde ich!), wird Borden schnell davon erfahren.

In diesen Stunden der Ruhe um Mitternacht, da Olivia schläft, das Haus still ist und die Gedanken frei fließen, wird mir erst eine schreckliche, bisher verdrängte Wahrheit bewusst: Borden wird sofort den Trick durchschauen, der hinter meiner Variante der Illusion steckt, aber ich kenne sein Geheimnis immer noch nicht.

20. Januar 1894

Es war ein Triumph! Der Beifall brandete bis zu den Dachbalken empor! Heute nennt mich die *Morning Post* in ihrer letzten Ausgabe »Großbritanniens vielleicht größten lebenden Illusionisten«. (In dem Zitat stecken zwei kleine Einschränkungen, ohne die ich durchaus leben könnte, aber die Titulierung wird ausreichen, um Mr. Bordens Selbstgefälligkeit zu erschüttern!)

Es ist herrlich! Aber die Sache hat auch eine bittere Seite, an die ich zuvor nicht gedacht hatte. Wie konnte ich nur so blind sein? Am Ende der Illusion, am Höhepunkt des Auftritts, befinde ich mich zwangsweise unwürdig zusammengekauert unter den raffiniert zusammengeklappten Paneelen meines Kabinetts. Während der Beifall den Saal erfüllt, ist es der Säufer Root, der ins Rampenlicht tritt. Er nimmt die Ovationen entgegen, er hält Olivias Hand in der seinen, er verbeugt sich und winkt und wirft Kusshände, er dankt dem Kapellmeister, grüßt die Menschen in den Logen, zieht den Hut und verbeugt sich immer wieder …

Und ich kann nur warten, bis die Bühne dunkel wird. Erst wenn der Vorhang fällt, darf ich hervorkriechen.

Das muss sich ändern. Wir müssen es so einrichten, dass *ich* derjenige bin, der aus dem einen Kabinett hervortritt; folglich muss der Austausch mit Root bereits vor Beginn der Nummer stattfinden. Ich muss mir etwas einfallen lassen.

21. Januar 1894

Der gestrige Artikel der *Post* hat seine Wirkung gehabt, schon heute hat mein Agent einige Anfragen und drei feste Buchungen für einen Auftritt entgegengenommen. Und jedes Mal wird meine wunderbare Austausch-Illusion verlangt.

Ich habe Root mit einem kleinen Bonus belohnt.

30. Juni 1895

Schon kommen mir die Ereignisse, die sich vor zwei Jahren abgespielt haben, wie ein verblassender Alptraum vor. Ich nehme mir dieses Tagebuch zur Jahresmitte lediglich deshalb vor, um festzuhalten, dass ich wieder meine Ausgeglichenheit gefunden habe. Olivia und ich leben harmonisch zusammen, und obwohl sie niemals der Stimulus sein kann, den Julia für mich darstellte, so ist ihre Unterstützung doch der Grundstein, auf dem ich jetzt mein Leben und meine Karriere aufbaue.

Ich werde ein weiteres Mal mit Root reden, da unser letztes Gespräch bei ihm wenig Wirkung gezeigt hat. Trotz seiner ausgezeichneten Darbietung ist er für mich zu einem Problem geworden. Deshalb habe ich auch wieder zum Tagebuch gegriffen, ich will festhalten, dass ich endlich mal ein ernstes Wörtchen mit ihm reden muss.

7. Juli 1985

Es gibt eine Grundregel in der Welt der Magie (und wenn es sie nicht gibt, dann möchte ich sie hiermit aufstellen): Mach dir deine Assistenten nicht zu Feinden! Denn sie kennen viele deiner Geheimnisse und haben deshalb eine besondere Macht über dich.

Wenn ich Root feuere, bin ich ihm auf Gedeih und Verderb ausgeliefert.

Das Problem mit ihm besteht teilweise in seiner Trunksucht, teilweise in seiner Arroganz.

Oft war er während der Vorstellung betrunken, eine Tatsache, die er auch nicht leugnet. Er behauptet, er könne damit umgehen. Doch das Verhalten eines schweren Trinkers ist unberechenbar, ich fürchte, eines Abends wird er zu betrunken sein, um seinen Part zu geben. Ein Magier sollte nie irgendeinen Aspekt seines Auftritts dem Zufall überlassen, aber für mich bedeutet es nun jedes Mal ein Risiko, wenn wir die Rollen tauschen.

Seine Arroganz stellt ein – wenn möglich – noch größeres Übel dar. Er ist überzeugt, dass ich ohne ihn nicht wirkungsvoll arbeiten kann. Und sobald er um mich ist, sei es bei den Proben, hinter der Bühne im Theater oder selbst in meiner eigenen Werkstatt, muss ich einen ständigen Strom von Ratschlägen über mich ergehen lassen, die ich seiner langjährigen Erfahrung als Thespisjünger verdanke.

Gestern Abend hatten wir unsere lange geplante »Aussprache«, doch am Ende redete eigentlich nur noch er. Tatsächlich gab er größtenteils Boshaftigkeiten und Drohungen von sich. Er sagte, was ich am meisten zu hören fürchtete, nämlich dass er meine Geheimnisse enthüllen und meine Karriere ruinieren könnte.

Und Schlimmeres. Irgendwie hat er etwas über meine Beziehung zu Sheila Macpherson herausgefunden, eine Affäre, die ich äußerst diskret anging. Natürlich werde ich erpresst. Ich brauche ihn, er weiß es. Er hat Macht über mich, das weiß ich.

Ich war sogar gezwungen, ihm eine Erhöhung seines Honorars anzubieten. Er hat sie natürlich prompt angenommen.

19. August 1895

Heute Abend kam ich zeitig aus der Werkstatt zurück, da ich etwas (ich habe vergessen was) zu Hause zurückgelassen hatte. Als ich mich zuerst bei Olivia meldete, war ich überrascht (um es gelinde auszudrücken), als ich Root bei ihr im Wohnzimmer antraf.

Ich muss vorausschicken, dass mein Haus in Idmiston Villas Nr. 45 aus zwei eigenständigen Wohnungen besteht. Nach dem Erwerb des Gebäudes beließ ich es bei dieser Einteilung. Während unserer Ehe bewegten Julia und ich uns frei zwischen beiden Bereichen des Hauses hin und her; doch seit Olivia bei mir ist, leben wir unter demselben Dach getrennt. Das dient teilweise dazu, die Gesetze der Schicklichkeit zu wahren, aber es zeigt auch die eher zwanglose Natur unserer Verbindung. Während wir getrennte Haushalte führen, besuchen Olivia und ich einander, wann immer es uns gefällt.

Während ich nun die Treppe hinaufstieg, hörte ich Gelächter. Als ich die Tür zu ihrer Wohnung öffnete, die direkt in das Wohnzimmer führt, lachten Olivia und Root immer noch fröhlich. Doch das Lachen erstarb schnell, als sie mich sahen. Olivia blickte verärgert drein. Root versuchte aufzustehen, schwankte unsicher und setzte sich wieder. Ich bemerkte zu meinem Ärger, dass auf dem Tisch eine halbleere Flasche Gin stand und daneben eine weitere, leere. Olivia und Root hielten Gläser mit dem besagten Getränk in Händen.

»Was hat das zu bedeuten?«, wollte ich wissen.

»Ich wollte Sie besuchen, Mr. Angier«, erwiderte Root.

»Sie wussten doch, dass ich heute Abend in meiner Werkstatt bin«, gab ich zurück. »Warum haben Sie mich nicht dort aufgesucht?«

»Liebling, Gerry ist nur auf einen Sprung zu einem Drink vorbeigekommen«, meinte Olivia.

»Dann ist es jetzt an der Zeit, dass er geht!«

Ich hielt mit dem Arm die Tür weit auf und bedeutete ihm, er solle den Raum verlassen. Dies tat er auch prompt, trotz seiner Trunkenheit. Als er an mir vorübertorkelte, streifte mich kurz sein mit Gin getränkter Atem.

Es folgte ein spannungsgeladenes Gespräch zwischen Olivia und mir, das ich hier nicht weiter darlegen will. Danach zog ich mich zurück, um diesen Bericht festzuhalten. Mich bewegen starke Gefühle, die ich hier nicht geschildert habe.

24. August 1895

Heute habe ich erfahren, dass Borden mit seinem Zauber-Programm auf eine Tournee durch Europa und die Levante geht. Er wird bis zum Ende des Jahres aus England fort sein. Seltsamerweise wird er seine eigene Version der Zwei-Kabinette-Illusion nicht vorführen.

Hesketh Unwin informierte mich darüber, als ich ihn heute besuchte. Ich erlaubte mir den Scherz, hoffentlich werde Bordens Französisch für Paris besser ausfallen als jenes für die Bühne!

25. August 1895

Ich habe vierundzwanzig Stunden benötigt, um darauf zu kommen, aber Borden hat mir einen Gefallen erwiesen! Endlich habe ich erkannt, dass ich die Austausch-Illusion nicht mehr vorführen muss, wenn Borden außer Landes ist. Deshalb habe ich ohne Aufschub oder Skrupel Root an die Luft gesetzt!

Sobald Borden von seiner Auslandstournee zurückkommt, werde ich entweder Mr. Root ersetzt haben oder ich führe die Illusion einfach überhaupt nicht mehr vor.

14. November 1895

Heute Abend sind Olivia und ich zum letzten Mal auf der Bühne aufgetreten, und zwar bei einer Vorstellung im Phoenix Theatre in der Charing Cross Road. Anschließend fuhren wir zusammen nach Hause und hielten uns im Fond der Kutsche zufrieden an den Händen. Seit Mr. Root abgezogen ist, sind wir spürbar glücklicher. (Ich treffe Miss Macpherson immer seltener.)

Nächste Woche, wenn ich mein Gastspiel am Royal County Theatre in Reading antrete, wird meine Assistentin eine junge Dame sein, die ich die letzten zwei Wochen eingeübt habe. Sie heißt Gertrude, ist mit einem geschmeidigen und schönen Körper begnadet und verfügt über die Anmut und die Eleganz einer Porzellanfigur. Sie ist die Verlobte meines anderen neuen Angestellten, eines Zimmermanns und Apparatetechnikers namens Adam Wilson. Ich bezahle beide gut und bin mit ihren bisherigen Leistungen zufrieden.

Adam, das muss ich festhalten, ist von Körperbau und Erscheinung her mein nahezu perfekter Doppelgänger. Ich habe ihm das zwar noch nicht gesagt, aber er könnte ein Ersatz für Root werden.

12. Februar 1896

Heute Abend habe ich erfahren, was es heißt, wenn einem das Blut in den Adern gefriert.

Während der ersten Hälfte meines Programms war ich gerade mit einem meiner gewohnten Kartentricks beschäftigt: Ich bitte einen Zuschauer eine Karte auszuwählen und direkt vor den Augen des Publikums seinen Namen darauf zu schreiben. Dann nehme ich die Karte, zerreiße sie und werfe die Fetzen weg. Einen Augenblick später zeige ich einen Metallkäfig mit einem lebendigen Kanarienvogel darin. Wenn mein Freiwilliger den Käfig von mir entgegennimmt, fällt ihm dieser überraschend in den Händen auseinander (der Vogel verschwindet). Es bleiben nur die einzelnen Käfigteile … und eine einzelne Spielkarte. Nimmt er sie heraus, wird er entdecken, dass es sich genau um die Karte handelt, auf der sein Name steht. Die Nummer hat ihre Pointe und der Zuschauer kehrt auf seinen Platz zurück.

Als ich heute Abend nach dem Trick, in Erwartung des Beifalls, dem Publikum zulächelte, hörte ich den Kerl doch sagen: »Das is' nich' meine Karte!«

Ich wandte mich zu ihm um. Der Dummkopf stand da mit dem zerteilten Käfig in der einen Hand und mit der Spielkarte in der anderen. Er versuchte die Karte zu lesen.

»Gestatten Sie, dass ich sie Ihnen abnehme, Sir?«, dröhnte ich theatralisch. Da ich meinte, beim Forcieren der Karte sei vielleicht etwas schief gelaufen, wollte ich nun mit einem anderen Trick, dem plötzlichen Hervorzaubern einer Menge bunter Bänder, den Fehler vertuschen.

Als ich aber versuchte ihm die Karte wegzunehmen, geriet ich vom Regen in die Traufe.

Er wandte sich von mir ab und rief mit triumphierender Stimme: »Ha! Da steht was andres drauf!«

Der Mann spielte dem Publikum zu und nutzte die vermeintliche Tatsache nach Kräften aus, irgendwie den Magier bei dessen eigenem Spiel geschlagen zu haben. Um die Situation zu retten, musste ich die Karte möglichst schnell an mich bringen. Ich riss sie ihm deshalb aus der Hand. Dann überschüttete ich ihn mit bunten Bändern, gab dem Kapellmeister ein Zeichen und forderte durch Winken das Publikum zu klatschen auf, um den schrecklichen Kerl wieder auf seinen Platz zu treiben.

Während die Musik anschwoll und der Beifall spärlich tröpfelte, stand ich wie gebannt auf der Bühne und las die Worte, die auf der Karte geschrieben standen:

»Ich weiß, wo Sie sich mit Sheila Macpherson treffen. Abrakadabra! – Alfred Borden«

Es war die Kreuzdrei – die Karte, die ich für den Trick dem Freiwilligen aus dem Publikum forciert hatte.

Wie ich es geschafft habe, den Rest des Auftritts hinter mich zu bringen, kann ich nicht sagen, aber irgendwie muss es mir gelungen sein.

18. Februar 1896

Gestern Abend bin ich allein nach Cambridge ins Empire Theatre gefahren, wo Borden auftrat. Als er das Hokuspokus der Anfangsphase einer konventionellen Kabinett-Illusion absolviert hatte, stand ich von meinem Platz im Zuschauerraum auf und stellte ihn bloß.

So laut ich konnte, rief ich den übrigen Zuschauern zu, im Kabinett befinde sich bereits versteckt eine Assistentin. Dann trat ich auf der Stelle den Rückzug an, blickte aber noch einmal zur Bühne, als ich den Zuschauerraum verließ, und wurde tatsächlich mit den Anblick des vorzeitig fallenden Vorhangs belohnt.

Später erst wurde mir bewusst, dass ich für meine Tat wahrscheinlich einen hohen Preis würde entrichten müssen. Mein Gewissen quälte mich während der langen, kalten und einsamen Zugreise zurück nach London. In dieser dunklen

Nacht hatte ich reichlich Gelegenheit über meine Vorgehensweise nachzudenken. Ich bereute bitterlich, was ich getan hatte. Die Leichtigkeit, mit der ich den magischen Zauber seiner Vorstellung vernichtet hatte, erschreckte mich. Die Magie ist eine Illusion, eine zeitweilige Aufhebung der Realität zum Nutzen und Amüsement des Publikums. Welches Recht hatte ich (oder er, wenn er mit seinen Sabotageakten an der Reihe war) diese Illusion zu zerstören?

Einmal, vor langer Zeit, damals, als Julia unser erstes Baby verloren hatte, hatte Borden mir geschrieben und sich für sein Verhalten entschuldigt. Aus Hochmut und Unverstand (oh, wie töricht war ich damals!) war ich ihm nicht entgegengekommen. Jetzt aber wünsche ich von ganzem Herzen ein Ende unserer Fehde. Wie lange müssen sich zwei erwachsene Männer noch vor aller Öffentlichkeit aus dem Hinterhalt heraus angreifen, um einer Feindschaft zu genügen, deren Ursache und Berechtigung keiner der beiden mehr genau zu benennen weiß? Ja, damals, als Julia durch das Eingreifen dieses Hanswursts verletzt wurde, gab es noch einen wirklichen Grund für mich, doch seitdem ist so viel geschehen.

Während dieser ganzen kalten Fahrt zurück zur Liverpool Street Station überlegte ich, was ich unternehmen könnte. Jetzt, vierundzwanzig Stunden später, denke ich immer noch darüber nach. Ich werde meinen Mut zusammennehmen, ihm schreiben, der Fehde ein Ende setzen und ein Treffen unter vier Augen vorschlagen, um alle seiner Meinung nach offenen Rechnungen zu begleichen.

20. Februar 1896

Olivia kam heute zu mir, nachdem sie ihre Post geöffnet hatte, und sagte vorwurfsvoll: »Also stimmt doch, was Gerry Root mir erzählt hat!«

Ich fragte sie, was sie meine.

»Du triffst dich noch mit Sheila Macpherson, nicht wahr?«

Später zeigte sie mir den Brief. Er war folgendermaßen adressiert: »An die Bewohnerin der Wohnung B, Idmiston Villas Nr. 45«. Der Absender, natürlich, Borden!

27. Februar 1896

Ich habe Frieden gemacht mit mir, mit Olivia, selbst mit Borden!

Olivia habe ich versprochen, dass ich Miss Macpherson nie wieder treffen werde (und dieses Versprechen gilt) und dass meine Liebe für sie unsterblich ist.

Und ich habe beschlossen, dass ich mich nie wieder auf eine Auseinandersetzung mit Alfred Borden einlassen werde, ganz gleich, wie provoziert ich mich fühle. Ich warte immer noch darauf, dass er für meinen Auftritt in Cambridge öffentlich Vergeltung übt. Aber ich werde ihn ignorieren.

5. März 1896

Eher als erwartet versuchte Borden mich zu demütigen, während einer wohl bekannten, doch populären Illusion namens »Trilby«. (Es handelt sich um den Trick, bei dem die Assistentin auf einem Brett liegt, das von zwei Stuhllehnen getragen wird. Werden die Stühle entfernt, schwebt die Liegende scheinbar ohne Stütze in der Luft.) Und Borden war erfolgreich! Irgendwie hatte er es geschafft sich hinter der Bühne zu verstecken.

Als ich den zweiten Stuhl unter Gertrudes Rücken wegnahm, hob sich plötzlich der Theaterprospekt, Adam Wilson war zu sehen, wie er am Boden kauerte und den Mechanismus bediente.

Ich ließ den Hauptvorhang fallen und brach meinen Auftritt ab.

Ich werde mich nicht rächen.

31. März 1896

Ein weiterer Borden-Zwischenfall. So bald schon nach dem letzten!

17. Mai 1896

Wieder Borden!

Etwas verwirrt mich an dem Vorfall. Ich weiß sicher, dass er am selben Abend ebenfalls auftrat. Aber irgendwie hat er es fertig gebracht, quer durch ganz London ins Great Western Hotel zu kommen, um meine Vorführung zu sabotieren.

Einmal mehr werde ich mich nicht rächen.

16. Juli 1896

Ich werde einfach keine Zwischenfälle mehr aufzeichnen, so sehr verachte ich ihn. (Wieder einer heute Abend, ja, aber ich will keine Vergeltung.)

4. August 1896

Gestern Abend führte ich eine Illusion vor, die in meinem Programm relativ neu ist. Dazu gehört eine drehbare Tafel, auf die ich mit Kreide Zurufe aus dem Publikum notiere. Steht eine bestimmte Anzahl darauf, drehe ich plötzlich die Tafel um … und zeige, dass auf wunderbare Weise dieselben einfachen Sätze bereits auf der Rückseite stehen!

Als ich heute Abend die Tafel wendete, entdeckte ich, dass jemand den vorbereiteten Text abgewischt hatte. An seiner Stelle war zu lesen:

ICH SEHE SIE HABEN DEN VERSUCH AUFGEGEBEN
SICH ZU TRANSMITTIEREN. BEDEUTET DAS,
SIE KENNEN DAS GEHEIMNIS IMMER NOCH
NICHT?
KOMMEN SIE UND SEHEN SIE EINEM EXPERTEN ZU!

Ich werde immer noch keine Rache nehmen. Olivia, die notgedrungen alles über unsere Fehde weiß, ist der Meinung, würdevolle Verachtung sei die einzig richtige Antwort.

3. Februar 1897

Noch ein Borden-Zwischenfall. Wie lästig, dieses Tagebuch aufzuschlagen, nur um diese Geschichte festzuhalten!

Er wird immer kühner. Obwohl Adam und ich vor und nach jeder Vorstellung unsere Gerätschaften sorgfältig überprüfen und unmittelbar vor dem Auftritt den Bühnenbereich hinter den Kulissen durchsuchen, hat Borden heute Abend irgendwie Zugang zur Unterbühne bekommen.

Ich führte gerade einen Trick vor, der als »Die Dame verschwindet« bekannt ist. Diese Illusion ist reizvoll für den Magier wie den Zuschauer. Die verwendeten Requisiten sind wirklich einfach. Meine Assistentin sitzt auf einem gewöhnlichen Holzstuhl in der Mitte der Bühne und ich werfe ein großes Baumwoll-Laken über sie. Es zeichnet die Umrisse des Kopfes und der Schultern nach. Ein überzeugender Beweis für ihre Anwesenheit.

Dann ziehe ich langsam das Laken weg ... Sie ist verschwunden! Auf der nackten Bühne bleiben nur der Stuhl zurück, das Laken und ich.

Als ich heute Abend das Laken wegnahm, entdeckte ich zu meiner Überraschung, dass Gertrude sich noch auf dem Stuhl befand. Sie war verwirrt und erschrocken. Ich stand verblüfft da.

Aber noch schlimmer: Eine der Falltüren öffnete sich und ein Mann wurde von unten auf die Bühne gehoben. Er trug volle Abendkleidung mit Zylinder, Schal und Cape. Unverschämt wie der Teufel zog Borden (denn er war es) den Hut vor dem Publikum und schritt seelenruhig auf die Seitenkulisse zu.

Eine Wolke Tabakrauch wirbelte hinter ihm her. Ich eilte ihm nach, entschlossen, ihn endlich zur Rede zu stellen. Da wurde meine Aufmerksamkeit plötzlich auf ein blendendes Licht über meinem Kopf gelenkt!

Von den Soffitten kam eine leuchtende Tafel herab! In strahlenden blauen Lettern, durch irgendeine elektrische Vorrichtung gespeist, stand da zu lesen:

LE PROFESSEUR DE LA MAGIE
IN DIESEM THEATER – DIE GANZE NÄCHSTE
WOCHE!

Die Bühne war von einem grässlich blau-fahlen Licht übergossen. Ich machte dem Inspizienten in der Seitenkulisse ein Zeichen. Endlich fiel der Vorhang und verhüllte meine Verzweiflung, meine Erniedrigung, meine Wut.

Als ich zu Hause ankam und Olivia erzählte, was geschehen war, sagte sie: »Du musst dich rächen, Robbie. Und das richtig!«

Schließlich stimmte ich ihr zu.

18. April 1897

Heute Abend haben Adam und ich zum ersten Mal die Austausch-Illusion öffentlich vorgeführt. Wir hatten mehr als eine Woche dafür geprobt und die Nummer war technisch einwandfrei.

Doch der Applaus am Ende fiel eher höflich als begeistert aus.

13. Mai 1897

Nach vielen langen Stunden der Arbeit und des Übens haben Adam und ich bei unserer Nummer ein Niveau erlangt, das meines Wissens nach nicht übertroffen werden kann. Nach achtzehn Monaten enger Zusammenarbeit mit mir kann Adam meine Bewegungen und Eigenheiten mit unheimlicher Genauigkeit nachahmen. Mit der gleichen Kleidung, ein wenig Schminke und einem (sehr teuren) Toupet ist er bis auf das letzte Detail mein Doppelgänger.

Doch jedes Mal, wenn wir den Trick vorführen und die Nummer ihren unserer Auffassung nach phantastischen Höhepunkt erreicht, zeigt sich das Publikum eher unbeeindruckt.

Ich weiß nicht, was ich noch tun muss, um die Illusion zu perfektionieren. Vor zwei Jahren genügte schon die bloße Andeutung, ich spiele mit dem Gedanken, mein Programm durch diese Nummer aufzuwerten, um mein Honorar zu verdoppeln. Heutzutage ist nichts mehr von dieser Begeisterung zu spüren. Das beschäftigt mich sehr.

1. Juni 1897

Seit einiger Zeit höre ich nun Gerüchte, Borden habe seine Austausch-Illusion »verbessert«, doch ohne weitere Informationen habe ich davon keine Notiz genommen. Es ist Jahre her, seit ich ihn sie vorführen sah. Deshalb begab ich mich gestern mit Adam Wilson in ein Nottinghamer Theater, hier gastiert Borden seit letzter Woche. (Ich habe heute Abend eine Vorstellung in Sheffield, doch ich verließ London einen Tag eher, um unterwegs Borden bei der Arbeit zu beobachten.)

Ich tarnte mich mit grauem Haar, ausgestopften Wangen, etwas schäbigen Kleidern, einer Brille und setzte mich auf einen Platz zwei Reihen von der Bühne entfernt. Als Borden seine Tricks vorführte, befand ich mich nur wenige Fuß von ihm entfernt.

Alles wird plötzlich klar! Borden hat seine Version der Illusion wesentlich weiterentwickelt. Er versteckt sich nicht länger in Kabinetten. Schluss mit dem Unsinn, einen Gegenstand über die Bühne zu werfen (was ich bis diese Woche noch getan habe). Und er verwendet kein Double.

Noch einmal, ausdrücklich: *Borden verwendet kein Double.* Ich weiß alles, was es über Doubles zu wissen gibt. Ich kann eines so leicht entdecken, wie ich eine Wolke am Himmel ausmache. Ich bin mir so sicher, wie ich nur sein kann, dass Borden allein arbeitet.

Der erste Teil seines Auftritts fand vor einem halb gesenkten Vorhang statt, der erst dann den kompletten Bühnenaufbau sehen ließ, als Borden zu der Illusion kam, die den Höhepunkt seines Programms bildet. Da wurde der Vorhang ganz gehoben und man sah eine Reihe von Gefäßen mit Chemikalien, Kabinette, die mit Kabelrollen, breiteren und schmalen Glasröhren verziert waren, und über allem eine Menge glänzender elektrischer Drähte: der Blick in das Labor eines besessenen Wissenschaftlers.

In seiner peinlichen Rolle eines französischen Akademikers spazierte Borden um die Gerätschaften herum und hielt dem Publikum einen Vortrag über die Gefahren des Umgangs mit elektrischer Energie. Dann und wann berührte er dabei mit einem Draht einen anderen oder ein Gasbehältnis, beängstigende Lichtblitze stoben hervor oder es gab einen lauten Knall. Funken umsprühten ihn und über seinem Kopf bildete sich eine Wolke aus blauem Rauch.

Als er bereit war den Trick zu zeigen, gab er ein Zeichen und aus dem Orchestergraben ertönte ein Trommelwirbel. Er nahm zwei dicke Drähte, brachte sie dramatisch miteinander in Kontakt und stellte dadurch eine elektrische Verbindung her.

Während ein heller, gewaltiger Blitz aufzuckte, fand der Austausch statt. Direkt vor unseren Augen verschwand Borden von der Stelle, an der er gestanden hatte (die beiden Drähte fielen wie Schlangen auf den Bühnenboden und spien einen Schwall gefährlich zischender Funken aus), und erschien sofort auf der anderen Seite der Bühne – mindestens zwanzig Fuß von seiner alten Position entfernt!

Es war unmöglich, diese Distanz auf normale Art und Weise zurückzulegen. Der Austausch ging zu schnell, zu perfekt vonstatten. Als er erschien, hielt er die Hände noch so, als befänden sich darin die Drähte, die sich aber währenddessen in einem spektakulären Zickzack über die Bühne schlängelten.

Unter stürmischem Beifall trat Borden vor und verbeugte sich. Hinter ihm zischte und rauchte die wissenschaftliche Apparatur, eine gefährliche Kulisse, die Bordens Gewöhnlichkeit aber nur noch stärker hervorhob.

Als der Applaus nicht verebben wollte, griff Borden an seine Brusttasche, wie um etwas herauszuholen. Er lächelte bescheiden und lud damit das Publikum ein, ihn zu einem letzten Zaubertrick zu drängen. Der Beifall schwoll dementsprechend an und während sein Lächeln breiter wurde, schob Borden seine Hand ganz in die Tasche und holte … eine leuchtend pinkfarbene Papierrose hervor.

Dies eine Anspielung auf einen vorhergehenden Trick. Er hatte eine Dame aus dem Publikum aus einem ganzen Strauß eine einzige Blume auswählen lassen, bevor er diese auf wunderbare Weise zum Verschwinden brachte. Dass jetzt dieselbe Rose wieder aufgetaucht war, entzückte das Publikum natürlich ungeheuer. Er hielt die kleine Blume hoch – ganz eindeutig dieselbe, welche schon die Dame ausgesucht hatte. Als er sie lang genug herumgezeigt hatte, drehte er sie ein wenig in seiner Hand: Die Rose war zum Teil angekohlt, als sei eine höllische Kraft am Werk gewesen! Borden warf noch einen vielsagenden Blick auf die

Apparatur hinter sich, verbeugte sich elegant und verließ die Bühne.

Der Beifall hielt noch lange an, ich muss gestehen, ich klatschte so laut wie alle anderen Zuschauer.

Warum führte ausgerechnet dieser Magierkollege, der so begabt war und über so viel Geschick und Professionalität verfügte, eine schmutzige Fehde gegen mich?

5. März 1898

Ich habe hart gearbeitet und wenig Zeit für das Tagebuch gehabt. Einmal mehr sind einige Monate seit meinem letzten Eintrag vergangen. Heute (am Wochenende) habe ich kein Engagement, folglich kann ich einen kurzen Eintrag machen – um festzuhalten, dass Adam und ich seit jener Nacht in Nottingham unsere Austausch-Illusion nicht mehr vorgeführt haben.

Obwohl ich die sanfte Provokation (meine Version seines Tricks) nicht mehr im Programm habe, hat mich der angeblich größte lebende Magier inzwischen mit zwei weiteren – von meiner Seite in keiner Weise veranlassten – Attacken während meiner Vorstellungen beehrt. Beide zogen riskante Unterbrechungen der jeweiligen Nummern nach sich. In einem Fall konnte ich mich mit einem Scherz retten, im anderen jedoch herrschte ein paar Minuten lang reines Chaos auf der Bühne.

Grund genug für mich, meine Zurückhaltung aufzugeben.

Ich habe mir nun zwei offenbar unerreichbare Ziele gesetzt. Zuerst möchte ich eine Art Ausgleich und Versöhnung mit Julia und den Kindern zuwege bringen. Ich weiß, dass ich sie für immer verloren habe, aber die Distanz, die Julia zwischen uns wahrt, ist schier unerträglich geworden. Die zweite Zielsetzung erscheint im Vergleich dazu realistischer zu sein. Jetzt, wo mein einseitiger Waffenstillstand mit Borden beendet ist, möchte ich unbedingt das Geheimnis seiner Illusion aufdecken, um ihn erneut bei diesem Trick übertreffen zu können.

31. Juli 1898

Olivia hat mir einen Plan vorgeschlagen!

Bevor ich ihn darlege, sollte ich erwähnen, dass sich in den vergangenen Monaten die Leidenschaft zwischen Olivia und mir beträchtlich abgekühlt hat. Es gibt weder Groll noch Eifersucht zwischen uns, aber über dem Haus hängt wie eine schwere Wolke die Gleichgültigkeit. Wir leben auch weiterhin friedlich zusammen, sie in ihrer Wohnung, ich in der meinen; manchmal benehmen wir uns wie Mann und Frau, aber insgesamt geben wir nicht länger vor, wir liebten uns. Doch wir hängen noch sehr aneinander.

Nun, nach dem gemeinsamen Abendessen in meiner Wohnung, nahmen die Dinge ihren Lauf. Olivia hatte sich etwas hastig verabschiedet und noch eine Flasche Gin mitgenommen. Ich habe mich an ihr einsames Trinken gewöhnt und mache diesbezüglich keine Bemerkungen mehr.

Ein paar Minuten später kam jedoch Lucy, ihr Mädchen, herauf und bat mich ein paar Minuten nach unten zu kommen.

Ich fand Olivia an ihrem grün bezogenen Kartentisch, auf dem zwei oder drei Flaschen und zwei Gläser standen. Der Stuhl ihr gegenüber war leer. Sie forderte mich auf, Platz zu nehmen, und goss mir dann ein Glas ein. Ich mischte etwas Orangensirup in den Gin, um den Geschmack zu verbessern.

»Robbie«, sagte sie in ihrer vertrauten Direktheit, »ich werde dich verlassen.«

Ich murmelte irgendetwas zur Antwort. Seit Monaten hatte ich eine solche Eröffnung schon erwartet, obwohl ich keine Ahnung hatte, wie ich mich verhalten würde, sollte es – wie in diesem Augenblick – wirklich dazu kommen.

»Ich werde dich verlassen«, wiederholte sie, »und dann komme ich zu dir zurück. Willst du wissen, warum?«

Ich nickte.

»Weil es etwas gibt, das du mehr möchtest als mich. Ich denke, wenn ich einfach hingehe und es für dich suche, habe ich vielleicht eine Chance, dich wieder für mich zu gewinnen.«

Ich versicherte ihr, dass ich sie ebenso sehr mochte wie immer, aber sie fiel mir ins Wort.

»Ich weiß, was los ist«, erklärte sie. »Du und dieser Alfred Borden, ihr seid wie zwei Liebende, die nicht miteinander auskommen können. Habe ich recht?«

Ich versuchte Ausflüchte zu machen, aber als ich die Entschlossenheit in ihren Augen sah, stimmte ich schließlich zu.

»Sieh dir das mal an!«, meinte sie und schwenkte die letzte Ausgabe der Bühnenzeitung. »Lies das hier!« Sie faltete die Zeitung in der Mitte und reichte sie mir. Eine der Kleinanzeigen auf der Titelseite war eingekreist.

»Ein Inserat von deinem Freund Borden«, sagte sie. »Verstehst du, was das bedeutet?«

»Attraktive junge Bühnenassistentin zur Vollzeitanstellung gesucht. Sie sollte eine geschickte Tänzerin sein, dazu stark und gesund, bereit zu Reisen und langer Arbeit sowohl auf der Bühne wie auch anderenorts. Eine angenehme Erscheinung ist unabdingbar, ebenso die Bereitschaft zur Teilnahme an erregenden und anspruchsvollen Vorführungen vor großem Publikum. – Bitte bewerben Sie sich mit geeigneten Referenzen bei …«

Es folgte die Adresse von Alfred Bordens Probenraum.

»Er sucht schon seit einigen Wochen per Anzeige nach einer Assistentin, folglich muss er Schwierigkeiten haben, die Richtige zu finden. Vermutlich könnte ich ihm aus der Not helfen.«

»Du meinst, du …«

»Du hast immer gesagt, ich sei die beste Assistentin, die du je hattest.«

»Aber du … für ihn arbeiten?« Ich schüttelte traurig den Kopf. »Wie könntest du mir nur so etwas antun, Olivia?«

»Du möchtest doch, dass ich herausfinde, wie er diesen Trick macht, oder?«

Als mir dämmerte, was sie meinte, setzte ich mich stumm vor Staunen vor sie hin und schaute sie an. Wenn sie Bordens Vertrauen gewinnen, mit ihm im Probenraum und auf der Bühne arbeiten und sich erst frei in seiner Werkstatt bewegen konnte, dann würde es nicht lange dauern und Bordens Geheimnis wäre mein.

Wir gingen bald zu den Einzelheiten über.

Ich hatte noch Bedenken, Borden könne sie vielleicht kennen, doch Olivia wischte sie vom Tisch.

»Meinst du, ich hätte mir das alles ausgedacht, wenn ich davon ausgehen müsste, dass er meinen Namen kennt?«, fragte sie eindringlich. Sie erinnerte mich daran, dass er sie damals als »Bewohnerin« angeschrieben hatte.

Die Notwendigkeit Referenzen beizubringen, erschien eine Weile ein unüberwindbares Problem darzustellen, denn Olivia hatte bisher in der magischen Branche nur für mich gearbeitet. Doch dazu meinte sie nur, sie hielte mich für durchaus fähig die jeweiligen Schriftstücke zu fälschen.

Aber ich hatte trotz allem meine Zweifel, wie ich eingestehen muss. Der Gedanke, dass diese schöne junge Frau, die bei mir ein solches Chaos der Gefühle angerichtet und die ihr eigenes Leben aufgegeben hatte, um für mich da zu sein, und dann fünf Jahre lang fast alles mit mir geteilt hatte – der Gedanke, dass sie sich darauf vorbereitete, ins Lager meines finstersten Feindes zu wechseln, war fast zu viel.

Schnell vergingen zwei Stunden oder mehr, während wir ihre Idee diskutierten und Pläne schmiedeten. Wir leerten die Flasche Gin und Olivia sagte immer wieder: »Ich werde das Geheimnis für dich enträtseln, Robbie. Das möchtest du doch, oder?« Und ich sagte ja, betonte aber auch, dass ich sie nicht verlieren wollte.

Das Gespenst von Bordens Skrupellosigkeit erschien drohend vor mir. Ich war hin und her gerissen zwischen euphorischer Hoffnung, ihm einen endgültigen Schlag versetzen zu können, und der Furcht, er könne vielleicht noch größere Rache nehmen, falls er erkennen sollte, dass Olivia zu mir gehörte. Ich fasste meine Gedanken in Worte.

Sie erwiderte: »Ich werde zu dir zurückkommen, Robbie, und ich werde dir Bordens Geheimnis bringen …«

Bald waren wir beide betrunken, ausgelassen und zärtlich. Ich bin erst heute Morgen nach dem Frühstück in meine eigene Wohnung zurückgekehrt!

Im Augenblick entwirft sie ein Bewerbungsschreiben an Alfred Borden. Ich muss jetzt ein oder zwei Arbeitszeugnisse für sie fälschen. Wir verwenden die Adresse ihres Dienstmädchens als *poste restante*; als weitere Vorsichtsmaßnahme wird sie den Mädchennamen ihrer Mutter angeben.

7. August 1898

Es ist nun eine Woche vergangen, seit Olivia sich um die Stelle bei Borden beworben hat, und bis jetzt ist keine Antwort gekommen. In gewisser Hinsicht scheint dies auch fast nicht mehr wichtig zu sein, denn Olivia und ich sind jetzt wieder so zärtlich und liebevoll zueinander, wie wir es während jener berauschenden Wochen meiner Amerika-Tournee waren. Sie sieht so hübsch aus, wie schon viele Monate nicht mehr, und hat den Gin völlig aufgegeben.

14. August 1898

Borden hat geantwortet (d. h. ein Assistent namens T. Elbourne in seinem Auftrag) und für Anfang kommender Woche ein Vorstellungsgespräch vorgeschlagen.

Ich bin plötzlich ganz gegen diesen Plan, da mir die letzten paar Tage ein neues Glück mit Olivia geschenkt hatten, und ich bin mehr denn je dagegen, sie in Bordens Klauen fallen zu lassen … selbst wenn es sich um eine von uns inszenierte Intrige handelt.

Olivia will nicht aufgeben. Ich bedränge sie mit Argumenten. Ich spiele die Bedeutung des Tricks herunter, tue die Bedeutung der Fehde mit einem Achselzucken ab, versuche mich mit einem Lachen über die ganze Sache hinwegzusetzen.

Aber ich fürchte, ich habe in der Vergangenheit Olivia zu viele Monate und Jahre mit ihren Gedanken allein gelassen.

18. August 1898

Olivia war bei dem Vorstellungsgespräch und ist inzwischen zurückgekommen, sie sagt, sie habe die Stelle.

Während sie weg war, quälten mich Angst und Reue. So groß ist mein Misstrauen Borden gegenüber, dass ich mir vorstellte, er habe die Anzeige allein deshalb aufgegeben, um sie anzulocken. Ich musste mich regelrecht zusammennehmen, sonst wäre ich hinausgestürzt und hinter ihr hergerannt. Ich ging in meine Werkstatt hinüber und versuchte mich mit Spiegelübungen abzulenken. Doch kehrte ich bald nach Hause zurück und lief wieder in meinem Zimmer im Kreis.

Olivia blieb viel länger weg, als wir beide es geplant hatten. Ich wusste weder ein noch aus, bis sie plötzlich vor mir stand. Olivia war heil, gesund und befand sich in gehobener Stimmung.

Ja, sie habe die Stelle. Ja, Borden habe die von mir verfassten Referenzen gelesen und sie als echt akzeptiert. Nein, er hege offenbar keinen Verdacht gegen mich, und nein, er scheine auch nicht zu argwöhnen, dass zwischen uns eine Verbindung bestehe.

Sie erzählte mir über einige der Apparate, die sie in seiner Werkstatt gesehen hatte: leider nichts Außergewöhnliches.

»Hat er etwas zur Austausch-Illusion gesagt?«, fragte ich sie.

»Nicht ein Wort. Aber er hat mir erzählt, es gebe einige Tricks, die er allein vorführe und für die er keine Bühnenassistentin benötige.«

Später meinte Olivia, sie sei nun müde, und sie ging in ihre Wohnung, um sich niederzulegen. Und ich bin hier wieder allein. Ich muss Verständnis für sie haben, denn ein Vorstellungsgespräch ist ermüdend, ganz gleich unter welchen Umständen.

19. August 1898

Offenbar hat Olivia ihre Stellung bei Borden schon angetreten. Als ich heute Morgen an ihre Wohnung kam, sagte mir das Mädchen, Olivia sei früh aufgestanden und werde erst am Nachmittag zu Hause erwartet.

20. August 1898

Olivia ist gestern um fünf Uhr zurückgekehrt. Obwohl sie geradewegs in ihre Wohnung ging, ließ sie mich doch ein, als ich bei ihr klopfte. Sie sah wieder müde aus. Ich war auf Neuigkeiten erpicht, doch sie erzählte nur, dass Borden mit ihr während des ganzen Tages jene Illusionen intensiv geprobt habe, bei denen sie ihm assistieren sollte.

Später aßen wir zusammen zu Abend. Aber da sie sichtlich erschöpft war, verließ sie mich bald wieder. Olivia hat allein geschlafen. Heute Morgen ist sie schon sehr früh weggegangen.

21. August 1898

Ein Sonntag, und nicht einmal Borden arbeitet. Olivia ist schon den ganzen Tag bei mir, doch sie redet kein Wort über das, was sie in Bordens Werkstatt sieht und tut. Und dies verwirrt mich. Ich fragte sie, ob sie sich durch die Berufsethik gebunden fühle und vielleicht meine, sie dürfe mir die Funktionsweise seiner Magie nicht enthüllen, aber sie winkte ab. Einige Sekunden lang war sie dann wieder die Olivia von vor zwei Wochen. Sie lachte und sagte, dass sie sich natürlich bewusst sei, wem ihre Loyalität gehöre.

Ich weiß, dass ich ihr vertrauen kann, wie schwierig auch immer ein Beweis dafür zu erbringen sein mag. Deshalb ließ ich das Thema ruhen. Daraufhin haben wir den Tag noch ruhig und entspannt verbracht, wir unternahmen im warmen Sonnenschein einen langen Spaziergang bei Hampstead Heath.

27. August 1898

Eine weitere Woche geht zu Ende und Olivia hat immer noch keine Information für mich. Sie scheint nicht recht mit mir darüber reden zu wollen.

Heute Abend gab sie mir eine Freikarte für Bordens nächste Vorstellungen. Sein Auftritt wurde auf den Plakaten als »besonderes Ereignis« angekündigt und steht zwei Wochen lang im Leicester Square Theatre auf dem Programm. Olivia wird bei jeder Vorstellung mit ihm zusammen auf der Bühne sein.

3. September 1898

Olivia ist heute Abend überhaupt nicht nach Hause gekommen. Ich bin verwirrt, beunruhigt und habe böse Vorahnungen.

4. September 1898

Ich habe einen Jungen mit einer Nachricht für Olivia zu Bordens Werkstatt geschickt. Er kam zurück und berichtete, das Haus sei verriegelt gewesen, offenbar habe sich niemand darin befunden.

6. September 1898

Ich habe jede Vorsicht aufgegeben und mich auf die Suche nach Olivia gemacht. Zuerst bin ich zu Bordens Werkstatt gegangen, verlassen, wie beschrieben, dann zu seinem Haus in St. Johns Wood. Auf der anderen Straßenseite entdeckte ich glücklicherweise ein Café, von dem aus ich die Vorderseite des Gebäudes beobachten konnte. Lange saß ich dort, doch wurde ich mit keiner bedeutsamen Entdeckung belohnt. Ich habe allerdings Borden selbst gesehen, als er sein Haus mit einer Frau verließ, die ich für seine Gattin hielt. Um zwei Uhr nachmittags hatte eine Kutsche vor dem Haus gehalten, Borden und die Frau waren kurz darauf erschienen und in den Wagen gestiegen. Die Droschke hatte sich in Richtung West End davongemacht.

Nachdem ich volle zehn Minuten gewartet hatte, um sicherzugehen, dass er nicht wieder zurückkehren würde, ging ich nervös zur Tür und läutete. Ein Diener öffnete.

»Ist Miss Olivia Svenson zu Hause?«, fragte ich direkt.

Der Mann schaute mich überrascht an.

»Ich glaube, Sie haben sich in der Tür geirrt, Sir«, antwortete er. »Hier wohnt niemand mit diesem Namen.«

»Entschuldigen Sie«, erwiderte ich und erinnerte mich gerade noch rechtzeitig des Mädchennamens ihrer Mutter. »Ich wollte nach Miss Wenscombe fragen. Ist sie vielleicht zu Hause?«

Wieder schüttelte der Mann höflich den Kopf.

»Hier gibt es auch keine Miss Wenscombe, Sir. Vielleicht sollten Sie im Postamt in der High Street fragen.«

»Ja, da haben Sie wohl Recht«, erwiderte ich und trat den Rückzug an, weil ich nicht länger die Aufmerksamkeit auf mich lenken wollte.

Ich begab mich wieder auf meinen Wachposten im Café und wartete dort eine weitere Stunde. Nach deren Ablauf kehrten Borden und seine Frau zurück.

12. September 1898

Olivia ist immer noch nicht heimgekommen! Deshalb habe ich die Freikarte genommen, die sie mir gegeben hatte, und bin zur Kasse des Leicester Square Theatre gegangen. Ich wählte absichtlich einen Platz im hinteren Teil des Parketts. Meine Anwesenheit sollte niemandem auf der Bühne auffallen.

Nach seiner gewohnten Eröffnung mit den »Chinesischen Ringen« zauberte Borden aus einem Kabinett schnell und gekonnt seine Assistentin hervor – natürlich meine Olivia, in einem prächtigen, mit Pailletten verzierten Kleid, das im elektrischen Licht glitzerte und funkelte. Sie schritt anmutig in die Seitenkulisse, aus der sie einige Augenblicke später wieder hervorkam, diesmal in ein entzückendes Trikot gewandet. Die offene Sinnlichkeit ihrer Erscheinung beschleunigte meinen Puls – trotz meiner heftigen und verzweifelten Verlustgefühle.

Als Höhepunkt seiner Darbietung zeigte Borden seine elektrische Austausch-Illusion. Und er führte sie mit einer Eleganz vor, die meine Niedergeschlagenheit noch deutlich verstärkte. Als Olivia auf die Bühne zurückkehrte, um sich mit ihm zum Abschluss zu verbeugen, war meine Schwermut vollkommen. Sie sah schön, glücklich und inspiriert aus und meinen gequälten Augen schien es, als hielte Borden ihre Hand während des Beifalls mit unnötiger Zärtlichkeit.

Entschlossen, die Sache bis zum Ende durchzufechten, rannte ich aus dem Zuschauerraum und eilte hinüber zum Bühneneingang. Obwohl ich wartete, bis die anderen Künstler alle in die Nacht hinausgetreten waren und der Pförtner die Tür abgeschlossen und die Lichter ausgeschaltet hatte, sah ich weder Borden noch Olivia das Gebäude verlassen.

18. September 1898

Das Mädchen, das ich einstweilen noch behalten hatte für den Fall von Olivias Heimkehr, zeigte mir einen Brief seiner Herrin.

Ich las ihn begierig, da ich mich an die Hoffnung klammerte, vielleicht einen Hinweis auf das zu finden, was geschehen war. Doch da stand nur:

Liebe Lucy,
würden Sie bitte alle meine Sachen einpacken und so bald wie möglich zum Bühneneingang des Strand Theatre schicken.

Bitte sorgen Sie dafür, dass alles deutlich und lesbar an mich adressiert ist. Ich werde dann dafür sorgen, dass die Sachen abgeholt werden.

Einen Betrag zur Deckung der Kosten lege ich bei. Was übrig bleibt, können Sie für sich behalten. Sollten Sie ein Zeugnis für Ihre nächste Anstellung benötigen, wird Mr. Angier Ihnen natürlich eines ausfertigen.

Vielen Dank,
Olivia Svenson

Ich musste diesen Brief dem armen Mädchen laut vorlesen und erklären, was es mit der Fünfpfundnote tun sollte, die Olivia beigelegt hatte.

4. Dezember 1898

Zurzeit bin ich für mehrere Vorstellungen am Plaza Theatre in Richmond an der Themse engagiert. Heute Abend hatte ich mich gerade zwischen der ersten und der zweiten Vorstellung in meine Garderobe zur Entspannung zurückgezogen (anschließend wollte ich mit Adam und Gertrude ausgehen und einen Sandwich-Imbiss einnehmen), da klopfte jemand an die Tür.

Es war Olivia. Ich ließ sie herein und war mir dabei kaum bewusst, was ich tat. Sie sah hübsch aus, aber auch müde, und sagte, sie habe den ganzen Tag versucht mich ausfindig zu machen.

»Robbie, ich habe die Information, die du wolltest!« Sie zeigte mir einen verschlossenen Umschlag. »Hier ist sie. Aber du musst verstehen, dass ich nicht zu dir zurückkehren werde. Du musst mir versprechen, dass mit der Fehde zwischen dir und Alfred sofort Schluss ist. Wenn du das tust, gebe ich dir den Umschlag.«

Ich versicherte, soweit es mich betreffe, sei die Fehde schon begraben.

»Warum brauchst du dann noch sein Geheimnis?«

»Du weißt doch bestimmt, weshalb«, antwortete ich.

»Nur um die Fehde fortzusetzen!«

Damit erriet sie die Wahrheit, doch ich sagte nur: »Ich bin neugierig.«

Sie hatte es eilig wieder zu gehen und meinte, Borden werde wegen ihrer langen Abwesenheit wohl schon misstrauisch sein. Ich erinnerte sie nicht daran, wie lange ich damals hatte warten müssen, als alles seinen Anfang nahm.

Warum sie denn die Nachricht aufgeschrieben habe, fragte ich Olivia, wenn sie sie mir doch genauso gut hätte mündlich mitteilen können. Sie erwiderte, das Geheimnis sei zu kompliziert, zu knifflig und sie habe die Informationen Bordens eigenen Notizen entnommen. Schließlich übergab sie mir den Umschlag.

Als ich ihn in Händen hielt, fragte ich noch: »Bedeutet dies für mich wirklich die Lösung des Rätsels?«

»Ich glaube ja.«

Sie wandte sich zum Gehen und öffnete die Tür.

»Darf ich dich noch etwas anderes fragen, Olivia?«

»Was denn?«

»Gibt es nun einen Borden oder zwei?«

Sie lächelte und ich sah – es war zum Verrücktwerden! – das Lächeln einer Frau, die an ihren Geliebten dachte. »Es gibt nur einen, das versichere ich dir.«

Ich folgte ihr hinaus auf den Korridor, wo Leute vom technischen Personal in Hörweite herumlungerten.

»Bist du jetzt glücklich?«, fragte ich sie.

»Ja. Es tut mir Leid, wenn ich dich verletzt habe, Robbie.«

Dann verließ sie mich – ohne Umarmung. Nicht einmal ein Lächeln oder einen Händedruck hatte sie für mich übrig. In den letzten paar Wochen hatte ich mich gegen sie verhärtet, trotzdem war es schmerzlich, sie auf diese Weise zu verlieren.

Ich kehrte in die Garderobe zurück, schloss die Tür und stemmte mich mit dem Rücken dagegen. Dann riss ich sofort den Umschlag auf. Er enthielt ein Blatt Papier, auf das Olivia ein einziges Wort geschrieben hatte:

Tesla.

Irgendwo in Illinois, 3. Juli 1900

Wir sind pünktlich um neun Uhr von der Union Street Station in Chicago abgefahren. Nach einer langsamen Fahrt durch das industrielle Ödland, das die pulsierendste und aufregendste aller Städte umgibt, rollen wir seither mit einer erheblichen Geschwindigkeit über landwirtschaftlich genutzte Ebenen nach Westen.

Ich habe ein großartiges Bett im Schlafwagen und einen für mich reservierten Platz im Salonwagen der ersten Klasse. Die amerikanischen Züge sind luxuriös ausgestattet und herrlich bequem. Die Mahlzeiten, die in einem Waggon zubereitet werden, der ausschließlich als Küche genutzt wird, sind reichlich und nahrhaft und werden ansprechend serviert. Ich reise jetzt schon fünf Wochen mit amerikanischen Eisenbahnen und war selten zufriedener oder wurde besser verköstigt. Auf die Waage traue ich mich längst nicht mehr! In der großen Welt des Komforts, der Fülle und der Zuvorkommenheit fühle ich mich sicher und geborgen, während das gewaltige Reich Amerika draußen vor dem Fenster vorüberfliegt.

Meine Mitreisenden sind alle Amerikaner, dem Aussehen nach eine gemischte Gesellschaft, mir gegenüber gleicherweise freundlich wie neugierig. Etwa ein Drittel von ihnen, schätze ich, sind Handelsreisende der besseren Art, etliche mehr scheinen in der einen oder anderen Weise mit Geschäften zu tun zu haben. Außerdem gibt es da noch zwei professionelle Glücksspieler, einen presbyterianischen Geistlichen, vier junge Männer, die vom College in Chicago nach Denver zurückkehren, einige wohlhabende Farmer und Landbesitzer und schließlich ein oder zwei andere, die ich noch nicht genau einordnen konnte. Nach amerikanischer Sitte reden wir uns vom Augenblick der ersten Begegnung mit Vornamen an. Ich habe schon vor einiger Zeit erfahren müssen, dass der Name Rupert Aufmerksamkeit wie Belustigung erregt, deshalb bin ich für die Dauer meines Aufenthalts in den Vereinigten Staaten immer Rob oder Robbie.

4. Juli 1900

Gestern Abend hielt der Zug in Galesburg, Illinois. Da heute der amerikanische Unabhängigkeitstag ist, ließ die Eisenbahngesellschaft allen Passagieren erster Klasse die Wahl, entweder in den Abteilen im Zug zu bleiben oder die Nacht im größten Hotel der Stadt zu verbringen. Da ich während der letzten paar Wochen viel in Zügen geschlafen hatte, entschied ich mich für das Hotel.

Bevor ich mich anmeldete, unternahm ich eine kurze Rundfahrt durch die Stadt. Galesburg machte auf mich einen angenehmen Eindruck, auch ein großes Theater ist vorhanden. Ein Schauspiel steht diese Woche auf seinem Spielplan, aber man sagte mir, dass häufig Varietévorführungen (sogenannte »Vaudevilles«) gegeben würden und sehr populär seien. Sogar Magier träten oft hier auf. Ich hinterließ beim Manager meine Karte. Vielleicht werde ich eines Tages engagiert.

Ich muss festhalten, dass das Theater, das Hotel und die Straßen von Galesburg elektrisch beleuchtet sind. Im Hotel erfuhr ich, dass die meisten der bedeutenderen amerikanischen Städte sich mit Elektrizität ausrüsten. Als ich in meinem Hotelzimmer allein war, durfte ich erfahren, wie man die elektrische Glühlampe mitten an der Zimmerdecke ein- und ausschaltet. Als bloße Neuheit würde dies allerdings sehr schnell seinen Reiz verlieren und alltäglich werden, doch das elektrisch erzeugte Licht ist hell, beständig und freundlich. Neben Beleuchtungskörpern habe ich noch viele verschiedene elektrische Geräte in den Läden gesehen: Ventilatoren, Bügeleisen, Raumheizer, sogar eine elektrisch betriebene Haarbürste! Wenn ich wieder in London bin, werde ich mich erkundigen, ob ich auch in meinem Haus elektrischen Strom installieren lassen kann.

Auf der Fahrt durch Iowa, 5. Juli 1900

Immer wieder schaue ich lange aus dem Fenster des Waggons und hoffe auf etwas, das die herrschende Monotonie durchbricht. Aber das Agrarland erstreckt sich flach und weit in alle Richtungen. Der Himmel ist von einem hellen und blassen Blau; wenn man ihn länger als ein paar Sekunden anblickt, schmerzen die Augen. Irgendwo südlich von uns türmen sich Wolken auf, aber sie scheinen nie ihre Position oder Form zu verändern, ganz gleich, wie weit wir fahren.

Ein gewisser Mr. Bob Tannhouse, ein Mitreisender, ist zufällig der Vertriebsvizepräsident einer Gesellschaft, die gerade diese elektrischen Geräte produziert, denen meine Neugier gilt. Er bestätigt, dass wir – mit dem Herannahen des 20. Jahrhunderts – unseren Gedanken keinerlei Grenzen, keinerlei Beschränkungen auferlegen müssen, wenn es darum geht, die Elektrizität zur Erleichterung unseres Lebens heranzuziehen. Er sagt voraus, dass Menschen in elektrischen Schiffen übers Meer fahren, in elektrischen Betten schlafen, in elektrischen Maschinen – schwerer als Luft – fliegen und elektrisch gekochte Speisen essen werden … Ja, wir werden sogar unsere Bärte mit elektrischen Rasiermessern scheren! Bob ist ein Phantast und ein Geschäftsmann, aber er hat in mir eine ungeheure Hoffnung entzündet. Ich glaube, dass in diesem faszinierenden Land, jetzt wo ein neues Jahrhundert heraufdämmert, wirklich alles möglich ist oder möglich gemacht werden kann. Meine Reise in das unbekannte Herz dieses Kontinents wird mich den Geheimnissen nahe bringen, nach deren Entdeckung ich hungere.

Denver, Colorado, 7. Juli 1900

Trotz des Luxus der Eisenbahnfahrt ist es zweifellos ein

Segen, nicht mehr unterwegs zu sein. Ich plane in dieser Stadt ein oder zwei Tage zu bleiben, bevor ich meine Reise fortsetze. Das ist der längste zusammenhängende Urlaub, den ich je von der Magie genommen habe: keine Vorstellungen, keine Übungen, keine Besprechungen mit meinem *ingénieur*, keine Bewerbungsgespräche, keine Proben.

Denver, Colorado, 8. Juli 1900

Östlich von Denver liegt die große Ebene, die ich teilweise von Chicago her durchquert habe. Ich habe genug von Nebraska gesehen, es reicht mir für den Rest meines Lebens. Erinnerungen an die langweilige Landschaft verfolgen mich noch jetzt. Gestern wehte den ganzen Tag ein Wind aus Südost, er war heiß und trocken und trug Sand mit sich. Die Leute vom Hotel klagen, dass er aus trockenen Nachbarstaaten wie Oklahoma kommt. Doch egal, woher er weht, seinetwegen gestaltete sich die Erkundung der Stadt für mich heiß und unangenehm. Ich brach sie ab und kehrte ins Hotel zurück. Doch zuvor noch, gerade als der Dunst endlich verflogen war, sah ich mit eigenen Augen direkt im Westen von Denver die große zerklüftete Mauer der Rocky Mountains aufragen. Später, als es abgekühlt hatte, trat ich auf den Balkon meines Zimmers und beobachtete, wie die Sonne hinter diesen phantastischen Gipfeln unterging. Ich schätze, dass die Dämmerung hier eine halbe Stunde länger dauert als anderswo, denn die Berge werfen einen so langen Schatten.

Colorado Springs, Colorado, 10. Juli 1900

Diese Stadt liegt etwa siebzig Meilen südlich von Denver, aber die Reise in einem Pferdeomnibus hat den ganzen Tag erfordert. Der Wagen hielt oft an, um Fahrgäste zu- oder aussteigen zu lassen sowie Pferde und Kutscher zu wechseln. Ich fühlte mich unwohl, reisemüde und kam mir irgendwie auffällig vor. Meine Erscheinung mag komisch gewirkt haben, dem Gesichtsausdruck der Farmer nach zu urteilen, die mit mir reisten. Doch ich bin heil und gesund angekommen und der Ort, an dem ich mich nun befinde, hat mich sofort verzaubert. Die Stadt ist auch nicht annähernd so groß wie Denver, doch sie offenbart in reichem Maße die Aufmerksamkeit und Anteilnahme, welche die Amerikaner ihren kleinen Städten angedeihen lassen.

Ich habe ein bescheidenes, aber angenehmes und für meine Bedürfnisse geeignetes Hotel gefunden. Und da mir mein Zimmer auf den ersten Blick gefiel, habe ich mich für eine Woche eingetragen, mit einer Option auf Verlängerung, falls nötig.

Von meinem Fenster aus kann ich zwei der drei Sehenswürdigkeiten von Colorado Springs erkennen, die mich hierher gebracht haben.

Nach Sonnenuntergang schwelgt die ganze Stadt in elektrischem Licht; an den Straßen stehen hohe Laternen, in jedem Haus gibt es hell erleuchtete Fenster und im Stadtzentrum, das ich von meinem Zimmer aus sehen kann, tragen viele Läden, Geschäfte und Restaurants leuchtende Reklameschriften, die in der warmen Nacht glitzern und blitzen.

Dahinter erhebt sich gewaltig vor dem nächtlichen Himmel das schwarze Massiv des berühmten Berges, der neben der Stadt aufragt: des Pike's Peak, der nahezu fünfzehntausend Fuß hoch ist.

Morgen werde ich zum ersten Mal auf einen der niedrigeren Abhänge des Pike's Peak steigen und mich jener dritten, einzigartigen Sehenswürdigkeit nähern, die mich in diese Stadt gebracht hat.

12. Juli 1900

Gestern Abend war ich einfach zu müde, um etwas in mein Tagebuch zu schreiben, und den heutigen Tag muss ich gezwungenermaßen hier in der Stadt allein verbringen, deshalb habe ich genügend Zeit, in Ruhe zu berichten, was gestern geschehen ist.

Ich war schon früh wach, nahm im Hotel mein Frühstück ein und ging schnell zum Hauptbahnhof der Stadt, wo eine Kutsche auf mich warten sollte. Das hatte ich schon von London aus brieflich arrangiert, und obwohl damals alles bestätigt worden war, konnte ich mir nicht gewiss sein, ob mein

Mann an Ort und Stelle sein würde. Zu meinem Erstaunen war er jedoch da.

Gemäß der zwanglosen amerikanischen Art wurden wir schnell gute Freunde. Er heißt Randall D. Gilpin, ein waschechter »Coloradoman«. Ich nenne ihn Randy, er nennt mich Robbie. Er ist klein und rundlich, ein großer grauer Schnurrbart ziert sein fröhliches Gesicht. Seine Augen sind blau, seinem Gesicht hat die Sonne die Farbe roten Ockers eingebrannt, sein Haar ist wie der Schnurrbart stahlgrau. Er trägt einen Hut aus Leder und die schmutzigsten Hosen, die ich je gesehen habe. An seiner linken Hand fehlt ein Finger. Unter seinem Kutschbock steckt eine Flinte, die, wie er mir sagte, immer geladen ist.

Obwohl er höflich und überschwänglich freundlich war, legte Randy mir gegenüber doch auch eine gewisse Reserviertheit an den Tag, die ich nur deshalb bemerkte, weil ich bereits viele Wochen in den USA verbracht hatte. Fast während der gesamten Fahrt hinauf zum Pike's Peak sann ich darüber nach, bis ich eine vermeintliche Erklärung fand.

Es schien sich um eine Kombination verschiedener Vorbehalte zu handeln. Aus meinen Briefen hatte er geschlossen, ich sei ein Prospektor, wie viele Leute, die in diese Gegend kommen (so fand ich heraus, dass der Berg viele reiche Goldadern aufweist). Als er gesprächiger wurde, erzählte er mir noch, er habe mich, als er mich den Platz überqueren sah, wegen meiner Kleidung und meines Verhaltens für einen Geistlichen gehalten. Gold konnte er verstehen, ein Diener Gottes passte auch noch in seine Sicht der Dinge, doch nicht eine Kombination aus beidem. Dass dieser seltsame Brite ihn dann noch anhielt zu dem berühmt-berüchtigten Labor auf dem Berg zu fahren, machte das Rätsel noch undurchsichtiger.

Das war der Grund von Randys Vorbehalten mir gegenüber. Ich konnte kaum etwas tun, um seine Bedenken zu zerstreuen, da meine wahre Identität und Absicht ihm wahrscheinlich genauso unbegreiflich erschienen wären.

Der Weg zu Nikola Teslas Labor führt bei wechselnder Steigung über die östliche Flanke des großen Berges stetig nach oben. Die ersten ein oder zwei Meilen, während sich die Straße aus dem Stadtgebiet herauswindet, ist das Land dicht bewaldet. Bald jedoch wird der Wald dünner und geht in offeneres, felsiges Gelände über, auf dem riesige, allein stehende Tannen hochragen. Nach Osten hin hat man einen weiten Ausblick, doch die Landschaft ist so flach und wird so gleichförmig genutzt, dass es praktisch nichts zu bestaunen gibt.

Nach anderthalb Stunden kamen wir zu einem Plateau an der Nordostflanke des Berges. Hier wuchsen überhaupt keine Bäume mehr. Mir fielen viele Baumstümpfe auf: Die wenigen Bäume, die hier tatsächlich einmal gestanden hatten, mussten vor kurzem erst gefällt worden sein.

In der Mitte dieses kleinen Plateaus stand – nicht annähernd so groß, wie ich angenommen hatte – Teslas Labor.

»Haben Sie hier zu tun, Robbie?«, fragte Randy. »Passen Sie auf, wohin Sie gehen. Hier oben kann's verdammt gefährlich werden ... Heißt es wenigstens.«

»Seien Sie da unbesorgt«, wehrte ich ab. Weil ich mir nicht sicher war, wie Tesla von hier oben aus gewöhnlich in die Stadt hinuntergelangte (wenn überhaupt), und doch sicherstellen wollte, dass ich später ohne Schwierigkeiten zu meinem Hotel würde zurückkehren können, verhandelte ich noch kurz mit Randy. Er erklärte mir, er habe zwar etwas zu erledigen, werde aber am Nachmittag zum Labor kommen und auf mich warten.

Offensichtlich wollte er mit der Kutsche nicht zu nah an das Gebäude heranfahren, ich musste deshalb die letzten vier- oder fünfhundert Yards zu Fuß gehen.

Das Labor war im Kern ein quadratisches Gebäude mit schrägen Dächern, das aus einfachem, unbehandeltem Holz errichtet war und in seiner Konstruktion deutliche Anzeichen von Improvisation erkennen ließ. Einige kleine Anbauten schienen erst nach der Errichtung des Hauptgebäudes angefügt worden zu sein, denn die Dächer befanden sich nicht alle auf gleicher Höhe und trafen da und dort in ungewöhnlichen Winkeln aufeinander. Ein großer Drehkran aus Holz war auf (oder durch) das Hauptdach gebaut und ein weiterer, kleinerer erhob sich auf einem der seitlichen schrägen Dächer.

In der Mitte des Gebäudes ragte senkrecht ein großer Metallmast empor, der sich nach oben zu verjüngte. Doch seine Spitze, die nur noch Punktgröße gehabt haben dürfte, war nicht zu sehen, darauf saß eine große Metallkugel. Sie glitzerte in der hellen Morgensonne und schwankte in der frischen Brise, die über den Berghang wehte, sanft hin und her.

Beiderseits des Wegs standen auf dem Erdboden eine Anzahl technischer Geräte, deren Zweck ich nicht erraten konnte. Viele Metallstangen waren in den steinigen Boden getrieben, die meisten davon mit isolierten Drähten untereinander verbunden. An der Seite des Hauptgebäudes befand sich eine verglaste Holzeinrahmung, dahinter entdeckte ich einige Rundmaßskalen und Zählwerke.

Plötzlich ertönte ein heftiges Knattern. Aus dem Innern des Gebäudes drang eine Folge von gewaltigen, schrecklichen Blitzen, in unregelmäßigen Abständen, doch schnell hintereinander. So heftig waren diese Lichtexplosionen – weiß, blauweiß, rosaweiß –, dass sie nicht nur aus den ein oder zwei Fenstern in meinem Blickfeld grell hervorbrachen, sondern auch die winzigen Risse und Öffnungen im Holz der Wände sichtbar machten.

Ich muss gestehen, in diesem Augenblick ließ meine Entschlossenheit etwas nach. Ich schaute sogar zurück, um zu sehen, ob Randy und seine Kutsche sich noch in Rufweite befanden. (Von beiden war nichts mehr zu sehen!) Noch verzagter wurde ich, als ich nach zwei oder drei Schritten auf ein handgeschriebenes Schild stieß, das an der Wand neben dem Haupteingang angebracht war. Es verkündete:

LEBENSGEFAHR
Zutritt verboten!

Während ich noch las, hörten die elektrischen Entladungen aus dem Haus so abrupt auf, wie sie begonnen hatten. Dies hielt ich für ein gutes Omen und klopfte an die Tür.

Nach ein paar Augenblicken öffnete Nikola Tesla selbst. Er

hatte den geistesabwesenden Gesichtsausdruck eines viel beschäftigten Mannes, der bei seiner Arbeit unterbrochen worden war. Kein unbedingt gelungener Auftakt, wie mir schien, aber ich machte das Beste daraus.

»Mr. Tesla? Mein Name ist Rupert Angier. Ich weiß nicht, ob Sie sich an meine Briefe erinnern können. Ich habe Ihnen aus England geschrieben.«

»Ich kenne niemanden in England!« Er starrte an mir vorbei, als überlegte er, wie viele Engländer ich noch mitgebracht haben könnte. »Nennen Sie noch mal Ihren Namen, guter Mann.«

»Ich heiße Rupert Angier. Ich war bei Ihrer Vorführung in London zugegen und damals sehr interessiert ...«

»Sie sind der Magier! Der, über den Mr. Alley alles weiß?«

»In der Tat«, bekräftigte ich, obwohl mir die Bedeutung seines zweiten Satzes im Augenblick nicht klar war.

»Treten Sie ein!«

So viele Eindrücke von diesem Mann auf einmal! Natürlich kamen noch einige mehr hinzu, als ich nach unserem ersten Wortwechsel einige Stunden bei ihm zubrachte. Zuallererst fiel mir sein Gesicht auf. Es war hager, gut geschnitten, mit hohen slawischen Backenknochen und strahlte Intelligenz aus. Er trug einen dünnen Schnurrbart, sein glattes Haupthaar war in der Mitte gescheitelt. Seine Erscheinung wirkte im Großen und Ganzen ungepflegt, wie die eines Mannes, der lange Stunden hindurch arbeitete und nur dann schlief, wenn die Erschöpfung ihm keine andere Wahl ließ.

Tesla besitzt ein außerordentlich zu nennendes Gedächtnis. Sobald er sich meiner Person wieder bewusst geworden war, erinnerte er sich nicht nur daran, worüber wir vor nicht allzu langer Zeit korrespondiert hatten, sondern auch daran, was ich ihm früher geschrieben hatte, vor etwa acht Jahren, als es mir um einige seiner Schriften gegangen war.

Im Labor stellte er mich seinem Assistenten, einem Mr. Alley, vor. Dieser interessante Mann scheint für Tesla viele Rollen zu spielen, vom der des wissenschaftlichen Assistenten und Mitarbeiters bis hin zu der des Hausdieners und Gesellschafters. Mr. Alley erklärte, er sei ein Bewunderer meiner Arbeit! Er war während meines Auftritts 1893 in Kansas City unter den Zuschauern gewesen und sprach kurz, doch kundig über Bühnenmagie.

Allem Anschein nach sind die beiden Männer im Labor allein und nur die erstaunlichen Forschungsgeräte leisten ihnen Gesellschaft. Bewusst schreibe ich den Apparaten beinahe menschliche Züge zu, weil Tesla selbst die Gewohnheit hat, von seinen Geräten zu reden, als besäßen sie Gedanken und Instinkte. Gestern hörte ich ihn einmal zu Alley sagen: »Es weiß, dass ein Sturm kommt«, bei einer anderen Gelegenheit: »Ich glaube, es wartet darauf, dass wir noch einmal anfangen.«

Tesla wirkte in meiner Gesellschaft entspannt und von der anfänglichen Feindseligkeit war während der Zeit, die ich nun mit ihm verbrachte, nichts mehr zu spüren. Er erklärte, er und Alley hätten gerade eine Mittagspause einlegen wollen, und wir drei setzten uns zu einem einfachen, aber nahrhaften Mahl nieder, das Alley schnell aus einem der Nebenräume geholt hatte. Tesla hatte sich etwas abgesondert und mir fiel auf, dass er ein wählerischer Esser war. Jeden Bissen hielt er hoch und inspizierte ihn eingehend, bevor er ihn in den Mund steckte. Er verschmähte dabei ebenso viele, wie er verzehrte. Nach jedem Mund voll wischte er sich die Hände und betupfte seine Lippen mit einem kleinen Tuch. Bevor er sich wieder zu uns gesellte, warf er seine nicht verzehrten Speisen in einen Abfalleimer vor dem Gebäude, wusch und trocknete sein Besteck peinlich genau ab, bevor er es in eine Schublade legte, die er dann verschloss.

Als Tesla sich wieder Alley und mir angeschlossen hatte, befragte er mich über die Nutzung der Elektrizität in Großbritannien – wie es mit ihrer Verbreitung stehe, inwieweit sich die britische Regierung für eine langfristig ausgerichtete Energieerzeugung und -verteilung einsetze –, über die voraussichtlichen Übertragungsarten und über die Verwendung des Stroms. Da ich diese Begegnung mit Tesla eingeplant hatte, hatte ich mich glücklicherweise vor der Abreise aus England, was dieses Thema betraf, wohl präpariert und konnte mich mit ihm relativ sachkundig unterhalten. Er schien dies zu schätzen. Es freute ihn besonders zu hören, dass viele britische Einrichtungen sein Mehrphasensystem zu bevorzugen schienen. Hier in den USA war dies nicht der Fall. »Die meisten Städte verwenden noch das Edison-System«, knurrte er und begann mit einem Vortrag über die Schwächen der Technik seines Rivalen. Anscheinend hatte er diese Darlegungen in der Vergangenheit schon oft wiederholt, und zwar vor Zuhörern, die mehr mit ihnen anfangen konnten als ich. Das Fazit seiner Beschwerden lautete: Am Ende würde man sich zwar zu seinem Wechselstromsystem bekehren, in der Zwischenzeit jedoch eine Menge Zeit und Geld verschwenden. Wenn er über dieses Thema und einige andere, die sich auf seine Arbeit bezogen, sprach, klang er humorlos und abweisend, doch zu anderen Zeiten erschien er mir als ein angenehmer und amüsanter Gesellschafter.

Schließlich konzentrierten sich seine Fragen auf mich, meine Karriere und mein Interesse an der Elektrizität.

Vor der Abreise aus England hatte ich mir vorgenommen bei Tesla – falls er nach der Funktionsweise meiner Illusionen fragen sollte – als Einzigem eine Ausnahme zu machen und ihm alles zu enthüllen, woran er Interesse zeigen sollte. Das erschien mir nur richtig. Als ich seinen Vortrag in London gehört hatte, war er mir wie ein Mitglied meiner eigenen Zunft vorgekommen, denn er hatte ebenfalls sein Vergnügen aus der Überraschung und Verblüffung der Zuschauer gezogen. Doch ganz anders als jeder Magier war er überaus bereitwillig, ja sogar begierig gewesen seine Geheimnisse zu offenbaren und anderen mitzuteilen.

Wie sich herausstellte, war Tesla in keiner Weise neugierig. Ich spürte, dass nichts damit gewonnen wäre, ihn auf mein Anliegen zu stoßen. Stattdessen ließ ich ihn unser Gespräch steuern und eine oder zwei Stunden lang verbreitete er sich auf unterhaltsame Weise über seine Konflikte mit Edison, seine Kämpfe mit der Bürokratie und den etablierten Wissenschaftlern und vor allem über seine Erfolge. Sein Labor war praktisch durch die Arbeit der letzten paar Jahre finanziert worden. Er hatte den ersten mit Wasserkraft betriebenen Generator gebaut, der eine ganz Stadt mit Strom versorgen konnte; das Kraftwerk befand sich an den Niagara-Fällen und die Stadt Buffalo war der Nutznießer. Es stimmt, dass Tesla am Niagara sein Glück gemacht hatte, doch wie viele Menschen, die plötzlich zu Wohlstand kommen, fragte auch er sich, wie lange dieser Bestand haben würde.

So behutsam ich konnte, sorgte ich dafür, dass das Gespräch weiter um Geld kreiste – einer der wenigen Punkte, in dem sich unsere Interessen wirklich trafen. Natürlich verriet er einem praktisch Fremden gegenüber keine Details über seine Mittel, aber das Thema Finanzierung beschäftigt ihn offensichtlich sehr. Einige Male erwähnte er J. Pierpoint Morgan, seinen derzeitigen Geldgeber.

Wir erörterten nichts, was den Grund für meinen Besuch in seinem Labor unmittelbar berührte. Dafür wird in den kommenden Tagen noch reichlich Zeit sein. Gestern ging es nur darum, dass wir uns kennen lernten und einer von den Interessen des anderen erfuhr.

Ich habe wenig über den alles dominierenden Bestandteil seines Labors geschrieben. Während der Mahlzeit und der nachfolgenden langen Diskussion waren wir von der schieren Masse seiner Experimentalspule überschattet. Tatsächlich kann man sagen, dass die Spule eigentlich das Labor ausmacht, denn sonst gibt es außer Aufzeichnungs- und Kalibrierapparaten nur wenig anderes.

Die Spule ist riesengroß. Tesla erklärte, sie besitze einen Durchmesser von mehr als fünfzig Fuß, was mir durchaus glaubhaft erscheint. Da wenige Lampen das Innere des Labors erhellen, wirkt die Spule – solange sie nicht in Betrieb ist – düster und geheimnisvoll. Die Spule ist um einen zentralen Kern herum aufgebaut (den Sockel des Metallmasts, den ich aus dem Dach hervorragen sah). Zahlreiche aus Holz und Metall bestehende Leisten sind mit einem endlosen Drahtband umwunden, wobei die Komplexität der Wicklungen auf den Kern hin zunimmt. Als Laie konnte ich der ganzen Konstruktion keinen Sinn abgewinnen, sie sah für mich wie ein bizarrer Käfig aus. Alles an der Spule und um sie herum vermittelte den Eindruck des Zufälligen, des Planlosen. Zum Beispiel standen im Labor einige einfache Holzstühle, etliche befanden sich in unmittelbarer Nähe zur Spule. Und es gab noch anderen Krimskrams: Papiere, Werkzeuge, achtlos liegen gelassene Speisereste, sogar ein schmutziges Taschentuch.

Ich staunte pflichtschuldigst über die Spule, als Tesla mich um sie herumführte, aber ich verstand kaum etwas von seinen Erklärungen. Ich bekam nur mit, dass sie große Mengen an Elektrizität nutzen oder umwandeln konnte. Die Energie dafür wurde von Colorado Springs auf den Berg heraufgeleitet; Tesla hatte als Gegenleistung die Stromgeneratoren für die Stadt installiert!

»Ich bekomme alle Elektrizität, die ich nur will!«, behauptete er. »Was Sie wahrscheinlich am Abend herausfinden werden.«

Ich fragte ihn, was er damit meine.

»Sie werden bemerken, dass von Zeit zu Zeit die Lichter in der Stadt für einen Augenblick schwächer werden. Manchmal gehen sie sogar für ein paar Sekunden ganz aus. Das bedeutet, dass wir hier oben bei der Arbeit sind! Ich darf es Ihnen einmal demonstrieren.«

Er führte mich aus dem nicht allzu stabil wirkenden Gebäude hinaus und draußen über das unebene Gelände. Nach wenigen Schritten kamen wir zu einer Stelle, an der die Bergflanke steil abfiel. Tief unten erstreckte sich Colorado Springs in voller Größe und schimmerte in der Sommerhitze.

»Wenn Sie eines Nachts hier heraufkommen, werde ich es Ihnen zeigen«, versprach er. »Mit einem Ruck an einem Hebel kann ich die ganze Stadt in Dunkelheit tauchen.«

Während wir zurückgingen, sagte er: »Sie müssen mich wirklich eines Nachts besuchen. Die Nacht ist die schönste Zeit in den Bergen. Wie Sie zweifellos bereits selbst festgestellt haben werden, besitzt die Landschaft hier grandiose Dimensionen, aber ist an sich nicht sehr interessant. Auf der einen Seite gibt es nichts als Felsspitzen, auf der anderen erstreckt sich eine weite Ebene – so flach wie ein Tisch. Verschwenden Sie keine Zeit, indem Sie sich hier nach Sehenswertem umschauen, das, worauf es wirklich ankommt, befindet sich genau über uns!« Er wies auf den Himmel. »Ich habe bisher nirgendwo eine so klare Luft gefunden, ein derartiges Mondlicht gesehen. Und nie zuvor habe ich solche Stürme erlebt wie hier. Sie treten recht häufig auf und deswegen habe ich diesen Ort auch ausgewählt. Wie der Zufall es will, nähert sich gerade einer.«

Ich blickte mich um und suchte nach einer sich zusammenballenden Wolke in der Ferne oder, näher bei uns, nach der schwarzen Masse regenschwerer Wolken, die den Himmel verdunkeln, kurz bevor tatsächlich ein Sturm losbricht. Doch der Himmel zeigte sich überall in makellosem Blau. Auch war die Luft frisch und belebend, ohne jede Spur jener ominösen Schwüle, die immer einen Regenguss ankündigt.

»Der Sturm wird uns heute Abend nach sieben Uhr erreichen. Werfen wir doch mal einen Blick auf meinen Kohärer, dann können wir die genaue Zeit feststellen.«

Wir gingen ins Labor zurück. Soeben war auch Randy Gilpin mit seiner Kutsche angekommen. Er hatte ein gutes Stück von uns entfernt gehalten. Er winkte mir und ich winkte zurück.

Tesla wies auf eines der Messgeräte, die mir schon vorher aufgefallen waren.

»Dieses Instrument zeigt an, dass der Sturm sich derzeit in der Gegend von Central City befindet, etwa achtzig Meilen nördlich von uns. Passen Sie einmal auf!«

Er deutete auf ein am Gehäuse angebrachtes Vergrößerungsglas, durch das man ins Innere des Geräts blicken konnte, und klopfte ein-, zweimal sachte mit dem Finger dagegen. Ich musste erst eine Weile darauf starren, bis ich begriff, was er mir zeigen wollte: Ein winziger elektrischer Funke übersprang gerade die schmale Lücke zwischen zwei aufrecht stehenden dünnen Metallstiften.

»Jeder Funke entspricht einem Blitz, der irgendwo da draußen niedergeht«, erklärte Tesla. »Manchmal liegt mehr als eine Stunde zwischen der Entladung hier und dem Rumpeln des Donners in der Ferne.«

Ich wollte schon meine Zweifel zum Ausdruck bringen, erinnerte mich aber rechtzeitig an die tiefe Ernsthaftigkeit dieses Mannes. Jetzt war er zu einem anderen Instrument neben dem Kohärer getreten und notierte sich zwei oder drei der angezeigten Werte. Ich folgte ihm.

»Nun, Mr. Angier«, meinte er, »vielleicht werfen Sie ja heute Abend einen Blick auf Ihre Uhr, sobald Sie den ersten Blitz sehen, und notieren sich die entsprechende Zeit. Nach meiner Berechnung sollte dieses Ereignis zwischen sieben Uhr fünfzehn und sieben Uhr zwanzig eintreten.«

»Sie können den exakten Zeitpunkt bestimmen?«, fragte ich.

»Mit einer maximalen Abweichung von fünf Minuten.«

»Dann könnten Sie schon allein damit ein Vermögen verdienen!«, rief ich erstaunt aus.

»Das interessiert mich nur am Rande«, erwiderte er mit gleichgültiger Miene. »Meine Arbeit besitzt rein experimentellen Charakter. Mir kommt es vor allem darauf an, herausfinden, wann ein Sturm losbrechen wird, damit ich ihn dann auch am besten nutzen kann.« Er blickte zu der Stelle hinüber, an der Gilpin wartete. »Ich sehe, Ihre Kutsche ist wieder da, Mr. Angier. Vielleicht wollen Sie mich ja noch einmal aufsuchen?«

»Ich bin nur aus einem einzigen Grund nach Colorado Springs gekommen«, antwortete ich, »und zwar, um Ihnen ein geschäftliches Angebot zu unterbreiten.«

»Die beste Art von Angebot, meiner Erfahrung nach«, sagte Tesla ernst. »Ich erwarte Sie also übermorgen.«

Er erklärte entschuldigend, er würde den ganzen folgenden Tag damit beschäftigt sein, vom örtlichen Bahnhof weitere Instrumente abzuholen und zum Labor zu bringen.

Ich verabschiedete mich und fuhr mit Gilpin zusammen zurück in die Stadt.

Eines bleibt noch festzuhalten: Genau um sieben Uhr neunzehn war über der Stadt ein Blitz zu sehen, kurz darauf folgte das Donnergrollen. Dann brach einer der spektakulärsten Stürme los, den ich je miterleben durfte. Während das Unwetter noch wütete, trat ich auf den Balkon meines Hotelzimmers und blickte zu den Höhen des Pike's Peak empor, um Teslas Labor auszumachen. Doch dort oben war alles dunkel.

13. Juli 1900

Heute führte mir Tesla seine Spule in Aktion vor.

Anfangs fragte er mich noch, ob ich eine nervöse Disposition besäße. Ich verneinte. Also drückte er mir eine Eisenstange in die Hand. An ihr befand sich eine lange Kette, deren anderes Ende am Boden befestigt war. Dann brachte Tesla eine große Halbkugel aus Glas herbei, anscheinend mit Rauch oder Gas gefüllt, und setzte sie auf dem Tisch vor mir ab. Gemäß seiner Anweisung legte ich nun meine rechte Hand auf das Glasbehältnis – in der Linken hielt ich immer noch die Eisenstange. Sofort blitzte helles Licht in der Halbkugel auf und ich spürte, wie sich auf meinem Arm jedes einzelne Haar aufrichtete. Vor Schreck zog ich meine Hand zurück und das Licht verschwand, so schnell wie es gekommen war. Als ich Teslas amüsiertes Lächeln bemerkte, führte ich meine Hand wieder zum Glas und das unheimliche Licht schoss erneut hervor.

Es folgten weitere derartige Experimente. Einige davon hatte Tesla schon in London vorgeführt. Entschlossen, meine Angst nicht zu zeigen, ertrug ich stoisch die verschiedenen elektrischen Entladungen seiner Apparate. Schließlich fragte mich Tesla, ob ich bereit wäre, mich im Hauptfeld seiner Experimentalspule einer Spannung von zwanzig Millionen Volt auszusetzen!

»Es besteht keine Gefahr?«, fragte ich, hob jedoch mein Kinn keck an, als sei ich den Umgang mit gewissen Risiken gewohnt.

»Sie haben mein Wort darauf, Sir. Sind Sie nicht wegen solcher Demonstrationen zu mir gekommen?«

»Eigentlich schon«, bestätigte ich.

Tesla verwies mich auf einen der hölzernen Stühle. Ich nahm Platz. Mr. Alley kam auch zu uns. Er zog einen der anderen Stühle herbei und stellte ihn neben den meinen. Dann setzte er sich darauf und reichte mir eine einzelne Zeitungsseite.

»Vielleicht wollen Sie ja bei unirdischem Licht lesen!«, meinte er. Die beiden kicherten.

Ich lächelte ihnen zu, während Tesla einen Metallhebel herabzog. Mit einem ohrenbetäubenden Krachen entlud sich die elektrische Energie. Sie schoss aus Drahtspulen über meinem Kopf hervor, wurde zu wabernden Strahlenblüten riesiger, tödlicher Chrysanthemen. Ich beobachtete bestürzt, wie sich diese zuckenden, spuckenden elektrischen Blitze zuerst in Wellen rund um den Spulenkopf wanden und sich dann nach unten tasteten, auf Alley und mich zu, als suchten sie nach Beute. Alley neben mir blieb still sitzen und so zwang ich mich ebenfalls zur Ruhe. Plötzlich berührte mich einer der Blitze und lief über meinen Körper hinauf und hinunter. Wieder bekam ich eine Gänsehaut. Meine Augen wurden zwar vom Licht geblendet, doch spürte ich keinen Schmerz, kein Brennen, keinen elektrischen Schock.

Alley zeigte auf die Zeitung, die ich noch in Händen hatte. Ich entdeckte, dass das durch die elektrische Entladung hervorgerufene Licht zum Lesen mehr als ausreichte. Während ich die Seite vor mich hielt, liefen zwei Funken über das Blatt. Erstaunlicherweise – oder besser: wunderbarerweise – entzündete sich das Papier nicht.

Danach lud mich Tesla auf einen weiteren kurzen Spaziergang ein, und sobald wir draußen im Freien waren, sagte er zu mir: »Ich darf Ihnen gratulieren, Sir. Sie haben Mut.«

»Ich war entschlossen meine wahren Gefühle nicht zu zeigen«, wandte ich ein.

Tesla erzählte, vielen Besuchern seines Labors bereits habe er dieselben Demonstrationen vorführen wollen wie mir, aber nur wenige hätten sich bereit gefunden, sich den eingebildeten Gefahren elektrischer Entladungen auszusetzen.

»Vielleicht haben sie Ihre Versuche nicht gesehen«, gab ich zu bedenken. »Ich weiß, dass Sie Ihr eigenes Leben nicht aufs Spiel setzen würden und auch nicht das eines Menschen, der den ganzen langen Weg von Großbritannien hierher gekommen ist, um Ihnen ein geschäftliches Angebot zu machen.«

»Natürlich nicht«, sagte Tesla. »Vielleicht ist jetzt der Zeitpunkt gekommen, um in aller Ruhe über das Geschäft zu sprechen. Darf ich Sie bitten mir detailliert zu schildern, was Ihnen vorschwebt?«

»Da bin ich mir nicht recht sicher …«, begann ich und hielt inne. Ich versuchte die rechten Worte zu finden.

»Wollen Sie in meine Forschungen investieren?«

»Nein, Sir, das nicht. Ich weiß, dass Sie sehr unterschiedliche Erfahrungen mit Investoren gemacht haben.«

»Allerdings. Manche halten mich für einen Mann, mit dem man schwer zusammenarbeiten kann, und wahrscheinlich wird nur sehr weniges von dem, was ich vorhabe, einem Geldgeber schnellen Profit bringen. Das hat in der Vergangenheit manche Beziehung belastet.«

»Und auch in der Gegenwart, wenn ich das hinzufügen darf. Sie erwähnten das ein oder andere Mal Mr. Morgan, als wir uns kürzlich unterhielten.«

»Mr. J. P. Morgan beschäftigt mich tatsächlich derzeit sehr.«

»Dann lassen Sie mich offen sagen, dass ich ein wohlhabender Mann bin, Mr. Tesla. Ich hoffe Sie unterstützen zu können.«

»Aber nicht mittels einer Investition, nicht wahr?«

»Durch einen Kauf«, erwiderte ich. »Ich möchte, dass Sie mir einen elektrischen Apparat bauen, und wenn wir uns auf einen Preis einigen können, werde ich ihn gern bezahlen.«

Wir waren am Rand des gerodeten Plateaus herumspaziert, auf dem das Labor stand, doch jetzt blieb Tesla plötzlich stehen und schaute nachdenklich auf die Bäume, welche die ansteigende Bergflanke vor uns bedeckten.

»Was für eine Art von Apparat benötigen Sie?«, fragte er. »Wie Sie gesehen haben, hat meine Arbeit theoretischen, experimentellen Charakter. Keines meiner Forschungsergebnisse ist verkäuflich und alle meine Hilfsmittel sind für mich von unschätzbarem Wert.«

»Bevor ich England verließ«, sagte ich, »habe ich in der *Times* einen Artikel über Ihre Arbeit gelesen. Es hieß darin, Sie hätten theoretisch nachgewiesen, dass Elektrizität durch die Luft übertragen werden kann, und Sie planten, dies in naher Zukunft praktisch zu demonstrieren.« Tesla musterte mich grimmig, aber da ich mein Interesse schon in einem solchen Umfang preisgegeben hatte, musste ich fortfahren.

»Viele Ihrer Fachkollegen halten das für unmöglich, aber Sie stehen zu dem, was Sie tun. Ist es nicht so?«

Ich blickte Tesla offen an, als ich zuletzt diese Frage stellte. Wiederum hatte sich sein Gesichtsausdruck sehr verändert. Seine ganze Haltung und Gestik wurde lebendiger.

»Ja, vollkommen richtig!«, rief er und begann sofort mit einer stürmischen und (für mich) ziemlich unverständlichen Zusammenfassung seiner Vorhaben.

Wenn er einmal losgelegt hatte, konnte man ihn nicht mehr aufhalten! Er ging wieder weiter, in die Richtung, die wir vorher schon eingeschlagen hatten, sprach schnell und aufgeregt. Ich musste mich anstrengen, um mit ihm jetzt Schritt halten zu können. Wir umkreisten in einer gewissen Entfernung das Labor und der hohe Mast mit der Kugel blieb ständig in Sichtweite. Während Tesla sprach, zeigte er einige Male unabsichtlich auf ihn.

Die Quintessenz seiner Worte: Er habe vor langer Zeit bereits nachgewiesen, dass die wirksamste Methode, um Drehstrom zu übertragen, darin bestehe, seine Spannung anzuheben und ihn über Hochspannungskabel zu leiten. Jetzt sei er in der Lage zu zeigen, dass der Strom, wenn seine Spannung noch mehr verstärkt werde, eine extrem hohe Frequenz annehme. Kabel seien dann überhaupt nicht mehr vonnöten. Der Strom würde einfach *ausgeschickt*, ausgestrahlt, in den Äther gesendet und schließlich mit einer Reihe von Detektoren oder Empfängern zur weiteren Nutzung wieder eingefangen.

»Stellen Sie sich nur die Möglichkeiten vor, Mr. Angier!«, rief Tesla. »Jede mechanische Vorrichtung, jede nutzbringende oder der Bequemlichkeit dienende Maschinerie, die der Mensch kennt oder sich nur vorstellen kann, wird von Elektrizität angetrieben werden, die aus der Luft kommt!«

Dann begann Tesla in einer Litanei, die mich seltsam an meinen Reisegenossen Bob Tannhouse erinnerte, die verschiedenen Anwendungsgebiete herzusagen: Beleuchtung, Heizung, Warmwassererzeugung, Nahrungsverarbeitung, Haushalt, Vergnügen, Verkehr … In allen Bereichen sollte auf eine rätselhafte, nicht näher beschriebene Weise die elektrische Energie eingesetzt werden.

»Funktioniert das bei Ihnen schon?«, fragte ich.

»Ohne Frage! Auf experimenteller Grundlage, wissen Sie, aber die Versuche können von anderen wiederholt werden, wenn jene sich die Mühe machen wollen, und sie können kontrolliert werden. Das ist keine Phantasterei! Binnen weniger Jahre werde ich Energie für die ganze Welt erzeugen, und zwar auf ähnliche Weise, wie ich gegenwärtig die Stadt Buffalo mit Energie versorge!«

Während diese Erklärungen aus ihm heraussprudelten, hatten wir zweimal das große Grundstück umrundet. Ich hielt mit ihm Schritt, entschlossen, mich seiner wissenschaftlichen Verzückung zu stellen. Ich wusste, dass er – bei seiner großen Intelligenz – schließlich zu dem Thema zurückkehren würde, das ich früher bereits angeschnitten hatte.

»Verstehe ich Sie richtig, Mr. Angier, dass Sie diesen Apparat von mir kaufen wollen?«, fragte er schließlich.

»Nein, Sir«, erwiderte ich. »Ich bin hier, um etwas anderes zu erwerben.«

»Ich bin voll mit der Arbeit beschäftigt, die ich Ihnen geschildert habe!«

»Ein wichtiges und nobles Unterfangen, Mr. Tesla. Ich aber suche etwas Neues. Sagen Sie mir: Wenn elektrische Energie übertragen werden kann, könnte dann nicht auch Materie von einem Ort zu einem anderen geschickt werden?«

Die Nüchternheit seiner Antwort überraschte mich.

»Energie und Materie sind nur zwei Manifestationen ein und derselben Kraft«, erwiderte er. »Dessen sind Sie sich doch sicher bewusst?«

»Ja, Sir«, meinte ich.

»Dann kennen Sie schon die Antwort. Allerdings muss ich hinzufügen, dass ich nicht verstehe, warum jemand an der Übertragung von Materie interessiert sein sollte.«

»Aber könnten Sie mir denn einen Apparat konstruieren, der dazu imstande wäre?«

»Wie viel Masse müsste bewegt werden? Wie schwer wäre das Objekt und wie groß?«

»Als Gewicht können Sie maximal zweihundert Pfund ansetzen«, sagte ich. »Und die Größe … höchstens zwei Yard hoch.«

Er machte eine wegwerfende Handbewegung. »Welchen Betrag bieten Sie mir an?«

»Was brauchen Sie?«

»Ich benötige unbedingt achttausend Dollar, Mr. Angier.«

Ich konnte nicht umhin laut zu lachen. Es war mehr, als ich mir vorgestellt hatte, doch immer noch innerhalb meiner Möglichkeiten. Tesla blickte besorgt drein. Er hielt mich wohl für verrückt und trat ein wenig zurück … Doch nur wenige Augenblicke später umarmten wir uns auf dem windigen Plateau und klopften einander auf die Schulter. So wie er die Lösung meines Problems darstellte, war ich die Lösung des seinen.

Als wir schließlich voneinander ließen und uns zur Besiegelung des Paktes die Hand gaben, erhob sich irgendwo in den Bergen ein gewaltiges Donnern, rollte über uns hinweg und dröhnte und hallte in den engen Tälern wider.

14. Juli 1900

Tesla ist ein härterer Verhandlungspartner, als ich gedacht habe. Nun sind es nicht acht-, sondern *zehntausend* Dollar, die er verlangt – ein kleines Vermögen. Wie jeder normale Mensch überschläft er anscheinend eine wichtige Entscheidung lieber noch einmal. Heute Morgen ist er dann aufgewacht und hat erkannt, dass die achttausend Dollar nur sein bisheriges Defizit decken würden. Mein Apparat wird mich also mehr kosten. Außerdem hat er darauf bestanden, dass ich ihm einen stattlichen Anteil der Gesamtsumme bar auszahle, und zwar im Voraus. Ich habe dreitausend Dollar und kann weitere dreitausend durch Inhaberschuldverschreibungen flüssig machen, die ich mitgebracht habe, aber den Rest werde ich mir aus England schicken lassen müssen.

Tesla ging prompt auf dieses Arrangement ein.

Heute hat er mich eingehender über meine Wünsche befragt. Der magische Effekt, den ich erzielen möchte, scheint ihn nicht zu interessieren, sondern er geht ganz in der praktischen Seite des Vorhabens auf. Ihn beschäftigt die Größe des Apparats, die Frage der Stromquelle, das voraussichtliche Gewicht und wie alles am leichtesten transportiert werden kann …

Ich ertappe mich dabei, wie ich seinen analytischen Verstand bewundere. Die Transportierbarkeit war ein Aspekt, an den ich überhaupt nicht gedacht hatte, aber natürlich stellt sie einen kritischen Faktor für einen herumreisenden Magier dar.

Er hat schon grobe Pläne skizziert und mich für zwei Tage zu den Zerstreuungen von Colorado Springs verbannt, während er nach Denver fährt, um die Bauteile zu erwerben.

Bisher hatte ich es nur vermutet, aber Teslas Reaktion auf mein Projekt hat mich schließlich davon überzeugt: Borden ist nie bei Tesla gewesen!

So erfahre ich wiederum etwas Neues über meinen alten Widersacher. Er hat Olivia benutzt, um mich irrezuführen. Seine Austausch-Nummer ist gekennzeichnet durch gewisse auffällige Effekte, die einfache Menschen schon für das Wesen der Elektrizität halten, die aber in Wirklichkeit nichts anderes sind als bloße Effekthascherei. Er hat mich auf ein Phantom gehetzt. Doch Tesla und ich werden uns dem Herz der verborgenen Energie selbst zuwenden.

Tesla arbeitet langsam! Ich werde nervös, wenn ich daran denke, wie mir die Zeit davonläuft. Naiverweise hatte ich angenommen, nach der Auftragserteilung sei es dann nur noch eine Frage von Stunden, bis Tesla den gewünschten Mechanismus präsentieren würde. Aber aus seinem geistesabwesenden Gesichtsausdruck und dem Gemurmel während der Arbeit schließe ich, dass ich einen Erfindungsprozess ausgelöst haben könnte, der vielleicht nie zu einem praktischen Ende kommt. (Mr. Alley bestätigte mir, dass Tesla manchmal monatelang über einem Problem grübelt.)

Ich habe in England im Oktober und November feste Engagements und muss rechtzeitig zu Hause sein.

Zwei Tage bleiben, bis Tesla zurückkehrt, und so werde ich wohl die Zeit nutzen, um Zug- und Schiffsfahrpläne zu studieren. Amerika, ein Land, das in so vielen Dingen groß ist, gibt einem solche Informationen nicht gerade leicht an die Hand, wie ich finde.

21. Juli 1900

Tesla kommt mit der Arbeit anscheinend gut voran. Ich darf alle zwei Tage sein Labor besuchen. Obwohl ich schon etwas von dem Apparat gesehen habe, ist eine Demonstration noch nicht möglich. Heute war er mit seinen Forschungsexperimenten beschäftigt. Er schien von ihnen ganz gefangen zu sein und wirkte teils irritiert, teils verdutzt, als er mich sah.

4. August 1900

Heftige Gewitter haben drei Tage lang um Pike's Peak gewütet und mich in Trübsinn und Niedergeschlagenheit geworfen. Ich weiß, dass Tesla mit seinen eigenen Experimenten beschäftigt sein wird, nicht mit meinen.

Die Tage gleiten vorbei. Vor Ablauf dieses Monats muss ich den Zug besteigen, der Denver verlässt.

8. August 1900

Als ich heute Morgen ins Labor kam, eröffnete mir Tesla, mein Apparat sei nun zur Vorführung bereit. Ich war naturgemäß sehr aufgeregt. Als es jedoch losgehen sollte, wollte das Ding nicht funktionieren, und nachdem ich mehr als drei Stunden zugesehen hatte, wie Tesla an einigen Drähten herumfummelte, kehrte ich ins Hotel zurück.

Die First Colorado Bank hat mir mitgeteilt, dass ich in ein oder zwei Tagen wieder über eine größere Summe meines Geldes verfügen kann. Vielleicht wird das Tesla zu größeren Bemühungen anspornen!

12. August 1900

Heute wieder eine missglückte Demonstration. Ich war enttäuscht. Tesla schien verwundert zu sein und behauptete, seine Berechnungen könnten keinen Fehler enthalten.

Ich berichte hier kurz über diesen Misserfolg. Der Prototyp des Apparats stellt eine kleinere Version seiner Spule dar, allerdings fallen die Drahtwicklungen anders aus. Nach einem längeren Vortrag über die zugrunde liegenden Prinzipien (ich habe nichts davon verstanden, Tesla dürfte ihn hauptsächlich für sich selbst gehalten haben, eine Art lautes Denken), holte Tesla einen Metallstab hervor, den er oder Mr. Alley deutlich mit der Farbe Orange markiert hatten. Er legte ihn auf eine Plattform, unmittelbar unter einen umgekehrten Drahtkegel; die Spitze des Kegels zeigte direkt auf den Stab.

Als Mr. Alley auf Teslas Anweisung hin einen großen Hebel betätigte, der in der Nähe der großen Spule angebracht war, kam es zu einer lauten, nun schon vertrauten elektrischen Entladung. Der orangefarbene Stab war fast sofort von blauweißem Feuer umgeben, das auf eine höchst beängstigende Weise um ihn herumschlängelte. (Ich stellte mir das Phänomen auf offener Bühne vor und war erfüllt von tiefer Zufriedenheit.) Der Lärm und das Leuchten nahmen schnell zu und bald schien es, als spritzten geschmolzene Partikel des Stabes zu Boden; doch in Wirklichkeit hatten sich Aussehen oder Volumen des Stabes in keiner Weise verändert.

Nach ein paar Sekunden winkte Tesla aufgeregt. Mr. Alley legte den Kontrollhebel zurück, die Elektrizität erstarb und der Stab befand sich immer noch an seinem Platz.

Sofort versenkte sich Tesla in das Rätsel und meine Anwesenheit schien, wie schon manches Mal zuvor, vergessen. Mr. Alley hat mir empfohlen ein paar Tage dem Labor fernzubleiben, aber ich muss immer daran denken, dass mir die Zeit davonläuft. Ich frage mich, ob ich das Tesla in ausreichender Weise deutlich gemacht habe.

18. August 1900

Heute ist ein denkwürdiger Tag, weniger wegen der zweiten misslungenen Vorführung, als wegen der Tatsache, dass Tesla und ich uns mit einer gewissen Heftigkeit gestritten haben. Unmittelbar nachdem seine Maschine erneut nicht funktioniert hatte, ist es zu dieser Auseinandersetzung gekommen. Wir waren beide erregt, ich aus Enttäuschung, Tesla aus Entmutigung.

Als der orangefarben bemalte Stab sich wiederum nicht

bewegt hatte, hatte Tesla ihn genommen und mir gegeben. Ein paar Sekunden zuvor war der Stab noch in strahlendes Licht getaucht gewesen, Funken waren in alle Richtungen geflogen. Ich nahm ihn also vorsichtig entgegen, da ich befürchtete, ich könnte mir daran die Finger verbrennen. Stattdessen erwies sich der Stab als kalt. Aber seltsam, er war nicht einfach kühl, wie Metall unter normalen Bedingungen oft erscheint, sondern der Stab fühlte sich ausgesprochen kalt an, als wäre er in Eis gepackt gewesen. Ich wog ihn sachte in der Hand.

»Noch mehr Misserfolge wie dieser, Mr. Angier«, meinte Tesla relativ aufgeräumt, »und ich bin vielleicht gezwungen, Ihnen dies als Souvenir zu geben.«

»Ich danke Ihnen«, erwiderte ich kühl. »Allerdings würde ich es vorziehen, stattdessen den Apparat mitzunehmen, um dessentwillen ich hierher gekommen bin.«

»Wenn Sie mir genug Zeit lassen, werde ich die Erde aus den Angeln heben.«

»Zeit … gerade davon habe ich nicht viel«, konterte ich und warf den Stab auf den Boden. »Und ich möchte nicht die Erde bewegen. Und auch nicht diesen Metallstab.«

»Dann nennen Sie mir doch bitte Ihr Wunschobjekt«, meinte Tesla sarkastisch. »Und ich werde mich sofort darauf konzentrieren.«

In diesem Augenblick konnte ich nicht anders, als meinen Gefühlen, die ich seit Tagen zurückgehalten hatte, freien Lauf zu lassen.

»Mr. Tesla, ich habe bis jetzt Ihren Versuchen mit einem Stück Metall zugesehen, weil ich angenommen hatte, experimentelle Gründe erforderten dieses Objekt. Verstehe ich Sie nun richtig: Sie könnten genauso gut auch irgendeinen anderen Gegenstand verwenden?«

»Grundsätzlich ja.«

»Warum bauen Sie dann das Ding nicht so, dass es das macht, was ich will?«

»Weil Sie mir Ihre Wünsche nicht ausführlich dargelegt haben!«

»Das Senden kurzer Eisenstöcke gehört nicht dazu«, entgegnete ich hitzig. »Selbst wenn die Vorrichtung so arbeiten würde, wie ich es Ihnen beschrieben zu haben glaube, wäre das für mich von geringem Nutzen. Ich möchte einen lebendigen Körper von einem Ort zu einem anderen übertragen! Einen Menschen!«

»Sie wünschen also, dass ich meine Misserfolge nicht an einem unseligen Eisenstab demonstriere, sondern an einem Menschen? Wen wollen Sie mir denn als Versuchsperson für dieses gefährliche Experiment benennen?«

»Warum sollte es gefährlich sein?«, fragte ich.

»Weil jedes Experiment riskant ist.«

»Ich bin es, der diesen Apparat benutzen wird.«

»Sie wollen *sich selbst* dem Ganzen unterziehen?« Tesla lachte kurz auf. »Sir, ich werde den Rest Ihres Geldes einfordern müssen, bevor ich nur anfange mit Ihnen zu experimentieren!«

»Ich sollte nun besser gehen«, sagte ich und wandte mich ab, zornig und ernüchtert. Ich schob mich an Tesla und Alley vorbei und lief nach draußen. Randy Gilpin war nicht zu sehen, doch ich schritt trotzdem weiter. Ich war entschlossen, wenn nötig, den ganzen Weg hinab zur Stadt zu Fuß zurückzulegen.

»Mr. Angier, Sir!« Tesla stand an der Tür seines Labors. »Streiten wir uns doch nicht herum! Ich hätte es Ihnen richtig erklären sollen. Wenn ich gewusst hätte, dass Sie lebendige Organismen zu übertragen wünschen, wäre die Aufgabenstellung für mich eine etwas andere gewesen. Es ist schwer, mit massiven anorganischen Verbindungen umzugehen. Lebendes Gewebe fällt nicht unter dieselbe Kategorie.«

»Was meinen Sie damit, Professor?«, fragte ich.

»Wenn Sie wünschen, dass ich einen Organismus übertrage, dann kommen Sie bitte morgen wieder her. Ich werde es tun.«

Ich nickte und trat auf den lockeren Kies des Pfades, der über die Bergflanke hinabführte. Auf meinem Weg nach unten hoffte ich Gilpin zu begegnen. Sollte er jedoch nicht auftauchen, wollte ich die Gelegenheit nutzen, um mir einmal ausgiebig Bewegung zu verschaffen. Die Straße schlängelte sich in engen Serpentinen den Berg hinab und schnitt dabei scharf in den Hang ein, der an manchen Stellen recht steil abfiel.

Als ich etwa eine halbe Meile gegangen war, sah ich etwas Farbiges im hohen Gras neben dem Pfad schimmern. Ich blieb stehen, um es zu untersuchen. Es handelte sich um einen kurzen Eisenstab, orange bemalt, offenbar identisch mit dem Stück, das Tesla für seinen Versuch verwendet hatte. Um mir nun doch noch ein Andenken an das heutige, außerordentliche Treffen mit Tesla zu sichern, hob ich den Stab auf und nahm ihn den Berg hinab mit mir.

19. August 1900

Als mich Gilpin heute Morgen am Labor absetzte, fand ich Tesla mutlos vor.

»Ich fürchte, Ihnen vielleicht bald eine Enttäuschung bereiten zu müssen«, sagte er zu mir, als er an die Tür kam. »Es bleibt noch viel Arbeit zu tun und ich weiß, wie dringend Sie nach Großbritannien zurückkehren müssen.«

»Was ist geschehen?«, fragte ich, froh darüber, dass der Zorn, der gestern zwischen uns aufgelodert war, der Vergangenheit angehörte.

»Ich hatte geglaubt, mit lebenden Organismen sei die Sache leicht. Die Struktur ist so viel einfacher als die der Elemente. Leben enthält schon winzige Mengen von Elektrizität. Ich bin von der Annahme ausgegangen, alles, was ich zu tun hätte, sei, diese Energie zu verstärken. Ich weiß nicht, warum es nicht funktioniert! Die Berechnungen stimmen. Kommen Sie und sehen Sie selbst.«

Im Labor bemerkte ich, dass Mr. Alley eine Haltung einnahm, die ich nicht bei ihm erwartet hätte: Er stand kampfbereit da, die Arme schützend vor dem Brustkorb verschränkt, das Kinn streitlustig vorgereckt – so wütend und abweisend, wie ich noch nie zuvor jemanden gesehen hatte. Neben ihm auf der Bank stand ein hölzerner Käfig. Darin lag schlafend eine kleine schwarze Katze mit weißen Schnurrhaaren und Pfoten.

Da seine Augen auf mich gerichtet waren, als ich hereinkam, sagte ich: »Guten Morgen, Mr. Alley!«

»Hoffentlich werden Sie hierbei nicht mitmachen, Mr. Angier!«, rief Alley. »Ich habe die Katze meiner Kinder mitgebracht, und zwar aufgrund des festen Versprechens, dass ihr kein Leid geschehen werde. Dies hat mir Mr. Tesla gestern Abend versichert! Jetzt besteht er darauf, dass wir das arme Tier einem Experiment unterziehen, das es zweifellos umbringen wird!«

»Was ich hier höre, gefällt mir nicht«, sagte ich zu Tesla.

»Mir auch nicht. Glauben Sie, ich sei ein Unmensch, fähig, eines von Gottes schöneren Geschöpfen zu foltern? Kommen Sie doch bitte einmal her.«

Er führte mich zum Apparat. Es fiel mir sofort auf, dass er über Nacht völlig umgebaut worden war. Als ich ein oder zwei Fuß davon entfernt war, zuckte ich erschreckt zurück! Etwa ein halbes Dutzend enorm großer Küchenschaben, mit glänzenden schwarzen Rückenpanzern und langen Fühlern, befand sich überall verstreut auf dem Boden. Solche abscheulichen Kreaturen hatte ich noch nie gesehen.

»Sie sind tot, Angier«, sagte Tesla, als er meine Reaktion bemerkte. »Sie können Ihnen nichts tun.«

»Ja, tot!«, meinte Alley. »Und da liegt der Hase im Pfeffer! Er möchte, dass ich die Katze der gleichen Gefahr aussetze.«

Ich blickte argwöhnisch auf die großen ekligen Insekten, suchte nach irgendwelchen Lebenszeichen bei ihnen. Als Tesla eine der Schaben für mich mit der Stiefelspitze anstieß und umdrehte, trat ich erneut einen Schritt zurück.

»Anscheinend habe ich eine Maschine gebaut, die Küchenschaben mordet«, murmelte Tesla sanft. »Auch sie sind Gottes Geschöpfe, und all das macht mich mutlos. Es war nicht meine Absicht eine Maschine zu entwerfen, die Leben vernichtet.«

»Was läuft denn eigentlich schief?«, fragte ich. »Gestern klangen Sie noch so zuversichtlich.«

»Ich habe alles ein Dutzend Mal nachgerechnet. Auch Alley hat die Berechnungen überprüft. Dies ist der Alptraum eines jeden experimentellen Wissenschaftlers: Eine unerklärliche Diskrepanz zwischen theoretischen und tatsächlichen Ergebnissen tritt ein. Ich bekenne, ich bin verwirrt. So etwas ist mir noch nie passiert.«

»Darf ich die Berechnungen sehen?«, fragte ich.

»Natürlich, aber wenn Sie kein Mathematiker sind, werden sie Ihnen nicht viel sagen, fürchte ich.«

Er und Alley holten ein großes Buch hervor, in dem die Berechnungen eintragen waren, und wir gingen sie lange gemeinsam durch. Tesla erklärte mir das zugrunde liegende Prinzip und die errechneten Ergebnisse und ich versuchte so viel wie möglich zu verstehen. Ich nickte zu allem möglichst intelligent, doch erst am Ende, als ich die Berechnungen als gegeben annehmen und mich auf die Resultate konzentrieren konnte, zeigte sich für mich ein unverhoffter Schimmer von Sinn.

»Sie sagten, diese Position hier bestimmt die Entfernung?«, fragte ich.

»Das ist eine Variable. Für die Experimente habe ich einhundert Meter eingesetzt, doch eine solche Entfernung ist akademisch, da, wie Sie sehen, nichts, was ich zu übertragen versuche, überhaupt die geringste Distanz zurücklegt.«

»Und dieser Wert hier?«, fragte ich und zeigte mit dem Finger auf eine andere Zeile.

»Der Winkel. Ich verwende die Gradeinteilung des Kreises. Von der Spitze des Energiewirbels aus kann jeder beliebige Winkel innerhalb von dreihundertsechzig Grad anvisiert werden. Doch auch das ist einstweilen nur blanke Theorie.«

»Haben Sie auch einen Wert für die Richthöhe?«

»Einen solchen verwende ich nicht. Bis der Apparat wirklich funktioniert, ziele ich lediglich ins Freie, vom Labor aus nach Osten. Man muss darauf achten, dass man nicht eine Rematerialisation an einem Ort vornimmt, der schon von einer anderen Masse besetzt ist. Ich möchte gar nicht daran denken, was dann passieren würde!«

Nachdenklich blickte ich auf die sauber geschriebenen Zeilen. Ich weiß nicht, was letztlich der Auslöser war, aber plötzlich kam mir eine Idee! Ich stürmte aus dem Labor hinaus und schaute nach Osten. In dieser Richtung war das Plateau am schmalsten und etwa zehn Meter vom Pfad entfernt begann der Boden abzufallen. Ich ging schnell hinüber und sah nach unten. Durch die Bäume hindurch erblickte ich unter mir den Weg, der sich den Berghang hinabschlängelte.

Als ich ins Labor zurückkehrte, ging ich geradewegs zu meinem Handkoffer und zog den Eisenstab hervor, den ich gestern neben dem Pfad gefunden hatte. Ich hielt ihn hoch, damit Tesla ihn gut sehen konnte.

»Ihr Versuchsobjekt, oder?«, fragte ich.

»Richtig.«

Ich berichtete ihm nun, wo und wann ich den Stab gefunden hatte. Tesla lief zum Apparat hinüber, wo der Zwillingsbruder des Stabes lag, den er um der unglücklichen Küchenschaben willen fallen gelassen hatte. Jetzt hielt er beide nebeneinander. Alley und ich standen neben ihm und staunten, weil sie identisch aussahen.

»Diese Markierungen hier, Mr. Angier!«, flüsterte Tesla ehrfürchtig und fuhr mit den Fingern leicht über eine Stelle, an der ein Gewirr von Linien sauber in das Metall geritzt war. »Ich habe dieses Muster angebracht, um nach der Übertragung durch den Äther das Objekt als echt identifizieren zu können. Aber ...«

»Es wurde eine getreue Nachbildung produziert!«, sagte Alley.

»Wo, sagen Sie, haben Sie das gefunden, Sir?«, fragte Tesla.

Ich führte die beiden Männer hinaus und wies den Berg hinab. Tesla schien ganz in Gedanken versunken zu sein.

»Ich muss die entsprechende Stelle sehen!«, sagte er schließlich. »Zeigen Sie sie mir!« Und zu Alley gewandt: »Holen Sie den Theodoliten und ein Maßband ... so schnell Sie können!«

Und er lief los, den steilen Pfad hinab. Er zog mich mit und beschwor mich, ihm die genaue Fundstelle zu zeigen. Anfangs hatte ich noch angenommen, ich könnte ihn geradewegs dorthin führen, doch als wir den Weg weiter hinabkamen, war ich mir nicht mehr sicher. Die riesigen Bäume, die zerklüfteten Felsen, das Gestrüpp am Waldboden – alles sah so gleich aus. Und da Tesla vor mir wie wild herumgestikulierte und mir ständig ins Ohr brabbelte, war es mir fast unmöglich mich zu konzentrieren.

Schließlich kam ich zu einer Wegkehre, an der das Gras hoch wuchs, und blieb stehen. Alley holte uns bald ein und stellte nach Teslas Anweisungen den Theodoliten auf. Ein paar sorgfältige Messungen reichten für Tesla aus, um diesen Platz zu verwerfen.

Nach etwa einer halben Stunde hatten wir uns auf eine andere, ähnliche Stelle geeinigt. Sie lag genau im Osten des Labors, allerdings natürlich ein gutes Stück unterhalb. Als wir die Steilheit der Bergflanke in Betracht gezogen hatten sowie die Tatsache, dass der Eisenstab nach dem Aufprall auf dem Boden weitergerollt sein dürfte, schien uns diese Stelle als wahrscheinlicher Landeplatz des Stabes in Frage zu kommen. Auf dem Weg zurück ins Labor war Tesla sichtlich zufrieden und tief in Gedanken.

Auch ich hatte nachgedacht, und sobald wir wieder im Gebäude waren, fragte ich: »Darf ich Ihnen einen Vorschlag machen?«

»Ich stehe bereits tief in Ihrer Schuld, Sir«, erwiderte Tesla. »Äußern Sie ihn ruhig.«

»Wenn Sie das Gerät schon einstellen können, dann wären Sie doch sicher auch in der Lage, es auf eine kürzere Entfernung auszurichten, anstatt einfach in die Luft im Osten von uns zu zielen?«

»Wir denken offensichtlich an das Gleiche, Mr. Angier!«

In der ganzen Zeit, die ich bei ihm gewesen war, hatte ich Tesla nie so fröhlich gesehen. Er und Alley machten sich sofort an die Arbeit. Wieder einmal war ich überflüssig, deshalb setzte ich mich still im rückwärtigen Teil des Labors nieder. Ich habe mir seit einiger Zeit angewöhnt, etwas Essen ins Labor mitzunehmen (Tesla und Alley haben höchst unregelmäßige Essensgewohnheiten, wenn sie in ihre Arbeit vertieft sind), und so aß ich die Sandwiches, die das Hotelpersonal mir mitgegeben hatte.

Nach einer längeren Zeitspanne, die langweiliger war, als ich es hier schildern kann, sagte Tesla schließlich: »Mr. Angier, ich glaube, wir sind fertig.«

Und so kam ich, um den Apparat zu untersuchen – ganz wie ein Zuschauer aus dem Theaterpublikum, der auf die Bühne gebeten wird, um das Kabinett eines Magiers zu überprüfen. Ich ging mit Tesla nach draußen und stellte zweifelsfrei fest, dass sich an dem vorgesehenen Zielort keinerlei andere Metallstäbe befanden.

Als er den Versuchsstab in den Apparat steckte und den Hebel zog, verkündete ein höchst befriedigender Knall den erfolgreichen Abschluss des Experiments. Wir drei stürzten ins Freie und da lag auf dem Gras der vertraute orangefarben angemalte Eisenstab.

Wieder im Labor untersuchten wir das »Original«. Es war eiskalt, doch unzweifelhaft identisch mit seinem Zwilling, der jenseits der Leere des Raumes erzeugt worden war.

»Morgen, Sir«, sagte Tesla zu mir, »morgen werden wir uns mit der Zustimmung meines edelmütigen Assistenten hier bemühen, die Katze sicher von einem Platz zum anderen zu transportieren. Darf ich annehmen, dass Sie dann zufrieden sein werden, wenn dies vollbracht ist?«

»Und ob, Mr. Tesla«, sagte ich herzlich, »und ob!«

20. August 1900

Und es ist in der Tat vollbracht! Die Katze hat unverletzt den Äther durchquert!

Es gab jedoch eine kleine Panne und Tesla ist zu den Haupttätigkeiten seines Berufes zurückgekehrt. Ich bin einmal mehr in mein Hotel verbannt, einmal mehr ertappe ich mich dabei, wie ich mir Sorgen wegen der verstreichenden Zeit mache.

Tesla verspricht mir eine weitere Demonstration für morgen und diesmal, hat er mir prophezeit, wird es keine weiteren Probleme mehr geben. Ich spüre, wie begierig dieser Mann auf sein restliches Honorar ist.

Caldlow House, Derbyshire, 11. Oktober 1900

Ich hatte nicht erwartet, diese Worte noch einmal schreiben zu können. Als Folge des Unfalltods meines älteren Bruders Henry und der Tatsache, dass er keine Nachkommen hinterlassen hat, habe ich endlich den Titel und die Ländereien meines Vaters geerbt.

Ich wohne jetzt in meinem Elternhaus und habe meine Karriere als Bühnenillusionist aufgegeben. Meine Zeit ist der Verwaltung des Gutes und der Lösung der zahlreichen praktischen Probleme gewidmet, die durch Henrys Marotten, Kavaliersdelikte und finanzielle Fehlentscheidungen entstanden sind.

Ich unterzeichne jetzt als
Rupert, vierzehnter Earl of Colderdale.

12. November 1900

Ich bin gerade von einem mehrere Tage währenden Besuch in meinem alten Haus in London zurückgekehrt. Ich wollte das Gebäude und meine frühere Werkstatt ausräumen und beide Immobilien verkaufen. Das Gut Caldlow befindet sich am Rande des Bankrotts, ich muss für dringende Reparaturen am Haus sowie an einigen Gebäuden des Gutes schleunigst Geld aufbringen. Natürlich habe ich mich selbst dafür verflucht, dass ich fast das gesamte Vermögen, das ich in meiner Bühnenkarriere angesammelt hatte, für Tesla verschwendete. In etwa das Letzte, was ich tat, bevor ich Colorado verließ und auf die Nachricht von Henrys Tod hin eilends nach England zurückkehrte, war, Tesla den Rest des Honorars auszuhändigen. Damals hatte ich keine Ahnung, wie radikal mein ganzes Leben durch diese Nachricht verändert werden sollte.

Die Rückkehr nach Idmiston Villas hatte auf mich jedoch eine unvorhergesehene Wirkung. Ich fand das Haus natürlich voll der verschiedensten Erinnerungen, doch vor allem meine ersten Tage in London kamen mir wieder ins Gedächtnis. Damals war ich kaum mehr als ein hoch aufgeschossener Junge, enterbt, unerfahren im Lauf der Welt, ohne abgeschlossene Schulausbildung, in keinem Handwerk und keinem Beruf unterwiesen. Doch ich baute mir gegen alle widrigen Umstände eine Existenz auf und erlangte schließlich einen bescheidenen Wohlstand und einen über das Übliche hinausgehenden Ruf. Ich hatte und habe vermutlich noch eine Spitzenstellung unter den Magiern inne und ich habe mich keineswegs auf meinen Lorbeeren ausgeruht, sondern den größten Teil meines Geldes in einen völlig neuartigen Apparat investiert, dessen Verwendung in der Bühnenmagie meiner Karriere ohne Zweifel neuen Antrieb gegeben hätte.

Zwei Tage lang hing ich auf solch wehmütige Weise meinen Gedanken nach und schickte schließlich einen Brief an Julias Adresse. Meine Gedanken kreisten um sie, denn trotz der Tatsache, dass wir vor vielen Jahren auseinander gegangen waren, setze ich meine ersten Tage in London immer noch mit ihr gleich. Ich kann meine frühen Pläne und Träume nicht mehr von der Zeit trennen, in der ich mich in Julia verliebte. Zu meiner Überraschung, aber auch zu meiner großen Freude, war sie bereit, sich mit mir zu treffen, und vor zwei Tagen verbrachte ich im Haus einer ihrer Freundinnen einen Nachmittag mit ihr und den Kindern.

Meine Familie unter solchen Umständen wieder zu sehen weckte in mir überwältigende Gefühle und ich ließ alle zuvor gehegten Absichten fallen, praktische Dinge zur Sprache zu bringen. Zuerst war Julia kühl und zurückhaltend, doch dann ging ihr mein Gesichtsausdruck, in dem sich Erschütterung und Rührung spiegelten, offensichtlich sehr zu Herzen und sie sprach schon bald freundlich und herzlich mit mir. (Edward, jetzt siebzehn, ist so groß und sieht so gut aus! Lydia und Florence sind so schön und sanft! Ich konnte den ganzen Nachmittag meine Augen nicht von ihnen wenden.)

Dann berichtete ich ihr von den Neuigkeiten. Selbst als wir noch verheiratet gewesen waren, hatte ich ihr nie meine Vergangenheit enthüllt. Was ich jetzt zu sagen hatte, stellte deshalb für sie eine dreifache Überraschung dar. Zunächst musste ich ihr erzählen, dass ich mich einstmals von Familie und Gut losgesagt hatte, davon hatte sie nie etwas gewusst, dann, dass ich jetzt zu beiden zurückgekehrt war, und schließlich, dass ich beschlossen hatte, auf meine Bühnenkarriere zu verzichten.

Wie ich es mir schon vorher hätte denken können, schien

Julia dies alles ruhig aufzunehmen. (Nur als ich ihr sagte, dass sie von nun an korrekt als Lady Julia anzusprechen sei, verlor sie für einen Moment die Fassung.) Etwas später fragte sie mich, ob ich mir wirklich sicher sei, dass ich meine Karriere aufgeben wolle. Ich erwiderte, ich sähe keine andere Möglichkeit. Sie habe, meinte sie darauf, trotz unserer Trennung meine Karriere als Magier auch weiterhin voller Bewunderung verfolgt und nur bedauert, dass sie keinen Anteil mehr daran hatte.

Während wir uns unterhielten, spürte ich, wie Verzweiflung in mir aufstieg – oder besser gesagt, aus mir hervorbrach –: Ich hatte um einer Amerikanerin willen meine Frau und – was noch unverzeihlicher war – meine wunderbaren Kinder aufgegeben!

Bevor ich dann London gestern verließ, suchte ich Julia ein zweites Mal auf. Diesmal waren die Kinder nicht dabei.

Ich lieferte mich ihr auf Gnade und Ungnade aus und bat sie um Verzeihung für all die Sünden, die ich ihr gegenüber begangen hatte. Ich bat sie, wieder zu mir zurückzukehren und aufs Neue meine Frau zu sein und bei mir zu leben. Ich versprach alles, was in meiner Macht stand, für sie zu tun, wenn sie nur einwilligte.

Sie sagte vorerst einmal Nein, versprach aber, sie werde sorgfältig darüber nachdenken. Ich verdiene es nicht besser.

Später nahm ich den Nachtzug nach Sheffield. Ich dachte an nichts anderes als an meine Versöhnung mit Julia.

14. November 1900

Trotz allem muss ich meine Gedanken nun ausschließlich auf Geld konzentrieren, da ich mich einmal mehr mit diesem verrottenden Hauses konfrontiert sehe.

Es ist absurd, wenn man kurz nach der Verschwendung einer so riesigen Summe erneut von Geldmangel geplagt wird. Also habe ich an Tesla geschrieben und von ihm die Rückerstattung all dessen gefordert, was ich ihm gezahlt habe. Seit ich Colorado Springs verließ, sind fast drei Monate vergangen und ich habe bisher keine einzige Nachricht von ihm bekommen. Er wird zahlen müssen, egal in welcher

Situation er sich gerade befindet. Gleichzeitig habe ich nämlich auch der Anwaltsfirma in New York geschrieben, die mir bei einer kleinen rechtlichen Angelegenheit während meiner letzten Tournee geholfen hat. Ich habe sie instruiert, am Ersten des nächstes Monats ein Verfahren gegen Tesla einzuleiten. Wenn er, nach Erhalt meines Briefes, das Geld sofort zurückzahlt, dann werde ich die Jagdhunde zurückpfeifen, falls nicht, wird er die Konsequenzen tragen müssen.

15. November 1900

Ich bin im Begriff, nach London zurückzukehren.

17. November 1900

Wieder in Derbyshire, ich bin des Zugreisens müde, jedoch keineswegs des Lebens müde.

Julia hat mir einen Vorschlag gemacht, wie wir möglicherweise in der Zukunft zusammen sein können. Es läuft alles auf eine einfache Entscheidung meinerseits hinaus.

Sie sagt, sie würde zu mir zurückkehren und noch einmal mit mir zusammenleben, doch nur, wenn ich meine magische Karriere wieder aufnehme. Sie wünscht, dass ich Caldlow House verlasse und nach Idmiston Villas zurückkehre. Sie sagt, sie und die Kinder wollten nicht in ein Haus in einem fernen und für sie unbekannten Teil von Derbyshire umziehen. Ihren Standpunkt hat sie mir dabei so klar dargelegt, dass ich die Bedingungen einfach akzeptieren muss.

Um mich zu überzeugen, dass ihr Vorschlag auch zu meinem Vorteil ist, verwendet sie vier Hauptargumente.

Die Bühnenarbeit, meint sie, liege ihr ebenso im Blut wie mir. Und obwohl sie jetzt die Kinder als ihre erste Aufgabe betrachte, würde sie gern an allen meinen zukünftigen Bühnenaktivitäten teilnehmen. (Ich vermute, sie will mich keine Auslandstourneen mehr ohne sie machen lassen. Die Gefährdung durch eine zweite Olivia Svenson soll ausgeschlossen werden.)

Zu Beginn dieses Jahres, führt sie im Weiteren an, hätte ich mich auf dem Höhepunkt meiner beruflichen Karriere befunden, aber durch meine Nachlässigkeit sei der elende

Borden nahe daran, mir die Lorbeeren wegzunehmen. Offenbar zeige er auch weiterhin seine Version der Austausch-Nummer.

Dann sei die einzige zuverlässige Art des Geldverdienens, die ich verstünde, die Vorführung von Magie, und die Pflicht, ihr, Julia, weiterhin Unterhalt zu leisten, binde mich ebenso wie die Verantwortung das Familiengut zu verwalten, das sie nie gesehen habe und von dem sie bis letzte Woche nie etwas gehört hätte.

Und schließlich weist sie noch darauf hin, dass ich mein Erbe keineswegs verlieren würde, wenn ich in London arbeitete. Das Haus und alles, was mit dem Gut zu tun habe, könne warten, bis die Zeit für den Ruhestand gekommen sei. Dringende Angelegenheiten wie Reparaturen könnten von London aus fast so leicht geregelt werden wie vom Anwesen selbst aus.

Also bin ich nach Derbyshire zurückgekehrt, angeblich, um mich um die hiesigen Angelegenheiten zu kümmern, aber tatsächlich, weil ich etwas Zeit zum Nachdenken brauche.

Ich kann vor meiner Verantwortung gegenüber Caldlow House nicht davonlaufen. Da gibt es die Pächter, das Hauspersonal, die in der Tradition begründeten Verpflichtungen, die meine Familie gegenüber dem Gemeinderat, der Kirche, den Gemeindemitgliedern und so fort übernommen hat. Da ich diese Dinge alle ernst nehme, wie ich bemerke, scheine ich sie immer schon im Blut gehabt zu haben, jedoch ohne etwas davon zu ahnen.

Doch von welchem praktischen Nutzen kann ich in irgendeiner Hinsicht für das Anwesen sein, wenn ich – bald wahrscheinlich – Bankrott gehe?

19. November 1900

Aufs Neue mit Julia und meiner Familie zusammen zu sein ist das Einzige, was ich wirklich will. Aber das bedeutet, ich muss Julias Bedingungen annehmen. Wieder nach London zu ziehen wäre nicht schwierig, doch habe ich eine fürchterliche Aversion dagegen, auf die Bühne zurückzukehren.

Ein paar Wochen war ich damals gerade von der Bühne weg und mir nicht einmal bewusst, zu welcher Last mir alles geworden war. Ich erinnere mich noch genau an jenen Tag in Colorado Springs, als die Nachricht von Henrys Tod mich verspätet erreichte. Nicht an Henry und sein unwürdiges, aber ihm angemessenes Hinscheiden in Paris dachte ich. Ich war auf mich selbst konzentriert. Das Gefühl, das aus mir hervorbrach, war Erleichterung, pure, reine Erleichterung, und meine ganze Stimmung hob sich.

Endlich würde ich frei sein von den geistig-seelischen Belastungen und Spannungen, die mit der Darbietung von Illusionen verbunden sind. Schluss mit den täglichen Übungsstunden! Ich würde nie mehr in schrecklichen Provinzhotels oder Pensionen übernachten müssen. Keine ermüdenden Zugreisen mehr. Endlich frei von der nie endenden Beschäftigung mit praktischen Dingen: Ich musste nicht mehr sicherstellen, dass Requisiten und Kostüme rechtzeitig mit mir in einer bestimmten Stadt ankamen, musste nicht mehr den Bühnenbereich der Theater nach dem besten Standort für meine Requisiten untersuchen, Personal einstellen, bezahlen und hundert andere kleinere Aufgaben erledigen. All dies schien plötzlich aus meinem Leben verschwunden.

Und ich hatte auch an Borden gedacht, an meinen unversöhnlichen Feind, der dort draußen in der Welt der Magie auf mich lauerte, stets bereit, seine Kampagne von üblen Streichen gegen mich wieder aufzunehmen.

Nichts von diesen Dingen würde ich vermissen, sollte ich der Bühne endgültig den Rücken kehren. Dieser ganze aufgestaute Groll war mir gar nicht bewusst gewesen.

Doch Julia führt mich in Versuchung.

Da gibt es das fröhliche Gelächter der Zuschauer, wenn ich einen überraschenden Effekt vorführe, den Glanz der Lichter, die auf mich herabscheinen, die Freundschaft der anderen Künstler, denen ich bei der alltäglichen Arbeit begegne, den Applaus am Ende meines Auftritts. Unvermeidlicherweise auch den Ruhm, die bewundernden Blicke auf der Straße, den Respekt meiner Mitmenschen, die Anerkennung in den höchsten Kreisen der Gesellschaft. Kein ehrlicher Mensch kann sagen, dies bedeute ihm nichts.

Und das Geld. Wie ich das Geld brauche!

Nicht länger stellt sich die Frage, wie ich mich entscheiden werde, sondern wie schnell ich mich zu dieser Entscheidung zwingen kann.

20. November 1900

Einmal mehr mit dem Zug nach London unterwegs.

21. November 1900

Ich bin in Idmiston Villas und habe hier einen Brief von Alley vorgefunden, dem Assistenten von Nikola Tesla. Ich führe ihn komplett auf:

27. September 1900

Mr. Angier, Sir:

Ich nehme an, Sie haben noch keine Kenntnis davon, aber Nikola Tesla hat Colorado verlassen. Gewissen Gerüchten zufolge hat er seine Tätigkeit in den Osten verlegt, wahrscheinlich nach New York oder New Jersey. Sein hiesiges Labor wurde von den Gläubigern gepfändet, man sucht derzeit nach einem Käufer. Mich hat er sitzen lassen. Er schuldet mir mehr als ein ganzes Monatsgehalt.

Sie werden jedoch erfreut sein zu erfahren, dass Mr. Tesla in manchen Angelegenheiten ein Ehrenmann ist. Bevor unsere Arbeit hier zu Ende ging, wurde der Apparat wie vereinbart an Ihre Werkstatt abgeschickt.

Haben Sie das Gerät erst einmal korrekt zusammengesetzt (die Montageanweisungen habe ich selbst geschrieben), werden Sie feststellen können, dass es betriebsbereit ist und genau nach der vereinbarten technischen Spezifikation funktioniert. Der Apparat reguliert sich selbst und sollte viele Jahre hindurch ohne irgendwelche Justierungen oder gar notwendig werdende Reparaturen arbeiten. Sie sollten ihn nur sauber halten, die elektrischen Kontaktpunkte blank putzen, falls sie stumpf werden, und im Allgemeinen dafür sorgen, dass jede von außen zugefügte Beschädigung sofort behoben wird. (Mr. Tesla hat Ersatzteile für diejenigen Komponenten hinzugefügt, die im Laufe der Zeit ausgetauscht werden müssen. Alle anderen Teile, wie etwa die Holzleisten, können auf üblichem Wege beschafft werden.)

Ich würde natürlich sehr gern erfahren, welche Illusion Sie mit dieser außerordentlichen Erfindung vorzuführen gedenken, denn ich bin, wie Sie wissen, einer Ihrer größten Bewunderer. Sie waren ja damals nicht dabei, um es mit eigenen Augen zu verfolgen, aber ich kann Ihnen bezeugen, dass Schneepfote (die Katze meiner Kinder) einige Male von dem Gerät sicher übertragen wurde. Jetzt lebt sie wieder als normales Haustier in unserer Familie.

Lassen Sie mich zum Schluss noch anfügen, Sir, dass es mir eine Ehre ist, am Bau dieses für Sie bestimmten Apparats meinen Teil beigetragen zu haben, ganz gleich, wie gering er auch gewesen sein mag.

Hochachtungsvoll,

Fareham K. Alley, Dipl.-Ing.

PS: Sie waren einmal so freundlich, die kleinen Tricks, die ich Ihnen kühnerweise vorgeführt habe, zu bewundern und Verblüffung zu zeigen. Da Sie in einem bestimmten Fall sehr auf einer Erklärung bestanden, darf ich Ihnen mitteilen, dass mein kleiner Trick mit den fünf Spielkarten und den verschwundenen Silberdollars durch eine Kombination aus klassischem Palmieren und dem Forcieren von Karten erzielt wurde. Ihre damalige Reaktion hat mich sehr gefreut und ich bin im Gegenzug gerne bereit, Ihnen weiter gehende detaillierte Instruktionen zu schicken, sollten Sie sie denn benötigen. F. K. A.

Nachdem ich diesen Brief gelesen hatte, eilte ich sofort in meine Werkstatt. Ich erkundigte mich bei meinen Nachbarn, ob kürzlich ein großes Paket aus den USA angeliefert worden sei, aber davon wussten sie nichts.

22. November 1900

Heute Morgen zeigte ich Julia Alleys Brief. Allerdings hatte ich ganz vergessen, dass ich ihr noch nichts über meine kürzliche Reise in die USA und meine dortige Unternehmung erzählt hatte. Natürlich wurde dadurch ihre Neugier geweckt und ich musste ihr dann alles erklären.

»Dafür ist also dein ganzes Geld draufgegangen?«, fragte sie.

»Ja, leider.«

»Und Tesla hat sich offensichtlich aus dem Staub gemacht und wir haben nur diesen Brief?«

Ich versicherte ihr, Alley sei vertrauenswürdig, und wies darauf hin, dass er diesen Brief ohne Aufforderung meinerseits geschrieben hatte. Wir überlegten uns, was mit dem Paket auf dem Transport geschehen sein könnte, wo es sich jetzt wohl befand und wie wir an es herankommen könnten.

Schließlich fragte Julia: »Was ist so besonders an dieser Illusion?«

»Nicht die Illusion selbst ist einzigartig«, erwiderte ich, »sondern die Technik, mit der sie ausgeführt wird.«

»Hat Mr. Borden etwas mit der Geschichte zu tun?«

»Du hast ihn offensichtlich nicht vergessen.«

»Mein Lieber, es war Alfred Borden, der den ersten Keil zwischen uns getrieben hat. Ich hatte viele Jahre Zeit zum Nachdenken und ich führe alles, was falsch gelaufen ist, auf jenen Tag zurück, als er mich angriff.«

Tränen waren in ihren Augen erschienen und hatten ihnen den Glanz geraubt. Doch sie sprach ruhig weiter, mit bezähmtem Zorn und ohne jede Spur von Selbstmitleid.

»Hätte er mich nicht verletzt, dann hätte ich nicht unser erstes Kind verloren und es wäre hinterher nicht zum Aufbrechen dieser großen Kluft zwischen uns gekommen. Damals hat deine Ruhelosigkeit angefangen. Selbst die lieben Kinder, die sich danach einstellten, konnten die Grausamkeit und Dummheit von Bordens Tat nicht ungeschehen machen. Und die Tatsache, dass die Fehde zwischen euch andauert, ist ein Beweis für die Empörung, die du auch heute noch empfindest.«

»Ich habe nie mit dir darüber gesprochen«, sagte ich. »Wie weißt du davon?«

»Weil ich nicht auf den Kopf gefallen bin, Rupert, und außerdem habe ich gelegentliche Hinweise in den Zeitschriften für Magie verfolgt.« Ich hatte nicht gewusst, dass sie die Blätter weiterhin abonniert hatte. »Du bist immer noch meine Hauptsorge«, sagte sie. »Ich wundere mich nur, warum du mir gegenüber nie diese Attacken erwähnt hast.«

»Vermutlich, weil ich mich dieser Fehde ein wenig schäme.«

»Aber er ist doch gewiss der Angreifer?«

»Ich musste mich aber auch verteidigen«, erwiderte ich.

Dann erzählte ich ihr von meinen Recherchen zu seiner Person und von den Versuchen herauszubekommen, wie seine Illusion funktionierte. Ich beschrieb die Hoffnungen, die ich an Teslas Apparat knüpfte.

»Borden verlässt sich auf Standardtricks«, erklärte ich. »Er verwendet Kabinette, Lichteffekte und Schminke, und wenn er sich selbst über die Bühne befördert, dann steckt eine Geheimtechnik dahinter. Er steigt in einen Kasten und taucht aus einem anderen auf. Die Vorführung ist brillant. Durch seine Requisiten jedoch wird das eigentliche Geheimnis geschützt und zugleich auch zu etwas Banalem gemacht. Die Schönheit des Tesla-Apparats besteht nun darin, dass der Trick offen ausgeführt werden kann, und für die Materialisation sind keine Requisiten notwendig! Wenn dann alles wie geplant funktioniert, werde ich in einem Augenblick an jeden gewünschten Platz gelangen können: zu einem leeren Teil der Bühne, in die königliche Loge, in die erste Reihe des Rangs, selbst auf einen leeren Sitz mitten im Parkett! Überall dort werde ich erscheinen können, wo es die Zuschauer am wenigsten erwarten.«

»Dies klingt alles ein wenig vage«, meinte Julia. »Vielleicht mehr nach Wunsch denn Gewissheit?«

»Wie Mr. Alley in seinem Brief schreibt, ist der Apparat schon an mich abgeschickt … Doch ich muss ihn erst noch in die Finger bekommen!«

Julia war ein ideales Publikum für meinen stürmischen Vortrag über Teslas Gerät und mehr als eine Stunde lang besprachen wir die verschiedenen Einsatzmöglichkeiten. Julia erkannte schnell den springenden Punkt der ganzen Geschichte: Sollte ich in der Lage sein, diese Illusion auf irgendeiner Bühne zu präsentieren, dann wäre Borden für immer geschlagen!

Wenn es bisher noch irgendwelche Zweifel für mich gegeben hatte, was zu tun war, so zerstreute Julia sie jetzt endgültig. Tatsächlich war sie so aufgeregt, dass wir auf der Stelle unsere Suche nach der Sendung aufnahmen.

Ich meinte pessimistisch, es werde wohl einige Wochen dauern, die vielen Büros der Schiffsagenten in London nach einer nicht zugestellten Kiste abzusuchen. Doch in ihrer einfachen, direkten Art, mit Problemen umzugehen, fragte Julia nur: »Warum beginnen wir unsere Nachforschungen nicht beim Postamt?« So kam es, dass wir zwei Stunden später zwei riesige, an mich adressierte Kisten ausfindig machten, die im Verteileramt von Mount Pleasant heil und sicher auf ihren Empfänger warteten.

15. Dezember 1900

Während fast der ganzen letzten vier Wochen litt ich Höllenqualen, weil ich auf die Installation eines elektrischen Anschlusses in meiner Werkstatt warten musste. Mir ging es wie einem kleinen Jungen, der mit seinem Spielzeug nicht spielen darf. Der Tesla-Apparat war zwar sofort in meiner Werkstatt aufgestellt worden, nachdem ich ihn geholt hatte, aber ohne Stromversorgung war er nutzlos. Tausendmal habe ich Mr. Alleys klare Instruktionen gelesen! Auf meine immer häufiger werdenden Nachfragen hin hat die Londoner Elektrizitätsgesellschaft endlich die notwendige Arbeit geleistet.

Seitdem habe ich geprobt und war dabei geistig und seelisch völlig von dem außergewöhnlichen Gerät in Anspruch genommen. Hier nun, ungeordnet, eine Zusammenfassung dessen, was ich herausgefunden habe:

Der Apparat ist voll funktionsfähig und praktischerweise so konstruiert, dass er mit allen derzeit bekannten Arten von Strom arbeitet. Das bedeutet, mit diesem Apparat kann ich selbst auf den Kontinent, in die USA und (wie Alley in seinen Instruktionen behauptet) in den Fernen Osten reisen.

Jedoch bin ich nur dann in der Lage, meine Nummer aufzuführen, wenn das Theater auch wirklich über elektrischen Strom verfügt. In Zukunft werde ich das überprüfen müssen, bevor ich neue Engagements annehme. Ebenso sind viele weitere Dinge zu beachten (einige davon führe ich nachfolgend auf).

Transportierbarkeit: Ich weiß, dass Tesla sein Bestes getan hat, aber das Gerät ist verdammt schwer. Von jetzt an muss ich der Planung für das Verschicken, Auspacken und Aufstellen des Apparats Vorrang einräumen. Eine ungezwungene, entspannte Zugfahrt zu einer meiner Vorführungen gehört also der Vergangenheit an, zumindest wenn ich die Tesla-Illusion vorführen möchte.

Technische Belange: Der Apparat muss zweimal aufgebaut werden. Zuerst für einen privaten Test am Morgen der Vorstellung und dann für den Auftritt selbst, während sich der Hauptvorhang unten befindet und die Bühne gerade anderweitig genutzt wird. Der bewundernswerte Alley hat in seine Instruktionen Vorschläge aufgenommen, wie dies schnell und leise vor sich gehen kann, aber selbst so ist es noch harte Arbeit. Viele Proben werden notwendig sein und ich werde zusätzliche Assistenten anstellen müssen.

Bauliche Anlage der Theater: Ich werde sie jedes Mal vorher ausforschen müssen. Vielleicht kann hierbei auch Adam Wilson helfen.

Abschirmung der Bühne durch eine Trennwand: Das ist in der praktischen Ausführung unkompliziert, aber in vielen Theatern dürfte das Bühnenpersonal verärgert sein. Denn aus irgendeinem Grund will es immer in Betriebsgeheimnisse eingeweiht werden, meint geradezu, ein Anrecht darauf zu haben. In diesem Fall jedoch darf kein Fremder sehen, was ich auf der Bühne wirklich tue. Auch hierfür wird wieder mehr Vorbereitungsarbeit nötig sein.

Das Sichern des Apparats nach dem Auftritt und das Zerlegen daheim sind ebenfalls Aufgaben, die mit Risiken verbunden sind. Solange all die verschiedenen Abläufe nicht durchdacht und die sich daraus ergebenden Probleme nicht gelöst sind, kann ich keinerlei Engagements annehmen.

So viele besondere Vorbereitungsmaßnahmen sind notwendig! Doch sorgfältiges Planen und Proben ist für eine erfolgreiche Bühnenmagie wesentlich und mir nicht fremd.

Ein kleiner Schritt vorwärts. Alle Bühnenillusionen bekommen von ihren Erfindern Namen, unter denen sie in der Branche bekannt werden. »Die Drei Grazien«, »Die Enthauptung«, »Cassadaga-Propaganda« sind Beispiele für drei Illusionen, die zurzeit beliebt sind. Borden nennt seine zweitrangige Version des Tricks spießig »Der Neue Transmittierte Mensch« (ein Name, den ich nie benutzt habe, selbst, als ich seine Methoden anwandte). Nach einigem Überlegen habe ich mich dafür entschieden, die Tesla-Erfindung »Schnell wie der Blitz« zu nennen, und unter diesem Namen wird sie bekannt werden.

Ich möchte auch die Gelegenheit nutzen, um festzuhalten, dass am letzten Montag, den 10. Dezember, Julia und die Kinder nach Idmiston Villas zurückgekehrt sind und nun bei mir wohnen. Caldlow House werden sie zum ersten Mal sehen, wenn wir dort die Weihnachtstage verbringen.

Caldlow House, 29. Dezember 1900

Ich bin ein glücklicher Mensch, dem eine zweite Chance geschenkt wurde. Ich ertrage es nicht, an frühere Weihnachtsfeste zu denken, als ich der Familie entfremdet war, und der Gedanke ist mir ebenfalls unerträglich, dass ich irgendwie dieses Glück wieder verlieren könnte.

Deshalb bereite ich mich eifrig auf das vor, was folgen muss, um zu vermeiden, was sonst folgen könnte. Ich drücke mich absichtlich unklar aus, denn nun, da ich »Schnell wie der Blitz« einige Male geprobt und dabei herausgefunden habe, wie der Tesla-Apparat wirklich funktioniert, muss ich hinsichtlich seines Geheimnisses äußerste Vorsicht walten lassen, selbst hier in meinem Tagebuch.

Wenn die Kinder schlafen und Julia mich dazu ermuntert, befasse ich mich mit der Verwaltung des Gutes, entschlossen, die Versäumnisse wettzumachen, die auf das Konto meines Bruders gehen.

31. Dezember 1900

Diese Worte schreibe ich, während das neunzehnte Jahrhundert sich seinem Ende entgegenneigt. In einer Stunde werde ich in unseren Salon hinuntergehen, wo Julia und die Kinder auf mich warten, und gemeinsam werden wir das neue Jahr und das neue Jahrhundert willkommen heißen. Diese Nacht ist voller Vorahnungen für die Zukunft, doch auch voller unvermeidlicher Erinnerungen an die Vergangenheit.

Da die Geheimhaltung wieder Macht über mich hat, muss ich es so formulieren: Das, was Hutton und ich zuvor an diesem Abend getan haben, musste getan werden.

Beim Schreiben dieser Zeilen zittert meine Hand noch von den urtümlichen Ängsten, die in mir geweckt wurden. Ich habe angestrengt darüber nachgedacht, wie ich dieses Erlebnis festhalten kann, und ich bin zu dem Schluss gelangt, dass mir nur bleibt, eine einfache, ja karge Schilderung des Geschehens zu geben.

Am Abend, gleich nach Einbruch der Dunkelheit, während die Kinder ein frühes Nickerchen machten, um später ausgeruht das neue Jahrhundert begrüßen zu können, erzählte ich Julia, was ich vorhatte, und ließ sie in ihrem Wohnzimmer zurück.

Ich suchte Hutton und wir verließen das Haus und gingen zusammen über den Ostrasen zur Familiengruft. Wir transportierten dabei die Prestigio-Materialien auf einem Handkarren, den manchmal die Gärtner benutzen.

Hutton und ich hatten nur Sturmlaternen mit und es dauerte einige Minuten, bis wir bei der zunehmenden Dunkelheit das mit einem Vorhängeschloss gesicherte Tor aufgesperrt hatten. Das alte Schloss war mangels Gebrauch fast eingerostet.

Als die Holztür aufschwang, erklärte Hutton, ihm sei unbehaglich zumute. Ich verstand ihn gut.

»Hutton«, sagte ich, »ich erwarte nicht, dass Sie bis zum Ende mitmachen. Sie können hier auf mich warten, wenn Sie wollen. Oder Sie können ins Haus zurückkehren.«

»Nein, Mylord«, erwiderte er in seiner ehrlichen Art. »Ich habe mich bereit erklärt, Ihnen zu helfen. Um ganz offen zu sein, allein würde ich da nicht hineingehen, und auch Sie würden es nicht, wenn ich das sagen darf. Aber außer unseren Phantasien gibt es nichts zu fürchten.«

Wir ließen den Karren am Eingang stehen und wagten uns hinein. Die Sturmlaternen hielten wir auf Armeslänge vor uns. Ihr Licht enthüllte nicht viel, aber warf unsere Schatten groß auf die Wände neben uns. Ich konnte mich nur undeutlich an die Gruft erinnern, hatte ich sie doch zuvor nur ein einziges Mal betreten, damals noch als Knabe. Eine Treppe aus roh zugehauenen Steinstufen führte in den Berghang hinein. Unten, wo sich eine zweite Tür befand, weitete sich die Höhle ein wenig.

Diese innere Tür war nicht abgesperrt, klemmte aber und war nur schwer zu bewegen. Als wir sie endlich aufzogen, quietschte sie vernehmlich. Wir traten in den unergründlich dunklen Raum. Dass sich vor uns eine Höhle ausdehnte, konnten wir eher spüren als sehen. Das Licht unserer Laternen durchdrang kaum die Düsternis.

In der Luft hing ein beißender Gestank, so scharf, dass man ihn fast auf der Zunge schmecken konnte. Ich nahm meine Laterne herab und drehte den Docht höher, um etwas mehr Licht zu bekommen. Unser Eindringen hatte Myriaden von Stäubchen aufgewirbelt.

»Sir«, meldete sich Hutton neben mir. Seine Stimme klang dumpf in diesem unterirdischen Raum. »Soll ich die Prestigio-Materialien bringen?«

Im Schein der Laterne konnte ich seine Züge gerade noch erkennen.

»Ja, ich denke schon. Brauchen Sie Hilfe?«

»Wenn Sie bitte am Fuß der Treppe warten würden, Sir.«

Er eilte die Stufen hoch, er wollte so schnell wie möglich fertig werden. Während sein Licht sich entfernte, fühlte ich mich sehr allein, der kindischen Angst vor Dunkelheit und vor den Toten überlassen.

Hier an diesem Ort befanden sich die meisten meiner Vorfahren. Sie waren aufgebahrt auf Simsen und Sockeln, bestanden jedoch nur mehr aus Gebeinen oder Knochenresten. Sie lagen in Särgen und Leichentüchern, gekleidet in Staub und sich auflösende Gewänder. Als ich mit der Laterne herumleuchtete, konnte ich auf den Sockeln verschwommene Formen erkennen. Irgendwo weiter drinnen in der

Gruft, außerhalb des Lichtscheins, raschelte ein großes Nagetier. Ich bewegte mich nach rechts, streckte meine Hand aus und spürte etwa in Höhe meiner Taille einen Steinsockel. Ich tastete darauf herum und fühlte kleine, scharfe Gegenstände.

Sofort wurde der Gestank in meiner Nase stärker, ich musste würgen. Ich zuckte zurück und der Lichtstrahl meiner Laterne strich über die scheußlichen Überreste eines vergangenen Lebens. Alles Übrige war für mich unsichtbar, doch ich konnte mir unschwer die Szene vorstellen, die außerhalb des Scheins der Laterne vor mir lag. Trotzdem hielt ich sie hoch und schwenkte sie herum. Ich hoffte, etwas von dem sehen zu können, was sich da befand. Ich wusste, dass die Realität kaum so schlimm sein konnte wie meine Phantasiebilder. Mir war, als weckte mein Erscheinen die vor langer Zeit verstorbenen Vorfahren auf, als veränderten sie ihre Stellung, als höben sie einen schauerlichen Kopf oder eine skelettierte Hand, als krächzten sie ihren eigenen dunklen Schrecken hervor, den meine Anwesenheit in ihnen auslöste.

Einer dieser Felssimse trug den Sarg meines eigenen Vaters.

Ich war von meinen Ängsten hin und her gerissen, wollte Hutton ins Freie folgen. Doch ich wusste, dass ich weiter in die Tiefen der Gruft eintauchen musste. Weder für das eine noch das andere konnte ich mich entscheiden, stand vor Angst wie festgewurzelt. Ich bin ein rational denkender Mensch, der Erklärungen sucht und wissenschaftliche Methoden gutheißt, aber in diesen wenigen Sekunden, da Hutton nicht bei mir war, wurde ich von einem leichten Ansturm des Irrationalen heimgesucht.

Dann hörte ich ihn endlich wieder auf den Stufen. Er schleppte den ersten der großen Säcke, welche die Prestigio-Materialien enthielten. Ich war nur allzu froh, dass ich mich umwenden und ihm helfen konnte, obwohl er anscheinend allein mit der Last zurechtkam. Bevor wir den Sack durch die Tür ziehen konnten, musste ich die Sturmlaterne absetzen. Da Hutton seine eigene Lampe am Handkarren zurückgelassen hatte, arbeiteten wir nun in fast völliger Finsternis.

»Ich bin sehr froh, dass Sie mir hier helfen, Hutton«, sagte ich.

»Dessen bin ich mir bewusst, Mylord. Ich hätte es auch nicht gern alleine gemacht.«

»Dann sehen wir zu, dass wir schnell fertig werden.«

Diesmal gingen wir gemeinsam zum Handkarren zurück und schleppten den zweiten großen Sack hinunter.

Ursprünglich hatte ich eigentlich die Krypta im Ganzen erforschen und nach dem besten Platz für die Lagerung der Prestigio-Materialien suchen wollen, doch jetzt, hier unten, war mir in keiner Weise mehr danach. Weil unsere Beleuchtung nicht ausreichte, um in die Finsternis vorzudringen, musste die Erkundung in der nächsten Umgebung durchgeführt werden. Ich fürchtete mich davor, noch mehr dieser Simse und Sockel untersuchen zu müssen. Sie umgaben mich auf beiden Seiten und die Höhle erstreckte sich noch weit darüber hinaus. Sie war voll von Tod, voll von Toten, die an das Ende erinnerten – früheres Leben, den Ratten preisgegeben.

»Wir lassen die Säcke hier«, sagte ich, »und legen sie so hoch über dem Boden ab wie möglich. Ich werde morgen wieder herunterkommen, bei Tag. Mit besserem Licht.«

»Ich verstehe, Sir.«

Zusammen gingen wir zur linken Wand und machten einen weiteren Sockel ausfindig. Ich nahm all meinen Mut zusammen und tastete mit der Hand darüber. Hier schien sich nichts zu befinden. Also hob ich die beiden Säcke mit den Prestigio-Materialien hinauf. Als dies getan war, kehrten wir schnell und ohne ein weiteres Wort zu wechseln ins Freie zurück und stießen die äußere Tür hinter uns zu. Mich schauderte es.

In der kalten Luft des nächtlichen Gartens gaben Hutton und ich uns die Hand.

»Danke, dass Sie mir beigestanden sind, Hutton«, meinte ich. »Dass es da unten so aussieht, davon hatte ich keine Ahnung.«

»Ich auch nicht, Mylord. Brauchen Sie mich noch heute Abend?«

Ich überlegte.

»Vielleicht möchten ja Sie und Ihre Frau Lady Colderdale und mir um Mitternacht Gesellschaft leisten? Wir wollen das neue Jahr begrüßen.«

»Danke, Sir. Es wird uns eine Ehre sein.«

Und so endete unsere Expedition. Hutton zog den Handkarren zum Gartenschuppen. Ich überquerte den Ostrasen und ging um das Haus herum zum Haupteingang. Dann begab ich mich geradewegs in mein Studierzimmer, um diesen Bericht niederzuschreiben, solange die Erinnerung an die Ereignisse noch frisch war.

Doch vorher gab es noch etwas anderes zu tun. Als ich das Zimmer betrat und am Ankleidespiegel vorübergehen wollte, erblickte ich kurz mein Abbild und blieb verdutzt stehen, um mich eingehend zu betrachten.

Weißer Staub überzog meine Schuhe und die Fußknöchel. Spinnweben hingen mir über Schulter und Brust. Mein Haar schien wie verfilzt, niedergehalten von einer dicken Schicht von grauem Schmutz, der auch mein Gesicht bedeckte. Meine Augen starrten rot umrandet aus der hohlen Maske, zu der mein Gesicht geworden war. Einige Augenblicke stand ich wie versteinert vor meinem eigenen Anblick. Es schien mir, als hätte mich der Besuch der Familiengruft grässlich verändert und zu einem ihrer Bewohner gemacht.

Zusammen mit den schmutzigen Kleidern streifte ich diese Gedanken ab, stieg in das Badewasser, das im Ankleidezimmer auf mich wartete, und wusch den Schmutz ab.

Nun ist dieser Bericht geschrieben und Mitternacht nahe. Es ist an der Zeit, dass ich meine Familie aufsuche, um mit einer einfachen und vertrauten Zeremonie das Ende eines Jahres – und in diesem Fall eines Jahrhunderts – zu feiern und das nächste willkommen zu heißen.

Im zwanzigsten Jahrhundert werden meine Kinder heranwachsen und gedeihen, und ich, der ich zum alten Jahrhundert gehöre, werde zu gegebener Zeit ihnen das neue überlassen. Doch bevor ich gehe, möchte ich ihm noch meinen Stempel aufdrücken.

1. Januar 1901

Ich bin wieder in der Gruft gewesen und habe die Prestigio-Materialien auf eine bessere Stelle umgebettet. Hutton und ich haben dann Rattengift ausgestreut, doch in Zukunft werde ich etwas Stabileres als Segeltuchsäcke für die Materialien finden müssen.

Idmiston Villas, 15. Januar 1901

Hesketh Unwin berichtet, dass er drei Buchungen für mich bekommen hat. Zwei davon sind schon bestätigt, bei der dritten wird die Bedingung gestellt, dass auch »Schnell wie der Blitz« in meinem Programm enthalten sein muss. (Diese Illusion ist jetzt versuchsweise in Unwins Standardangebot aufgenommen worden.) Ich habe zugestimmt und so können alle drei Engagements als sicher gelten. Insgesamt dreihundertfünfzig Guineen!

Gestern ist der Tesla-Apparat aus Derbyshire zurückgekommen. Mit Adam Wilsons Hilfe packte ich ihn sofort aus und stellte ihn auf. Nach meiner Uhr dauerte es weniger als fünfzehn Minuten. Wenn wir im Theater arbeiten, müssen wir es unbedingt binnen zehn Minuten schaffen. Mr. Alley behauptet in seinen Instruktionen, Tesla und er hätten das ganze Ding in weniger als zwölf Minuten aufgebaut.

Adam Wilson kennt notwendigerweise das Geheimnis dieser Illusion. Adam arbeitet seit mehr als fünf Jahren für mich und ich glaube, ich kann ihm vertrauen. Um auf Nummer sicher zu gehen, sofern dies überhaupt möglich ist, habe ich ihm einen Vertraulichkeitsbonus von zehn Pfund angeboten, der nach jeder erfolgreichen Vorstellung in einen auf seinen Namen lautenden Fonds eingezahlt werden soll. Er und Gertrude erwarten ihr zweites Kind.

Ich habe mehr Arbeit auf die Bühnenpräsentation von »Schnell wie der Blitz« verwendet und ebenso einige meiner anderen Illusionen geprobt. Da seit meinem letzten öffentlichen Auftreten einige Monate vergangen sind, bin ich ein wenig eingerostet. Ich bekenne, ich habe mich ohne Begeisterung an diese Routinearbeit gemacht, aber als ich erst einmal mittendrin war, begann es mir wieder Spaß zu machen.

2. Februar 1901

Heute Abend bin ich im Finsbury Park Empire aufgetreten, hatte aber »Schnell wie der Blitz« nicht im Programm. Ich habe das Ganze als eine Art Probelauf aufgefasst, wollte ich doch vor allem das Gefühl wieder erleben, vor einem Publikum zu stehen.

Meine Version des »Verschwundenen Klaviers« kam außerordentlich gut an und es gab lauten und langen Beifall dafür, doch am Ende der Vorstellung fühlte ich mich frustriert und unbefriedigt.

Ich lechze danach, die Tesla-Illusion vorzuführen!

14. Februar 1901

Gestern probte ich »Schnell wie der Blitz« zweimal und auch morgen werde ich diese Illusion zweimal einüben. Ich wage es nicht öfter. Den Trick werde ich am Samstagabend im Trocadero in der Holloway Road vorführen, dann wenigstens noch einmal in der folgenden Woche. Ich glaube, wenn ich ihn regelmäßig bringe, dürften zusätzliche Proben nicht notwendig sein, abgesehen natürlich von den ständigen Übungen, die mein Auftreten, die Ablenkungsmanöver gegenüber dem Publikum und mein Bühnengeplauder perfektionieren sollen.

Tesla hatte mich vor beträchtlichen Nebenwirkungen gewarnt … Sie sind tatsächlich tief greifend. Es ist keine alltägliche Angelegenheit den Apparat zu benutzen. Jedesmal, wenn ich ihn passiere, leide ich.

Zuerst ist da der körperliche Schmerz. Mein Körper wird auseinander gerissen, zerlegt. Jedes winzige Partikel von mir wird hinweggeschleudert und geht im Äther auf. In einem Sekundenbruchteil, der so klein ist, dass er nicht gemessen werden kann, wird mein Körper in elektrische Wellen umgewandelt, durch den Raum gestrahlt und am festgelegten Ort wieder zusammengesetzt.

Peng! Ich bin aufgelöst! Peng! Ich bin wieder beisammen!

Ein heftiger Schmerz explodiert in jedem meiner Körperteile und strahlt in alle Richtungen aus. Als ob eine Stahlstange auf eine Handfläche träfe, als ob zehn oder zwanzig weitere aus verschiedenen Winkeln auf immer dieselbe Stelle niederhämmerten. Noch mehr sausen auf Finger, Handgelenke nieder. Hundert weitere treffen Handrücken, Fingerspitzen … jedes Gelenk.

Noch mehr explodieren aus dem Inneren des Fleisches *heraus*.

Peng!

Eine millionstel Sekunde lang absolute Qual!

Und wieder: Peng!

So fühlt es sich an.

Doch komme ich am gewünschten Ort an, dann bin ich exakt so, wie ich es vor diesem Millionstel einer Sekunde war. Ich bin in mir selbst ganz und mit mir selbst identisch, aber ich befinde mich im Zustand äußerster Qual.

Das erste Mal benutzte ich den Tesla-Apparat im Keller von Caldlow House, ohne zu wissen, was auf mich zukommen würde. Ich stürzte zu Boden und glaubte schon tot zu sein. Es schien unmöglich, dass mein Herz und mein Hirn eine solche Schmerzexplosion überlebt haben sollten. Ich hatte keine Gedanken, keine Gefühle mehr. Mir kam es vor, als wäre ich gestorben.

Sobald ich auf den Boden sackte, stürzte Julia zu mir. Sie hatte natürlich dem Test beigewohnt. Das Erste dann, was ich in der Nachtod-Welt wieder wirklich spürte, waren die Tastbewegungen ihrer zarten Hände, als sie in mein Hemd griff und nach Lebenszeichen suchte. Ich öffnete erschüttert und verwundert die Augen und war sprachlos glücklich sie neben mir zu finden und ihre Zärtlichkeit zu fühlen. Schnell konnte ich wieder aufstehen und ihr versichern, dass es mir gut gehe. Ich umarmte und küsste sie und war einmal mehr ich selbst.

Die körperliche Erholung nach dieser grausamen Erfahrung geht also wirklich schnell vor sich, die geistig-seelischen Folgen jedoch sind nachhaltig.

Am Tag dieses ersten Versuchs in Derbyshire zwang ich mich den Test am Nachmittag zu wiederholen, mit dem Ergebnis, dass ich für einen großen Teil der Weihnachtszeit in die dunkelste Schwermut gestürzt wurde. Zweimal war ich gestorben, ein wandelnder Toter geworden, eine verdammte Seele.

Und die Erinnerungsstücke an das, was ich da getan hatte, waren die Materialien, die später beiseite geschafft werden mussten. Erst am Silvesterabend schließlich konnte ich mich dieser grässlichen Aufgabe stellen, wie ja oben beschrieben.

Gestern nun, nachdem in der hellen und vertrauten Umgebung meiner Londoner Werkstatt der Tesla-Apparat wieder zusammensetzt war, hielt ich es für angebracht mich zwei weiteren Proben zu unterziehen. Ich bin ein Künstler, ein professioneller Magier. Ich muss dem, was ich tue, Form geben, einen Glanz, einen Zauber verleihen. Ich muss mich schnell wie der Blitz durch das Theater projizieren und im Augenblick der Ankunft als Magier dastehen, der das Unmögliche vollbracht hat.

Auf die Knie zu sinken, als wäre ich niedergeworfen worden, kommt nicht in Frage. Selbst nur den einen, winzigen Sekundenbruchteil der Qual zu zeigen darf ich mir nicht erlauben.

Der springende Punkt ist, dass ich zwar eine Täuschung vollbringen muss, aber gewissermaßen unter geänderten Vorzeichen. Ein Magier offeriert für gewöhnlich einen Effekt, der »unmöglich« ist: Ein Klavier scheint zu verschwinden, eine Billardkugel wird auf magischem Weg reproduziert, eine Dame geht durch eine Scheibe Spiegelglas. Die Zuschauer wissen natürlich, dass hier nicht das Unmögliche möglich gemacht wird.

»Schnell wie der Blitz« hingegen verwirklicht mit Hilfe der Wissenschaft das bislang Unmögliche. Was die Zuschauer sehen, findet tatsächlich statt! Doch ich kann nicht zulassen, dass dies je bekannt wird, denn dann hätte die Wissenschaft die Magie ersetzt.

Ich muss – vorsichtig und geschickt – mein Wunder weniger »wunderbar« erscheinen lassen. Ich darf nicht aus dem Elementartransmitter hervorkommen, als wäre ich *wirklich* auseinander geschmettert und wieder zusammengefügt worden.

Also habe ich versucht, mich auf den Schmerz vorzubereiten und dagegen zu wappnen, auf ihn zu reagieren, ohne umzukippen, zu lernen versucht, mit erhobenen Armen vorzutreten, mich mit einem strahlenden Lächeln zu verbeugen und den Beifall entgegenzunehmen. Auch dies eine Täuschung, aber nicht zu viel, gerade ausreichend …

Über das, was am Vortag geschehen ist, schreibe ich erst heute, weil ich gestern Abend einfach zu gepeinigt war, um überhaupt nur an mein Tagebuch denken zu können. Jetzt ist es Nachmittag und ich bin mehr oder weniger wieder ich selbst, doch schon der Gedanke an zwei weitere Proben morgen entmutigt und deprimiert mich.

16. Februar 1901

Ich zittere regelrecht, wenn ich nur an die Vorstellung heute Abend im Trocadero denke. Den ganzen Vormittag habe ich im Theater zugebracht, den Apparat aufgebaut, ausprobiert, zerlegt und dann wieder sicher in die Kisten eingeschlossen.

Dann wandte ich mich den Verhandlungen mit den Bühnenarbeitern zu, die sich allerdings etwas in die Länge zogen. Meiner Absicht, die Bühne durch eine Trennwand abzuschirmen, stand das Bühnenpersonal, wie erwartet, ablehnend gegenüber. Schließlich wurde die ganze Angelegenheit durch die Zahlung eines gewissen Betrages geregelt, der meine Gage aber deutlich schmälert. Diese Illusion darf ich offensichtlich nur dann vorführen, wenn ich ein Honorar verlangen kann, das weit über das hinausgeht, was ich früher verdient habe. Von der Vorstellung heute Abend hängt eine Menge ab.

Jetzt bleiben mir ein oder zwei Stunden freie Zeit, bevor ich wieder zurück in die Holloway Road muss. Ich habe vor, einen Teil davon mit Julia und den Kindern zu verbringen, und wenn es sich ergibt, noch ein kurzes Nickerchen zu machen. Ich bin jedoch so aufgedreht, dass schlafen mir fast unmöglich erscheint.

17. Februar 1901

Gestern Abend durchquerte ich sicher den Äther von der Bühne des Trocadero bis zur königlichen Loge. Der Apparat funktionierte perfekt.

Doch die Zuschauer applaudierten nicht, weil sie nicht sahen, was geschah! Als schließlich der Beifall einsetzte, klang er mehr verwirrt als begeistert.

Die Außenwirkung der Nummer muss stärker, die Atmosphäre der Gefahr intensiver werden. Und die Stelle, an der ich ankomme, muss mit einem Scheinwerfer hervorgehoben werden, damit die Aufmerksamkeit aller bereits erregt ist, bevor ich mich noch materialisiere. Ich habe mit Adam darüber gesprochen, er schlägt vor, ich solle vom Apparat aus eine elektrische Leitung hochziehen. Das Einschalten des Scheinwerfers bliebe dann nicht irgendeinem Bühnenarbeiter überlassen, sondern ich selbst könnte es von der Bühne aus ins Werk setzen. Die Magie wird immer besser.

Wir treten am Donnerstag wieder im selben Theater auf.

Aber nun am Ende noch das Beste – die fatalen Nebenwirkungen konnte ich vollständig verbergen. Sowohl Julia, welche die Vorstellung vom Zuschauerraum aus verfolgte, wie auch Adam, der durch eine kleine Klappe in der Trennwand zusah, sagen gleich lautend, dass meine Wiederherstellung fast makellos war. Diesmal wirkte es sich zu meinem Vorteil aus, dass die Zuschauer nicht völlig aufmerksam waren, denn nur meine beiden bemerkten den einzigen Fehler, der mir unterlief: Ich hatte unbeabsichtigt einen Schritt rückwärts getan.

Für mich selbst kann ich sagen: Der Schock der Übertragung hat etwas seinen Schrecken auf mich verloren und mit jedem Mal geht es etwas besser. Ich nehme an, dass ich ungefähr in einem Monat in der Lage sein werde die Auswirkungen mit scheinbarer Gleichgültigkeit zu ertragen.

Ebenfalls möchte ich festhalten, dass die jeweils der Rematerialisation folgende Schwermut jetzt viel geringer ausfällt als noch nach meinen ersten Versuchen.

Derbyshire, 23. Februar 1901

Meine Vorstellung vom Dienstag, die nach den Lektionen des Wochenendes stark modifiziert war, führte zu einer lobenden Erwähnung in der Bühnenzeitung. Ein Resultat, das mehr zu meinen Gunsten spricht, als alles andere, was ich mir vorstellen kann! Als wir gestern im Zug saßen, wiederholten Julia und ich einander die Worte der Besprechung und freuten uns über die voraussehbare Wirkung, die sie auf meine Karriere haben wird. Solange wir uns hier im zeitweiligen Exil in Derbyshire aufhalten, werden wir von weiteren Entwicklungen leider nichts erfahren, erst wieder Anfang nächster Woche in London. Ich kann zufrieden abwarten. Die Kinder sind bei uns, das Wetter ist kalt und sonnig und die Moorlandschaft verzaubert uns mit ihren gedämpften Farben.

Ich habe das Gefühl, dass jetzt die Jahre des wirklichen Höhepunkts meiner Karriere anbrechen.

London, 2. März 1901

Ich habe, was noch nicht da gewesen ist, *fünfunddreißig* bestätigte Buchungen in meinem Terminkalender stehen, verteilt über die nächsten vier Monate. Bei dreien davon handelt es sich um Veranstaltungen mit meinem Bühnennamen als Aufreißer, eine wird die Titelzeile tragen: *Der Große Danton lädt ein*. In siebzehn Theatern werde ich der Star des Programms sein; die restlichen Auftritte bringen reichlich an Geld, was sie an Prestige vermissen lassen.

Wegen dieser Begehrtheit konnte ich Bedingungen hinsichtlich gewisser technischer Einrichtungen im Hinterbühnenbereich stellen und ebenso das Einverständnis mit der Bühnenabschirmung erzwingen. Standardklauseln meines Vertrages sind nun, dass man mir einen genauen Plan des Zuschauerraums zur Verfügung stellt und eine zuverlässige Stromversorgung garantiert. In zwei Fällen waren die Theaterleitungen so erpicht darauf, mich zu bekommen, dass sie definitiv zusagten vor meinem Auftritt zur Elektrizität überzugehen.

Ich werde durch die Lande ziehen. Brighton, Exeter, Kidderminster, Portsmouth, Ayr, Folkestone, Manchester, Sheffield, Aberystwyth, York – all diese Städte und noch einige weitere werde ich auf meiner ersten Tournee besuchen, dazu die Hauptstadt selbst, wo ich sogar mehrere Engagements habe.

Trotz des vielen Reisens (in Zügen und Waggons erster Klasse – natürlich werden die Auslagen dafür erstattet) gewährt mir der Zeitplan ziemlich viel Muße. Und wenn meine kleine Entourage mit mir durch das Land zieht, werden wir reichlich Gelegenheit haben unsere notwendigen Besuche in Caldlow House zu machen.

Mein Agent spricht schon von Tourneen ins Ausland, macht mir sogar Hoffnungen auf eine weitere Reise in die Vereinigten Staaten. (Hierbei könnten allerdings bestimmte zusätzliche Probleme auftreten, aber ein Magier auf dem Höhepunkt seiner Karriere wird mit allem fertig!)

Alles ist äußerst befriedigend und ich hoffe, man verzeiht mir, wenn ich dies in einem Zustand unbedingten Selbstbewusstseins anmerke.

Southampton, 10. Juli 1901

Ich bin gerade für eine Woche am Duchess Theatre hier in Southampton engagiert. Gestern kam Julia herüber, um mich zu besuchen, und brachte auf meine Bitte hin meinen Handkoffer mit Dokumenten, Dossiers und Tagebuch mit – eine gute Gelegenheit, um einen meiner periodischen Einträge zu machen.

Einige Monate lang habe ich nun »Schnell wie der Blitz« beständig verbessert und geprobt und die Nummer ist jetzt mehr oder weniger perfekt. Alle meine Hoffnungen, die ich in sie gesetzt hatte, sind in Erfüllung gegangen. Ich kann durch den Äther reisen, ohne dass hinterher die erlittenen körperlichen Traumata an mir zu sehen sind. Der Übergang ist glatt und nahtlos und aus der Sicht des Publikums unmöglich zu erklären.

Und auch die seelischen Nachwirkungen, die mich anfangs so gepeinigt haben, sind kein Problem mehr. Keine quälenden Depressionen oder Selbstzweifel mehr! Im Gegenteil (und ich vertraue dies niemandem an und halte es in keinem anderen Dokument als diesem geheimen Tagebuch fest), das Auseinanderreißen meines Körpers ist zu einem Vergnügen geworden, nach dem ich fast süchtig bin. Zuerst hatte mich die Vorstellung eines Todes und eines

Lebens danach entmutigt, doch jetzt erlebe ich jeden Abend meine Transmittierung als eine Wiedergeburt, eine Erneuerung des Selbst. In den frühen Tagen hatte ich mir Sorgen über die Häufigkeit gemacht, mit der ich den Trick würde durchführen müssen, um in Übung zu bleiben, doch jetzt beginne ich schon, sobald ich einen Auftritt absolviert habe, mich nach dem nächsten zu sehnen.

Vor drei Wochen, zwischen zwei Engagements gab es eine Lücke, baute ich den Tesla-Apparat in meiner Werkstatt auf und unterzog mich dem Prozess. Nicht, um neue Vorführungstechniken auszuprobieren oder um vorhandene zu perfektionieren, sondern lediglich um der körperlichen Lust des Erlebnisses willen.

Die Entsorgung der Prestigio-Materialien, die bei jeder Vorstellung erzeugt werden, stellt immer noch ein Problem dar, doch nach all den Wochen hat sich die ganze Angelegenheit etwas eingespielt und kann mit einem Minimum an Aufwand erledigt werden.

Die meisten Verbesserungen, die ich eingebracht habe, beziehen sich auf die Technik der Darbietung. Mein Fehler bestand anfangs in der Annahme, die bloße Brillanz des Effekts würde ausreichen, um meine Zuschauer zu verblüffen. Ich hatte eines der ältesten Axiome der Magie ignoriert, nämlich dass das Wunder des Tricks durch die Art der Darbietung deutlich gemacht werden muss. Zuschauer lassen sich nicht leicht in die Irre führen, also muss der Magier ihr Interesse wecken, es fesseln und dann, alle Erwartungen widerlegend, das offensichtlich Unmögliche vollführen.

Indem ich Teslas Apparat mit einer Reihe magischer Effekte und Techniken ergänze (von denen die meisten professionellen Illusionisten bekannt sind), fasziniert, erschreckt und endlich verblüfft meine Darbietung von »Schnell wie der Blitz«. Ich benutze nicht jeden Effekt bei jeder Vorstellung und verändere mein Programm immer wieder, um mich frisch zu halten und meine Rivalen zu verwirren. Hier einige der Kniffe, mit denen ich mein Publikum fessle und in die Irre führe:

Ich gestatte eine Untersuchung des Apparats, bevor er benutzt wird, und – bei manchen Gelegenheiten und in manchen Theatern –, *nachdem* er in Aktion war;

ab und zu bitte ich Zeugen aus dem Publikum auf die Bühne;

ich nehme einen persönlichen Gegenstand, den ein Zuschauer zur Verfügung gestellt hat, auf meine Reise durch den Äther mit mir und gebe ihn danach wieder zurück;

mit Mehl, Kreide oder etwas Ähnlichem lasse ich mich markieren. Erscheine ich dann am festgesetzten Ort, kann jeder feststellen, dass ich ohne Zweifel derselbe Mann bin, der Augenblicke vorher noch an anderem Platz auf der Bühne stand;

ich transmittiere mich in verschiedene Bereiche des Theaterraums, wobei dies teils von den baulichen Gegebenheiten des Hauses, teils vom Grad des Effekts abhängt, den ich zu erzielen wünsche. Ich kann mich augenblicklich in die Mitte oder den rückwärtigen Teil des Parketts begeben, in den ersten Rang, in eine der Logen;

ich kann mich auf oder in andere Bühnenrequisiten übertragen lassen, die vorher für diesen Zweck vorbereitet wurden. Manchmal zum Beispiel komme ich in einem großen Netz an, das während der ganzen übrigen Vorstellung leer von der Decke des Zuschauerraums hing. Ein weiterer beliebter Effekt besteht darin, dass ich mich in eine verschlossene Kiste transmittiere. Vorher auf einem Podium platziert, ist sie für alle Zuschauer gut zu sehen und eine Gruppe Freiwilliger kontrolliert, dass ich nicht durch eine verborgene Tür oder Klappe hineingelangen kann.

Doch diese Freiheiten haben mich leichtsinnig gemacht. Eines Abends transmittierte ich mich aus einer Laune heraus in einen Glastank voller Wasser, der auf der Bühne aufgestellt war. Ein schwerer Fehler, ich beging die Todsünde des Magiers – ich hatte den Effekt nicht geprobt und deshalb vieles dem Zufall überlassen. Obwohl mein sensationelles und aquatisch explosives Auftauchen im Wasser die Zuschauer vor Aufregung von den Sitzen riss, brachte mich die Nummer fast um. Die Lungen hatten sich sofort mit Wasser gefüllt und binnen weniger Sekunden kämpfte ich um mein Leben. Nur durch das schnelle Eingreifen von Adam Wilson wurde ich gerettet. Das war eine grässliche Erinnerung an eine von Bordens früheren Attacken.

Nach dieser unfreiwilligen Lektion in Sachen Rematerialisation erprobe ich nun jeden neuen Effekt, den ich vorzuführen gedenke, recht gründlich.

Natürlich besteht mein Programm zum größten Teil aus konventionellen Illusionen. Ich besitze ein riesiges Repertoire an Tricks, und wann immer ich eine Eröffnungsvorstellung an einem Theater gebe, variiere ich meine Nummern. Ich präsentiere immer ein abwechslungsreiches Programm, wobei ich mit bekannten Taschenspielereien, wie etwa »Kelch und Kugel« oder »Die Rätselhaften Weinflaschen«, beginne. Kartenkunststücke verschiedenster Art kommen als Nächstes und dann bringe ich als Leckerbissen für die Augen eine Reihe von Tricks mit Seidentüchern, Fahnen, Papierblumen oder Taschentüchern. Schließlich leite ich zum Höhepunkt der Vorstellung über, und zwar durch zwei oder drei Illusionen, in denen Tische, Kabinette oder Spiegel eingesetzt werden. Hierzu hole ich mir häufig Freiwillige aus dem Publikum auf die Bühne. »Schnell wie der Blitz« schließt immer meinen Auftritt ab.

Derbyshire, 14. Juni 1902

Ich bin stärker beschäftigt denn je. Von August bis Oktober letzten Jahres war ich auf Tournee durch Großbritannien. Daran schloß sich eine Reise in die USA an, von November bis Februar. Bis Mai befand ich mich auf dem Kontinent und zurzeit bin ich für eine ausgedehnte Tournee in der Heimat engagiert, die mich diesmal hauptsächlich durch britische Badeorte führen wird.

Pläne für die Zukunft:

Ich beabsichtige, einen langen Urlaub zu unternehmen und viel Zeit mit meiner Familie zu verbringen! Der September ist zum größten Teil dafür reserviert, ebenso die erste Oktoberhälfte.

(Als ich in den Vereinigten Staaten war, versuchte ich Nikola Tesla ausfindig zu machen. Ich habe bestimmte Fragen zu seinem Apparat sowie Vorschläge für Verbesserungen. Ich hatte mir auch gedacht, vielleicht würde es ihn interessieren zu erfahren, wie gut mir sein Apparat bisher gedient hat. Tesla ist jedoch untergetaucht. Gerüchten zufolge soll er bankrott sein und sich vor seinen Gläubigern verstecken.)

London, 3. September 1902

Eine bedeutsame Enthüllung! Gestern am frühen Abend, ich ruhte mich gerade im Daly's Theatre in Islington zwischen zwei Vorstellungen aus, da meldete sich am Bühneneingang ein Mann, der mich sprechen wollte. Als ich seine Visitenkarte sah, ließ ich ihn sofort in meine Garderobe bringen. Es handelte sich um Mr. Arthur Koenig, den jungen Journalisten vom *Evening Star*, der mir so viel Stoff zum Nachdenken über Borden gegeben hatte. Es überraschte mich nicht zu erfahren, dass Mr. Koenig jetzt die Stelle eines stellvertretenden Nachrichtenredakteurs bei demselben Blatt innehat. Im Laufe der Jahre hat sein Schnurrbart einen Anflug von Grau bekommen und sein Leibesumfang um einige Zoll zugenommen. Freundlich lächelnd trat er ein, schüttelte mir kräftig die Hand und schlug mir auf die Schulter.

»Ich habe gerade Ihre Nachmittagsvorstellung gesehen, Mr. Danton!«, sagte er. »Meinen herzlichen Glückwunsch! Endlich einmal werden die Zeitungen einer Varieténummer wirklich gerecht. Ich gestehe, dass ich in gleichem Maße verblüfft wie amüsiert bin.«

»Das zu hören, freut mich«, erwiderte ich und gab meinem Garderobier ein Zeichen, Mr. Koenig ein kleines Glas Whisky einzugießen. Danach bat ich ihn, uns allein zu lassen und in fünfzehn Minuten zurückzukehren.

»Auf Ihr Wohl, Sir!«, verkündete Koenig und hob sein Glas. »Oder sollte ich sagen: Mylord?«

Ich starrte ihn überrascht an.

»Wie zum Teufel wissen Sie davon?«

»Weshalb sollte ich nicht darüber informiert sein? Die Nachricht vom Tod Ihres Bruders hat die Presse auf dem üblichen Weg erreicht und den ihr gebührenden Widerhall in den Zeitungen gefunden.«

»Diese Berichte habe ich auch gelesen«, erwiderte ich. »In keinem einzigen wurde meine Person erwähnt.«

»Ich glaube, es liegt vielleicht daran, dass in der Fleet Street die meisten Sie nur unter Ihrem Künstlernamen kennen. Es war schon ein echter Bewunderer nötig, der Sie mit Henry Angier in Verbindung brachte.«

»Ihnen entgeht doch nichts, oder?«, musste ich anerkennend zugestehen.

»Diese Art von Information nicht, Sir. Machen Sie sich keine Sorgen, Ihr Geheimnis ist bei mir gut aufgehoben. Ich nehme doch an, dass es sich um ein Geheimnis handelt, oder?«

»Die beiden Teile meines Lebens habe ich bisher bewusst voneinander getrennt gehalten. Dieser Maxime zufolge stellt es also ein Geheimnis dar, und ich wäre froh, wenn Sie es als solches behandeln würden.«

»Darauf haben Sie mein Wort, Mylord. Ich bin dankbar, dass Sie mir gegenüber so offen sind. Geheimnisse sind ja sozusagen das Betriebskapital eines Magiers und ich möchte sie deshalb weder lüften noch enthüllen.«

»Dies war nicht immer der Fall«, erinnerte ich ihn. »Als wir uns zum letzten Mal trafen …«

»Mr. Borden, ja, in der Tat. Hier verhielt sich das Ganze, wie ich gestehen muss, etwas anders. Ich hatte den Eindruck, er wollte mich mit seiner Geheimhaltung *anstacheln*.«

»Ich weiß, was Sie meinen.«

»Ja, Sir. Ich glaube, Sie wissen es.«

»Sagen Sie mir, Koenig, haben Sie meine Vorführung heute gesehen? Was halten Sie von meiner Schlussillusion?«

»Sie haben perfektioniert, was Mr. Borden lediglich ersonnen hat.«

Das war reinste Musik in meinen Ohren, doch …

»Sie sagten, Sie seien verblüfft gewesen. Aber Sie fühlten sich nicht ›angestachelt‹, oder?«

»Nein, denn das Rätsel, vor das Sie einen stellen, erscheint irgendwie vertraut, den ungeschriebenen Regeln entsprechend. Wenn man einem Meisterillusionisten bei der Arbeit zusieht, ist man neugierig, wie das Wunder wohl vollbracht wird, aber man erkennt auch, dass eine Enthüllung des Geheimnisses nur enttäuschen würde.«

Bei diesen Worten lächelte er und nippte dann fröhlich an seinem Whisky.

»Darf ich fragen«, sagte ich schließlich, »was mir nun das Vergnügen Ihres Besuches verschafft?«

»Ich bin gekommen, um mich in der Angelegenheit Borden zu entschuldigen. Alle meine kunstvollen Theorien über ihn waren falsch, während Ihre Annahme, schlicht und einfach, richtig war.«

»Ich kann Ihnen da nicht folgen …«

»Als ich Sie damals besuchte, stellte ich, wie Sie sich erinnern werden, die hochtrabende Behauptung auf, dass Mr. Bordens Magie größer sei als alles bisher Dagewesene.«

»Ich erinnere mich«, meinte ich. »Sie haben mich damals auf eindrucksvolle Weise zu Ihrer Meinung bekehrt. Ich war Ihnen dankbar …«

»Sie hatten jedoch eine einfachere Erklärung. Es gibt nicht nur einen Borden, sondern zwei, sagten Sie. Zwillinge, sagten Sie. Eineiige Zwillingsbrüder, jeder nimmt nach Bedarf die Stelle des anderen ein.«

»Aber Sie haben doch bewiesen …«

»Sie hatten recht, Sir! Alfred Bordens Nummer beruht tatsächlich auf dem Einsatz von Zwillingen. Der Vorname *Alfred* ist aus zweien zusammengesetzt: *Albert* und *Frederick*, Brüder, die zusammen als einer auftreten.«

»Das kann nicht sein!«

»Aber dies war doch Ihre eigene Theorie.«

»Mangels einer anderen«, erklärte ich. »Sie haben mich schnell eines Besseren belehrt. Sie hatten Beweise …«

»Viele haben sich hinterher als nicht stichhaltig erwiesen und die übrigen als unzutreffend. Ich war damals ein junger Reporter, noch nicht ausreichend versiert in meinem Beruf. Seitdem habe ich gelernt, Fakten zu überprüfen, sie noch einmal zu überprüfen und sie mir schließlich ein drittes Mal vorzunehmen.«

»Aber ich bin der Sache selbst nachgegangen«, sagte ich. »Ich habe die Geburtsunterlagen untersucht, das Schülerverzeichnis seiner Schule …«

»Alles vor langer Zeit gefälscht, Mr. Angier.« Er blickte mich etwas fragend an, wegen der von ihm verwandten Anrede. Ich nickte und er fuhr fort: »Die Bordens haben ihr Leben um die Aufrechterhaltung dieser Illusion herum aufgebaut. Man kann keiner Information über sie trauen.«

»Ich habe sehr sorgfältig recherchiert«, insistierte ich. »Ich weiß, dass es zwei Brüder mit diesen Vornamen gibt, doch der eine ist zwei Jahre jünger als der andere.«

»Beide zufällig im Mai geboren, wie ich mich erinnere. Man muss nicht allzu sehr eingreifen, um einen Geburtseintrag vom 8. Mai 1856 auf den 18. Mai 1858 abzuändern.«

»Es gab eine Fotografie der beiden Brüder!«

»Ja, und die war so leicht zu finden! Sie muss als falsche Spur zurückgelassen worden sein, damit Leute wie Sie und ich darüber stolpern. Wie wir es ja auch wunschgemäß getan haben.«

»Aber die beiden Brüder waren einander ausgesprochen unähnlich. Ich habe selbst das Porträt gesehen!«

»Ich auch. Ich habe sogar einen Abzug in meinem Büro. Die Unterschiede in den Gesichtszügen sind bemerkenswert. Aber gewiss kennen Sie doch mehr als alle anderen die segensreichen Wirkungen von Theaterschminke.«

Diese Mitteilung traf mich wie ein Blitz. Unfähig, zusammenhängend zu denken, starrte ich auf den Boden.

»Ärgerlich *und* anstachelnd, nicht wahr?«, meinte Koenig. »Ihnen muss es genauso gehen. Wir sind beide auf zwei Witzbolde hereingefallen.«

»Sind Sie sich dessen wirklich sicher?«, fragte ich. »Völlig sicher?« Koenig nickte. »Haben Sie zum Beispiel die beiden Brüder je zusammen gesehen?«

»Darauf basiert ja meine Überzeugung. Einmal, aber nur kurz, sind sie in meiner Gegenwart aufeinander getroffen.«

»Haben Sie sie beschattet?«

»Einen von ihnen«, korrigierte mich Koenig. »Ich bin Mr. Borden eines Abends im August von seinem Haus aus gefolgt. Er betrat allein den Regent's Park, unternahm anscheinend nur einen gemütlichen Spaziergang. Ich ging ihm in einer Entfernung von etwa hundert Yard nach. Als er auf den Inner Circle kam, näherte sich ihm ein Mann aus der entgegengesetzten Richtung. Sie begegneten sich, blieben etwa drei Sekunden lang stehen und sprachen währenddessen miteinander. Dann gingen sie wieder weiter. Jetzt trug Borden allerdings einen kleinen Lederkoffer bei sich. Der Mann, mit dem er gesprochen hatte, kam bald an mir vorbei. Er sah genau wie Borden aus.«

Ich blickte Koenig nachdenklich an.

»Wie konnten Sie wissen …« Ich überlegte sorgfältig, welche Gründe für einen etwaigen Irrtum sprechen könnten. »Wie konnten Sie wissen, dass der Mann, der *weiter*ging, der, der jetzt den Koffer trug, nicht derselbe Mann war, der vorher mit Borden gesprochen hatte? Er konnte doch einfach den Weg, den er gekommen war, auch wieder zurückgehen. Und bei dieser Annahme, wäre dann nicht der Borden, dem Sie gefolgt waren, auch derjenige gewesen, der später an Ihnen vorüberging?«

»Ich weiß, was ich gesehen habe, Mylord. Sie trugen unterschiedliche Kleidung, vielleicht aus Gründen der Tarnung, aber diese Tatsache ermöglichte es mir, beide auseinander zu halten. Sie trafen sich, sie gingen weiter, sie sahen genau gleich aus.«

Mein ganzes Denken konzentrierte sich auf die Konsequenzen dieses Sachverhalts. Ich überdachte schnell die Mechanik der Inszenierung eines magischen Auftritts im Theater. Wenn es stimmte, dass sie Zwillinge waren, dann mussten beide Brüder bei jeder Vorstellung im Theater zugegen sein. Das würde bedeuten, dass das Bühnenpersonal unvermeidlicherweise in das Geheimnis eingeweiht wäre. Ich wusste, dass Borden die Bühne nicht abschirmte, und während einer Vorstellung lungerten immer irgendwelche Leute in der Seitenkulisse herum, die zum eigenen Vorteil zu viel sahen. Die ganze Zeit, als ich die Austausch-Illusion mit einem Double vorgeführt hatte, war ich mir dessen bewusst gewesen. Doch wenn man Koenig glauben konnte, war Bordens Geheimnis seit vielen Jahren intakt geblieben. Falls Bordens Nummer wirklich auf der Verwendung von eineiigen Zwillingen beruhte, wäre nicht das Geheimnis schon vor Jahren aufgeflogen?

Aber, anders herum, welche Erklärung ließ sich dann finden? Sie konnte nur lauten, dass die Geheimhaltung vor und nach dem Auftritt gewahrt geblieben war. Borden 1, um ihn so zu nennen, trifft also mit seinen Apparaten und Requisiten im Theater ein, während Borden 2 bereits in einem der Kabinette versteckt ist. Borden 2 erscheint zur rechten Zeit und Borden 1 verbirgt sich in den Requisiten auf der Bühne.

Zugegeben, das schien machbar und war vielleicht noch zu akzeptieren. Aber die vielen Jahre des Reisens von einem Ort zum nächsten, belastet mit praktischen Problemen wie langen Bahnfahrten, der Anstellung von Assistenten, der Suche nach Unterkünften und so fort ... Borden musste ein Team haben, das mit ihm zusammenarbeitete: natürlich einen *ingénieur*, einen oder mehrere Assistenten beziehungsweise Assistentinnen, einige Spediteure und Bühnenarbeiter, einen Agenten. Falls all diese Leute in sein Geheimnis eingeweiht waren, hatten sie sich über Jahre hin bemerkenswert diskret verhalten.

Andrerseits, und das schien angesichts der menschlichen Natur viel wahrscheinlicher, wenn diesen Leuten *nicht* zu trauen war, hätten Borden 1 und Borden 2 ein umfassendes und striktes System der Geheimhaltung aufbauen müssen.

Darüber hinaus gab es die Alltäglichkeiten des Theaterbetriebs. Was zum Beispiel tat wohl (der in den Requisiten versteckte) Borden 2 an Tagen mit einer Nachmittagsvorstellung zwischen den Auftritten? Blieb er im Verborgenen, während sein Bruder sich mit den anderen Künstlern im Aufenthaltsraum erholte? Kam er vielleicht sogar heimlich hervor und drückte sich dann allein in der Garderobe herum, bis es Zeit für die nächste Vorstellung war?

Wie gelangten die beiden in die Theater hinein und wieder hinaus, ohne dass sie entdeckt wurden? Pförtner bewachen den Bühneneingang eifersüchtig und in manchen Theatern sind sie berüchtigt dafür, wie peinlich genau sie jedermanns Zutrittsberechtigung überprüfen. Selbst berühmte Schauspieler zittern bei dem Gedanken, sie könnten zu spät kommen oder müssten ein Liebchen hineinschmuggeln. Es gibt immer auch andere Wege in das Gebäude, zum Beispiel durch den Kulissen- oder den Zuschauerraum, doch die ständige, natürlich heimliche Inanspruchnahme dieser Alternativen ist gefährlich, ganz zu schweigen von den nicht unbeträchtlichen Unbequemlichkeiten.

»Ich sehe, ich habe Ihnen etwas Stoff zum Nachdenken gegeben«, sagte Koenig und unterbrach meinen Gedankengang. Er streckte mir sein leeres Whiskyglas auffordernd entgegen. Da ich aber Zeit haben wollte, um nachzudenken, nahm ich ihm das Glas ziemlich brüsk ab.

»Sie sind sich diesmal Ihrer Fakten sicher?«, fragte ich.

»Hundertprozentig, Sir. Ich gebe Ihnen mein Wort darauf.«

»Letztens haben Sie mir einige Hinweise für eigene Nachforschungen überlassen. Haben Sie jetzt vielleicht etwas Ähnliches anzubieten?«

»Nein – Sie müssen auf mein Wort vertrauen. Ich habe beide Männer zusammen gesehen, für mich sind deshalb keine weiteren Beweise vonnöten.«

»Vielleicht nicht für Sie.« Ich stand auf, um damit anzuzeigen, dass ich das Gespräch für beendet hielt.

Koenig nahm Hut und Mantel und ging zur Tür. Ich hielt sie ihm auf.

So beiläufig, wie ich konnte, fragte ich noch: »Sind Sie denn gar nicht neugierig, wie ich nun meine eigene Illusion vollbringe?«

»Ich nehme an, es handelt sich um Magie, Sir.«

»Sie haben mich also nicht in Verdacht, einen Zwillingsbruder einzusetzen?«

»Ich weiß, dass Sie keinen besitzen.«

»Dann haben Sie also auch über mich Erkundigungen eingeholt? Und wie steht es mit Borden? Fragt er sich, wie der Trick funktioniert?«

Mr. Koenig zwinkerte mir schalkhaft zu.

»Ich bin mir sicher, er und sein Bruder möchten Sie keinesfalls wissen lassen, wie sehr beide vor Neugier ganz aus dem Häuschen sind, Sir.«

Er reichte mir die Hand und wir verabschiedeten uns.

»Noch einmal meine Gratulation. Und, wenn ich das anmerken darf, es war beruhigend, Sie bei so guter Gesundheit vorzufinden.«

Bevor ich darauf etwas erwidern konnte, war er fort, doch ich glaube zu wissen, was er gemeint hat.

London, 7. September 1902

Mein kurzes Gastspiel bei Daly's ist vorüber. Ich kann nun meine Angelegenheiten in London ordnen und den lang ersehnten Urlaubsmonat mit Julia und den Kindern in Derbyshire verbringen. Morgen mache ich mich auf den Weg nach Norden. Wilson ist vorausgefahren, um die üblichen Vorkehrungen für die Prestigio-Materialien zu treffen.

Heute Morgen habe ich in meiner Werkstatt Teslas Apparat sicher untergebracht, meine Assistenten für die nächsten paar Wochen bezahlt, alle ausstehenden Rechnungen beglichen und mit Unwin ziemlich ausführlich über Buchungen für Herbst und Winter gesprochen. Bereits jetzt häufen sich die Engagements für die Zeit von Mitte Oktober bis März oder April nächsten Jahres. Das Einkommen, das ich schätzungsweise aus diesen Vorstellungen erzielen werde, wird mich, selbst nach Abzug sämtlicher Unkosten, so reich machen, wie ich es mir auch in den wildesten Träumen meiner Jugend nicht ausgemalt habe. Ab Ende nächsten Jahres werde ich aller Wahrscheinlichkeit nach nie mehr arbeiten müssen.

Doch nun zu Koenigs Bemerkung bei seiner Verabschiedung.

Vor einigen Monaten, als ich unter Hochdruck an der Vervollkommnung von »Schnell wie der Blitz« arbeitete, da dachte ich an einen neuen Knalleffekt zum Abschluss der Illusion. Auf die Idee gekommen war ich, als ich mich meiner früheren düsteren Gefühle entsann, ich hatte immer den Eindruck gehabt, als würde ich irgendwie jenseits des Todes weiterleben. Sorgfältig arrangierte Beleuchtungseffekte und der Einsatz von Schminke erlaubten es mir nun am Ende der

Nummer, nach meiner Reise durch den Äther, abgespannter auszusehen als vorher. Ich schien von den Strapazen des Unternehmens gezeichnet zu sein, war zu einem Mann geworden, der mit seinem Leben gespielt und unverkennbare Spuren davongetragen hatte.

Dieser Effekt war zu einem Routinebestandteil meiner Nummer geworden. Während meines ganzen Auftritts bewege ich mich vorsichtig, als schonte ich meine Glieder. Eine gewisse Steifheit sitzt mir in Hüfte und Rücken und die Schultern wirken verspannt. Ich mache aber das Beste aus meinem Zustand und tue so, als kümmerte ich mich nicht darum. Nachdem ich »schnell wie der Blitz« angekommen bin und man erst einmal gesehen hat, dass ich auf wunderbare Weise unverletzt bin, ist es an der Beleuchtung, ihre grässliche Arbeit zu tun. Wenn der Schlussvorhang fällt, sind die meisten Zuschauer überzeugt, meines Bleibens sei nicht mehr lange auf dieser Welt.

Einmal abgesehen von dem Effekt selbst, verfolge ich damit eine langfristige Strategie. Ganz offen, ich plane meinen eigenen Tod und bereite mich darauf vor. Schließlich ist mir dieser Gedanke nicht fremd. Viele Jahre habe ich die Rolle des Toten gespielt und Julia die der Witwe. Und nach so vielen Übertragungen durch Teslas höllischen Apparat liegt die Idee nicht fern den eigenen Tod zu inszenieren.

Im nächsten Jahr möchte ich mich endgültig von der Bühne zurückziehen, möchte Schluss machen mit den endlosen Tourneen, den langen Reisen, den Übernachtungen in Theaterunterkünften, den ewigen Auseinandersetzungen mit Theaterleitungen. Ich bin der Geheimniskrämerei wegen meiner Aktivitäten überdrüssig und fürchte immerzu ein Wiederaufflammen von Bordens Angriffen.

Vor allem aber, meine Kinder wachsen heran und ich möchte endlich für sie da sein. Edward wird bald schon auf die Universität gehen und die Mädchen werden ohne Zweifel in nicht allzu ferner Zukunft heiraten.

Nächstes Jahr um diese Zeit dürfte ich finanziell unabhängig und durch eine kluge Investition sollte das Gut Caldlow so weit wiederhergestellt sein, dass wir für den Rest unseres

Lebens den Unterhalt daraus ziehen können. Was die Öffentlichkeit angeht, so wird eine Krebserkrankung, hervorgerufen durch die beruflichen Strapazen, dem Leben Rupert Angiers, des Großen Danton, irgendwann im Herbst 1903 ein Ende setzen.

Inzwischen wird ohne öffentliches Aufsehen oder weitere Bekanntmachung der vierzehnte Earl of Colderdale voll in sein Erbe eintreten.

So viel zu Koenigs Bemerkung über meine »gute« Gesundheit. Er ist ein scharfsinniger Mensch, der mehr über mich weiß, als mir lieb ist.

Um bei diesem Thema zu bleiben: Ich habe viel über seine Theorie nachgedacht, dass es nicht nur einen Borden gibt, sondern zwei. Ich bin aber weiterhin unsicher.

Nicht, weil die Prämisse selbst nicht plausibel wäre – schließlich war mein Mitarbeiter Cutter schon auf die Idee gekommen –, sondern wegen der ungeheuren Problematik eines Lebens mit dieser Täuschung. Noch als Koenig in meiner Garderobe zu Besuch war, hatte ich schon über einige Konsequenzen nachgedacht.

Wie steht es mit dem Alltag? Kein Zauberkünstler arbeitet ständig, ganz gleich, wie erfolgreich seine Karriere auch sein mag. Es gibt Zeiten der Ruhe, freiwillige wie unfreiwillige. Zwischen den Engagements können Lücken sein. Vorstellungen und Tourneen können kurzfristig abgesagt werden. Es gibt Ferien, Krankheiten, Familienkrisen.

Sind da nun zwei Borden und einer der beiden lebt immer im Verborgenen, damit der andere als der »einzige« Alfred Borden auftreten kann, wo und wie versteckt jener sich? Was geschieht mit dem Leben des Verborgenen in der »Verborgenheit«? Wie nimmt er mit seinem Bruder Kontakt auf? Treffen sie sich jemals, und wenn ja, wie richten sie es ein, dass sie von niemandem entdeckt werden?

Wie viele andere Menschen wissen von der Täuschung und wie kann Borden sicher sein, dass bei diesen das Geheimnis gut aufgehoben ist?

Insbesondere, wenn man an die anderen denkt, wie steht es mit Bordens Frau? Und mit seinen Kindern?

Wenn es zwei Bordens gibt, dann können sie nicht beide Gatte der Ehefrau sein und auch nicht beide Vater der Kinder. Welcher von beiden ist der Ehemann, welcher der Vater? Bordens Gattin scheint eine gebildete Frau zu sein und – nach allem, was man hört – keine Närrin. Was weiß sie tatsächlich von Borden?

Lässt man sie im Ungewissen über seine »gespaltene« Identität?

Lassen sich Geheimhaltung und Täuschung erfolgreich sogar bis ins Heim der Familie, ins eheliche Bett tragen?

Wie steht es um Familienanekdoten, Scherze und Beobachtungen, gemeinsame Erinnerungen, Angelegenheiten körperlicher Intimität? Können die beiden Männer wirklich in einem solchen Ausmaß zusammenarbeiten, dass sogar persönlichste Dinge in Vorsichtsmaßnahmen einbezogen werden, die eine bloße Bühnenillusion schützen sollen?

Das Gegenteil ist womöglich noch schwerer zu glauben: dass Bordens Frau die Wahrheit über die ganze Sache kennt und aus irgendeinem Grund bereit ist sich damit abzufinden.

Wenn das wahr wäre, dann hätte das Arrangement sicherlich schon vor Jahren versagt.

Einer der beiden Brüder wäre unvermeidlich zum geringeren Partner in dieser Übereinkunft geworden; einer von beiden (ich möchte ihn wiederum Borden 2 nennen) hätte keine Trauungszeremonie mit ihr gefeiert. Er wäre folglich in ihren Augen weniger Ehemann als Borden 1. Und welche Folgen ergäben sich daraus für das Eheleben?

Mehr noch, bei Borden 2 handelte es sich nicht um den tatsächlichen Vater der Kinder. (Aus Gründen der Schicklichkeit will ich annehmen, dass Borden 2, der Unverheiratete, auch die Kinder nicht gezeugt hat.) Borden 2 wäre folglich der Onkel der Kinder und stünde sowohl gefühlsmäßig wie körperlich in einer gewissen Distanz zu ihnen. Die Ehefrau, die Mutter, käme nicht umhin ihn irgendwie zu diskriminieren.

Dies ist eine ganz und gar unhaltbare Situation.

Beide Erklärungen sind so unwahrscheinlich, dass ich gezwungen bin, an eine dritte glauben. Die Borden-Brüder haben ihrer Frau absichtlich nicht die Wahrheit gesagt und versucht sie zu hintergehen, aber sie selbst hat die Täuschung konterkariert. Mit anderen Worten, sie hat herausgefunden, was los ist (wie könnte sie nicht?), und aus persönlichen Gründen beschlossen sich zu fügen.

Trotz der Tatsache, dass diese Theorie wiederum Fragen aufwirft, halte ich sie für die plausibelste Erklärung, doch selbst so erscheint die ganze Geschichte als unglaublich.

Um meine Geheimnisse zu schützen, ginge selbst ich schon ziemlich weit, und ich tue es ja auch, aber ich würde die Geheimhaltung nicht zu etwas Zwanghaftem werden lassen. Sind Borden und sein mutmaßlicher Bruder wirklich so besessen, wie sie es nach Koenigs Worten zu sein scheinen?

Ich weiß nicht.

Am Ende ist es ja nicht wichtig, denn ein Trick bleibt ein Trick, und jeder, der ihn sieht, weiß, dass eine Täuschung vorliegt. Doch wegen unserer Fehde musste Julia schrecklich leiden und mein eigenes Leben geriet deswegen einmal in äußerste Gefahr. Ich glaube, Borden ist wirklich ein Mensch, der aus seinen Geheimnissen einen Fetisch macht, und es war mein Pech, dass ich mich mit ihm auf einen Kampf einließ. Aber auch mein Glück, denn nur durch diese Fehde bin ich auf die Illusion gestoßen, mit der ich jetzt ein Vermögen verdiene!

Irgendwo zwischen Wakefield und Leeds,
27. November 1902

Nach einem langen und wohltuenden Urlaub in Derbyshire mit Julia und den Kindern bin ich wieder auf Tournee. Morgen findet die Eröffnungsvorstellung am King William Theatre in Leeds statt. Bis zum Ende der nächsten Woche werde ich zweimal pro Abend auftreten.

Dann geht es nach Dover, hier bin ich die Hauptattraktion am Overcliff Theatre. Schließlich nach Portsmouth, für die Woche vor Weihnachten.

Ich bin müde, aber glücklich.

Manchmal fällt bestimmten Leuten mein Aussehen auf

und sie geben gut gemeinte Kommentare dazu ab, etwa: Wie unwohl ich mich doch fühlen müsse. Ich trage es mit Fassung.

1. Januar 1903

Jetzt ist also das Jahr angebrochen, in dem Rupert Angier diese Welt verlassen wird. Ich habe noch keinen genauen Zeitpunkt für mein Ableben gewählt, aber es wird erst eine Weile nach Abschluss meiner Amerika-Tournee sein.

In drei Wochen stechen wir von Liverpool aus nach New York in See und werden bis April fort sein. Das Problem der Entsorgung der Prestigio-Materialien ist nur teilweise gelöst, aber fällt nicht so sehr ins Gewicht, weil ich »Schnell wie der Blitz« durchschnittlich nur einmal pro Woche vorführe. Falls nötig, werde ich das tun, was ich schon zuvor getan habe, doch Wilson erklärt, er habe eine Lösung gefunden. Wie auch immer, die Vorstellungen gehen weiter.

Julia und die Kinder werden mich auf dieser Reise begleiten, die zweifellos später als meine Abschiedstournee bezeichnet werden wird.

30. April 1903

Ich habe Unwin angewiesen, er solle auch weiterhin Buchungen annehmen, bis zum Ende des Jahres und für die ersten Monate des Jahres 1904. Doch gegen Ende September werde ich schon tot sein. Wahrscheinlich wird mein Tod am Samstag, den 19. September, eintreten.

Lowestoft, 15. Mai 1903

Nach verwirrenden Erlebnissen in New York, Washington, Baltimore, Richmond, St. Louis, Denver, San Francisco, Los Angeles … bin ich jetzt in Lowestoft, Suffolk. In den Vereinigten Staaten könnte ich mein Glück machen, doch an Orten wie dem Pavilion Theatre in Lowestoft verdiene ich meinen Lebensunterhalt.

Ich gebe morgen die Eröffnungsvorstellung für ein Gastspiel von einer Woche.

20. Mai 1903

Ich habe meine beiden Vorstellungen von heute Abend abgesagt, die von morgen sind gefährdet, und während ich diese Worte niederschreibe, warte ich ungeduldig auf Julias Ankunft.

Ich bin ein Narr, ein verdammter *Narr*!

Gestern Abend, zweite Vorstellung, schon halb vorbei. (Ich schaffe es kaum, dies festzuhalten.) Ich habe kürzlich einen neuen Kartentrick in mein Repertoire aufgenommen. Dazu bitte ich jemand aus dem Publikum auf die Bühne. Er nimmt eine Karte und schreibt seinen Namen auf die Vorderseite. Ich reiße eine Ecke ab und gebe sie dem Freiwilligen. Der Rest der Karte wird in einen Papierumschlag gesteckt und angezündet. Sobald nur die Flammen erloschen sind, hole ich eine große Orange hervor. Ich schneide sie auseinander und ziehe die gezeichnete Karte heraus. Die Ecke fehlt natürlich.

Gestern Abend war der Kandidat meiner Ansicht nach ein Einheimischer, groß und stämmig, mit einer frischen Gesichtsfarbe und Suffolk-Akzent. Ich hatte ihn mir schon vorher während der Vorstellung ausgespäht. Er saß in der Mitte der ersten Reihe, und sobald ich seinen freundlichen, naiven Gesichtsausdruck bemerkt hatte, war meine Wahl eigentlich getroffen. Tatsächlich meldete er sich, als ich um Unterstützung bat. Und das hätte mich schon vor möglichen Konsequenzen warnen sollen. Doch während ich den Trick ausführte, stellte er den perfekte Hintergrund dafür dar und brachte sogar mit seinem hausbackenen Humor und seinen Binsenweisheiten ein- oder zweimal das Publikum zum Lachen. (Zum Beispiel: »Nehmen Sie sich eine Karte«, sagte ich. »Was, Sie woll'n, dass ich sie mitnehm', Sir?«, fragte der Mann mit großen Augen, scheinbar begierig mir zu Gefallen zu sein.)

Warum nur erriet ich nicht, dass es Borden war?! Er hat mir sogar einen Hinweis gegeben: Der Name, den er auf die Spielkarte schrieb, lautete *Alf Redbone*, ein durchsichtiges Beinahe-Anagramm. Doch ich war so auf meinen Trick konzentriert, dass ich dies für seinen echten Namen hielt.

Nach dem Ende der Nummer schüttelte ich seine Hand, dankte ihm ausdrücklich und fiel in den Applaus des Publikums ein, als Hester, meine derzeitige Assistentin, ihn zur Treppe zum Parkett führte.

Einige Minuten später, ich stand am Anfang von »Schnell wie der Blitz«, war Redbones Platz noch leer.

Voller Aufregung wegen dieser Nummer registrierte ich sein Fehlen nur unbewusst; ich ahnte, dass etwas nicht in Ordnung war, aber in jenem Augenblick konnte ich nicht darüber nachdenken, was es wohl sein mochte. Als der Strom durch den Tesla-Apparat zu fließen begann, die langen Tentakel der Entladungen mich umschlängelten und die Spannung des Publikums ihren Höhepunkt erreicht hatte, bemerkte ich endlich seine Abwesenheit. Es traf mich wie ein Blitz.

Doch da war es zu spät. Der Apparat arbeitete und ich musste den Trick vollenden.

Zu diesem Zeitpunkt kann ich auf nichts mehr Einfluss nehmen. Selbst meine ausgewählte Zielstelle ist festgelegt; die Einstellung der Koordinaten ist zu kompliziert und zeitraubend, ich muss sie vor dem Auftritt eingeben. Am Vorabend hatte ich den Apparat für die beiden Vorstellungen des nächsten Tages vorbereitet. Ich sollte in der höchsten Loge auf der linken Bühnenseite landen, aufgrund einer Vereinbarung mit der Theaterleitung freigehalten. Die Loge befindet sich ungefähr auf gleicher Höhe mit dem Hauptbalkon und ist von fast jedem Teil des Zuschauerraums aus gut einzusehen.

Ich hatte es so eingerichtet, dass ich mich genau auf der Brüstung der Loge materialisieren würde, wo ich – hervorgehoben von einem Scheinwerferstrahl – zum Parkett weit unten hinabblicken und scheinbar darum kämpfen würde, meine Balance zu halten: mit den Armen rudernd, hin und her schwankend … Während der ersten Vorstellung war alles genau nach Plan verlaufen und meine magische Transformation hatte bei den Zuschauern Kreischen, warnende Rufe und Angstschreie ausgelöst. Es hatte einen donnernden Applaus gegeben, als ich mich an dem Seil, das Hester mir hochwarf, zur Bühne herabschwang.

Um auf der Brüstung so anzukommen, dass ich zum Publikum hinabschaue, muss ich mit dem Rücken zur Loge im Tesla-Apparat stehen. Die Zuschauer wissen es natürlich nicht, doch die Stellung, die ich bei der Übertragung auf der Bühne einnehme, wird während der Materialisation exakt nachgebildet. Deshalb kann ich von meinem Platz im Apparat aus die Stelle nicht sehen, an der ich landen werde.

Borden befand sich irgendwo in der Nähe und mir wurde mit schrecklicher Gewissheit klar, dass er wieder einen Anschlag auf mich vorhatte! Was war, wenn er in der Loge lauerte und mir einen Stoß gab, sobald ich mich rematerialisiert hatte? Ich spürte, wie um mich herum die elektrische Spannung unaufhaltsam anstieg, und musste mich einfach besorgt umdrehen und zur Loge hochschauen. Durch die aufzuckenden blauweißen elektrischen Funken hindurch konnte ich sie gerade noch erkennen. Alles schien in Ordnung zu sein; dort gab es nichts, was mein Erscheinen behindert hätte. Und obwohl ich nicht ins Innere der Loge blicken konnte, sah es nicht so aus, als befände sich dort jemand.

Bordens Plan war viel unheilvoller und einen Moment später erkannte ich, worin er bestand. Gerade in dem Augenblick, als ich mich umgewandt hatte und zur Loge emporschaute, geschahen zwei Dinge gleichzeitig.

Die Transmittierung meines Körpers setzte ein – und die Stromversorgung des Apparats wurde abgeschaltet. Der Strom fiel auf der Stelle aus. Das blaue Feuer verschwand, das elektrische Feld erstarb.

Ich blieb auf der Bühne zurück und stand mitten im hölzernen Käfigs des Apparats – für alle Zuschauer sichtbar. Über meine Schulter blickte ich zur Loge hoch.

Die Übertragung war unterbrochen worden! Sie hatte begonnen, war aber gestoppt worden. Und jetzt sah ich ein Abbild von mir auf der Brüstung stehen: Dort befand sich mein Gespenst, mein *Doppelgänger*, für einen Moment in der Haltung erstarrt, die ich eingenommen hatte, als ich mich umwandte, halb verdreht, halb gebückt, den Blick nach oben gerichtet. Es handelte sich um eine dünne, fast immaterielle Kopie meiner selbst, um einen unvollständigen Prestigio.

Noch als ich emporschaute, richtete sich dieses Ebenbild erschrocken auf, warf die Arme hoch und fiel nach hinten in die Loge, wo man es nicht mehr sehen konnte.

Entsetzt über das, was ich erlebt hatte, trat ich aus dem Tesla-Käfig mit seinen Spulen heraus. Wie auf ein Stichwort hin blitzte der Scheinwerfer auf und beleuchtete die ganze Loge, um mein vermeintliches Erscheinen hervorzuheben. Die Zuschauer blickten zur Loge hinauf, die Pointe des Tricks vorausahnend. Sie begannen zu applaudieren, doch schnell erstarb der Beifall wieder. Es gab nichts zu sehen.

Ich stand allein auf der Bühne. Meine Illusion war ruiniert.

»Vorhang!«, schrie ich in die Seitenkulisse. »Lasst endlich den Vorhang runter!«

Es schien eine Ewigkeit zu dauern, aber schließlich hörte mich der Techniker. Der Vorhang fiel herab und verbarg das Publikum. Hester kam angelaufen; sie sollte eigentlich erst dann auf die Bühne zurückkehren, wenn ich meinen Applaus von der Logenbrüstung aus entgegennahm, nicht eher. Jetzt trieben Pflicht und Verwirrung sie aus der Seitenkulisse.

»Was ist passiert?«, schrie sie.

»Der Mann aus dem Publikum! Wo ist er?«

»Ich weiß es nicht! Ich hab gedacht, er sitzt wieder auf seinem Platz.«

»Er ist irgendwie hinter die Bühne gekommen! Sie sollten doch dafür sorgen, dass diese Leute die Bühne verlassen!«

Ich stieß sie zornig beiseite und hob den schweren Stoff des Vorhangs hoch. Ich duckte mich darunter hinweg und ging vor bis zum Rampenlicht. Die Beleuchtung des Zuschauerraums war jetzt eingeschaltet, das Publikum bewegte sich langsam auf die Ausgänge zu. Die Leute waren offensichtlich verwirrt und verärgert, aber sie schenkten der Bühne keine Beachtung mehr.

Ich schaute zur Loge hinauf. Der Scheinwerfer war ausgeschaltet und im sanften Licht, das nun im Zuschauerraum herrschte, konnte ich immer noch nichts erkennen.

Eine Frau kreischte schrill, einmal, dann noch einmal. Sie befand sich hinter den Logen irgendwo im Gebäude.

Ich ging langsam zur Seitenkulisse und begegnete Wilson, der auf die Bühne geeilt war, um mich zu suchen. Atemlos, denn ich merkte jetzt, wie meine Lungen seltsamerweise um Luft rangen, wies ich ihn an, den Apparat so schnell wie möglich zu zerlegen und zu verpacken. Dann stürzte ich an ihm vorbei und gelangte zu der Treppe, die zur Galerie und zu den Logen führte. Zuschauer kamen herab, und als ich die Treppe hinaufrannte und mich zwischen ihnen hindurchschlängelte, murrten sie wegen meines unhöflichen Benehmens, aber anscheinend nicht, weil sie in mir den Bühnenmagier erkannten, der gerade so spektakulär versagt hatte. Wenn man scheitert, ist man mit einem Mal unbekannt.

Stufe um Stufe wurde ich langsamer. In meinem Hals rasselte der Atem und ich spürte, wie mein Herz pochte, als wäre ich gerade eine Meile bergauf gelaufen. Ich habe mich immer in Form gehalten, körperliche Bewegung hat mich nie sonderlich angestrengt, doch plötzlich kam es mir vor, als wäre ich lahm und übergewichtig. Als ich den ersten Treppenabsatz erreichte, konnte ich nicht mehr weiter. Die Menschen, die hinabstrebten, mussten um mich herumgehen, während ich mich an das schmiedeeiserne Treppengeländer lehnte, um Atem zu schöpfen. Ich ruhte mich ein paar Sekunden aus, dann nahm ich die nächste Treppenflucht in Angriff.

Gerade einmal zwei Stufen hatte ich genommen, als mich ein fürchterliches Husten schüttelte. Es war so heftig, dass mich das kalte Entsetzen packte. Ich war am Ende meiner körperlichen Kräfte. Mein Herz hämmerte, das Blut pochte rhythmisch in den Ohren, der Schweiß brach mir aus und der trockene, schmerzhafte Husten schien meine Brust sprengen zu wollen. Er schwächte mich so sehr, dass ich kaum noch einatmen konnte. Als es mir schließlich gelang, etwas Luft zu holen, musste ich sofort wieder husten, ich keuchte und Schmerzen peinigten mich. Unfähig, aufrecht zu stehen, sank ich nach vorn auf die Steinstufen, während die letzten Theaterbesucher an mir vorübergingen. Ihre Schuhe waren nur wenige Zoll von meinem bedauernswerten Kopf entfernt. Was sie von mir denken mochten, kümmerte mich in diesem Augenblick nicht.

Wilson hat mich schließlich gefunden, auf die Arme gehoben und gehalten wie ein Kind, während ich noch um Atem rang.

Endlich beruhigten sich Herz und Atmung wieder. Ich begann heftig zu frösteln. Im meiner Brust hämmerte der Schmerz, und obwohl ich es vermeiden konnte, wieder zu husten, fiel mir das Ein- und Ausatmen sehr schwer.

Schließlich brachte ich hervor: »Haben Sie gesehen, was geschehen ist?«

»Alfred Borden muss hinter die Bühne gelangt sein, Sir.«

»Nicht das! Ich meine, was passiert ist, als der Strom ausblieb?«

»Ich war an der Schalttafel, Mr. Angier. Wie üblich.«

Bei »Schnell wie der Blitz« ist Wilsons Platz hinter der Bühne, unsichtbar für die Zuschauer, da die Abschirmung ihn verbirgt. Obwohl er jede einzelne Phase der Nummer überwacht, kann er mich während des größten Teils der Illusion nicht sehen.

Ich keuchte eine Beschreibung des gespenstischen Prestigios hervor. Wilson schien verdutzt zu sein, doch er bot sofort an, selbst in die Loge hinaufzueilen. Er tat es, während ich hilflos und unbequem auf den kalten, nackten Stufen lag. Als er ein oder zwei Minuten später zurückkam, berichtete er, er habe dort oben nichts Besonderes gesehen. Die Stühle in der obersten Loge lägen zwar verstreut auf dem mit Teppichen bedeckten Boden, aber ansonsten habe er nichts Ungewöhnliches bemerkt. Ich musste akzeptieren, was er sagte, Wilson ist ein scharfsinniger und zuverlässiger Assistent.

Schließlich brachte er mich wieder die Treppen hinab und zurück auf die Bühne. Inzwischen hatte ich mich ausreichend erholt, um ohne stützenden Arm stehen zu können. Ich blickte prüfend auf die oberste Loge und den übrigen, jetzt leeren Zuschauerraum, doch der Prestigio blieb verschwunden.

Ich musste mir die Sache aus dem Kopf schlagen. Viel wichtiger war jetzt die Tatsache, dass ich plötzlich körperlich behindert war. Jede Bewegung stellte eine Strapaze dar und mir kam es vor, als wäre der Husten in meiner Brust nur etwas zurückgedrängt, könne aber jeden Augenblick wieder ausbrechen. Da ich einen weiteren Anfall befürchtete, schränkte ich bewusst meine Bewegungen ein und versuchte ruhig zu atmen.

Wilson rief eine Droschke, brachte mich sicher in mein Hotel und ließ sofort eine Nachricht an Julia abschicken. Ein Arzt wurde gerufen, und als er endlich eingetroffen war, untersuchte er mich oberflächlich. Er erklärte, er könne nichts finden; also bezahlte ich ihn und beschloss am nächsten Tag einen anderen Doktor aufzusuchen. Ich hatte große Schwierigkeiten einzuschlafen, aber schließlich gelang es mir doch.

Als ich heute Morgen erwachte, fühlte ich mich gestärkt und ging ohne Hilfe hinunter ins Erdgeschoss. Im Hotelfoyer wartete Wilson bereits auf mich mit der Nachricht, Julia werde gegen Mittag eintreffen. Im Weiteren meinte er, ich sähe nicht gerade gut aus. Ich entgegnete ihm, ich befände mich schon auf dem Weg der Besserung. Nach dem Frühstück musste ich jedoch erkennen, dass ich noch stark geschwächt war.

Widerstrebend sagte ich die beiden Auftritte für den heutigen Abend ab. Während Wilson im Theater war, habe ich diesen Bericht der Ereignisse niedergeschrieben.

London, 22. Mai 1903

Auf Julias Drängen und Wilsons Rat hin habe ich auch die restlichen Vorstellungen in Lowestoft abgesagt. Die der nächsten Woche sind auch *perdu* – ich hätte ein kurzes Gastspiel am Court Theatre in Highgate gegeben. Ich bin noch unschlüssig, was mit der Buchung für das Astoria in Derby während der ersten Juniwoche geschehen soll.

Ich versuche gute Miene zum bösen Spiel zu machen, aber im Innersten meines Herzens nistet eine versteckte Furcht: Vielleicht werde ich aufgrund meines schlechten Gesundheitszustandes nie wieder in der Lage sein aufzutreten. Nach Bordens Angriff bin ich zu einem Halbinvaliden geworden.

Wenn ich den Doktor mitzähle, der mich im Hotel in Lowestoft besucht hat, und dann noch meinen eigenen hier in London, bin ich jetzt insgesamt von drei Ärzten untersucht worden. Alle erklären gleich lautend, ich sei gesund und weise keine Symptome irgendeiner Krankheit auf. Ich klage über meine Atmung – sie horchen meine Brust ab und verschreiben mir frische Luft. Ich erkläre ihnen, dass mein Herz rast, wenn ich eine Treppe hinaufsteige – sie hören mein Herz ab und sagen mir, ich solle auf meine Ernährung achten und die Dinge nicht so schwer nehmen. Ich bringe vor, dass ich leicht ermüde – sie raten mir zu ruhen und zeitig zu Bett zu gehen.

Mein Hausarzt in London hat mir eine Blutprobe abgenommen, weil ich von ihm eine gründliche Untersuchung verlangte, und wenn auch nur, um meine Befürchtungen zu zerstreuen. Er berichtete pflichtgemäß, mein Blut sei ungewöhnlich »dünn«, doch ein solcher Befund sei für einen Mann meines Alters nichts Ungewöhnliches. Daraufhin verschrieb er mir ein Eisentonikum.

Als der Arzt gegangen war, stellte ich mich einfach einmal auf die Waage, das Ergebnis war erstaunlich. Ich habe offenbar fast dreißig Pfund an Gewicht verloren! Während des größten Teils meines Erwachsenenlebens habe ich mehr oder weniger genau zwölf Stone gewogen, also hundertachtundsechzig Pfund. Dies gehört zu den Dingen in meinem Leben, die immer gleich geblieben sind. Heute Morgen hat sich nun herausgestellt, dass ich etwas mehr als hundertneununddreißig Pfund auf die Waage bringe, ein bisschen weniger als zehn Stone!

Im Spiegel wirke ich wie immer: Mein Gesicht ist nicht schmäler geworden, ich habe keine blutunterlaufenen Augen, die Backenknochen treten nicht hervor, die Kieferpartie ist nicht eckig. Tatsächlich sehe ich müde aus und meine Haut erscheint – anders als sonst – blässlich, aber ich wirke nicht wie jemand, der auf der Hälfte der Treppe stehen bleibt, um nach Luft zu schnappen. Und ich sehe auch nicht wie jemand aus, der gerade fast ein Sechstel seines normalen Gewichts verloren hat.

Da es keine vernünftige Erklärung für dieses Phänomen gibt, muss die unvollständige Tesla-Transmittierung dafür verantwortlich sein. Der erste Schock der Übertragung war erfolgt. Danach wurde die elektrische Information nur noch teilweise gesendet. Borden unterbrach den Prozess, bevor der zweite Schock einsetzte und verhinderte damit eine vollständige Wiederzusammenfügung.

Erneut hat mich sein Eingreifen an die Schwelle des Todes gebracht!

Später

Julia erklärte, sie betrachte es als ihre Aufgabe, meine Gesundheit wiederherzustellen, indem sie mich herausfüttere, und das heutige Mittagsmahl war kräftig. Doch nachdem ich etwa die Hälfte davon zu mir genommen hatte, fühlte ich mich müde und angewidert und konnte nicht weiteressen. Gerade habe ich ein Nickerchen gehalten.

Als ich aufwachte, kam mir eine Idee, deren Konsequenzen mich noch immer beschäftigt.

Meinem wohl gehüteten Tagebuch nun darf ich es anvertrauen, bei jedem Einsatz des Tesla-Apparats, während eines Auftritts oder einer Probe, habe ich immer sichergestellt, dass sich in meiner Tasche zwei oder drei Goldmünzen befanden. Der Grund hierfür versteht sich von selbst: Das Vermögen, das ich in letzter Zeit angehäuft habe, beruht nicht allein auf den Honoraren für meine Auftritte!

Um der Wahrheit die Ehre zu geben, muss ich hier berichten, dass Tesla mich vor einer solchen Handlungsweise gewarnt hat. Er ist ein höchst moralischer Mensch und hielt mir lange Vorträge über das Thema Fälschen. Er sagte auch, er habe wissenschaftliche Gründe für seine Warnung, der Apparat sei nämlich auf mein Körpergewicht geeicht (mit gewissen Sicherheitstoleranzen) und die Mitnahme kleiner, doch massiver Objekte – wie etwa die von Goldmünzen – könne die Transmittierung über längere Distanzen hinweg ungenau machen.

Da ich auf Teslas wissenschaftliche Kenntnisse vertraue, beschloss ich zuerst, nur Papiergeld einzustecken, doch so ergab sich das unvermeidliche Problem doppelter Seriennummern. Ich trage immer noch bei jedem Auftritt einige

Banknoten von hohem Nennwert bei mir, aber zumeist jetzt auch Gold. Mit dem Übertragungsproblem, vor dem Tesla mich gewarnt hat, hatte ich nie zu tun, vielleicht weil die Entfernungen, die ich zurücklege, kurz sind.

Heute Nachmittag, nach dem Schläfchen, suchte ich nach den drei Münzen, die ich Dienstag Abend in meiner Tasche getragen hatte. Als ich sie in Händen hielt, spürte ich mit Gewissheit, dass sie leichter waren als gewohnt. Ich legte sie also auf meine Bürowaage und verglich sie mit anderen Münzen gleicher Prägung, die nicht durch den Transmitter gegangen waren. Die ersten Goldstücke wogen tatsächlich weniger.

Nach meinen Berechnungen haben sie ebenfalls etwa siebzehn Prozent ihrer Masse verloren. Sie besitzen das gleiche Aussehen, die gleichen Abmessungen wie gewöhnliche Münzen, und wenn ich sie auf einen Steinboden fallen lasse, dann klimpern sie genauso, aber irgendwie haben sie an *Gewicht* verloren.

29. Mai 1903

Keine Verbesserung diese Woche. Ich bleibe geschwächt. Zwar bin ich *wohlauf* in dem Sinn, dass ich kein Fieber habe, keine Wunden, keine Schmerzen, keine Krankheit, doch trotz alledem überfällt mich die Müdigkeit, sobald ich nur körperliche Anstrengungen unternehme. Julia versucht auch weiterhin mich gesund zu füttern, aber ich habe nur unbeträchtlich an Gewicht zugenommen. Wir tun beide so, als würde ich mich erholen, doch damit leugnen wir nur, was offensichtlich ist – ich werde nie den Teil von mir wiedergewinnen können, der fort ist.

Trotz dieser aufgezwungenen körperlichen Schwäche arbeitet mein Geist normal, was mein Gefühl der Ohnmacht nur verstärkt.

Widerstrebend bin ich dem Rat aller, die mir nahe stehen, gefolgt und habe alle zukünftigen Engagements storniert. Um mich abzulenken, habe ich den Tesla-Apparat in Betrieb genommen und ihm ein Quantum Gold überantwortet. Ich bin nicht gierig und ich wünsche nicht, durch übermäßigen

Reichtum unwillkommene Aufmerksamkeit auf mich zu lenken. Ich benötige nur genügend Geld, um das langfristige Wohlergehen meiner Familie (und von mir selbst) zu sichern. Nach jeder Transmittierung wiege ich jede einzelne Münze sorgfältig, doch alles ist in Ordnung.

Morgen werden wir nach Caldlow House zurückkehren.

Derbyshire, 18. Juli 1903

Der Große Danton ist tot. Das Ableben des Illusionisten Rupert Angier war eine Folge von Verletzungen, die er sich während einer Vorstellung im Pavilion Theatre in Lowestoft zugezogen hatte. Er starb in seinem Haus in Highgate in London und hinterlässt eine Witwe und drei Kinder.

Der vierzehnte Earl of Colderdale bleibt am Leben, wenn er auch nicht gerade vor Gesundheit strotzt. Er hatte das seltsame Vergnügen, seinen eigenen Nachruf in der *Times* zu lesen, ein Privileg, das sicherlich nicht vielen zuteil wird. Natürlich war der Nachruf nicht unterzeichnet, aber ich konnte erkennen, dass er nicht von Borden stammte. Meine Karriere wurde, wie in einem solchen Fall üblich, fair abgehandelt und in einem positiven Licht gesehen, aber darüber hinaus entdeckte ich keinen Unterton des Neides oder Grolls. Gewöhnlich aber lassen sich besagte Gefühle feststellen, wenn ein Rivale eingeladen ist, das Ableben eines Kollegen der Nachwelt zu überliefern. Ich bin erleichtert, dass Borden wenigstens hier nicht die Hand im Spiel hat.

Angiers Angelegenheiten sind jetzt einer Anwaltsfirma übertragen. Er ist natürlich wirklich tot und sein Leib wurde wirklich in den Sarg gelegt. Dies betrachte ich als Angiers letzte Illusion: die Bereitstellung seiner eigenen Leiche für die Beerdigung. Julia ist jetzt offiziell Witwe und seine Kinder sind Waisen. Sie waren alle bei seiner Bestattung auf dem Friedhof von Highgate zugegen. Die Zeremonie fand im engsten Familienkreise statt. Auf die persönliche Bitte der Witwe hin hielt sich die Presse fern. Verehrer oder Bewunderer waren bei diesem Ereignis nicht zu sehen.

Am selben Tag noch fuhr ich inkognito mit Adam Wilson und seiner Familie nach Derbyshire zurück. Er und Gertrude sind damit einverstanden, als Gesellschafter bei mir zu bleiben. Ich kann sie gut entlohnen.

Julia und die Kinder trafen drei Tage später hier ein. Einstweilen noch ist Julia die Witwe Angier, doch wenn wir aus den Erinnerungen der Menschen schwinden, wird sie in aller Stille Lady Colderdale werden, wie es ihr zusteht.

Ich dachte schon, ich sei damit vertraut, meinen eigenen Tod zu überleben, doch diesmal habe ich es auf eine Art getan, die ich niemals wiederholen kann. Weil ich nicht auf die Bühne zurückkehren kann und weil ich nun die Rolle innehabe, die mein älterer Bruder mir zuvor verweigert hatte, ertappe ich mich bei der Frage, wie ich die Tage nun ausfüllen soll, die vor mir liegen.

Nach den unangenehmen Ereignissen in Lowestoft habe ich mich mit meiner neuen Existenzform abgefunden. Es gibt keine Verschlechterung, mein Zustand bleibt stabil. Ich verfüge über wenig Energie oder Kraft, aber es ist unwahrscheinlich, dass ich plötzlich tot umfalle. Der Doktor hier wiederholt, was mir schon in London gesagt wurde: Mir fehle nichts, was nicht durch gute Ernährung, körperliche Ertüchtigung und eine positive Einstellung mit der Zeit geheilt werden könne.

So führe ich also jetzt das Leben, das ich mir nach meiner Rückkehr aus Colorado für kurze Zeit ausgemalt hatte. Im Haus und auf dem Gut gibt es allerhand, worum ich mich kümmern muss, und da jahrelang die nötige Aufsicht fehlte, liegt vieles im Argen. Glücklicherweise besitzt meine Familie diesmal die nötigen finanziellen Mittel, um einige der ernstesten Probleme in Angriff zu nehmen.

Ich habe Wilson den Tesla-Apparat im Keller aufstellen lassen und ihm gesagt, ich würde von Zeit zu Zeit »Schnell wie der Blitz« proben, um mich auf die Rückkehr zur Bühne vorzubereiten. In Wirklichkeit setze ich das Gerät natürlich für andere Zwecke ein.

19. September 1903

Ich möchte nur festhalten, dass heute der Tag ist, den ich ursprünglich für Rupert Angiers Tod vorgesehen hatte. Er verging wie alle anderen, ruhig und (trotz meiner ständigen Unruhe wegen der Gesundheit) friedlich.

3. November 1903

Ich habe eine Lungenentzündung hinter mir. Sie hat mich fast umgebracht! Seit Ende September bin ich im Königlichen Krankenhaus von Sheffield gewesen und habe nur durch ein Wunder überlebt. Heute ist der erste Tag zu Hause, an dem ich lang genug aufrecht sitzen kann, um zu schreiben. Durch mein Fenster habe ich einen herrlichen Blick auf das Moor.

30. November 1903

Ich erhole mich. Ich befinde mich fast schon wieder in derselben Verfassung wie damals, als ich von London aus hier eintraf. Das heißt: Offiziell geht es mir gut, inoffiziell nicht allzu sehr.

15. Dezember 1903

Heute Vormittag um halb elf kam Adam Wilson zu mir in die Bibliothek und teilte mir mit, dass unten ein Besucher warte, der mich zu sprechen wünsche. Es handelte sich um Arthur Koenig! Ich starrte überrascht auf seine Visitenkarte und fragte mich, was ihn wohl herführte.

»Sagen Sie ihm, er soll sich eine Weile gedulden«, wies ich Adam an und ging in mein Studierzimmer, um nachzudenken.

Konnte sein Besuch etwas mit meiner Bestattung zu tun haben? Die Vortäuschung meines Todes konnte vermutlich durchaus als illegale Handlung ausgelegt werden, obwohl ich mir nicht vorstellen kann, welcher Schaden jemand dadurch entstehen sollte. Aber die alleinige Tatsache von Koenigs Anwesenheit hier bedeutete doch, dass er über den Schwindel mit der Beerdigung Bescheid wissen musste. Wollte er mich etwa in irgendeiner Weise erpressen? Ich traue Mr. Koenig immer noch nicht ganz und verstehe auch seine Motive nicht.

Fünfzehn Minuten lang ließ ich ihn also im Erdgeschoss schmoren, dann bat ich Adam ihn heraufzubringen.

Koenig machte einen ernsten Eindruck. Nachdem wir uns begrüßt hatten, bot ich ihm einen der bequemen Stühle vor meinem Schreibtisch an.

Als Erstes versicherte er mir, sein Besuch stehe in keiner Verbindung zu seiner journalistischen Tätigkeit.

»Ich bin hier als Emissär, Mylord«, erklärte er. »Ich komme als Privatmann im Auftrag einer Person, die von meinem Interesse für die Welt der Magie weiß und mich gebeten hat, an Ihre Gemahlin heranzutreten.«

»An Julia heranzutreten?«, fragte ich überrascht. »Warum sollten Sie ihr irgendetwas zu sagen haben?«

Koenig sah ausgesprochen verlegen aus.

»Ihre Gemahlin, Mylord, ist die Witwe von Rupert Angier und an sie soll ich mich meinem Auftraggeber gemäß wenden. Doch da ich nicht vergessen habe, was in der Vergangenheit geschehen ist, wollte ich zuerst zu Ihnen kommen.«

»Um was geht es denn, Koenig?«

Er hatte eine kleine Ledermappe mitgebracht. Jetzt nahm er sie hoch und legte sie auf seinen Schoss.

»Die … Partei, für die ich agiere, ist auf ein Notizbuch gestoßen, einen privaten Bericht, von dem sie meint, dass Ihre Gemahlin daran Interesse haben könnte. Insbesondere hofft man, Lady Colderdale, das heißt Mrs. Angier, könne vielleicht das Buch zu kaufen wünschen. Dieser, hm, dritten Partei ist nicht bekannt, dass Sie, Mylord, noch leben, und so fühle ich mich gezwungen, nicht nur die Person zu hintergehen, die mich mit dieser Aufgabe betraut hat, sondern auch die Person, mit der ich sprechen soll. Aber ich meinte wirklich, unter diesen Umständen …«

»Von wem ist das Notizbuch?«

»Von Alfred Borden.«

»Haben Sie es dabei?«

»Natürlich.«

Koenig griff in die Mappe und holte ein in Leinen gebundenes Notizbuch hervor, das mit einer Schließe ausgestattet war. Er reichte es mir, doch da es verschlossen war, konnte ich keinen Blick hineinwerfen. Als ich wieder zu Koenig emporsah, hielt er den Schlüssel in der Hand.

»Mein … Klient benötigt fünfhundert Pfund, Sir.«
»Ist es echt?«
»Ganz sicher. Sie müssten nur ein paar Zeilen lesen, um davon überzeugt zu sein.«
»Aber ist es denn fünfhundert Pfund wert?«
»Vermutlich werden Sie zu dem Schluss kommen, es sei sogar noch mehr wert. Es stammt von Bordens Hand und befasst sich mit den Geheimnissen seiner Zauberkunst. Er legt seine Theorie der Magie dar und erklärt, wie viele seiner Tricks funktionieren. Es wird auf die Geheimhaltung im Leben von Zwillingen angespielt. Ich fand es eine höchst interessante Lektüre und kann Ihnen versichern, dass es Ihnen genauso ergehen wird.«
Ich drehte das Buch in meinen Händen hin und her und überlegte.
»Wer ist Ihr Klient, Koenig? Wer will das Geld?« Er blickte etwas unbehaglich drein, offensichtlich war er in solcherart Verhandlungen nicht geübt. »Sie sagen, Sie haben Ihren Klienten schon hintergangen. Und nun bekommen Sie plötzlich Skrupel?«
»Es geht um viel, Mylord. Aus Ihrem Verhalten schließe ich, dass Sie die wichtigste Nachricht vielleicht noch gar nicht gehört haben. Wissen Sie, dass Borden vor kurzem gestorben ist?«
Ohne Zweifel gab ihm mein überraschter Gesichtsausdruck die erwünschte Antwort.
»Um es deutlicher zu machen, ich nehme an, einer der beiden Brüder ist tot.«
»Das klingt etwas vage«, sagte ich. »Warum formulieren Sie es so vorsichtig?«
»Weil es keine schlüssigen Beweise gibt. Sie und ich, wir beide wissen, wie besessen die Bordens ihr Leben abgeschirmt haben. Nun da darf es Sie auch nicht überraschen, dass der Überlebende damit weitermacht. Es war schwer die Spur zu verfolgen.«
»Wie haben Sie dann die ganze Geschichte erfahren? Oh, ich vergaß … diese dritte Partei, die Sie beauftragt hat.«
»Und es gibt Indizienbeweise.«

»Welche zum Beispiel?«

»Die berühmte Illusion ist nicht mehr Bestandteil von *Le Professeurs* Programm. Ich war in den letzten sechs Wochen einige Male in seinen Vorstellungen und er hat sie nicht ein einziges Mal vorgeführt.«

»Dafür kann es viele Gründe geben«, bemerkte ich. »Ich bin früher auch ab und an in seinen Vorstellungen gewesen und er hat diese Nummer nicht immer gebracht.«

»Ja, das stimmt schon. Aber am wahrscheinlichsten dürfte doch sein, dass der Trick nur mit beiden Brüdern funktioniert.«

»Aber vielleicht nennen Sie mir jetzt bitte den Namen Ihres Klienten, Koenig.«

»Mylord, ich nehme an, eine Amerikanerin namens Olive Wenscombe ist Ihnen keine Unbekannte?«

Jetzt habe ich zwar den Namen so festgehalten, wie er ihn ausgesprochen hat, aber im ersten Moment schien es mir, als hätte er Olivia Svenson gesagt. Deshalb kam es zwischen uns zu einem Missverständnis. Im weiteren Verlauf des Gesprächs meinte ich zunächst noch, wir redeten beide über dieselbe Person, dann, als er den Namen berichtigte, dachte ich, er spräche von einer Fremden. Schließlich erst fiel mir ein, dass Olivia damals den Mädchennamen ihrer Mutter benutzt hatte, um an Borden heranzutreten.

»Aus Gründen, die Sie sicherlich verstehen«, sagte ich, als alles aufgeklärt war, »spreche ich nie von Miss Svenson.«

»Ja, ja. Und ich bitte um Verzeihung, dass ich sie erwähnt habe, doch sie ist eng in die ganze Angelegenheit mit dem Notizbuch verwickelt. Wie ich gehört habe, war Miss Wenscombe – oder Miss Svenson – vor einigen Jahren bei Ihnen angestellt, später lief sie in das Lager von Borden über. Einige Zeit hat sie dann als Bordens Bühnenassistentin gearbeitet, doch nicht lange. Etwa um diese Zeit verloren Sie, glaube ich, den Kontakt zu ihr.«

Ich bejahte seine These.

»Es hat sich herausgestellt«, fuhr Koenig fort, »dass die Borden-Zwillinge ein Versteck in Nord-London unterhalten. Um genau zu sein, handelt es sich dabei um eine Wohnung in einem besseren Teil von Hornsey. Hier lebte einer der Brüder inkognito, während der andere den häuslichen Komfort in St. Johns Wood genoss. Sie wechselten sich regelmäßig ab. Nachdem Miss Wenscombe … gekommen war, wurde sie in der Wohnung in Hornsey untergebracht und lebt seitdem dort. Und wird das auch weiterhin tun, wenn das Verfahren gegen sie niedergeschlagen wird.«

»Welches Verfahren?«

Ich hatte Schwierigkeiten, alles so schnell zu verdauen.

»Ihr wurde wegen unterlassener Mietzahlung gekündigt«, fuhr Koenig fort, »und nächste Woche soll die Zwangsräumung der Wohnung erfolgen. Als ausländische Staatsangehörige ohne ständigen Wohnsitz wäre sie dann von Abschiebung bedroht. Deshalb ist sie an mich herangetreten, sie wusste von meinem Interesse an Mr. Borden. Sie dachte, ich könne ihr vielleicht helfen.«

»Indem Sie mich um Geld angehen.«

Koenig verzog das Gesicht. »Nicht ganz, aber …«

»Fahren Sie fort!«

»Es wird Sie interessieren zu erfahren, dass Miss Wenscombe nicht wusste, dass es zwei Bordens gab. Und bis auf den heutigen Tag weigert sie sich zu akzeptieren, dass sie getäuscht wurde.«

»Ich selbst habe sie einmal gefragt«, warf ich ein und erinnerte mich an das bittere Gespräch mit ihr in dem Theater in Richmond. »Sie sagte damals, es gebe nur einen Borden. Sie wusste von meinem Verdacht. Doch ich kann das alles jetzt kaum glauben.«

»Der Borden-Bruder erkrankte und verstarb in der Wohnung in Hornsey. Miss Wenscombe rief Bordens Arzt und nach dem Abtransport der Leiche kam die Polizei vorbei. Als sie den Polizisten sagte, wer der Tote sei, gingen sie fort, um weitere Erkundigungen einzuziehen, kamen aber nie wieder. Später wandte sie sich an den Arzt und musste feststellen, dass er nicht zu sprechen war. Die Sprechstundenhilfe sagte ihr, dass Mr. Borden zwar plötzlich erkrankt sei, sich aber wieder schnell erholt habe und gerade aus dem Krankenhaus entlassen worden sei! Da Miss Wenscombe zugegen gewesen war, als er starb, konnte sie es einfach nicht fassen! Sie wandte sich an die Polizei, doch zu ihrer Überraschung bestätigte man ihr dort den Sachverhalt. – Das habe ich alles von Miss Wenscombe persönlich erfahren. Nach dem, was sie mir erzählte, hatte sie keine Ahnung, dass Borden noch einen zweiten Haushalt unterhielt. Er hat sie völlig hinters Licht geführt. Nach ihrer Sicht der Dinge verbrachte Borden die meisten Tage und Nächte bei ihr und sie wusste immer, wo er sich zu anderen Zeiten aufhielt.«

Koenig beugte sich auf seinem Stuhl vor, während er mich mit dieser Geschichte ergötzte.

»Als Borden dann plötzlich starb, war sie erschrocken und aufgeregt, wie es jedermann in ihrer Lage gewesen wäre, doch sie hatte keinen Grund zu glauben, dass da etwas nicht stimmte! Und laut ihrer Aussage ist er ganz sicher gestorben. Sie sagt, sie sei mehr als eine Stunde bei der Leiche gesessen, eben bis der Doktor kam, und der Leichnam sei inzwischen schon kalt gewesen. Der Arzt untersuchte den Körper, bestätigte den Eintritt des Todes und sagte noch, er werde nach der Rückkehr in seine Praxis den Totenschein ausstellen. Doch jetzt muss sie nicht nur erfahren, dass alle, die in die Sache verwickelt sind, den Todesfall abstreiten, sondern sie ist auch mit der unbestreitbaren Tatsache konfrontiert, dass Alfred Borden öffentlich auf der Bühne auftritt, seine Zauberkünste vorführt und offenkundig am Leben ist.«

»Wenn sie glaubt, dass es nur einen Borden gab, wie in aller Welt erklärt sie sich dann das?«, warf ich ein.

»Natürlich habe ich sie danach gefragt. Wie Sie wissen, ist ihr die Welt der Illusionen nicht unbekannt. Sie sagte mir, nach langem Nachdenken sei sie zu dem traurigen Schluss gekommen, dass Borden sich irgendwelcher magischer Machenschaften bedient habe, um seinen Tod vorzutäuschen, zum Beispiel durch die Einnahme von Medikamenten, und dass alles eine wohl durchdachte Farce gewesen sei, die es ihm ermöglichen sollte, sie zu verlassen.«

»Haben Sie ihr erzählt, dass die Bordens Zwillinge waren?«

»Ja. Sie amüsierte sich schon allein über die bloße Vorstellung und versicherte mir: Wenn eine Frau fünf Jahre mit einem Mann zusammengelebt habe, dann wisse sie alles, was man über ihn wissen könne. Sie wies die Idee, dass es sich um zwei Brüder gehandelt haben könnte, mit aller Entschiedenheit zurück.«

(Ich habe schon früher einmal versucht die Problematik der Beziehung der Borden-Zwillinge zu Frau und Kindern darzustellen. Nun ergeben sich neue Aspekte: Es scheint, als sei auch die Geliebte hintergangen worden, wolle jedoch nicht zugeben, dass sie getäuscht wurde oder es einfach nie ahnte.)

»Und dann ist also plötzlich dieses Notizbuch aufgetaucht, um alle ihre Probleme zu lösen«, bemerkte ich.

Koenig blickte mich nachdenklich an, dann sagte er: »Nicht alle, doch die allerdringendsten. Mylord, ich glaube, als Zeichen meines Vertrauens sollte ich Sie das Notizbuch vorab und ohne Verpflichtung prüfen lassen.«

Er reichte mir den Schlüssel und lehnte sich zurück, während ich den Verschluss öffnete.

Kleine Schriftzüge, zu regelmäßigen und geraden Zeilen angeordnet, jedoch nicht auf den ersten Blick lesbar. Nachdem ich die ersten Seiten angeschaut hatte, begann ich den Rest des Notizbuchs durchzublättern, als liefen meine Finger über den Rand eines Packs Spielkarten. Mein Magierinstinkt sagte mir, ich sollte vor Bordens Gaunereien auf der Hut sein. All die Jahre unserer Fehde hatten gezeigt, zu was er fähig war, nur um mich zu verletzen oder mir zu schaden. Ich hatte etwa die Hälfte des Notizbuchs durchgeblättert, als ich innehielt. Ich starrte es in Gedanken versunken an.

Es konnte durchaus sein, dass dies Bordens bislang raffiniertester Trick mir gegenüber war. Koenigs Geschichte über Olivia, Bordens Tod in ihrer Wohnung, das zum richtigen Zeitpunkt aufgetauchte Notizbuch, das Bordens wertvollste Berufsgeheimnisse enthielt – all dies konnte erfunden sein.

Koenigs Wort war das Einzige, worauf ich mich verlassen konnte. Was würde das Notizbuch tatsächlich enthalten, sollte ich in eine neue Intrige verwickelt werden? In ein verwirrendes Labyrinth von Täuschungen gelockt werden, die mich zu einer falschen Reaktion veranlassen sollten? Konnte irgendetwas in Zusammenhang mit Olivia Svenson den mir einzig noch verbliebenen Bereich der Sicherheit bedrohen, nämlich meine so wunderbar wiederhergestellte Ehe mit Julia?

Es war mir, als brächte ich mich schon allein dadurch in Gefahr, dass ich das Notizbuch nur in Händen hielt.

Koenigs Stimme unterbrach meinen Gedankengang.

»Ich glaube zu wissen, Mylord, was Ihnen durch den Kopf geht. Darf ich mich dazu äußern?«

»Nein, das dürfen Sie nicht«, erwiderte ich.

»Sie zweifeln an mir«, sprach Koenig trotzdem weiter. »Sie nehmen an, Borden habe mich bezahlt oder irgendwie gezwungen, Ihnen das hier zu bringen. Ist es nicht so?«

Ich gab keine Antwort. Meine Augen waren noch immer auf das Notizbuch geheftet.

»Sie können überprüfen, was ich Ihnen erzählt habe«, fuhr Koenig fort. »Vor dem Geschworenengericht von Hampstead wurde vor einem Monat vom Vermieter der Wohnung in Hornsey ein Gerichtsverfahren gegen Miss Wenscombe angestrengt. Sie können selbst die Gerichtsakten einsehen. Es gibt Aufzeichnungen im Whittington-Hospital, aus denen hervorgeht, dass ein nicht identifiziertes Opfer eines Herzanfalls, nach Alter und Erscheinung Borden, an jenem Tag eingeliefert wurde, an dem nach Miss Wenscombes Aussage Borden starb. Es gibt auch einen Vermerk, dass diese Leiche am gleichen Tag von einem Arzt abgeholt wurde.«

»Koenig, Sie haben mich vor zehn Jahren auf eine Spur aus falschen Beweisen gehetzt«, erinnerte ich ihn.

»Das habe ich in der Tat getan. Und ich bedauere es zutiefst. Ich habe Ihnen aber auch schon gesagt, dass meine Hingabe an Ihre Sache aus jenem Irrtum resultiert. Ich gebe Ihnen mein Wort, dass das Notizbuch echt ist und dass es unter den von mir beschriebenen Umständen in meinen Besitz gelangt ist. Überdies versucht der überlebende Borden-Bruder verzweifelt es wiederzubekommen.«

»Wie ist es ihm denn überhaupt entschlüpft?«

»Miss Wenscombe erkannte den potentiellen Wert der Aufzeichnungen – vielleicht konnte man ja das Ganze als Buch herausbringen. Als sie dringend Geld brauchte, dachte sie, es könne vielleicht für Sie oder – wie sie die jüngsten Ereignisse einschätzen musste – für Ihre Witwe wertvoller sein. Natürlich hielt sie das Notizbuch versteckt. Borden selbst kann sich deswegen nicht an sie wenden. Aber es ist sicher kein Zufall, dass man vor zehn Tagen gewaltsam in Miss Wenscombes Wohnung eingedrungen ist und sie durchwühlt hat, oder? Dabei wurde nichts entwendet. Dieses Notizbuch, das sie an einem anderen Ort aufbewahrt hatte, blieb in ihrem Besitz.«

Ich öffnete das Buch dort, wo der Finger Halt gemacht hatte. Meine Finger waren zuvor an den Seiten mit Goldschnitt entlanggeglitten, wie um eine der klassischen Fertigkeiten eines Taschenspielers nachzuahmen: das Forcieren einer Spielkarte. Dieser Eindruck verstärkte sich nun noch für mich, als ich auf eine Zeile etwa in der Mitte der rechten Seite blickte und dort meinen eigenen Namen entdeckte. Es war, als hätte mir Borden die Seite forciert.

Ich studierte die Schriftzüge eingehend und hatte bald den Rest des Satzes entziffert: »›Dies ist der wahre Grund, warum Angier niemals das ganze Rätsel wird lösen können, es sei denn ich selbst gebe ihm die Antwort.‹«

»Sie möchten fünfhundert Pfund, sagten Sie?«

»Ja, Mylord.«

»Sie sollen sie haben.«

19. Dezember 1903

Koenigs Besuch hatte mich erschöpft. Bald nachdem er gegangen war (mit sechshundert Pfund in der Tasche – der Mehrbetrag sollte ihm teils seine bisherigen Bemühungen, teils sein künftiges Schweigen und Fernbleiben entgelten), hatte ich mich zu Bett begeben und war darin bis am Abend geblieben. Dann hatte ich meinen Bericht über diese Begegnung verfasst. Am nächsten und übernächsten Tag war ich sehr geschwächt, ich konnte gerade nur ein wenig Nahrung zu mir nehmen und verschlief die meiste Zeit.

Gestern war ich nun endlich so weit wiederhergestellt, um

in Bordens Notizbuch zu lesen. Wie Koenig vorhergesagt hatte, stellte es sich als eine fesselnde Lektüre heraus.

Ich habe Julia Auszüge gezeigt und sie findet es ebenfalls interessant. Mehr als mir stößt ihr sein selbstzufriedener Ton auf, sie bedrängt mich, ich solle nichts von meiner kostbaren Energie vergeuden, indem ich mich wieder über ihn ärgere.

Tatsächlich berührt mich das Geschriebene wenig, obwohl die Art, wie er einige Ereignisse verzerrt, über die ich gut unterrichtet bin, gleichermaßen jämmerlich wie irritierend ist. Am faszinierendsten für mich ist die Tatsache, dass ich endlich einen Beweis dafür habe, dass die Person Alfred Borden das Produkt eines Komplotts von Zwillingen war. An keiner Stelle sagen sie es offen, doch das Notizbuch ist offensichtlich das Werk zweier Persönlichkeiten.

Sie sprechen einander in der ersten Person Singular an. Zuerst empfand ich dies als verwirrend, was vielleicht auch beabsichtigt war, doch Julia bemerkte, anscheinend sei nicht geplant gewesen, dass Außenstehende das Notizbuch lesen sollten.

Das legt den Gedanken nahe, dass sie einander aus Gewohnheit mit »ich« anreden, und daraus ergibt sich wiederum, dass sie es schon den größten Teil ihres Lebens so gehalten haben. Wenn ich zwischen den Zeilen des Notizbuches lese, dann wird mir klar, dass jedes Ereignis oder Geschehnis in ihrem Leben einer kollektiven Erfahrung untergeordnet wurde. Als hätten sie seit ihrer Kindheit das ganze Leben damit zugebracht, sich auf eine Illusion vorzubereiten, bei welcher der eine insgeheim den Platz des anderen einnehmen würde. Ich bin dadurch genarrt worden und die meisten Zuschauer sind es, aber am Ende ist doch gewiss Borden der Narr, oder?

Zwei Leben zu einem zu machen, bedeutet jedes einzelne zu halbieren. Während einer in der Welt lebt, verbirgt sich der andere in einer Unterwelt, ist buchstäblich nichtexistent, ein Gespenst auf der Lauer, ein Doppelgänger, ein Prestigio.

Morgen mehr, falls ich die Energie dazu habe.

25. Dezember 1903

Haus und Grundstück sind durch die heftigen Schneefälle, die in den letzten beiden Tagen über den Penninen niedergegangen sind, von der Außenwelt abgeschnitten. Wir haben es jedoch warm, sind mit Proviant eingedeckt und müssen nirgendwohin gehen. Wir haben das Weihnachtsdinner zu uns genommen und jetzt spielen die Kinder mit ihren neuen Besitztümern. Julia und ich ruhen uns zusammen aus.

Ich habe ihr noch nicht von dem beunruhigenden Leiden erzählt, das neuerdings meinen armen Leib heimsucht. Einige purpurrote wunde Stellen sind auf meiner Brust, den Oberarmen und den Oberschenkeln erschienen. Und obgleich ich sie mit antiseptischer Salbe eingerieben habe, wollen sie einfach nicht weichen. Sobald es zu tauen beginnt, werden wir wieder den Arzt rufen müssen.

31. Dezember 1903

Der Arzt hat mir geraten, weiter die antiseptische Arznei anzuwenden; endlich gibt es Anzeichen dafür, dass sie wirkt. Bevor er wegging, bemerkte er noch zu Julia, dass dieser unangenehme und schmerzhafte Ausschlag auf der Haut das Symptom einer ernsteren organischen oder das Blut betreffenden Krankheit sein könne. Julia wäscht die wunden Stellen jeden Abend vorsichtig, bevor wir zu Bett gehen. Ich verliere weiterhin an Gewicht; in den letzten Tagen hat sich allerdings die Abnahme verringert.

Ein gutes neues Jahr!

1. Januar 1904

Es quält mich der bittere Gedanke am Beginn des neuen Jahres, ob ich dessen Ende noch erleben werde.

Von meinen Problemen habe ich mich durch die Lektüre des Borden-Buches abgelenkt und es bis zum Ende gelesen. Ich muss eingestehen, ich war gefesselt. Es ist mir unmöglich, keine Anmerkungen zu seinen Methoden, Ansichten, Auslassungen, Irrtümern, Selbsttäuschungen et cetera zu machen.

Wie sehr ich auch Borden hasse und fürchte (und ich kann

nicht vergessen, dass er am Leben und dazu irgendwo in der Welt dort draußen noch aktiv ist), so kommen mir doch seine Ansichten über die Magie provozierend und anregend vor.

Das habe ich auch Julia gegenüber erwähnt, sie stimmt mir zu. Sie sagt es nicht so deutlich, aber ich spüre, dass sie im Geheimen der Ansicht ist (wie auch ich es nun manchmal denke), dass Borden und ich vielleicht besser Partner als Gegner geworden wären.

26. März 1904

Ich bin ernsthaft krank gewesen und glaubte mindestens zwei Wochen lang, ich stünde auf der Schwelle des Todes. Die Symptome waren schrecklich: ständiges Ekelgefühl und Erbrechen, weitere Ausbreitung der wunden Stellen, Lähmung meines rechten Beins, Geschwüre im ganzen Mund und ein fast unerträglicher Schmerz im unteren Rückenbereich. Unnötig zu sagen, dass ich einen großen Teil der Zeit in einer Privatklinik in Sheffield zugebracht habe.

Jetzt ist allerdings ein kleines Wunder geschehen, ich befinde mich anscheinend auf dem Weg der Besserung. Die wunden Stellen und Geschwüre sind verschwunden, ohne Spuren zu hinterlassen, in mein Bein ist etwas Gefühl zurückgekehrt, ich kann es wieder bewegen, und die Schmerzen und das Unwohlsein haben nachgelassen. Ich bin seit letzter Woche zu Hause, und obwohl ich im Bett bleiben musste, hat sich meine Stimmung von Tag zu Tag verbessert.

Heute habe ich das Bett verlassen und sitze im Wintergarten in einem Sessel mit verstellbarer Rückenlehne. Mein Blick geht auf das Anwesen hinaus, in der Ferne stehen Bäume. Dahinter erhebt sich die Felsspitze des Curbar Edge, auf dem noch Schnee liegt. Ich bin bester Laune und lese ein weiteres Mal Bordens Notizbuch: Beides hat durchaus miteinander zu tun.

6. April 1904

Bordens Aufzeichnungen habe ich nun insgesamt dreimal gelesen und sie mit detaillierten Anmerkungen und Querverweisen versehen. Julia ist dabei, eine Reinschrift des verbesserten und stark erweiterten Textes zu erstellen.

Obwohl das Abklingen der Beschwerden anhält und sich mein Befinden auch in den letzten paar Tagen wieder verbessert hat, muss ich der Tatsache ins Auge sehen, dass meine Gesundheit im Ganzen zerrüttet ist. Daher will ich nun, in diesen letzten Lebensmonaten, eine letzte Rache an dem Feind nehmen. Er ist für meinen Zustand verantwortlich und deshalb muss er dafür zahlen. Der Erwerb seines Notizbuchs hat mir eine Möglichkeit zur Revanche eröffnet: Ich plane es zu veröffentlichen.

Literatur über Magie ist schwer zu bekommen. Viele Bücher werden zwar geschrieben und veröffentlicht, aber abgesehen von einfachen Ausgaben für Kinder und einigen wenigen Bänden über Taschenspielereien erscheinen diese Werke kaum bei den bekannteren Verlagen. Sie sind selten, wenn überhaupt, in gewöhnlichen Buchhandlungen zu finden. Stattdessen werden sie von kleinen Spezialverlagen in Druck gegeben und nur in den magischen Zirkeln vertrieben. Die Auflagenhöhe liegt oft nur bei vier oder fünf Dutzend Exemplaren, entsprechend teuer sind die Bücher. Eine Sammlung aufzubauen ist schwierig und kostspielig; viele Magier können Exemplare erst dann bekommen, wenn einer ihrer Kollegen stirbt und seine Angehörigen die Sammlung verkaufen. Im Laufe der Jahre habe ich eine eigene kleine Bibliothek zusammengetragen und diese Bücher ständig zu Rate gezogen. Darin unterscheide ich mich nicht von anderen Magiern. Die Leserschaft solcher Bücher ist klein, doch es handelt sich dabei um ein so spezielles und informiertes Publikum, wie man es sich nur vorstellen kann.

Als ich Bordens Notizbuch las, kam mir oft der Gedanke, dass es zum Nutzen seiner Magierkollegen veröffentlicht werden sollte. Es enthält viele kluge Bemerkungen zu Kunst und Technik der Magie. Was immer einst sein Anliegen gewesen sein mag (er schreibt – nicht sehr überzeugend für mich –, sein Werk sei nur für den nächsten Familienkreis bestimmt und dann aber auch noch für eine »Nachwelt«, deren Beachtung er in kühnem Optimismus für sich reklamiert), er kann niemals das Notizbuch selbst herausgeben. Wie leichtsinnig von ihm, dass er es nicht besser versteckt hat!

Ich betrachte es als mein letztes Unterfangen, an seiner statt die Veröffentlichung zu betreiben. Sobald ich meine mit Anmerkungen versehene Bearbeitung abgeschlossen habe, werde ich mich damit befassen.

Falls er mich überlebt, was wahrscheinlich der Fall sein dürfte, wird er entdecken, dass meine Rache subtil und vielschichtig ausfällt.

Zunächst wird Borden entsetzt sein, wenn er erfährt (was bald geschehen wird), dass seine größten beruflichen Geheimnisse ohne seine Erlaubnis veröffentlicht wurden. Sein Verdruss wird noch zunehmen, wenn er erkennt, dass ich dafür verantwortlich bin. Seine Bestürzung wird noch größere Ausmaße annehmen, wenn er herausfindet, dass ich dazu irgendwie von jenseits des Grabes aus imstande war. (Er glaubt, dass ich tot bin, wie ich dem Notizbuch selbst entnommen habe.) Sollte er den mit Anmerkungen versehenen Text lesen, wird er schließlich die wahre Raffinesse meiner endgültigen Rache entdecken.

Kurz gesagt, ich habe seinen Text verbessert, indem ich ihn verständlicher gemacht habe. Zum Beispiel lasse ich mich über viele der interessanten allgemeinen Themen aus, die er nur anreißt, ich illustriere seine packende Idee des stillschweigenden Einverständnisses mit zahlreichen Beispielen oder beschreibe die Techniken vieler großer Illusionisten. Von allen Tricks, die er meines Wissens nach erfunden hat, habe ich detaillierte Beschreibungen beigefügt, ebenso von anderen, die er, so weit ich weiß, vorzuführen imstande ist. Jeder dieser Tricks wird von mir erklärt, ohne dass ich dabei allerdings das zentrale Geheimnis wirklich enthülle.

Vor allem habe ich das Rätsel vertieft, das die Illusion umgibt, die er »Der Neue Transmittierte Mensch« nennt, doch nichts verraten. Die Tatsache, dass die Bordens eineiige Zwillinge waren, wird nicht einmal angedeutet. Das Geheimnis, welches das Leben dieser beiden Männer zwanghaft beherrschte, bleibt ein Geheimnis.

Der überlebende Borden wird deshalb erkennen, dass ich das letzte Wort habe, die Fehde vorüber ist und ich triumphiere. Ich bin in seine Privatsphäre eingedrungen und habe sie zugleich respektiert. Hoffentlich wird er einsehen, dass die Feindschaft, die er gesät hat, vergeblich und destruktiv war, und dass wir beide unser Talent darauf verschwendet haben, uns gegenseitig aus dem Hinterhalt heraus zu attackieren. Wir hätten Freunde sein sollen.

Das will ich ihm hinterlassen, damit er für den Rest seines Lebens darüber nachdenken kann.

Und hier noch ein weiterer Schlag: Er wird nie das Geheimnis des Tesla-Apparats entdecken!

25. April 1904

Die Arbeit am Borden-Text geht gut voran.

Letzte Woche habe ich mich an drei Spezialverlage für Magie gewandt, zwei in London und einen in Worcester. Ich stellte mich als Liebhaber der Magie vor und deutete an – allerdings ohne nähere Einzelheiten zu geben –, dass ich über die Jahre hin meine Position und meinen Wohlstand dazu benutzt hätte, verschiedene Bühnenmagier zu unterstützen oder zu fördern, und erklärte, nun bearbeitete ich die Memoiren eines unserer führenden Illusionisten (natürlich kein Name an dieser Stelle). Ich fragte, ob man prinzipiell daran interessiert sei das Buch zu veröffentlichen.

Zwei Verlage haben inzwischen geantwortet. Die Briefe sind unverbindlich, ermuntern mich jedoch das Material einzusenden. Diese Schreiben zeigten mir auch, dass ich meinen Wohlstand nicht hätte erwähnen dürfen, auch nicht nur andeutungsweise. Beide Briefe geben zu verstehen, dass das Projekt unter Umständen günstiger aufgenommen würde, sollte ich in der Lage sein, etwas zu den Produktionskosten beizutragen.

Natürlich stellt dies derzeit für mich kein Problem dar, doch Julia und ich warten trotzdem die dritte Antwort ab, bevor wir eine Entscheidung treffen.

18. Mai 1904

Nachdem das Werk abgeschlossen war, reichten wir das Manuskript beim Verlag unserer Wahl ein.

2. Juli 1904

Ich habe mit den Herren von Goodwin & Andrewson von Old Bailey, London EC, eine Verlagsvereinbarung getroffen.

Sie werden Bordens Buch vor Ende dieses Jahres herausbringen, und zwar in einer Erstauflage von fünfundsiebzig Exemplaren zu einem Einzelpreis von drei Guineen. Reichhaltige Bebilderung und intensive Werbung durch persönliche Briefe an den Kreis der Stammkunden sind vorgesehen. Ich werde einhundert Pfund zu den Druckkosten zuschießen. Nachdem Mr. Goodwin jetzt das Manuskript gelesen hat, sind ihm einige Ideen zur Aufmachung des Buches gekommen.

4. Juli 1904

Im Laufe der letzten vier Wochen hat sich mein Gesundheitszustand wieder verschlechtert, die frühere Krankheit ist verstärkt zurückgekehrt. Zuerst bildeten sich die purpurroten Schwielen, dann ein oder zwei Tage später die Geschwüre im Mund und in der Kehle. Vor drei Wochen bin ich an einem Auge erblindet; das andere versagte mir ein oder zwei Tage später den Dienst. Letzte Woche konnte ich nicht einmal mehr feste Nahrung zu mir nehmen. Julia bringt mir jedoch dreimal täglich eine leichte Brühe und das hält mich am Leben. Ich habe solche Schmerzen, dass ich nicht den Kopf vom Kissen heben kann. Zweimal am Tag kommt nun der Doktor. Er meint, ich sei zu schwach für den Transport in ein Krankenhaus. Die Symptome sind so bedrückend, dass ich sie nicht detailliert beschreiben kann. Der Arzt erklärt, aus irgendeinem Grunde sei die natürliche, körpereigene Immunität gegen Infektionen stark beeinträchtigt. Julia hat er anvertraut (und sie hat es anschließend mir gesagt), dass ein erneuter Brustinfekt mein Ende bedeuten würde.

5. Juli 1904

Ich hatte eine unruhige Nacht. Als der Morgen dämmerte, glaubte ich schon, mein letzter Tag auf Erden sei angebrochen. Jedoch geht es jetzt auf Mitternacht zu und ich klammere mich immer noch ans Leben.

Am frühen Abend hat der Husten eingesetzt. Der Arzt ist sofort gekommen. Er schlug vor mich mit kühlen Handtüchern zu bedecken, dadurch fühle ich mich nun etwas besser. Ich kann mich nicht mehr bewegen.

6. Juli 1904

Um Viertel vor drei heute Morgen setzte, nach einem krampfartigen Husten und inneren Blutungen, ein unerwarteter Herzanfall meinem Leben ein Ende.

Mein Sterben zog sich lang hin, war schwer, qualvoll und überaus bedrückend für Julia und die Kinder wie auch für mich. Wir waren alle von diesem Elend erschüttert und sind von dem Ereignis zutiefst deprimiert.

Der Tod umgibt auf einzigartige Weise mein Leben!

Einst hatte ich ihn – noch ein harmloser Kunstgriff – vorgetäuscht, damit Julia ohne gesellschaftliche Ächtung als meine Witwe leben konnte. Jede Inbetriebnahme des Tesla-Apparats brachte mir später die Erfahrung des Todes, und zwar gleich mehrmals in der Woche. Als Rupert Angier vermeintlich zur Ruhe gebettet wurde, blieb ich am Leben und war Zeuge der Bestattung.

Ich habe den Tod viele Male betrogen. Deshalb ist er für mich zu etwas Unwirklichem geworden, zu einem alltäglichen Ereignis, das ich paradoxerweise immer überleben kann, wie es scheint.

Jetzt habe ich mich selbst auf dem Totenbett gesehen, an multiplen Karzinomen dahinsiechend, und danach, nach diesem abscheulichen und qualvollen Tod, sitze ich hier und schreibe darüber in meinem Tagebuch. Mittwoch, 6. Juli 1904: der Tag, an dem ich starb.

Keinem Menschen sollte das Unglück widerfahren, sehen zu müssen, was ich gesehen habe.

Später

Ich habe Bordens Technik entlehnt, ich kann nun ich sein, als wäre ich es selbst.

Ich, der ich dies schreibe, bin nicht derselbe ich, der starb.

In jener Nacht in Lowestoft, als Borden den Tesla-Apparat abschaltete, wurden wir zwei Wesen. Wir gingen getrennte Wege. Wir waren wieder zusammen, nachdem ich Ende März nach Caldlow House zurückgekehrt war, gerade als die zeitweilige Remission der Krebsgeschwüre einsetzte.

Während ich noch lebte, erhielt ich die Illusion aufrecht, dass ich allein sei. Der eine lag im Sterben, während der andere die letzten Anliegen niederschrieb. Alle Einträge in diesem Tagebuch seit dem 26. März sind von mir verfasst.

Wir sind einer der Prestigio des anderen.

Mein toter Prestigio liegt im Erdgeschoss in seinem offenen Sarg und wird nach einer Frist von zwei Tagen in der Familiengruft beigesetzt. Ich, sein lebender Prestigio, mache weiter.

Ich bin der Ehrenwerte Rupert David Angier, vierzehnter Earl of Colderdale, Gatte von Julia, Vater von Edward, Lydia und Florence, Lord von Caldlow House in der Grafschaft Derbyshire, England.

Morgen werde ich meine Geschichte erzählen. Die Ereignisse des Tages haben mich, wie jeden anderen im Haushalt, zu sehr in Anspruch genommen, als dass noch etwas anderes als Trauer mich ausfüllen könnte.

7. Juli 1904

Heute beginnt der Rest meines Lebens. Welche Hoffnungen kann jemand wie ich haben! Das Folgende ist meine Geschichte.

I

Ich entstand am Abend des 19. Mai 1903 in einer nicht besetzten Loge im Pavilion Theatre in Lowestoft. Mein Leben begann, als ich auf der Brüstung balancierte und prompt nach hinten fiel. Ich krachte auf den Boden der Loge und warf dabei die Stühle um.

Der eine Schreckensgedanken nahm mich in Beschlag, der

mir einen Augenblick zuvor in den Sinn gekommen war: Borden könnte irgendwie seinen Weg herauf in die Loge gefunden haben und auf mich warten. Doch das war offensichtlich nicht der Fall! Als ich zwischen den Stühlen der Loge zappelte und versuchte mich zu orientieren, überlegte ich, dass Borden zwar den Apparat sabotiert haben musste, das Gerät jedoch die Übertragung zu Ende gebracht hatte. Borden war nicht da.

Helles Licht flutete in die Loge, als der Scheinwerfer eingeschaltet wurde. Es waren nicht mehr als zwei oder drei Sekunden vergangen. Ich dachte: Es gibt noch eine Chance die Illusion zu retten! Ich kann wieder auf die Brüstung steigen und etwas daraus machen!

Ich wälzte mich herum, kam auf Hände und Knie und wollte gerade hochklettern, als ich zu meiner Verwunderung eine Stimme von der Bühne rufen hörte, man solle doch endlich den Vorhang herunterlassen. Ich schob mich vor und spähte geduckt und vorsichtig über die Brüstung auf die Bühne hinab. Der Vorhang fiel herunter, doch bevor er mir die Sicht nahm, sah ich kurz mich selbst – meinen Prestigio! – reglos auf der Bühne stehen.

Im Sockel des Tesla-Apparats ist ein Fach eingelassen, in das der Prestigio automatisch fällt, sobald die Transformation stattfindet. Mein alter Körper, der Prestigio, wird den Blicken der Zuschauer entzogen, die Illusion erzielt ihre maximale Wirkung.

Diesmal musste Bordens Eingriff verhindert haben, dass die Mechanik funktionierte. Der Prestigio war gut sichtbar auf der Bühne geblieben!

Ich überlegte. Adam Wilson und Hester befanden sich beide in der Kulisse und würden sich mit dem Unfall dort hinter dem Vorhang befassen müssen. Ich war am Leben, stark und in vollem Besitz meiner Sinne. Mir oblag es, Borden zu finden und ein für allemal zur Rede zu stellen.

Ich schlüpfte aus der Loge, eilte den Korridor entlang, dann nahm ich die Treppe im Flug. Ich begegnete einer der Logenbeschließerinnen, kam rutschend vor ihr zu stehen und fragte so eindringlich wie möglich: »Haben Sie jemanden gesehen, der versucht hat das Theater zu verlassen?«

Aber nur als raues Flüstern waren mir die Worte über die Lippen gekommen!

Die Frau starrte mich einen Augenblick lang an und kreischte dann erschrocken auf. Einen Moment lang stand ich hilflos da. Ihr schrecklicher Schrei hatte mich fast taub gemacht. Sie holte Luft und rollte mit ihren hervortretenden Augen – und kreischte aufs Neue! Ich erkannte, dass ich nur meine Zeit vergeudete, und wollte sie sanft zur Seite schieben ... Meine Hand sank in das Fleisch ihres Armes ein!

Sie brach auf den Stufen zusammen, zitterte und stöhnte, während ich den Fuß der Treppe erreichte und die Tür zum Hinterbühnenbereich fand. Ich schob sie auf und schreckte zurück, als ich fühlte, wie meine Hände und Arme nun in das Holz *eindrangen*. Doch ich war ganz und gar davon besessen, Borden zu finden, und hatte keine Zeit diesem Phänomen viel Aufmerksamkeit zu schenken.

Ohne mich zu bemerken, lief Adam Wilson an mir vorbei. Ich rief hinter ihm her, aber er hörte mich nicht. Dann hielt ich einen Augenblick inne, um nachzudenken: Wo nur hatte sich Borden aufgehalten? Irgendwie war es ihm gelungen die Stromversorgung des Apparats zu unterbrechen, und das konnte nur bedeuten, dass er Zugang zur Unterbühne gefunden hatte. Wilson und ich hatten die ganze Anlage mit dem Stromanschluss verbunden, der auf Veranlassung der Theaterverwaltung hin erst kürzlich im Kellergeschoss installiert worden war.

Ich fand die Treppe, die nach unten führte, doch als ich auf die oberste Stufe trat, hörte ich Schritte, die mir entgegenkamen, und einen Augenblick später erschien Borden, je zwei Stufen auf einmal nehmend. Er trug immer noch die lächerlichen Kleider eines Bauerntölpels und hatte Schminke im Gesicht. Ich erstarrte. Als er nicht mehr als fünf Fuß von mir entfernt war, blickte er auf und sah mich! Wieder dieser Schrecken, der auch das Gesicht der Beschließerin verzerrt hatte. Im Schwung der Bewegung flog Borden auf mich zu, er streckte abwehrend die Arme aus – und im nächsten Augenblick stießen wir zusammen.

Mit voller Wucht fielen wir auf den Steinboden des Korridors. Borden war kurz über mir, doch ich konnte unter ihm herausschlüpfen. Ich griff nach ihm.

»Bleiben Sie weg von mir!«, schrie er und kroch geduckt davon.

Ich sprang hinter ihm her und fasste ihn mit der Hand am Fußgelenk, aber er entglitt meinem Griff. Er brüllte vor Angst.

Darauf rief ich ihm zu: »Borden, wir müssen diese gefährliche Fehde beenden!«, doch erneut klang meine Stimme heiser und undeutlich, mehr Atem als Klang.

»Ich habe das nicht gewollt!«, schrie er.

Jetzt war er wieder auf den Beinen und entfernte sich von mir. Dabei blickte er sich immer noch mit einem schreckenverzerrten Gesicht nach mir um. Ich gab den Kampf auf und ließ ihn entkommen.

II

Nach jener Nacht kehrte ich nach London zurück, wo ich die nächsten zehn Monate aus eigener Wahl und Entscheidung in einer Art Halbwelt lebte.

Der Unfall mit dem Tesla-Apparat hatte sich auf schwerwiegende Weise auf das Verhältnis von Leib und Seele ausgewirkt, sie standen nun im Gegensatz zueinander. Körperlich war ich zu einem Gespenst meines früheren Selbst geworden. Ich lebte, atmete, schied Exkremente aus, hörte und sah, spürte warm und kalt, doch meine Körperlichkeit war wie die einer Geistererscheinung. Bei hellem Licht erschien ich, wenn man mich nicht zu genau betrachtete, als mehr oder weniger normal, vielleicht etwas blass. War der Himmel bewölkt oder hielt ich mich nach Einbruch der Dunkelheit in einem künstlich beleuchteten Raum auf, nahm ich das Aussehen eines Gespenstes an. Man konnte mich sehen, aber auch *durch mich hindurchsehen*. Meine Umrisse blieben fest, und wenn man mich nur scharf genug anschaute, konnte man mein Gesicht, meine Kleider und so weiter erkennen, aber für die meisten Menschen war ich eine grässliche Vision aus der Geisterwelt. Die Logenbeschließerin und Borden hatten beide reagiert, als wären sie einem Gespenst begegnet, und das waren sie in der Tat auch. Ich lernte schnell, dass ich, wenn ich mich dergestalt blicken ließ, nicht nur die meisten Leute, auf die ich stieß, in Schrecken versetzte, sondern mich zudem selbst in Gefahr begab. Menschen sind unberechenbar, wenn sie sich fürchten. Ein- oder zweimal warfen Fremde sogar irgendwelche Gegenstände nach mir, als wollten sie mich verscheuchen. Eines dieser Wurfgeschosse war eine brennende Öllampe, sie hätte mich auch beinahe getroffen. In der Regel vermied ich es deshalb, mich zu zeigen.

Doch als Ausgleich zu dieser Misslichkeit fand sich mein Geist plötzlich von den Beschränkungen des Leibes befreit. Ich war immer wach, schnell im Denken, selbstbewusst – wie selten zuvor. Ein Paradoxon, das sich aus meiner Natur ergab: Ich fühlte mich allgemein stark und leistungsfähig, war aber in Wirklichkeit unfähig, die meisten körperlichen Aufgaben in Angriff zu nehmen. Ich musste erst einmal lernen Gegenstände wie zum Beispiel einen Federhalter oder Ähnliches zu halten, weil ein sorgloses Zugreifen für gewöhnlich das entsprechende Objekt mir entgleiten ließ.

Ich befand mich in einer deprimierenden und morbiden Situation und die meiste Zeit kam meine neue mentale Energie nur in der Abscheu und Furcht gegenüber jenem der beiden Bordens zum Ausdruck, der mich angegriffen hatte. Er untergrub auch weiterhin meine Energie, so wie seine Tat meine körperliche Existenz untergraben hatte. Ich war für die Welt praktisch unsichtbar geworden, so gut wie tot.

III

Ich brauchte nicht lange, um zu entdecken, dass ich nach eigener Wahl sichtbar oder unsichtbar sein konnte.

Wenn ich nach der Abenddämmerung unterwegs war und die Kleider trug, die ich bei jener Vorstellung angehabt hatte, dann konnte ich fast überall ungesehen durchkommen. Wollte ich mich normal bewegen, benutzte ich eben andere Kleidung und verwendete Schminke, um meinen Zügen etwas Festigkeit zu verleihen. Die Täuschung gelang nicht vollkommen: Meine Augen blieben beunruhigend leer, und einmal lenkte in einem schwach beleuchteten Omnibus ein Mann lautstark die Aufmerksamkeit der Mitfahrenden auf die Lücke, die unerklärlicherweise zwischen meinem Ärmel und dem Handschuh klaffte. Ich musste mich schnell aus dem Staub machen.

Geld, Nahrung, Unterkunft stellten für mich keine Probleme dar. Entweder nahm ich mir im Zustand der Unsichtbarkeit, was ich wollte, oder ich bezahlte, was ich brauchte. Derartige Sorgen schienen mir trivial.

Was meine Gedanken wirklich beschäftigte, war das Wohlergehen meines Prestigios.

Aus einem Zeitungsbericht hatte ich erfahren, dass mein flüchtiger Eindruck beim Blick auf die Bühne falsch gewesen war. Nach dem Artikel hatte der »Große Danton« während eines Auftritts in Lowestoft Verletzungen erlitten und war deshalb gezwungen, zukünftige Engagements abzusagen. Doch er befinde sich auf dem Weg der Besserung und man erwarte, er werde zu gegebener Zeit wieder auf der Bühne erscheinen.

Ich war erleichtert dies zu erfahren, aber gleichzeitig auch höchst überrascht! Was ich gesehen hatte, als der Vorhang fiel, war meiner Meinung nach mein eigener Prestigio gewesen, erstarrt in dem halb toten, halb lebendigen Zustand, den ich *prestigiös* nannte. Der Prestigio ist der Ursprungskörper, der im Tesla-Apparat wie tot zurückbleibt. Diese prestigiösen Leiber zu verbergen und zu entsorgen stellte das einzige größere Problem dar, das ich hatte lösen müssen, bevor ich die Illusion dem Publikum vorführen konnte.

Aufgrund dieser Nachricht über Krankheit und abgesagte Engagements erkannte ich, dass an jenem Abend etwas anderes geschehen sein musste. Die Übertragung hatte nur teilweise stattgefunden und ich war das klägliche Ergebnis davon. Der größte Teil von mir war zurückgeblieben.

Durch Bordens Eingriff hatten ich und mein Prestigio verloren. Jeder von uns beiden sah sich mit erheblichen Schwierigkeiten konfrontiert. Ich befand mich in einem gespensterhaften Zustand, mein Prestigio war gesundheitlich geschwächt. Während er über Körperlichkeit und Bewegungsfreiheit verfügte, war er zugleich vom Augenblick des Unfalls an dazu verurteilt, zu sterben, ich dagegen schien zu einem Schattenleben verdammt. Zumindest meine Gesundheit blieb unbeeinträchtigt.

Im Juli, zwei Monate nach Lowestoft, während ich noch damit beschäftigt war die Katastrophe zu bewältigen, entschied sich mein Prestigio offensichtlich aus eigenem Antrieb dafür, den Tod von Rupert Angier vorzuverlegen. In seiner Lage wäre ich ebenfalls so verfahren. Bei diesem Gedanken erkannte ich, dass er ich war. Zum ersten Mal hatten wir getrennt eine identische Entscheidung getroffen und zum ersten Mal kam mir die Idee, wir könnten, obwohl jeder für sich existierte, in seelischer Hinsicht nur eine Person darstellen.

Bald darauf kehrte mein Prestigio nach Caldlow House zurück, um sich um das Erbe zu kümmern, auch dies wieder etwas, das ich ebenfalls getan hätte.

Ich blieb jedoch einstweilen in London. Ich musste mich mit einer makabren Angelegenheit befassen und wollte sie im Geheimen erledigen, der Name Colderdale sollte damit in keiner Weise in Verbindung gebracht werden können.

Kurz gesagt, ich hatte entschieden endlich Borden zu beseitigen. Ich plante ihn zu ermorden, oder genauer, einen der beiden. Sein geheimes Doppelleben bot die besten Voraussetzungen dafür: Er hatte amtliche Unterlagen verändert, um die Existenz von Zwillingen zu vertuschen, und sein Leben so eingerichtet, dass eine Zwillingshälfte immer verborgen blieb. Der Tod eines Bruders wäre das Ende der Illusion und für meine Zwecke so befriedigend und wirkungsvoll, als hätte ich sie beide umgebracht. Nie konnte ich in meinem gespensterhaften Zustand gefangen und Rupert Angier nie des Verbrechens verdächtigt werden, nachdem die einzige bekannte Persönlichkeit dieses Namens öffentlich bestattet und betrauert worden war.

In London begann ich meine Pläne in die Tat umzusetzen. Ich nutzte meine faktische Unsichtbarkeit, um Borden zu folgen, als er sich um seine Angelegenheiten kümmerte. Ich sah ihn in der Wohnung bei seiner Familie, ich beobachtete ihn, wie er in der Werkstatt seinen Auftritt vorbereitete, ich stand unsichtbar in der Seitenkulisse des Theaters, als er seine Illusionen vorführte, ich verfolgte ihn in das geheime Nest, das er im Norden Londons mit Olivia Svenson teilte … Und einmal sah ich Borden sogar kurz mit seinem Zwillingsbruder. Verstohlen trafen sie sich an einer dunklen Straßenecke und tauschten in aller Eile Informationen aus, offensichtlich handelte es sich um eine verzweifelt wichtige Sache, die sofort und persönlich geklärt werden musste.

Als ich ihn mit Olivia sah, beschloss ich endgültig seinen Tod. Unter der Asche dieses Verrats glühten immer noch Gefühle, mit der Empörung wuchs der Schmerz.

Die Entscheidung zu treffen, einen vorsätzlichen Mord zu begehen, ist der schwerste Teil der schrecklichen Tat. Das kann ich glaubhaft versichern. Obwohl ich oft provoziert worden bin, halte ich mich trotzdem für einen sanften und zurückhaltenden Menschen. Obwohl ich niemals anderen ein Leid zufügen wollte, habe ich mich mein ganzes Erwachsenenleben hindurch oft bei dem Schwur ertappt, Borden »umzubringen« oder »zu erledigen«. Diese Verwünschungen, manchmal heimlich ausgestoßen und oft schweigend geäußert, waren das übliche ohnmächtige Aufbegehren eines Opfers, dem Unrecht zugefügt worden war. Und zu einem solchen Opfer hatte Borden mich oft genug gemacht.

In früheren Tagen hatte ich nie ernsthaft vorgehabt ihn umzubringen, aber die Attacke von Lowestoft hatte alles anders werden lassen. Ich war zu einer Gespensterexistenz verurteilt und mein anderes Selbst siechte dahin. Borden hatte uns beide in jener Nacht wirklich getötet, ich brannte auf Rache.

Der bloße Gedanke an den Mord brachte mir eine solche Befriedigung, aber auch Erregung, dass meine Persönlichkeit sich veränderte. Ich, der ich jenseits des Todes stand, lebte, um zu töten.

Sobald einmal der Entschluss gefasst war, konnte die Ausführung des Verbrechens nicht aufgeschoben werden. Ich sah den Tod eines der Borden-Zwillinge als den Schlüssel zu meiner eigenen Freiheit.

Mit Gewalt jedoch kannte ich mich in keiner Weise aus, und bevor ich irgendetwas unternehmen konnte, musste ich entscheiden, wie ich am besten zu Werke ging. Ich suchte nach einem bestimmten *Modus Operandi*, wollte die Sache direkt und persönlich angehen. Borden sollte, während er hilflos starb, erkennen, wer für den Anschlag verantwortlich war und warum. In einem einfachen Prozess eliminierte ich die verschiedenen Möglichkeiten, bis: Ich musste ihn erdolchen. Und wieder erweckte die bildhafte Vorstellung einer solchen schrecklichen Tat in mir eine berauschende Vorfreude.

Erdolchen deshalb: Gift wirkte zu langsam, war gefährlich zu verabreichen und schien unpersönlich. Erschießen machte zu viel Lärm und entbehrte ebenfalls des engen persönlichen Kontakts. Zu Akten schwerer körperlicher Gewalt war ich mehr oder weniger unfähig, daher schien alles ungeeignet, was mit Erschlagen oder Erdrosseln zu tun hatte. Durch Versuche fand ich heraus: Wenn ich mit beiden Händen ein Messer mit langer Klinge hielt – fest, nicht verkrampft –, konnte meine Kraft ausreichen, um es in Fleisch zu treiben.

IV

Zwei Tage nach Abschluss meiner Vorbereitungen folgte ich Borden in das Queen's Theatre in Balham. Eine Woche lang spielte er den Star des dortigen Varieté-Programms. An diesem Mittwoch war sowohl eine Nachmittags- wie eine Abendvorstellung angesetzt. Ich wusste, Borden würde sich zwischen den beiden Auftritten, wie es seiner Gewohnheit entsprach, in die Garderobe zu einem Nickerchen auf das Sofa zurückziehen.

Zunächst beobachtete ich seine Darbietung von der verdunkelten Seitenkulisse aus und folgte ihm dann durch die düsteren Korridore und Treppenhäuser. Als er die Tür der Garderobe geschlossen und sich die allgemeine Unruhe hinter der Bühne etwas gelegt hatte, holte ich meine Mordwaffe aus ihrem Versteck und kehrte vorsichtig in den Korridor vor Bordens Ankleideraum zurück. Von einer dunklen Ecke zur nächsten tastete ich mich und achtete darauf, dass sich niemand in meiner Nähe befand.

Ich trug die Bühnenkleidung von Lowestoft, meine übliche Gewandung, wenn ich unsichtbar bleiben wollte, das Messer jedoch war bestechend real. Wenn irgendjemand mich gesehen hätte, wäre es ihm vorgekommen, als schwebte da ein Messer frei in der Luft. Ich durfte keine Aufmerksamkeit erregen.

Vor Bordens Zimmer angelangt, zwang ich mich in den Schatten einer Nische auf der anderen Seite des Korridors, versuchte ruhig zu atmen und das Pochen meines Herzens zu dämpfen. Langsam zählte ich bis zweihundert.

Noch einmal vergewisserte ich mich, dass sich niemand näherte, dann ging ich zur Tür, lehnte mich dagegen und drückte mein Gesicht langsam, aber beständig ins Holz. Nach ein paar Sekunden war der Vorderteil meines Kopfes hindurchgedrungen und ich konnte in den Raum sehen. Nur eine Lampe brannte und erhellte mit ihrem trüben Schein das kleine, unordentliche Zimmer. Borden lag auf dem Sofa, hatte die Augen geschlossen und die Hände auf der Brust verschränkt.

Ich zog meinen Kopf zurück.

Nun packte ich das Messer, öffnete die Tür und trat ein. Borden bewegte sich und schaute in meine Richtung. Ich schloss die Tür und schob den Riegel vor.

»Wer ist da?«, fragte Borden und kniff die Augen etwas zusammen.

Um mit ihm Worte zu wechseln, war ich nicht gekommen. Ich machte zwei Schritte, sprang auf das Sofa, stieg auf ihn und hob mit beiden Händen meine Waffe.

Borden blickte zuerst auf das Messer, dann erst richtete er seine Augen auf mich. In dem gedämpften Licht war ich gerade noch zu erkennen. Ich konnte die Umrisse meiner eigenen Arme sehen, als ich so auf ihm saß, und die Klinge, die über seiner Brust zitterte. Ich muss einen wilden und schrecklichen Anblick abgegeben haben: Seit mehr als zwei Monaten hatte ich mich weder rasiert noch mir das Haar schneiden lassen, mein Gesicht war abgezehrt. Angst und Verzweiflung beherrschten mich. Ich hockte auf seinem Unterleib. Ich hielt ein Messer und setzte zum tödlichen Stoß an.

»Wer sind Sie?«, keuchte Borden. Er hatte meine gespensterhaften Armgelenke gepackt und versuchte mich zurückzustoßen, doch es war einfach sich loszureißen. »Wer …?«

»Mach dich bereit zu sterben, Borden!«, rief ich, wohl wissend, dass er nur ein schreckliches heiseres Flüstern vernehmen würde – dies war alles, was ich hervorbringen konnte.

»Angier? Nein …! Ich hatte keine Ahnung, was ich tat! Ich wollte nichts Böses!«

»Hast *du* es getan? Oder war es *der andere*?«

»Was …?«

»Warst du es oder dein Zwillingsbruder?«

»Ich habe keinen Bruder!«

»Du musst sterben … also sag die Wahrheit!«

»Es gibt nur mich!«

»Zu spät!«, rief ich und umklammerte mit beiden Händen das Messer. Ich hatte es nun fest im Griff. Stach ich wild zu, würde sich mir die Waffe entwinden, also platzierte ich die Spitze der Klinge genau über seinem Herzen und begann beharrlich nach unten zu drücken. Nur auf diese Weise würde die Klinge ihr Ziel sicher finden. Ich spürte, wie der Stoff seines Hemdes zerriß und die Messerspitze in das Fleisch vorstieß.

Dann sah ich den Ausdruck auf Bordens Gesicht. Er war vor Angst erstarrt. Seine Hände befanden sich irgendwo über meinem Kopf und versuchten nach mir zu greifen. Sein Mund stand offen, die Zunge trat hervor, aus den Mundwinkeln rann der Speichel über die Backen herab. Seine Brust krampfte sich in heftigen Atemstößen zusammen.

Aus seinem Mund kam kein Wort, doch er versuchte zu sprechen. Ich hörte das Gezisch und Gestotter eines Mannes, der im eigenen Schrecken ertrank.

Dies war kein starker Mann mehr. Graue Strähnen durchzogen sein Haar, Runzeln der Erschöpfung umgaben seine Augen, der Hals gezeichnet von Falten. Er lag unter mir und kämpfte um sein Leben gegen einen nahezu körperlosen Dämon, der gekommen war, um ihm ein Messer ins Herz zu treiben.

Der Gedanke stieß mich ab. Ich konnte ihn nicht ermorden, nicht auf diese Weise.

Angst, Wut und Spannung verschwanden.

Ich warf das Messer beiseite und rollte mich geschickt von ihm herunter. Jetzt war ich meinerseits schutzlos und wartete wie versteinert, was er wohl tun würde.

Er blieb auf dem Sofa liegen, keuchte gequält, zitterte vor Schreck und Erleichterung. Ich stand ergeben da, gedemütigt durch die Wirkung, die ich auf diesen Mann gehabt hatte.

Schließlich fasste er sich.

»Wer sind Sie?«, fragte er. Seine Stimme brach beim letzten Wort.

»Ich bin Rupert Angier«, erwiderte ich heiser.

»Aber Sie sind tot!«

»Das ist richtig.«

»Wie kommt es dann …?«

»Wir hätten es nie so weit kommen lassen dürfen, Borden. Aber Sie umzubringen ist kein Ausweg.«

Mich bedrückte die Schrecklichkeit meines Vorhabens und der elementare Sinn für Anstand, der bisher mein Leben beherrscht hatte, meldete sich mächtig zurück. Wie hatte ich mir nur einbilden können einen Mann kaltblütig umzubringen? Ich wandte mich traurig von Borden ab und ging zur Tür. Als ich langsam durch sie hindurchtauchte, hörte ich ihn noch einmal aufkeuchen.

V

Nach diesem Anschlag auf Bordens Leben überfielen mich Verzweiflung und Selbstekel. Ich wusste, ich hatte mich selbst verraten, meinen Prestigio (der von keiner meiner Handlungen etwas wusste), Julia, meine Kinder, den Namen meines Vaters, jeden meiner Freunde. Wenn ich je eines Beweises bedurft hatte, dass meine Fehde mit Borden ein entsetzlicher Fehler gewesen war, so hatte ich ihn endlich erhalten. Keines der Vergehen der Vergangenheit konnte einen solchen Abstieg in die Brutalität rechtfertigen.

Depressiv und apathisch kehrte ich in das Zimmer zurück,

das ich gemietet hatte, und dachte, ich könne nun mit meinem Leben nichts mehr anfangen. Ich hatte nichts mehr, wofür es sich zu leben lohnte.

VI

Ich wollte dahinsiechen und sterben, aber es gibt – selbst in jemandem wie mir – einen Lebensgeist, der gegen solche Entscheidungen aufbegehrt. Ich dachte, wenn ich nichts äße oder tränke, würde sich der Tod schon einstellen … Doch die Stillung des Durstes wird zu einem so verzweifelten Bedürfnis, dass es einer größeren Entschlossenheit als meiner bedarf, um ihm zu widerstehen. Jedes Mal, wenn ich dann ein paar Schlucke genommen hatte, schob ich mein Ableben wieder ein wenig hinaus. Genauso mit dem Essen: Hunger ist ein Monstrum.

Nach einer Weile arrangierte ich mich und blieb am Leben, ein elender Bewohner einer Art Halbwelt, die ebenso mein Werk war wie Bordens – so zumindest glaubte ich.

Den größten Teil des Winters verbrachte ich in diesem elenden Zustand – ein Versager sogar bei der Selbstzerstörung.

Im Februar spürte ich, wie etwas Unergründliches in mir wuchs. Zuerst dachte ich, es handele sich dabei nur um eine neue Dimension des Verlustgefühls, das ich seit Lowestoft empfunden hatte, denn nie konnte ich Julia oder die Kinder sehen. Dies hatte ich mir versagt, da ich glaubte, mein Bedürfnis, bei ihnen zu sein, wöge geringer als die entsetzliche Wirkung, die meine Erscheinung auf sie haben würde. Im Verlauf der Monate war diese Traurigkeit in mir zu einem furchtbaren Schmerz geworden. Aber in meiner Umgebung gab es nichts, was für dieses plötzliche Wachstum verantwortlich hätte sein können.

Als ich an das Leben meines anderen Selbst dachte, des Prestigios, den ich in Lowestoft zurückgelassen hatte, da spürte ich eine heftige Gefühlsaufwallung, ganz auf ihn gerichtet. Ich wusste sofort, dass er sich in Schwierigkeiten befand. Er hatte irgendeinen Unfall erlitten oder wurde bedroht (vielleicht durch einen der Bordens?) oder es hatte sich sogar sein Gesundheitszustand schneller als von mir erwartet verschlechtert.

Als ich erneut gezielt an sein Wohlbefinden dachte, wusste ich mit einem Mal, dass ich mit meiner Befürchtung Recht gehabt hatte. Er war krank, lag vielleicht sogar im Sterben. Ich musste bei ihm sein, ihm helfen, auf welche Weise auch immer.

Zu diesem Zeitpunkt zeichnete ich mich selbst nicht gerade durch physische Stärke aus. Mein schon durch den Unfall geschwächter Körper war durch eine armselige Diät und einen Mangel an körperlicher Bewegung praktisch auf ein Skelett reduziert. Nur selten verließ ich mein schmutziges Zimmer, und auch das nur bei Nacht, wenn niemand mich sehen konnte. Ich wusste, dass ich grässlich anzuschauen war, ein wahrhafter Unhold in jeder Hinsicht. Die lange Reise nach Derbyshire versprach allerlei Gefahren mit sich zu bringen.

Deshalb bemühte ich mich mein Äußeres aufzupolieren. Ich zwang mich, vernünftig zu essen und zu trinken, machte mich an mein langes, zerzaustes Haar und stahl neue Kleider. Einige Wochen der Pflege würden notwendig sein. Fast sofort begann ich mich besser zu fühlen und meine Stimmung hob sich.

Demgegenüber stand das Wissen um die fast unerträglichen Qualen, die mein Prestigio litt.

Die Rückkehr in das Heim meiner Familie war unabdingbar geworden, und in der letzten Märzwoche kaufte ich die Fahrkarte für den Nachtzug nach Sheffield.

VII

Über die Auswirkungen meiner Heimkehr wusste ich nur eines: Mein plötzliches Auftauchen würde den Teil von mir, den ich meinen Prestigio nannte, nicht überraschen.

Mitten am Vormittag traf ich in Caldlow House ein. An diesem hellen Frühlingstag im kräftigen Sonnenlicht zeigte sich meine Körperlichkeit so materiell, wie sie es nur sein konnte. Trotzdem wusste ich, dass ich eine seltsame Erscheinung war. Denn während meiner kurzen Fahrt bei Tageslicht vom

Bahnhof von Sheffield her mit der Droschke, dem Omnibus und dann wieder der Droschke hatte ich viele fragende Blicke auf mich gezogen. In London war Derartiges für mich leichter zu nehmen, sind doch die Londoner an manchen seltsamen Zeitgenossen in ihrer Stadt gewöhnt. Hier in der Provinz war ein skelettdürrer Mann mit dunkler Bekleidung und einem großen Hut, von unnatürlicher Gesichtsfarbe, mit strubbeligem Haar und unheimlich hohlen Augen ein Gegenstand der Neugier und der Beunruhigung.

Am Haus angekommen, klopfte ich an die Tür. Ich hätte mir selbst öffnen können, doch hatte ich keine Ahnung, was ich vorfinden würde. Ich hielt es für das Beste, bei meiner unangekündigten Rückkehr vorsichtig vorzugehen.

Hutton öffnete die Tür. Ich nahm den Hut ab und stellte mich einfach vor ihn hin. Er begann zu sprechen, bevor er mich noch richtig betrachtet hatte, aber schnell verstummte er. Wortlos starrte er mich an, sein Gesicht blieb ausdruckslos. Ich kannte ihn gut genug, um zu wissen, dass er aus Bestürzung schwieg.

Nachdem ich ihm Zeit gelassen hatte, die ganze Situation zu akzeptieren, sagte ich: »Hutton, es freut mich, Sie wiederzusehen.«

Er öffnete den Mund und setzte an zu sprechen, brachte aber kein Wort über die Lippen.

»Sie werden ja wissen, was in Lowestoft vorgefallen ist, Hutton«, sagte ich. »Ich bin die unglückliche Folge davon.«

»Jawohl, Sir«, antwortete er schließlich.

»Darf ich eintreten?«

»Soll ich Lady Colderdale davon unterrichten, dass Sie hier sind, Sir?«

»Ich würde gerne in aller Ruhe zuerst mit Ihnen reden, bevor ich ihr gegenübertrete, Hutton. Ich weiß, dass meine Ankunft hier vermutlich Anlass für einige Bestürzung sein wird.«

Er brachte mich in seinen Wohnraum neben der Küche und bot mir frischen, heißen Tee an. Ich stand dann vor ihm, nippte an der Tasse und wusste nicht, wie ich ihm alles erklären sollte. Hutton, ein Mann, den ich immer für seine

Geistesgegenwart bewundert hatte, wurde schnell Herr der Lage.

»Ich hielte es für das Beste, Sir«, sagte er, »wenn Sie hier zunächst warten würden. Währenddessen werde ich es übernehmen Mylady Ihre Ankunft mitzuteilen. Sie wird Sie dann, wie ich glaube, zu sehen wünschen. Gemeinsam sollten Sie in der Lage sein, über das weitere Vorgehen zu entscheiden.«

»Hutton, wie geht es meinem …? Ich meine, wie steht es um die Gesundheit meines …?«

»Mylord war schwer erkrankt, Sir. Jedoch die Prognose erscheint viel versprechend. Diese Woche ist er wieder aus dem Krankenhaus heimgekommen. Er befindet sich zur Genesung im Wintergarten; dort haben wir sein Bett aufgestellt. Ich glaube, Mylady ist im Augenblick bei ihm.«

»Eine unmögliche Situation, Hutton«, wagte ich mich vor.

»In der Tat, Sir.«

»Ich meine, besonders für Sie.«

»Für mich und für Sie und für jedermann, Sir. Ich habe gehört, was in jenem Theater in Lowestoft vorgefallen ist. Mylord, das heißt, Sie, Sir, haben mich ins Vertrauen gezogen. Sie werden sich zweifellos daran erinnern, dass ich an der Entsorgung der Prestigio-Materialien beteiligt gewesen bin. Es gibt natürlich in diesem Haus keine Geheimnisse, Mylord, genau so wie Sie es verfügt haben.«

»Ist Adam Wilson hier?«

»Ja.«

»Ich bin froh darüber.«

Einige Augenblicke später verließ mich Hutton und kam nach etwa fünf Minuten mit Julia zurück. Sie sah müde aus. Ihr Haar war zu einem Knoten zurückgebunden. Sie ging direkt auf mich zu und wir umarmten uns recht herzlich, doch waren wir beide sehr nervös. Ich spürte, wie sie sich verkrampfte, als wir uns in den Armen hielten.

Hutton entschuldigte sich und ging. Als wir allein waren, versicherte ich Julia und sie mir, dass ich kein grauenhafter Betrüger war. Selbst ich hatte in den langen Wintermonaten manchmal an meiner Identität gezweifelt. Es gibt eine Form des Wahnsinns, bei der die Selbsttäuschung die Wirklichkeit ersetzt. Und oft war es mir vorgekommen, als könne eine solche Krankheit alles erklären: Vielleicht war ich einst Rupert Angier gewesen, doch die eigene Vergangenheit hatte sich in bloße Erinnerungsfetzen aufgelöst, oder andersherum, vielleicht war ich eine andere Seele, die im Wahnsinn begonnen hatte zu glauben, sie sei Angier.

Sobald ich die Gelegenheit dazu hatte, schilderte ich Julia das Wesen meiner körperlichen Existenz: dass ich ohne helles Licht bis zur Unsichtbarkeit verblasse und dass ich durch feste Gegenstände dringen kann.

Dann erzählte sie mir von den Geschwüren, an denen ich, mein Prestigio gelitten hatte, und wie sie durch ein Wunder von selbst verschwunden waren, sodass ich, also er nach Hause kommen konnte.

»Wird er sich völlig erholen?«, fragte ich besorgt.

»Der Arzt sagte, dass Spontanheilungen zwar manchmal auftreten, in den meisten Fällen jedoch die Remission nur kurze Zeit andauert. In diesem Fall glaubt er, dass du, er …« Sie war kurz davor, in Tränen auszubrechen, deshalb nahm ich ihre Hand in die meine. Sie beruhigte sich wieder und fuhr düster fort: »Er glaubt, dass sich sein Zustand wieder verschlechtern wird. Die Geschwülste sind bösartig, ausgedehnt und mannigfaltig.«

Dann erzählte sie mir sehr Überraschendes: Borden, oder genauer gesagt, einer der Borden-Zwillinge sei gestorben und sein Tagebuch in meinen, also unseren Besitz gelangt.

Ich erfuhr auch, dass Borden nur drei Tage nach meinem gescheiterten Mordanschlag verschieden war. Die beiden Ereignisse schienen mir auf direkte Weise miteinander verbunden zu sein. Julia sagte, er habe einen Herzanfall erlitten. Ich fragte mich, ob durch die Angst, die ich ihm eingeflößt hatte? Ich erinnerte mich an seine schrecklichen Angstlaute, an seine mühsame Atmung. Ich wusste, dass Herzanfälle durch seelische Belastung ausgelöst werden können, doch bis jetzt hatte ich angenommen, Borden habe sich nach meinem Weggang wieder erholt.

Ich erzählte Julia meine Geschichte, doch sie schien zu

glauben, dass die beiden Ereignisse nicht miteinander verknüpft waren.

Von noch größerem Interesse für mich war Bordens Notizbuch. Julia erzählte mir, sie habe einen Teil schon gelesen, vor allem jene Seiten, auf denen Bordens magische Kunst beschrieben wurde. Ich fragte sie, ob ich, mein Prestigio irgendwelche Pläne mit dem Buch habe, doch sie meinte nur, durch die Krankheit sei das Vorhaben aufgeschoben. Sie erwähnte, die Reue, die ich gegenüber Borden empfände, teile sie in gewisser Weise und mein Prestigio denke ähnlich.

»Wo ist er?«, fragte ich. »Wir müssen zusammen sein.«

»Er wird bald aufwachen«, erwiderte Julia.

VIII

Meine Wiedervereinigung mit mir selbst gehört sicherlich zu den ungewöhnlichsten Begegnungen in der Geschichte! Er und ich ergänzten einander vollkommen. Alles, was mir fehlte, war in ihm vorhanden, alles, was ich besaß, hatte er verloren. Natürlich waren wir derselbe, einander näher als eineiige Zwillinge.

Wenn einer von uns sprach, konnte der andere leicht den begonnenen Satz vollenden. Wir bewegten uns auf die gleiche Weise, benutzten die gleichen Gesten und Redewendungen, kamen im selben Moment auf den gleichen Gedanken. Ich wusste alles über ihn und er wusste von mir. Alles, was uns fehlte, waren die jeweiligen Erfahrungen des anderen während der letzten paar Monate, doch sobald wir einander darüber berichtet hatten, war sogar dieser Unterschied aufgehoben. Er zitterte, als ich meinen Mordanschlag auf Borden schilderte und ich durchlitt nachträglich etwas vom Schmerz und Elend seiner Krankheit.

Nun, da wir beisammen waren, gab es nichts, was uns wieder trennen konnte. Ich bat Hutton im Wintergarten ein zweites Bett aufzustellen, sodass die beiden Hälften meines Selbst die ganze Zeit zusammen sein konnten.

Dies alles konnte natürlich dem restlichen Haushalt nicht verborgen bleiben und bald war ich wieder mit meinen Kindern vereint, mit Adam und Gertrude Wilson sowie mit Mrs.

Hutton, der Haushälterin. Alle schrien auf, als sie des unheimlichen Effekts unserer Doppelerscheinung gewahr wurden. Ich möchte gar nicht daran denken, welche Wirkung diese Enthüllung auf meine Kinder in der Zukunft haben wird, aber beide Teile von mir und Julia stimmten darin überein, dass die Wahrheit immer besser sei als eine weitere Lüge.

Es dauerte nicht lange und es wurde uns angesichts der bedrückenden Krebserkrankung klar, wie kostbar die Zeit war, die wir miteinander verbrachten, und wir erkannten: Wenn noch etwas zu tun blieb, mussten wir es jetzt angehen.

IX

Von Anfang April bis Mitte Mai arbeiteten wir gemeinsam an der erweiterten Fassung von Bordens Notizbuch und bereiteten es für die Veröffentlichung vor. Mein Zwillingsbruder (einfachheitshalber nannte ich nun meinen Prestigio so) erkrankte bald aufs Neue. Obwohl er für einen Großteil der Arbeit an dem Buch verantwortlich zeichnete, war ich es, der das Werk vollendete und mit dem Verleger verhandelte.

Und in seinem Namen führte ich das Tagebuch bis zu seinem Ableben weiter. Gestern nun ging unser Doppelleben zu Ende und damit bin ich auch an das Ende meiner eigenen kurzen Lebensgeschichte gelangt. Nun gibt es nur noch mich und ich lebe einmal mehr jenseits des Todes.

8. Juli 1904

Heute Morgen bin ich mit Wilson in den Keller hinuntergestiegen, wir haben den Tesla-Apparat inspiziert. Er war voll funktionstüchtig. Aber da es lange her war, seit ich ihn das letzte Mal benutzt hatte, ging ich Mr. Alleys Unterlagen durch. Ich wollte jede Einzelheit genau überprüfen. Diese indirekte Art der Zusammenarbeit mit dem weit entfernten Mr. Alley hatte ich immer schon genossen. Es war schlichtweg ein Vergnügen, nach seinen akribischen Anleitungen vorzugehen.

Wilson fragte mich schließlich, ob wir das Gerät auseinander bauen sollten.

Ich dachte kurz nach und sagte dann: »Warten wir damit bis nach der Beisetzung.«

Die Bestattungsfeierlichkeiten sind für morgen Mittag angesetzt.

Nachdem Wilson gegangen war und ich die Kellertür abgesperrt hatte, schaltete ich das Gerät ein und produzierte noch einige Goldmünzen. Ich dachte an die Zukunft, an meinen Sohn, den fünfzehnten Earl, an meine Frau. Ihnen gegenüber trug ich eine Verantwortung, der ich nicht richtig gerecht werden konnte. Erneut spürte ich die niederdrückende Tatsache meiner eigenen Schwäche, die nicht nur mich, sondern auch meine unschuldige Familie behinderte.

Wie groß der Reichtum insgesamt war, den wir durch den Einsatz des Apparates angehäuft haben, weiß ich nicht genau. Mein Prestigio noch hatte mir den Hort gezeigt, der in einem verschlossenen Geheimfach in den dunkelsten Tiefen des Kellers aufbewahrt liegt. Für Julias unmittelbare Bedürfnisse entnahm ich nun dem Schatz ungefähr zweitausend Pfund in Gold, dann legte ich zum verbliebenen Rest meine wenigen neuen Münzen und dachte, ganz gleich, wie viel wir auch fälschten – es würde niemals genug sein.

Dass das Tesla-Gerät weiterhin intakt bleibt, dafür werde ich sorgen. Alleys Instruktionen sollen mit dem Apparat zusammen aufbewahrt werden. Eines Tages wird Edward dieses Tagebuch finden und erkennen, für welchen Zweck der Apparat am besten eingesetzt werden kann.

Später

Ich habe nur noch ein paar Stunden bis zur Beisetzung und kann nicht zu viel von dieser Zeit für das Schreiben verwenden. Deshalb möchte ich nur das Folgende festhalten.

Es ist acht Uhr abends. Ich befinde mich im Wintergarten, den ich mit meinem Prestigio teilte, bevor er starb. Ein wunderschöner Sonnenuntergang vergoldet die Höhen des Curbar Edge, und obwohl die Sonne hinter mir, hinter dem Haus versinkt, sehe ich über mir bernsteinfarbene Wolkenstreifen. Vor ein paar Minuten bin ich noch über das Grundstück spaziert, habe die Sommerdüfte eingeatmet und den leisen

Geräuschen des Moorlandes gelauscht, das ich in meiner Kindheit so geliebt habe.

Es ist ein schöner warmer Abend und ich muss das Ende planen, das endgültige Ende.

Ich bin nur noch ein Rest meiner selbst. Das Leben ist buchstäblich nicht mehr lebenswert. Alles, was ich liebe, ist mir durch das, was ich bin, verwehrt. Meine Familie akzeptiert mich. Meine Angehörigen wissen, wer und was ich bin und dass ich mein Geschick nicht selbst verschuldet habe. Trotzdem ist der Mann, den sie liebten, tot und ich kann ihn nicht ersetzen. Es ist besser für sie, wenn ich fortgehe, damit sie endlich uneingeschränkt und ungehindert den Mann betrauern können, der gestorben ist. Der Trauer Raum zu geben, hilft sie zu überwinden.

Außerdem ist meine Existenz in keiner Weise mehr legal begründet: Rupert Angier, der Magier, ist tot und begraben, der vierzehnte Earl of Colderdale wird morgen beerdigt.

Ich bin so gut wie nicht vorhanden. Ich habe kein Leben, nur dieses jämmerliche Halbleben. Ich kann nicht reisen, ohne dass ich mich vorher verkleiden muss (und auch das gelingt mir nur schlecht), sonst erschrecke ich die anderen Menschen zu Tode und bringe mich in Gefahr. Meine einzige Zukunftsperspektive liegt in der Existenz als Gespenst, das für immer am Rand des wirklichen Lebens der eigenen Familie herumgeistert und für immer die eigene Vergangenheit und die Zukunft der Nachkommen heimsucht.

Also muss es jetzt enden und ich muss sterben.

Aber der Fluch des Lebens haftet an mir! Ich weiß, wie wild der Lebensgeist in mir brennt und dass nicht nur Mord mich ethisch überfordert, sondern dass auch Selbstmord für mich eine Unmöglichkeit darstellt. Einmal habe ich mir schon den Tod gewünscht, der Wunsch war nicht stark genug. Bereitschaft zum Sterben kann ich in mir nur erwecken, wenn ich in mir zugleich die Hoffnung nähre, dass mir die Selbsttötung nicht gelingen wird.

Sobald ich diese Aufzeichnungen vollendet habe, werde ich alle Bände des Tagebuches irgendwo zwischen den Prestigios verstecken, die in der Gruft liegen. Dann werde ich das

Fach im Keller aufschließen, damit mein Sohn oder dessen Sohn zu gegebener Zeit das Gold finden können. Solange noch Gold vorhanden ist, darf dieses Tagebuch nicht entdeckt werden. Denn es ist der Beweis für die Fälschungen, die ich begangen habe.

Wenn dies alles vollbracht ist, werde ich das Tesla-Gerät erneut einschalten und zum letzten Mal benutzen.

Ganz im Geheimen werde ich mich durch den Äther transmittieren – es wird der wirkliche, sensationelle Höhepunkt meiner Karriere sein.

Ich habe die letzte Stunde damit verbracht, die Koordinaten zu vermessen und zu überprüfen, mich vorzubereiten und zu proben, als würde ein tausendköpfiges Publikum meinen Auftritt erwarten. Doch dieser Akt der Magie muss stattfinden, während ich allein bin, denn ich werde mich in den verstorbenen Körper meines Prestigios projizieren, und dort wird mein Ende sein!

Ich werde »dort« ankommen, kein Zweifel, denn der Tesla-Apparat hat bisher immer zuverlässig gearbeitet. Doch was wird diese schauerliche Vereinigung bewirken?

Wenn meine Hoffnung sich nicht erfüllt, werde ich mich in dem armen, vom Krebs heimgesuchten Leichnam meines Prestigios materialisieren, der bereits seit zwei Tagen tot ist. Ich werde dann auch sofort tot sein und nichts mehr wissen. Bettet man morgen die Leiche zur Ruhe, wird man mich mit ihr beisetzen.

Doch es könnte, hoffe ich, anders ausgehen, mein verzweifelter Wunsch nach Leben erhört werden. Vielleicht bringt mich diese Materialisation nicht um!

Ich bin mir sicher – fast sicher –, dass der Eintritt in den Leichnam meines Prestigios ihm das Leben wiedergeben wird. Es wird eine Wiedervereinigung sein, eine endgültige Verbindung. Was von mir übrig ist, wird mit dem verschmelzen, was von ihm übrig ist, und wir werden aufs Neue ganz werden. Ich habe den Geist, den er nicht mehr hatte. Ich werde seinen Leichnam mit meinem Geist wieder beleben. Ich habe den Willen zum Leben, der von ihm genommen ist, und werde jenen wieder in ihm wecken. Ich habe den Lebensfunken, der ihm jetzt fehlt. Ich werde mit der Unversehrtheit meiner Gesundheit seine Verletzungen und Wunden und Tumore heilen, werde erneut Blut durch seine Arterien und Venen pumpen, werde die erstarrten Muskeln und Gelenke lösen, seiner bleichen Haut Farbe verleihen – und er und ich werden aufs Neue vereint die Ganzheit meines Leibes herstellen.

Ist es Wahnsinn zu glauben, so etwas sei vielleicht möglich?

Wenn es so ist, bin ich zufrieden damit, wahnsinnig zu sein, denn ich werde leben.

Während ich dies plane, bin ich wahnsinnig genug zu glauben, es gebe Hoffnung. Diese Hoffnung nur läßt mich weitermachen.

Der verrückte, wiederbelebte Leib meines Prestigios wird sich aus seinem offenen Sarg erheben und schnell aus diesem Haus verschwinden. Alles, was mir jetzt verwehrt ist, wird zurückgelassen. Ich habe dieses Leben geliebt und habe, während ich lebte, andere geliebt, aber da meine einzige verbliebene Hoffnung auf Leben in einer Tat besteht, die jeder geistig gesunde Mensch verwerflich finden muss, muss ich zu einem Ausgestoßenen werden, alle zurücklassen, die ich geliebt habe, in die Welt hinausgehen und aus dem, was ich vorfinde, das machen, wozu ich imstande bin.

Jetzt werde ich es tun!

Ich werde allein bis zum Ende gehen.

Teil V
Die Prestigios

1

Die Stimme meines Bruders sprach unaufhörlich zu mir: Ich bin hier, verlass mich nicht, bleib bei mir, dein ganzes Leben lang, ich bin nicht weit von dir, komm!

Ich versuchte zu schlafen, warf mich in dem großen, kalten und viel zu weichen Bett hin und her und verfluchte mich dafür, das Haus nicht verlassen zu haben, bevor der Schneesturm einsetzte. Inzwischen würde ich längst im eigenen Bett im Haus meiner Eltern liegen. Doch jedes Mal, wenn mir dies durch den Kopf ging, beharrte die Stimme darauf: Bleib hier, geh nicht weg, komm endlich zu mir!

Ich musste das Bett verlassen. Ich zog mein Jackett an und ging über den Flur, am Treppenhaus vorbei, zum Pinkeln in das Badezimmer. Das Haus war dunkel, still und kalt. Mein Atem stieg als weißer Dampf auf, als ich zitternd über der Kloschüssel stand. Nachdem ich die Spülung betätigt hatte, musste ich wieder, bis auf das Jackett nackt, über den Flur zurück. Als ich dabei in das große Treppenhaus hinunterschaute, bemerkte ich unten einen Lichtschimmer. Unter einer Tür war ein heller Spalt zu sehen.

Ich kehrte in das elende Schlafzimmer zurück, konnte mich jedoch nicht mehr dazu überwinden, ins kalte Bett zu steigen. Ich erinnerte mich an den bequemen Sessel neben dem Kaminfeuer im Speisezimmer, zog schnell meine Kleider an, nahm mein Zeug und ging die Treppe hinab. Ich schaute auf die Armbanduhr. Es war nach zwei Uhr morgens.

Mein Bruder sagte: gut so.

Kate war immer noch im Speisezimmer. Sie saß wach in ihrem Sessel neben dem Feuer und lauschte einem tragbaren Radio, das neben ihr auf der Kaminumrandung stand. Sie schien nicht überrascht zu sein mich zu sehen.

»Mir war kalt«, erklärte ich. »Ich konnte nicht einschlafen. Ich muss sowieso gehen und ihn suchen.«

»Dort draußen ist es noch viel kälter.« Sie zeigte auf die Schwärze jenseits der Fenster. »Sie werden das hier brauchen.«

Auf den Sessel ihr gegenüber hatte sie verschiedene warme Kleidungsstücke gelegt: einen übergroßen Wollpullover, einen dicken Mantel, einen Schal, Handschuhe, ein Paar Gummistiefel. Außerdem gab es da noch zwei große Taschenlampen.

Mein Bruder meldete sich wieder. Ich konnte ihn nicht mehr ignorieren.

»Sie wussten, dass ich es tun würde?«, fragte ich Kate.

»Ja … ich habe nachgedacht.«

»Wissen Sie, was mit mir los ist?«

»Ich glaube schon. Sie werden gehen und ihn suchen müssen.«

»Kommen Sie mit?«

Sie schüttelte heftig den Kopf. »Um nichts auf der Welt.«

»Also wissen Sie, wo er ist?«

»Ich glaube, ich habe es mein ganzes Leben lang gewusst, aber es ist immer leichter gewesen es zu verdrängen. Das Problematische an dem Treffen mit Ihnen war, dass mir bewusst geworden ist, dass sich das, was mich als Kind traumatisiert hat, immer noch dort unten befindet.«

Es hatte aufgehört zu schneien, aber ein hartnäckiger, eiskalter Wind warf sich mir entgegen. Am Rand des großen Gartens lag der Schnee hoch aufgetürmt, in der Mitte gab es weniger davon, sodass ich ihn durchqueren konnte. Einige Male strauchelte ich, rutschte sogar aus, fiel jedoch nicht.

Kate hatte die Außenbeleuchtung eingeschaltet und ein Teil des Grundstücks war mit strahlendem Licht überflutet. So konnte ich zwar meinen Weg finden, doch als ich einmal zurückschaute, war da nur Lichtschein, nichts anderes mehr.

Mein Bruder sagte: Mir ist kalt, ich warte.

Ich ging weiter. Am anderen Ende der weißen Fläche, unter der ich den Rasen vermutete, stieg der Boden an und dunkle Bäume verstellten den Blick. Das Licht der Taschenlampe fand den aus Ziegelsteinen gemauerten Torbogen. Kate hatte gesagt, hier sei der Eingang. Schnee war angeweht worden.

Die unverschlossene Tür aus solidem Eichenholz ging

nach außen auf. Ich drückte mit ihr den angehäuften Schnee zur Seite, bis der entstandene Spalt breit genug war, damit ich mich durchquetschen konnte.

Kate hatte mir zwei große Taschenlampen mitgegeben, denn lieber zu viel Licht als zu wenig, wie sie meinte. (»Kommen Sie ins Haus zurück, wenn Sie noch mehr brauchen«, hatte sie gesagt. »Warum helfen Sie mir nicht und halten eine der Lampen?« Aber sie hatte nur entschieden den Kopf geschüttelt.) Durch die Öffnung ließ ich nun den Strahl der größeren Lampe wandern und spähte vorsichtig hinein. Es gab nicht viel zu sehen: eine felsige Decke, die schräg nach unten verlief, einige roh behauene Steinstufen und in der Tiefe eine zweite Tür.

Das Wort »Ja« formte sich in meinem Kopf.

Die zweite Tür besaß weder Schloss noch Haken und schwang auf meine Berührung hin lautlos auf. Mit einer Taschenlampe leuchtete ich umher, die andere hatte ich unter die Achsel geklemmt, ihr Strahl zeigte voraus.

Dann stieß ich mit dem Fuß an etwas Hartes, das aus dem Boden hervorstand, und stolperte. Als ich gegen die felsige Wand flog, zerbrach die Lampe unter meinem Arm. Ich kauerte mich auf den Boden, stützte mich auf ein Knie und benutzte die eine Lampe, um die andere zu untersuchen.

Hier gibt es Licht, sagte mein Bruder.

Ich schwenkte die verbliebene Taschenlampe wieder herum und bemerkte diesmal nahe bei der unteren Tür ein isoliertes Stromkabel, das sauber an den Holzrahmen geheftet war. In Schulterhöhe befand sich ein gewöhnlicher Lichtschalter. Ich knipste ihn an. Zuerst geschah nichts.

Dann hörte ich weiter drinnen in der Höhle, tief im Inneren des Hügels, einen Motor anspringen. Als der Generator lief, gingen in der ganzen Höhle Lichter an. Es handelte sich dabei um Schwachstrom-Glühbirnen, die eher behelfsmäßig an der felsigen Decke angebracht waren und von Drahtschirmen geschützt wurden. Doch sie gaben genug Licht, dass ich ohne Taschenlampe sehen konnte.

Die Höhle schien ursprünglich nur ein Spalt im Fels gewesen zu sein. Erst später hatte man sie durch Gänge und größere Hohlräume erweitert. Es gab einige natürliche Simse, die durch hervorspringende Felsplatten gebildet wurden, dazu kamen andere, die in die Wände gegraben worden waren. Irgendwann einmal hatte man auch versucht den Boden zu glätten, überall lagen kleine Felssplitter herum. Nahe bei der inneren Tür rieselte Quellwasser die Wand herab, große gelbe Kalkablagerungen markierten die Stelle. Am Boden darunter befand sich ein primitiver, aber funktionierender Ablauf, zusammengesetzt aus neueren Rohren. Das Wasser wurde in ein Sickerloch abgeleitet, das mit Bruchsteinen gefüllt war.

Die Luft war überraschend frisch und um einiges wärmer als draußen.

Ich ging einige Schritte in die Höhle hinein und stützte mich dabei mit den Händen zu beiden Seiten an den Felswänden ab. Der Boden war uneben, holperig und die Glühbirnen warfen nur wenig Licht, zudem hingen sie in großen Abständen. Dies alles machte es manchmal schwierig, festen Halt für die Füße zu finden. Nach etwa fünfzig Yards fiel der Boden steil nach rechts ab. Links vom Haupttunnel zweigte eine große Höhle ab, wahrscheinlich künstlichen Ursprungs. Die Decke befand sich in etwa sieben Fuß Höhe, ließ also genügend Raum nach oben. Es gab dort kein elektrisches Licht, deshalb leuchtete ich mit meiner Taschenlampe hinein.

Sofort wünschte ich, ich hätte es nicht getan. Die Höhle war angefüllt mit uralten Särgen. Die meisten standen aufeinander gestapelt, einige lehnten aufrecht an der Wand. Die Größen variierten, doch viele schienen eher klein zu sein, offensichtlich für Kinder bestimmt. Alle diese Särge befanden sich in unterschiedlichen Stadien des Verfalls. Die aufeinander geschichteten hatten am stärksten gelitten: das Holz alt, dunkel, gesplittert. Viele Deckel waren eingebrochen und bei einigen sogar die Seitenbretter abgefallen.

Am Boden neben den meisten Stapeln lagen Häufchen

kleiner, brauner Bruchstücke, vermutlich Knochenreste. Die Deckel der senkrecht stehenden Särge hatte man abgenommen und gegen die Kästen gelehnt.

Ich trat schnell in den Haupttunnel und blickte zurück in die Richtung, aus der ich gekommen war. Da der Gang eine leichte Biegung gemacht hatte, konnte ich jetzt den Weg nach draußen nicht mehr sehen. Und irgendwo tief drinnen in der Höhle wummerte der Generator.

Ich zitterte – nur der ferne Motor und die Taschenlampe schützten mich vor einem plötzlichen Sturz in die lautlose Finsternis.

Ich konnte nicht zurückgehen. Mein Bruder war hier.

Entschlossen, es schnell hinter mich zu bringen, folgte ich dem Weg, der nach rechts in die Tiefe führte – immer weiter vom Eingang weg. Noch eine Treppe. Hier hingen die Glühbirnen nicht so weit auseinander, die Stufen waren dafür ungleich hoch und zogen nach rechts. Ich stützte mich mit einer Hand an der Wand ab und tastete mich vorsichtig die Treppe hinab. Unvermittelt erweiterte sich der Gang zu einer Höhle.

Moderne, braun gestrichene Metallregale standen hier, zusammengehalten von verchromten Schrauben und Muttern. Jedes Regal verfügte über drei breite Borde, eins über dem anderen, wie Schlafkojen. Daneben immer ein schmaler Gang und in der Mitte der Halle ein geringfügig breiterer. Über allem das Licht, das auf die Regale fiel.

2

Offen auf jedem Bord lagen menschliche Körper, alle männlichen Geschlechts und mit Abendgarderobe bekleidet: gut sitzender Frack, weißes Hemd mit schwarzer Frackschleife, einfach gemusterte Weste, eng geschnittene Hose mit Satinstreifen am Saum, weiße Socken und Kunstlederschuhe, die Hände in weißen Leinenhandschuhen.

Die Körper waren identisch: ein Mann mit bleichem

Gesicht, Adlernase und dünnem Schnurrbart. Die Lippen blass. Er hatte eine schmale Stirn und schütteres Haar, das mit Pomade behandelt und zurückgekämmt war. Einige der Gesichter starrten auf das Regal über ihnen oder an die felsige Höhlendecke. Andere schauten zur Seite, nach rechts oder links.

Allen Leichen standen die Augen offen.

Die meisten lächelten und zeigten dabei die Zähne. In jedem Mund fehlte an jedem linken oberen Backenzahn ein kleines Stück.

Die Leichen nahmen alle unterschiedliche Haltungen ein: Einige waren gestreckt, andere verdreht oder verkrümmt. Keiner der Körper schien, bevor er hier deponiert worden war, sich in liegender Position befunden zu haben. Bei den meisten war ein Fuß vor den anderen gesetzt, im Regal nun ragte der ausgestellte vorwitzig in die Luft.

Auch die Arme befanden sich in unterschiedlichen Stellungen. Einige waren über den Kopf gehoben, einige ausgestreckt wie die Arme bei einem Schlafwandler, andere lagen gerade neben dem Körper.

An keiner der Leichen gab es Anzeichen von Verwesung. Sie schienen wie im Leben erstarrt: der Bewegung beraubt, ohne getötet worden zu sein.

Kein Staub lag auf ihnen, kein Geruch ging von ihnen aus.

An der Vorderkante eines jeden Bords war ein weißes Kärtchen angebracht, das auf einem Plastikreiter steckte. Dieser wiederum fand kunstvoll seinen Widerhalt an der Unterseite des Bords. Auf der ersten Karte stand in gut lesbarer Handschrift:

Dominion Theatre, Kidderminster
14/04/01
3.15 p.m. [N]
2359/23
25 G.

Die Karte an dem Bord darüber hatte fast den gleichen Text:

Dominion Theatre, Kidderminster
14/04/01
8.30 p.m. [A]
2360/23
25 G.

Bei der dritten Leiche lautete die Eintragung:

Dominion Theatre, Kidderminster
15/04/01
3.15 p.m. [N]
2361/23
25 G.

Im nächsten Regal befanden sich drei weitere Leichen, alle ähnlich etikettiert und datiert. Sie waren in chronologischer Reihenfolge abgelegt. In der folgenden Woche wechselte das Theater, nun war es das Fortune in Northampton. Dort hatte es sechs Vorstellungen gegeben. Dann kam eine Pause von etwa zwei Wochen, der eine Serie von Einzelauftritten folgte, jeweils etwa drei Tage auseinander in verschiedenen Provinztheatern. Zwölf Leichen waren dementsprechend etikettiert. Ein Gastspiel im Palace Pier Theatre in Brighton erstreckte sich über den halben Mai (sechs Regale, achtzehn Leichen).

Ich ging weiter und schob mich durch den Mittelgang auf das andere Ende der Höhle zu. Hier stieß ich auf dem obersten Bord des letzten Regals auf den Körper eines kleinen Jungen.

Er musste in einem verzweifelten Kampf gestorben sein. Sein Kopf war nach hinten gebogen und verdreht. Sein Mund stand offen, die Mundwinkel nach unten gezogen. Seine Augen waren weit aufgerissen. Das Haar schien zu flattern. Alle seine Gliedmaßen waren angespannt, als hätte er noch versucht sich freizukämpfen. Der Junge trug ein kastanienbraunes Sweatshirt mit Bildern von Figuren aus *The Magic Roundabout*, eine Bluejeans mit umgeschlagenen Hosenbeinen und blaue Segeltuchschuhe.

Das Kärtchen war ebenfalls von Hand geschrieben.

Caldlow House
17/12/70
7.45 p.m.
0000/23
0 G.

Darüber stand der Name des Jungen: Nicholas Julius Borden.

Ich nahm das Kärtchen und steckte es in meine Tasche, dann zog ich den Jungen zu mir. Ich hob ihn hoch, hielt ihn in den Armen. In dem Moment, als ich ihn berührt hatte, war das Gefühl der ständigen Präsenz meines Bruders verblasst und erloschen.

Zum allerersten Mal war ich mir nun seiner *Abwesenheit* bewusst.

Ich blickte auf ihn hinab, wie er so in meinen Armen lag, und versuchte seine Haltung zu verändern, um ihn besser tragen zu können. Seine Gliedmaßen, sein Hals und sein Rumpf schienen fest, doch auch auf bestimmte Art biegsam, als bestünden sie aus Gummi. Ich konnte seine Körperteile zwar in verschiedene Richtungen drücken, doch sobald ich sie losließ, schnellten sie wieder in die alte Stellung zurück.

Als ich versuchte sein Haar zu glätten, nahm es sofort wieder die alte Form an.

Ich hielt ihn eng an mich gedrückt. Er war weder kalt noch warm. Eine seiner ausgestreckten Hände, ängstlich zur Faust geballt, berührte meine Wange. Die Erleichterung, ihn endlich gefunden zu haben, überwältigte mich – es blieb nur die Angst vor diesem Ort. Ich wollte mich umdrehen, wollte wieder zum Ausgang, aber mit meiner sperrigen Last ging dies nicht so einfach. Ich musste mich rückwärts aus dem Gang herausbewegen, bis ich genügend Platz zum Umwenden fand. Ich hielt mein vergangenes Leben in den Armen, aber ich sah nicht, ob etwas hinter mir stand.

Doch da war etwas.

3

Ohne mich umzuschauen, ging ich vorsichtig rückwärts. Als ich den Hauptgang erreichte und mich langsam umdrehte, streifte Nickys Kopf den erhobenen Fuß einer der Leichen. Ein Kunstlederschuh schwang sachte hin und her. Entsetzt wich ich zurück.

Ich entdeckte, dass es an diesem Ende der Halle eine weitere Kammer gab, nur fünf oder sechs Fuß von der Stelle entfernt, an der ich stand. Von dort kam das Rattern des Generators. Ich hielt darauf zu. Der Zugang zu diesem Raum war niedrig und schmal.

Der Lärm des Generators nahm zu, ich konnte das Benzin riechen. Jenseits des Eingangs waren in der Kammer weitere Lampen angebracht. Ihr Licht fiel heraus auf den unebenen Boden der Haupthalle. Wollte ich hineingehen, musste ich Nickys Körper vorher ablegen. Deshalb bückte ich mich nur vor und versuchte zu erkennen, was sich darin befand.

Ich blickte über ein kurzes Stück Felsboden hin, dann richtete ich mich wieder auf.

Ich wollte nichts mehr sehen. Mich fröstelte.

Ich hatte nichts gesehen. Falls es dort noch andere Geräusche gegeben haben sollte, so wurden sie alle vom Generatorenlärm übertönt. Nichts bewegte sich dort drinnen.

Ich tat einen Schritt zurück, dann noch einen, so leise wie möglich.

In dieser Kammer war jemand gewesen, stumm, reglos, knapp außerhalb meines Blickfelds hatte er gestanden, darauf gewartet, dass ich eintrat oder mich zurückzog.

Weiter durch den dunklen Gang zwischen den Regalen ging ich zurück und achtete dabei darauf, dass Nickys Kopf oder Füße nicht gegen die Körper in den Regalen stießen. Der Schrecken sog mir die Kraft aus dem Leib. Meine Knie zitterten, meine Armmuskeln, die schon von Nickys Gewicht angespannt waren, schmerzten und zuckten.

Aus der Kammer drang eine männliche Stimme: »Sie sind ein Borden, nicht wahr?« Die Worte hallten von den Höhlenwänden wider.

Vor Angst wie gelähmt, antwortete ich nicht.

»Ich dachte mir schon, Sie würden schließlich kommen und ihn holen.« Die Stimme klang dünn, erschöpft, war nicht mehr als ein Flüstern, doch das Echo in der Höhle verstärkte sie. »Er ist Sie, Borden, und alle die anderen sind ich. Gehen Sie mit ihm weg? Oder werden Sie hier bleiben?«

Auf der anderen Seite des niedrigen Durchgangs sah ich einen Schatten sich bewegen und dann erstarb zu meinem Schrecken der Generator.

Die Glühbirnen erloschen: wurden gelb, bernsteinfarben, trübrot, schwarz.

Ich stand in undurchdringlicher Finsternis – die Lampe steckte in meiner Tasche. Ich verlagerte das Gewicht des Jungen auf einen Arm und tatsächlich bekam ich die Taschenlampe zu fassen.

Mit zitternder Hand schaltete ich sie ein. Der Lichtstrahl tanzte verrückt umher, während ich versuchte, die Lampe einigermaßen in den Griff zu bekommen und gleichzeitig Nickys Körper festzuhalten. Ich drehte mich um.

Schatten erhobener Beine huschten über die Höhlenwände.

Während ich mich durch den Rest des Ganges zwischen den Regalen hindurchschob, schirmte ich mit dem einen Ellenbogen unbeholfen Nickys Kopf ab. Meine Schultern und Arme stießen an die Borde und rissen einige der Plastikreiter ab.

Ich wagte es nicht hinter mich zu blicken. Der Mann folgte mir! In meinen Beinen war keine Kraft mehr. Ich wusste, ich konnte jeden Augenblick hinfallen.

Als ich auf die Stufen trat, die aus der Halle hinausführten, stieß ich mit dem Kopf gegen einen Felsdorn an der Decke. Vor Schmerz hätte ich beinahe Nickys Körper fallen lassen. Gebeugt taumelte ich weiter und versuchte gar nicht mehr den Strahl der Taschenlampe gerade zu halten. Es ging hinauf, Nicky schien mit jedem Schritt schwerer zu werden. Ich verdrehte mir den Fuß, stürzte gegen die Tunnelwand, fasste mich und torkelte weiter. Die Angst trieb mich voran.

Endlich gelangte ich an die innere Tür. Kaum blieb ich lange genug stehen, um sie mit dem Fuß aufzuschieben. Ich zwängte mich an ihr vorbei.

Hinter mir auf dem Steinboden konnte ich Schritte hören. Sie folgten mir, tappten gleichmäßig über lose Steine hinweg.

Ich rannte die Stufen bis zum Ausgang hinauf. Aber Schnee war hereingeweht worden und bedeckte die obersten vier oder fünf Stufen. Ich rutschte aus, fiel hin und der kleine Junge rollte mir aus den Armen! Ein Satz nach vorn und ich stieß unter Einsatz meines ganzen Gewichts die Tür weit auf.

Ich sah schneebedeckten Boden, die schwarze Silhouette des Hauses, zwei beleuchtete Fenster, das Lichtviereck einer offenen Tür, Schnee, der vom Himmel fiel!

Mein Bruder schrie in meinem Inneren!

Ich drehte mich um, sah ihn auf den Stufen liegen und nahm ihn hoch. Dann taumelte ich hinaus in das Weiß.

Stolpernd quälte ich mich durch den tiefen Schnee, auf die ferne Tür zu, und blickte dabei immer wieder über die Schulter zurück nach dem schwarzen Rechteck der offenen Gruft. Ich fürchtete, was mir gefolgt war, könne dort auftauchen.

Plötzlich schaltete sich die Außenbeleuchtung wieder ein und blendete mich. Im Lichtschein verdichteten sich die Schneeflocken zum Sturm. Kate erschien in der Tür, bekleidet mit einem wattierten Mantel.

Ich versuchte ihr eine Warnung zuzurufen, doch mir fehlte der Atem. Ich ging weiter, rutschte durch den Schnee und hielt dabei Nickys Körper vor mich. Endlich erreichte ich den Hof vor der Tür, schlitterte über den schneebedeckten Beton und schob mich an Kate vorbei in den hell erleuchteten Korridor.

Sie starrte wortlos auf den Körper des kleinen Jungen in meinen Armen. Nach Atem ringend drehte ich mich um und ging zurück zur Tür, lehnte mich an den Pfosten und blickte über den Garten auf den nur noch undeutlich erkennbaren Eingang der Gruft zurück. Kate stand neben mir.

»Schauen Sie zur Gruft!«, keuchte ich. Es war der einzige Satz, den ich hervorbrachte.

Nichts bewegte sich dort auf der anderen Seite der Schneefläche. Ich trat einen Schritt zurück und legte Nickys Körper auf den Fliesenboden.

Dann fingerte ich in meiner Tasche herum und fand das Kärtchen, das sich an Nickys Regal befunden hatte. Ich schob es Kate zu. Immer noch rang ich nach Luft und es kam mir vor, als könne ich nie wieder normal atmen.

»Sehen Sie doch!«, stieß ich hervor. »Die Handschrift! Ist es die gleiche?«

Sie nahm das Kärtchen, hielt es ins Licht und betrachtete es eingehend. Dann erwiderte sie meinen Blick. Ihre Augen waren vor Angst weit aufgerissen.

»Das ist sie doch, nicht wahr?«, rief ich.

Sie ergriff mit beiden Händen meinen Oberarm. Ich spürte, wie sie zitterte.

Die Außenbeleuchtung ging aus.

»Schalten Sie sie wieder ein!«, rief ich.

Kate griff hinter mich, fand den Schalter. Dann umklammerte sie wieder meinen Arm.

Der Schnee wirbelte im Lichtschein dahin. Durch ihn hindurch konnten wir verschwommen den Eingang zur Gruft wahrnehmen. Beide sahen wir die Gestalt eines schlanken Mannes heraustreten. Er war schwarz gekleidet und dick gegen das Wetter eingemummt. Langes schwarzes Haar wucherte aus der Kapuze seiner Jacke hervor. Er hob eine Hand, um seine Augen vor dem gleißenden Licht zu schützen. Uns gegenüber zeigte er weder Neugier noch Furcht, obwohl er gewusst haben musste, dass wir da waren und ihn beobachteten. Ohne uns oder dem Haus einen Blick zuzuwerfen, ging er weiter, zog die Schultern im Schneesturm hoch und entfernte sich dann nach rechts, schritt zwischen den Bäumen hindurch, den Hügel hinab und verschwand aus unserer Sicht.

Nachbemerkungen des Übersetzers

Nicht alle Figuren des vorliegenden Romans sind fiktiv. Die Bühnenzauberer John Henry Anderson, Chung Ling Soo, David Devant und John Nevil Maskelyne z. B. hat es wirklich gegeben.

John Henry Anderson (1814–1874), ein Schotte, war der erste Zauberer, der mit Anzeigen für seine Vorstellungen warb. Auf den Theaterplakaten ließ er sich als »Professor Anderson, der Zauberer des Nordens« ankündigen. Er faszinierte die Zuschauer mit seiner Sammlung kunstvoller magischer Apparate, durfte auch vor Königin Victoria auftreten und übernahm sogar im Covent Garden Theatre die Titelrolle in einem Melodram um den schottischen Volkshelden Rob Roy. Er führte als Erster den berühmten Pistolentrick vor, bei dem er scheinbar eine Kugel auffing, die von einem Zuschauer abgefeuert wurde.

Chung Ling Soo (1861–1918) war eigentlich ein Amerikaner und hieß ursprünglich William Ellsworth Campbell. Seit 1900 trat er in Nachahmung des echten chinesischen Zauberers Ching Ling Foo (des Magiers mit dem Goldfischglas) als Chinese auf, und das auch außerhalb der Bühne. Er starb, als er beim Pistolentrick aus Versehen von der abgefeuerten Kugel getroffen wurde.

David Devant (1868–1941) war ein exzellenter Taschenspieler und Erfinder vieler Zaubertricks und wird als größter englischer Zauberer seiner Zeit betrachtet. Er war auch einer der besten Autoren von Büchern über Zauberei; von ihm stammen »Our Magic« (1911, mit John Nevil Maskelyne), »My Magic Life« (1931) und »Secrets of My Magic« (1936).

John Nevil Maskelyne (1839–1917) beeinflusste durch seine Erfindungen, seine Unterstützung junger Künstler und der Förderung der Zusammenarbeit zwischen verschiedenen Künstlern die Entwicklung der Bühnenmagie im späten 19. Jahrhundert nachhaltig. Ursprünglich war er Uhrmacher; er wurde berühmt, als er 1865 die Brüder Davenport als betrügerische Spiritisten entlarvte. Mit seinem späteren Partner David Devant verfasste er »Our Magic«, ein wichtiges Quellenwerk über die Theorie der Bühnenmagie.

Auch nicht fiktiv ist natürlich eine der zentralen Gestalten des Romans, der serbokratisch-amerikanische Ingenieur und Erfinder *Nikola Tesla* (1856–1943). Leben und Bedeutung dieses Mannes, der Partner und später Rivale von Edison war und dem wir u.a. die Erfindung des Wechselstroms verdanken, hier nachzeichnen zu wollen würde den Rahmen dieser Nachbemerkungen sprengen. Ich empfehle dem interessierten Leser, in entsprechenden Nachschlagewerken über Tesla nachzulesen. Den Apparat, den er angeblich für Rupert Angier gebaut hat, wird man allerdings in den biographischen Darstellungen vergeblich suchen, denn davon gibt es ja nur ein Exemplar und das steht im Keller von Caldlow House in Derbyshire – und diesen Sitz der Earls of Colderdale sucht man auf den Landkarten leider vergeblich.

Die in diesem Roman genannten Geldbeträge beziehen sich natürlich alle noch auf die alte Währungseinteilung vor der Umstellung auf das dezimale System im Jahr 1971. Zu Bordens und Angiers Zeiten bestand das Pfund aus 20 Shilling zu 12 Pence. Die häufig erwähnte Guinee (engl.: *guinea*) war ursprünglich (ab ca. 1660) eine Goldmünze, geschlagen aus Gold, das von der Guinea-Küste in Afrika importiert war. Seit 1816 gab es sie nicht mehr als Münze, doch weiterhin als Rechnungseinheit: Sie betrug 1 Pfund und 1 Shilling und wurde gern bei den Honorarabrechnungen freier Berufe verwendet, da man so leicht 5% auf eine Rechnung aufschlagen konnte. (Die Angaben von Guineen-Summen auf den Kärtchen in der Gruft von Caldlow House beziehen sich natürlich auf die Summen, die mit dem Tesla-Apparat dupliziert worden waren.) – Der Sovereign war eine Goldmünze im Wert von einem Pfund, die von 1817 bis 1914 im Umlauf war.

Michael Morgental

Danksagung

Der Autor möchte sich für die durch die *Authors' Foundation* gewährte Unterstützung ausdrücklich bedanken.

Mein Dank gilt auch John Wade, David Langford, Leigh Kennedy … und den Mitgliedern von *alt.magic*.

Inhalt

Die Deutsche Bibliothek – CIP-Einheitsaufnahme

Priest, Christopher:
Das Kabinett des Magiers / Christopher Priest.
Aus dem Engl. übers. von Michael Morgental.
Stuttgart ; Wien ; Bern: Weitbrecht, 1997
ISBN 3-522-72135-7

Die Originalausgabe erschien 1995 bei Touchstone,
Simon and Schuster Ltd., London,
unter dem Titel *The Prestige*.

Umschlaggestaltung von Joachim Lehrer, Tübingen
Typographie von ARTelier, München
Reproduktion des Umschlags von Offsetrepro Künstle, Tübingen
Gesetzt von KCS GmbH, Buchholz/Hamburg
Gedruckt und gebunden von Friedrich Pustet, Regensburg
Printed in Germany.
5 4 3 2 1